水滸戲曲集成

三

孫琳 輯校

鳳凰出版社

第三編

忠義璇圖

【劇目簡介】

傳奇，清代宫廷大戲，經多人多次改編而成，最後撰定者爲周祥鈺、鄒金生等人。《曲録》著録，現存版本有三，皆爲清抄本，其中一種爲全本，另兩種爲分屬不同階段殘本，附録於後。情節大體上依照百二十回本《水滸全傳》，但多有增删之處。

全本共二百四十出，分十本，每本二十四出，現藏中國國家圖書館，收入《古本戲曲叢刊》九集之十影印出版，臺灣天一閣亦有影印出版。每頁八行，每行二十字，排列較爲工整，但用字各本不統一之處頗多，錯字、訛字、俗字較多，疑各本抄者并非一人所致。

劇演三教教主共議天下治亂，點明太尉洪信放出妖魔亂世，此爲天意，不可違拗。宋江等人因各種原因共聚梁山，并成一百零八人之規模，雖多有亂法之舉，但初意未必有謀反之心。宋江等人有意謀求招安，但無門路可通。在太尉宿元景提議下宋帝徽宗下旨招安，并派梁山衆人征討田虎、王慶、方臘等人。功成後宋江被高俅等人暗害，死後魂靈聚集，又被東嶽大帝和十殿閻君審判，各受罪罰，尤其宋江、吴用更是因“托忠托義”被判永世不得超生。大金崛起，滅遼後又滅北宋，成南北分治之局。李若水、張叔夜等“真忠真義”者死後上天庭受封賞。①

---

① 全本篇幅較長，後附分出簡單提要，以揭示大體内容。

第一本

第一出　宣諸神發明衷旨

(雜扮八靈官,執鞭從昇天門上)(跳舞,鳴爆竹鞭)(淨臺介,仍從昇天門下)

(衆護法、魁星、羅漢、衆大儒、衆星官擁釋迦佛、文昌帝君、老君上)(合唱)

【新水令】籠光華瑞靄散,諸天會靈山,法身齊現,萬殊歸一本,三教總同源,宗派相傳,直與那天地共悠遠。

(奏樂介,陞座,分白)悟徹菩提証妙通,齊家治國有儒宗。五千道德元門秘,聖旨恩深喜並崇。我佛釋迦如來佛是也。吾神文昌帝君是也。吾神太上老君是也。積功行之無算,與天地而長存,道統成三,雖爾分門别户,利物則一,總爲覺世度人,去上古而茫茫事,還鑒其已往,慮季世之擾擾,機當防以未來,必須默運神通,庶可潛回造化。(佛白)先事而慮,謂之先覺;後事而慮,謂之後覺。即如宋室氣運,大有一番兵戈擾攘,世人昧昧,何由先事消弭?(文昌、老君)如來智慧,誠爲先覺。我等所慮,亦因向日鎮壓妖魔在龍虎山中,形雖未彰,機已漸露,將出現人世矣。未免傷害生靈,深屬可憐可憫。(佛白)静極則動,隐久當顯,時節因緣,固莫能强,雖然如此,我等自當默相護佑,以安大地衆生。(衆羅漢、大儒、星官仝白)三位教主,憐憫世人,發大慈悲心,功德非小也。(三教白)我想這閻浮世界呵,(唱)

【駐馬聽】運會千年,往古來今多變遷。神通一展,掀天揭地費週旋。漫道那主張造化有專權,可知這維持民物多深願,好憑俺法力無邊,直待要扭得那天心轉。

(文昌、老君仝白)觀消長之機,識盈虚之理,妖魔出世,此其一也。只因宋室道君皇帝,内任奸邪,以致外招寇盜,那山東宋江、江南方臘、淮西王慶、河北田虎四處大寇，同時作亂，雖無大害，惟恐傷殘民物，佛法無分彼此，還當作何普濟纔好。（佛白）那些大寇同時窃發，我已預知，已經相召各處城隍并山川之神，待其到來，面諭他們便了。（文昌、老君仝白）我佛慈悲，保全無量生靈矣。（佛白）但以我慧眼觀之，紛擾塵寰，不僅如是，那宋室自藝祖開國，天下太平已有年矣，無奈氣運相承數十年後，更有一番戰争之事，棄汴京而走臨安，倚長江以爲天塹，天下遂成南北之勢矣。（文昌、老君仝白）大數當然，即天地亦無如之何，我等遥想宋室君臣呵，（合唱）

【沉醉東風】坐花間春風綺筵，恣遊樂忘反流連，到後來南渡的再淂個中興，只可憐北狩的何年淂轉？有兆頭天津橋聽徹啼鵑，雖説是運數推遷總在天，也則爲人事兒有些乖舛。

（扮各省城隍，八山川神上。唱）

【鴈兒落】望雷音輝輝佛日懸，催電車陣陣神飈捲，遥見那金繩法界開，早又是寶地檀塲建。

（白）我等山川嶽瀆神是也。我等各省城隍是也。今者三教教主會聚靈山，蒙佛旨相召，特地趨赴。（進見介）三位教主在上，小神等參禮。（三教白）諸神少禮。（城隍、山川神白）三位教主相召我等，不識有何法旨？（三教白）諸神民社所寄，責任非輕，爾等境内各有巨寇爲亂，是皆爾諸神所當防禦。況十室之邑必有忠信，一境之地寧乏善良，豈可使崑崗失火，玉石不分乎？務須各展威靈，力爲保護山川民物。（衆神應介）（釋迦佛、文昌、老君仝唱）

【淂勝令】呀，可奈他逆氛煽處勢滔天，要仗伊護好了錦中原，幸喜淂大都會金甌様固，怎能彀小城垣鐵桶般堅，處處裏山川，莫使那戎馬頻蹂踐，在在的黎元，縱遇着兵戈要保全。

（衆神仝白）三位教主，慈悲憫世，拯救羣生，小神等仰體好生之心，自當默相護衛便了。（衆唱）

【掛玉鈎】俺都是享祀興朝有百年，自然的多靈顯，雖不能壯志如他祖逖鞭，也索要圖完善，那凡人明處裏將勳績獻，俺神衹暗地裏把功勞建，但能彀一境安然，纔消淂萬姓香烟。

(三教白)保護山川民物，固是諸神分内之事，但須早爲籌畫，以備不虞。(唱)

【川撥棹】休待要兵和將逼壕邊，須把那户牖綢繆未雨先。有一日氣運推遷，天意回旋，依舊的民物完全，恁那保障的威靈方始顯。

(衆神白)小神等就此前去預作准備，一俟昇平，即當前來回覆法旨。(唱)

【七兄弟】看纔來鹿苑，又遽辭法筵，剛一瞬打盤旋，喜歸途趁天風便，望齊州何處依微顯，淡濛濛九點烟光遠。

(下)(三教白)衆神祇已遵法旨而去，想彼自能保境安民也。(三教下座科)(合唱)

【煞尾】俺可也慈悲同發菩提願，俺可也槖籥分操造化權，扶持世運也則是分當然，好把那測不盡的靈光大施展。

(衆羅漢、大儒、星官擁三教下)(衆護法神跳舞下)

第二出　建大醮酬答昇平

(扮四宰相文彦博、范仲淹、趙哲、包拯，四朝臣歐陽修、張堯佐、狄青、杜衍上。唱)

【賽觀音】月初沉，星猶綴，聽紫陌喧傳曙雞，想萬户千門洞啓，喜殿頭綵仗正排齊。

(白)蓬萊仙闕五雲中，閶闔踈鐘下曉風。夜景未收宫樹暗，玉堦花影尚朦朧。下官文彦博是也。下官范仲淹是也。下官趙哲是也。下官包拯是也。下官歐陽修是也。下官張堯佐是也。下官狄青是也。下官杜衍是也。(四宰相白)幸生盛代，(四朝臣白)欣事熙朝。(四宰相白)望重鳳池職，在股肱帝室。(四朝臣白)聲傳鷺序任，當經濟邦家。(合白)覩庶績之盛熙，知明良之交泰。禮應稱賀，誼合頌揚。今當早朝時分，你聽天樂鏗鏘，御香馥郁，聖上將次陞殿，須當肅儀而待。

(内奏樂)(衆武士攏鑾駕，四小内官，四大内官，内有洪信，二黄

門官、四昭容上，設朝介）（衆宰相、朝臣參介）（合唱）

【好子樂】【好事近】（首至四）初日耀彤墀，早殿上扇開雉尾，賡歌拜手，共仰取天顔有喜。

（白）臣等奏聞陛下。（昭容白）奏來。（宰相、朝臣白）恭遇吾皇御極以來，仁風善政，無地不被，普天之下，年歲豐登，萬民樂業，臣等躬遇此太平盛世，曷勝歡忭之至。（唱）

【刷子序】（五至合）羣黎欣同戴光天化日，幸長際景運昌期。

【普天樂】（八至末）聽遐邇歡聲如沸，盡道是皇朝有慶，聖主無爲。

（扮太監捧旨上，白）聖旨下："聞卿等所奏，世運清寧，民風淳朴，朕心喜焉。但以朕凉德，何能遽臻盛治？皆因天地默佑，所以致此雍熙之化，既荷生成之德，當申酬報之儀。即着殿前太尉洪信，恭賫詔書、御香，前往江西龍虎山，宣召正一嗣教張真人來京，修建羅天大醮，答報天地之恩，兼爲民祈福。洪信可即日起身，兼程到彼，促其星飛就道，以副朕望，欽哉！謝恩！"（下）（衆宰相、朝臣白）萬歲、萬歲、萬萬歲。（昭容喝退班介，奏樂介）（衆武士、大小内官、昭容下）（衆宰相白）宣召天師建醮，仰報天地，爲民祈福，聖旨慎重其事，我等理當恭送勅書，以展誠敬之心。（衆朝臣白）正當如此，那太尉即時就要起身了，且不用歸第，請諸位老相國相率我等而往。（宰相白）請。（朝臣白）請。（行介。衆下）

（儀從執龍旗、御杖，擡龍亭供勅書、御香，引洪信上）（合唱）

【普天樂】繡鑾旗排成對，盤龍棍行開隊。纔離了絳闕崔巍，又行來紫陌倭遲。

（衆宰相、朝臣上。唱）

朝天乍歸送使臣，又看車馬争馳。

（見介）（宰相、朝臣白）恭喜老太尉榮膺簡命，出使遠方。我等送至十里長亭，以申欽仰之心。（洪信白）重承諸位老先生盛情，壯我行色，只是勞尊，恐不敢當。（宰相、朝臣白）誥封炳炳，勅命煌煌，自當恭送一程。（洪信白）既如此，送至新蔡門外，就請回來。（宰相、朝臣白）請。（行介）（合唱）

【千秋歲】擺鑾儀，早把行人辟，穩駕着四牡騑騑。五色天書，五色天書光燦熳，直與那雲章爭麗。中官職，原尊貴，天朝使，尤風利，榮寵人難比。總都緣宣揚帝命，憑藉天威。

（唱）

【尾聲】障遥空，芳塵起，都是那接使臣的往來飛騎。

（宰相、朝臣唱）

只看這供帳①排開專候你。

（下）

第三出　騎牛對使露真言

（場上預設山一座）

（山神、土地上。白）廟宇極荒凉，地位忒微眇。案空齋供無，爐冷香烟少。緑醑誰來薦，黄錢何處討。殿傾寒雨淋，幔破陰風梟。塵漬厨飛鼯，磚迸墻生草。廟貌既隳頹，神威復潦倒。開山力不加，守土年應老。色黯貌傷傻，泥剥形枯槁。算來實苦辛，説起多懊惱。仙靈時往來，神將頻騷擾。迎送總不休，驅遣從無了。若是誤些兒，脊梁遭棒拷。（土地白）山神哥，你便打淂起，我是老了，那里還禁淂打？（山神白）也饒你這土地老兒不過嗄。（各笑介）（土地白）閑話少説，早間值日神將傳出天使法諭，今日有使臣洪太尉上龍虎山來。（山神白）要遣神虎、巨蟒，試探來使之意虔誠與否，命我等暗中調遣。（土地白）此時想要上山快了，我和你就此去來。（山神白）説淂有理。（合白）不須見怪三尸恐，只在袪邪一念虔。（下）

（二法官、道衆隨洪信背勅旨，捧香爐上）（洪信唱）

【點絳唇】冠帶旋更，威儀暫屏，上高峯頂，好致虔誠，把大法力的天師請。

（二法官白）小道等稟知天使大人，向有長例：天使上山，手捧香

① 應爲“帳”。

爐，獨行上山，拜請教主。一則表聖天子尊崇之意，二則也表天使大人虔心。（洪信白）有這個道理？既如此，只淂獨自上去便了。（二法官白）天使大人，請從這條路上去，不到十里之遥，就是茅菴了。小道等不便相陪，暫且告退，少刻再來迎接。（洪信白）爾等自便。（二法官、道衆應介，下）（洪信白）你看嵐光匼匝，翠影交加，這深山景物到也幽雅，我只索緩步上去便了。（唱）

【混江龍】遥望那入雲危磴，盤空叠作有幾層層。那一邊撑天的孤峯突兀，這幾答礙日的叠嶂崚嶒。雖説是千仞崔巍山勢險，猶喜淂一條屈曲路痕平。只須是遶崇岡穿松入竹，用不着凌絶璧①附葛攀藤，碧沉沉隔林烟靄，白茫茫觸石雲生，印莎徑鹿眠跡冷，出松陰鶴唳聲清，並無個閒來往餐霞仙客，可有那嚴守衛值日神靈。

（白）走了一回，漸漸有些力乏了。唉，一個羽流罷了，却要我步行上山拜請，這是那裏説起？我想他也未必有甚法術嗄。（唱）

那裏見半青天嘘出風雲氣，平白地訶來雷電形，只好向瑶壇步斗，幾曾去玉局談經。

（内作風聲介）（洪信白）呀，好端端天晴日朗，怎麽忽然起這一陣狂風？好怕人也！（唱）

【村里迓鼓】煽腥風山鳴谷應，忽迷漫沙飛石迸，號萬竅封姨忒猛，拔羣木孟婆太横。

（雜扮虎，山神作指引介）（洪信唱）

但見那駭獸潛踪，飛鴉驚噪，行人吊影，

（虎作跳撲介）（洪信白）阿呀，不好了！（驚跌介。唱）

怎當這白額山君，咆哮挐攫，負嵎威逞，拚做個導前頭倀傷的代頂。

（虎又撲介，洪信驚倒介。山神驅虎下）（洪信醒介。白）慚愧慚愧，那虎不來傷我性命，竟自去了，如今怎麽處呢？我想若是退轉去，那些道衆就要笑我了，罷！只淂大着膽兒再捱前去。（作整衣，復捧爐香行介，唱）

---

① 應爲“壁”。

【上馬嬌】雖曾躭戰兢，還算多僥倖。剛從那猛虎口脱餘生，尚兀自神魂失措難安定，聽那樹響也心驚。

(巨蟒上，盤繞介)(洪信白)阿呀！今番我要死也！(跌倒介)

(土地暗上，驅巨蟒下)(洪信白)阿呀呀，了不淂！這山中怎麽有這些毒蟲猛獸？早知如此，來此做什麽？如今是断断再不可上去了。(唱)

【勝葫蘆】不是咱退悔心生不志誠，恁危險地怎生行？我這裏暗暗心頭還自省，又非是浮雲富貴鴻毛性命，誰肯便輕生？

(内吹笛介)(洪信白)這樣蛇虎出没之處，竟還有童兒牧牛？且待他來問個信兒，再定行止。

(牧童騎牛吹笛上。唱)

【山歌】想當初老君乘此度函關，一去仙蹤杳不還。今日個重向欄前鞭淂起，閒來騎出白雲間。

(洪信白)你那牧童，可認淂我麽？(牧童不理介)(洪信白)問你説話，怎麽不應？(牧童白)你到此間，敢是要見天師麽？(洪信白)你怎麽知道？如今天師在於何處？快去通報，説有天使在此，速來迎接。(牧童白)早間聽淂天師説，朝中欽差齎詔到此，宣我進京修建醮事。已經駕雲先去了，你不用上山，去罷！(洪信白)嗄！有這等事？你不要説謊嗄。(牧童作不理介，吹笛下)(洪信白)且住。那個牧童怎麽盡知我來意，莫非天師吩咐過了？他果然先進京去了？我想山中蟲獸又多，况且天氣漸晚，不如依他的話，回轉去罷。有理，竟是這等好！(行介。唱)

【柳葉兒】猛回身好尋歸徑，虎狼窟豈可久停？早遥林一抹烟光暝。天慘淡空山景，恐落日少人行，只索把膽兒强硬。

(二法官、道衆同上，接介)

(中軍暗上，接勅旨、爐香介)(二法官白)天使大人高山往返，勞苦不易。(洪信白)唉！你們這些道衆好没道理。(二法官白)爲什麽來？(洪信白)我是朝廷貴臣，你們如何戲弄起來？(二法官白)小道等焉敢？(洪信白)這山中多有毒蛇猛虎，你們必然知道，怎不先説一聲，由我獨自上去？(二法官白)原來爲此着惱。

天使大人有所不知，本山雖有猛獸，並不傷人。（洪信白）那裡是並不傷人？還是下官的福分大，吉人天相。（二法官白）這也有之。請問曾見過教主否？（洪信白）那裡淂見？只遇着一個牧童，説天師預先知道，已經駕雲先往汴京去了。（二法官白）原來如此。既然教主已去，公事算完，請天師大人在此少住幾日。明日小道等奉陪，相請遊山，以申仰攀之敬。（洪信白）遊山？要遊在下面各處遊遊罷。那山上有什麽趣嗄！（二法官白）那山上有多少勝景哩。（洪信白）罷，罷！（唱）

【煞尾】論平常多豪興，不是今番拂爾高情，那山路崎嶇從來懶登。

（二法官白）既是如此，明日只遊下面各處罷。（洪信下）（法官、道衆笑介。下）

第四出　洪信放魔驚贔屭

（十六護法神上，跳舞科。白）寶地趨承常護法，琳宫監守會降魔。某等衆護法神是也。向者奉我佛法旨、上帝玉勑，在此龍虎山上清宫中看守妖魔，已有年矣。今當數應太尉洪信到此放走，此係時節因緣應當出現，非天意人力之可能挽回者。我等待其事竣，即當回繳佛旨、帝勑。正是：從教世上魔氛起，還仗空中神力扶。（跳舞介）

（二法官、道衆、家將、中軍引洪信上）（二法官白）請天使大人到這裏來。（洪信唱）

【甘州歌】【八聲甘州】（首至六句）清虚紫府，看紅塵不到宛似仙都，松陰滿院，雙鶴向人間舞，雲中路遥誰採藥，風外聲傳人步虚。

（二法官白）觀門外已經遊過，請到正殿上走走。（洪信白）使淂。（行介）（二法官白）這是三清聖像，請天使大人瞻仰瞻仰。（洪信參禮介。唱）

【排歌】（合至末句）官身暇，公事餘，閒遊聊把客懷舒。塵心滌，妄念除，到來應使俗情無。

（二法官白）請到兩廊下各處隨喜隨喜，分付道人把各殿都開了。

(道衆應介)(二法官指點介。白)這是九天殿,那是北極殿。(洪信唱)

【又一體】【八聲甘州】(首至六句)牓懸瓊篆書,盡標題明白,幾多殿宇。(二法官於曲内夾白)請到石廊下去,那邊是太乙殿、三官殿。(洪信行介。唱)

饒多幽興正須要遊覽無餘,想元都後日誰重到,享取這清福經年我不如。

(看介。白)伏魔之殿。(向二法官介)這殿爲何獨獨鎖閉在此,有這許多封條?(二法官白)此是本教前代祖師,鎮鎖魔王在内,但是經傳一代天師,便添一道封條,使其子子孫孫不淂妄開。(洪信白)開了便怎麽樣呢?(二法官白)若是開了,放走魔王非常利害。(洪信白)你且開了,待我看看魔王什麽模樣,怎生利害。(二法官白)小道断断不敢開,惟恐走了妖魔,爲害非淺。(洪信冷笑介。白)我想世上那有鎖魔之事,即使果有妖魔,見了我朝廷貴臣,自然就攝伏了。想昨日那山上的猛虎毒蛇,他也不敢來傷犯我,怕什麽,快快開了!(二法官白)開不淂的。(洪信白)嗄,我曉淂了!你們假粧怪事,煽惑愚民,要顯你們的道術嗄。(二法官白)那有此事?(洪信笑介。白)好笑,你們這些道士呵!(唱)

【排歌】(合至末句)空掐訣,枉畫符,妖魔縱有也當袪,多粧假,故弄虛,人民無識儘教愚。

(白)快快開了!(二法官白)這是断然開不淂的。(洪信白)你們這等堅執不開,我越加動疑了,莫非做甚不法之事藏在裏面?衆家將,速與我打開!(家將應介)(二法官、道衆白)這便怎麽處?(家將打開介)(場上預設立石碣一座,正面刻龍章鳳篆)(法官道衆作怕介)(洪信白)没有什麽妖魔嗄!(進内介)原來只有一座石碣,你們説有妖魔,如今在那裏?可見是妄誕之言。(二法官白)但願没有妖魔便好。(洪信看石碣介。白)上面都是些天書符籙,識他不淂。(又看背面介。白)"遇信而開。"(笑介)爾等還不肯開這殿門,這石碣上明明鐫着"遇信而開"。可見前定之事,教下官來開的，快快推倒石碣，看個下落。（二法官白）告禀天使大人，這石碣所鎮正是妖魔，萬萬不可推倒。（洪信白）不要你們管，衆家將快把石碣推倒了！（家將應介，推介）（法官、道衆白）這便怎麽樣好，不要弄出事來嗄！（洪信指家將介）（推倒石碣介）（地井内震響介，放火彩介）（衆作驚避奔跌介）

（扮衆妖魔各色粧扮，亂跑上，遶場下）（洪信唱）

【駐雲飛】劈下雷來，萬道紅光亂迸開，奔走魂何在，顛蹶身驚壞。嗏！

（衆白）阿唷唷，好怕人也！（洪信白）不道果有妖魔，却又這般利害，唬殺了我了！（法官白）小道等怎麽樣禀過，天使大人執意不聽，如今走了妖魔，却怎麽處？（唱）

屢進蒭蕘懷，何曾肯採。走却妖魔，塵世有無窮害，這不知誰個生生釀禍胎。

（洪信白）我且問你：鎮鎖的什麽妖魔，這等利害？（二法官白）小道等聽淂傳流下來，這殿内鎮鎖着妖魔共是一百單八個，並不知是何魔王。如今都被走了，如何是好？（洪信白）原來如此，你們若早是這等説，我也就不開了嗄。（二法官白）天使大人倒説淂好，小道等何曾不再三禀過，不聽也是没奈何。（洪信白）如今總不用説了，爾等道衆并我家將，一個也不許走漏消息，違者重究。（衆應介）（各虛白，作封鎖殿門介）（二法官白）請天使大人，再遊完了各處。（洪信白）還要遊什麽，分付地方官，速備轎馬下程。明日一早起身，進京覆命。（中軍應介）（洪信唱）

【尾聲】這妖魔何事能作怪，把我那後半段的清遊興敗，想這樣的異事令人難細解。

（下）

第五出　歸正傳副末開宗

（場上設香几。内奏樂）

（雜扮八開場人，各戴將巾、紥額、簪孔雀翎、穿直領、繫鑾帶、捧爐盤、執如意，從兩場門分上）（各設爐盤於香几上，焚香，三頓首科，起，各執如意遶場）（分白）［玉女摇仙珮］皇輿蕩蕩，帝德巍巍，大啓文明景運。甘雨和風，春花秋月，共慶遭逢堯舜。世事無凴準，就眼前道理，怕人錯認。請細看，當場指點，還似《勸善寶筏》接引，誰夢與誰醒？放眼天高，舉頭日近。更喜珠囊瑞靄，金鏡祥開，琴鼓阜財解愠。風俗人心，綱常名教，咸奉聖人寶訓。試譜官商①韻，把軼事付與梨園墨粉。莫猜做依樣葫蘆、改頭换面傳奇院本。漱芳潤，太平歌舞天心順。（内白）借問臺上的今日搬演誰家故事？（八開場人白）説是《水滸傳奇》，如今叫做《忠義璇圖》。（内白）這本傳奇流傳已久，怎麽又叫做《忠義璇圖》？這等説來，宋江等竟是個忠臣義士麽？（八開場人白）你們聽我説破因由，再向場頭體認。夫忠者，事上之盛節；義者，處己之大經。人能識此兩字，守之終身，則達而在朝，經文緯武，爲國家宣力之良臣；即窮而在野，市井草莽，也不失安分守己的百姓。今宋江等一百八人，秉豺狼虎豹之姿，行奪攘矯虔之事，偕黥刖遷徙之輩，矜揭竿斬木之雄，反詭稱天罡、地煞等名，以爲惑世誣民之具。豈有星精下降，相率爲盗之理？此實爲聖世所必誅，清時所不赦。施耐菴假宋史爲事據，斥水滸爲窩巢，極寫首惡黨惡之奸，募盡殺人歷人之跡，亦欲宣明忠義，喝破愚氓，乃以夢幻爲緣，遂使勸懲不著。豈知爾時如張叔夜、李若水、李綱、趙鼎諸人，其功略盖天地，節義亘古今，名姓耀青編，精誠昭日月。這纔是《忠義璇圖》真結脉。當今聖天子作之君，作之師，教育羣生，甄陶萬類，令我們就歌詠太平之文，寓維持風化之意。稗官野史，亦有助於彰瘅；假面傀儡，實感發乎忠孝。今日個把這本傳奇前按舊文，後增正史，真忠真孝，任他生土生天；假義假仁，難騙愚夫愚婦。是人知尊君親上，畏法懷刑，到處盡講讓型仁，風行俗美。長享昇平之福，永登仁壽之鄉。（分白）

蓬瀛歌吹領羣仙，點勘人間善惡緣。

欺世盗名無倖免，孤忠介節有真詮。

---

① 應爲“商”。下同。

談空往事調宫徵，譜入新詞弄管絃。
自是太平景物好，翩翩鸞鶴五雲邊。
（仍從兩場門分下）

第六出　肆華筵端王稱慶

（衆内侍引端王上。唱）

【臨江仙】玉葉金枝龍準相，綿綿瓜瓞天慶翔，鸞樓閣接明光。清時多勝事，雅望重銀潢。

（白）[鷓鴣天]旭日曈曨邸第開，芳菲佳景勝蓬萊。柳堤散步穿花出，水閣浮槎待月來。承帝胄，負仙才，乘輿到處喜追陪。昨宵既醉心和樂，猶憶行歌盡落梅。孤家乃大宋朝神宗皇帝第十一子，紹聖三年以平江鎮江節度使晉封端王。生值聖時，蔭分仙籍；聰明天錫，巧慧性成。效河間之好學，圖史披陳；慕花萼之争輝，塤篪迭奏。且喜宫庭無事，因此宴樂孔多，正好及時行樂也。（唱）

【春色滿皇州】太平真有象，論宫庭歲月，共推蓬閬。思量起，莫虚抛錦綉韶光。再休提寧薛岐申，早輸我風流倜儻。

（内侍白）啓上千歲爺，今日乃駙馬王都尉壽誕，要請千歲爺赴宴，現差門官在宫門候駕。（端王白）這是早約定的，吩咐起駕。

（内侍應，作吩咐介）

（雜扮衆執事太監執儀仗上介）（仝唱）

安排綵仗，向鳴珂戚里，同醉霞觴。

（下）

（場中擺畫屏、香几，兩旁長桌俱擺古玩介）

（四堂候官、高俅引王都尉上。唱）

【生查子】書畫擅風流，帝壻聲名壯。拂面好東風，晴日朱門敞。

（白）黄金瑞榜絳河隈，白玉仙輿紫禁來。莫惜歡娱歌吹曉，揮戈更却曜靈回。下官乃駙馬王晉卿，官拜都太尉之職。今日下官壽誕，特請小舅端王來此飲宴。官兒，那九大王是個鑑賞家，各處陳設鋪排，都要整齊富麗些纔好。（四堂候白）俱已齊備了。（門官上。白）九大王到了。請爺迎接。（王都尉白）快開正門。（衆内侍引端王上。白）纔過杏園香撲撲，又看柳陌紫紛紛。（王都尉跪介。白）王晉卿迎接殿下。（端王白）有勞。（中設一座）（王都尉白）殿下請上，王晉卿叩見。（端王白）國戚至親，不須行禮，常禮罷。（王都尉作揖介。白）謹遵令旨。（端王上坐，王都尉旁坐介）（端王白）今日駙馬好日子，本該來與卿拜祝，怎麽又勞費心？（王都尉白）馬齒初添，龍旂光賁，十分榮幸，又承厚賜多珍，一一欽爲傳寶。（端王白）好説。（堂候獻茶介）（王晉卿白）請問殿下，宫中每日以何爲樂？（端王白）宫中樂事，翰墨之外，消遣處可也不少。只是内侍門都是些蠢才，並無一伶俐之人可以帮襯。（王都尉白）殿下英姿絶世，學問淵深，那一件不知，那一件不曉？不要説内侍，就是那朝臣庶士，不論雅俗，那一個可以帮襯萬一的？（端王白）豈無其人，一時不遇耳。（堂候白）啓爺，酒宴完備。（作行禮入席，左右行酒介）（王晉卿、衆唱）

【梁州新郎】清芬庭院，東風和暢，朱邸輕移步障。遥臨鶴盖，紅雲遮映山莊。

（王都尉白①）

只覺年華如水，馬齒頻添，何日酬恩貺，衹增人媿也。仰輝光，願向筵前呈舞觴。

（曲内四堂候捧什物上，與衆内侍介）（端王白）謝了都尉爺。（内侍應，作謝介）（仝唱）（合）

鶯未老，柳初長，年年此日邀仙仗。勤洗盞，共歡賞。

（端王白）駙馬，你每日調官弄徵，音律是精通的了，可有什麽新串的院本麽？（王都尉白）少間演的《倒銅旗》就是新劇。（端王白）什麽《倒銅旗》？（王都尉白）就是秦叔寶、程咬金那些好漢。（端王白）這是隋唐故事。我們起來散散罷。（王都尉白）甚好。

---

① 應爲“唱”。

(奏樂,出席,更衣)(端王看古玩介。白)這些尊彜,想是三代以上法物?(王都尉白)也有秦漢以後的。(端王拿玉獅子介。白)這個鎮紙獅子雖不過羊脂玉鏤成的,却也做淂細巧玲瓏。(王都尉白)還有一個玉龍筆架,也是這個匠人一手做的。明日揀出來,一併相送。(端王白)那筆架自然更好。這玉獅子真覺可爱淂緊。(左右白)啓爺,麗春樓演武廳預備了,候千歲爺遊玩。(端王白)那邊有什麽好處?(王都尉白)麗春樓是些撮戲法的,并諸般雜耍。演武廳是走馬、賣解、打弹、擊球的。(端王白)諸般不必,我們且到演武廳較射一回,再領教新劇罷。(王都尉白)謹遵令旨。

(左右持弓矢先上)(衆行。唱)

【節節高】行行錦綉塲,轉廻廊,落紅飛絮莓苔上。蜂兒狂,蝗兒忙,鶯兒浪。平坡碧草花茵敞,把穿楊絶技頻施放。

(合前)

今宵拚醉促飛觴,等閒不覺情歡暢。

【尾聲】良辰美景應無兩,學華林馬射風光,則看那楊柳春旂一色颺。

(下)

第七出　宋家庄太公訓子

(扮宋江上。唱)

【遶池遊】茫茫宇宙,誰識擎天手。負韶華不堪回首。湖海聲名,筆刀趨走,怕棲遲明珠暗投。

(白)劍吐長虹貫斗牛,公門吏隐幾春秋。何時投筆荷戈去,直取班超萬里侯。自家姓宋名江,表字公明,排行第三,山東鄆城縣宋家庄人氏。生成義俠,頗諳詩書,慕朱家、郭解之流,解紛排難;結屠狗、椎埋之輩,露胆披肝。雖非里中豪右,也曾救人之急,濟人之危,交盡天下英雄,何止大淮以南、太行以北。因此人都叫我做"黑三郎",又呼我爲"及時雨"。在這鄆城縣大爺堂上充個書吏。長懷大志,暫時事刀筆於蕭曹;每顧中原,終期奮功名於衛霍。只是萱室先摧，且喜椿庭尚茂。有妻孟氏，操持家政，孝養高堂。還有兄弟宋清，名爲“鐵扇子”，與父親在這庄上務農。今日縣中無事，特地回家。當此春日融和，家門清静，已曾吩咐娘子准備酒殽，以奉老父一觴。娘子那里？

（孟氏上。白①）

【又一體】良人孝友，幸配鴛鸞，偶效倡隨，清貧厮守。

（白）相公，我和你琴瑟和諧，願百年晴光又轉艷陽天。（宋江白）娘子，高堂倚仗看花倦，好引青樽到膝前。酒筵可曾齊備？（孟氏白）齊備多時了。（宋江白）老父有請。

（宋太公扶杖，宋清、陳氏隨上。唱）

杖履逍遥，年光掩透，任東風催人白頭。

（相見虚白介）（宋太公白）我兒請我出來，有何話説？（宋江白）今日孩兒公務餘閒，特進一杯春酒，以介眉壽。（宋太公白）生受你了。（作入席，宋江進酒）（衆唱）

【集賢賓】望高堂喜承歡親左右，正簾幙風柔。千紅萬紫春如繡，聽林鶯新囀如流。

（宋江唱）

只是公門下走，恐不免貽憂黄耈。

（合唱）

將進酒，待引滿，介兹眉壽。

（宋太公白）我兒，你身雖在公門，心則不離于舍。况且離家不遠，我和你可以時常團聚，有何貽憂于我之處？（宋江跪介。白）孩兒有一言告禀。（宋太公白）起來講。（宋江起介。白）孩兒聞古人云：“識時務者，呼爲俊傑。人無遠慮，必有近憂。”如今王室日卑，朝綱不振，豺狼當道，賄賂公行。像孩兒做吏的，但犯罪責，輕則刺配遠惡軍州，重則抄札家産，連累父母、妻子。（宋太公白）元來如此！你是謹慎之人，再也不犯法的。（宋江白）孩兒到有一計在此。明日父親寫了一紙呈子，只説孩兒不務正經，結

① 應爲“唱”。

交匪類，告孩兒忤逆，求官府批給執照存案，出了籍册，各户另居。那時就有事出來，也有話攔擋。（唱）

【又一體】笑人情似白衣和蒼狗，常蹙破眉頭。無端風浪終須有，早安排穩坐漁舟。

（夾白）况且有兄弟在家，家風素守，况有弟能承堂構。（合前）

將進酒，待引滿，介茲眉壽。

（宋太公白）我兒，你没有忤逆，我如何肯告你？（宋清白）哥哥，如此清平世界，况且從來的官府待你甚好，縱有小過，自然寬貸，何必無災而懼如此？（孟氏白）相公，凡事還須從長計議。你雖是執役公門，却也名聞海内。今公公若告了忤逆，只恐外觀不雅。（宋江白）你們田舍郎、女流輩，那知目下時事？（宋清、孟氏唱）

【琥珀猫兒墜】庭闈聚首，菽水自忘憂。你在公門没怨尤，那虎阬狼阱甚來由？

（宋江唱）

解否？只怕後悔難追，何如未雨綢繆？

（宋太公白）兒呀，依你就是了！只願天可憐見，太平無事。（唱）

【又一體】念我老朽，鳩杖怕驚秋。只願竹報平安直到頭，等閒花落訟庭幽。

（衆合唱）

今後骨肉團圓，共迓洪庥。

（家僮上。白）義氣輕千里，春風洽四鄰。啓上相公，東溪村晁保正來訪。（宋江白）快請。（向上介。白）啓上爹爹，外邊有晁保正來訪。（宋太公白）這是你的好友，我們後堂去罷。（作起身介。白）我兒，你縣中公廨裡既然無事，在家多躭擱兩天也好。（宋江白）曉淂。（宋太公白）衡門竟日多車馬，（宋清、孟氏白）草舍隨時有竹松。（同下）

（晁盖上。唱）

【三臺令引】兒曹臭味薰蕕，肝胆平生付水流。然諾重山邱，滿胸臆熱血誰售？

（宋江上。作相見介）（晁盖白）押司。（宋江白）保正。（晁盖白）小弟有一拜。（宋江白）小弟也有一拜。（晁盖白）久違芝範，鄙吝頻生。（宋江白）幸接蘭言，襟期自遠。（拜介）（宋江白）請坐。（晁盖白）有坐。老伯起居都好？（宋江白）家父托庇粗安。今日到舍，有何見諭？（晁盖白）小弟有滿腔憤懣，要向公明兄一傾積愫耳。（宋江白）小弟也渴想與保正暢談半日，有現成的酒在此，且請痛飲三杯。（晁盖白）使淂。（入席作飲酒介）（宋江白）請。（晁盖白）請。公明兄，我想人生一世，草生一春。那祖士雅澄清有志，王仲舉灑掃無心。我們傲骨嶙峋，英風卓犖，空負堂堂七尺之軀，未綰纍纍半通之綬。頻看鏡裡，勳業何時；獨倚樓頭，行藏無據。老仁兄財踈鄧穴之錢，義俠夷門之劍。浮沉下吏，那見出頭日子？因此長縈于夢寐，敢以質之高明。（宋江白）妙呀！保正，我與你意氣如霜，肝膽似雪，諒非池中之物，不作轅下之駒。況如今權奸誤國，寇盗頻聞，民不聊生，朝多倖位。小弟雖然寄跡公門，每欲効忠宋室。蕭相國之筆刀，終能匡漢；魯仲達①之舌劍，豈在封侯？倘淂擊中流之楫，斬佞臣之頭，這纔是大丈夫、奇男子所爲耳。（晁盖大笑介。白）英雄所見，大約相同。（唱）

【簇御林】英雄膽，歲月悠，處苑簷，懷杞憂。我和你延津雙劍沉埋久，想騏驥待展春風候。

（白）昔魏太祖與漢昭烈青梅煑酒，尚論英雄。如今你我二人呵，（唱）

借前籌，雄談劇飲，恍惚似曹劉。

（宋江唱）

【又一體】平生志，尔我侔，念宗周，嫠婦愁。未必田横倡義功難就，還待學陳涉直把乾坤覆。

（白）不是小弟誇口，正所謂天下英雄，惟使君與操耳。（唱）

話相投，睥睨世路，曾不異蚍蜉。

---

① 應爲“魯仲連”。

（家僮持書上。白）雄談揮玉麈，義氣重金蘭。相公，有柴大官人差人送書問候。（宋江接書介。白）正在懷思，恰有書到。好生款待來人，我就出來。（家僮應介，下）（晁盖白）是那一位？（宋江白）就是滄州柴進。（晁盖白）可是江湖上稱爲"小旋風"的麽？（宋江白）正是。此人雖則金枝玉葉，却也義重故人。（晁盖白）難淂吾兄蓽户蓬門，要算交滿天下。天色已晚，告別了。（起身介。唱）

【尾聲】吾儕豈是形骸友，

（宋江唱）

杯酒還將心事剖。

（合唱）

何時淂攪海翻江把志願酬。

（分下）

第八出　高俅上任積嫌伸

（扮堂候隨高俅上。唱）

【西地錦】博帶峩冠顯耀，忽然平步青霄。宦途捷徑本非遥，一味逢迎諂笑。

（白）一生落魄類輿儓，忽地今朝步帝堦。我本無心求富貴，誰知富貴逼人來。下官高俅是也。本係微賤出身，又且行止虧損，終年漂泊，只道淪入寒微；一旦亨通，遽爾超登顯要。多虧了都尉的玉器二枚，得挨進邸第之中。正遇着聖上的彩球，一脚直引到廟堂之上。又將些拳棒吹弾，迎合上意，博淂個冠裳印綬，榮顯吾身。向時提拔，暫爲朝散之員；今日蒙恩，陞爲殿帥府太尉之職。人生際遇，至此極矣。我想大凡的人貴顯之後，恩怨最要分明。古人説"一飯之恩不忘"，那句話可以不必提他；"睚眥之讎必報"，這句話倒要緊記在心。今日上任吉期，往後少不淂大作一番威福，以逞吾志。（堂候白）禀上太尉爺，衙門吏役人等在外迎接太尉爺上任。（高俅白）着他們進來叩見。（堂候應介。白）

衙門吏役人等，太尉爺着你們進去叩見。

(衆吏役上。白)接新還换舊，送往又迎來。衙門有成例，執事要齊排。吏役人等叩見太尉爺。(高俅白)爾等須擺齊執事，按隊而行，倘有參差，取咎未便。(衆應介)(堂候白)請太尉爺更衣。(内吹打)(作更衣、上轎介)(高球①白)吩咐打導。(衆仝唱)

【五馬江兒水】迤邐顔行清道，飄飄旌旆繞。看巍巍朝貴燦燦猩袍，氣昂昂出人意表。牙爪逞咆哮，閭閻自驚擾。勢焰騰騰可畏威福權操，這的是掌握樞衡在一朝。

(衆軍政司都軍、監軍、牙將上)(仝白)本衙門軍政司都軍、監軍、牙將等迎接太尉爺。(高俅白)衙門參見。(衆應介)(仝唱)

看濟濟戎裝武曹，鬧叢叢前呼後導，早則見巍焕官衙絳彩風飄。

(内吹打介)(作下轎、拜印、陞座科)(衆逐班參見介)(高俅白)妙嗄！果然無官不貴。你看武夫羅列，吏役庭參。今日一堂之上，唯我獨尊，好淂志也。(軍政司白)合屬兵將、吏役花名册子呈覽。(高俅白)取上來，待本帥細閱。(作閲册介。白)兵將、吏役可都齊集？(军政司白)合屬俱齊，只有一名八十萬禁軍教頭王進因患病未痊不到。(高俅白)王進係何出身，敢大膽不到？(軍政司白)王進乃都軍教頭王昇之子。(高俅背介。白)原來就是王昇之子？我當年受了王昇的恥辱，如今正好將他兒子出氣。我方纔説"睚眥之讎必報"，今日就要發作了。(向衆介)那厮那裏是患病，明係藐視本帥，不來參謁我。左右，快去唤來，如有延捱，連你們一齊重處。(役應下)(高俅白)本帥到任，理應參謁。他只等大膽，輙②敢推病不到。(軍政司稟介。白)王教頭實係患病未痊，我等皆知，並非推故。(高俅怒介。白)本帥躬膺簡命，法重情輕，爾等敢來徇庇，難道不怕本帥的威權麽？(衆懼介。衆白)不敢。

(衙役同王進上。唱)

---

① 底本中多有將"俅"作"球"處。

② 應爲"輒"。

【一江風】志凌霄，命蹇多潦倒，伏枕傷懷抱。

(衙役白)教頭，那高太尉道你推病不去參謁，十分發怒。待我扶你進衙，好好求他饒恕罷。(王進白)咳！大丈夫豈肯低首下心，求人憐恕？不必攙扶，待我進衙，看他如何發付。(唱)

論英豪，視死如歸，雖病猶强，肯做尋常調？

(衙役白)已到衙門首，待我們先進去通報。(進介)稟上太尉爺，王進喚到了。(高俅白)着他進來。(役應介)教頭，太尉爺着你進去。(王進進見高俅介。背介)嗄！原來高太尉就是東京無賴高二。此人有何技能，忽然榮顯至此？他當初受我父親恥辱，今日發怒，定有緣故了。(近前介)(高俅怒介。白)哇！王進，你藐視本帥，不來參謁，明明是推病無疑。左右，扯下去，重打四十棍。(王進白)住了。我患病未痊，人人皆曉，並非推故，何淂屈棒打人？(唱)

裝成模樣喬，裝成模樣喬，根底分明曉，井蛙鰍地居權要。

(高俅白)那王昇是街坊上使花棒、賣膏藥的。你父親尚且如此，你有甚本領，充作教頭？今日見了本帥，還不下跪？(王進白)在此公庭之上，朝廷名分所關，只淂跪了。(跪介)(高俅白)不怕你不跪，扯下去打。(衆應介)(王進白)王進有病，並非推托，受此責罰，實是冤枉。(高俅白)今日庭參不到，理應責罰，有甚冤枉？左右，扯下去打。(軍政司等跪介，白)王進本該責罰，但今日是太尉爺上任吉期，望乞饒恕罷。(高俅白)且看衆將之面，饒了他這次，待我慢慢再處他。吩咐掩門。(吹打下)(衆見王進介，白)教頭有病，我等再三告稟，太尉只是不依，未知何故？(王進白)這是我命運迍邅，不必説了。只是多謝列位盛情。(揖介)(衆白)豈敢。教頭好生保重尊體，我等暫别。將軍不下馬，各自奔前程。(衆下)(王進白)原來那高二竟做了太尉。今日以公濟私，將我恥辱。罷，且回去告知母親，再作區處。(唱)

【皂羅袍】此恨憑誰申告？恐萱堂聞此，心下焦勞。今日裏大丈夫屈膝小兒曹，冲天怨忿何由報？自恨我乖時劣命，身微位小，他那裏依權藉勢，身尊位高，明明的泰山壓卵須當料。

(白)已到門首了。待我到側門而入,省淂牌軍看見,自覺無顔。(進側門介)母親有請。

(王進母上。白)閒工紡績安吾分,常倚門閭望子歸。我兒回來了。(王進白)母親,不好了!那高太尉就是帮閒的無賴高二。當日學使鎗棒,被我父親一棍打翻,結下冤讎。今日差人叫我,道我推病不去,要打我四十棍。幸虧衆將討饒,未曾責罰。他説還要慢慢處我,分明是假公濟私,如何是好?(王進母白)既是讎逢狹路,你又是他管轄,如何免淂毒手?除非遠避,可脱目前之禍。只是避到何處方好?(王進想介。白)只有延安府老種經略處,乃是邊庭用人之所。况且那裏軍官多有熟識者,避到此處如何?(王進母白)甚好,甚好!(王進白)事不宜遲。母親快進去收拾細軟,待孩兒遣開兩個守門牌軍,趁此時逃去便了。(王進母白)説淂有理。你到外厢快去遣開門首牌軍,待我進去收拾細軟。(下)(王進白)牌軍那裏?

(牌軍上。白)本爲擊柝輩,今作守閽人。教頭有何吩咐?(王進白)我前日病中許下嶽廟的香願。你們一人去辦香供,一人先去通知廟祝,説我明早五鼓要來進炷頭香。(牌軍白)曉淂。有言須領命,無事不離門。

(王進母親持包裹上。白)好將細軟忙收拾,共作全身免禍人。細軟東西俱已包裹停當,牌軍可曾遣開麽?(王進白)俱已遣去了。(摔馬介)請母親乘騎,待孩兒背了包裹,趁此傍晚,混出城門再處。(作出門介。同唱)

【又一體】母子相爲依靠,縱天涯海角,怎忍相抛。櫛風沐雨路途遥,登山涉水邊庭杳。讎逢狹路,且作避逃。一枝暫寄,脱離禍巢。行行盼不到延安道。

(下)

(場門預設布城介)(衆士、農、工、商作出入相擠介,諢科,下)(王進、王進母作出城介)

(扮門軍上,喝“關城門”介。下)(王進白)好了。且喜已出城門,請母親趲行一步,到前面村店安歇,明日早行。(同唱)

【尾聲】路崎嶇，林深窅，星星燈火小村遥。且向前途度此宵。

（下）

第九出　史進留賓新義洽

（史進上。唱）

【海棠春】昂藏器宇稱英勇，論武藝超羣出衆。花繡九紋龍，一任人傳誦。

（白）少小慕英豪，生來志量高。千金同草芥，六尺等鴻毛。自家姓史名進，華陰人也。自幼刺淂一身花繡，人都唤我爲“九紋龍”史進。不幸父母早亡，又無兄弟，只因從小好習鎗棒，打熬氣力，故此年過二十尚未娶妻。我這一村聚族而居，有三四百家都是姓史。他們那些人惟以耕種爲事，所以推我爲尊。凡村中有事皆是我照管料理，這也不在話下。我方纔在後面菜圃中跑馬射箭一番，不覺天氣漸晚，不免到莊門口閒步一回，看看野景，有何不可？（唱）

【步步嬌】籬落蕭踈村居静，獨步殘陽影，樵歌何處聲。

（白）出淂莊門，你看斜陽映水，歸鳥投林，樵子行歌，牧人驅犢，好村居景致也！（唱）

屈曲流泉，依微小徑，身在畫圖行。笑他城市多奔競。

（下）

（王進背包，王進母騎馬上）（王進内白）母親快請趲行。（上）

（同唱）

【品令】踉蹌母子，薄暮事長征。驅馳羸馬，淂得向前行。迢迢去路，盡是無人境。欲投村店，望處煙林雲磴。

（王進白）母親，我們自離東京，已是華陰界上了。來路已遠，那高俅料難追赶。只是天色昏暮，赶不到投宿之處，如何是好？（王進母）這便怎麽處？（王進望介）那邊有所莊院，且赶到那裏借宿一宵罷。（王進母）恐不識熟，未知留與不留？（王進）且到那邊，再作區處。請母親加上一鞭，速速前往。（同唱）

好似烏鵲南飛，三匝無枝何處停？

(王進白)已到莊院門首。母親請下馬，待孩兒先去問一聲。(王進母下馬)(王進拴馬介)莊内有人麼？

(雜扮莊客上。白)柴扉聞剥啄，且出問因依。是什麽人？(王進)我是行路的。因貪趲路程，錯過宿頭，欲借寶莊暫住一宵。(莊客)請少待。大官人有請。

(史進上。白)怎麽説？(莊客)外面有個行路客官，因錯過宿頭，欲求借住一宵，爲此禀知大官人。(史進)待我出去看來。(王進)莊主，小可因貪趲路程，錯過宿頭，欲借寶莊暫住一宵，明日拜納房金。(史進白)若説房金，倒覺小氣了。(王進白)多感盛情。(史進見王進母介)此位是誰？(王進)是家母。(史進)如此，請到那邊客房安歇。(王進)母親請到裏邊去，孩兒就來。(王進母下)(史進)莊客，過來捧了馬去，好生喂料。(莊客捧馬下)(史進)客官請進去。(王進放包裹揖見，坐介)(史進)請問客官尊姓大名，仙鄉何處？有何貴幹，如此貪趲路程？如今要往那裏去？(王進背介)看此人相貌魁梧，必非兇惡之輩。我也不必隱諱了。(向史進介)實不相瞞，小可乃教頭王進，世住東京，因與高俅素有舊怨，他如今做了太尉，(唱)

【尹令】操着殺人權柄，懷着小人心性，排着陷人阬穽，我只淂遠避延安經略衙門暫住停。

(史進白)原來就是八十萬禁軍王教師。久仰，久仰！(重揖介)(王進)不敢。請問莊主高姓大名，因何知道小可是八十萬禁軍教頭？(史進)在下姓史名進，只因從小爱學鎗棒，所以常聞教師大名。今喜相逢，欲屈留在此，盤桓幾時，略求指教一二。(王進)原來就是“九紋龍”。久慕，久慕！(揖介)既蒙盛意款留，當竭我所學報答高情便了。(史進)請問教師，那兵器中何者最利？(王進)那兵器雖有十八般名目，只要傳授精詳，用功純粹，皆可成名，無分利鈍也。(起介)(史進白)多蒙教師指教。自當從吾所好，拜從教師學習幾般便了。(王進)不敢。

(莊客上。白)晚膳已曾完備，擺在客房中了。(史進)請教師進去同令堂用了晚膳，再當請教。(王進)叨擾了。(史進)好説。

(王進唱)

【尾聲】逋逃到此無門徑，多謝你居停慨應，

(史進)

今夜裏月下閒將武藝評。

(同下)

第十出　聞緝捕王進遄行

(二莊客上。唱)

【水底魚】拳棒難精，人前强逞能。手遲脚慢，打淂遍身疼，打淂遍身疼。

(一庄客白)鋤地耕田懶學，擦掌摩拳爲樂。(一庄客白)見人不敢脱衣，遍貼内傷膏藥。(一庄客白)噲！你貼了内傷膏藥，還虧你説出來。(一庄客白)譬如你那日打壞了，還灌一肚子糞清。(一庄客白)若無糞清灌救，險些命填溝壑。(一庄客白)全憑着狐假虎威，那裏會鷹拿鴈捉。(一庄客白)溜單兒忍氣吞聲，成隊兒作威逞惡。(一庄客白)哥嗄，這叫做以衆暴寡。(一庄客白)並不是以强欺弱。(各笑介。白)我們這樣好漢，也就闖淂光棍了。(一庄客白)閒話休提。我們乃史家庄上莊客便是，只因大官人爱習槍棒，連我們都會些耍拳弄棍。(一庄客白)我想除了大官人，就算我們有本事了。不意來了一個教頭王進，自恃本領高强，不看我們在眼内。(一庄客白)我這一拳黑虎偷心，是百發百中的。不知怎麽被他一架，脚底下一掃，我就……(跌介)(一庄客白)怪不淂你没用，站也站不稳。(一庄客白)我是學與你看。(一庄客白)嗄！是學與我看麽？(一庄客白)在大官人面前出我的醜，因此又羞又恨。(一庄客白)非但這一節。前日大官人又拜他做了師父，越發大道起來，把我們呼來喝去，實實氣他不過，怎麽想個法兒弄他去了纔好。(一庄客白)我倒有個妙計在此。(一庄客白)有何妙計？(一庄客白)他原是東京逃來的，

只說東京行文到此，緝捕逃犯，有人知道在此窩藏，本縣差人即刻來拿了。他聽見此信，自然逃走去了。此計如何？（一庄客白）好計，好計！只是要説淂利害些纔像。（一庄客白）這個在我。（一庄客白）事不宜遲，我們就去報知。（一庄客白）有理。（同唱）

【又一體】王進雖能，難猜此假情。牢籠計就，拔出眼中釘，拔出眼中釘。

（同下）

（場上預設刀鎗架介）（王進上，唱）

【搗練子】鄉思切，旅情多，失路英雄喚奈何。

（史進接上。唱）

淂遇明師親指點，方知舊學枉蹉跎。

（各見揖，坐介）（王進白）奔走他鄉何日安，幸逢賢主且盤桓。（史進白）山村無物堪供客，剪淂園蔬作午餐。（王進白）連日打攪，甚是不當。（史進白）多謝師父勞心教導，感之不盡。（王進作嘆介）（史進白）爲何師父只管悶悶不樂，敢是小子款待有慢麼？（王進白）多謝大郎盛情，何出此言？我王進呵，（唱）

【風入送①】平生豪志未曾酬，只落淂浪蕩漂流。今朝碌碌風塵走，何日裏功名成就。

（史進白）我想人生窮達，莫非有命，且請師父寬懷，不必愁慮。師父，莫怪小子多言。（王進白）請教。（史進近前。唱）

你本是潛身避讎，如倦鳥豈淂擇林投？

（王進白）多承寬解。不覺愁悶頓消，我當任運而行便了。（史進白）前日蒙師父傳授鎗法，尚有幾處不能明白，再請指教一番。（王進白）左擊右刺，捷若游龍；後伏前趨，輕如脱兔。全要身心相應，進退淂宜，方稱合法。你我對使一路，看有不到之處，再爲講論便了。（二人對鎗介。同唱）

【急三鎗】如雪舞，如電走，如蛟鬬，能駐景，慣椿喉。

---

① 應爲“松”。

(又對鎗介。同唱)

迴波繞,霜華落,寒光溜,風凛冽,集長矛。

(對鎗完介)(史進白)多謝師父指教。小子鎗法已明,尚有傳授雙刀,不能精熟,望乞師父對舞一回。(王進白)既如此,我和你對舞一回便了。(二人對刀介)

(二庄客上。白)忙將緊要事,報與大郎知。大官人在那裏?不好了,不好了!(史進白)爲何這等慌張?(一庄客白)東京行文到此,緝拿逃犯。(一庄客白)有人知道在此窩藏。(一庄客白)如今本縣差人即刻到莊來了。(一庄客白)唬淂我渾身冷汗,特來報與大官人知道。(史進慌介。白)如今怎麽處?(王進白)既漏風聲,須防連累。我同老母即刻起身去也。(二庄客白)快去,快去!不要連累我們。(史進白)哇!狗才,這等放肆!凡事有我在此。(二庄客白)官府差人來,一齊捉去,不是當耍的。(史進白)胡說!快去整備酒殺,我與王教師歡飲一回,再作計較。(王進白)住了。我逋逃到此,豈可連累大郎?去意已决,不必復留了。(史進白)既是决意要行,不敢强留。但相聚未幾,匆匆遠别,難爲情耳。(王進白)相會有期,何必留戀。(史進白)既如此,莊客過來。(二庄客應介)你一人快去報與王太師母知道,收拾行裝。將王師父馬匹喂好,併將我所乘之馬一齊帶來。(一庄客應下)你一人將我白馬一匹,盤費銀五百兩,送王教師起身。(王進白)叨擾不當,何勞厚贈?(史進白)不堪之敬,聊表寸心。(王進白)既蒙盛意,馬匹暫領,銀子决不敢受。(史進白)些須盤費,何必推辞!(王進白)断断不敢領受。(向庄客白)你快去牽馬過來。(一庄客白)曉淂。(背白)此計甚妙。不怕他不去。好快活,好快活!(下)(王進白)就此拜别。(史進白)小子蒙師父教導,今日分離,甚覺傷感。(各拜介)(同唱)

【風入松】談兵説劍意相投,又誰知忽動離愁。依依含淚難分手,何日淂連床話舊?

(王進白)母親有請。

(王進母上。唱)

似萍梗隨波逐流，重整轡過林邱。

(史進見揖介。白)在此有慢，太老師母千萬前途保重。(王進母白)多多打攪，甚是不當。(史進白)待小子遠送一程。(王進白)多蒙盛意，恐怕路上人多，招摇耳目，反爲不便。不消了。(史進白)既如此，送到前面十里長亭便了。帶馬來。

(二庄客牽馬上)(王進母、王進、史進各上馬。王進背包裹，同出門)(史進向二庄客白)你們不必隨我去了。(二庄客下)(王進等同唱)

【急三鎗】行行去，須停轡，重回首，不忍别，淚交流。離莊院，經村落，穿林岫，且向旗停内，話離愁。

(同下)

(李吉上。白)遊子不知耕種事，全憑打獵作生涯。自家李吉便是。我常在少華山打獵爲生，不意近來有强人嘯聚，故此不敢進山。今日寂寞不過嗄，不免到史家庄上尋王四沽飲一回，有何不可?(走介)行過麥隴上，便是史家莊。這裏是了。(看介)阿喲!你看好一座莊院也!(唱)

【風入松】菁葱桑柘遶墻頭，汩汩的一派溪流。牛眠芳草，鷄鳴晝閒，囤却千堆米豆。

(史進白)師父慢行。

(乘馬上。唱)

恰纔個班荆道周，迴望断嶺雲愁。

(見李吉介。白)嗄!你是李吉，爲何在此窺探我莊上，莫非有些歹意麽?(李吉白)來，來尋王四沽飲，並無歹意。(史進下馬進門，庄客牽馬介)(史進白)你一向爲何不拿野味來賣?(李吉白)近來没有野味。(史進白)偌大一個少華山，少什麽獐兒、鹿兒，怎麽説没有?(李吉白)大郎還不知道麽?目今少華山上有三個强人嘯聚，誰敢到那裏去打獵?(史進白)那强人怎麽樣嘯聚，就這等利害?(李吉白)那三個强人兇狠異常，帶了僂儸横行劫掠，行旅、居民盡受其害。(史進白)原來如此。(向李吉白)今日王四進城去了，不在莊上，你回去罷。若有了野味，即便送來。

(李吉白)如此,我回去了。(背白)我來尋王四沽酒,他認我做歹人。(作怒介)嘆!出語傷人誠可恨,咬牙切齒氣填胸。(下)(史進白)且住。既是强人逼近,難免攪擾村坊,必須預爲准備纔好。莊客過來。(庄客應介。白)你可傳齊合村人等,説少華山有强人嘯聚,速來商量防禦之策。快去,快去!(庄客應下)(史進白)據李吉之言,那强人定然兇狠。幸淂我莊上人户衆多,深溪圍繞,只要看守嚴密,也不怕他劫掠。待衆人到來,再作區處。

(衆扮鄉民上。唱)

【窣地錦襠】史家莊上户民稠,況有深溪環繞流。一齊舉起鐵鋤頭,管取强人一命休。

(白)大郎叫我們有何吩咐?(史進白)今有少華山强人嘯聚,横行劫掠,恐怕他到我村中騷擾,你們須要齊心防禦。他若來時,只聽我莊上鳴鑼爲號,即來接應,不可遲緩。(衆白)既蒙大郎吩咐,我們各各小心便了。(史進白)你們隨我到莊前莊後,將看守拒敵之處指點一番。(衆白)有理。(同唱)

【尾聲】既同鄉里當援救,宜相助還須相守,努力隄防莫惰媮。

(同下)

第十一出　保村庄陳達被捉

(僂儸八人引朱武、楊春、陳達上。同唱)

【點絳唇】嘯聚深山,肆行無憚英雄漢,把守天關,部隊分方按。

(朱武白)緑林豪傑古稱雄,(楊春白)烏合潛藏山島中。(陳達白)那怕官兵來勦捕,(同白)須教一鼓盡成空。(朱武白)吾乃朱武是也。(楊春白)吾乃楊春是也。(陳達白)吾乃陳達是也。(朱武白)我等嘯聚山林,横行劫掠,人强馬壯,器械鮮明,十分威勇。(楊春白)那些近山人户怕我等騷擾,皆已逃竄移居,就是過客經商,也懼我等劫掠,俱不敢行走。(陳達白)因此寨内糧草短少,欲到華陰縣借取糧餉。二位哥,意下如何?(朱武白)我們若到華陰縣,必從史家莊經過。聞淂史進武藝高强,膂力甚勇,此人不是好惹的。還須斟酌而行。(陳達白)咳!你長他人志氣,滅自己威風。那見淂史進兇狠,我就不是他的對手?我如今帶領僂儸前去,管取先擒史進,然後到華陰借餉。衆僂儸!(應介)隨我到史家莊去。(上馬執刀,四僂儸隨介。白)單刀能禦敵,匹馬要成功。(下)(朱武白)你看陳兄弟雖然勇往直前,誠恐此去不能戰勝。我們帶領兵衆,隨後策應便了。(楊春白)有理。大小僂儸!(應介)隨我下山。(各上馬執器械。同唱)

【滴溜子】旌旂繞,旌旂繞,雲霞映山。刀鎗利,刀鎗利,非同等閒。嚇淂鄉民逃散。殺聲動地來,人人驚患。跪献黃金,纔保平安。

(四僂儸引下)

(内鳴鑼介)(衆鄉民執器械上。同唱)

【六么令】强人兇悍,劫掠村莊,居民不安,齊心防獲莫偷閒。

(白)我們史家庄衆鄉民是也。方纔聽淂庄上鳴鑼爲號,故此各執器械,防禦强人。哥嗄,我們一同前往。(衆白)有理。(同唱)(合前)

擎犂耙,舉鋤鎒,鄉田同井宜防範,鄉田同井宜防範。

(史進持鎗上。唱)

【四邊静】忽聞喊殺忙厮趲,休教留破綻。偌大史家莊,强徒敢輕慢。

(鄉民見介)(史進白)列位嗄,你聽强人喊聲漸近,將到村庄。我們迎敵前去,莫待賊人逼近。(衆白)有理。(同唱)

一身跨鞍,全家飽餐,會集衆鄉鄰,巡邏衛里閈。

(陳達引衆冲上,架住)(史進白)來者通名。(陳達白)吾乃少華山三大王陳達是也。汝是何人,敢來對敵?(史進白)吾乃"九紋龍"史進。你何等强人,敢來送死?(陳達怒介。白)阿喲,阿喲!你休出大言,放馬過來。(戰介,陳達敗下,衆對戰介)

(陳達敗上,史進追上,架住史進又戰)(陳達被擒綁介)(衆僂儸敗下)(史進白)將這厮綁進庄内,明日解官請賞。(衆應介。同走)(唱)

【大迓鼓】强徒好赧顔，逞伊烏合，自取愁煩。英雄奮處成俘献，今朝醜類盡傷殘。綁縛呈官，比户可安。

（同下）

第十二出　守友誼史進結恩

（衆僂儸、朱武、楊春上。仝唱）

【六么令】加鞭緊赶，塵土迷空，極目遥看。急忙接應怕兵單。

（敗殘僂儸上。白）不好了，不好了！啓上二位大王，那陳大王被史進戰敗，綁進庄内去了。（楊春）阿喲，阿喲！罷了，罷了！那史進好生利害！大哥，我與你帶了僂儸，奮力前往救取陳兄弟便了。（朱武白）住了。那史進兇勇異常，只可智取，不可力敵。（楊春白）計將安出？（朱武白）我們如今叫僂儸遠扎庄口。你我二人去了兵器，步行到彼，只説要與陳兄弟共同生死，將義氣之言感動他，方爲萬全之策。（楊春白）説淂有理。衆僂儸！（衆應介）你們遠遠駐扎庄口，不可有違。（衆應介）（同唱）（合前）

同舉刅，快扳鞍，伊行只恐人傷犯，伊行只恐人傷犯。

（同下）

（史進領衆綁陳達上）（同唱）

【又一體】叠成公案，邀請花紅，增耀羅襴，今宵且自緊防閑。人絡繹，守更番，天明解送知非晚，天明解送知非晚。

（朱武、楊春各去兵器，步行上。白）好將三義同生死，哀告村中豪傑人。（跪介）（史進白）你二人是誰？（朱武、楊春白）我們是少華山寨主朱武、楊春，與陳達結爲三義，誓同生死。今陳兄弟被好漢拿住，我們情願一同綁縛，押去報官。（史進白）住了！你們如此光景，莫非有計麽？（朱武、楊春白）我們身邊寸鐵皆無，那衆僂儸已遠遠駐扎，有甚計來？（史進背白）他們是草寇，倒有一番義氣。我若擒獲他們，豈不被江湖上好漢笑罵？（向朱武、楊春介。白）過來。你們既然如此義重，何忍擒拿？我如今放還陳達,一同回去罷。(向衆白)放了綁。(衆白)放不淂的。(史進白)啡！有我在此,誰要你們多管。(衆放介)(朱武、楊春、陳達同謝,揖介。白)多謝好漢。今日蒙君全義氣,他年報德不忘恩。(同下)(史進白)爾等擒賊勞苦,同到庄上殺牛具酒,歡飲一回。(衆白)多謝大郎。(同走。唱)

【窣地錦襠】椎牛漉酒競開顔,休把英雄做賊看。從前防禦費多般,今後柴扉不用關。

(下)

第十三出　送錦襖因醉遺書

(王四背包裹上。白)平生全靠一張嘴,遇事生風會搗鬼。見了黄湯弗顧子性命呵,弗管子熟水與凉水。小子姓王名四,住這華陰縣史大郎庄上,做一個頭兒、腦兒、頂兒、尖兒,一個庄客。刀架上的刀一竅也不通,書架上的書一字也不識。只因生成狡猾,小有聰明,專會帮閒,慣能嚼舌,大官人被我奉承淂眉花眼笑,管家們被我撮弄淂屁滚尿流,因此滿庄人都呼我爲"賽伯當"。想我落魄不羈,好不灑落也！(唱)

【醉花陰】則爲着浪蕩浮生欠修整,間厮趁終朝酩酊。慧舌似流鶯,哄淂東君道我千般勝。

(白)這也不在話下。前日少華山一夥强盗,被我大官人輕舒猿臂,生擒活捉而回。那里曉淂那些夥盗拜倒轅門,要求一處同死。我家大官人憐他義氣,親解其縛,反與他們酒食。那些强盗感激我大官人,就叫小嘍囉送些蒜條金子來。大官人不收,是我攛掇大官人收了。不多兩天,又叫小嘍囉送些大珠子來,也是我攛掇收了。三翻五次,大官人不好意思,就叫裁縫做了三領紅錦戰袍,今早叫我進去,説:"王四,我的兒,我要你幹一件事,别人不放心,你是我庄上腹心可靠之人。你把那三領紅錦戰袍送與少華山三位好漢,還有書一封,約他三位到庄上後院同賞中秋。"大官人又知道我歡喜此道,一連與了我三大碗上馬杯。自古道:

"上命差遣,概不由已。受人之托,必當忠人之事。"只索去走一遭也。(唱)

【喜遷鶯】秋風掃逕,黑松林陡起濤聲孤另。走的來山鳴谷應,步步穿蘿踏蹬行。

(白)你看少華山連着太華,山勢崱屴,石磴磥砢,好不險峻也!(唱)

則看這重崗嶺,斷連着蓮花玉女,更和那翠壁峻嶒。

(四嘍囉上。白)山高雲易雨,地迥木多風。那漢子往那裡走?(王四白)我叫王四,是史大郎差來的。(嘍囉白)原來是王四哥。失敬了。到此何幹?(王四白)大郎想念你山上大王,特做了三領紅錦戰袍相送,還有書一封,要請三位大王到敝庄去同賞中秋。(嘍囉白)取戰袍與書過來,待我先禀。(王四遞包袱、書介)(嘍囉下)(三嘍囉白)王四哥,我們前日在你庄上好不打攪。(王四白)十分簡慢。(嘍囉白)你家大爺武藝超羣,老哥是大郎手下親隨,一定也是好的。(王四白)也曉淂幾件兒。

(嘍囉上。白)三位大王出來。

(八嘍囉持弓矢器械,引朱武、陳達、楊春各穿紅錦戰袍上。白)但使封侯龍額貴,何妨落草虎頭閒。(朱武白)嘍囉們,史大郎的來人何在?(嘍囉引王四見介,叩頭介)(白)小人王四,叩見三位大王。(朱武、陳達、楊春白)我們蒙你大郎不殺之恩,如今又賜我們錦袍,還要邀我到你家慶賞中秋,此恩此德,何以爲報?(王四白)三位大王仗義踈財,我家大郎禮賢任俠,况且都是名重邱山,自然情同魚水。(朱武等三人笑介。白)這管家到會講話。也罷,嘍囉們,取酒過來。(嘍囉取酒并書、銀三封介。白)大王,酒有了。(朱武白)斟上與他食。(王四白)多謝大王。(作連飲大碗介。唱)

【出隊子】小人何幸,蒙恩賜醁醽,盞浮琥珀鬱金馨,馬乳葡萄手内擎。料道是今宵眠不醒。

(朱武白)嘍囉們,再斟。(王四作飲介。白)小人不勝酒量了。(朱武白)也罷嗎!這里有回書一封,屆期必赴,再與你白銀五十

兩，收了。（王四白）多謝大王。（作收書、銀在懷介）（朱武三人白）你且聽我道：（唱）

【乱①地風】只爲恁仗義東人釋放情，好教人感激難名。却如何又淂這雲霞錦繡袍三領，還約他醉月飛觥。這的是骨肉看承，煞强似綈袍解贈。

（白）吩咐值日嘍囉，送王四下山。我到教場演武，試這錦袍去也。（唱）

喜淂這錦衣紅，正映着巒光碧，趁風高馬勁挽强弓，射鷙鷹，好施展俺這養叔才能。

（下）（八嘍囉隨下）（四嘍囉白）王四哥，且到山下酒店裡再喝三杯。（王四白）多謝衆位盛情，實在吃不淂了。（四嘍囉拉走介。白）醉後添杯不如無，我們也盡點情兒。（作到介）請坐了。店小二那裡？快打兩角好酒來。（作入席坐介）

（酒保持酒上。白）又是山上爺們來了？酒在此。（衆作飲酒、照杯、划拳，諢介）（一嘍囉白）列位且不要嚷，寡酒難吃，你店裡的妙人兒叫他來唱個曲兒。（酒保白）爺們静飲罷，又要叫姐兒們，少不淂又勞爺們破鈔。（嘍囉白）呔！你瞎了眼？我那一回是白叫他的麽？（酒保白）爺們不要發躁，叫就是了。姐兒們走動。

（二村婦作山西聲音上。白）野花偏有艶，村酒醉人多。衆位爺們好呀！叫我們做什麽？（嘍囉白）我的乖乖，要你唱個曲兒與王四爺聽。（村婦白）唱曲兒是咱們當行，只要爺們多吃幾鐘。（嘍囉作飲酒，勸王四）（村婦隨唱《寄生草》）（衆作鬧酒，醉介）（王四起介。白）列位老哥，多謝了。不要悮了正經。（一嘍囉白）做强盗有什麽正經？小王，你要不喝我這鐘酒，你就是我滴滴親親養的。（作扭王四，衆作勸介）（嘍囉作吐，二村婦扶介。虚白下）（酒保白）這是怎麽説，把我家伙都打破了，我這個買賣還做淂麽？（衆嘍囉白）都是我賠。今日的賬寫在我名下。（酒保白）肯賠，我還有什麽説？（下）（王四白）請了。盛擾了。（嘍囉白）請了。恕不送了。（下）（王四作醉態介。白）有趣！那三位强盗被我奉承了

---

① 應爲“刮”。

兩句,他就與我酒呵,又與我一錠大銀。且把書子、銀子收好了,回去好回覆大郎。(作取出書子、銀子,用手帕包放懷内,旁露出手帕介)(作醉欲跌介。白)不好!今日喝大發了,就是吃了那些小强盗的虧。(笑介)我想人生在世,還是做强盗的興頭。(唱)

【四門子】想當初黄巾擾亂東京鼎,再休提南塘古俊英。似他每把持少華如梟獍,據高山扎硬營。將人殺便殺、生便生,血淋漓教人心膽驚。

(作欲跌介。白)怎麽一霎時竟天旋地轉起來?(唱)

怎生的頭上兒沉,脚下兒輕,醉酕醄一交難扎挣。

(作跌倒,睡介)

(李吉拿兔網上。白)日斜寧覺晚,山險不知高。這幾日没有出來做生活,今日無事到山坡下,張幾個兔兒回去。(王四打呼介)(李吉白)那邊怎麽跌倒一個人。(看介)這是史大郎庄上的王四呀,他偏①了我,不知那裡喧淂這樣醉。不好,天色將晚,不免扶他回去罷。(作扶介)那裡扶淂動?咦,他懷裡有什麽東西?(作抽出看介。白)元來是一錠銀子、一封書子。事有蹺蹊,待我偷開一看。(作拆書念介。白)少華山朱武、陳達、楊春,嗄!元來史進那厮勾結少華山大盗。且住,我做獵户,幾時能勾發跡?那算命的説我今年要發一注大財,元來却在這裡。我如今拿到華陰縣出首,賺他三千貫賞錢。又出了前日史進那厮認我做歹人的氣。有理,有理!(作藏書、銀介。白)且自悄悄兒去罷。正是:淂他酒醉日,是我運通時。(下)(王四作醒介。白)吃不淂了,呵②不淂了!(起介。白)哎喲!醉了。元來竟倒在林子裡過了一夜。此際已將天明了。(作摸懷中介。白)不好了!銀子、書子都被人拿去了。我想銀子還不打緊,那書子大有關係。這便怎麽處?有了,我回去見了大郎,若説丢了書,一定了不淂。只説三位大王淂了錦袍大喜,留小人在彼吃了半夜的酒,又要寫回書。到是小人説三位大王既如期而來,何必寫回書?况且路

---

① 應爲"騙"。

② 應爲"喝"。

上倘有失誤，更爲不便。他是直性莽男兒，自然信以爲實。且哄過了一時，到了家中，遲一兩日，竟逃走了罷。（跌足介。白）酒呀酒，你害淂我王四好苦也。（唱）

【古水仙子】呀、呀、呀被你阬，呀、呀、呀被你阬！却、却、却、却緣何一覺鼾呼到五更。是、是、是、是誰將鴈足書偷，怕、怕、怕、怕漏春光真贓實証。算、算、算、算將來活不成，只、只、只、只憑這賽蘇張巧舌風生，假、假、假、假做個瞞天撒謊無把柄，他、他、他、他性兒鹵莽多應傾耳聽。

（白）别的倒也罷了。（唱）

單、單、單、單撇不下雪花花一錠好家兄。

（下）

第十四出　賞中秋潰園聚義

（李吉上。唱）

【金錢花】心頭怒氣難平，難平，暗中指引官兵，官兵，一齊捉獲盡遭刑。淂公賞，不微輕。報私怨，要分明。

（白）自家李吉是也。前者在史家莊上尋王四沽酒，叵耐史進那厮説我窺探莊門，有窃盜之意，因此懷恨在心。誰想他倒與少華山强人往來，前差王四到山，邀請朱武等于中秋夜賞月飲酒，結拜弟兄，朱武等答有回書。王四醉卧林中，這封書却落在我的手内。我既懷舊恨，又見縣中懸了三千貫賞錢，要捉獲强人，爲此我去出首。不惟報了私讎，而且淂了公賞，豈不快活？本縣已差都頭二名，帶了土兵，着我爲嚮導，前往史家庄擒賊。今日乃是中秋，我已打聽淂朱武等在莊上飲酒，且待都頭、土兵到來，進莊擒獲便了。（下）

（二莊客隨史進上。唱）

【七娘子前】英雄落落交難訂，幸今日氣求聲應。

（白）我史進，自從少華山寨主騷擾村莊被吾擒獲，因見他三人義重，故將陳達釋放。他三人感我之情，往來甚密，常將金帛送來。我看他們雖然落草，頗有丈夫氣槩，是以分毫未受，欲與他們結爲弟兄。已着王四前往少華山,約于今日中秋之夜焚香結拜。不想王四到家未及一兩日,竟逃走了,不知什麽原故?這也不在話下。莊客們!

(二莊客應介)(史進白)酒席可曾完備?(莊客白)完備了。(史進白)你在門首伺候,三位寨主到來,即忙通報。(二莊客應介)

(朱武等三人上。同唱)

【七娘子後】前度唧𪌸,今成刎頸,相邀八拜交情定。

(莊客白)三位寨主來了麽?(朱武等白)快去通報。(莊客禀介。白)三位寨主到了。(史進白)道有請。(朱武等進門,各揖見介。白)榮華如一芥,仁義值千金。却喜尋戈後,翻爲慶盍簪。(朱武白)我們蒙大郎厚德,未曾圖報,又承見爱,欲結兄弟,使我等感之不盡。(史進白)英雄相遇,正當如此,何必稱謝?(楊春白)既是大郎盛意,我們只淂從命了。(陳達白)大郎年長,即爲大哥。我們三人照舊序列便了。(朱武白)説淂有理。(史進白)有僭了。快排香案過來。(莊客應介)(四人仝拜。唱)

【玉芙蓉】香烟如篆凝,叩首心相訂。禮穹蒼,過往神明作證。要同王貢弾冠慶,休效張陳按劍争。

(史進白)三位兄弟,請到後面菜圃中,對月舉暢①,以盡今宵之樂。(朱武等)大哥請。(仝唱)(合)

一言定,願終無變更,羨當年桃園三義,千載仰儀型。

(仝下)

(李吉、都頭二人帶土兵各執器械上。仝唱)

【朱奴兒】奉公差擒拿不逞,硃牌上字字分明。窩主强徒共四名,齊捉獲解到公庭。

(李吉白)列位快些走。(都頭白)那少華山强人可在莊上?(李吉白)已在史進家飲酒,趁此時前去便好。(都頭白)如此,你先引路,我們隨你前行。(仝唱)

把兇徒命一朝斃傾,指日裏居民靖。

---

① 應爲“觴”。

（仝下）

（朱武、楊春、陳達、史進仝上。唱）

【又一體】醉酕醄不知露泠，見冰輪輝映中庭。丹桂飄香夜氣清，拚百甕飲到天明。

（史進白）三位兄弟，酒未盡興，還須暢飲。（朱武等白）我們多已醉了。只是酒逢知己，且散步一回，看看月色，再飲便了。（衆看月介。白）妙嗄！（合唱）

看蟾光映，把金樽暫停，好領略中秋景。

（内吶喊介）

（二莊客上。白）不好了，不好了！天有不測風雲，人有旦夕禍福。大官人，不好了！（史進白）爲什麽事情這等着忙？（莊客白）本縣差了都頭，帶了無數的土兵，圍住莊院，要擒拿三位寨主。若不綁出，就要打進來了。（朱武等）這却如何是好？（史進）不知何人走漏消息？但事已如此，爲今之計，惟有併力殺出，護送三位兄弟上山便了。（朱武等）若然如此，我們雖淂免禍，恐怕連累大哥，如之奈何？（史進白）既然拒捕，断難此處安居。我無父母妻子之累，便離此地何妨？莊客過來，你一人進去吩咐收拾細軟家資，隨我們上山。（一莊客應下）你一人傳齊衆庄客殺出莊院便了。（一莊客應下）（朱武等）難淂大哥如此豪爽，深爲可敬。（史進）三位兄弟，我史進呵，（唱）

【會河陽】不惜身家要全義名，扶危濟困見交情。生平不畏强梁、不圖報稱，任一味天然性。

（朱武等）

仁兄越顯淂心中正，仁兄越使我心欽敬。

（李吉領都頭、土兵繞場圍下）（史進白）你聽，官兵已至門首。我等帶領庄客突圍出去便了。

（衆庄客各持器械，又帶史進等四人持兵器上。唱）

【越恁好】各持鋒刃，各持鋒刃，殺退那官兵。齊心協力，管舉手要功成。

（史進白）三位兄弟，各持兵器併力殺將出去。（朱武等）有理。

（仝唱）

那怕重圍如鐵城，須臾脱掙。光閃閃，攢刀劍相輝映；密層層，集士卒來圍定。

（都頭、土兵衝上，相殺介）（都頭敗介）

（莊客推車將細軟家資裝載上）（史進白）官兵已退，待我護送三位兄弟上山。莊客們，快些攢行。（仝唱）

【紅繡鞋】一齊電走風行，風行；穿林越澗如騰，如騰。璧月掛，斗柄横。寒蟬静，夜鳥驚。山路杳，急兼程。

（頭目、僂儸上，接介）（莊客推車下）（朱武白）多蒙大哥累次施恩，實難圖報，當推居首位，我等恭聽約束便了。（史進白）咳！我本清白良民，偶爲義氣所重，故作此違法之事。如何便肯落草？（朱武等白）既然如此，且在山中住下，待等逢赦之後，再與大哥重整莊院。（史進）山上亦非久居之地，不過暫住三五日，即往延安經略衙門中，尋我師父王教頭。此乃邊庭用人之處，博個出身，方遂吾願。（朱武）大哥執意如此，且在山中盤桓幾日，我等相送起身便了。（楊春、陳達白）一宵辛苦，請後邊安歇片時。（史進白）請。（仝唱）

【尾聲】巖前皓月空輝映，敗盡了賞蟾光的幾多佳興，只聽淂山下鷄聲天漸明。

（下）

第十五出　魯達揮拳除市虎

（魯達上。唱）

【夜行船】仗劍從軍俠氣聞，何日裏淂樹奇勳。壯志難酬，邊庭厮混，贏淂威名遠震。

（白）結髮從戎上戰鞍，腰懸寶劍月光寒。生平任俠爲知己，肯作悠悠行路看。自家小種經略府提轄，姓魯名達，本貫關西人也。膽氣粗豪，心胸闊大。是不是輕生重義，遇知己肯贈頭顱；信不信扶弱除强，見不平便拚性命。不拘迂腐細行，自成磊落雄懷。

這且不在話下。有一拳棒教師李忠，綽號“打虎將”，舊曾相識。近從遠方到此，今日不免請他酒肆中沽飲三杯，少叙交情。原約他在此處會的，怎麽尚不見到來？（内嗽介）（魯達白）遠遠望去，正是他來了。

（李忠上。白）漫言漂泊無知己，正喜逢迎有故人。（見介）（魯達白）賢弟遠來，尚未申敬，今請同至肆中豪飲一番，聊當洗塵。（李忠白）極承大哥盛情，只是何以克當？（魯達白）不要謙遜。前面州橋下潘家酒樓甚好，請同至那邊。（李忠白）請。（魯達白）手把一樽拚痛飲，目空四海恣雄談。（下）

（史進上。白）燕趙悲歌士，相逢劇孟家。寸心言不盡，前路日將斜。我史進下淂少華山，要尋訪師父王進，一路行來，已到渭州地面。聞淂這裏有個經略府，莫非我師父就在此處？怎地問個信兒纔好。（内應場介）（史進白）那邊有個軍官來了，且向他問個消息就知道了。

（魯達、李忠上。白）不尋市上飯包漢，且覓橋頭酒肆傭。（史進白）尊官請了。（魯達白）請了。（史進白）敢問這經略府中可有位東京來的八十萬禁軍教頭王進麽？（魯達白）足下何人，問他怎的？（史進白）小弟名唤史進，有事特來相訪。（魯達白）你莫非是“九紋龍”史大郎麽？（史進白）小弟正是。敢問職事哥高姓大名，何由淂知小弟？（魯達白）在下魯達，仰慕尊名久矣。（史進白）原來是魯提轄。仁兄，此位尊姓？（李忠白）小可李忠。（史進白）久仰，久仰。（李忠白）不敢。（史進白）王教師可同提轄在經略府麽？（魯達白）他在延安府老種經略處，不在這邊。（史進白）原來如此。既然不在，小弟告辭。（魯達白）忙什麽？難淂到此相會，同飲三杯以叙傾蓋。（史進白）如此，小弟作東。（魯達白）酒家！

（酒保上。白）來了。玉樓春色動，人醉杏花天。提轄老爹，請樓上坐。（魯達白）好酒打幾角來。（酒保白）用什麽下飯？（魯達白）不用問，有好的只管拿來。（酒保應介，持酒上）（魯達白）請坐了。（李忠、史進白）請。（合唱）

【粉孩兒】殷勤的捧霞暢申夙悃。幸相逢萍水，片言投分。天涯兄弟誰似君，好開懷頻倒金樽。

(金翠蓮内哭介)(衆唱)

聽嬌聲一似鶯囀枝頭，緣何的有無限悲憤？

(酒保上。白)還要添什麽不要？(魯達白)哇！該死的狗頭。(李忠、史進白)大哥爲甚發怒？(酒保白)提轄老爹爲什麽？(魯達白)洒家同二位老爺在此吃酒談心，你容什麽婆娘在後面啼啼哭哭，擾淂好不耐煩。(酒保白)原來爲此。老爹有所不知，這是東京來的父女二人，每日在此啼哭，他是哭慣了的耶。(魯達白)唤他來，待洒家問他。(酒保應介。白)金伯伯。

(金老上。白)啞子吃黄連，有苦難分説。小二哥，有甚麽説話？(酒保白)都是你們啼啼哭哭，連累我一桌子傢伙都打碎了。提轄老爹道你們哭淂好，叫你去哭與他聽。(金伯白)待我去。三位老爹，老漢有罪了。(魯達白)你是那裏人，爲什麽在後面啼哭，攪鬧洒家？快快從實説來。(金老白)老漢姓金，東京人氏。(李忠、史進白)到此作何勾當？(金老白)來此渭州投親不着，流落旅店。不想老妻一病身亡，欲待回鄉，又遇魔君阻路。(魯達白)那魔君是誰？(金老白)就是此間一個財主，叫做"鎮關西"鄭大官人。見了我女兒呵！(唱)

【紅芍藥】他心兒裏欲結姻親，虚填契逼娶紅裙。

(李忠、史進、魯達白)有這等事？可曾許他？(金老白)老爹，可憐我是落難之人，誰敢與他争執？又思量要淂些錢鈔，(唱)

只淂忍氣吞聲就從順。

(白)誰知他妻子曉淂，(唱)

狠辣辣吼聲難近。

(魯達、史進白)那時便怎麽？(金老白)那時鄭大官人呵，(唱)

把我的孩兒送還忽變嗔。

(魯達、史進白)你可曾淂他些錢鈔？(金老白)當初文契，原是虚填三千貫，並未淂他分文。後來他送還我女，反拿着文契呵，(唱)

苦追求要把賣身錢認。

(李忠、史進白)你這老人家,哭也没用嗄!(金老唱)

細思量有屈無伸,拚一命和他公論。

(魯達白)不要哭,我且問你,那個什麽"鎮關西"鄭大官人?(金老白)就是狀元橋下賣肉的鄭屠。(魯達白)怎麽?是宰猪的鄭屠?(金老白)正是。(李忠、史進白)大哥,是何等樣朋友?(魯達白)甚麽朋友?是宰猪屠户,腌臢潑賤。你二位在此,我去就來。(李忠、史進白)大哥要往那裏去?(魯達白)他叫什麽"鎮關西",待洒家去把這狗頭鎮他一鎮。(李忠、史進白)莫要性急,且請從容。(魯達白)咳!你二人還不知我魯達的性兒。平生俠氣與天高,腰下常懸帶血刀。怒髮横生擒隻虎,雄眉直竪斬雙蛟。除不義,顯英豪,荆軻、豫讓等同胞。片言契合爲君死,泰山一擲等鴻毛。鄭屠,鄭屠!(唱)

【耍孩兒】那有關西容你鎮,幾見有屠猪户直恁的倚勢欺人?

(欲走介)(李忠、史進勸住介。唱)

勸君家且按下千丈不平憤,又何必閑事縈方寸?且把臂傾良醖。

(魯達白)嗄,也罷!金老過來,洒家放你父女回東京去,如何?(金老白)若淂如此,就是再生之德了。只是店主人那裏肯放我們?(魯達白)有我在此,他敢留你?(金老白)那鄭大官人着落在他身上要銀子,怎麽處?(魯達白)那鄭屠的銀子,洒家還他去罷。(金老白)只是没有盤費。(魯達白)盤費是要緊的。(向李忠、史進介。白)來,來!洒家今日不曾多帶銀子出來,你二位借些與我,明日便還。(史進白)有大哥只管拿去,還什麽?(李忠、史進出銀介)(魯達白)老兒,這兩錠銀子拿去做盤費,快去罷!(金老白)多謝恩人。敢問尊姓大名?(魯達白)不要問,你自去罷。(李忠、史進)這就是魯提轄。(金老白)嗄!是魯提轄。待老漢去唤女兒出來拜謝。我兒快來。

(金翠蓮上。白)爹爹,怎麽?(金老白)這三位恩人要放我們回去,又贈盤費。和你去一同拜謝。(翠蓮白)曉淂。(金老白)三位老爹在上,待我們父女拜謝。(魯達、李忠、史進白)不消拜,去

罷。(金老、翠蓮拜謝介。唱)

【會河陽】感淂英豪救拔難人,啣環結草敢忘恩?

(魯達、李忠、史進唱)

家門雖在東京,天涯比鄰,及早向前途迸。

(金老白)老漢去了。(魯達白)去罷。

(酒保上,攔介。白)呔! 那裏去?(魯達白)敢是少你房錢、飯錢? 有洒家在此,放這老兒還鄉去罷。(酒保白)房錢、飯錢倒是小事。他欠鄭大官人的銀子,着落在我店中要的。(魯達白)鄭屠的銀子也是洒家還,放他去罷。(酒保白)待還清了再放他去。(魯達白)哇! 只等可惡! 二位賢弟,可護送他父女一程,恐店主人在前途攔阻。(李忠、史進應介。白)隨我們來。(金老、翠蓮應介,徑下)(酒保復攔介。白)啊呀! 去不的嘘。(魯達白)這狗頭,這等大膽!(打酒保介。唱)

打伊恁一夥精光棍,怪伊同惡黨來紮囤。

(酒保叫饒介,逃下)(魯達白)他父女已去,我如今竟到狀元橋去尋鄭屠那厮。(行介。白①)

【縷縷金】我揮拳臂,咬牙齦,怪他强横輩恁欺人。

(白)鄭屠!

(鄭屠上。白)嗄!(唱)

誰出言無狀把咱名混?

(見介。背白)原來是魯達,想又吃醉了。(唱)

偏教弔客與喪門,還須要從順,還須要從順。

(小屠暗上)(鄭屠白)提轄老爹,請了。(魯達白)誰與你請了! 我奉經略相公鈞旨,要十斤精肉,切作臊子,又要十斤肥的,也要切作臊子。(鄭屠白)曉淂。夥計,快選好的,切二十斤與老爹送去。(魯達白)不要那腌臢潑才動手,你自與我切。(鄭屠背白)怎麽,要我自去切? 這個意思明明來尋鬧。(魯達白)你説什麽?(鄭屠白)我説老爹説的是,待我自去切就是了。(魯達白)住了。

---

① 應爲"唱"。

還要十斤寸金軟骨，不要有一點肉在上邊，也要切作臊子。（鄭屠白）寸金軟骨那裏有這許多？（冷笑介。白）這不是明明來消遣我麽？（魯達白）洒家便消遣你，便怎麽？（打介。唱）

【越恁好】打你屠夫下賤，屠夫下賤，轍敢妄自尊。

（鄭屠白）魯達，你爲何平白來打我？（魯達唱）

你占人子女，虛填契詐人良民。

（鄭屠喊介，魯達打介。唱）

精拳再打伊面門，難消怒忿。

（打死介）（魯達背白）這狗頭怎麽這樣不禁打，就打死了？鄭屠，你這厮詐死，我去稟過經略相公，再來與你算帳。（走介。唱）

料伊行，眼看着殘生殞。待咱身，好辦取忙逃奔。

（急下）（衆地鄰上。唱）

【紅繡鞋】聽滑連聲救人、救人，急急前去解紛、解紛。

（白）阿呀！鄭大官人竟被人打死了！（兩鄰白）這是魯提轄打死的。快去報官。（地方白）且把屍首擡到他自己家裏，告訴他妻子知道。（擡介。唱）

氣已絶，命無存。忙出首，到衙門。休放走那兇身，休放走那兇身。

（下）

第十六出　朱勔怙勢緣石綱

（雜扮水雲，引衆衙役、吏典、門子、朱勔衆大舡）

（朱勔上。唱）

【卜算子】【引】花石任搜求，應奉威名久。那管民間怨讟聲，富貴吾所有。

（白）下官姓朱名勔，蘇州人也。生際太平盛世，原爲無籍游民，蒙蔡太師抬舉，將我姓名竄入童内侍軍籍中，滑補小官，數年擢爲防禦使之職。現領蘇杭應奉局，督理花石綱等事。搜括民間珍異，幾同撥草尋蛇；侵欺内帑金銀，只筭探囊取物。劚山輦石，那管他撤屋排墻；倚勢逞强，不顧人傾家蕩産。更兼鷹犬齊驅，筭無遺策;以致東南半壁,民不聊生。(笑介。白)只圖我一身富貴,誰管他萬户生靈。近日淂一太湖石,身高四丈,載以巨艦,役夫數千人,沿途騷擾。此間有所龍王廟,下官已拈香過了。此時花石綱舡將此出口,須索前去催督他們。

(差官乘小舡上,跪介。白)啓上老爺,舡已將次出口,争奈地方官總不出力,只推水淺難行。請大爺鈞旨。(朱勔白)欽限緊急,誰敢遲滯?我這裏與你令箭一枝,着沿途正雜等官帮同夫役親行拉縴,如有遲滯,與我乱打。(吏典付令箭,差官乘小舡下)(朱勔唱)

【六么姐兒】艨艟巨艘,鞭撻千夫,不異馬牛。

(笑)

奇章爱石那向太湖求,就是河陽金谷空教春夢悠。

(吏典白)請大老爺看綱舡出口。(朱勔上高椅坐介。唱)

督責須周,誰顧官民怨尤。

(家丁上,催舡科)(内作鳴鑼)(摇舟載各種盆花、各種大石)(衆縴夫、夫役、地方各官、押綱舡差官遶場拉縴下)(朱勔唱)

【海棠令】真輻輳,奇花怪石如瓊玖。看軸艫,啣尾塞滿江頭。緊教他後舡催,前舡急,少遲滯,鞭笞血流。

(内大舟載巨石)

(净扮楊志、雜扮押綱舡差官領衆夫役、衆地方各官作拉縴淺阻)

(挖河夫役上,作挖河科)

(差官上,作鞭打衆,遶場諢科,下)

(差官上,禀科。白)啓上大老爺,綱舡已過淺了。(朱勔白)那裏有走不的舡,都是這些地方官罷玩性成,全不用心。(差官白)啓上大老爺,這下游水路經過州縣有水門、橋梁、城垣阻隔,着實難行。(朱勔白)你這官兒好不糊塗!這個差使非同兒戲,你沿途吩咐下去,有水門拆水門,有橋梁拆橋梁,有城垣拆城垣,凡有絲毫干碍,一概拆毁勿誤。(差官應下)(朱勔作下桌)

(舟子摇小舟上)(朱勔、衆作上舡介)(朱勔白)我想人生在世,若非如此横行,他們那知我老朱這般利害也?(唱)

【尾聲】恣情漁獵閭閻久，要博取金章加肘。

（白）我想姑蘇兩浙尚有未刮盡之財物甚多，此番事完，（唱）還要把巨室豪門着意搜。

（下）

第十七出　七寶村留賓搆禍

（魯達上。唱）

【好事近】義膽可包天，敢憚奔馳勞倦。茫茫歧路，不知家在誰邊。

（白）洒家魯達，只爲一時義憤，打死了鄭屠，恐怕追捕，星夜逃奔。離了渭州，行過幾處州縣，前面不知甚麽地方了。只索趲行前去，再作道理。（行介。唱）

關河迢遞影蕭蕭，踪跡如蓬轉。楚因悲那掛眉梢，英雄淚不灑風前。

（金老上。白）半子于歸日，桑榆喜有依。（見介。白）呀！這是恩人魯提轄嗄！緣何到此？（魯達白）洒家不認淂你。（金老白）恩人怎麽忘了？老漢就是店中釋放的金老。（魯達白）你就是金老？（金老白）恩人，你好大膽，現今各處俱有明文張掛，又兼畫着恩人形像，註着年甲，緝捕甚緊。幸喜遇着我，倘行至城市之中，被做公的拿住怎麽處？來，來，隨我到一個所在去。（魯達白）那裏去？（金老白）隨我來就是了。轉過溪橋，竟入莊舍。員外在家麽？

（趙愷上。白）鳥啼人自静，茶熟夢初醒。是那個？（金老白）員外。（趙愷）原來是金太公。此位何人？（金老白）這就是老漢時常向員外提的恩人魯提轄了嗄！（趙愷白）就是義士？請！（見禮介）久仰大名，今喜降臨，幸甚幸甚。（魯達白）不敢。（向金老介。白）此位是？（金老白）趙員外，仁厚長者。（魯達白）嗄！趙員外，幸淂拜識，足慰平生。（趙愷白）不敢。請坐。（各坐介）（金老白）請問恩人，那日如何就起風波？（魯達白）洒家打發你起身後，就到狀元橋下，正遇鄭屠那厮。（唱）

【又一体】激淂我如燃惡氣滿胸填，

把那厮呵，

止不過三拳喪喘。

(白)洒家料來不好。(趙愷白)那個自然了。(魯達唱)

因此向天涯流浪，寧辞跋踄風烟。

(金老白)這都是老漢連累恩人了。(魯達白)何出此言？(唱)

頭顱可捐，大丈夫肯把浮生戀？

金老，

道伊家葉落歸根，怎肯在外州別縣？

(金老白)自從恩人救了老漢父女，那日呵，(唱)

【榴花好】【石榴花】(首至四)潛踪投奔欲返舊家園，

(白)不想女孩兒有天緣奇遇，來到這裏代州呵，(唱)

一言撮合綰良緣。

(魯達白)你女孩兒已配了人了？(金老白)就與此間趙員外做了偏房。(唱)

衾裯却許抱星前①，

(魯達白)難淂遇此仁厚長者。(趙愷白)不敢！(金老白)如今豐衣足食，皆出大恩人所賜也。老漢呵，(唱)

啣環結草圖報意彌堅。

(魯達白)洒家有何德處？(趙愷白)小妾常言道義士豪傑，古今罕有。卑人呵，(唱)

【好事近】(五至末)威名久羡喜識韓，今日能如願。

(合)

看一言肝膽同傾，是千里有緣相見。

(魯達白)洒家告辞了。(趙愷白)義士往那裏去？(魯達白)洒家犯了該死的罪名，住在這裡，倘有些風吹草動，可不連累了員外？(趙愷白)阿呀！義士吓，如今外邊畫影圖形，在那裡緝獲，就要去也要酌量一個安身之處便好。(魯達白)洒家遊蕩江湖，那有安身之處？倘或被拿，就是這顆頭也不值甚的。(金老白)阿呀！

---

① 應爲“胸前”。

恩人何出此言？員外，可有什麽計策，保全恩人此難便好。（趙愷作想介。白）計便有一條在此，只是義士怎肯向此路而行？（魯達白）洒家犯了法，有什麽不肯？（趙愷白）若如此最好。此去三十餘里，有一座五台山，山上有六七百衆僧人，爲頭的智貞長老是個大善知識。卑人向曾許下剃度一僧，已買下一道五花度牒在此。義士若肯削髮爲僧，方可埋踪隐跡。（金老白）也罷。恩人權且應從，日後事平，再作區處。（魯達白）待洒家思忖來。（想介）罷！既蒙員外做主，洒家情願做和尚便了。（趙愷白）義士既然心允，今晚暫住寒家，待我連夜收拾囊缽禮物，送義士到山便了。（魯達白）多謝員外。（趙愷唱）

【尾聲】你行踪莫使人瞧見，好學做埋頭書院。

（魯達唱）

怎説得張儉無家不受憐。

（趙愷白）請至後堂，小妾還要出來拜謝。（魯達白）那個不敢當。（金老白）這是應該的。（仝下）

第十八出　魯提轄避難被緇

（知客僧上。白）山居十載百無成，客到先愁口氣生。若問蒲團近何似，空林帶角虎縱横。貧僧乃五臺山文殊院知客僧便是。今早七寶村趙檀越着管家送覵銀三十兩、白米二十石到山打齋，未知爲着何事。已曾吩咐香積厨下准備素齋，掃室焚香，在此俟候。你看遠遠的有兩個居士上山來了，且向山門外迎候他們者。

（趙愷、魯達上。唱）

【出隊子】心空神曠，是處山靈應接忙。松聲竹韻總笙簧，兜率遥看舍利光。把臂入林，敢求外望。

（知客迎見介。白）員外光賁荒山，有失遠迎。（趙愷白）不敢。弟子今日有事求見和尚，乞煩首坐通報。（知客白）方纔和尚已有法諭，若員外到時，請至客堂少坐。待和尚上堂，即請相見。(趙愷白)弟子恭候。(知客白)請同這位居士到那邊去,貧僧失陪。(趙愷白)請便。(趙愷、魯達白)曲徑通幽處,禅房花木深。(下)(知客白)吩咐法堂擂鼓,請和尚陞座。(内撞鐘、擂鼓介)

(衆僧、二侍者引智貞長老上。白)寄跡空山四十年,並無佛法與君傳。有人問我西來意,水在長江月在天。老納①智貞是也。萬境平沉,三心不起。山中説法,直教頑石點頭;夜半臨堦,自有哪吒捧足。啓龍宫之華藏,建鷲嶺之道場。鞭策後學,不吝鉗鎚;化度愚蒙,悉歸陶冶。惟願佛法共數三藏秘,皇恩永被萬方遥。(衆僧白)阿彌陀佛。(智貞白)今日請老僧登坐,有何公事?(知客白)啓告和尚,七寶村趙居士到山打齋,有事求見。(智貞白)請上堂相見。(知客白)曉淂。員外有請。

(趙愷、魯達上。白)指揮如意天花落,坐卧禅房春草深。(知客白)和尚已登法座,請員外相見。(趙愷見介)久挹餘輝,曷勝銘佩,睽違蓮座,夢想爲勞。(魯達白)和尚,洒家作揖了。(智貞白)居士今日到荒山打齋,有何所願?(趙愷白)弟子有一事啓告和尚,趙愷前有舊願,曾許剃度一僧,到今未曾了願。今有表弟魯達呵,(唱)

【桂枝香】心胸豪放,行爲鹵莽,時將故劍悲看,猛省淂空花幻妄。

(魯達唱)

願辞家離俗,願辞家離俗,特參和尚,死生流浪。

(智貞白)這也難淂。(趙愷、魯達唱)

造禅堂許入三摩地,同登極樂方。

(智貞白)這個因緣事也不小,且請客堂待茶,待老僧與大衆商議剃度便了。(趙愷、魯達白)多謝和尚慈悲。溪聲便是廣長舌,山色無非清浄身。(下)(衆僧白)和尚,方纔那人出不淂家,和尚不可剃度他。(智貞白)這事憑不淂你我,此漢若有善根,自歸正覺。既是大衆疑慮,待老僧打坐,在此入定,去看此人善果如何,

---

① 應爲“衲”。

再當定奪。(衆僧應介)(智貞打坐介。唱)

【北粉蝶兒】選佛名場,千載的選佛名場。誰肯把塵緣輕放,問青松僧臘偏長。死和生,生共死,恁可也回頭參量,一霎云亡,那答兒肯放過侯王將相?

(作入定介)(内奏樂介)

(衆諷諦執旛幢,二侍者引金身羅漢上)(向智貞參禮介。下)(智貞出定介。白)善哉,善哉!大衆,你道方纔那人出不淂家麽?(衆僧白)便是。(智貞白)你們那知其中妙果也?吩咐職事僧,領他到佛殿净髮披緇,然後到法堂受記。(二僧白)曉淂。(下)(知客、衆僧白)請問和尚,那人有何善果,可爲佛門弟子?(智貞唱)

【鬬鵪鶉】你那些大地愚蒙都存着心頭妄想。

(衆僧白)看他全無一點慈悲之念。(智貞唱)

漫説是一片心慈,

(衆僧白)畢竟是心粗膽大的。(智貞唱)

又何妨十分膽莽?

(衆僧白)兇惡淂很。(智貞唱)

他别具副厮殺相持猛烈腸,怒轟轟鬧幾場。

(衆僧白)阿彌陀佛。這樣人,和尚怎麽與他披剃?(智貞唱)

有一日苦海回頭,也不用咱家喝棒。

(下台介)

(二僧、趙愷、魯達僧裝上。白)看取蓮花净,方知不染心。(衆僧白)啓和尚,魯居士净髮已完,求和尚賜取法名。(魯達跪介)(智貞摩頂介。白)靈光一點,價值千金。佛法廣大,賜名智深。(趙愷白)蒙和尚大發慈悲,再請受記。(智貞白)智深。(智深應介)(智貞白)從今後呵,(唱)

【上小樓】發慈悲,上净土,把五戒三皈講。

(智深白)請問和尚,何爲五戒?(智貞唱)

不將那物命損傷,淫盗邪殃,酒肉顛狂。

(智深白)何爲三皈?(智貞唱)

那佛、法、僧三皈依纔到龍華會上，這的是菩提果好生顒望。

（智深白）洒家都記淂了。（智貞白）天色漸晚，請趙居士在荒山草榻，明日去罷。（趙愷白）弟子正要住在此，戒訓表弟一番。（智貞白）也好。智深，（唱）

【煞尾】從今好作僧伽相，向二六時中禮法王。説與那看不破的衆生們，可也及早回頭想。

（下）

第十九出　遇勍敵虎將歸林

（衆頭目、衆僂儸引周通上。唱）

【點絳唇】霸踞窩巢，權時落草，施强暴，劫掠逍遥，美色尋歡笑。

（白）嘯聚山林不可當，殺人放火逞豪强。江湖好漢揚名姓，盡道周通"小霸王"。俺祖貫漁陽，江湖浪蕩，精通戰略，不讀詩書。喜的是財寶金銀，貪的是嬌娃美婦。親父母難以拘束俺的所爲，趙官家也是奈何咱們不淂。憑俺一身本領，占踞桃花山寨。行商到此難迴避，好漢前來且逗遛。衆頭目，（頭目白）有。（周通白）如今錢粮短少，草料不敷，尔等前往附近村莊借些用度，以充軍餉，不淂有違。（頭目應介）（周通白）聽我道：（唱）

【剔銀燈】錢糧少，不妨借饒。傳吾令，到村莊諭曉。依從便不來騷擾，敢些兒逞兇行暴。

（頭目唱）

尋抄燒斮打吊，小的去連家倒包。

（頭目應下）（周通白）衆僂儸。（僂儸白）有。（周通白）隨我下山巡哨，倘遇客商，即便劫取。（僂儸應介，上馬行介）（合唱）

【摧拍】巡山去疾忙奔跑，遇着喒怎容避逃。英雄氣豪，英雄氣豪，威風凛凛，大馬金刀。行旅經商到此魂消，逢着了年少多嬌，尋耍樂便通宵。

（下）

（李忠持棍、背包裹上。唱）

【朱奴兒】路途間行囊欠饒，恐罹禍即速潛逃。筭後思前運未交，且前去旅次安飽。

(白)俺李忠因魯達、史進在渭州酒樓暢飲交歡，不意金老父女之事，魯大哥就抱不平將鄭屠打死。此乃人命關天，難逃三尺。因此地方人衆都道俺三人一同飲酒，諒必知情，漸欲株連着我，所以只淂遠遠避開，且啚安静。不想東奔西走，竟無安身之處。這便如何是好？來到這裏，前面已是桃花山了。你看崎嶇危險，路徑参差，定有强人出没。不要管他，且過前去。(唱)

何足道，那强徒草包，打虎將誰囉唣。

(僂儸上，攔介。白)呔！知事的留下買路錢，放你過去。(李忠白)你這夥强賊，曉淂俺老爺在此經過，就該俟候些盤費，你倒反來取討麽？(僂儸白)放你的屁！(戰介)(僂儸敗，諢下)

(周通冲上，略戰介。白)呔！你那厮何人，好大膽，敢在這裏逞强？(李忠白)僂儸本事平常，想你寨主的本領也就不高，如何做淂山寨大王？倒不如把這位讓與我罷！(周通白)休淂胡言！正要拿你下酒哩！(戰介，停手介)(下)

(又上)(周通白)這人本事與我不相高下，想來也是個好漢，不免説他入夥，豈不爲妙噲？兀那漢子，你的武藝竟與俺殺個平手。(李忠白)果然却是對手。(周通白)我大王最伏善的，你方纔説讓這位與你，請問貴姓大名？(李忠白)在下李忠的便是。(周通白)問①淂江湖上有個“打虎將”李忠，敢是足下麽？(李忠白)正是。(周通白)阿呀！久仰，久仰！(李忠白)動問大王美名？(周通白)小弟周通的便是。(李忠白)阿呀！一向慕名，無緣拜識，今日相逢，實出望外。(周通白)不知大哥可肯在此聚義麽？(李忠白)過蒙不棄，情願執鞭隨鐙。(周通白)豈敢，豈敢！既蒙雅爱，就請一同上山。僂儸們，上山聚集，迎接新大王。(僂儸應，行介。唱)

---

① 應爲“聞”。

【玉嬌枝】前驅引導，喜今朝英雄遇着。從來結識由厮鬧，合當是山寨榮耀。

（李忠唱）

山鷄怎和鸞鳳巢？

（周通唱）

蛟龍雲雨騰池沼。

（合）

幸相逢情投義高，幸相逢情投義高。

（到介）（周通白）今日天教李大哥降臨，山寨從今發積矣。未知貴庚，請教？（李忠白）在下二十八歲。（周通白）小弟十七歲。李大哥居長，請尊首位。（李忠白）在下既蒙擡舉，末座足矣，那敢叨僭？（周通白）序齒而座，不必過謙。（李忠白）這個再不敢當。（周通白）我和你異姓骨肉，情屬同胞，那有弟僭兄之理？還請坐了，好分次序，僂儸們也好知禮稱呼。（李忠白）是此，愚兄有僭了。（坐介。唱）

【玉山頽】【玉胞肚】（首至合）多蒙相照，叙年庚添居長叨，似當年管鮑深交，待他時啣結圖報。

（周通唱）

【五供養】（五至末）何須見誚，早晚間輸心求教。

（合）

兩下推同調，演龍韜，看取粮草足豐饒。

（頭目上。白）寨主威嚴令，誰敢不遵依？借來粮餉足，還有別東西。（進見介）稟上大王，那些人家都畏服大王，不敢違令，合借白金千兩、糧米百斛。（周通白）照數收置了，改月還他。尔等齊集，參見了新大王。（頭目、僂儸應介。白）僂儸參見大王。（李忠白）請起。（周通白）衆僂儸，設宴後寨，慶賀俺與大哥插①血盟拜。（李忠白）多謝賢弟高誼，兄感恩不盡。（周通白）大哥請。（李忠白）賢弟請。（唱）

① 應爲“歃”。

【尾聲】桃花山寨興隆兆，天賜英雄相共保。

（周通白①）

哥哥盃酒談心把往事拋。

（遜下）

第二十出　長老修書遣醉客

（魯智深上。唱）

【點絳唇】樹林杈枒，峰巒如畫，堪瀟灑。悶殺咱家，禍事倒似那天來大。

（白）削髮披緇改舊裝，殺人心性未全降。平生不曉經和懺，吃飯穿衣是所長。洒家魯智深，蒙智貞長老剃度爲僧，看看將近這麼一載。咳！這是那裏説起？喒想那裡常間喝那大碗的酒，喫這大塊的肉，何常離嘴？今叫喒做了一個和尚，又受什麼五戒。咳！把個身子弄淂羸瘦，口内淡淂緊，如何挨淂這個日子？依我仔細看將起來，就在此處作這麼一個活佛，（笑介）也没有什麼妙處在那裏。爲此今日離了這可厭的山寺，往那山底下去閑走走，把俺的身子散誕一回，有何不可？妙嗄！你看這五臺山，好其實價景致也！（唱）

【混江龍】只見那朱垣碧瓦，焚②王宫殿絶喧譁。鬱蒼蒼虬松罨畫，聽聽那吱喳喳枯樹棲鴉。

你看伏的伏、起的起，

鬬新晴羣峰相亞。

那高的高、窊的窊，

叢暗緑萬木交叉。

遥望着石樓山、雁門山，

横衝霄漢，

① 應爲"唱"。

② 應爲"梵"。

那青城宫、避暑宫，

隱約雲霞。這的是蓮花湧地法王家，説説甚麽袈裟披處的千年話。好教俺悲今吊古，止不住俺忿恨嗟呀。

(賣酒者内白)賣酒，賣酒！(魯智深白)咻！你看那山底下有個賣酒的，挑上山來，喒站在此，看他挑往那裏去賣。

(賣酒者上。白)嗄！九里山前作戰場，牧童拾淂了嗄舊刀鎗。順風吹動烏江水嗄，好似虞姬别霸王。是那個？原來是位師父。(魯智①白)你是賣酒的？(賣酒者白)賣酒的嗄。(魯智深白)放下。(賣酒者白)我喫力淂狠，正要歇歇。(魯智深白)賣酒的，(賣酒者應介)(魯智深白)你這個酒……(賣酒者白)那了？(魯智深白)看來就是好。(賣酒者白)好酒麽！(魯智深白)你這酒挑在那裏去賣？(賣酒者白)挑往山上去賣。(魯智深白)敢是賣與喒和尚們吃？(賣酒者白)動也動勿淂。(魯智深白)賣誰吃？(賣酒者白)賣與這些作工人喫的。(魯智深白)不是這等講。(賣酒者白)怎麽説？(魯智深白)你可只要錢，就賣些和尚們喫何妨？(賣酒者白)師父，你不曉淂，我們住的是老和尚的房子，領老和尚的本錢。若與你師父們喫了，老和尚曉淂了，就要追本錢，赶出屋，還要頂香罰跪哩。(魯智深白)喒們老和尚這樣狠？(賣酒者白)利害多着哩。(魯智深笑介。白)賣酒的！(賣酒者應介)(魯智深唱)

【油葫蘆】俺笑着那戒酒除葷閒磕牙，他作盡了真話靶。

(賣酒者白)你們和尚只好喫點草根樹皮，倒要喫起酒來個好？(智深唱)

他只道草根木葉味偏佳，全不想濟顛僧他酒肉可也全不怕，彌勒佛米汁貪非詐。

(賣酒者白)濟顛僧、彌勒佛是個活佛嗄，你那裏學淂來？(魯智深白)喒可要學他。(賣酒者白)學不來。(魯智深白)你賣桶喒喫。(賣酒者白)師父，我這個酒是要賣銅錢銀子的。(魯智深

① 漏一“深”字。

白)賣酒的!(賣酒者應介)(魯智深唱)

喈囊頭有賜錢,

(賣酒者白)你有錢怎麽樣?(魯智深唱)

我現買你的不虚花。

(賣酒者白)老和尚曉淂了呢?(魯智深唱)

那裹管西堂首座來迎頭罵,

(賣酒者白)你爲什麽要喫他哟?(魯智深唱)

可不道解渴哎勝如茶。

(賣酒者白)你説了半日口渴了?(魯智深白)口乾。(賣酒者白)要喫茶的意思,來,來,山底下山澗水喫兩口是了,倒要喫起酒來個好!(走介)怎麽不容我走,我打後山去走。賣酒嗄。偺意思那道理?(魯智深白)你是賣酒的!(賣酒者白)賣酒的。(魯智深白)放下!(賣酒者白)我偏①放下。(魯智深白)你放下!(賣酒者白)咳呀!打偺。(魯智深白)喈有錢,咱不賣?(賣酒者白)我不賣與和尚喫,便怎麽?(魯智深白)偏要買。(賣酒者白)偏不賣。(魯智深白)喈可偏要買。(賣酒者白)我偏不賣。(魯智深白)狗抓的。(賣酒者白)不要駡。(魯智深白)你敢説三聲不賣?(賣酒者白)偺個三聲,我的酒,不要説三聲,就是三萬三千,但憑我説。(魯智深白)説!(賣酒者白)拿耳朵來。不賣,不賣,我真正不賣!(魯智深白)呔!(賣酒者白)阿呀,不好了!這一桶是完了。(魯智深白)你賣不賣?(賣酒者白)我倒底是不賣!(魯智深白)喈可偏要買。(笑介)好酒。(賣酒者白)好酒?錢來。(魯智深白)爽快。(賣酒者白)爽快?錢來。(魯智深白)你不賣,又要酒錢?(賣酒者白)你不喫酒不要錢,喫了酒自然要錢的。(魯智深)要錢明日到寺裹來領。(賣酒者白)寺裹和尚多淂極,叫我與那個要?現賜點罷。(魯智深白)你真個要錢?(賣酒者白)誰説假的?(魯智深白)賣酒的!(賣酒者白)偺了?(魯智深白)擾了。(賣酒者白)小本生意,擾不起。(魯智深白)喈没帶

① 按上下文意,此處應漏"不"字。

錢。(賣酒者白)你没帶錢,喫我的酒?(魯智深白)布施喒喝了罷!(賣酒者白)人家布施銀子、錢米、油鹽、布疋,那説布施酒與和尚喫?(魯智深白)你不曉湏,酒肉齋僧,功德最大。(賣酒者白)酒肉齋僧,功德最大?(魯智深白)最大。(賣酒者白)如此,我家裏還有一擔在那裏。(魯智深白)再一桶兒彀了。(賣酒者白)張開嘴,還有一泡尿與你喫。(魯智深白)呔!狗抓的罵喒。(賣酒者白)對五吃了酒還要豁拳,捨與你吃罷。(賣酒者下)(魯智深白)打,打,打,妙嗄!喒正枯渴之際,這兩桶酒來湏可也凑巧。來此已是半山亭子上,洒家自到叢林,不曾耍拳,今日喝了這兩桶酒,來湏可也有興,喒不免使幾路,把俺的身子鬆動鬆動,有何不可?有理。(耍拳介)呀!纔動手,把那脚尖兒在那亭柱上略挨這麽一下,你看那鳥亭塌下了半邊。(唱)

【天下樂】只見那磚瓦飛飄也那似散花,差也不差直恁譁,恰便似黄鶴樓打破隨風化,守清規渾似假,一捺地醉由咱。

(白)閒步間天色已晚,罷!(唱)

須索去到禅床磕睡殺。

(下)

(二僧人上。白)掃地恐傷螻蟻命,爱惜飛蛾紗罩燈。師兄,爲什麽外頭豁啷這樣響?我們去看看。(一僧人白)不好了,半山亭都坍了。(一僧人白)那怳裏怳蕩,想是魯智深又喫醉了。(一僧人白)是他。我們來把山門閉上了,不要理他。(魯智深白)呀!(唱)

【哪吒令】聽鐘鳴鼓撾,唔,恨禅林尚遐。把青山亂踏,似飛騰倦鴉。醉醺醺眼花,任傍人笑咱。纔過了碧峰尖,早來到山門下。

(白)天色尚早,怎麽就把個山門閉上了?我原説這些和尚都是没用的。(唱)

他只好受閉户波查。

(白)開門!(二僧人白)不開的。(魯智深白)開門來!(二僧白)不開的。(魯智深白)你不開,喒就取把火來燒你這鳥寺哩!(二僧人白)要放火了,開了罷!(魯智深白)你開,不開喒就來搗!

(跌介)(二僧人白)阿彌陀佛,跌殺了倒也罷。(魯智深白)跌壞了。你們見喒倒在地下,不上前扶喒一扶,嘴裏反在那裏咕咧咕嘟的駡喒,我把你狗抓的。(二僧人白)阿唷唷!師兄,我們在這裏念佛。(魯智深白)念佛?(二僧人白)念佛。(魯智深白)來,喒問你,兩傍兩個鳥大漢,他叫什麽?(二僧人白)這兩個麽,叫哼哈二將。(魯智深白)什麽哼哈二將?(一僧人白)這個哼將軍呢,專惱和尚喫酒,若是和尚喫了酒,"哼哼,你又喫了酒了?"(一僧人白)這哈將軍是個好人,説:"哈,哈,哈,且由他。"(魯智深白)我把兩個狗抓的,由着喒在那厢叫門,不替喒開開山門,你反管誰,喒喝酒與你鳥什麽,我把你狗抓的打。(二僧人白)打那個?(魯智深白)這兩個狗抓的都該打。(二僧人白)拿什麽打?(魯智深白)把山門上的門閂擡過來。(二僧人擡介,下)(魯智深白)呔,好狗抓的!(唱)

【鵲踏枝】覷着伊掛天衣剪絳霞,毘羅帽壓金花。裝甚麽護法,空門與那古佛排衙。怪他有那些粧聾做啞,又怪他眼睁睁笑哈哈,怒眼來瞧咱。

(衆僧人打介,下)

(智貞長老上。白)智深,不淂無禮。(魯智深白)老和尚來了?(智貞長老白)我這裏五臺山千百年香火道院,今被你一人攪淂捲堂而散,成何規矩?(魯智深白)老和尚,那些狗秃驢都來打喒。(智貞長老白)這裏你住不淂了。我有一師弟,唤做智清禅師,現在東京大相國寺中做住持。待我修書一封與你,前去討個職事僧與你做罷。(魯智深白)老和尚真個不用弟子了?(智貞長老白)真個不用了。(魯智深白)罷嗄!弟子就此拜别。(唱)

【寄生草】我謾拭英雄淚,相辭乞士家。謝你個慈悲剃度在蓮臺下。没緣法,轉眼個分離乍,赤蕭條來去無牽掛。那裏討烟蓑雨笠捲單行,敢辭却芒鞋破鉢隨緣化。

(智貞長老白)書一封你且收下,還有白銀十兩,權爲路費,還有偈言四句,你須牢牢記着。(魯智深白)弟子願聽。(智貞長老白)逢夏而擒，遇臘而執；聽潮而圓，見信而寂。(魯智深白)弟子就此去也。(智貞長老下)(魯智深白)前者在鐵匠鋪内打有禅杖、戒刀，不免前去取了，即日起身去也。(唱)

【煞尾】俺待要迴避了老僧伽，收拾起無生話。

(白)那老和尚真是個好人，又贈俺銀子。(唱)

我早向那杏花村裏覓些個酒水沾牙，又被那腌臢秃子都驚訝。

(白)下渹山來咊，(唱)

你看酒帘兒斜陽照籬笆，十里香聞酒味佳，罷向茅宅且歇下。

(白)俺如今下了山，就不是五臺山的和尚，還有誰來管喒？(唱)

早難道杖頭的沽酒他也不容咱。

(下)

第廿一出　桃花庄强逼姻牒

(劉太公上。唱)

【風馬兒】繞屋桑麻足可誇，躬耕勤儉人家。看夭桃十里錦蒸霞，艷陽天氣，裝點好韶華。

(白)對景應憐垂暮身，桃花又見一番新。年經半百猶無倚，爲嘆承歡少後人。自家姓劉，别無名號，因所居之地栽成桃花數里，人都稱我爲“桃花庄劉太公”。荆妻巫氏，同庚半百，止生一女，德容兼備，年已及笄，猶然待字。這且不在話下。現今莊前庄後桃花盛開，不免同老妻帶領女兒遊玩一番，有何不可？説話之間，院君與女兒出來也。

(巫氏院君上。唱)

【三臺令】縞衣怎比笄珈，罷了田工採茶。

(一娘上。唱)

梁燕語週遮，墮香沉飛過窗紗。

(見介)(太公白)院君，這幾日莊前庄後桃花大開，比往年更加茂盛，别村人家婦女都到這裏遊玩，我們可同了女孩兒去觀賞一回，庶不負此芳菲。(院君白)同去遊玩最好，只是女孩兒家前去，或遇外人，恐不相宜。（太公白）去去就回的，這又何妨？（一娘白）既是這等，女孩兒就隨了爹媽前去。（太公白）隨我來。好天氣嗄！（同出門隨意遊玩介。唱）

【梧桐樹集】【梧桐樹】（首至六）天倫樂更嘉，共步繁花下。蝶舞蜂忙，也識春無價。鶯鶯燕燕如相話，朵朵枝枝鬬粉華。

（一娘白）爹爹、母親，你看那壁①廂樹株稠密，我們也觀看一回。（太公白）到那裏去路遠嗄！（院君白）我們既然到此，那邊也去走走何妨？（太公）也罷，這裏來。（行介）（同唱）

【五更轉】（合至末）撲人花氣隨風迓，抹過踈林，盡情方罷。

（同下）

（李忠、周通上）（四頭目隨上）（唱）

【浣溪紗】草莽中輕王化，兩英雄到處堪誇。一聲叱咤千村怕，也假學風流玩物華。

（李忠白）周兄弟，我自從與你結義之後，每日打家劫舍，舞劍輪鎗，恐怕辜負這樣好天氣，因此同你悄地下山遊玩。（周通白）便是。這幾日寨中無事，見了這樣春光明媚，小弟也覺有些春興勃勃。（頭目指介。白）大王，那邊景致再好遊玩。（周通白）我們到那桃花茂盛處去，索性看玩他一個盡興而回。（行介。唱）

閒作耍，且休問樹稍頭有暮鴉，向前蹊盡是鮮花。

（劉太公、院君、一娘同上。唱）

【劉潑帽】碧桃紅杏誰高亞，媚春工各自争誇。

（李忠、周通上，見介）（周通作種種醜態介）（劉太公、院君看）嗄！（作厭態介。白）這一回遊人多了，我們早些回去罷。（一娘白）正是，我們急急回家。（合唱）

芬芳極目無空罅，盻渇歸家，汗濕香羅帕。

（急下）（周通看出②介）（李忠白）賢弟，爲何如此出神？（周通

---

① 應爲“壁”。

② 似漏一“神”字。

白)好一個嬌媚女子,不知是誰家的?(唱)

【秋夜月】你看他丰韻佳,與西子無高下。一種風情秋波罅,嬌柔見我羞兼怕。

(頭目白)這個女子是桃花庄劉太公的女兒,方纔那老夫妻兩個就是他的父母。(周通白)既如此,頭目們,搶他來做個壓寨夫人。(李忠白)住了。賢弟,"搶"之一字覺淂不雅,你既爱此女,當差頭目以金帛往聘。他若不允,那時再用强未遲。(周通白)哥哥説淂有理。(向頭目介)尔等快到寨中,取了金帛即往他莊上納聘,説後日晚間我到那裏入贅。(四頭目應下)(李忠白)我們遊玩多時,也回寨中去罷。(周通白)偶然走走,不想遇着這樣齊整女子。(唱)

見風流俊雅,我相思害煞。

(李忠、周通下)

(劉太公、院君、一娘上。白)桃源誤入漁郎棹,星渚何來使者槎。(院君白)好好的遊玩遊玩,不知那裏來的遊客,輕狂之態甚是可厭。(太公、一娘白)看花陌上難免遊人嘈雜,這也不足計較,只避了他就是了。(院君白)不是嗄,我老兩口也罷了,女孩兒原不該去的。(唱)

【金蓮子】只爲一着差,惹狂且輕薄真難話,幾做了蜂蝶鏂花。

(二頭目捧金帛上。唱)

寨主令敢波查,做媒人全仗着金帛與紅紗。

(白)這裏是了。呔!裡面有人麽?(院君、一娘避下)(劉太公白)列位是何處來的?(頭目白)老頭兒,你的造化到了。俺們是桃花山,奉二大王之命送淂金帛在此,特聘令爱做壓寨夫人的。(太公驚介。白)阿呀!這是那裏説起?列位嗄,念小女阿,(唱)

【紅衫兒】村農質陋,愚頑年甚幼。怎敢高匹鸞儔,幸别選名門秀,咏《關雎》好逑。

(頭目白)咳!不用謙遜,適纔大王已親自看中了。後日是吉日,晚間到此入贅。(唱)

因此上財禮相投，縮同心已有由，好整備鳳枕鴛稠，等待襄王來就。

(太公白)阿呀！這是断断使不淂的嚏！(頭目白)使不淂？找你的頭去回話！(太公白)列位，(唱)

【獅子序】金和帛請自收，

(滚白)有劳你們衆位把這些綵緞金珠、樁樁件件仍舊帶回，還要仗衆位神力，待我老漢再三哀懇，再三哀懇，(唱)

大王前須爲我善言苦求。

(頭目白)看中了，誰敢去求？(太公唱)

他是個大英雄赳赳虎彪，列位嗄，奉箕帚當尋配偶，

(白)喏。(唱)

是有個才兼優、貌風流、性温柔、勢相侔的豪華世胄，何待要一山前後茅屋尋搜？

(頭目白)我們不管，把禮物留下，後日便來入贅。(欲下介)(太公白)列位轉來，轉來。(頭目白)可是要送花紅與我麼？我替你説，馬桶要箍大些的，日後好養兒子，花紅是断断不敢受。後日來擾你的喜酒罷。(欲行介)(太公扯介)(頭目白)呀，呸！誰叫你們遊玩的？(捽開太公行介)(太公叫介)吓！你們轉來，你們轉來。(頭目白)正是爲流花片人間去，惹淂漁郎鼓棹來。(下)(太公白)阿呀！這是那裏説起？不免報與院君知道。院君快來。

(院君、一娘上。白)簷外鴉聲急，堂前何事喧。(太公白)院君嗄！不好了嚏！方纔我們遊玩的時節，那一個輕薄少年，不想就是桃花山上的强盗。他看見女兒姿色，叫僂儸將這些東西撇下，説道後日就要入贅我家。如何是好？(院君白)呀！有這等事？阿呀！我那嬌兒嗄！(唱)

【東甌令】將誰咎，禍有由，

(滚白)我這里心中思想，暗裏躊躕，一家兒閉門安坐，這平地風波却爲何來？又不是從天降下，也非關别人釀就。(唱)

這是伊父將兒作寇讎。

(太公白)唷！這是大家同去的吓，怎麽單埋怨起我來？(院君唱)

若非你無端堂上來相誘,怎花下逢强寇?

(太公白)如今埋怨也不中用了。(院君白)那傻儸還有何話説?(太公白)説是後日他就要來入贅,萬難解釋。(院君白)哦!後日就要來入贅?兒嗄!(合唱)

叫天不應萬千愁,飛禍急臨頭。

【尾聲】都只爲好韶華花如繡,無端惹起一天愁,悔今朝錯向春風陌上遊。

(下)

第廿二出　小霸王鴛幃被打

(魯智深上。唱)

【單調風雲會】【一江風】(首至三)遠迢遥,信步東京道,看日落飛歸鳥。

【駐雲飛】(五至末)嗏。烟爨薄林皋,影形相弔。爲一片雄心,弄淂人顛倒。

(白)洒家魯智深,自離五臺山,行有半月。一路上雖然辛苦,却喜逢望喫酒,過店喫肉,倒也自由自在。今日貪趲路程,不覺錯過宿頭。你看天色將晚,不免趲步向前,到村莊人家借宿一宵便了。(唱)

今且趲向前村宿一宵,怎免淂柴門帶月敲。

(下)

(劉太公引莊客上。白)賊女婿爲新女婿,好姻緣是惡姻緣。老漢年已半百,所生一女,指望尋一佳偶匹配,以作我老夫妻二人靠托之計。誰想桃花山上二賊頭要强娶成親,今晚來入贅。只是,(唱)

【駐馬聽】羞叶桃夭,好教我翡翠屏前增懊惱。

(庄客白)太公,那桃花山上的二大王也是一位英雄好漢,太公還當免生煩惱。(太公白)你們那裏曉淂我的心事,這番將我女兒占了去不打緊,(唱)

你看我雙雙無子,景入桑榆,怎度昏朝?

(庄客白)太公,事已如此,我們必須准備停當方好。如今且到庄門外掛紅結綵,等他們到來便了。(太公白)嗄!掛什麽紅,結什麽綵咳!(唱)

悔遊春錯把女兒邀,引强徒今日來囉唣。

(莊客掛紅結綵介)

(魯智深上。唱)

迤逦荒郊,一肩暮色逐脚跟顛倒。

(白)太公,洒家是過路僧人。因貪趲路程,錯過宿頭,特到寶莊呵,(唱)

【又一體】願借賓寮,一席相容度此宵。

(太公白)師父莫怪,今日莊上有事,不便相留。(唱)

這裏蝸居茅舍,俗冗難分,未敢相邀。

(魯智深白)呀!却又作怪?你雖然有事,洒家一席之地,便可容身。(唱)

不望你殺鷄炊黍見兒曹,只爲着松寒竹冷難行道。

(太公白)既然師父不嫌怠慢,請到茅舍用齋。(魯智深白)生受太公大德。(進内介)(太公唱)

邂逅相招,王孫一飯不圖相報。

(白)庄客,吩咐備齋。(智深白)洒家不忌葷酒。(太公白)如此今日最便。快些收拾酒飯來。(庄客應下)

(取酒飯上介)(太公白)師父休怪,匆忙之際,胡亂充飢。(智深用酒飯介,向太公介。白)太公爲着何事有不豫之色,莫非爲洒家在府騷擾麽?(太公白)不是。因小女今日乘龍,故此心上不樂。(智深白)嗄!此乃恭喜之事,怎麽反生煩惱?(太公白)咳!不要説起。(唱)

【催拍】那裏是鳳凰臺勤吹洞簫,羨玉潤媒妁相招?

(智深白)嗄!難道是强娶不成?(太公白)師父嗄!你道此人是誰?正是我庄前桃花山上的二强盗,叫作周通。(唱)

前日將聘禮强交,聘禮强交,説道入贅吾門准在今宵。

(智深白)既不情願,我當叫他退婚。(太公白)他强横之甚,如何

聽勸？（智深白）嗄！是這樣麽？不妨，洒家在五臺山專學淂説因果。（唱）

憑他是鐵石肝腸也令鎔銷。

（太公喜介。白）嗄！有這等事麽？若淂師父慈悲，一家感戴不盡！院君快來！

（院君上。白）堂前聲唤高，小鹿心頭跳。想是二大王不來了麽，怎麽這樣歡喜？（太公白）院君，方纔借宿的這位羅漢説道，他曾在五臺山上學就的説因果。他如今要説轉强盗，令他退婚，可以救我女兒。（院君白）有這等事？阿彌陀佛，謝天謝地！但不知羅漢如何説那强人？（智深白）你們不要點燈，我在你女兒房中坐着，也不要你們告訴那强盗，只領他進房，我自有道理。（太公白）院君，你快進去説與女兒知道，叫他放心。（院君應下）（魯智深白）不要擔擱了工夫，把你女兒藏過，領我到新婦房中去。（太公白）既如此，請師父這裏來。

（場上預設床帳）（太公引魯智深進内介）（太公唱）

鎮日價悶蹙眉梢，今日裏方免被人嘲。

（白）這裏就是小女的卧房了。（智深白）你且到外面去料理，洒家在此等他。（太公應介。白）吩咐庄客，前後點燈，二大王敢就來也。（庄客應介）（太公白）休驚人脱兔，都是命安排。（下）（智深白）妙嗄！（唱）

【又一體】拂流蘇蘭蒸麝飄，且揭起鴛帳鮫綃。

（白）待洒家脱去上服，睡在床上，等他上床來，好説因果。（笑介。唱）

權學個和尚嬌嬌，和尚嬌嬌，他待將貝葉曇花錯認夭桃。

（入帳介）

（周通引僂儸執花燈、火把接唱）（上）

滿面春風，撮上藍橋，急急的策馬鳴鑣，今淂遂鳳鸞交。

（下馬介）（内吹打介）

（劉太公接上介。白）老漢特備水酒一盃在堂，恭請大王入席略飲數盃，然後送入洞房。（周通白）丈人何必過費？我已醉了，只立飲一盃,領你美意,便入洞房。(太公白)是。(送酒)(内吹打)(周通飲完介)(太公白)庄客們,山上各位頭目酒飯款待。(周通白)你們都回山寨去罷。(衆應介,下)(太公白)就請大王進房。(周通白)你在前引導。(太公應介)(内吹打介)(行介)(太公白)此間就是小女房門,大王請自便。(避下)(周通白)我理會溛,你自迴避。(進房介。白)咳!你看我丈人這樣做人家,今日是個好日子,房中怎麽燈也捨不溛點一盞。明日到山寨裏抬兩罈油來使唤使唤。(摸着床介。白)我且上床。夫人,我今日做了你女婿,却不辱没了你。怎麽見我來,不則一聲?(上床介)(魯智深揪出帳,打介。白)呔!你這狗强盜!(唱)

【縷縷金】何方的野狐臊,敢來當虎頟弄剛毛。

(周通白)阿唷唷!利害,利害!有話好説。剛纔進門就是一個下馬威,你到底是何人?(魯智深白)我麽,(唱)

只有拳頭在,别無名號。

(打倒周通介)(周通白)救人嘎!救人嘎!且回山寨,明日再與你筭帳。(急下)(魯智深白)我却不知他山寨在于何處,怎生追赶?太公那里?

(太公持燈上。唱)

洞房何故恁喧囂,這事如何了?這事如何了?

(魯智深白)太公,那强盜被我打跑了。(太公白)師父,你害殺我也!只道你會説因果,那裏曉溛竟動起粗來?你看他此去,必定領大隊人馬來,可不送了這一村人家的性命了?(魯智深白)太公放心。我雖僧人,原係官軍,我當在此剪除此寇,保汝村坊無事。(太公白)如此甚好。請到前面再用些飲食,以助威力。(智深白)太公,今朝保你舒懷抱。(太公白)還仗恩人手段高。(同下)

(衆小僂儸持器械、火把引李忠上。唱)

【掉角兒序】望前村喜氣冲霄,羨伊行英雄年少。今日裏跨鳳吹簫,諧白髮雙雙到老。

(白)僂儸們,二大王恭喜,我們作速前去替他慶賀。(衆應介)

(周通逃敗上)(見介。白)大哥,小弟幾何不淂見你!(李忠驚問介。白)兄弟,你去入贅,爲何這等狼狽而回?(周通白)那劉太公狗男女,(唱)

誰道畫堂中禮數殷,繡閣内機械巧,此恨難消。

(白)小弟却不隄防他房中藏下一個秃驢,喫他痛打一頓,可惱嗄,可惱!(李忠怒介。白)嗄!有這等事?衆僂儸,我們就此一同前往,擒此秃驢,以消此恨。(行介。唱)

把村坊蕩掃,試我鋼刀,還待要活擒秃厮,休放生逃。

(行到介)(李忠白)衆僂儸,與我前後守定,休淂放走一人!(衆應介)

(智深領衆庄客上,與李忠略戰介)(智深喊叫介。白)何處狗强盗,敢來作耗村坊?快快下馬受縛,免淂洒家動手。(李忠白)你那和尚聲音好熟,且通個名來。(智深白)你問洒家名字麽?(唱)

【又一體】播寰中魯達名標,

(李忠白)爲何做了和尚?(智深白)只爲打死鄭屠,(唱)

向五臺山皈依三寶。

(李忠白)爲何到此?(智深唱)

因勾當路過村郊,要把你窠巢盡搗。

(李忠笑介。令周通下馬介。相見介。白)賢弟,這位不是别人,就是我素常對你説的魯大哥,快些相見。魯大哥,小弟們不知,多有淂罪。(智深白)汝是何人,認淂洒家?(李忠白)大哥倒忘了?(唱)

那日"九紋龍"酒肆招,"打虎將"名姓表,共識英豪。

(智深白)嗄!原來是李忠賢弟,緣何淂在此處?此位大名?(李忠白)自從别後,至此經過,淂遇這位賢弟,姓周名通,相留在桃花山上聚義。(智深白)原來都是自家人,方纔多有淂罪。(各笑介)(智深白)且請到裏面去,我有話説。(進内介)(智深白)庄客們,快請劉太公來。(庄客應介)(太公怕介。白)阿呀!指望仗他勦滅這般强盗,那裏曉淂竟是同夥,我今番死也!(見智深介。

白)阿呀！大王爺爺，小人萬死，情願將小女獻與二大王，只求免死罪。(智深白)太公，我不是大王，你休要害怕。你進來，洒家有話說，包你無事。(向周通介。白)周賢弟，那劉太公只有一女，(唱)

相憐相靠，難捨妖嬌，只恐怕這樁喜事未必心苗。

(白)依着洒家，不如退了，日後另娶個勝似他的。(李忠、周通同白)大哥吩咐，自當遵命。(智深白)大丈夫作事，日後不可反悔。(周通白)一言既出，如白染皂，豈可反悔？(李忠白)難淂大哥到此，請到山上多住幾日再行。(智深白)洒家往東京心急，明早就行，日後再圖歡會。(李忠、周通白)大哥莫非嫌山中荒陋，不肯盤桓麽？(智深白)好說。既蒙盛意，暫住幾日便了。(李忠白)請。(同唱)

【駐雲飛】齊控金橋，月轉蓬山天欲曉，撥轉漁郎棹，好叫桃花笑。嗏。

(太公、庄客白)我等奉送大王一程。(智深白)不消了。(李忠、周通白)僂儸們，帶馬。(各上馬介)(太公、庄客下)(李忠、周通、智深、衆僂儸行介。唱)

縱馬出村郊，並轡聯鑣。今日相逢，好是天作巧，却比乘龍興更高。

(下)

第廿三出　花和尚虎寨懷金

(場上擺一假山)(衆客商持器械、引車户推兩輛車上。唱)

【縷縷金】離鄉井學經商，勞生非坐賈走奔忙，那虎嘯猿啼處山高野曠。

(白)我們都是往青州做買賣的客商便是，如今押着兩輛金銀貨物車趕上前去。列位，這里山徑蕟雜，恐有歹人行劫，好生防護。(一白)衆位大哥，可知道這里名唤桃花山，正是强人出没的去處。這幾年來在這里失事的可也不少。(一白)列位不要長他人志氣，滅自己威風。小弟經商買賣，在江湖上走了幾十年，仗着這一把朴刀，不知結果了多少毛賊，何須害怕？(衆白)到底大家

帮着走,只願太平無事就是了。(唱)

綠林豪傑謹須防,啣枚度青嶂,啣枚度青嶂。

(下)

(僂儸引李忠、周通上。唱)

【又一體】懷豹略展龍驤,三山稱獨霸世無雙。偶因漁色風波起,自生魔障。幸相逢舊雨氣如霜,勾却風流賬,勾却風流賬。

(李忠白)兄弟,魯大哥到我山中住了好幾日了,我們再三勸他落草,他執意要出家,這便怎麽樣好?(周通白)大哥,我看他粗鹵達達,大碗的酒,大塊的肉,看來竟有些養他不起。小弟已曾吩咐整備筵席,與他送行。(李忠白)這也没法,好好兒款待他,日後我兄弟們也好相見。(周通白)僂儸們,筵席可齊整麽?(僂儸白)啓上大王,宰猪殺羊,極其豐盛。况且滿桌擺的都是些金銀器皿,算我上山請客第一回熱鬧。(周通白)元來如此。快請魯大師。(僂儸應介。作向内請介)

(魯智深持禅杖、跨戒刀上。白)草螢有焰終非火,海蜃遥驚耻花樓。二位賢弟,洒家今日要走了。(李忠、周通白)小弟再三苦留,吾兄執意不肯。想來此地一洼之水,也藏不淂蛟龍。聊備一杯濁酒,以誌别意。(魯智深白)既承二位賢弟費心,洒家不敢固辭。(李忠、周通作送酒介。入席介)(魯智深作飲介。唱)

【越恁好】萍踪浪合,萍踪浪合,山寨仰輝光。只爲冲天有志,情耿耿,意怏怏。

(李忠白)僂儸們,取大金斗過來,敬魯大師一大斗。(僂儸應介,斟酒介)(魯智深白)這纔是洒家意思。(作乾介。白)再斟。(李忠、周通唱)

特開春甕薦離觴,陽關三唱。些時教你也空回望,些時便教我也空懷想。

(二僂儸上。白)報!啓上大王,小的在山前巡邏,有一起客商,押着兩輛金銀貨物車在我們山下經過。(李忠、周通白)有這等事?到也凑巧淂緊,且去搶來,與魯大哥作路費。大哥,你且開懷飲幾杯，待小弟去搶擄了就來。（魯智深白）二位請便。洒家自會飲酒。（李忠、周通起介。白）衆僂儸，你們止留兩人，在此伏侍魯大師，其餘跟我下山去罷。（作拿器械介。唱）

【紅繡鞋】酒邊消息匆忙，匆忙；山前劫奪行藏，行藏。銀甲耀，寶刀光。屈努勁，雁翎長。驚過客，助行裝。

（下）（魯智深白）好笑他兩人作事慳吝得緊，現放着許多金銀，還要去打劫別人的送與洒家。這豈不是把官路當人情。也罷，洒家且教這厮喫俺一驚。（唱）

【古輪臺】忒荒唐，笑他臨時挖肉補人瘡，從來少見這酸模樣，戳眼的金銀晃漾。

（二僂儸白）大師，大王不在家，我們權當主人，你須要多吃一鐘。（作送酒介）（魯智深作擊倒二人介。白）你這兩個狗男女，説些什麽？（僂儸白）你不要撒酒風。（魯智深白）洒家就撒撒酒風何坊①？（作解搭縛綑住二僂儸，口裡塞麻，僂儸作叫不出介）（魯智深白）你這兩個狗男女，你若叫，我就一刀。（作將二僂儸撩入場内。作拿酒器放包裹介。白）且把這些金銀酒器揣去做盤纏罷。（唱）

都將來權領收藏，管教他歸來怨悵。

（拿禅杖介）我想，從山前去一定遇着他，不好意思。我昨日去看景致，山后到有一個去處，似乎可以下去。（作上山介。唱）

舉步倉忙，頗慚無狀，過山巖一陣野花香。

（白）嗄！你看此處雖是亂草，却也險峻，且把戒刀、禅仗和包裹先試他一試。（作撩介。白）下面多是亂草，待洒家趁勢兒溜下去。（唱）

先抛刀杖，慢騰騰順勢褰裳。只怕石角崚嶒，蘚滋苔滑，休教鹵莽。

（作跳介。白）且喜並無傷損，待我收拾趲路。李大哥，周二哥，今番盛擾了。（唱）

檢點舊衣裝，天涯廣，趁斜陽影裡一僧狂。

---

① 應爲“妨”。

（下）

（衆客商、保標人、車夫押車輛上。仝唱）

【撲燈蛾】驅車過石梁，驅車過石梁，小鹿心頭撞，猛見黑松林，好不險惡雄壯也！只索星馳電走，怎烏鴉頭上叫猖狂。

（頭目、僂儸引周通、李忠山頭路介。一頭目放响箭。一保標人白）不好了，果有强人來了！衆兄弟，將車輛推入樹木中去。（二車夫作怕，虚白發諢介）（衆商人唱）

一似八公山風吹草響，凝眸望，早則劍戟白如霜。

（李忠、周通上。白）呔！你那鳥漢，留下買路錢。（衆作慌介）（一白）你這些强盗，買乾魚放生，不知死活。我不來尋你要過山礼，你到來問我要買路錢。（李忠、周通白）不替你多言。頭目們，搶那厮車輛上山。（衆頭目、商人作厮殺介）（車户作念佛抖介）（李忠作殺一保標人）（衆客商作跑介，下）（周通殺一保標人）（車户白）大、大、大王饒命！我是苦命人。（李忠、周通白）你一行人殺的殺了，跑的跑了，你兩個殘頭，豈能獨留？（車户）大王若肯饒我，情愿在山上出力。（周通白）這個狗頭倒有志氣。也罷，你且把車輛好好兒推上山去。（車户應介）（衆唱）

【又一體】威名鎮四方，威名鎮四方，行劫如翻掌，莫怪我無良。多應前生負債今償，也何須推讓？想嘉賓獨自醉郎當，且回虎帳，還待要香醪美饌，痛飲盡千觴。

（二僂儸上。白）大王，不好了！那魯大師把我兩個綑做一塊，把桌上金銀器皿都偷去逃了。（李忠、周通白）嗄！有這等事？他在我山上，可知逃到那里去？（李忠白）我們快些趕上，羞他一場。（周通白）罷，罷！賊去關門，那里去趕？縱然趕着他，惱羞成怒起來，我和你又敵不過，倒弄成笑話。不如罷休，日後倒好相見。（李忠白）只是我當初不合引他上山，因此折了許多東西。今日這一分，小弟不敢與聞。（周通白）哥哥，我和你義同生死，何在于此？衆僂儸，就此回上①。（衆應介。唱）

---

① 應爲“去”或“山”。

【尾聲】從今莫説花和尚,辜負我兄弟情長,則問他異日相逢如何一撒謊?

（下）

第廿四出　金主親征伐契丹

（扮吴乞買、撒改、辭不失、斜也、阿離合懣、蒲家奴、宗翰、娄室各披掛上。白）龍繞旌竿獸滿旗,翻營乍似雪山移。中軍一隊三千騎,掃蕩中原攛帝基。俺乃吴乞買是也。俺乃撒改是也。俺乃辭不失是也。俺乃斜也是也。俺乃阿離合懣是也。俺乃蒲家奴是也。俺乃宗翰是也。俺乃娄室是也。請了,今日主上親自下教場閲武,只淂在此伺候。（虚下）（内吹打）

（扮衆軍引金太祖戎裝上。唱）

【醉花陰】泰運宏開雄東表,嗣王業規模不小,西望河山杳,斧鉞旌旄,志在平燕趙。

（上高座科。白）寡人大金皇帝是也,嗣世祖皇帝之位,誕開鴻庥之基。自從起兵以來,奄有東土,諸臣再三勸進,只淂勉從所請,即皇帝位,改元收國,國號大金。天與人歸,宅中圖大,正在斯時也。我想國家既以征伐淂天下,必須大修武備方可制勝,爲此下令諸臣,朕親自到教場閲武,傳旨開操。（内侍應科。白）萬歲爺有旨,衆將開操。（内應科。白）領旨。（内侍跪科。白）傳令過了。

（内掌號大鑼鼓）（衆軍士各帶弓箭上,作跑馬科,下）

（内掌號）（又作操演鳥鎗科）

（太祖唱）

【喜遷鶯】貔貅騰躍,爱的這貔貅騰躍展英風,士氣忽烋讙呶,轟雷飛炮,硬弩强弓疾更慓,不由人心胆豪,這的是喊如彪虎,不争的捷似猿猱。

（内掌號）（衆軍士持大刀大斧上,作對刀斧操演科。下）

（内掌號）（衆軍士又作持藤牌上,操演科。下）

（太祖唱）

【出隊子】你看這電迴星繞，閃寒光點雪漉，那團牌縱横轉雲瓢，飛刃往來捲玉濤，繡斧晶瑩片月皎。

（内掌號）（八都統領八隊軍士上，擺陣勢）（仝唱）

【乱地風】喛呀，又則見令下三軍似海嘯，一隊隊旗旆飄飖，鼓鼙聲震衣，明號不爽分毫，好一似五花元妙，更恍惚八門精巧，擾龍潭，翻虎窟，張牙露爪，變化應難料，叱吒聲山岳俱摇。

（又作串走一回，又擺陣勢科）（仝唱）

【四門子】霎時遊騎穿花繞，轉方圓一令招，九皋唳鶴聲聞杳，驀然的金鼓敲，壁壘兒新擊利兒超，屯雲捲濤，狐狸嘷，耀日的戈，蔽野的旄，端的是馬騰士飽。

（太祖白）坐作進退，步伐止齊，有法有度，真乃王者之師，以此制敵，何敵不摧也，吩咐散操。（衆應介）（太祖白）諸卿，我朝雄武之師，允稱精鋭，及鋒而用，似合機宜。我想我大金朝世事遼國，恪修職貢，定烏春窩謀罕之亂，破蕭海里之衆，有功不省而侵侮是加，罪人阿踈屢請不遣，今欲大舉伐遼，不知諸卿意下如何？（衆白）臣啓陛下，遼政不綱，生民塗炭，陛下應運而興，正天與人歸之候，若振師西指，燕雲計日可取。（都統仝唱）

【古水仙子】呀、呀、呀庙筭高，呀、呀、呀庙筭高，他、他、他、他恣貪噬，先將國本摇，俺、俺、俺奉東藩，恪修職貢，奈、奈、奈肆侵侮，把人凌虐，把、把、把、把定邊功付九霄，又、又、又匿阿踈，恨氣難消，若、若、若、若厲兵秣馬窺燕趙，管、管、管、管摧枯拉朽成功早，看、看、看、看一舉便亡遼。

（太祖白）諸臣意見與朕相同，真乃國家之福斜也！宗翰可領一軍爲前鋒，蒲家奴、婁室可引一軍爲合後，寡人親率六師，即日征遼便了。（衆白）領旨。（太祖下高座科）（太祖白）吩咐擺駕回宫。（衆應科。仝唱）

【尾聲】陳師鞠旅承明詔，統六師擊鐸鳴鐃，管教把大遼國土全佔了。

（仝下）

第二本

第一出　金國主草地行圍

(衆番將、軍士引金主上。唱)

【北一枝花】只俺這白山起蟄龍,赤水巢威鳳。旌旗懸氣色,劍戟抱雌雄。寶馬瑚弓衰草寒,雲重黄沙積雪封。

(白)爛爛龍旌捧日旂,黄茅岡下出長圍。但教射淂南來鴈,直抵燕山耀國威。寡人大金皇帝是也。系出白山,祥開虎水;聰明天授,勇略性成。叵耐遼主貪淫酒色,政事怠荒,不報我海里之功,反納我阿踈之叛,因此特起傾國精兵,以遂圖南大志。數年以來,尅了黄龍府,收了寧江州,破了蒺藜山,降了辭里罕。看看逼近中京了。近日希尹擒獲遼護衛律習泥烈,已知遼主在鴛鴦濼畋獵,已曾吩咐各道尅期進兵,只候捷音來到。今日軍中無事,不免行圍一番。衆番將,(衆應介)(金主白)隨俺行圍者。(衆吶喊,作行圍介)(金主白)呀!你看古木寒烟,黄沙白草,這圍場真覺蒼茫也。(唱)

俺待排羽獵,長鎗與飛矢争先。上高岡,看鵰鶚與韓盧賈勇。

(金主上高臺介。白)衆巴圖嚕,就此撒開圍場者。(衆作撒圍科。合唱)

【南一江風】趁雄風,待把圍場攏。士卒精神湧,海雲東,齊駕長驅,兔走狐趨,冰雪霜蹄縱。花翎血染紅,花翎血染紅,寒空落塞鴻,還教你鹿醒蕉陰夢。

(下)

(各獸跳舞介)(衆軍士作赶逐、放箭、打鎗介)

(又走出一白狼介。衆軍士赶下)(金主白)呀!那邊跑出一隻白狼來也。巴圖嚕,取弓箭過來。(軍士應介,遞弓箭)(金主下坐介。唱)

【北紅芍藥】草坡前駭走亂飛蓬，驀然怪獸奔衝。真個霜毛璀璨雪玲瓏，只索默禱蒼穹。

(白)老天在上，我今番出兵，若能吞遼併宋，我這一箭就中那白狼之首。(唱)

倘能勾併契丹、吞趙宋，這彎弓貫額恰當中。望神明深鑒我丹衷，舉手便成功。

(作馳走下，又上，作上高坡介)

(衆軍士赶白狼跑上)(金主白)看箭。(作射倒白狼，衆軍士吶喊喝采)(金主笑，軍士接弓介)(金主白)吩咐衆巴圖嚕，將白狼送入宫中，其餘所淂牲口盡行賞賚，就此收圍者。(作下高坡科，坐介)(衆將作傳令介)(軍士抬白狼下)(衆將官白)陛下神箭，正中那白狼之首，此乃我朝混一區宇之象，臣等不勝歡忭。(唱)

【南東甌令】狼似雪，箭如風，神臂輕開騁玉驄，等閒飛羽當門送。這是興王兆，天威動，寒星掩映錦袍紅，拜手樂融融。

(金主白)適纔默禱于天，若能吞遼併宋，箭到成功。如衆將所言，此狼便是興朝之讖了。(唱)

【北罵玉郎】虛空虔禱祈天寵，那知道彎滿月，獲飛熊。若淂混成區宇皇圖鞏，這的是商家的元鳥祥，周家的赤鳥哢，漢家的白蛇踊。

(衆將官白)元來如此！臣等敬献一觴，以伸燕賀。(金主白)生受你們。看打辣酥過來。(雜扮小番上，斟酒介)(衆作進酒拜介)(金主飲介)(仝唱)

【南解三醒】進霞觴一杯馬湩，這嘉祥亘古奇逢。笑孫劉狠石空傳誦，怎似山陰羽獵奇蹤。但願雲龍風虎山河擁，南北東西號令通。羣星拱，一杯天酒，湛露恩濃。

(探子飛馬上。白)開通州懸斜連海，交割山河直到燕。萬歲爺在上，探子叩頭。(金主白)有何事情？慢慢報來。(探子白)都統斜也連克高恩回紇三城，各處皆望風而降，遂取中京，下了澤州了，并將所獲寶貨馳奉。特來報知。(金主白)好。賞他一羫羊，銀牌二面，再去打聽。(探子白)謝爺賞。(作跑馬下)(金主

白)中京既破,契丹不難圖矣。(唱)

【北感皇恩】聽的探馬嘶風,捷音歡哄,都則是望風降,走檄定,率土從。似這般拉朽摧枯,瓦解望風,見淂定燕雲,窺汴宋,听呼嵩。

(衆將官白)臣啓陛下,自從我師起兵以來,白水有火光之祥,混同則無舟而渡,兵不血刃,勢如破竹,此乃天授,非人力也。但遼政不綱,淫酗肆虐,今若除去凶殘,救民水火,普天率土,均有雲霓時雨之望。(唱)

【南大聖樂】論祥徵白水師雄,混同江單鞭鞚。只要除遼苛虐雲霓頌,先三分,後一統。休説是梯山航海程途遠,禹甸周原險阻重,輿情易動,那些個畏威懷德萬國來同。

(一將官捧本匣上。白)牙璋辭鳳闕,玉節到龍城。啓上萬歲爺,那宋朝又着登州防禦使馬政賫國書到來,已在館馹中了。(金主白)他的主意兒便怎麽?(將官白)他不過要取回他燕雲之地耳。(金主白)那趙官家却也可笑淂緊,眼見淂是我家的東西,那有與你?(唱)

【北採茶歌】堪笑那趙官家忒昏蒙,不能勾振兵威收燕衆,却來向鄰邦索取先人隴。大古里癡人多説夢,誰肯滿船歸載月明空。

(衆將官白)臣啓陛下,聞淂趙官家溺信虚無道教,崇飾遊觀,四海困窮,君臣逸豫。只怕指日就爲契丹之續,約他夾攻,許他舊土,這不過是愚弄他之意耳。(唱)

【南節節高】他君臣如養癰,把異端崇,朝歡暮樂神民痛,官倖寵,君子消,奸人横,筭來緊接亡遼踵,中原錦綉應厮送。兀自一介行人索舊封,止好甜頭香餌來愚弄。

(金主白)諸卿所言,正合孤意。即着散覩如宋報聘,只説所請之地今當與宋,夾攻淂者有之就是了。(捧本匣官應介,下)(金主白)把都們就此回營歇馬者。(衆應介)(金主下坐)(仝唱)

【北收尾】紫袍日照金鵝閧,紅旆風吹虓虎雄。龍驤校獵間飛鞚,三軍即戎,我來自東,還要看洛下牡丹到底是那幾種?

(下)

第二出　魯智深菜園就職

(知客上。白)花氣雲堂静,松陰日午涼。袖翻金塔影,杯引劍池光。小僧乃東京大相國寺中一個知客是也。我這寺中乃上方古刹,名冠東京。雖然是清净道場,却是個繁華世界。怎見淂繁花光景?但見山門高敞,梵宇巍峩,金布福田,花飛香雨。當頭横綴黄金額,五色雲華;中路長鋪白玉堦,七重寶樹。四大金剛,最狰獰的是托塔天王;五間寶殿,最①慈悲的是如來法相。鐘鼓樓、藏經閣,幡竿高峻插青霄;觀音殿、羅漢堂,寶塔依稀侵碧漢。閒話少説,今日乃放參日期,恐有遊客到來,不免往山門外走走。正是:大千妙相莊嚴地,上國菩提錦繡場。(下)

(魯智深拿禅杖,跨戒刀,背包裹上。唱)

【香柳娘】論平生氣豪,論平生氣豪,皈依佛教,五臺回首慈雲杳。盼東京路遥,盼東京路遥,涉水又登高,山川豁懷抱。

(白)洒家自從離了桃花山,别了李、周兄弟,來投相國寺安單。適纔街坊人説過了州橋就是,前面多應是了。(唱)

度康衢石橋,度康衢石橋,風鈴漫摇,寶幡輕裊。

(白)來此已是山門。那邊有個僧人來了,不免上前問他。

(知客上。白)雲堂長有客,月鏡更無臺。(魯智深作放禅杖、包裹介。白)老師父,問訊了。(知客白)師兄那裡來?(魯智深白)小徒從五臺山來,本師真長老②有書在此,教小僧來投上刹清大師長老處,討個職事僧做。(知客白)既是真大師長老有書,合當到方丈去。這里來。(魯智深作拿禅杖、包裹介)(知客白)師兄,你出家人如何不懂理性,這等打扮,如何參淂長老?(魯智深白)洒家不省淂。(知客白)你可放了禅杖、戒刀,取出那七條坐具、信香來禮拜長老纔是。(魯智深白)如何不早説?(魯智深、知

---

① 底本此字作“冣”。

② 前文作“智貞”,此出作“智真”,或編抄者不同所致。

客下）

（侍者引智清長老上。唱）

【又一體】喜道高行高，喜道高行高，參通元妙，禅心如月中天皎。

（白）老僧乃智清禅師是也。在這東京大相國寺住持，開堂説法，宏演象教，大暢宗風，真個玉麈飛時龍虎伏，寶花飄處鬼神欽。這也不在話下。只是東京地面，萬國來宗之所，這一個清净禅堂幾于應接不暇。這也由他。（唱）

聽經壇鼓敲，聽經壇鼓敲，玉犬吠雲宵，泥牛耕海嶠。任紅塵鬧闠，香篆徐飄，拈花微笑。

（知客、魯智深上）（知客白）這裡來。（作進見介）弟子稽首。（長老白）有何賓客到來麽？（知客白）啓上大師，有一僧人從五臺山來，現有真長老書在此。（送書介）（長老白）師兄多時不曾有法帖來。既如此，叫那僧人進來。（知客白）師兄，過來禮拜長老。（魯智深白）大師在上，弟子智深參拜。（作拜介）（長老白）罷了。（作看書介）（魯智深唱）

【又一體】整偏衫布袍，整偏衫布袍，和南拜禱，金繩覺路慈光渺。

（長老唱）

把來書細瞧，把來書細瞧，已識舊根苗，名山屯虎豹。

（魯智深又拜介。唱）

向慈悲折腰，向慈悲折腰，枝借鷦鷯，清修甘老。

（長老白）知客過來，遠來僧人且去僧堂暫歇用齋，我自有區處。（知客白）是。師兄這里來。（魯智深仝下）（長老白）侍者過來，唤齊兩班職事僧都到方丈。

（侍者應，作唤）（衆僧上。白）天花墜寶禅心定，風樹明珠覺海深。師父稽首。（長老白）你們衆僧在此，你看我師兄智真禅師好没分曉。這個來的僧人元是經略府軍官，爲因打死了人，落髮在五臺山爲僧。曾與彼處使酒，連鬧了兩次僧堂，因此難于留他，却推來與我，又説此僧將來必成正果。待不收留他，師兄面上不好意思；待收了他，又怕亂了清規。如何是好？（一僧白）便是弟子們看，那僧人全不像出家人模樣。（又一僧白）看此僧既好黄湯,萬一跑到白礬樓、宜城樓、八仙樓、長慶樓大嚼起來,豈非笑話?(一僧白)啓上大師,吃酒還是小事,萬一跑到徐婆惜、封宜奴、張七七、左小四、安娘、毛團家去大肆嫖興起來,豈不是大玷山門?(一僧白)啓上大師,這也僧家常有之事,萬一掔出大拳頭來,我們這幾個面黄肌瘦的和尚,不勾他打死?(長老白)你們所見未爲不是,但是老僧兩下爲難。(都寺白)啓上長老,都寺到有一計在此。此間酸枣門外退居廨宇那一片菜園,時常被營内軍健們并那些破落户囉唣十分侵害,一個老和尚在那里如何管淂來?如今這個僧人,叫他去管潑皮,到也恰好。一來全了真長老的臉,二來與我們有益,豈不是兩全?(長老白)都寺所言正合吾意。侍者過來,唤那新來的僧人到方丈來,我有話説。(侍者應介。唤介)

(知客、魯智深上。白)來了。(長老白)魯智深。(魯智深白)弟子在。(長老白)你既是我師兄真大師薦來寺中,掛搭做個職事人員,這也甚好。我寺中有個大菜園在酸枣門外岳廟間壁,你可去那里住持管領。(魯智深白)本師真長老著小僧投上剎討個職事僧做,却不教洒家做個都寺、監寺,如何教洒家去管菜園?(首座白)師兄,你不省淂,你新來掛搭,又不曾有功劳,如何便做都寺、監寺?這管菜園就是大職事人員了。(魯智深白)洒家不管菜園,只要做都寺、監寺。(知客白)師兄,首座所言極是。僧門中職事人員都有頭項,且如小僧做個知客,只理會管待往來客官僧衆。至如維那、侍者、書記、首座,這是清職,不容易淂,做都寺、監寺、提點、院主,這都是掌管常住財物。你纔到來,如何就淂上等職事?還有那管藏的叫做藏主,管殿的叫做殿主,管閣的叫做閣主,管化緣的叫化主,管浴堂的叫浴主,這主事人員中等職事。還有管塔的塔頭,管飯的飯頭,管茶的茶頭,管東厠的净頭,與那管菜園的菜頭,這是頭事人員末等職事。假如師兄管了一年菜園好,便陞塔頭,又一年好,就陞浴主,又一年好,纔陞監寺。(一僧白)師兄,我不是去年管净頭,如今就陞了飯頭了。我這里不論資,不論俸,陞轉最快的。(長老白)智深過來,你們都是佛門弟子,僧家職事,本無人我,安有高低?你只管前去,老僧自然照應你。(魯智深白)既有出身日子,洒家情愿與長老出力。(長老白)你既愿去,須聽我吩咐。(唱)

【大迓鼓】修行須打熬,一瓢一笠是你立脚根苗。你晚菘早薤滋培好,還要除葷断酒戒氣烋。我這里法律森嚴,再犯不饒。

(魯智深白)弟子謹遵大師法旨。(長老白)書記過來,就寫榜文,明日去交割罷。(書記應介)(長老起介。白)布衲繩床高閣松,隴頭一帶白雲封。(衆僧白)菜根元是菩提種,(魯智深白)好把工夫問老農。(長老、衆僧分下)

第三出　張氏行香拜東嶽

(院子隨林冲上。唱)

【燕歸梁】年少曾經學豹韜,欲博取、戰功高。幾回燈下拭霜刀,心自熱、意徒勞。

(白)空負昂昂七尺軀,一籌莫展竟何如。幾時淂遂澄清志,方是人間大丈夫。自家姓林名冲,東京人氏,爲八十萬禁軍教頭。賦就雄豪,生來機警。聽他人之調撥,只因位在下僚;圖異日之顯揚,必淂身爲上將。暫當安分,姑且待時。不幸椿萱並逝,棠棣皆無。妻房張氏,伉儷甚篤。因他前者偶患小恙,許有酸枣門外東嶽廟香願。今日恭逢聖帝誕辰,又遇我下值之期,正好一同前去。説話之間,娘子出來也。

(錦兒隨張氏上。唱)

【新荷葉半】臨鏡羞將雙黛描,天然有端莊容貌。

(見介)(林冲白)娘子,金錢香供,俱已停當,好去酬還香願了。(張氏白)如此甚好。敢請相公一同而往。(林冲白)這個自然。(院子向内白)把車兒推到這裏來。(内應介)

(車夫推車上)(院子牽馬介)(張氏、錦兒上車介)(林冲上馬介)(林冲白)三日嚴齋戒,(張氏白)一心辦志誠。(合)但能徼福祉,同去叩神明。(行介)(合唱)

【普天樂】莽喧囂，長安道；多靈感，天齊廟。纔行過後市前朝，又來至晴野芳郊。前途未遥，望靈宫突兀，高插雲霄。

（下）

（衆看會人擁擠上。唱）

【福馬郎】蜂蟻般遊人多擠鬧，不辦村和俏，老共少。

（白）我等東京城裏城外衆人民是也。今日恭逢東嶽大帝聖誕，十分熱鬧，爲此邀朋拉友同來遊玩。（一半白）我們快快趕去觀看。（衆白）説滑有理，快些前去。（行介）（合唱）

但看相踴躍，競喧呶，絜伴嬉遊好。逢勝事，樂滔滔。

（院子、陸謙、富安隨高衙内上）（合唱）

【玉芙蓉】皇州儘富饒，勝地多喧鬧。那紅粧隊隊争鬬妖嬈，面龐兒畢竟誰行俏，態度兒還應若個嬌。

（林冲、張氏、院子、錦兒前進香）

（男女數人各執香上。唱）

把虔誠表，向神祠祈禱，願年年家門安吉永逍遥。

（衙内見張氏介）（林冲、張氏等進廟介）（衙内白）妙嗄！前頭那一個女子怎麽生滑這樣標致，不知是誰家的？（陸謙、富安白）果然生滑齊整，一路來看了這些婦女，要筭他爲最了。（衙内白）他到廟内進香去了。我們快快趕去，再飽看他一番，看可有甚麽機會？（陸謙、富安白）大爺，不是這等説，他從此路來，須從此路去。我們何不到那邊僻静之所等他回來，大爺再飽看他一回，調戲一番。婦人楊花水性，見大爺如此丰韻，怕不上手哩！（衙内白）此計甚妙。我們看什麽會，就抄到他回路相等便了。（陸謙、富安白）如此，大爺請。（衙内白）藍橋擬覓裴航杵，青鎖期偷韓壽香。（下）

（奏樂介）（執事提爐，擡娘娘駕，衆男女執香擁駕上）（合唱）

【朝元令】時和世清，四野長寧静，年豐歲登，五穀多繁穎。喜躍羣生歡騰，合境同樂昇平。風景好辦虔誠，銅鑼競敲神共迎。胙肉滿柈盛，香醪滿斗傾。獻酬神聖，果然是大家歡慶，大家歡慶。

（下）

第四出　智深拔樹出西墻

【出隊子】修行非願，念甚經文參甚禅，空門托足且隨緣。縱有威名何處顯，閒煞英雄，暫學灌園。

(白)洒家自到東京大相國寺，那智清長老派俺看管酸枣門外菜園，倒也散誕無拘。這裏左近有夥破落户潑皮，往常偷瓜盗菜慣了，見洒家到此管守，要來戲侮，被俺用智力制伏，遂成相識。前日他們作東爲洒家接風慶賀，今日特地設席酬答他們。怎麽此時尚不見到來?

(衆潑皮上。白)走嗄！(唱)

【又一體】東流西串，賴臉涎皮到處纏，賭坊争討博頭錢，酒肆賒多一溜烟。遊手好閒，混過歲年。

(見介。白)師父。(智深白)你們都來了麽?(潑皮白)都在這裏了。(智深白)這等甚好。(潑皮白)前者我們不過略盡敬心，爲什麽反要師父費事?(智深白)没有什麽，請你們來，大家坐坐，閒談閒談。(潑皮白)我們自當奉擾。(智深白)今日天氣和暖，吩咐道人把酒肴擺在緑槐樹下，大家席地而坐，共相暢飲。

(道人預上，應介。設酒肴介)(潑皮白)請師父居中坐了，我們在兩旁隨而坐，不必相拘。(智深白)就是這等。(各坐介。飲酒)(合唱)

【排歌】觴政非苛，繁文盡蠲，從教嘈雜多言。人來曾不分賓主，酒到何須辨聖賢。無拘束，儘笑喧，忘形不用費週旋。逢歡會，拚醉眠，賞心還要恣留連。

(二三潑皮醉卧介)(衆潑皮扯起介)(二三潑皮推醉介)(衆潑皮灌酒鬧介)(合唱)

【又一體】滿酌流霞，休辭量淺，人生不飲徒然。好將緑蟻傾千斛，願作長鯨吸百川。

(衆潑皮敬智深酒介)(或豁拳，或笑語，或唱曲，或醉卧，起坐不一介)(内作老鴉叫介)(衆叮齒咒詛介)(智深白)你們爲什麽?(潑皮白)老鴉叫,恐怕有口舌。(智深白)那裏的老鴉?(道人白)墻外緑楊樹上新做了個老鴉窩,每日聒噪到晚。(智深白)原來這等,我們同去看來。(潑皮白)我們都去。(各立起介,行介。合唱)

人初醉,坐正便,乳鴉啼破緑楊烟。春將去,唤不轉,東風吹急落花天。

(場上預設垂楊樹介)(衆看介)(智深白)果然有個老鴉窩在上。(一半潑皮白)聒噪淂可厭,把梯子來,上去拆了他,也淂耳根清净。(一潑皮白)不用梯子,我與你盤上去罷。(又一潑皮白)只須拿根竹竿戳掉了就是了。(智深白)你們閃開,待洒家來。(相勢介)我有道理在此。(衆潑皮白)師父却怎麽様?(智深脱衣介。唱)

【撲燈蛾】喳喳噪樹頭,喳喳噪樹頭,聒淂人難聽。這垂楊帶暮鴉,豈是裝點隋堤風景也,問有誰來遊幸。

(潑皮白)倒不如砍去了罷。(智深唱)

也不索斧斤伐處響丁丁,

(作摇撼垂楊介)(二潑皮作帮扶勢,智深推開介)(潑皮跌倒諢介)(智深拔介。唱)

好用足一身遒勁。

(衆潑皮白)師父,不要努着了,且慢慢的。(智深白①)

不消停,早連根拔去柳青青。

(拔垂楊介)(衆潑皮驚介。白)阿唷唷,了不淂!這様大樹,若非千萬斤神力,如何連根拔淂起來?師父非是凡人,乃羅漢轉世也!我等敢不拜服!(拜介)(智深白)這個值淂甚麽?洒家若使動兵器,在百萬軍中斬上將首級,如探囊取物耳。(潑皮白)怎麽淂教我們見一見師父的武藝,這纔是大食②面。(智深白)你們

---

① 應爲“唱”。

② 應爲“世”。

要看麽？（潑皮白）正是。（智深白）這有何難？道人，擡俺的禅杖來。

（道人擡禅杖上）（衆潑皮争看介。白）好根禅杖！正不知有多少重？（作拿不動諢介）（智深使禅杖介。唱）

【皂羅袍】風外落花無定，似烏龍掉尾，空際翻騰。耳邊吼出晚風聲，眼前晃作金蛇影。

（智深使介）（衆潑皮誇奬介）

（林冲從曲中上。向内白）院子，你隨着娘子車兒慢慢趲上來。聽淂那邊使演兵器，待我看是如何。（看介）果然使淂好，這位師父端的非凡。（智深白）你是何人？（潑皮白）是八十萬禁軍教頭，名唤林冲。（智深白）既是林教師，請來相見。（林冲近前，見介）敢問師兄法號，何處人氏？（智深白）洒家關西魯達，原係軍官，近日出家，唤名智深。（林冲白）嗄！原來就是魯提轄。久仰威名，今始拜識，何快如之。（智深白）不敢。教師今日何暇到此？（林冲白）小弟因同賤荆往嶽廟進香而回，聽淂這邊使演兵器，偶來一看，不想淂遇師兄，實爲有幸。倘蒙不棄，即當盟作弟兄。（智深白）教師之言，正合愚意。吩咐道人，快排香案。（林冲白）我輩意氣相投，何用繁文，只須對天一拜便了。（智深白）如此更覺豪爽。（同拜介）（合唱）

情如膠漆，同伸誓盟，心堅金石，永無變更。看一言便把終身訂。

（各立起介）（智深回向道人白）重新整治酒筵，林教頭在此。（道人應介）

（一面院子慌上。白）官人快去，娘子和錦兒在五嶽樓下和一貴公子合氣哩，將車子和車夫都被他趕去了。（林冲）他唤做什麽？（院子白）小人怎敢問他的名姓，官人快去，且不要細問。（智深傍白）嗄，有這等事！（林冲白）師兄請了，改日再會。風波何事起，煩惱有時來。（急下）（院子隨下）（智深向内白）且不要慌，洒家來帮你。（向潑皮白）方纔説林家大嫂與人合氣，爾等可一同隨洒家去，倘有用着之處，便可助他一臂之力。（潑皮白）正該如此。我

們都隨了師父去。(智深白)結交何必論人我,處世但當辦①是非。(下)

第五出　太歲逼紅粉佳人

(高衙内上。白)小厮們,在門口守住,不許放一人進來。(内應介)

(張氏、錦兒急態上)(衙内赶上)(張氏白)强賊,清平世界,怎敢調戲良家婦女!(衙内白)娘子,學生奉揖了。(張氏白)强賊!(唱)

【不是路】我玉潔冰清,怎認做濮上桑間有麗情?

(衙内白)請娘子到樓上去,有句知心話兒要説。(張氏白)男女有别,何溽通言!(衙内唱)

多儌倖,想應是前緣石上笑三生。

(張氏白)閑説,還不快快放我出去!(衙内白)學生爱慕娘子芳容,神魂飄蕩,惟求見憐。(欲摟抱介)(張氏拒介。白)强賊嗄!(唱)

我矢堅貞,今朝若再相凌迸,罷,拚溽紅顔一命輕。

(作欲撞死介)(錦兒攔介)(衙内白)娘子,(唱)

休執性,人生行樂無多頃,好圖歡慶,好圖歡慶。

(張氏白)强賊,快快閃開!

(林冲、院子赶打衆院子、陸謙、富安上)(林冲白)好狗男女嗄!(唱)

【四邊静】目無禮法敢胡逞,男女怎厮並。看我狠揮拳,教伊漫逃命。

(揪住衙内欲打介)(衙内白)林冲,干你甚事,來管閒賬?(林冲白)你這狗頭,調戲我的妻子,怎説是閒賬?(唱)

怪你綏綏狐性,蚩蚩獸行,不復别嫌疑,但欲肆强横。

(陸謙、富安白)教頭請息怒,公子不知是娘子,偶然冲撞。

---

① 應爲“辨”。

(院子上。向衙内白)太尉爺差人來請大爺,説在那裏立等,快請回去罷。(衆擁衙内行介)(衙内復回顧介,下)(林冲白)你這狗男女,少不淂死在我手裏!(張氏白)官人一時那裏去了?致受此强賊欺侮!(林冲白)不用説了,就此一同回去罷。(張氏應介)(林冲白)氣死我也!(唱)

【大迓鼓】難消恨恨聲,在他簷下,受煞欺凌。且復今朝權忍性,終知有日惡相爭,幾度思量,怒氣未平。

(衆潑皮擁智深醉態上。白)林大哥,你與何人鬬氣?洒家來帮你厮打。(潑皮白)同那個打架?我們打他個臭死。(諢介)(林冲白)原來是本管高太尉之子,因小弟屬他父管轄,所以權時含忍了。(智深白)你便屬他管,洒家須不怕他,若撞見了,先打他一百精拳。(林冲白)小弟被衆人相勸,暫且饒他這次。(潑皮私語介)此老醉了,勸他回去罷。教頭説淂是,請回罷。師父,我們也回去,明日再與他理論。(智深白)林大哥,(唱)

【尾聲】和你氣相求、聲相應,好知交結成刎頸。

(白)大嫂莫嫌洒家麤鹵。(唱)

俺是個直性男兒,專肯抱不平。

(笑介)(分下)

第六出　教頭遇白虎太尉

(老都管上。白)路柳墻花易惹愁,相思病症患難瘳。只因爱子成禽犢,拚淂與人結寇讎。自家高府中一個老都管便是。我太尉爺並無子息,継有族中一子爲嗣,最所鍾爱,百事依他。不想近日染成一病,太尉爺十分着急,細詢致病之由,衙内尚不肯説出,有門下陸謙、富安説爲林冲妻子而起。除是謀死林冲,占他妻子,此病纔好。我已將此話乘間禀知,始而原也不允,這幾日只爲爱子心甚,已露應允之意,説今日要當面問取陸、富二人。此時太尉將次出堂,只索在此伺候。

(高俅上。唱)

【海棠春】快心只道長如此，偏有那不如意事。無藥療相思，癡病憐嬌子。

(都管見介)(高俅白)衙内病體今日可好些？(都管白)更覺沉重。(高俅白)這便怎麽樣處？你前日所説之言，我未深信，還要親問陸謙、富安，他二人可曾到來？(都管白)在此伺候多時了。(高俅白)着他們過來。(都官應，唤介。白)陸、富二位官人有請。

(陸謙、富安上。白)來了。好從密室稱心腹，甘向懽①門作爪牙。太尉爺在上，門下陸謙、富安叩頭。(高俅白)起來。(陸謙、富安應，立起介)(高俅白)衙内之病可是因林冲妻子起的？爾等可細述其情。(陸謙、富安白)果是爲他而起。那日衙内因遊東嶽廟，不想遇見了，(唱)

【鎖南枝】傾城貌，絶世姿，風流想攀墻外枝。

(高俅白)那時便怎麽樣呢？(陸謙、富安白)不想被林冲撞來，驚恐而歸，至今思憶不置。(唱)

病相如未遂琴心，盻断了臨邛市。

(高俅白)如今病勢沉重，却怎生樣好？(陸謙、富安唱)

若要去膏肓二竪子，除是散相思五瘟使。

(高俅唱)

【又一體】眉雙皺，心三思，咨嗟口頭難措辭。

(白)前日都管傳稟，爾等之言只恐行不淂。(陸謙、富安白)太尉爺何惜一軍漢而坐視衙内危亡？(高俅白)你們也説淂是嗄！也罷，只淂依爾等之言，但用何計策便好？(想介)嗄！有了。(唱)

設牢籠搆陷平人，那管他多疑似。已是狠威風平日施，再把惡機關此番試。

(白)唤昨日新參虞候過來。(老都管應，作想②唤介。白)昨日

① 應爲“權”。
② 應爲“相”。

新參的虞候走動。

(虞候上。白)堂上聞呼唤,堦前聽使令。(見介。白)太尉爺呼唤,有何差遣?(高俅白)汝可至林冲家内,説我奉旨鑄劍,着他把祖傳寶劍拿來做樣,可直引至白虎節堂。你自躲過了,我有道理。(虞候應介)(高俅白)不可洩漏機關,成事後重重有賞。(虞候應介)(高俅白)你二人隨我進裏面來,尚有話商酌。(陸謙、富安應介)(高俅白)須信設謀當秘密,(陸謙、富安白)還知慮事要週詳。(同下)(老都管隨下)(虞候白)奉有鈞旨,須索前去走遭。(行介。白)纔離烜赫三公第,又過尋常百姓家。此間已是。林教頭在家麽?

(林冲上。唱)

【又一體】重重恨,切切思,幾回仰天空歎咨。

(見介。白)足下何來?(虞候白)奉太尉爺鈞旨,傳教頭進府。(林冲白)我在府中,從來没有識認足下。(虞候白)嗄!在下是昨日新參的,纔進府中,諸事還要仰祈照看。(林冲白)不敢,既蒙呼唤,就請同往。(虞候白)且慢。太尉爺奉旨鑄劍,説教頭有祖傳寶劍,命携了進府,好做樣式。(林冲白)原來如此。我這寶劍,太尉那裏曉淂?(虞候白)這個在下如何淂知?(林冲白)既是這等,待我進内去取寶劍。

(錦兒捧寶劍上,作遞介,下)(虞候白)快些,太尉爺在府立等。(林冲捧劍唱)

這龍泉久掛床頭,霜刃何曾試。想曾無不利時,咻,恨正有不平事。

(虞候白)太尉爺在那裡專等,快些去罷。(林冲白)請。(行介)(林冲唱)

【又一體】難違限,不待時,因他横將權柄司。

(虞候白)已到了,可一同進府去。(林冲唱)

看紛紜馬隘車填,果是門如市。

(進内介)(虞候白)太尉爺不在大堂上了,想在後堂,同進去相見。(林冲白)若進後堂,恐不相宜,只在此等候罷。(虞候白)太尉爺鈞旨呼唤,進内何妨?(又進内介)(林冲唱)

待要足輕趨，轉念止。

(虞候夾白)不妨，隨我到這裏來。(林冲接唱)

只索手低叉，鞠躬俟。

(虞候白)教頭只在此等候，我進内去稟知。(林冲應介)(虞候隨口下)(林冲向上望介。白)白虎節堂。阿呀！這節堂是商議軍機大事之處，我林冲何淂擅入？(唱)

【太師引】意驚慌，知是如何樣，直引咱到了深沉的内堂，這就裏費人猜想，怕一時禍起蕭墻。

(家將引高俅上，作見介。白)哇！是什麽人，帶劍到此？(家將白)是教頭林冲。(高俅白)吩咐開門。

(衆上)(林冲參見介)(高俅白)林冲，你可知罪麽？(林冲白)小人有何罪來？(高俅白)你無故帶劍到此，意欲何爲？(林冲白)小人奉恩相鈞旨，命携劍到此做樣，有虞候來傳的，適纔進後面去了。(唱)

聞呼召，敢生顧望，急趨承，原非鹵莽。

(高俅白)好胡説！我何曾唤你，那有什麽虞候敢進後面去？一派都是虛詞。(林冲唱)

言非謊，望將情細詳。

(高俅白)你手執利劍，直入節堂，想是要刺殺本官麽？(林冲唱)

休錯認專諸、豫讓那行藏。

(高俅白)左右，快快拿下。(家將拿林冲介)(林冲白)小人實是奉呼唤而來，安敢妄生他意？(高俅白)這厮還要强辦①，明明手執利刃，故入節堂，欲殺本官，幸淂下官的福分大，不曾遭你毒手。(唱)

【繡帶兒】伊行已經露行兇情狀，還敢强辭挺撞。

(白)我也曉淂你嗄，(唱)

早蓄有百出險惡機謀，今逞着一副歹毒心腸。

(林冲白)念林冲素守法度，怎敢作此行刺之事？(唱)

---

① 應爲“辯”。

尋常幾曾無故來犯上,怎不把此情度量?况殺人律應須要抵償,早難道拚淂一身同喪?

(高俅白)你好好招認了罷,還要强辯什麽?(唱)

【三學士】証據分明豈是枉,自應罪狀承當。你欲揮躍冶腰間劍,更逞翻瀾唇上鎗。

(白)問他可招?(家將問介)(林冲白)叫我招什麽?(家將白)不招。(高俅白)這厮既然不服,家將,可把他連劍送至開封府,嚴審定罪。(家將應介)(林冲白)就到開封府,自有明断。(唱)

幾度沉吟心自想,

(白)我曉淂嗄!(唱)

爲那籌兒起禍殃。

(家將持劍推林冲下)(高俅白)吩咐掩門。(衆應,分下)(高俅白)唤陸謙、富安過來。(家將作應介。唤)

(陸謙、富安上。白)太尉有何吩咐?(高俅白)爾等迴避。(家將下)(高俅白)你們可傳我的話去,囑托開封府尹務要嚴刑訊究,問他死罪。(陸謙、富安下)(高俅白)

自古殺人須見血,從來斬草要除根。

草菅人命平常事,那怕貽殃到子孫。

(下)

第七出　楊府尹開恩發配

(開封府尹、衙役喝上。唱)

【三疊引】秉公執法二千石,欲効龔、黄治郡。敦本重人倫,兩袖清風民信。

(白)下官開封府尹楊清是也。出身科甲,特簡黄堂,政代天工,德扶人紀。昨日高太尉府中發下一名犯人,乃係八十萬禁軍教頭林冲。説他手執利刃,故入節堂,謀殺本官,且又再三囑托,必要入他死罪。我想既然殺害本官,定應死罪無疑,何淂又要囑托?定然其中必有隱情。今日且審一番,看他所供如何。若果冤枉，下官不能趨承上意，虐害下民，定當秉公爲是。但礙着高太尉情面，怎麽處嗄！有了，我只教他受些刑法，不問他死罪就是。吩咐開門。（衆應介）（府尹白）左右。（應介）帶林冲一起聽審。（衆應介。白）帶林冲聽審。

（禁子捧劍帶林冲上。白）犯人林冲當面，有劍呈電。（府尹白）林冲。（林冲應介。白）爺爺。（府尹白）你身受恩寵，不思圖報，反欲犯上，手執利刃故入節堂，欲刺本官。利刃現據，從實招來，免受刑法。（林冲白）爺爺聽稟：（唱）

【啄木兒】從頭訴，憐小人，奉法無私誠實謹。太尉爺有召林冲，特地裏虞候傳引，令携寶劍恭呈進。堂前拿獲無容隱，伏叩青天照覆盆。

（府尹白）説令携寶劍何用？（林冲白）道太尉爺照樣鼓鑄。（府尹白）那虞候何在？（林冲白）當時就不見了。（府尹白）一派虚言。不打如何肯招，扯下去重砍四十！（衆齊應介，打介）（府尹白）你還招也不招？（林冲白）爺爺，（唱）

【三段子】這情苦陳，望仁天明施惠恩；這屈忍吞，叩龍圖端詳那因。

（府尹白）招也不招？（林冲白）實是冤枉難招，小人雖係禁軍，頗知法度，决不敢爲此事，望爺爺詳察。（府尹白）還不招。左右，拶起來。（衆齊應，拶介）（府尹白）招不招？（林冲白）青天爺爺，（唱）

莫須有事何從順，平空架禍難虚認，鍛煉成招罪不準。

（府尹白）哇！那見得本府鍛煉成招？與我敲！（衆應介，敲介）（府尹白）快些招來。（林冲唱）

【歸朝歡】燃犀照，燃犀照，洞徹幽淪。鑑秦鏡分明怎隱。林冲的，林冲的，守分爲軍。這嚴刑加我那無辜怎痛忍？

（府尹、衆合唱）

你逆謀當罪誰憐憫，公堂莫許求哀懇，却不道犯法難逃律上論。

（林冲白）小人願甘死於嚴刑之下，不受無影之罪的嚧！（悲哭介）（府尹白）放了拶。（衆應，放拶介）（府尹白）你看林冲受如此刑法，只是不招，其中定有冤情。林冲！（林冲應介）（府尹白）你雖非犯上之心，不合受人所哄，帶劍入堂。律有明條，我今饒你死罪，活罪難免。依律免死充軍，也不枉断了你。（林冲白）多謝爺爺超生。（府尹白）且將此劍權貯庫中，待申文覆准太尉，然後押解起身。該房速備文書。（衆應介）（府尹白）犯人上了刑具。（禁子應介，上具）（府尹白）帶去收監。（禁子應介）（府尹白）吩咐掩門。（衆應介，同下）（禁子白）林大哥，恭喜，太爺廉明，這場大事化爲輕罪。（林冲白）多謝大哥。

（張教頭上。白）探聽女婿事，幸感太守廉。（見介。白）阿呀！賢婿，只是苦了你了，受這等刑法。（林冲白）小人運蹇時乖，受此冤枉，累你父女牽腸。（張教頭白）説那裏話？且免悲煩，將息要緊，老漢自當與你料理。（林冲白）泰山回去告知娘子，説林冲不到死罪了。（張教頭白）我曉淂。賢婿保重。（禁子白）快些走，只管多説。（推林冲下）（張教頭向内白）大哥方便些。咳，可憐！正是閉門家裡坐，禍從天上來。公冶非其罪，翁婿兩分開。我且快些回去，告訴我女兒知道。離了衙門，再轉街巷，已到自家門首了。（進介）女兒在那裏？

（張氏上。白）凝望爹爹消息，偵探夫婿沉冤。（見介）爹爹回來了。我丈夫怎麽樣了？（張教頭白）兒嗄！（唱）

【玉胞肚】你兒夫僥倖，感清廉罪名断輕，可惜他受辱嚴刑，問充軍遠離鄉井。

（張氏白）阿呀！我那官人嗄！（哭介。唱）

不須悲泣淚珠盈，且作商量待起程。

（張氏白）爹爹嗄！孩兒念夫妻之情，必欲親自送飯探監。爹爹可同引一回，孩兒然後認淂。（張教頭白）這也難淂，可見情爱甚篤。明日送你前去便了。只是你拋頭露面，如何去淂？（張氏白）阿呀！爹爹嗄！（唱）

【又一體】我抱羞懷哽，那冤家有甚讎憎，折散我夫婦牽情，陷無辜痛傷奴命。

（張教頭唱）

吉人天相後通亨，異日團圓富貴成。

（白）孩兒進去罷，整頓酒飯，送你前去。（張氏白）阿呀！丈夫

嗄！（唱）

【尾聲】奴憐命薄夫艱運，兩地悲傷欲断魂，最苦是鸞鳳無端一旦分。

（下）

第八出　陸虞候行賄買差

（陸謙上。白）倚勢欺良善，承謀害好人。一番巧計拙，又費我辛勤。自家陸謙，不料楊府尹執法無私，断免了林冲死罪，發配滄州爲軍，前計竟未妥當。我想這老楊却不知趣，怎淂長遠爲官？又費區區再〻同太尉筭計，只除買囑解差，路上結果他的性命。打聽淂解子就是董超、薛霸，只在今日就要起身，爲此前來尋他。咦，事有湊巧，那邊來的恰好就是他兩個。

（董超、薛霸上，向内介。白）夥計們，把犯人看好了，我們到家收拾行李就要起身了。（内應介）正是奉命遣差，盖不由己。（陸謙恭手見介）二位可是奉命到滄州去的麽？（董超、薛霸白）正是，官人如何問及？（陸謙左右顧介）幸喜這裏無人，俺太尉爺聞淂二位起程，特令在下送黄金五兩爲路費。（董超、薛霸白）我等一介小人，怎敢受太尉爺台賜？（陸謙白）請受了，有話告陳。（董超、薛霸白）請教。（陸謙白）那林冲乃係太尉讎人，是衙内的寃家，二位自然理會，要煩中途結果他的性命，回來再找黄金五兩，决不爽信。（董超白）原來如此，小子當淂。（薛霸白）殺生害命有關法律，如何使淂？（董超白）此乃太尉鈞旨，誰敢不遵，爲何執拗起來？（陸謙白）俺太尉爺説，二位成事回來，還要提携奬拔。（薛霸白）既是官人吩咐，都在我們二人身上就是了。（陸謙白）只是俺太尉不久就要回音的嗄，就在近處了事，不必遠行了。（董超、薛霸白）五六日間就有佳音奉覆。（陸謙白）如此更妙。（董超白）官人傳言太尉莫性急，（薛霸白）衙内休憂戚。（陸謙白）眼望旌捷旗，（董超、薛霸白）耳聽好消息。請了。（陸謙回轉，再吩咐介。白）事不宜遲。（下）（董超白）夥計。（薛霸應介）我只道此行没甚利息，反有這椿大財。（薛霸白）雖然如此，略覺罪過了些。(董超白)只要趁銀錢,那怕什麽罪過,我們做淂乾净,太尉爺還要抬舉我們哩。(薛霸白)既然如此,我們回去分了,作速催促他起身。(董超白)有理,正是:只顧眼前身發跡,那管日後是非來。(下)

(張教頭上,向内白)女孩兒,這裏來,慢慢走。

(張氏上。唱)

【金蕉葉】痛夫别離,路途悲,魂先蕩飛。

(張教頭白)來此驛亭,那邊你丈夫來了。

(董超、薛霸解林冲上。唱)

傷心臆,平空禍危,坐拋妻,冤沉海底。

(見介)(張教頭白)賢婿,我父女一家在此候别。(林冲白)泰山,生受你。(張氏白)丈夫嘎!(林冲白)我的妻嘎!今日與你活分離了。(相抱大哭介)(董超、薛霸作威介。白)太爺立限起身,怎容你在此捱那躭擱?快走!(張教頭白)二位大哥方便,他們夫妻分别,不免有幾句話説,望容片刻。(董超白)你老人家没分曉,這是官府主意,取罪誰當?(林冲、張氏哀求介。白)大哥方便,感激不盡。(張教頭白)二們暫請小肆沽飲一杯,少容一瞬,推我薄面。(薛霸白)夥計,也罷,看張老爹分上,與人方便,自己方便。(董超白)若有事是你承當。(薛霸白)諒亦不妨,且領張老爹情。(張教頭白)二位請,且求二位行方便。(董超白)看你分上,本當一刻不容留。(張教頭、董超、薛霸下)(林冲白)阿呀,我的妻嘎!愚夫命薄,負你青春,今日之冤,神差鬼使。(張氏白)丈夫,奴家命拙,累辱遭殃,此刻傷心,天愁人怨。(相抱哭,席地坐介。唱)

【祝英臺】爲恨無端飛禍戾,今日兩分離,難捨難言,夫去何依,此别再逢何期?慘凄,撇奴家形影孤單,教我如何整理?

(白)奴家欲伴同行,(唱)

奈親老難以同行相庇。

(林冲唱)

【又一體】賢妻，我是命當危，罹枉罪，身死他鄉鬼。我的妻嗄，莫想我赦宥回。

(白)此一去未知生死。(唱)

辜負你青春。

(白)自從與你結爲夫婦，有甚榮耀好處，我若去後，(唱)

憑伊改絃重隨。

(張氏白)官人説那裏話來，自古忠臣不事二君，烈女不更二夫，奴家雖是女流，篤志婦道。丈夫此去，自有天開眼之日，自然否極泰來，奴家守志不回的噱。(唱)

羞耻莫疑，奴喪綱常，就死君前，明奴心跡。

(林冲白)阿呀，妻嗄！難淂你這般賢德。(張氏白)奴家治淂水酒一盃，與夫餞别。(錦兒遞酒介)(林冲白)我的妻，教我如何吃淂下？(張氏白)丈夫勉飲此盃，表奴誠敬之心。(林冲白)生受你。(飲介)我的妻，(唱)

細思維，合鸳當年今日分離。

(董超、薛霸上)(張教頭上)(董超白)此時什麽時候了，還説不完？快走！(扯拖作勢介)(林冲)泰山。(張教頭)賢婿。(林冲)小婿就此拜别。(合拜介。唱)

【鷓鴣天】萬結愁腸血淚啼，郵亭從此各東西，夫妻本是同林鳥，限到堪憐兩下飛。

(白)我的妻。(張氏)丈夫。(各痛叫)(董超、薛霸扯林冲走，推倒張氏介，下)(張氏倒地，張教頭作唤醒)(張教頭)咳，可憐！(張氏作醒，聲微慢介。唱)

須臾死轉還迷，痛心剜割氣聲微。

(起介。白)丈夫在那裡？丈夫在那裡？(唱)

擡頭不見親夫面，抱恨悠悠魂魄依。

(作痛哭。同下)

第九出　花和尚陰謀救友

（魯智深上。唱）

【引】俺本是披袍貫甲將軍，到做了禅林削髮僧人。因不平徒起殺人心，因此上不避風塵。

（白）義氣包天地，雄威泣鬼神。常遭不平事，頓起殺人心。洒家魯智深，打聽淂林冲大哥刺配滄州，差解子董超、薛霸鄆亭立逼起程，一路百般淩辱，定有奸人暗地密囑，因此洒家放心不下，踪跡其謀。可惱，可惱！這鳥男女果有此事，只教他認淂洒家的禅杖。林大哥呵，（唱）

【一枝花】他乃是人間大丈夫，天下英雄輩。平生仗忠義，奸佞敢相欺。轟轟烈烈，斧越①何曾避。歎生來命不齊，怎當他太尉乘權，拶逼淂武師刺配。

（白）既然要救俺大哥，作速前去護庇便了。（唱）

【牧羊關】俺把僧袈暫棄，脱褊衫，更短衣，出山門潛踪密跡，大踏步怎敢遲遲？牢籠巧計安排定，暗度陳倉他怎知，殺教他魄散魂飛。此去滄州程迢遞，鼠輩行藏猛可疑。

（白）住了，這狗男女不行大道，偏走小路，其中豈無緣故？不免踪跡前去，少不淂遇着洒家。（唱）

【烏夜啼】一路裹悄然、悄然防護，聽不盡虎嘯猿啼。孤身受苦人難替，可憐墮入牢籠計。

（白）想他夫妻鄆亭離别，百般苦楚，夫不忍捨妻，妻不忍捨夫。（唱）

怎忍淂恩爱夫妻，頃刻分離，今生重會煞難期，今生重會煞難期。憑着咱英雄盖世誰能及，提禅杖，猛施爲，走雷霆，星斗移。須則是忙行數里，暗地防伊。

（白）遠遠這兩個狗男女擁着大哥來也。來此已是野猪林，不免

---

① 應爲“鉞”。

先伏林中，看他可往這裡來，作甚勾當。（唱）

【收尾】一根禅杖忙提起，那賊休容饒恕伊。只教你臨巖勒馬收繮晚，舟到江心補漏遲。倘有些差池，休想魯智深輕輕的放過你。

（下）

第十出　野猪林仗義防奸

（董超、薛霸押林冲上。唱）

【憶多嬌】野徑迷，行路稀，回首家鄉苦痛悲。

（董超、薛霸白）你這死囚，這般慢騰騰，走到幾時纔到？（林冲白）大哥，小人棒瘡疼痛，行步艱難，那裡歇息一回方好。（董超白）我們一般走路，偏你就要自在，也罷，捱到前面林子裡，與你個受用罷，快走！（林冲白）阿呀，大哥嗄！（唱）

我疼痛難熬肚又飢。

（董超、薛霸白）捱過前溪，捱過前溪，且到深林未遲。（同進林介）（林冲倦睡介）（董超、薛霸左右顧望介）（薛霸白）噲，夥計。（董超白）怎麽？（薛霸白）你看此處人烟寂寂，只聞樹木蕭蕭，受人所托要開交，明白説他知道。（董超白）有理，我們先捆了他。呔，林冲！（林冲白）大哥，不要打，少睡一時就走。（董超、薛霸白）與你一覺好睡。（捆林冲介）（林冲白）大哥，林冲乃是好漢，决不逃走的。（董超、薛霸白）林冲，我們實對你説了罷，只因你尋差了對頭，高太尉饒你不淂，托我二人中途結果你的性命，代彼行事，休淂怨我。（林冲白）我林冲實是好漢，視死如歸，只是與二位平日無寃，如何下淂這般毒手？（董超白）林冲，你前世造成罪業，今生定不相饒，臨行托我二英豪，筭賬交清果報。（作勢將打介）

（魯智深上。白）狗男女休淂動手，洒家等候多時！（董超、薛霸倒介）師兄饒命。（林冲白）師兄放了我。（魯智深作解縛介）（林冲白）師兄，此乃高俅所使，非關二人之事，饒了他罷。（魯智深白）那有此理，待洒家殺他。（董超、薛霸哀求介）（林冲白）師兄，念林冲尚無影跡，犯此讎罪，若果係殺人，罪越重了，天豈佑我？且到滄州，再圖僥倖。（魯智深白）大哥，洒家做了和尚，反没有你這等心腸。呔！狗男女造化了，你把林爺刑具開了，散步同行。（董超、薛霸開械扭介）（魯智深唱）

【鬬黑麻】權且饒伊，小心護隨，行止要遵依，吃食推肥。

（董超、薛霸白）小人領命。（唱）

寬械鎖，淂便宜，使唤慇懃，奉承到底。

（林冲白）郵程旅邸，全仗自見機。感激提携，感激提携，恩威並知。（林冲白）如今師兄何往？（魯智深白）洒家那裡放心淂下，還須送你前去。（董超、薛霸暗叫苦介）（林冲白）只是有累師兄。（魯智深白）咳，説那裡話。（林冲唱）

【憶多嬌】感謝伊，多護持，天暗雲垂日照微，急速登程覓旅棲。

（董超、薛霸懼，作不行介）（智深唱）

休淂遲疑，休淂遲疑，找你頭顱有期。

（白）少不淂還死在洒家手裏。（先下）（董超、薛霸）林爺爺，好歹救我們一救。（林冲白）不妨，有我在此。（下）

第十一出　遇狂客庄前比勢

（衆家丁隨柴進上。唱）

【刷子玉芙蓉】【刷子序】（首至合）家世沐恩榮，先朝帝裔，炎宋尊崇，鐵券丹書，子孫世襲無窮。

（白）俺柴進，乃是大周皇帝嫡派子孫。本朝鼎革以來，義尊讓美，世襲綿崇，傳有良田萬頃，分受莊區千畝，平生好義，濟困扶危，交識天下英雄，結拜四方豪傑，敬賢禮士，樂意施爲。連日東莊射獵，情興少止。今日須索回家，家丁們，帶馬。（衆應，帶馬介）（柴進上馬，行介。唱）

英雄回獵去，家丁雲從，皇家胄理當承奉。

【玉芙蓉】（末二句）青山迎送，看平堤、緑楊飛絮水流東。

（下）

（林冲、董超、薛霸、魯智深上。唱）

【山芙蓉】【山漁灯】（首至十一句）**抱盆冤，還驚恐，幸脱灾星，多感相送，前途路難料行踪。**

（魯智深白）大哥且免愁煩，前途就是滄州，離此不遠了。一路並無山野僻徑，放心前去，洒家就此告别。（林冲白）怎麽，師兄就要去了？（魯智深白）各人有各人的事，後會有期，不必留戀。呔！你這兩個狗男女，好生伏侍林爺。若再欺心，少不淂還死在洒家手裏。（董超、薛霸白）小人們蒙師父赦免，以出望外，那裏還敢淂罪？（魯智深白）諒你也不敢，洒家就此去也。（林冲白）多感師兄救命之恩，尚容圖報。（魯智深白）説那裡話？平生尚義氣，奸巧不能容。今番提拔起，免使污泥中。（魯智深下介）（董超、薛霸白）好個義氣和尚！（林冲白）二位大哥，如今是寬宥林冲了。（董超、薛霸）不要説了，原説我們差了，如今悔之無及。（唱）

懷羞赧容，回嗔作喜交情永，從今後漫記心胸。

（林冲白）多謝二位大哥，一路聞淂人説，這裡有個招賢好客的柴大官人在此居住。凡有配軍到此，投奔他的都有資助。小可在東京亦聞其名。我們既已順便，欲一往拜識，未知二位肯容否？（董超、薛霸白）這有何妨，雖不望其財帛，相識一番有何不可？這裡已是滄州地界了，我們一路訪問就是了。（林冲白）如此甚好。（董超、薛霸白）林教師，天色將午，快些趲行前去。（行介）（林冲唱）

匆匆前行興濃，柴大官人聲名重，淂他照看情自通。

（合）

當承奉乃今時義勇。

【玉芙蓉】（末一句）**到賢莊拜祈周庇路途窮。**

（林冲白）二們大哥，看前面偌大個村莊，不知可是？你看那邊，許多僕從簇擁一位華衣駿馬美貌郎君來了，我們且過一邊，看他往那裡去的。（董超、薛霸白）就是柴大官人亦未可知。

（柴進、衆家丁上。唱）

【普天帶芙蓉】【普天樂】(首至合)景堪誇,人豪勇,好射獵,驊騮縱,駕鷹犬,擒攫如龍,歸來日喜氣融融。

(白)來此將已到家。你看那邊有個配軍,雄赳赳、氣昂昂,分明也是好漢。家丁們,問那配軍怎麽不投到我莊上,例有資助。(衆應)(問林冲照前話介)(林冲白)此位官人敢是姓柴麽?(衆)便是。(林冲白)原來就是柴大官人。(上前見介)小可正來投拜大官人,不期在此會面。(柴進白)足下尊姓大名,貴鄉何處?(林冲白)小可林冲,東京人氏。(柴進白)莫非八十萬禁軍教師林大哥麽?(林冲白)不敢,小可就是。(柴進白)阿呀,聞名久矣。甚風吹淂到此,請到舍下盤桓。(唱)

常思久仰聞名重,驀地相逢疑還如夢。

(林冲唱)

念林冲一介庸庸,感官人握手歡濃。

【玉芙蓉】(末一句)喜今朝,慰予渴想喜登龍。

(柴進白)這裡就是小莊,請。(林冲白)請。(謙遜進介)(見禮介)(林冲白)念林冲負罪含羞,多蒙雅爱,何以克當?(柴進白)學生久慕高風,今蒙光顧,不勝欣幸,請坐。(林冲白)有坐。(坐介)(董超、薛霸白)原來林教師遠近聞名,我們慚愧猶深。(向柴進白)我們一路伏侍林爺,極小心的散步同行,不離左右的。(柴進白)二位請到那邊坐坐,在我家中不妨事的。(董超、薛霸白)多謝大官人。(家丁引下)(柴進白)請問教師,因何配軍至此?(林冲白)大官人告禀。(柴進白)請教。(林冲唱)

【朱奴插芙蓉】【朱奴兒】(首至六)林冲的時乖運凶,平白地被奸愚哄。

(柴進白)那個來哄林武師?(林冲白)本官高太尉,着人呼喚,小可信以爲然,特携寶劍進奉,來到節堂,冤我小軍犯上,不容分説,拿到開封府。(唱)

一味嚴刑罪名重,遭刺配含冤悲痛。

(白)幸虧太守清廉,原情流配至此,淂與大官人相會。(柴進白)原來林武師受這般冤枉。既遇小弟,自當爲兄周庇,牢城營内管營、差撥,多與小弟交好,待我修書囑托,照管教師便了。(唱)

休教恐闢情自通。

【玉芙蓉】(末一句)到衙門,定然官吏盡歡容。

(洪教頭醉態上。白)從來鎗棒法,到處便欺人。只圖尋酒食,那管有家門。(見介)大官人,何來配軍?怎麽與他分賓抗禮?(柴進白)這位就是八十萬禁軍林教師,非比其他。(洪教頭)咳,大官人又來了。只因大官人爱習鎗棒,這些人一味假充名色,來撞騙酒食銀錢。(柴進白)這等人却有,但不可一例相比。(洪教頭笑介)他既是禁軍教頭,敢與我比試一棒麽?(柴進白)如此甚好,我正要看林教師棒法。家丁,取棍棒來。

(家厂應介,抱棍棒上)(洪教取棍介)(林冲白)此間洪教師定然出類拔萃,小可末技,豈敢班門弄斧?(柴進白)不用過遜,此位洪教師到此未幾,小弟正要看二位本領高下。(林冲白)如此大膽了。(取棍介)(洪教頭升庭舞棍介)快來與俺比試。(唱)

【劉潑帽芙蓉】【劉潑帽】(首至三)老洪在此難求寵,逢着咱敢道林冲,今朝交手休言痛。

【玉芙蓉】(五至末)饒你英雄,只怕你還懞懂。

(林冲白)休言猛,相交見功,論生平,未嘗誇口望包容。(洪教頭白)我便不容你。(比試介)(林冲打翻洪教頭介)(家丁笑介)(洪教頭爬起踉蹌介)(衆扶下)(柴進喜介。白)專怪這厮誇口,正該出他的醜。久仰大名,今日始淂領教,實爲幸甚。(林冲白)不敢,大官人尊命,不敢不献醜。(柴進白)今日已曉①,舍間權住一宵,明日修書,送教師到牢城營去。(林冲白)多謝大官人厚爱。(柴進白)請後堂小酌。(林冲白)就要叨情。請。(唱)

【尾聲】從來誇口誠無用,幸遇高强殺此威風,打淂他力盡筋柔兩手空。

(下)

---

① 應爲“晚”。

第十二出　結管營配所揮金

(差撥上。唱)

【玉胞肚】出身軍健,効勤勞已經有年。只因咱專會鑽謀,喜超陞差撥微員。

(白)自家滄州牢城營内差撥便是。凡有各處解來軍犯,先要見我,然後引見管營,有錢送我,與他省力差使,諸事方便;他若是無錢與我,將他監禁在土牢内,求生不生,求死不死。這般説起來,區區的權柄比管營還大。閒話少説,且待有軍犯解來,好大大的作一番威福。(唱)

那囚徒生死不須憐,只要靴州①裝大錢。

(下)(林冲帶行枷,董超、薛霸負包裹隨上。唱)

【又一體】時乖運蹇,受奔波苦辛萬千,没來由背井離鄉,空回首故國雲烟。

(白)我林冲自到了柴大官人庄上,蒙他十分爱惜,又修書二封與管營、州官,教他照應,多應自今以後是没事的了。只是狂賊冤仇未報,我嬌妻後會無期,好不傷心也!(董超、薛霸白)教頭,你也一籌好漢,到了這裡就好了。且耐煩些,何須墮淚?(林冲白)二位大哥,教我林冲怎生耐煩淂去?(唱)

閃淂我孤辰寡宿兩地别腸牽,提起衷情淚湧泉。

(董超、薛霸白)來此已是牢城營門了。差撥哥那里?

(差撥上)管山吃山,管水吃水,管看酆都,就要吃鬼。那一個?(董超、薛霸白)我們是東京解差,這是軍犯一名,叫做林冲。适纔太爺收管明白,即判帖送到你營裡來,帖在此。(作遞文書介)(差撥)二位解差少就,回管營老爺就是了。(董超、薛霸白)我們且在茶鋪裡喫茶去,再來領回文。(虛白介,下)(差撥白)請了,請了。(作坐介)那新來的配軍過來。(林冲白)林冲在此。(差

① 應爲"中"。

撥作瞧林冲,指着罵介)我把你個賊配軍,見我如何不下拜? 你這廝,可知道在東京做出事來,見我還是大剌剌的,我看你滿臉餓文,一世不發跡的,你那打不死、拷不殺的頑囚,你這幾根賊骨頭,好歹落在我手裡,教你粉骨碎身,少間就是功効。(林冲作取出銀一錠介)差撥哥哥,且休着惱,些須薄意,莫嫌輕微。(差撥接介)這是送與管營八刀的,都在裡頭嗎? (林冲白)這是送與差撥哥的,另有兩錠銀子,就煩差撥哥哥送與管營。(又作遞銀介)(差撥笑,接起。白)林教頭,我也聞你的名字,端的是個好漢,想是高太尉陷害你,雖然目下暫時受苦,久後必然發跡。據你的大名,這表人物,必不是等閒之人,久後必做大官。(林冲白)皆賴差撥照應。(差撥白)你只管放心。(林冲又取書介。白)這是柴大官人兩封書,送與州官和管營的,也煩差撥哥哥投一投。(差撥白)既有柴大官人的書,煩惱做甚? 這一封書就抵一百兩銀子。只是一件,少間管營來點你,要打一百殺威棒,你只説一路患病,未曾痊痾,我自來與你支吾,好掩衆人耳目。(林冲白)多謝指教。(差撥白)你且站着,待吾回管營老爺去。(林冲白)曉淂。(差撥下)(林冲白)古人云"財可通神",斯言信不誣也。(唱)

【又一體】無端遭譴,恨漫漫覆盆負冤。孔方兄消息通靈,婁搜臉登時變遷。那孔褒持論洵非偏,他是見血蒼蠅定爱錢。

(虚下)

(場上擺公座)(牌頭、差撥引管營上。白)小老職居管營,現今駐扎牢城。軍犯是我的衣食父母,差撥是我的受業先生,要他供些常例,要他指教胡行,只怕五年任滿……(牌頭)老爺任滿就要陞了。(管營白)陞是陞了,只是捨不淂這錦繡前程。牌頭,今日是卯期,你可問他們,若繳了免卯錢,就不要點卯。(牌頭應介。向内白)你們點卯的都齊了麽?

(衆軍犯上。白)牌頭哥,我們都齊了。(牌頭白)管營老爺吩咐,若有了免卯錢,這一個月都免點卯。(衆軍犯白)我們都情愿繳錢免卯。(牌頭白)老爺,衆軍犯情愿繳錢免卯。(管營白)既情愿繳錢,這一個月都免,叫他各處供役去罷。(牌頭白)老爺吩咐,你們各自去罷。(衆應介,下)(管營白)差撥,叫那新來的配軍上廳。

(林冲上)(差撥白)林教頭,這里來。(林冲作見介)林冲叩見管營老爺。(管營白)你是新到的配軍,可曉淂太祖武德皇帝留下舊制,新到配軍須要喫一百殺威棒。牌頭,與我馱起來。(林冲白)小人在路上感冒風寒,未曾痊可,告寄打。(差撥白)這人現今有病,可以照例憐恕。(管營白)果是有病,權且寄下。(林冲白)多謝老爺。(管營白)把他派個什麼差使?(差撥白)現今天王堂看守的滿了,可教林冲去替換他。(管營白)也罷,只是便宜了他。差撥,看來這人也還老實,如今項上的枷也替他開了,以便燒香掃地。(差撥應介。作開枷介)(管營作簽押介。白)這是帖文,你領他到天王堂交替去。(差撥應介)(管營白)林冲,你聽我吩咐。(唱)

【又一體】清閒庭院,奉神前香焚碧烟。須知這美滿差除,都只爲横海書箋,念伊英傑特相憐。

(起介)

恁看地獄天堂一轉圜。

(下)(牌頭隨下)(差撥白)林教頭,我十分周全你,這看天王堂是營中第一樣省力的勾當。你看别的囚徒,從早起,直做淂晚,尚不饒他,還有一等無人情的,撥他在土牢裡,要活不淂活,要死不淂死。(林冲白)多謝照顧,林冲倘有出頭日子,决不敢忘大德。(唱)

【又一體】穜承方便,向公堂萬般保全。

(差撥唱)

爲伊家識重知輕,較他們勞逸天淵。

(合唱)

如今穩坐鈎①魚船,少不淂苦盡甘來天可憐。

(仝下)

---

① 應爲“釣”。

第十三出　草料塲因火復仇

（陸謙、富安上。唱）

【吴小四】爲多嬌，獻策高，頃刻林冲將家室拋。

（陸謙白）富兄弟嗄！（唱）

今日將他一命了，方能衙内成婚早，

（同唱）

金和帛賞賜饒。

（陸謙白）衙内婚姻事，全憑我二人。（富安白）哥嗄！今番獻此計，斬草要除根。（陸謙白）富兄弟，我們前者買囑解差，欲在中途謀死林冲，又恐解差作事不妥，隨即差人暗暗跟他前去，沿途探聽。誰料回來報説，被一僧人救取，直護送到滄州，竟不能下手。（富安白）爲此我們又獻一策，來到滄州，將金銀囑托管營、差撥謀害林冲。方纔已經算計停當，只在今晚，將草料塲放火焚燒，把林冲燒死。（陸謙白）此一計非但斬草除根，併可絶了其妻之念，衙内便可成其好事，我們必淂重賞了。（富安白）你看那邊，差撥哥來了。（陸謙白）我們就同他出城去罷。

（差撥上）金銀入我袖，草料任他燒。（各見介）（差撥白）前日多承厚賜了。（陸謙、富安白）些須財物，何必致謝。（差撥白）林冲所居草房，貼近大軍草料，我們今夜去把火種點在草上，自然連房帶人燒一個烏焦巴亐便了。（陸謙白）甚好，甚好！天色漸暮，就此悄悄同出城去幹事。（差撥白）此其時矣，我們就去罷。（富安白）阿喲，天上下起雪來了，我身上有些寒戰，又有些心驚肉跳。二位去罷，我在寓中等候。（陸謙白）如今下雪，無人來往，正好幹事。我們一同前去，結果了他，回去好一同淂賞。（富安白）若説了賞，我身上就煖活起來了。快走，快走！（同行介）（富安白）此時越發下淂大了，我們路徑不熟，不知草料塲還有多少路？（差撥白）就在前面不遠了，我們趁此雪光，快些走。（仝下）

（林冲上。白）阿喲，好大雪嗄！（唱）

【步步嬌】紛紛滕六長空繞，雖是豐年兆，奈我衣單凍怎熬，只浔權藉壺觴，暫圖温飽。

(白)我林冲自到滄州，多蒙柴大官人囑托，本官因此撥我看守大軍草料場，果是安閒差使。方纔因天雪下，故向前村沽飲了一回，聊以禦寒。阿喲，你看如今越發下浔大了，不免仍回草料場去罷。(唱)

你看片片似鵝毛，

(作揮雪勢介)

這雪兒偏撲我窮衣帽。

(白)來此已是草料場，呀，怎麽我住的草房被雪壓倒了。咳，罷了，罷了！(唱)

【江兒水】只這四壁支泥土，一椽覆草茅。我棲身已是傷懷抱，况逢大雪來傾倒，只今寒夜難存保，教我何方依靠？

(白)也罷，且到後面山神廟中，權住一宵再處。(唱)

寄跡無門，且棲宿山神古廟。

(到廟介。白)來此已是，不免進廟去。(進介)你看神案塵埃滿，陰風户牖來，好冷落也。咦！這多是高俅這狗男女，將吾陷害，以致骨肉分離，受此狼狽，讎怨如山，何日方能雪恨？(唱)

【玉嬌枝】此身潦倒，爲權奸禍生一朝，教我煢煢遠配滄州道，空望斷家室迢遥。

(白)罷！如今也無可奈何，且閉了廟門，權宿片時再處。(閉門介。唱)

我把破扉緊閉再拴牢，一任寒風帶雪飄。

(作睡介)且權時，度過此宵，夢家山心魂繚繞。(睡介)(内放烟火，作火起介。白)呀！你看破窗外，火光燭天，不知何處失火？待我開門出去看來。(開門出，望介)嗄！原來是前面草料場失火，這却如何是好？(又望介)你看那邊火光内有三個人，遮遮掩掩，甚是可疑，不免隨在後面聽他説些什麽。欲知心腹事，但聽口中言。(暫下)

(陸謙、富安、差撥上)(同唱)

【川撥棹】機謀巧，比阿奴智更高，草料塲一火延燒，草料塲一火延燒，

（曲中林冲暗上。聽介）

管林冲殘生喪了。

（陸謙、富安白）多虧差撥哥指點，纔燒淂爽快。（差撥白）這多是陸謙哥、富安哥的財星高照，今夜燒死林冲，自然那高衙內重賞你們了。（林冲白）原來這三個狗男女來害我性命。（拔劍介。唱）

遇讎人怒怎消，借青鋒殺賊曹。

（先殺差撥下。又捉住陸謙、踏住富安介。白）你們這班狗男女，我和你有甚寃讎，苦苦的要來害我？（陸謙、富安白）非關我們之事，這都是高太尉差我們來的。（林冲白）你們這些狗男女！（唱）

【四邊静】多是狐羣狗黨施殘暴，殺人如刈草。今日試青鋒，一報還一報。

（殺陸謙，下）（富安欲逃，林冲捉住介）（唱）

饒你陰柔宵小，藏身最巧，狹路此時逢，身首應難保。

（又殺富安，下）（內喊，白）救火，救火！（林冲白）你看那邊一簇人來了，且住，我殺死三人，又燒了草料塲，其罪非小嗄，且到柴大官人府上，商量脱逃之計便了。

（衆鄉民持撓鈎、水桶上）救火，救火！（同唱）

【又一體】雪天失火非人料，祝融恁爲暴，可惜好瓊瑶，擲向爐中燎。

（見林冲介。白）你管的草料塲燒了，還不去救火？（林冲白）我正要去報知本官，你們如今呵，（唱）

把燒存料草另行堆好，我急去報官知，撲滅須宜早。

（下）（衆鄉民一半白）我們如今一面救火，一面將未燒完的草料另爲堆貯便了。（又一半白）説淂有理，我們快些去。大軍草料非兒戲，夜半鄉民不淂眠。（同急行下）

（家僮持灯引柴進上。唱）

【節節高】東人意氣高，勸醇醪，飲來不覺更深了。

（家僮叫門，蒼頭上。接進介。白）大官人回來了麽？（柴進白）我回來了。（蒼頭開門介，下）（僮將燈籠送下，持燭放桌上介）（柴進白）我柴進多承李團練請我飲酒，談兵説劍至此方回。適

纔散席時，軍校説道，聞淂大軍草料場失火，未知確否？若果然失火，那林教頭就有處分了，這便如何是好？（唱）

教我縈懷抱念故交憂心悄，雖是傳聞信息難逆料，我席中已是無言笑。

（林冲急上。接唱）

急忙欲脱這樊籠，行來不覺村莊杳。

（白）這裡是了。（敲門介。白）開門，開門！（家僮白）是那個叩門？（林冲白）快去報與大官人知道，林冲在此。（家僮進報介）是林教頭來了。（柴進驚介）嗄！林教頭來了？吒，這草料場失火無疑了，快些開門。（家僮開門，柴進接進介）（柴進揖介。白）教頭久違了，我方纔聞淂草料場失火，可確否？（林冲白）非但失火，又殺……（住口看僮介）（柴進白）你們廻避。（僮應下）（柴進白）教頭請坐。（各坐介）請問教頭爲何欲言又止？敢是失了火，又有些緣故麽？（林冲白）大官人，你道放火的是誰？（柴進白）是那個？（林冲白）就是那高俅的心腹，唤做陸謙、富安，他與本管差撥，放火來害我的性命。（柴進白）教頭何以淂知？（林冲白）大官人聽禀：（唱）

【又一體】只爲草房雪壓倒，遇寒宵，因此權棲後面山神廟。

（柴進白）阿呀！我前者來看教頭，見那大軍草料貼近草房，若不是大雪壓倒，移居廟中，則教頭性命就難保了。（笑介）豈非皇天有眼。（問介）後來便怎麽？（林冲白）我在廟中正欲朦朧而睡，忽見破窗外呵，（唱）

紅光耀，出户瞧，心驚跳。

（白）知是草料場被火延燒，正在驚慌之際，只見火光之下有三個人遮遮掩掩，甚有可疑，故此悄隨窃聽，那三個奸賊呵，（唱）

他共言此計爲奇妙，將我名兒暗裏來稱道。

（立介）

因此怒從心起借青萍，把狐羣狗黨登時勦。

（柴進白）好、好、好！殺淂爽快！阿呀！且住，你焚燒草料已有處分，今又殺死三人，難逃重罪了。這便怎麽處？（林冲白）爲此連夜到來，欲求脱逃之計。（柴進想介）嗄！有了，只有梁山泊可以藏身。那山上頭目四人，亦與吾相好，但不知教頭肯屈就否？(林冲白)事出無奈，只淂投奔那裡便了。(柴進白)既如此，請到後邊用些酒飯，我一面寫起書來，教頭即便投往梁山泊去罷。(林冲白)多謝厚恩，何以圖報？(柴進白)好説！(同唱)

【尾聲】英雄珠淚何輕掉，只爲刻燭之時別故交。林冲感謝你厚德深恩，使我屡屡叨。

(柴進遜下)

第十四出　喬打扮明離隘口

(蒼頭上。唱)

【二郎賺】事關方寸，轉家庭脚步行來迅。

(白)老漢乃柴大官人家中老蒼頭是也。昨日大官人吩咐我到城裡討些帳目，聽見牢城管營首告配軍林冲，放火燒了大軍草料塲，又殺死了三人。那州尹大驚，隨即發了緝捕文書，着捕役多帶做公的，各處挨捕，更兼圖形畫影，出三千貫信賞錢，捉拿正犯。又聞淂营裡派出守備一員，帶領步兵五十名，即忙追赶，又差軍官把住各關隘，有人過關，務必盤詰。我想那林冲解來時，曾到我庄上，我大官人又有書囑託州官，萬一連累起我家來，可是當頑的？因此急忙到家報於大官人知道。(唱)

告東君，莫教火燒茅屋延鄰近。

(白)來此已是中堂，大官人有請。

(柴進上。唱)

整衣巾，爲甚堂前老僕忙投遶。

(蒼頭白)老奴回來了。(柴進白)你討的賬目都清楚了麽？(蒼頭白)帳目也還未清，老奴打聽一新聞回來的。(柴進白)有何新聞？(蒼頭白)大官人呀，老奴聽見那配軍林冲，殺死三人，又放火燒了大軍草料塲。(柴進白)慢慢説來，不用大驚小怪。(蒼頭唱)

他平白地操白刃，殺人放火真兇狠。

(白)小人在這里想……(柴進白)想什麽?(蒼頭唱)

想當初贈他盡贐,怕的是殃及池魚,須趁早商量消禍釁。

(柴進白)元來如此!蒼頭,你是我家世僕,到也不瞞你,如今林冲現在我家。(蒼頭白)大官人,此事非同兒戲,配軍殺人放火,罪上加罪,倘然連累我家,如何是好?(柴進白)蒼頭休慌,我已經修書薦他到梁山泊去,彼此俱可無事。(蒼頭白)大官人,老奴又聽淂派了多少軍官四下把截,不顧何等樣人,都要搜撿明白,他插翅也飛不過滄州道口。(唱)

凡要津,圖形畫影搜查緊,怎能逃遁,怎能逃遁?

(柴進白)你且請林教頭出來。(蒼頭向内介)教頭,快請出來,大官人有話相商。

(林冲上。白)黄鶴翼垂同燕雀,青松心在任風霜。大官人,書若有了,我須就要走的。(柴進白)林大哥,且休性急,適纔蒼頭來報,説四下有軍官把住關口,盤詰行人,怕走了正犯。你若去時,豈不是自投羅網?(林冲白)大官人,我想一身做事一身當,官司既然追捕淂急,我就自行投首,豈肯連累於你?(唱)

【黄鶯兒】揮劍喜冤伸,到今朝肯倖存,官司追捕難容隱,你休做朱家匿人,俺不做張公累親,身罹刑憲甘吾分,莫逡巡,公堂自認,英氣直干雲。

(柴進白)林大哥,不用着急,我到有一計在此。(林冲白)又有何計?(柴進白)小弟到了此時,每以射獵爲樂。我如今照常帶了庄家,多架鷹犬出去打圍,你就假扮庄客,隨我同走。況且滄州營裡官軍,那個不認淂我?諒來不好在我面上做工夫。(林冲白)只怕發覺,到於大官人不便。(柴進白)大着胆過去何妨?(唱)

【又一體】急智妙如神,過昭關度伍員,

(白)蒼頭,吩咐衆庄客隨我出去打獵。(蒼頭應下)(柴進白)如此,林大哥你且裝扮起來。(林冲作换衣介。唱)

暫將微服輿臺混,誰分假真,誰辨玉珉,孟嘗不待鷄鳴遁。

(衆庄客帶弓箭、鳥鎗、架鷹、犬各切末上)(柴進白)衆庄客,架鷹

擎犬，隨俺出去打獵。（林冲、柴進作上馬）（仝唱）

獵寒村烏鴉成陣，雪後爱晴嘌。

（下）

（場上擺布城懸滄州道口額）（軍卒、軍官上）勇略不求充後殿，强良惟喜作先鋒。大哥，我們奉將主之命，教我們在這滄州道口把守關隘，不要走了正犯林冲。軍士們，凡有出關的人，都要細細搜撿，不要夾帶了林冲出去。（一軍卒白）林冲小弟認淂，那裡夾帶淂去？（軍官白）那林冲生淂怎麽様？（一軍卒白）是個精瘦的胖子，没鬍鬚的鬍子，五短身材的高長子，臉上是光臉的麻子兒，可是麽？（軍官白）胡説，你看榜文上不寫了有麽？豹頭獐眼，燕頷虎鬚，身材八尺來高矮，年給三十四五歲，臉上還有刺字。（一軍卒白）元來如此，憑他磨了灰兒，我都認淂他的。

（衆軍卒引守備上。唱）

【簇御林】官程急，號令頻，捉兇徒，問禍因。

（軍官白）守爺那裡去？（守備白）二位請了，奉將主之命，出關公幹。（軍官白）左右快開關。（左右應，作開關）（守備唱）

好一似蕭何月夜追韓信，待要經旬大索把張良認，望前村寒烟白草，依約有行人。

（下）

（柴進衆上。唱）

【琥珀猫兒墜】架鷹牽犬，飛出上東門，怎小鹿心頭撞殺人，戍樓鼓角認關門。

（軍官白）大官人又去尋快活？（柴進作下馬介。白）二位官人，爲何在此？（軍官白）大官人還不知道，滄州大尹行了文書，畫影圖形，要捉拿林冲，特派我們在此守把，凡有過往客商，都要盤詰仔細。（柴進笑介）元來有這等事，只怕我這裡有林冲在内，二位如何不認淂？（軍官白）大官人是做金枝玉葉的善人，善文能武的豪傑，况且是個配軍，如何肯夾帶他？左右開關，請大官人上馬。（柴進白）既如此，承情下，晚些淂了牲口，回來相送便了。（軍官白）請。（柴進繞場。唱）

喜欣虎口逃生，前程安稳。

（場上撤布城，軍官、軍卒暗下）（柴進白）林大哥，此地離關已有十餘里了，你且换了衣装，就此趲行罷。（林冲白）多謝大官人，只是林冲今生何以爲報？（换衣介。白）小弟就此拜别。（作拜介。唱）

【又一體】從兹遠遁，判袂淚沾巾，淂脱牢籠感故人，今生酬德是何辰。

（柴進白）到了梁山，須要稍書與我，省淂小弟掛心。（林冲白）小弟到彼，自有書來問候，只是大官人須要保重。（柴進白）大哥路上也要小心，如此請。（林冲白）請了。（下）（柴進白）看他頭也不回，竟自去了。庄客們，就此隨意撤開圍場，射獵一回罷。（衆應介。唱）（合前）

喜欣他虎口逃生，前程安稳。

（下）

第十五出　投名狀林冲落草

（衆僂儸引王倫上。唱）

【燕歸梁】棲身水泊顯威名，招虎豹作同盟。

（杜遷、宋萬上。唱）

逞强論霸是生平，憐好漢惜惺惺①。

（各見介，坐）（王倫白）梁山設險水中央，天與英雄占此方。（杜遷、宋萬白）王化未能加我輩，任教刀劍白於霜。（王倫白）我乃“白衣秀士”王倫是也。（杜遷白）我乃“摸着天”杜遷是也。（宋萬白）我乃“雲裡金剛”宋萬是也。（王倫白）兄弟，我等自占據梁山泊以來，打劫客商，擄人財物，好不受用也。（杜遷、宋萬白）難淂大哥智勇雙全，所以謀爲遂意。（王倫白）兄弟，我想我乃一落魄秀才，到如今竟做了山寨之主，這都是承賢弟們推戴。只是一件，一山不容二虎，你我三人難淂同心合胆，故爾相安，自此以

① 抄本此字作“猩”。

後,不淂妄招一人,方淂清静。(杜遷、宋萬白)但憑大哥主意。(王倫白)此處雖然偏僻,却是山東經由大道,已曾差朱貴兄弟在李家道口開張酒店,以爲眼目,倘有過往客商來到,就教他通報,我隨即下山,猶如探囊取物,真是有興。可見我們聚義,實乃天假之緣也。(唱)

【雁來紅】【雁過沙】(首至五)相逢好弟兄,同居宛子城。

(杜遷、宋萬白)你雄才大略無人並,有誰大胆來厮併?(合唱)共道英雄慶淂朋。

(朱貴上。接唱)

【紅娘子】(合至末)承嚴命,窺探事情,索報與諸頭領。

(白)僂儸通報,説我來了。(僂儸報介。白)朱頭領到了。(王倫白)快請相見。(朱貴進介)(王倫、杜遷、宋萬接見介)(王倫白)朱兄弟,這幾日可有客商車輛經過麽?(朱貴白)客商車輛到没有,却有滄州柴大官人薦一人,名唤林冲,到來入夥,有書在此,送與大哥看。(遞書)(王倫接看介。白)呀!(唱)

【雙鸂鶒】觀書意深悉,原情頓使人心中暗驚,那林冲素日稱强梗,况我這梁山清静,還思省,山寨中怕多凌競,算來急切難支①應。

(杜遷、宋萬白)大哥,爲何見了此書這般驚疑?(王倫白)三位兄弟那裡知道?吾等在此,原是虚張聲勢,那姓林的是禁軍教頭,武藝高强,若留入夥,恐日後被他欺壓,所以驚疑不决。(朱貴白)但是柴大官人薦來的,若不留林冲,恐關係顔面。(杜遷、宋萬白)這也説淂極是,大哥還該三思。(王倫白)我有道理,如今林冲在那裡?(朱貴白)我已帶他上山,現在外面。(王倫白)僂儸過來,快請林教頭進見。(僂儸應介。白)請林教頭進見。

(林冲上。白)英雄落魄無棲止,權向梁山寄此身。(僂儸報介。白)林教頭到了。(林冲進見介。白)諸位頭領在上,小可有一拜。(王倫等立起)(王倫白)教頭英名盖世,况有柴大官人薦來,

---

① 應爲"支"。

何須如此客套，請坐了。（林冲白）如此從命了。（各作揖，坐介）（王倫白）柴大官人好麼？（林冲白）在家安好。（王倫白）敝山荒陋，教頭何故到此？（林冲白）頭領聽稟：（唱）

【又一體】爲仇黨再四相凌，草料塲毒計堪憎。霎時一怒冠冲頂，因此上劍氣霄騰。

（白）小可手殺三人，又燒了大軍草料，無處逃生。（唱）

救殘生，蒙薦挾封書持贈，伏祈容納供馳騁。

（王倫唱）

【又一體】我心素爱攬羣英，况教頭天下威名。奈荒山潛踪避影，恐難容北海鯤鵬。

（白）取金帛過來。（僂儸應介。托金銀緞疋一盤介）（王倫白）教頭，（唱）

這微情聊表我鵝毛支敬，

（白）些須薄意，聊作盤纏，請别投他處罷。（唱）

你良禽擇木尋佳境。

（林冲曲中白）我林冲呵，（唱）

【又一體】想來平日仰鴻名，非攬擾金帛隆情，借一枝暫逃阬穽，須念我孤苦伶仃素骨骾，感深恩此生耿耿。

（白）諸位頭領，若容林冲入夥，（唱）

那時節蹈湯赴火憑軍令。

（杜遷、宋萬、朱貴白）大哥在上，林教頭身罹重罪，投奔到此，豈有不容入夥之理？况在柴大官人面上，應當相留才是。（王倫作沉吟介。白）如此説來，叫他付一投名狀，我纔容他入夥。（林冲白）這有何難？取筆硯過來。（朱貴白）教頭不知道吓，你要下山去殺一人來獻上首級，這叫作“投名狀”。（林冲白）這個也容易，但急切間，不知可有人來？（王倫白）也罷，三天限汝投名狀，若是無人，請别圖。（下）（杜遷、宋萬、朱貴白）教頭不必介意，我這大哥生性如此。若三日之内有了投名狀，他也再没淂説了。（林冲白）三位頭領，我林冲只爲英雄無際遇，包羞且自按鋸鋙。（杜遷、宋萬、朱貴白）請到後寨晚膳。（各遜下）

（楊志執兵器，庄客背行李隨楊志上。唱）

【榴花好】【石榴花】（首至四）只爲功名念切到東京，不辭帶月與披星。從來途路慣擔簦，那千山萬水迢遞日兼程。

（白）洒家楊志，曾爲制使，只因那年，我們一般十個制使，往太湖運取花石綱。不想洒家命運不通，行至黄河翻了船隻，不能交納，懼罪逃脱。今逢大赦，將罪免除，爲此打點行裝，要到東京謀幹復任。一路行來，前面已近梁山泊了。（向庄客白）此處乃强人出没之所，你可背好行囊，小心在意。（庄客白）此處我已行過幾遭的了，不消吩咐。（楊志白）如此緊行一步。（同行介。唱）

【好事近】（五至末）風霜幾經，盼岧嶤魏闕，心難定，倘能彀復職揚名，不枉却勞勞奔競。

（同下）

（林冲上，傻儸隨上。唱）

【兩紅燈】【兩休休】（首至四）下山來旭日初明，望行人兩眼睁睁，投名狀難再消停，空教我潛林伏徑。

（白）我林冲來到梁山，指望逃生入夥，誰想王頭領故意作難，限我三日之内要殺一人上山，喚做投名狀，方肯容留①。今日是第三日了，並無過往客商，如何是好？（唱）

【紅芍藥】（六至八）我悶增垂首過山磴，怎淂個車聲人影。

（莊客内白）楊大爺，打從這條路走。

（林冲白）呀，遠遠望見有人來了。（向傻儸介。白）我們伏在林中，將他下手便了。（唱）

【剔銀燈】（合至末）這青萍非因怨生，爲投名狀只淂將他命傾。

（作隱伏勢介）

（莊客上。白）楊大爺往這里走，近着好些哩。（隨口叫介）（林冲見介。白）呔，你這該死的狗頭，往那里走！（持劍殺莊客下）（傻儸）待我取了他的行李，先上山去。（下）（楊志内白）呔！我把你

---

① 抄本此字作“畱”。

這狗强盗，

（急上。唱）

【又一體】【兩休休】（首至四）按不住怒氣横生，敢惹咱性急雷霆，大踏步趲過峻嶒，見强徒挺身山徑。

（見林冲介。白）你這狗强盗，殺我莊客，搶我行囊，洒家怎肯輕輕饒你！（唱）

【紅芍藥】（六至八）雖是遁形直入青雲境，

（掣刀介）

也難免鋼刀傷命。

（林冲白）住了，你的行囊誰來希罕，就是你那莊客呵，（唱）

【剔銀燈】（合至末）我這青萍非因怨生，只爲投名狀故將他命傾。

（楊志白）你這狗强盗還要胡言亂語，看刀！（相殺介）（林冲掣劍架住，戰下）

（王倫、杜遷、宋萬、朱貴同上）（衆僂儸隨上）（唱）

【朱奴插芙蓉】【朱奴兒】（首至六）下山岡風雷疾行，聞豪傑已淂投名，刀劍交加相争戰，好同觀若個輸羸。

（杜遷、宋萬白）方纔僂儸來報，林教頭殺死一人，劫了行囊，如今與一青臉漢子在那裡相持，爲此我們一同下山觀看。（王倫、朱貴白）呀！你看他們在山下，刀劍相迎，果然好劲敵也！（同唱）

雙龍競似霜華日明。

【玉芙蓉】（末一句）一霎時，光芒閃爍耀人睛。

（林冲、楊志殺上介）（林冲唱）

【又一體】【朱奴兒】（首至六）你休要不知死生，管霎時命喪青萍。

（楊志接唱）

揮動鋼刀似雪明，濺强徒頸血膻腥。

（相殺介。杜遷、宋萬、朱貴白）那青臉漢子且休要動手，通個名來。（楊志、林冲住手介）（林冲與王倫等見介）（楊志白）呀！那邊又有一夥强盗要洒家通名，嘚，你們聽者：（唱）

如雷震説將來可驚。

【玉芙蓉】（末一句）咱本是關西楊志久聞名。

(杜遷、宋萬白)原來是一位好漢,請上前相見。(楊志白)洒家也不怕你們,就上前何妨?(走近前介)(杜遷、宋萬、朱貴白)請問好漢,有何貴幹,路經此地?(楊志白)洒家前爲制使,只因運送花石綱,翻了船隻,懼罪脱逃,今逢大赦,要到東京謀復功名,行到此地,(指林冲介。白)不想被他殺了莊客,劫了行囊,怎肯干休也?(掣刀欲殺介)(杜遷、宋萬、朱貴止住介。白)好漢,不須着惱,行囊現在保管送還。(指林冲白)這位乃是教頭林冲,也是近日到此,制使何不一同在此聚義,又往東京做甚?(楊志白)咳!大丈夫當圖個出身,焉肯落草?(王倫白)既不情願,吩咐僂儸還了行李,送往大路去罷。(楊志白)如此甚好。(唱)

【剔銀燈】方顯淂心豪利輕,

(王倫白)僂儸!(應介。唱)

把行囊送他至來徑。

(僂儸背行李介)(楊志白)洒家去也。(唱)

我疾行要與飛鴉競,霎時間已過山嶺。

(僂儸隨楊志下)(王倫等白)請了。(唱)

他錚錚要圖顯名,勸不轉鯤鵬性情。

(杜遷、宋萬、朱貴白)恭喜林大哥淂了投名狀,如今上山排定次序,教衆僂儸參見便了。(林冲白)多謝諸位頭領。(王倫白)衆僂儸。(應介)速往寨中去。(同唱)

【尾聲】安排位次相欽敬,新淂英雄武藝精,管取梁山從此興。

(同下)

第十六出　賣寶刀楊志除兇

(衆扮客商各推小車、挑担、背包裹,内白)走嘎!(上。仝唱)

【賞宫花】摩肩聯蹥,怕清晨霜露蒙。爲營些小利走西東,未淂腰纏身跨鶴,早拋家室類飄蓬。

(白)我等衆客商是也。(一二人白)列位吓,今日是天津橋的集場,爲此我們各携貨物遠來赶趁。(又一二人白)那天津橋乃是東京城中一個大集場,不論珍珠寶貝、緞疋綾羅、希奇古玩、時樣衣裳,無不齊集。各位客人裝載的自然多是值錢寶貨了?(一人白)我這一担甜漿粥,足值二百小錢。(又一人白)我這一筐油蝶糕,足值三百官板。(衆人白)你們些小貨物,所賺有限,何必清晨遠赶集場?(二人白)我們的甜漿粥、油蝶糕是小本經紀,倘遇那"没毛大虫"踢翻了、白吃了,所費有限。你們這些紬緞、珠寶、衣服、古玩,若遇"没毛大虫"前來搶奪,就是大饑荒了。(衆人白)呸!清早起説這樣晦氣話。(二三人白)這叫做"説破大吉",再遇不着的了。(衆人白)我們快些赶集去。(又三四人白)有理。(同行。唱)

【又一體】吉星護擁,願集場無大虫。若淂蝇頭利避梟兇,定把財神來祭獻,還須點燭謝天公。

(同隨口白,下)

(楊志持刀插草標,上。白)失路英雄曾鬻馬,窮途名將亦吹簫。從來路極無君子,莫笑區區賣寶刀。洒家楊志自到東京,將囊資用盡,前程又不能復,今欲别投他處,奈因缺少盤纏,正是進退兩難,去留不决。仔細想將起來,只有祖上遺留這口寶刀,價值五千餘貫,只淂將他賣去,以充資斧。今日是天津橋大集場,爲此插標前去賣。咳,寶刀嗄,寶刀!不能斬將立功,持向窮途貨賣,好不頹氣人也!(唱)

【錦纏道】歎英雄,命迍邅漂流困窮,搔首對西風,問蒼天何時在我心胸。枉自有凌雲志,無由建功。只落淂走風塵,耻笑凡庸。

(内白)賣貨!(楊志)來此已是天津橋了。阿喲喲!你看商賈雲集,好不熱鬧!我不免也叫一聲。賣刀!賣刀!(唱)

慚愧氣如虹,辱抹煞名門將種。我捱身賈監中,把標兒高擎調弄。

(白)嗄,怎麽賣了半日,連一個人也不來問一聲?(唱)

早難道一市眼皆矇?

(内喊介。白)不好了,不好了!

(四五客商奔跌上)不好了,大虫來了!(楊志扯住問介)這裏禁城之中,那大虫怎淂到此?(客商)客官不知,這裏有個泥腿光棍牛二，綽號叫做“没毛大虫”，無惡不作，甚是利害。快快躲過，就要來了！（作奔跌勢，諢下）（楊志）何等光棍，如此利害？（唱）

【千秋歲】看市門中奔跌人洶湧，好一似虎出樊籠。

（衆商人奔跌上）

（牛二作醉態，赶上。白）呔！我把你們這些狗抓的，難道喒果然是大虫，會吃人的麽？這等害怕，若再藏躲，喒就舉起皮鎚，打個匾飽。（揪住一人）（求介）好爹爹，好老爺，饒我的狗命罷！（欲逃介）（牛二赶上揪住，舉拳介）呔！我把你這狗頭，（唱）

天津橋頭，天津橋頭，須記喒一對精拳輕重。

（楊志上前，將手架住，勸介。白）住了，不可動手。（唱）

這經商市休胡閧，禁城内難强横，誰敢欺凌衆？安心守分，莫要行兇。

（牛二看楊志，放拳介。白）好你這漢子，膽兒正氣，喒就饒那狗頭。（放手介）你們不許藏躲。（衆客商白）我們都在這裏，動也不敢動。（牛二見刀介。拿在手介。白）你們若是藏躲，喒就一刀一個。（衆商人白）我們都不敢動。（牛二）這口刀喒倒淂用，可是賣的？（楊志白）既插標兒，如何不賣？（牛二白）你要賣多少錢？（楊志白）原值五千餘貫，今因急用，只要三千貫錢。（牛二白）什麽好刀，要這等重價？（楊志白）這是口寶刀，不要小覷了。（牛二白）你把他的好處説與喒聽。（楊志白）你且聽者，銛利吹毛可断，堅剛削鐵如泥，殺人那怕導髖髀，血蹟全無粘滯。（牛二白）還有什麽好處？（楊志白）有此三椿奇異，價錢不減毫釐。寶刀乃是祖宗遺，只爲窮途輕棄。（牛二白）喒要買你的，你敢要這些錢麽？（楊志白）這是寶刀，豈能减價！（牛二白）與你半貫錢罷，明日來取。（走介）（楊志扯住介。白）錢也不勾，也不肯賒。（牛二怒，擲刀介。白）既然不賣，還你這鳥刀。（楊志拾刀介。白）我不賣就罷了，怎麽這等强横？（牛二白）呔！我把你這狗頭，喒好意還刀，你倒口中嚷嚷哚哚，喒如今偏要買你的。（楊志白）我偏不賣與你。（牛二白）阿喲，阿喲！（唱）

【好事近】你敢人前將我挫威風，頓教咱怒氣填胸，輕舒猿臂打教你血染猩紅。

(打介)(楊志白)阿喲,阿喲!你這潑皮,輒敢凌辱洒家,氣死我也!(唱)

你行威逞兇,掣鋼刀把你殘生送。

(揪住牛二介唱)

今日裏將市虎消除,好教那一方作誦。

(牛二、楊志打介)(楊志舉刀殺牛二,下)(衆客商白)了不淂,了不淂!這樣利害潑皮,那好漢竟將他殺死了。請問好漢姓甚名誰,何方人氏?(楊志白)洒家姓楊名志,關西人也,今日將土棍消除,你們各安生理去罷。(衆客商白)多蒙好漢除了我們之害,只是殺人償命,律有明條,如何是好?(楊志白)咳,大丈夫一身做事一身當,何足懼哉?(唱)

【又一體】我除殘去暴遂心胸,且休提律法難容,拚遭縲繫,好憑聽断惟公。

(衆地鄰接上唱)

殺人市中,聽紛紛傳説多驚恐,爲地鄰干係非輕,免不淂公庭涉訟。

(見楊志白)你這漢子,爲何在禁城之中持刀殺人?這是地方干係,我們就要去報官了。(楊志白)這潑皮牛二横行霸道,洒家一時氣忿,將他殺死,如今就同列位一齊到官便了。(衆地鄰白)原來是個好漢,這也難淂。(衆客商白)那牛二兇惡昭彰,人人痛恨,官府自然明断,若是要好漢償命,我們衆商人同具公呈哀哀求便了。(衆地鄰白)有理,有理!就此同行。(衆客商向楊志白)好漢你寬心,且到公堂去。(楊志白)列位嗄!我生死惟憑剖断明。(衆擁楊志下)

(衆大户上。同唱)

【排歌】可笑無知"没毛大虫",生來作惡行兇。今朝身死市門中,一旦無常萬事空。

(二三人白)我等天津橋衆大户是也,一向受那潑皮牛二毒害,今日天幸被一外路人殺死。(一人白)列位嗄!那人名喚楊志,果是好漢,他自己投到開封府去了。(一白)我等敬他是個義士,與民除害,我們如今央求本處鄉紳,向府尹處説情,寬減他的罪名便了。(一白)且慢,那潑皮牛二作惡多端,人人切齒,府尹也曾訪過幾次,况且牛二又無屍親質証,官府自然寬減。我們如今先到衙門首去打聽打聽,送些銀子與他使用。(衆大户白)有理,走嗄!(同唱)

欽豪傑衆志同,但願官司從衆,法寬鬆,行行到府署東。

(内打鼓,吆喝"掩門"介)(唱)

呀!聽退堂打鼓響鼕鼕。

(衆大户白)已退堂了,我們且在衙門首等他出來再作商量。

(解差押楊志上。白)恩官能断獄,免死配遐方。(衆大户見介。白)好漢出來了,官府怎麽樣断了呢?(楊志白)列位嗄!(唱)

【又一體】多感秦臺廉明秉公,哀矜細察情悰。道殺人周處縱行兇,也是除害安民法可容。

(衆大户白)好個青天老爺,想是减等了?(楊志白)官府断做誤傷人命,免死充軍。(衆大户白)不知刺配何處?(楊志白)到大名府留守司處充軍。(衆大户白)恭喜,恭喜!(向解差白)想是二位解送了?(解差白)正是。(衆大户白)幾時起身?(解差白)官府雖然限緊,我們敬他是個好漢,可以從容幾日。(楊志白)我孤身在此,又無牽染,既是官府限緊,即刻就行便了。(一大户白)難淂好漢這樣爽快,我有白銀一包送與好漢路上使用。(楊志白)怎好生受?(解差白)此去路途甚遠,盤纏也是要緊的,不用推辞。(又接銀介)(又一大户白)我有碎銀幾兩,送與二位,望一路好生照看。(解差接介。白)自然用心伏侍便了。(楊志白)萍水相逢,多蒙盛意,何以克當?(二大户白)好漢除了我們之害,這些須財物,何勞致謝!(衆大户白)我們身邊不曾帶些淂銀錢,且送出城外,蘭陵館中沽酒送行便了。(楊志白)多謝了。(解差白)天色將晚,就此仝行。(衆大户白)請嗄!(同走。唱)

齊相送,到館中,好把蘭陵美酒表情衷。陽關曲,唱未終,又恐一鞭行色去匆匆。

(同下)

第十七出　閻婆惜傳情甌茗

（閻婆惜上。唱）

【一封羅】【一封書】（首至二）臨風半掩扉，悄含情若個知。

【皂羅袍】（三至末）只見那結伴尋芳花外屐，選勝携樽陌上姬。教我惜春無計，春光暗移；惜花良苦，花期已遲。鎮無言獨立長吁氣。

（張文遠上。唱）

【又一體】花間鳥自啼，杜陵東步屧移。

（白）學生姓張名文遠，排行第三，人都唤我是張三郎，與宋公明同爲掾吏。今日公門無事，宋公明又回家去了，獨坐無聊，不免到街坊上散步一回。（見閻婆惜介。白）呀！你看那女子生湯十分標致，你看那遮遮掩掩，那丰韻一發動人。（唱）

隱約珠簾遮翠髻，掩映芳容倚繡扉，教我凝眸偷覷，神魂欲飛。看他含羞斂袂，天香暗霏。

（閻婆惜白）這時候母親還不見回來。（張文遠白）就歸來哉，妙嗄！（唱）

似鶯聲嚦嚦偷吁氣。

（白）且喜四顧無人，待我上前去看他怎麽。（閻婆惜偷看介）（張文遠白）呀！你看他見了我故意賣俏，待我只做借茶吃，走將過去。（見介。白）學生尋芳歸來，一時火動渴吻，不能寧耐，敢借香茶一盞，勝似瓊漿玉液。（閻婆惜白）你要吃茶麽？現成冷的便有，熟的不便，怎麽處？（張文遠白）學生無非走急子路，升子火起來了，若是冷個極妙。（閻婆惜白）既如此，待我取出來，正是茗飲蔗漿携所有，瓷罌無藉玉爲缸。你只在此等一等，不要去了。（下）（張文遠白）自然來裏等，阿敢去。你看小娘子進去了，教我只在此等，我張三郎怎敢那移一步兒？（唱）

【醉羅歌】【醉扶歸】（首至合）徙倚徙倚緣堦砌，延佇延佇望仙期。依稀綽約洛川妃，炯含媚眼如秋水。

（白）他方纔進去的時節呵，（唱）

【皂羅袍】(五至八)翾風宋禕翩翩遇奇,陽城下蔡悠悠思迷,
【排歌】(七至末句)只怕螮蝀影阻高唐里。
(閻婆惜捧茶上。唱)
携茗碗,整繡衣,
(放茶介。白①)
爲憐鴻漸思依依。
(白)茶在此。(張文遠接,吃介。白)好茶,又香又熟。(閻婆惜白)不中吃的。(張文遠唱)
【又一體】茗借茗借崔郎比,消渴消渴長卿非。瓊漿一飲自葳蕤,怎邀玉杵酬高義。
(閻婆惜白)好意借杯茶你吃,到有許多閒言閒語。(張文遠白)學生勿曾説倽。(閻婆惜白)你的説話都不近理,那個來睬你?我對你説:(唱)
蓬萊海外去時路歧,嫦娥月裏望來眼低,春山懵懂頻偷睨。
(張文遠白)學生那敢,請問宅上尊姓?(閻婆惜白)姓閻。(張文遠白)姓連?(閻婆惜白)閻。(張文遠白)錢?(閻婆惜白)閻。(張文遠白)嗄!閻,就是閻羅王個閻?(閻婆惜不理介)若是這一個閻,學生是鬼哉,令尊、令堂阿來屋裏?(閻婆惜白)父親是没了,止有家母。(張文遠白)只有老堂,請出來,待學生謝一聲。(閻婆惜白)不在家裏。(張文遠白)不在宅,那裏去哉?(閻婆惜白)親戚人家去了。(張文遠白)既然勿在屋裏,阿有茶哉,再借。(閻婆惜白)母親回來了。(張文遠白)來那裏?(閻婆惜關門科。白)閉門不管窗前月,一任梅花自主張。(下)(張文遠白)小娘子,呀!竟關子門進去哉,好騙好騙。且住,他方纔進去的時節,(唱)
明明是心私許,目亂迷,何期相見便相依。
(白)數尺游絲墮碧空,年年長是惹春風。我張三郎身無彩鳳雙飛翼,那小娘子心有靈犀一點通。偶然閒步,步出這段好光景

① 應爲"唱"。

來，閒子再來走，記子門面吊闥半窗盤，一扇大門，春聯是萬物生光輝，萬物生光輝。（下）

第十八出　蔡夫人介壽稱觴

（衆家將、院子、書童引梁中書上。唱）

【傳言玉女】坐擁油幢，夙著炎炎威望。但咳唾萬人欽仰，尊榮安富，總賴着君恩浩蕩。願祈歲歲，太平呈象。

（白）謝傅旌旗控上游，東南頓減一方憂。胸中別有安邊計，一劍霜寒十四洲。下官梁世傑，爲大名府留守。任專鎖鑰，坐鎮封疆。卧内麟符，感聖心之眷注；帳中虎節，申將令之嚴明。所喜遐邇綏安，軍民和輯。今者序屬暮春，人逢勝日，恰遇夫人壽誕，自當花下開筵，以申慶祝。院子！（家將應介）（梁中書白）傳話後堂侍女們，伏侍夫人上堂。（院子應介。向内傳介）（内應介）

（衆侍女隨梁夫人上。唱）

【翫仙燈】滿目紅香，争獻壽萬花齊放。

（梁中書）

隐約見鸞鶴迴翔，神仙下降。

（院子、侍女合唱）

慶綿綿花甲方長，應比那松喬無兩。

（見介）（梁中書白）今日夫人貴降，下官特備壽筵爲夫人慶祝。（夫人白）多謝相公。（梁中書白）看酒來。（侍女應介）（梁中書、夫人對拜介）（定席坐介）（合唱）

【畫眉序】恭進紫霞觴，玳瑁筵開繡幙張，喜長春仙醖沽自餘杭，植瑶池桃熟千年，産玉井蓮開十丈，畫堂綺麗如蓬閬，迥非塵世風光。

（家將、院子、侍女於曲中叩祝介）

（一中軍持稟啓上。白）賓客填門争獻頌，仙真泛海正添籌。稟大老爺，有屬下文武各官，連名稟啓，叩祝夫人榮壽，俱在轅門外伺候。（梁中書白）夫人，可要令他們上堂慶祝？（夫人白）在此家宴，外人不必進見，免了罷。（梁中書）夫人説得是。（向中軍白)你傳出去,説老爺、夫人在堂上家宴,不便相見。知道了,請各回去罷。(中軍應介。下)(梁中書白)吩咐衆侍女,可舞獻各種名花,筵前上壽。(衆侍女應介。下)(吹打)(梁中書夫人出席更衣,重入席)(侍女進酒)(合唱)

【又一體】綵袖再傳觴,花撲玉缸春酒香,向翠紅鄉裏沉醉何妨,裊和風蘭麝氤氲,遏行雲笙歌嘹喨。

(合)

畫堂綺麗如蓬閬,迴非塵世風光。

(十番女樂上侍立。吹打介)

(衆侍女執各種花上。舞介)(唱)

【脱布衫】逞妖嬈越女吴娃,鬭芳菲玉蘂瓊葩。最好是花枝人面舞當筵,兩相掩映多嬌姹。

(走舞畢)(唱)

【小梁州】可喜的萬紫千紅連夜發,布滿了五色明霞。幾簇簇繁香濃艷笑紛拏,高還下,却便似和風抑按不争差。

(合舞介。唱)

【又一體】應識取好春光一刻千金價,開錦繡花萼交加。只看這翠幾堆、紅一抹,排比淂曾無空罅,粧點出綺席恁豪華。

(吹打介)(舞畢下)(梁中書夫人出席介)(夫人白)請問相公,爹爹六月十五日誕辰,今日暮春,爲日不遠,不識那些禮物可曾全備否?(梁中書白)泰山處壽禮,下官用十萬貫金錢,命人收買各種珍珠寶玩,將次完備,不勞夫人費心。(夫人白)置辦將齊,這也可喜。(梁中書白)雖然如此,尚有一説。(夫人白)尚有何説?(梁中書白)上年解獻生辰綱,中途被劫,至今未獲,今歲必須差勇敢之員獲①送,方保無虞,只是難淂其人耳。(夫人白)妾身常聞淂相公説,副牌軍楊志英勇絶倫,况又是相公擡舉起來的,若差他前去,彼必盡心報効,自然能任其事。(梁中書白)夫人説淂是。今日就唤進來,待下官先爲吩咐一番。(夫人白)這也使淂。

---

① 應爲“護”。

（梁中書向家將白）傳楊志進見。（家將應介。傳介）

（楊志上。白）丈夫壯志終須展，國士深恩猶未酬。（見介）老爺在上，楊志叩見。（梁中書白）起來。（楊志應，立起介）（梁中書白）楊志，我將來有一事差你，不淂推阻。（楊志白）不識恩相有何事使令？（梁中書白）太師爺壽誕在即，要差你押護生辰綱往東京慶賀，今日先向你説知，好作准備。（楊志白）恩相差委，敢不遵依？但不知那生辰綱作何裝載而往？（梁中書白）往年有例，將各項珍寶裝作十車，每車上插一黄旗，寫着"賀獻太師生辰綱"，如此送去。（楊志白）若是這等，小將不敢應承。（梁中書）這却爲何？（楊志白）恩相請想嗄！（唱）

【滴滴金】似這等招摇過市明標榜，怕不引動了萑苻遭奪攘。

（梁中書夾白）路上自有官兵護送，怕他怎麽？（楊志連唱）

那荷戈持戟的千夫長，也只好閒觀望。

（梁中書夫人白）依你説起來，難道這生辰綱罷了不成？（楊志白）不是這等講，若依小將愚見，不若把禮物裝在擔内，命軍健扮作客商，挑了擔兒悄然而往，便是這等，一路上還要小心哩。（唱）

戰兢不遑，一身擔荷難鹵莽，惟祈忖量，還求主張。

（梁中書白）既然委用你，只要路上平安，就依你調度便了。（楊志白）如此小將情願押護前去。（梁中書白）好，這便纔是。你且到外廂去，我這裏准備停當，到臨期再交付與汝起身。（楊志應介。白）堦前百諾人初退，堂上千秋宴未終。（下）（梁中書白）夫人，那楊志非但勇猛，且多智慮。夫人高見，下官萬不及一。（夫人白）好説。（梁中書白）尚有小酌，設在後堂，請夫人再爲少坐。（夫人白）多謝相公。（梁中書夫人唱）

【尾聲】錦堂人可喜的年方壯，好把這富貴功名謾謾的享。

（衆合唱）

看歲歲高啓瓊筵向花前捧壽觴。

（下）

第十九出　劉唐酣醉擒爲賊

（衆土兵引把總、巡檢、朱仝、雷横上。唱）

【縷縷金】蒙差委，敢争差，邇來因患盜，命擒挐，村落官兵過，不須驚訝。

（把總、巡檢白）我等奉縣尊之命，巡緝各鄉村，若有盜賊窃發，即便捉獲。（朱仝、雷横白）我們可分頭而往，你們二位向西溪村一路去，我二人往東谿村去巡緝。明日再分往聚興鎮永豐鄉那幾處去。（把總、巡檢白）就是這等，請各分任而往。（合唱）

遠鄉近鎮細巡查，此行不當耍，此行不當耍。

（分下）

（劉唐上。白）燕南壯士齊東豪，筑中置鉛魚隐刀。我感君恩重許君死，泰山一擲輕鴻毛。俺劉唐的便是，赤髮攖冠，丹心可也向日，千秋遊俠，無愧英雄。喈一味粗豪，也不識城府，落魄無賴，跅弛可也不羈。我近聞那蔡京生辰，年年有那生辰綱貢獻上京，喈想這些個東西，都是那民間的脂膏，喈不免前去，我就這麽劫了，將來供咱的吃喝賭博也是好的。（笑介）咳，只是咱一個人幹不淂這個大事，我欲待勾引那個宋……（四顧介）我欲待勾引那個宋公明，但他身在公門，料他也不肯幹這個勾當。咱處？有了，我又聞淂東溪村有個晁保正，他爲人最直，義氣最高，喈不免前去糾合他，同去劫那個生辰綱，走遭也。（唱）

【醉花陰】俺落魄生平甚潦草，偏俺這不知書胸中可也分曉。全憑着膽氣豪，九死個等鴻毛，問恁千秋有誰共調。

（白）劉唐，（唱）

【出隊子】看世情听然長嘯，看世情听然長嘯，算將來眼睛前若個英豪。那宋公明扶危濟困隐公曹，晁保正踈財仗義好，他兩個俛首低眉肝膽効。

（白）喈行了一會，饑又饑，渴又渴，喝盃酒兒再走。咦！一個酒望。酒保，酒保！

（酒保上。白）來了。隔壁三家醉，開罈十里香。是那個？（劉唐白）酒保。（酒保白）阿呀！怎麽這麽個面孔？（劉唐白）喒是天生的。（酒保白）天生的，做什麽？（劉唐白）買酒喝。（酒保白）吃酒的請到裡邊。（劉唐白）酒來，酒來，擔酒來！（酒保白）你這客人也奇，你要吃酒請坐下，待我去拿來，只管亂喊。（劉唐白）喒要趲路。（酒保白）你要趲路，豈關我事？（劉唐白）酒來。（酒保白）夥計拿酒來。（劉唐白）擔酒來。（酒保白）酒到，請吃。（劉唐白）酒保，你這個酒，好酒？（酒保白）不敢欺，上等的，四分一壺。（劉唐白）這酒可淡。（酒保白）什麽？（劉唐白）酒淡。（酒保白）抓把盐來拌拌。（劉唐白）什麽？（酒保白）客人説酒淡，抓把盐來拌拌可就鹹了。（劉唐白）狗抓的耍喒，可有燒刀？（酒保白）嗄？（劉唐白）燒刀。（酒保白）我們賣的是酒，没有甚麽腰刀。（劉唐白）没有銀酒？（酒保白）銀酒？有嗄。（劉唐白）喒説的燒刀。（酒保白）客人説的燒刀？有，待我去拿來。（劉唐白）來呀，你把那銀酒，小小的取這麽一罈來。（酒保白）嗄！客人，銀酒到，這一壺是完了，待我收了去。（劉唐白）妙嗄！大碗。（酒保白）吃燒酒，倒要大碗？（劉唐白）大碗來。（酒保白）噲，夥計，把那個大碗拿一個來。客人，大碗到。（劉唐白）酒保。（酒保白）什麽酒飽、飯飽？（劉唐白）有什麽下酒的東西？（酒保白）過酒的麽？有嗄，煎碎魚，炒螃蠏，騎馬腸，還有個稀爛的猪頭，客人要吃鼻孔、耳朵、口條，待我去切一賣來。（劉唐白）來呀，喒不要别的，擔猪首來。（酒保白）没有。（劉唐白）你方纔説有猪頭，怎麽説没有？（酒保白）猪頭有嗄！客人説猪手來，這個猪身上只有一個頭，四隻脚，一個尾巴，没有什麽手。（劉唐白）酒保，你不懂喒説的，猪首就是猪頭，猪頭就是猪首。（酒保白）待我去挐來。噲，夥計，把那個猪頭挐來。（劉唐白）着嗄！狗抓的，只有猪頭，没有猪首。（酒保白）客人，猪頭到。（劉唐白）呔！猪首。（酒保白）猪首，噲，客人如何？又不鹹，又不淡，可口紅麯燒的。（劉唐白）好東西。（酒保白）待我挐個蒜瓣與你吃。阿呀！吃燒酒不要你像吃凉水的一般，看嗆了你的嗓子。（劉唐白）咻！（酒保白）如何，話言未了，嗆了他的嗓子了。（劉唐白）這酒可上口，斟酒。（酒保白）什麽？（劉唐白）呔！斟酒。（酒保白）嗄！叫我與你斟酒，待我來斟上了，不要頑爛臭，不知幾年没見食面。咻！吃淂他爽快，站起來了。（劉唐白）我……（酒保白）這樣吃了還餓？（劉唐白）着開！（酒保白）茶來。（劉唐白）狗抓的，你着開！（酒保白）嗄！不容我在這里，叫我再來。（下）（劉唐白）我一向要見那晁保正，再没有機會，今日來淂可也湊巧。喒喝了酒，再商量、再計議，好酒上口，我想那生辰綱好生技癢，也不知有多少官兵護送哩？咻！囚囊的。（唱）

【刮地風】嗳呀！我想起那權臣忒殺也勢咳甚驕，慣縱着心腹貪饕，慣縱着心腹貪饕。那生辰綱載珍和寶，逐件件是民間剥下的咳脂膏。只見那搜刮慣把民財耗，又見那輸運慣把民力擾，着處的賈怨深激變囂。俺呵，猛擄碎塗肝腦，我入虎穴把虎子掏，料不爲蠅頭激動淂個英豪。

（白）喒喝完了酒，再商量、再計議。

（酒保上。白）阿呀！客人，罎口小、碗大，要斟的？（劉唐白）斟！（酒保白）斟罷了，不要打。（劉唐白）斟酒。（酒保白）斟上了，這一罎是完了，一個猪首也完了。噲，客人可要吃了？（劉唐白）什麽唷？（酒保白）還有個稀爛的猪尾巴。（劉唐白）呔！（酒保下）（劉唐白）喒可又想哩，這樁事，非同小可咳！（唱）

【四門子】算將來此事非關小，咻，此事非關小。料區區怎能把黨羽招，及早向東溪保正蜜投醪。恁縱不貪財寶，我料聞言氣難消，仗義集英豪。那生辰綱我將來輕輕擔兒上挑，那怕他官軍勢驍，干戈衛牢，呀，霎時間攫取如拾草。

（酒保上。白）看傢伙，看罎底。（劉唐白）這酒不多了。（酒保白）正是不多了，阿呀！（劉唐白）狗抓的亂磞，這酒不多了，喒喝了就走。（酒保白）剩下的算我的。客人，你這個肚子是通海的。（劉唐白）呔！（酒保白）可要吃了。（劉唐白）不喝了。（酒保白）不吃了，算帳罷了。先前是一壺，一個猪首，一罎銀酒，共算起來五錢五分五釐。(劉唐白)多少?(酒保白)五錢五分五釐。(劉唐白)擔去。(酒保白)怎麽與我這樣一錠,他吃醉了,待我去問他。(劉唐白)好酒。(酒保白)客人,這銀子可要夾夾?(劉唐白)唔?(酒保白)不是嗄,這銀子可要夾夾?(劉唐白)我把你狗抓的,這樣一錠要加?(酒保白)咊!我問他可要夾夾,倒要加起我來,待我混他一混。嗆!客人,小本生意,還少些。(劉唐白)這麽一大錠要加?(酒保白)少些。(劉唐白)拿着,明日再喝。(酒保白)論起理來,還少個四五釐,看你面上,讓了罷。(劉唐白)還少?(酒保白)不少了。(劉唐白)我把你狗抓的。(酒保白)嗳呀,嗄!主顧雖好,兩個指頭猶如鐵鉗。(酒保下)(劉唐白)狗抓的,這麽一大錠要加!好酒断送一生,惟有破除萬事無過。(下)

(朱仝、雷横上。白)號山無定鹿,落葉有驚蟬。兄弟。(雷横白)哥哥。(朱仝白)方纔見一赤髮虬髯的漢子,赶到這裡不見了。(雷横白)再到前邊去便了。(仝白)饒他走上焰摩天,脚下騰雲須赶上。(下)

(劉唐上。白)好酒。(唱)

【水仙子】俺、俺、俺、俺可也**疲躡屩,怎、怎、怎、**怎説淂**不飲個從他酒價高。早、早、早、早已是醉酕醄,强、强、强、强把那村逕遶。苦、苦、苦、苦那迢迢跋涉遥,看、看、看、**看**那牛羊下日没林皋。這、這、這、**這**虞淵漠漠誰伴寂寥,見、見、見、**見**那斜陽影裡傾頹廟。**

(白)是一所古廟,酒湧上來了,喈不免進去睡他一覺,起來好見那晁保正。神道請了,喈劉唐要借這桌上睡這麽一覺嗄。(唱)

暫、暫、暫、暫借宿度今宵。

(朱仝、雷横上。白)行人赶行人,一程又一程。(朱仝白)赶到這裡又不見了。(雷横白)這裡有所古廟,我們進去看來。(朱仝白)有理。(仝白)兩廊下搜來。(雷横白)没有。(朱仝白)正殿上鼾齁之聲,我們進去看來。(雷横白)在這裡。(朱仝白)看他可有兵器?(雷横白)有兵器。(朱仝白)取過了綁起來。(劉唐白)不喝了。(朱仝、雷横白)再吃些。(劉唐白)不喝了。(朱仝、

雷横白)在這裡了。(劉唐白)

【尾聲】俺鼾齁睡卧恁也休相攪,

(雷横白)什麽人?(劉唐白)唔。(朱仝白)呔!你是什麽人?(劉唐白)俺是個海内的人豪。(朱仝、雷横白)下來。(劉唐白)你、你、你爲何綁俺?(朱仝、雷横白)好囚賊,何處打劫,在此酣睡?(劉唐白)嗄。(朱仝、雷横白)走嗄。(劉唐白)呔!我把你這兩個狗頭。(朱仝、雷横白)囚賊。(劉唐白)你綁俺到那裡去?(朱仝、雷横白)拿你去見晁保正,送官請賞。(劉唐白)見、見、見晁保正麽?也罷,我就去。(朱仝、雷横白)不怕你不去。(劉唐白)嗳呀。(唱)

俺一似失林的困鳥。

(朱仝、雷横白)走嗄!(劉唐白)我把你這兩個狗頭,你好好的走。(下)

第二十出　晁盖貪財假認甥

(雜扮更夫持梆鑼上,作敲梆發諢科,下)

(庄客持燈籠引晁盖上。唱)

【駐馬聽】株守山庄,緑蔭槐庭化日長,又早是星廻夜色,柝響初更,雨過微凉。

(内梆鑼支更介)(晁盖白)我晁盖,自從在西溪村,托了石塔,威鎮遐邇,竟有"托塔天王"之號。只是近來寇盗充斥,劫掠横行,本縣相公已差都頭,各處踮緝,時近初更,我也要親行巡邏一番。(内打梆鑼介)(晁盖白)叫那更夫過來。(庄客應介)(叫介)

(更夫持梆鑼上介。白)保正有何吩咐?(晁盖白)你在我庄上支更,你可知道近來歹人頗多,須要着實巡查,不淂虚應故事。(更夫白)這個自然。(晁盖白)你須聽我吩咐:(唱)

要你通宵鷄唱漫巡墻,莫貪蝶夢倚屏障。

(更夫白)謹遵嚴命。(晁盖白)去罷。(更夫作敲梆鑼下)(晁

盖唱）

聽蛙鼓銀塘，三杯軟飽，黑酣清爽。

（下）

（朱仝、雷横押劉唐上。白）村犬嗥斜月，野狐過短垣。（朱仝白）兄弟，夜深路黑，只怕今晚要住在晁保正庄上，明早進城纔是。（雷横白）在他地方上拿的人，也要他知道，將來也好答應官府。（朱仝白）正是。（雷横白）來此已是晁保正庄門首了。裡面有人麽？

（庄客披衣，打燈籠上。白）是那一個半夜三更敲門打户？（作開門介）（朱仝、雷横白）我們是縣裡都頭，在你村中拿了一個賊，特來見你保正。（庄客白）如此請到草堂中坐下，待我請保正起來。（雷横白）且把那漢子拴在院子裡樹上。（將劉唐拴介）（庄客白）保正有請。（晁盖内白）是那個？（庄客白）是縣中朱、雷兩個都頭，在村中拿了一個賊。（晁盖白）有這等事？（庄客下）（晁盖作相見介）（朱仝、雷横白）保正，驚動你了。（晁盖白）請問二位都頭，這時候到敝庄有何貴幹？（朱仝、雷横白）我等奉縣裡太爺之命，着我們往各鄉村捕緝賊盜。方纔在靈官廟裡，見有個大漢睡在那里。我看那厮不是良善君子，况身伴帶有寶刀，醉卧在供桌上，所以我們把他拴了，要解去縣裡見官。一者夜深難行，二者要教保正知道，日後官府問起，也好答應。（晁盖白）多謝二位都頭。

（庄客持燈籠上。白）酒便了，請二位都頭後廳軒下少坐。（晁盖白）先請二位都頭三杯。（朱仝白）一到就要打攪。（雷横白）我們只領三杯，天明就走。（晁盖白）二位先請，小可就來奉陪。（庄客引朱仝、雷横下）

（晁盖送至場口，取燈籠上。白）嗄！這事奇怪，我村中那有什麽賊來？我且到院子裡問個明白。（作照介。白）兀那漢子，你是那里來的？我村中不曾見過你。（劉唐白）小人姓劉名唐，是遠鄉人，來投逩一個人，被他們把我坐扭做賊。（晁盖白）你來我村中投逩誰？（劉唐白）我來投逩晁保正。（晁盖白）你尋他有何勾當？（劉唐白）我有一套富貴來報與他，因此而來。（晁盖白）我只便是晁保正，我却要收①你。明早我送他們出來，你認我做阿舅，我自有道理。（劉唐白）如此深感保正，只求快些放我。我身子綁縛一夜，實在受不淂。（晁盖白）這個自然，都在我身上。（下）（劉唐白）悔他鳥氣，那曉淂晁保正就在這里，早知道不往廟中睡他娘，竟到這邊，也不吃這一個大虧。

（晁盖送朱仝、雷横上）（晁盖白）二位都頭，何不再寬坐吃幾杯？（朱仝、雷横白）天色已明，打攪一夜，甚是不當。（晁盖白）如此不敢强留，若再到敝村公幹，千萬來走一遭。（朱仝、雷横白）這個何勞吩咐。（劉唐白）娘舅救我。（晁盖驚介。白）什麽人叫我娘舅？（作認介。白）你難道是我外甥王小三麽？（劉唐白）我正是王小三，舅舅救我一救。（朱仝、雷横白）這是保正令甥麽？（晁盖白）羞死人，這是家姐的孩兒，從小在這里過活。四五歲時，隨家姐夫和家姐上南京去住，去了幾年。這厮十四五歲時又來走了一遭，跟個本京客人來這裡販賣，已後不曾見他。多聽人說，他不成器，若不是他鬢邊一搭硃砂記，小可也不認淂，好畜生，氣死我也！（奪棍打介。唱）

【駐雲飛】惱殺韓康，辱没咱從前稱渭陽。鼠窃真無狀，狗盜成何樣。嗏！

（劉唐白）我何曾做賊？好冤枉人！（晁盖白）你還敢强辯，你不做賊，他爲什麽拏你？（又打介）（朱仝、雷横勸介。白）保正，且請息怒，我們不過因他面生可疑拿他的，其實他並不曾做賊。（晁盖白）你既如此，就該來見我，却在路上貪嚏這口黄湯，我家中没淂與你吃，辱没殺了人！（又打介）（誤打雷横介）（晁盖唱）

既不出南塘，怎遭羅網，賊骨天生原具兇頑相，今日教伊罪自當，今後教咱羞怎當。

① 應爲“救”。

(白)阿唷唷,氣死我也!(朱仝、雷横白)保正,且不要動氣,我等呵,(唱)

【駐馬聽】巡緝村坊,見他狀貌語言是異鄉,由不淂指爲匪類,認做緑林疑是强梁。

(白)若曉淂令甥,也就不拏他了。如今不用説,快快放了就是。(晁盖白)二位都頭,這不肖畜生,一向飄流在外,今日回來又如此光景,叫小可有何面目見人?(朱仝、雷横白)保正若是這樣,反罪小弟了,快快放了。(放介。白)還了寶刀。(唱)

做道到官衙明處細推詳,倒不如做私情暗地輕開放,原没有實據真贓,爲弓蛇疑影幾成誣罔。

(白)我等就此告辭了。(晁盖白)多承二位盛情,且請少住。(虚下)

(即取銀上,送介。白)這十兩花銀,聊表薄意。(朱仝、雷横白)我們誤拿了令甥,多有不是,怎麽反受厚賜?(晁盖白)二位不收,是嫌輕微了?(雷横白)哥哥,保正盛情,我們也不敢虚辭,告别了。(晁盖白)恕不送了。(朱仝、雷横白)請了,能將忙事成閒事,錯認楊家作李家。(下)(晁盖白)請到裡邊去,還要細談。(劉唐白)如此,娘舅請。(晁盖笑介。白)方纔不過掩餙一時,如今還是朋友纔是。(劉唐白)若不説明,我竟要叫娘舅到老了。(各笑介)(行介)

(庄客上。白)本村中有地方公事,請保正去商議,衆人立等。(晁盖白)嗄!我就來了。偏偏又有什麽公事,劉兄弟,且請少坐,我去去就來。(劉唐白)請便。(晁盖白)小厮,快備酒飯,正欲雄談促膝,又多俗務纏身。(下)(劉唐白)可恨那兩個狗頭,綁了我一夜,又詐了保正一大錠銀子,那裡氣淂他過。嗄!有了,想他去也不遠,不免赶上前去,打翻了那厮,奪回了銀子,方洩此恨。(作取朴刀行介。唱)

【駐雲飛】莫作商量,忿怒攻心拚直往。誤獲寧能諒,受辱難甘讓。嗏!

(向内白)你兩個狗頭休走,咱來也。

(朱仝、雷横上。白)你這厮又赶來做什麽?(劉唐白)你怎麽冤嗒做賊,又詐我娘舅銀子?好好還了,佛眼相看,若説個"不"字,看刀!(朱仝、雷横白)這厮好無禮,銀子是你娘舅送我的,怎麽來取討?(劉唐唱)

怪恁忒婪赃,反將咱枉。狹路相逢,此際難饒放。先要教伊命也亡,還要教伊財也亡。

(朱仝、雷横作鬬介)

(吴用急上,持銅練解開介。白)不要動手。(向劉唐介。白)你這漢子,爲何與二位都頭爭鬬?(劉唐白)不干你秀才的事!(朱仝、雷横白)教授有所不知,這厮夜來赤條條地睡在靈官廟裡,被我們拿了,解到晁保正庄上,那里知道就是保正的外甥,看他母舅面上就放了他。(吴用白)他是保正令甥麽?(朱仝、雷横白)我們也不認淂。(劉唐白)他好好冤我做賊,又詐我舅舅的銀子。我氣他不過,特爲赶來取討。(朱仝、雷横白)這是你母舅送我的,要時須是你母舅自來還他。(劉唐白)好狗頭!(又欲鬬介)(吴用勸介。白)學生吴用,也是你母舅的相好朋友。(劉唐白)你且不要管我,只問他要銀子。(雷横白)我偏不還。(劉唐白)不還,你問我手中的刀依不依?(又鬬介)

(晁盖急上。白)畜生,休淂無禮!(劉唐白)偏偏舅舅又來了。(吴用白)須淂保正自來,纔淂開交。(晁盖白)這畜生又赶來做什麽?(朱仝、雷横白)令甥拿了朴刀赶來,要取回所送之物,我原要當面交還,保正請收。(晁盖白)畜生,你敢挐一挐?(劉唐白)不敢。(晁盖白)二位,無知小子一時冒犯,看小弟薄面,照舊收了,改日陪罪。(朱仝、雷横白)縱是看保正分上,不與他計較。(吴用白)妙呀,凡事看保正之面。(朱仝、雷横白)别過了。(晁盖白)請了。(朱仝、雷横隨口諢下)(晁盖白)多虧教授解勸。(吴用白)不敢。(晁盖)正欲着人來請教授,如今且同到小庄,有話相商。(吴用白)既如此,請。(行介)(合白)花村幾處連修竹,澗水誰家倚怪松。(到介)(晁盖白)請到裡面去。(進内介。各見介)(吴用白)保正,我們相交數十年,不曾見有這位令甥。(晁蓋白)那里是什麽外甥?他姓劉名唐,小可見他容貌魁奇,想是一籌好漢,故假説這話救他的。(吴用白)敢是江湖上稱爲"赤髮鬼"的,就是兄麽?(劉唐白)不敢。(晁蓋白)劉兄弟,這位吴學究,道號加亮先生。(劉唐白)原來就是"智多星"吴先生,幸會,幸會。(晁蓋白)劉兄弟,你説一注大財,故此特請教授來商議。(劉唐白)小人是東潞州人氏,自幼在江湖上結識好漢。近來打聽淂大名府梁中書收買十萬貫金珠寶玩,送上東京,與他丈人蔡太師慶生辰,早晚安排起程。(唱)

【黄鶯兒】金寶滿車裝,獻生辰號作綱,剥民膏去媚當朝相。

(白)我想此乃不義之財。(唱)

劫之不妨,取之正當,攫贓私也不算良心喪。

(晁蓋、吴用合唱)

看吾行共成義舉,豈是胠篋與探囊。

(晁蓋白)教授,你道此事如何?(吴用白)壯哉,壯哉!只是聞淂他去年曾失過事,今年必定加意隄防,還淂些帮助纔好。(晁蓋白)我這里庄客儘多,挑選幾個如何?(吴用白)這些庄客那里用淂。(晁蓋、劉唐白)教授若有甚相識,可以招來。(吴用白)離此不遠,有石碣村,村中阮氏三雄乃是兄弟三個,生來勇猛,總以打魚爲活。若糾合淂來,大事可成矣。(晁蓋白)我也聞其名,只不曾會面,可着人去請他。(吴用白)遣人去請他,如何肯來?這須是凴我三寸不爛之舌,方可説他入夥。(晁蓋、劉唐白)如此甚妙,但不知幾時可去?(吴用白)小弟今夜三更便去。(晁蓋、劉唐白)如此甚好,請同到後堂暢飲一番,此事還宜慎密。(吴用白)正宜如此。(合唱)

【尾聲】機關慎密休愚戇,結羣雄鋪排停當,直要到大事成時大家一拍掌。

(讓下)

第廿一出　訪故友煮酒談心

(阮小二、阮小五、阮小七上。仝唱)

撞咱"太歲"有風波,"短命二郎"却奈何。堪歎世人不仔細,偏來投見"活閻羅"。

(分白)自家"立地太歲"阮小二是也。我乃"短命二郎"阮小五便是。區區喚做"活閻羅"阮小七。我等弟兄三人,生長石碣村中,以捕魚爲業。形跡雖然卑賤,心胸却也雄豪。况且武藝出衆,旅力過人。但不遇識者,埋没無聞,雖是固窮,終難安分。不知何日始淂揚眉吐氣?(阮小二白)前日有一相面先生,説我額下氣色甚好,即日有大際遇。(阮小五、阮小七白)妙嗄!若是哥哥有了好處,我弟兄二人也就沾光叨惠了。(阮小二白)這些星相之言何足憑信?且不必提他。今日可一同前去打魚,好供用度。(阮小五白)我今日不去。(阮小二、阮小七白)爲什麽來?(阮小五白)早間前村的李老三來合我去賭錢,説有兩個很好的主顧在那裡,若赢淂幾十貫錢,不强似捕魚?(阮小二白)輸赢那裡論淂定,還是去打魚的好。(阮小五白)你不要管,我包獲全勝而回。(阮小七白)我爲連日輸淂精光,如今没有賭本,只好罷了。(阮小二白)五郎自去賭錢,我和你去打魚便了。這個成了兩句俗語了。(阮小五、阮小七白)那兩句俗語?(阮小二白)"相逢不下馬,各自奔前程。"(阮小七白)注馬是要大大的,纔能赢淂他。(各笑科)(阮小五白)劉毅古來稱賭漢,(阮小二、阮小七白)太公當日本漁人。(阮小二白)淂采了可就快快回來。(阮小五應科)(分下)

(衆漁翁上。唱)

【甘州歌】【八聲甘州】(首至六句)蘋風乍起,慣浮家泛宅,一棹沿洄。

(白)我等乃石碣村中衆漁翁便是。生涯是笱罩綸竿,家業惟輕舟短棹。緑楊堤畔,長消受艷冶之春光;紅蓼灘邊,亦領略蕭踈之秋景。金鯉捕來换酒,青蓑織淂爲衣。(一漁翁白)噲!列位嗄，那石碣湖中福安橋下那個大蚌，每遇月明之夜，他便浮出水面，吐有明珠，光耀滿湖。（一白）也曾有人摸過，再摸不着。我等今日捕魚之暇，約齊了同伴前去，務要摸了他。（一白）我們不論何人摸着那顆明珠，大家要公分的。（一白）這個自然。（衆白）不要閒説了，快些前去罷。（行介）（合唱）

鷗汀鷺渚，望裏烟波無際。

（阮小二、阮小七上。唱）

飛熊當日曾入夢，沙鳥何年始息機。

（見介）（衆漁翁白）阮小二、阮小七來了。五郎怎麽不見？（阮小二白）五郎今日不曾出來。（阮小七白）你們忙忙的挈伴而來，要往那裏去？（衆漁翁白）我等要到福安橋下摸那顆蚌珠，所以同來。（阮小二、阮小七白）那個大蚌竟像神物，那裏摸淂着他？（衆漁翁白）總是閒在此，况天氣又漸炎熱，只當在湖内洗澡的一般。你們弟兄二人也隨着去走走？（阮小二、阮小七白）也説淂是。就隨你們前去。（衆漁翁白）好嗄！大家去有興些。（行介）（合唱）

【排歌】（合至末句）踈林外，耀赤曦，山含垂棘詫瑰奇。

（作到介）（場上預安三環洞橋一條）（一半漁翁白）我們下湖去摸，留幾個在橋上用筐籃來撈就是了。（又一半漁翁白）竟是這等。（衆作跳入水中，或出或没，亦有在橋上撈者）（合唱）

人貪淂，事怪奇，似神羊鬚下略依稀。

（各作上岸介。白）摸他不着，枉費這些力氣。天色將晚，不如大家回去罷。（衆漁翁虚白）

（吴用上。唱）

【排歌】隐約江村，山環水圍，行行野逕多迷。聽一聲漁笛隔前谿，曬網灘頭日欲西。

（見介。白）喜淂二哥、七哥俱在這裡。（阮小二、阮小七白）原來是教授，甚風吹淂到此？（吴用白）特來拜望賢昆玉。（衆漁翁白）既有尊客到來，請同了回去罷。我們也要各自回家了。沽酒鄉村尋野店，賣魚市鎮渡危橋。（下）（吴用白）五哥怎麽不見？

(阮小二白)舍弟到鎮上賭錢去了。(阮小七白)且請教授到舍下去,再爲細談。(吴用白)請。(行介)(合唱)

相逢處,手共携,幾年遥憶恨暌違。同行處,步緊移,一朝快晤喜追陪。

(到介)

(阮小五背錢上。白)擲來難淂快,呼處不成盧。(見介)(吴用白)五郎來了,淂彩麽?(阮小五白)原來是教授。(阮小二、阮小七白)請教授到裏面去。(進内相見介)(吴用白)交情彌篤勝如初,(三阮白)車笠多君久不渝。(吴用白)玉季金昆皆俊傑,(合白)會須同看建鴻圖。(三阮白)教授一向納福?(吴用白)托賴粗安。(三阮白)遠别多年,時深思念。(吴用白)小可亦因記掛賢昆玉,所以特來過訪。(阮小二白)難淂教授遠來,但鄉村之中乏物,將敬薄酒三盃,聊叙契闊。(吴用白)來便怎好就擾。(三阮白)只是簡慢休罪。(吴用白)豈敢。(各坐飲酒介)(合唱)

【降黄龍】知己相逢,樽酒交歡,豪興偏濃。一朝把臂,訴不盡别後離情萬種。

(三阮白)教授請用一盃。(吴用白)請。(唱)

深蒙殺鷄爲黍,應識取主人情重。

(合唱)

論相交盟堅白石,誓比青松。

(三阮白)請問教授,一向在於何處?今日賜顧,必有甚見教。(吴用白)不瞞三位説,小可近日在東谿村晁保正莊上,偶然談及三位義勇,他十分仰慕,意欲相識,特托小可先來致意。(三阮白)那晁保正可就是"托塔天王"麽?(吴用白)正是!(各出席介)(三阮白)我等久聞他的大名,但身在微賤,怎好仰攀?(吴用白)豪傑相聚,何拘形跡?(阮小二白)也罷,既承他高誼,士爲知己者死。(三阮仝白)若有用着之處,即使赴湯蹈火,亦所不辭。(唱)

【黄龍衮】他誠一世雄,他誠一世雄,我愧千人勇。不作等閒看,感君恩當切，還應懂，熱血一腔拚爲他用。便攖鋒刃赴水火，吾何恐？

(吴用白)好！足見賢昆仲平生義勇，但是那有這樣事。他倒有一套富貴，欲與三位共享。(三阮白)那裏，什麽富貴？(吴用白)這話甚長，且待夜静之時，然後細述。(三阮白)教授説淂甚是，我等惟命是從便了。(吴用白)來日小可偕了三位去見晁保正，自有一番奇遇。(三阮白)就是這等。(阮小二白)天氣炎熱，請教授至後面葡萄架下乘凉一回，然後再飲。(吴用白)使淂。(合唱)

【尾聲】話投機多爲交情重，苟富貴必須相共。喜一個個具有千秋豪俠風。

(阮小七白)教授方纔説的富貴，端的何事，可説與我知道？(吴用白)且待少時，自然要説的。(阮小二、阮小五白)七郎怎麽這等性急，教授自然説與你我知道的。(仝下)

第廿二出　巧聚會聯盟行劫

(晁盖上。唱)

【臨江仙】【引】義氣從來聯四海，光陰未可虚待。天生豪傑作朋儕，漫將心腹事，盼望故人來。

(白)我晁盖一生血性，半世英豪，仗義踈財，連騎結客，與宋公明、吴學究契結同心，交逾刎頸。只恨如今世風日下，朝政已非，墨吏盈朝，權奸蠹國，李彦構禍於西北，朱勔結怨於東南。飲泣吞聲，處處見無聊之况；摩拳擦掌，人人有思亂之心。所以聞鷄起舞，每懷魯女之憂；擊楫中流，空作杞人之慮。似這等光景，幾時有太平日子也？(唱)

【孤飛雁】平生志挾凌雲槩，論奇男子要芳名萬載。恨權奸竟把江山賣，使百姓無聊賴。尚兀自豺狼當道，魚鱉生災，無怪人心思亂，好難躭待。

(劉唐上。白)將期一諾重，欲使寸心傾。哥哥。(晁盖白)兄弟，你前日説要打劫生辰綱一事，我想這等非義之財，取之何礙？因

此與吴學究商量。他已往石碣村招致阮家兄弟去了,這時候還不見到。(唱)

望眼將穿,已過午牌。咍咍笑紛紛,蟻聚總貪財。

(白勝上。白)白雲舒卷原無意,浮世興衰會有期。自家白勝,住居安樂村中,遊手好閒,不安本分,人都叫我做"白日鼠"。連日賭運平常,輸淂乾浄,向來極蒙晁保正週濟。今日無事,不免到他家商量個活計纔好。來此已是,我們是熟人,不免竟入。保正好呀!(見介)(晁盖白)元來是白兄弟。來、來、來!請坐下,我們吃三杯。(三人作坐介。飲酒介)(晁盖白)兄弟,我看你這等模樣,想是又賭輸了?(白勝白)小可蒙保正提携,實是有負大恩。我想賣酒是我的舊营生,我如今要務正經,再不賭錢了。(晁盖白)果然如此,本錢總是我的。(劉唐白)你若賣酒,喒就是長主顧。(白勝白)這位大哥從不曾會。(劉唐白)喒叫劉唐,專會飲酒。(白勝白)幾時到此?(劉唐白)也是來謀生意。(白勝白)何不携帶做個夥計?(劉唐白)你麽?(笑介)也使淂。(晁盖白)這個兄弟委實可以合夥。(白勝白)到底什麽買賣?(晁盖白)且吃三杯再講。

(吴用、三阮上。唱)

【梁州序】糾豪傑自石碣村來,論朋友交情四海。要投機合意,怎顧的踏破芒鞋。

(吴用白)這里已是東溪村晁大哥家了。(唱)

到了晁家門外。

(吴用白)保正哥,客來了。(晁盖、劉唐、白勝唱)

忙下庭階,拱手相迎待。

(見介)(晁盖、劉唐白)吴先生,這三位莫非就是阮氏昆玉麽?(三阮白)不敢。(晁盖白)阮氏三雄,名不虚傳。請進草堂相聚。(進内介)(吴用指白勝介。白)此位何人?(晁盖白)此乃白勝兄弟。(吴用白)可是保正時常稱他"白日鼠"的麽?(晁盖白)然也。這個兄弟最有義氣,可以共事的。(衆白)妙呀!相逢一笑成知己,都是龍華會裡人。(唱)

英雄遇合實奇哉，肝胆相傾没忌猜，同吐露壯襟懷。

（一庄客上。白）豈是非常道，多應無藉徒。（見介）告庄主，外面有一道人求見，小人回他庄主有事，他竟將庄客們亂打。（晁盖白）那有這等事，列位請到後軒少坐，待小可去看來。（衆）大哥請便。（隨口下）（晁盖白）那有這等事。（向外行介。唱）

【催拍】甚狂徒無端性乖，好教人難將謎猜。是遊方化齋，遊方化齋，怎肆强梁，要惹非灾。

（衆庄客上）

（公孫勝追上。白）快快與我通報，饒你。（唱）

做不淂訪戴山陰興盡便歸來，主人翁枉自稱賢，不倒屣下基階。

（晁盖白）先生有話慢講，不淂無禮。（公孫勝白）保正爲何拒客？（晁盖白）道者不過投齋化緣，何淂如此？（公孫勝大笑介）貧道公孫勝，豈爲齋粮而來？特有一套富貴送與保正。（晁盖白）原來是"入雲龍"，失敬了。請到裡面去。（進内介）（公孫勝白）久仰保正大名，適纔無狀，幸勿見罪。（晁盖白）鶴駕來臨，鳬趨未恪，亦祈休怪。（作坐介）適纔所云富貴，小可不懂，乞道其詳。（公孫勝白）也不過十萬貫金錢，聊爲贄見耳。（晁盖白）莫非燒丹煉汞，致富奇術麽？（公孫勝白）非也。（唱）

【一撮棹】雖則居方外，不藉鍊丹來。休説燒鉛快，比點石更奇哉。

（晁盖白）畢竟是何物？（公孫勝白）貧道打聽淂大名府梁中書送蔡太師的生辰綱，這等不義之財，欲與保正共取之。（唱）

他假權勢科斂盡民財，憑愚算攘奪結同儕。

（吴用暗上，聽介）（扭公孫勝白）你好大胆！白日行劫，不怕王法麽？（晁盖笑介。白）吴先生休要作耍，此位是"入雲龍"公孫勝先生，同爲豪舉，實是天作之合。（吴用白）聊相戲耳。先生休怪。（公孫勝白）敢問高姓大名？（晁盖白）是"智多星"吴學究。（公孫勝白）原來是加亮先生。久仰，久仰！（吴用白）豈敢。（晁盖向公孫勝介。白）不瞞先生説，我等已聚有數人，正議此事。先生此來，正合鄙意。（公孫勝白）可見英雄所見，大略相同。（晁盖、吴用白）諸事商酌將次停妥，但不知他從那條路來？（公孫勝白)貧道已曾打聽淂,從黄泥岡一路而來。(晁盖白)極妙的了。白勝兄弟住居與黄泥岡相近,正叫他做個眼目。(吴用白)既然如此,自有用他去處。(合唱)

此日謀初定,臨期看機械。應識取,就裡展雄才。

(劉唐、三阮、白勝上,見介)公孫先生,我等奉揖了。(公孫勝白)諸位拜揖。(劉唐、三阮、白勝白)適纔所言,我等已窃聽多時,喜淂不謀而合,可見是個義舉。(吴用、公孫勝白)果然是個義舉!(晁盖白)敢問吴先生如何下手?(吴用白)小可籌之已熱,疾則力取,緩則智取。(衆白)如此甚好。(吴用白)今日聚會非同小可,須要對天盟誓,方成義舉。(晁盖白)已經預備,請到後堂對天盟拜,還有薄酌,聊爲暢飲。(衆)請。(唱)

【尾聲】且啣杯,共暢懷,喜此日新聯八拜。肯把那十萬貫金珠輕輕攝過來。

(仝下)

第廿三出　黄泥崗上圖金帛

(衆小軍引衆軍官上。唱)

【北粉蝶兒】頂貫兜鍪,明晃晃頂貫兜鍪,錦層層玲瓏鎧緊拴牢扣,稳排排整頓戈矛,奉差行、挑隊伍,軍營領袖,傳集取勇悍同儔,保護衛重資裝兼程馳驟。

(白)軍伍差繁慣送迎,每從宣令護兼程。惟愁祇候多踈略,數聽行踪車馬聲。我等乃大名府留守粱大老爺麾下軍營將官是也。俺大老爺爲因東京蔡太師誕辰祝壽,以此備下金珠寶玩、錦紵千端,解獻生辰綱慶賀。特命謝虞候用心照管,又委差楊提轄押解同行,惟恐途中倘有盗賊侵掠,仍蹈前轍。今着家丁扮做商賈,健軍充做脚夫,裝載十擔而行,免使招摇生事。今大老爺傳令我等護送出境,須索候待同行便了。每向轅門聽號令,常隨車騎効勤劬。

(楊志上。白)奉命馳驅驟,公差豈憚勞。

(謝虞候上。白)風霜經已慣,炎暑涉迢遥。(作相見衆軍官介)(謝虞候白)呀！衆位軍官早已齊集在此了麽?(衆軍官白)我等奉大老爺傳令,護送起程,所以齊集在此俟候。(謝虞候白)着實勞待了嗄！(衆軍官白)不敢。(楊志白)哎！老都管,此行事屬相關你我,實切干係非輕,這一路上須要加意小心,方爲妥當。(謝虞候白)這個自然。有我在途中照管,老提轄只管放心。(楊志拉謝虞候。背白)老都管,此去惟恐使人知覺,爲此在老爺跟前從常商酌,所以假扮客商模樣悄地前行,方保無事。何必又要官軍護送,多此一番饒舌,却反爲不美嗄！(謝虞候白)這是夫人的主意,不失方面威儀,所以要他們護送出境。(楊志作納悶介。白)咗！這般行動,猶恐難免無事嗄！(謝虞候白)老提轄何必執拗如此,既奉老爺鈞諭而行,誰敢有違?(楊志白)也罷,既是這等,衆位軍官只消送出城外,即就撤回,諸位隨即回衙繳令便了。(衆軍官白)這個自然。(楊志、謝虞候問内介。白)衆軍健們,就此發揎起程。(内衆應介)

(衆軍健各挑擔上)(衆軍官擺班護送共走。唱)

【好事近】擁衆出郊遊,護衛隨行前後。驅馳從導,列弓力猶像陣佈貔貅。持戈耀矛,爲保資裝途次防奸寇。

(楊志白)衆位軍官,今已出城,就請回衙繳令便了。(衆白)恕不遠送了。(楊志白)請。(衆白)軍健們,就此進城。(仝唱)

值炎天跋踄長途,重肩挑,誠恐難延日久。

(共下)

(一庄客挑酒担跟白勝上)(白勝白)生辰財寶截中途,妙算神機顯智謨。計就月中擒玉兔,謀成日裏捉金烏。自家白勝,奉吴學究差遣,探聽生辰綱,起身在路已經數日。押解資裝果是"青面獸"楊志,今日必從這黄泥岡經過。晁大哥等俱各喬裝商賈,着我充做賣酒之人,在彼會集行事。須索往前面樹林中裝扮起來,等待他們便了。准備網羅擒猛虎,安排香餌釣金鰲。(下)

(晁盖、吴用、公孫勝、阮小二、阮小五、阮小七、劉唐扮販枣客人上。唱)

【石榴花】則俺這朋儕義烈共同儔，爲劫生辰財寶定機謀。裝捏做經商厮混，隱密藏閫，乘機施妙手，將香餌下深鈎。

(吴用白)我們喬裝易服充做販棗經商，來此已是黄泥崗上，探聽生辰綱將次到來，須索依計而行便了。(晁盖、公孫勝白)謹遵妙計。只要賺取楊志入我彀中，其餘不足所慮。(劉唐白)待我先往前邊探他動静，以便誘他入彀可也。(晁盖、吴用、公孫勝白)説淂有理，就此迎上前去。(共走。唱)

羡只羡路平原，羡只羡路平原，見飛泉瀑布波聲溜，層層叠叠，雲蟠山岫。堪助取眼界凝眸，堪助取眼界凝眸，俺風塵輩可也無心究，須索向前路奔荒坵。

(共下)

(楊志、謝虞候押衆挑擔上)(共唱)

【好事近】兼行挨擠衆人稠，荷擔奔馳疾走。長途迢遞，炎天揮汗如流。

(衆作力乏歇介。白)阿呀！楊老爹，我們肩挑重擔，又遇這等炎熱天氣，况且如此促急催趲路程，致使我們汗流脊背，力乏筋疲，實是走不動了，只好歇息一會再行纔好。(楊志白)好胡講，這裏的地方恰好是歹人出没之所，怎生容淂你們在此歇息麽？(唱)

胡言亂謅，這黄泥岡豈可相留逗？

(衆人白)阿呀！老爹嗄！實是一步也行不動了嘘！懇求謝都管老爹，替我們方便一聲，奉勸楊老爹，略可相容寬緩，暫放我們歇息一回罷。(謝虞候白)老提轄，無奈遇此熱天，實係炎蒸酷暑，你我空身行走，尚然神疲力倦，何况他們肩挑重擔，自然是勞苦艱辛的了嗄！便可權放他們略坐一會，暫且歇息罷。(楊志白)阿呀！老都管，連你也是這等阿諛之言，此處乃是個緊要的險地，豈可在此歇息盤桓麽？(唱)

怎順他行逐浪隨波，若從權、恐生僝僽。

(謝虞候白)喲！那裏就有什麽强盗到來，便容他們歇息一會何妨？(楊志怒介)咳！這却如何使淂，起來與我挑着擔兒。快走，快走！（作赶打衆人介）（衆人白）阿呀！阿呀！不要動手，待我們勉力再走就是了。（謝虞候白）哎！還是寬容他們些罷。（作勸介）（楊志白）呔！誰敢不走麽？（急作赶打介）（衆作忙挑奔下）

（晁盖、公孫勝、吴用、三阮、劉唐推車上）（仝唱）

【鬬鵪鶉】驀過却陝嶺荒郊，驀過却陝嶺荒郊，凝望見堤岡高阜。鬱葱葱緑樹陰濃，鬱葱葱緑樹陰濃，鬧吱吱細蟬鳴晝。

（推車作上黄泥岡，將車八字放中場）（衆作望科。白）且喜來至黄泥岡上，大家推作乘凉。等待他們到來，豈不是好？（三阮、劉唐白）有理嗄！就到那邊坡前緩坐乘凉。（晁盖等白）説淂有理！雄豪多古意，臨眺共躊躕。（虚下）

（楊志怒容急上。白）哎唷，哎唷！罷了嗄，罷了！我在前邊探望消息，引路前行，誰想這些倔强的懶奴又落在後面了，這却怎麽處？可恨那謝都管全不同心合意，並不催趲他們，反自將言解釋。倘有踈虞，如何是好嗄？咳！我好恨也！（唱）

激淂俺怒氣衝天貫斗牛，他竟不念這番重委細躇躊。

（作向内。白）呔！你們還不快些走上來麽？只是這等慢騰騰，我却要狠狠的毒打了嗄！

（謝虞候作引衆挑擔人上。白）你們快快走動幾步，過却那高岡之處再作道理。快走，快走！

（衆作勉力挑擔上）（用長鑼鼓）（衆作丢擔亂跌介。白）阿唷，阿唷！就死也走不動了。咳！我們一般也是爹娘養的，這樣炎熱，身負重擔，那裏挑淂過岡去，難道是鉄漢麽？罷，就死也只好死在這裏的了。（謝虞候白）哎！楊提轄，不是我諄諄的相勸做人情嗄，這些健軍原是大老爺最也憐惜他們的，就有十分緊急軍務，尚且也還要體貼他們。如今看取這般形狀，那裏還走淂動？連我也覺十分倦乏，也只索在此堤邊權歇一回罷。（楊志白）咳！都管嗄，你但能做人情，教我寬解他們，只不知此地乃是個尷尬之所，倘有踈虞，你我這場重委，干係非輕。欲要避此險地，無奈衆人又寸步不能行動。若是寬容歇息在此，誠恐難免風波。哎

呀！我好焦躁也！（唱）

頓教俺憤懣填胸，頓教俺憤懣填胸，值此際事干掣肘。

（謝虞候白）老提轄，還須商酌緩款而行，不要這般性急。（楊志作嘆氣不語介）（衆白）望求老爹寬恩方便，我們是勞苦將斃之人了，如何掙扎淂動嗄？（唱）

【千秋歲】望哀求，奈酷暑難禁受，一個個苦累似蜉蝤，力弱神疲，力弱神疲，止剩淂喘吁吁微微氣吼。

（楊志白）你們説淂好自在話，我這番重委非輕，豈肯踈略怠惰。况聞此處呵，（唱）

黄泥嶺，多强寇，頻出没，無昏晝，須信言非謬。

（劉唐作望介，避介）（楊志見。白）阿呀，不好了！那邊竟有歹人窺探我們。咳，我也説不淂了。（急拔劍迎走。唱）

急趨迎奔逐，憑仗吴鈎。

（作赶至塲門口。白）呔！你們那處强徒，輒敢前來納命麽？

（晁盖等衆迎上。白）好漢此話從何而起？你們也是行路之人，我們也是行路之人，我們現有貨物車兒在此，怎麽説是强盗起來？我們呵，（唱）

【上小樓】做經營同伴友，值煩暑行匆驟，共停車暫憩乘凉，共停車暫憩乘凉。枣貨纖微，利覓蝇頭。

（楊志白）嗄！原來也是客商麽？阿呀！恕吾鹵莽，多有淂罪。（衆）我們楊老爹只管説此地却有强人出没，定要赶死的催促前往，難道這些販枣兒的客人都是不怕死的麽？一般也在此乘凉歇息。（謝虞候白）老提轄，他們也講淂有理嗄。且作從容，在此權歇一歇罷。（楊志作嘆氣介。白）咳！説便這等説，只是心上到底疑惑，不可久留此處。（作悶介）（晁盖衆人白）我們原到那邊陰凉之所少坐片時。（衆）有理。（共唱）

向堤邊自適徘徊，向堤邊自適徘徊，避消暑氣，權相生受，便趲程途，焉能坐久。

（作在一邊坐介）

（白勝扮作賣酒的挑酒擔上。白）賣酒嗄，賣酒！（唱）

【越恁好】村醪醞美，村醪醞美，盈桶面似碧波浮。

(白)賣酒嗄！(衆夫)阿呀，妙嗄！我們正在枯渴之際，大家買些酒吃吃，也好解渴消煩。(楊志白)唗胡講，你們歇息在此，我尚且提心吊膽，竟自還要買這裏的酒吃？況且此處强盗劫掠，慣在酒内放取蒙汗藥害人，你們連死活也不曉淂，還要買酒吃麽？(唱)

則這網羅機彀，招灾禍、自相投。

(衆白)老爹説淂這般利害，就容我們買些吃了，也好解解暑氣，消消渴吻，却不也是好麽？(唱)

方便處待人優，感激深厚。

(楊志白)誰敢買這酒吃，總是不許。(白勝白)這也可笑，怎麽將我賣酒的比做歹人起來？我這酒是挑下岡去賣與主顧們吃的哩。(唱)

怎説蒙汗藥他害人藏於酒，互相争也直恁胡厮耨。

(白)你不買，我挑上去賣與他們吃。賣酒嗄，賣酒！(阮小二白)呀！那邊有一個賣酒的挑來了。(晁盖等白)賣酒的，挑到這裏來，我們爲炎蒸煩渴，正好解暑充飢。(阮小二、劉唐白)快些挑來。(白勝白)嗄！來了，來了！衆客人們要買我的酒吃麽！(衆白)正是。快快歇下。(白勝白)嗄！是了，是了。(作歇介)(阮小二、劉唐白)你這酒要賣多少錢一桶？(白勝白)我這酒是不打價的，要賣五貫錢一桶。(晁盖等白)哎！五貫錢一桶，也不爲多，我們一齊吃些，正好解渴消煩。(衆白)有哩，嗄！快拿瓢過來。(白勝應，遞瓢介)(衆作共吃。唱)

【撲燈蛾】美甘甘麯蘖①潤咽喉，齊喳喳似吸海吞江溜。樂滔滔解渴消煩暑，意欣欣遇香醪輻輳。

(衆作共吃完介，給錢介)(劉唐)我還要再饒一瓢。(白勝白)喲！我這小本生意，那裏饒淂起這一瓢嗄！(劉唐奪介)嗄！我偏要饒些。(硬在桶内取酒介)(白勝白)咳！好胡鬧。怎麽自家亂動

① 應爲“蘖”。

起手來？（吴用白）我也要加一瓢做饒頭。（白勝白）阿呀！他是個蠢漢，要搶我的酒吃，你却像個斯文人，也是這樣没臉面？好胡鬧嗄！（作奪介）（劉唐先搶一瓢吃了）（吴用作也搶一瓢，作吃半瓢）（白勝赶奪，作繞場走介）（吴用作放藥在所剩的半瓢酒内）（白勝急奪取倒入桶内介）（白勝虚白介）（衆夫役白）你看那邊的這些客人都是買酒吃淂來，精神豪爽，解渴消煩，何等快活？那樣的受用！謝老爹，可對楊老爹説聲，做個方便，容我們也買些酒吃，大家也淂清爽清爽，消消暑熱勞苦，也是現在的功德好事嗄。（謝虞候白）嗄！老提轄，這些衆人們如此苦苦哀求，况有那邊這些販枣的客人安然無事，老提轄何淂如此疑惑？勸你休要執迷，做個方便的好事，容他們大家買些吃罷。（楊志作嘆氣介。白）咳！老虞候，你却如此做人情，越顯淂我是個不憐下的惡人了。罷，由他們去買來吃罷。倘有差池，也非是我一人之事耳。（衆聽言作喜色。白）哎呀！好了，好了！楊老爹開恩方便了。賣酒的，快些挑過來。（白勝白）嗄！你們説是有什麽蒙汗藥，怎麽又要買起來了？（謝虞候白）非是我賣好餙修嗄，奈因我也要吃些酒兒，以消煩暑。（楊志白）罷，罷，任憑尊意罷！（衆白）我們大家先敬了二位老爹，纔好一齊共吃，如何？（一半白）有理，有理。（作取酒介）二位老爹，先奉請些，我們衆人纔敢共吃。（楊志作不理介）（謝虞候白）老提轄不須煩悶。（取酒介）只等小弟奉酒相敬老提轄如何？（楊志白）喲！説那里話來，我吃就是了。（作勉强吃介）（謝虞候白）老提轄，若不寬飲一瓢，致使衆人們心下何安嗄？我和你大家先飲一瓢，好使衆人們放心共飲此酒。（楊志白）老虞候何須如此，大家吃便了。（作吃介）（衆作喜，共吃酒，隨口虚白）（唱）

喜孜孜對酒忘憂，興匆匆醉鄉樂事聖賢留。一個個沉迷顛倒，軟咍咍昏騰睡卧自難由。

（作俱各昏迷睡倒介）（晁盖白）好妙計嗄，好妙計嗄！你看頃刻之間將這些護送生辰綱的衆人一齊昏迷睡倒。（吴用等）趁此無人知覺，大家一齊動手，快將生辰綱財物拿回山莊便了。（衆白）

説淂有理，就此一齊動手。（作各各拿取，裝車背負走介）（劉唐指楊志、謝虞候白）只怕你這兩個狗頭身畔還有財物，待俺一并搜括了他的，豈不暢快！（晁盖、吴用白）罷了，讓他好做盤纏回去。（劉唐笑介）却也便宜了他罷，饒人多主顧。（諢介。衆走）（唱）

【紅繡鞋】羣雄施展奇謀、奇謀，生辰智取輕浮、輕浮。投村舍，敢停留，穿荒徑，路深幽。行踪速，怎追求。

（共下）（楊志作甦醒介。白）哎喲，哎喲！好醉殺人也！（唱）

【撲燈蛾】昏昏的神魂傾覆，恍恍的難分宵晝。酣酣的半晌眠，競競的心驚驟。

（作睁眼呆看。驚白）阿呀！罷了，罷了！我楊志也是個頂天立地奇男子，赤膽忠心烈丈夫。今番受梁大老爺委差押解生辰綱，誰想被這倔强的謝虞候不聽吾言，以致堕入奸徒機彀，將我等用毒藥迷倒，竟將生辰財寶盡行席捲而去。如今閃淂無門可入，無路可投，這便怎麽處嗄？有了，趁他們還在沉迷酣睡之際，我且捱到前途去覷個機會，若淂能以表白我這一片俠腸，也不枉我這段忠肝義膽也！（唱）

俺俠氣冲天，熱心空售。頓使俺束手無謀，想此去無處堪投，想此去無處堪投。前路茫茫，有誰人答救？氣填胸向何方申訴這冤由？

（下）（謝虞候、衆夫役陸續醒起介。白）阿呀！好醉死人也！（衆白）爲何我等都是這樣昏迷不醒，酣睡如泥，好生奇怪嗄！（謝虞候白）阿呀，不好了！這些生辰寶物都被强盗劫掠去了，怎麽處嗄？（謝虞候白）咳！不聽楊提轄之言，果被强人暗算，致遭劫掠，這事干重大，連你們也不好。如今怎麽處嗄？（衆夫役白）喲！這是虞候老爹做主，與我們什麽相干？（謝虞候白）好胡講！都是你們一路叫苦哀求，要在此歇息，所以禍遭不測，只是怎生回繳大老爺呢？我們被你們活活的害殺了嗄！（衆夫役白）老爹也不要埋怨了，大家商量個計較回覆主人，只要瞞淂過去，也就罷了嗄。（謝虞候白）咳！大家都是個死罪，還有什麽計策？（衆夫役白）老爹，楊提轄不知唬到那裏去了？（一半白）想必是懼罪脱逃了。我們都推在他身上,一面報官緝捕,一面速回大名府,只説楊志通同强盜,途中劫去生辰綱,也就脱了我們的干係了嗄。(夫役白)妙嗄!好計,好計!(謝虞候白)話雖如此説,只怕大老爺未必全信此言嗄!(夫役白)信與不信,只要脱了衆人的干係。(謝虞候白)還要大家把言語一口同音纔好。(夫役白)這個自然麽。(謝虞候嘆氣介。白)咳!誰想弄出這番事來嗄!(衆合唱)

【尾聲】無端被劫遭强寇,擄掠生辰用狠毒謀。及早去回覆恩東,將假言詞作浪謅。

(共下)

第廿四出　銀嶽峰頭獻玉芝

(衆小太監引梁師成上。唱)

【北粉蝶兒】帝里風光,受用這帝里風光,又早到别洞天方壺蓬閬,安排下錦繡排場。還准備調鶯歌,催燕舞,宸遊歡賞。

(白)咱家梁師成,今日皇爺在艮岳筵宴禁近大臣,咱是提督官使,已命衆宫娥在四山採取花卉,獻舞侑觴。衆都知各分職事去了,金爐香起,聖駕從複道來也。(唱)

遥望見寶篆浮香,大古里鑾輿將降。

(下)(場上安寶座、高桌)(内奏樂,内侍官女執提爐、掌雉扇。梁師成、宿元景引徽宗上。白)玉律動年華,城連禁苑斜。輕輿臨太液,湛露酌流霞。寡人即位以來,且喜四境清寧,萬幾多暇。年來新成艮岳,别闢離宫,收山水之清音,焕星雲之傑構。今日宫庭無事,特宣禁近大臣到介亭錫宴。梁師成過來,衆大臣到齊了麽?(梁師成跪白)衆大臣早在陽華門伺候。(徽宗白)宣上介亭。(梁師成起介。白,向内)聖上有旨,宣衆大臣上介亭見駕。(内)領旨。

(蔡京引衆文臣上。白)瓊液總頒仙掌露,金枝斜插御筵花。(作進跪介)臣蔡京等見駕,願吾皇萬歲、萬歲、萬萬歲!(内侍白)平身。(衆)萬歲。(起介,分左右站介)(徽宗白)韶華日永,魚鳥親人。時邀諸卿前來,共咏嘉魚,載歌鳴鹿,毋拘算爵,以慰朕懷。(衆跪介)明良致慶,自古爲難。魚水相投,于今再見。臣等深慙麟楦,膺玉階袞繡之榮;恭遇龍飛,負金鼎鹹梅之任。喜淂天開景運,時際雍熙。草木增輝,禽魚叶瑞。趨瞻聖壽,敬獻瑶觴。(衆起介)(内奏樂,衆當場齊跪介)(内侍作遞酒,蔡京作介,酒介)(内侍分左右抬矮桌上,于御座傍分八字擺介)(蔡京作進酒介)(衆唱)

【南好事近】別殿起芬芳,錦繡雲霞千狀。介亭峰起,俯臨萬壑蒼茫。合詞稽顙,晋春杯,人在青霄上。拜氍毹天保長歌,酌瓊瑶既醉成章。

(曲内做起,各入席介)

(衆宫娥、小太監各攜花籃内放花枝上,跪介。白)奴婢們採花進獻。(梁師成)衆宫娥所採是何處之花?一一奏來。(宫娥白)奴婢採的東嶺紫石岩各處之花。奴婢採的西嶺羅漢岩各處之花。奴婢採的山南鴈池前後絳霄樓各處之花。奴婢採的山北景龍江岸壺春堂各處之花。(唱起介。仝唱)

【北石榴花】則見那瓊葩繡蕚滿西莊,煞强似金谷與河陽。誰知道香浮東嶺,惹的蜨浪蜂狂。那南山雲作幔,北岫錦爲裳。爱只爱艷晶晶,爱只爱艷晶晶,陟絳霄城似芙蓉帳。因此上填成花榜,赤緊的穩住花房,赤緊的穩住花房。早則是�籃盎,急煎煎走過景龍江。

(徽宗白)萬紫千紅,莫名其狀。真可爱也!(唱)

【南好事近】清芳珠箔鬬紅粧,似霓裳仙子,舞袖飛颺。幾年種淂,琪花瑶草成行。良辰美景際昇平,渾似花模樣。暖溶溶富貴繁華,露垂垂酒醴笙簧。

(宫娥、小太監持金芝二樹上。跪介)奴婢奉旨採花,特來獻瑞。(梁師成白)宫娥所進之花有何祥瑞,奏來。(宫娥白)奴婢奉詔採取名花,到的南山兩峯之下,忽見異光熠煜,元來一叢金芝。奴婢呵,(仝唱)

【北鬬鵪鶉】都只爲博採名花,都只爲博採名花,踱過了南山碧嶂,恰怎的灼灼光華,恰怎的灼灼光華,直摘淂金芝在掌。渾不是嫩緑殷紅淺淡粧,姊妹喜如狂。似擎出漲海珊瑚,似擎出漲海珊瑚,敢上請天顔鑒賞。

(徽宗白)看他靈根蟠错,寶葉蟬聯,非衆花卉可比。宫娥們,合舞一回者。(衆宫娥起介)領旨。(作舞介)(仝唱)

【南撲燈蛾】密層層綺霞繞赤墀,嬌滴滴錦雲排仙仗。香馥馥珠箔前,楚臻臻玉佩天香。怎如㬈亭亭瑞凝三秀,一枝枝瓊田裡映明璫。多應是山靈献瑞,整齊齊連歌帶舞媚君王。

(衆文臣起介)(跪白)王者有道,則生芝草,食之令人長壽。今日聖駕遊豫,淂此嘉祥,臣等不勝歡忭,亟宜宣付史館,昭示來兹。(唱)

【北上小樓】喜孜孜天瑞開,光燦燦地呈祥。都只爲有道朝廷,都只爲有道朝廷,佳氣扶輿,至治馨香。臣何幸盛軌奇逢,臣何幸盛軌奇逢,垂諸竹帛,千秋緬想。降玉音長承天貺。

(徽宗白)瑞草駢生,山靈感應,可即名此峯爲“壽峯”。(衆)領旨。(作起介)(徽宗唱)

【南撲燈蛾】艮爲山方向,岳是山形象。賜與他壽字名,纔見他壽山長。想當初排空艮岳,神言非謊,到而今燦爛芝光,隐隐的色映朝陽。

(衆合唱)

惟願取河山永固,君臣同德慶明良。

(徽宗起介。白)寡人今日可謂不虚此遊也。(唱)

【北尾聲】宴將闌,花争放,携淂金芝滿袖香,須知道佳瑞頻開化日長。

(衆文臣作跪送徽宗下)(衆文臣分下)

第三本

第一出　魯達强投寶珠寺

(衆僂儸引鄧龍上。白)佛國紺爲宇,窩巢鐵作關。誰知“金眼虎”,占住二龍山。我乃“金眼虎”鄧龍是也。秉性强梁,生成横暴,曾在這二龍山寶珠寺出家爲僧。只爲心要返俗,因此將本寺住持并一切僧人趕逐下山,招集僂儸築起關隘,每日打家劫舍,致命圖財。我想做和尚那有做强盗的好?只是一件,聞淂官兵要來勦捕,也不可不用心隄防。今日閒暇無事,不免將新到僂儸的武藝操演一番。衆僂儸,你們值日的照常下山哨探,其餘新到僂儸聽候操演。(僂儸應介。向内白)寨主有令,新到僂儸聽候操演。

(衆僂儸各拿器械切末上。白)上山擒虎豹,下海捉蛟龍。大王在上,新到僂儸叩見,願大王千歲千千歲。(鄧龍白)你們既來投我,可知我這里大秤分銀,小斗分金,只是你們也要有些武藝纔好。(衆僂儸白)小的們不瞞大王説,十九般武藝件件皆通。(鄧龍白)只有十八般,爲何有十九般?(一白)小的還會盤杠子、打筋斗諸般雜耍。(鄧龍白)一個一個逐件試來。(衆作試舞各樣器械各諢介)(鄧龍白)你們武藝平常,且在山中學習。衆僂儸,爾等試舞與他們看者。(衆僂儸應,試舞介)(鄧龍白)爾等聽我吩咐:(唱)

【解三醒】占名山逋逃淵藪,防擒捕演習戈矛。打家劫舍逞强鬭,不比那穿窬剪綹。閒時緊把三關路,對陣須争上將頭。

(白)且隨我到山后操演籐牌去罷。(衆仝唱)

憑傳授,須要人人虎豹,個個貔貅。

(魯智深上。唱)

【降黄龍】運蹇時乖,雲水爲僧,踏遍方州。看了些朝烟暮靄,野草閒花,村店山郵。

(白)我魯達自從在野猪林救了林教頭,送他直到滄州,然後回去。那裡曉淂那兩個鳥公人在高俅面前搬鬭是非,竟釘①恨洒家。吩咐寺中長老,不許俺掛搭,又差人來捉洒家,幸淂菜園裡那些潑皮報信,方纔走脱。在江湖上躲了些時,終無良策。一日來到孟州十字坡,被酒店婦人將蒙汗藥把洒家麻翻,正要下手,

① 應爲"銜"。

幸他丈夫回來，見了洒家禅杖、戒刀，喫了一驚，因此將俺救醒，又與洒家拜爲弟兄。你道是誰？原來江湖上有名的叫“菜園子”張青、“母夜叉”孫二娘。他見洒家無處投逩，又指俺一個去處，説這裡二龍山有個寶珠寺可以安身，所以洒家特地逩來。（唱）

恩稠指吾去路，未知安身能否。且喜淂穿林踏蹬，望見山頭。

（二僂儸暗上，作打扛子）（魯智深作回身打倒二人，拏住介。白）你那兩個鳥漢子，爲何暗筭起洒家來？（僂儸白）師父放手，我們有眼不識泰山，求饒狗命。（魯智深白）且放你起來講。（僂儸白）小人是二龍山的僂儸，出來哨探的。（魯智深白）元來如此。我正要投二龍山，快去通報。（僂儸白）請問師父，要來入夥麽？（魯智深白）正是。（僂儸白）只怕不能，我這里寨主利害，現成和尚都趕淂乾净，怎麽肯容留你？况且一山不容二虎，請别處去罷。（一白）這里名唤二龍山，有了師父，與我寨主正是天生一對。（魯智深白）這小厮會講。快去通報。（二僂儸應下）（魯智深白）你看百仞懸崖，三關雄壯，真好去處也！（唱）

【黄龍滚】山形似偃虬，山形似偃虬，四壁懸崖陡。關勢比虎牢，一夫扼險千夫走。只要他下士延賓，自風雲輻輳，管教事業成，英雄聚，聲名茂。

（場上作擺關一座）（衆僂儸引鄧龍上。白）呔！你那和尚，有何本領，來奪我的山寨？（魯達白）不是洒家來奪你的，你這寶珠寺元是僧家住持，洒家特來掛搭，帮你支持山門，還怕不好麽？（鄧龍白）莽和尚，我這里現成和尚都趕散了，又豈容你掛錫？你只問我手中軍器，他若肯時就留你。（魯達白）不留也罷，怎麽反出惡言？這等我先除了你如何？（作戰介）（鄧龍被踢傷小肚介。鄧龍敗下）

（頭目上，與魯智深戰介，頭目敗下）（魯智深白）那厮被我踢傷小肚，敗入去了。怎麽緊閉關門，待我打將進去。（作打關介。唱）

【又一體】關門守備周，關門守備周，獨力難攻透。

（白）呔！你那撮鳥，還不開關，我就要放火燒你娘！（唱）

任怒髮冲冠，空把雙眉皺。

(衆僂儸作上關放箭介)(魯智深作敗科。白)他關上到有准備。也罷嗎,在此肚中饑餓,不免到前面酒店中吃些酒飯,再作計較便了。(唱)

只滘暫回苑店,且數錢沽酒,增氣力,尋策籌,來戰鬭。

(下)

第二出　二龍山曹正賺關

(曹正上。唱)

【燕歸梁半】寄跡經營,貿易通情,投分識英雄。

(白)遇客情投順,皆同異地人。海内存知己,天涯若比鄰。我曹正本貫河南人氏,祖傳屠户爲業,慣會宰殺牲口,人都唤我爲"操刀鬼",精通鎗棒,膂力過人。當年曾授於林武師教下,前歲來至山東營運,豈料本錢折盡,所以流落在此,難以回鄉。只滘開個酒店,權且度日。近有魯提轄,爲因救了我師父林冲,以致高俅結怨,遍處嚴查,所以潛避到此,意欲奪取二龍山寶珠寺,以作棲身。奈彼有鄧龍雄霸山隘,幾次相持,未能如願,是我款留在家,且作徐圖機會便了。(内作怒聲介)你聽他雄吼之聲,想他出來也。

(魯智深上。唱)

連朝鬭勇,怒冲霄,雄心憤恨難容。

(見介)(曹正白)魯大哥,你權且耐性在小店住下,不必十分焦躁。(魯智深白)咳! 曹兄弟,雖承你的美情,在此攪擾,甚是不當。况你是小本經紀,我若久居於此,如何使滘? 我今乘早到那寶珠寺去,定要結果那厮,占奪山隘,方遂平生之願。(曹正白)大哥雄心烈性,自屬天然,小弟難以阻擋,當以准備酒飯,專候回家過午便了。(魯智深白)多謝賢弟盛情。(曹正白)小弟恭候,就請回來嗄。(魯智深白)自然就來。(曹正下)(魯智深走介。唱)

【縷縷金】英雄性,慣縱横,堪恨强徒輩,輒敢肆行兇。二龍山疾獻,寶珠當奉。若然違拗不相從,頃把殘生送,頃把殘生送。

（魯智深下）

（楊志上，嘆聲悶狀介。唱）

【解三醒】歎時乖頓招灾偬，值顛沛禍事遭逢。怪無知虞候心懞懂，將吾言語不依從。

（白）我楊志爲護送生辰綱，豈料同伴謝虞候不聽吾言，多般違拗，誰想在黄泥岡被强徒暗算，竟將生辰禮物盡行劫去，害淂我無路可投，如何是好？咳！想我一世英雄，就便如此結果了麽？（唱）

騰騰怨氣衝霄漢，凛凛雄風透碧空。憑誰控，看茫茫前路，問若個英雄。

（白）一路行來，甚是饑渴。（作看介。白）這裡有個酒店在此。（作做身邊無錢勢介）咳！不要管他有鈔無鈔，且進去沽飲一回，再作道理。店家有麽？

（曹正上。白）黄土泥墻壁，青旗插樹梢。（見介）哎喲！好個青臉的漢子，可謂奇形怪狀嗄。（楊志白）酒家，你店中可有好酒好食物麽？（曹正白）酒菜都有，請到裡邊坐。（楊志作進内坐介。白）有酒肉儘着拿來。（曹正白）這位客官，想是來路遠，甚是饑渴了。（楊志白）店家，快些拿酒肉來。（曹正白）嗄！來了，來了！（作拿酒肉放介）酒肉在此，客官請用。若是不勾，待我再去取來。（楊志作飲酒吃肉介）（曹正白）客官爲何這等性急，請慢慢的吃罷了嗄！（楊志緊吃介）哎喲！好爽快嗄！（唱）

【又一體】渴飲饑飡形勢勇，似吞江吸海蛟龍。

（作又飲酒吃肉介）好嗄！店家，（曹正應介）（楊志唱）

與我盤添食物壺投甕，多餚饌暢心胸。

（曹正白）有嗄。待我再取來。（作急又拿酒肉介）自古有心開飯店，那怕大腹漢嗄！客人，又是酒肉拿在此了。（楊志吃介）妙嗄！（曹正白）客人的酒肉之量竟也來煞淂哩。（楊志飲介）店家，（唱）

我只爲連朝未遇充饑店，幾夜權棲古廟中。

（又吃介）（曹正白）哎喲！像個幾日幾夜不吃東西的。客人，可要再添些酒肉來麽?(楊志白)不消了。我已覺醉飽,不吃了。(曹正白)既是吃彀了,待我算算賬罷。五壺酒四觔肉,一共是六錢五分銀子。拿戥子來稱銀子,會賬會賬。(楊志白)店家。(唱)

你休相閧,

(白)我爲這一路來呵,(唱)

只這囊空消乏,爲奔走途窮。

(曹正白)阿呀!這途窮不途窮,我那裡管淂,只要還錢。(楊志白)我對你講,寔是身邊並無一文,暫且記在賬上,改日來還你便了。(曹正白)咳!説這樣自在話,我這酒肉怎肯教你白吃了的麽?休要没體面嗄,快還我的酒肉來,不要惹我淘氣嗄!(楊志白)哎!這厮好可惡,我説改日還錢,竟不通情,到要和我惹氣呸。看你有甚本領,輙敢如此逞兇麽!(曹正白)你這無耻光棍,白吃了東西到説我逞兇?索性給你没體面。(作脱衣介)呔!你這無賴的强徒嗄!(唱)

【太平令】我性暴難容,頃刻教伊命必終。

(楊志撩衣勢介)

諒汝無知螳臂成何用,敢尋鬭决雌雄。

(曹正撲楊志,被楊志踢倒介)(欲攀拳作打勢介)

(魯智深上。白)步履如飛箭,忙回酒肆中。(作見曹正被跌倒,急勸介)(魯智深白)住了,不淂動手嗄。(楊志作回看介。白)汝是何人,擅敢捧住我的拳頭麽?(智深白)是洒家在此,你便不服麽?(彼此認介。白)嗄!原來是楊制使,爲何在此厮鬧?(楊志白)哎!莫非是魯提轄麽?你却爲何這般打扮?(曹正爬起介)(曹正白)嗄!原來就是楊制使,大哥若是説出姓名,早已接待了,還敢索取酒錢麽?(智深白)請問楊制使,因何到此呢?(楊志白)一言難盡。我爲窮途落魄,出於無奈。敢問此位大名?(智深白)此乃是曹正兄弟,混名“操刀鬼”,最有義氣肝膽。洒家承他美情,已在此相擾四五天矣。(楊志白)原來如此,方纔多有淂罪,望勿介意。(曹正白)豈敢。小弟久仰制使大名,幸淂今日相逢,足慰平生之願。且請小店坐下,慢慢細談。(智深白)有理。(遜進介)(曹正向内介。白)小二,准備酒餚,豐盛些擺上來。(智深白)洒家早飡未餒,楊制使又方纔用過,少間一齊暢飲罷。(曹正白)如此少停,二位大哥請坐了。(各坐介)(楊志白)請問魯提轄,小弟雖叨鄉誼,未識因何有此出家之事,乞道其詳。(智深白)小弟的情緣一言難盡。(楊志白)願聞其故。(智深白)初起釁端,事出非常之禍。(楊志白)却爲因何而起呢?(智深唱)

【風入松】爲狂徒强霸起波瀾。

(楊志白)那强徒那是何等樣人呢?(智深白①)

奸狡鄭屠村漢,被我揮拳立斃除兇患。

(楊志白)如此弄出個人命官司罪案來了嗄!(魯智深唱)

逃向東京寺爲僧脱難。

(楊志白)嗄!所以聞説在東京大相國寺剃度爲僧,却又因何來到此處呢?(智深白)後來又爲林冲大哥被高俅陷害,是我救取,脱離此禍。(楊志白)可就是八十萬禁軍教頭林武師麽?(智深白)正是了麽。(曹正白)這就是小弟的師父了嗄。(楊志白)嗄!原來如此,那林武師我曾會過的,果然是個英雄豪傑。(智深白)所以小弟呵,(唱)

避高俅禍奔馳憚煩,

(白)如今來到此地,(唱)

欲圖踞二龍山。

(楊志白)嗄!原來有這番險難的勾當,實乃是豪傑所爲也!請問這二龍山既欲取占,何不早爲之計呢?(智深白)洒家即欲謀占,不想鄧龍那厮十分强横,與他争奪厮鬬,將他踢傷小腹。他見敵我不過,緊閉上三座石關,由咱百般侮駡,只做不聞,爲此無可奈何。欲要謀占這山寺,竟無善策可圖矣。(楊志思介。白)呸!這也甚是難以處分也。(曹正白)便是呢。(智深白)請問大

① 應爲“唱”。

哥因何至此，未知將欲何往？（楊志白）小弟之事，一言難盡。（智深、曹正白）願聞其故。（楊志白）小弟自從賣刀起禍，殺死强徒，惹出官司。（唱）

【又一體】身充罪配解邊關，發衛所作大名軍犯。

（智深、曹正白）如此也受取一番苦楚了。（楊志白）苦楚雖曾受過，幸蒙梁大老爺格外垂青，辦差委用。（唱）

爲東京慶祝生辰誕，送禮物資裝公趕。至山左遇强徒聚儹，遭擄掠，受摧殘。

（智深、曹正白）既是委差被劫，怎生回覆本官呢？（楊志白）教我如何回覆官府？只浔躲避到此，欲往梁山去潛踪避跡，未知二兄將何指教否？（曹正白）制使嗄，若説梁山泊，断断不可前去。（楊志白）却是爲何？（曹正白）那梁山泊雖然是個有名去處，叵耐王倫這厮性忌量窄，不能容人舒展。我師父林教頭受他許多悶氣，豈是豪傑棲身之所？（智深白）果然聞説此人極是狡詐，鄙吝不堪。（曹正白）莫若尊駕帮助魯大哥占取二龍山，勦滅了鄧龍，做個寨主，也强是在那王倫手下受此委曲，豈不是好？（楊志白）此言甚是有理，但不知那鄧龍是何等樣人，那山下的關門爲何這等嚴緊，可還有别路相通麽？（智深焦躁介。白）咳！若有别路相通，洒家也等不到今日了。（曹正白）那鄧龍原係二龍山寶珠寺的還俗和尚，混名叫做“金眼虎”。（唱）

【急三鎗】他張威霸，能劫掠，稱英漢，相盤踞，二龍山。

（楊志白）可知那厮的本領若何呢？（曹正唱）

論武藝，多强勇，誇雄悍，踞三座，石門關。

（楊志白）爲今之計，未識將何處之纔好？（曹正白）我有一計在此。那鄧龍被魯大哥踢傷小腹，深所痛恨。如今假言説這和尚在我店中吃酒，不肯還錢，反將衆人打罵，又要叫我們一同前來搶奪寶珠寺。故此將他灌醉，綁縛前來請功受賞，那鄧龍必然相信。即便呼唤我們，認爲心腹，將綁魯大哥繩索做就活套兒，楊大哥一齊混在衆庄民之内，各執器械，只像防備一般。到彼時抽開魯大哥套索，一齊動手，頃刻大事可成也。（楊志、智深白）好妙計,好妙計!作速依計而行,不可遲悮。(曹正白)我們竟到店後去唤齊莊民,就將魯大哥假作綁縛起來,一同前去便了。(楊志、魯智深白)有理嗄,有理!(下)

(衆僂儸引鄧龍上。仝唱)

【風入松】遭讒被侮刼難安,怒氣填胸難按。待復讎解釋喬公案,誓滅取那秃厮惡犯。

(白)俺鄧龍驍勇絶倫,無人敢犯,不道近日有一無知和尚擅自前來,要奪取寶珠寺院,占我二龍山寨。與俺鬬勇争持,不料被他踢傷小腹,甚爲可恨。俺雖則閉關納悶,誓必殺刼那野僧,方雪我恨。

(雜扮衆鄉民上。白)走、走、走!關門上那位在?

(一僂儸上。白)你每是什麽人?(衆鄉民白)我等衆鄉民拿住了胖和尚,綁縛前來獻與大王。(一僂儸白)住着。稟上大王,石關外有無數鄉民拿住了胖和尚,綁縛前來獻與大王,以報前讎,表刼衆莊民感戴大王一方庇護之恩。(鄧龍)這也多虧衆莊民一段敬誠之意。既是拿住了那野和尚,與我綁進來,待我剜出他的心肺,將來下酒,以復前讎。(衆僂儸白)得令。大王有令,着衆莊民將胖和尚快快綁進來!(衆應介)

(楊志、曹正俱扮莊民模樣,同衆莊民假綁魯智深同上。唱)

擒獲取麠僧緊拴,持矛盾緊防閑。

(作見介。白)鄧大王,我等衆莊民感激大王,特拿這野僧到來,獻上大王。(鄧龍白)好嗄!難爲衆鄉民爲我復讎,着寔多謝你們。衆僂儸!(衆應介)(鄧龍唱)

【急三鎗】將這野和尚,用剛刀剁,把身首弗,我要食取他的獸心肝。

(衆僂儸應介)(作欲動手介)(楊志、曹正作即解智深綁索介)(衆莊民俱將利器遞與楊志、曹正、智深,即將鄧龍攢簇介)呔!你奸頑惡奴,還敢口出大言,要剜那個心肝嗄!(鄧龍作驚慌介。白)阿呀!罷了,罷了!中了他們的奸計了。(忙搶莊民器械勉强支持介)(被楊志、魯智深、曹正用鎗、棍、刀攢住介。三人同白)你這惡奴賊子嗄,(唱)

勦奸奴，難逃命，無多限，頃教你，立摧殘。

(作殺鄧龍下)(智深白)好快活，好快活！今日纔奪取了寶珠寺二龍山，淂遂吾願矣。此皆多蒙楊大哥、曹兄弟之所賜也。(楊志白)今日寨中所有諸頭目、衆僂儸等，願淂相從者留在寨中，如有不願者一齊斬首，不淂容留。(衆僂儸白)小的們俱願順從三位寨主。(楊志、智深、曹正白)既然如此，俱各收留部下。吩吩①宰取猪羊，犒賞衆家莊民與投降的手下。(衆應介)淂令。(曹正白)我等今日占取二龍山，須要定個次序，魯大哥居首，楊大哥居二，小弟居三。今日慶賀山寨，大家開懷暢飲便了。(楊志、智深白)說淂有理。請。(各遜介。唱)

【風入松】欣逢泰運共追攀，聚集英豪稀罕。寶珠寺院稱奇梵，二龍山增輝光燦。祛暴逆定方隅晏安，重新建石重關。

(下)

第三出　黑三郎無心納妾

(張文遠上。唱)

【引】對面無緣，枉自饞涎空嚥。

(白)姻緣姻緣，事非偶然。謀事在人，成事在天。我張三郎半世風流，一生落寞，前日遇見那女郎十分標緻，滿望偷香窃玉，與他鳳倒鸞顛，不意就是宋公明所定的偏房，今日做親，教我做了一場春夢，好敗興。

(王婆上。白)媒婆媒婆，兩脚奔波。成的日少，說謊時多。張相公爲倽了氣唔，唔坐來裏。(張文遠白)王老媽，我想你那料能勢利。(王婆白)爲倽了？(張文遠白)不常對子我張相公啚里，要我看巷門料，亦是派子閘草夫求相公，替我拿個手本批免子我勿知照料子你幾哈。就是個閻婆惜，倒對宋相公做媒人，我是丢子半邊去哉，那料能可惡。(王婆白)我哈勿曉淂張相公要納寵介，

① 應爲"咐"。

那間也勿難，還有一個十足標致個來厾。（張文遠白）憑你標致，那里到淂閻婆惜來介？（王婆白）好嗄，標致嗄！即是年紀小些。（張文遠白）幾歲哉？（王婆白）開新年三歲哉。張相公再等十七年就做親便罷。（張文遠白）亂話，忒煞小。（王婆白）年紀雖小，倒是梅花脚指頭。（張文遠白）狗哉！（王婆白）畜類嚼蛆。今日宋相公做親，閻阿媽叫我請相公陪子宋相公過門料。（張文遠白）去也没興，勿去哉。（王婆白）要去吃呷喜酒個，宋相公那料勿見？（張文遠白）方纔承行子一件事，務請去吃東道哉。就來也。

（宋江上。唱）

【引】館舍蕭然，良夜交歡燕婉。

（張文遠白）宋兄，好春色偏背我。（宋江白）淂罪，淂罪！（王婆白）宋相公。（宋江白）王媽媽那裏來？（張文遠白）阿呀！今日乃兄喜期，王阿媽來裏子半日哉。請小弟奉陪。（宋江白）我倒忘了，既如此，同行。（走介）（王婆白）轉彎抹角，此間已是。請進。（向内介）妹子，張相公、宋相公來哉。

（閻婆上。白）姻緣本是前生定，曾向蟠桃會裏來。（見介）多蒙相公不棄葑菲，使小女終身有託，即備魯酒，以爲合巹之盃。（張文遠白）阿曾叫掌禮人吹打個？（王婆白）宋相公説免子罷，一應相伴賓相盡是我哉。（張文遠白）那哼纔是你。（王婆白）包三局個，等我來伏以伏以，我個兒子你出來罷嘘。

（閻婆惜上。唱）

【引】虚左堂前，此日紅鸞光顯。

（王婆白）竟行小禮罷。（見宋江介）（王婆白）見子張相公。（張文遠白）尊嫂。（王婆白）定席。（張文遠白）极哉，极哉！小弟占了。（閻婆惜送酒介）（同唱）

【海棠沉醉】【月上海棠】（首至五句）酒似泉，盃浮琥珀光兒倩，看五陵俠少，裘馬翩然。幸蔦蘿附木纏綿，更免絲從風婉轉。

（閻婆唱）

【沉醉東風】（合至末句）念奴暮年，念伊少年，形影弔處相依在故園。

（閻婆惜唱）

【姐姐插海棠】【好姐姐】（首至合）枉然小星光絢，姤娥眉入宫難免。怕形孤友鳳，更影隻文鴛。

（張文遠白）請尊嫂放心，宋相公不是這等人。（唱）

【月上海棠】（四至末句）喜今朝二姓交歡，管異日百年姻眷。

（王婆唱）

還須羨我月下冰邊，拈成繾綣。

（張文遠白）我裏勿要勿知趣，別子罷。（閻婆白）再請少坐。（張文遠白）勿坐哉，天上碧桃和露種，日邊紅杏倚雲栽。（下）（王婆白）送入洞房。這裏來。（閻婆白）待我取茶來。（王婆白）大姐耐些兒，妹子我去哉。（閻婆）今晚住在此罷。（王婆白）我個娘屋裡無人料，兩隻鷄勿曾罩來。要歸去個。（閻婆白）待慢你。（王婆白）等我替你净子個哆哈碗盞去。（下）（閻婆惜白）相公，奴家種玉不虛，破瓜無負，今夜淂侍君子，真個三生有幸，百歲多緣。（宋江笑，不語介。唱）

【撥棹入江水】【川撥棹】（首至合）三生願，喜燈前繡帳懸，擁鴛衾夢繞巫娟，擁鴛衾夢繞巫娟。

（閻婆惜貼宋江臉笑介。唱）

但荳蔻含胎可憐。

【江兒水】（合至末）須要款款輕輕，呵護香温玉軟。

（宋江唱）

【玉枝帶六么】【玉嬌枝】（首至二）酒闌人倦，我眼朦朧神思黯然。

【六么令】（三至末）娘子，你燈前絮語煞堪憐，奈樵樓鼓，五更天，黑甜鄉裏周公戀，黑甜鄉裏周公戀。

（困介）（閻婆惜勾宋江頭頸介。白）正是夜深了，我每去睡罷。相公。（連叫介）（宋江不應介。白）啐！遇着這等一個俗子，豈不辜負奴家終身也。（唱）

【園林帶僥僥】【園林好】（首二句）擬今生人圓月圓，到今宵情憐意憐。

【僥僥令】（末二句）看他月思風情曾不辨，教我寂寞若爲妍，珠淚漣。

（白）相公，這裏有風，裏面去睡罷。相公，相公。啐！原來是個蠢東西,樓前鐘鼓遞相催,温嶠終虚玉鏡臺。(下)(宋江)醉了。娘子,娘子。已去睡了。我也去睡罷。此夜断腸人不見,起行殘月影徘徊。娘子,房在那裏?(隨口下)

第四出　幸知風何清領捉

(何濤上。白)限棒頻敲劇可憐,無頭案件尚茫然。緑林强暴潛何地,若個能將消息傳。自家濟州府堂上緝捕頭兒何濤便是。只爲黄泥岡上失去生辰綱一案,梁府虞候到府報明被劫情由。本官着落我等緝獲,三日一比,十分嚴禁,已經受責好幾限了,怎奈毫無影響。今日又值限期,將我臉上刺上迭配州字樣。若再緝獲不着,就要把我填上遠惡軍州。咳!這是那裡説起。夥計們那裡?快來!

(衆緝捕應。上)當堂慣喫遭冤棒,背地常分造孽錢。(見介)何大哥,這一限怎麽樣了?(何濤白)還要問?看我的臉上嚧。(衆緝捕白)阿呀!正是爲什麽刺上了字?(何濤白)太爺怪我緝獲不力,將來先要刺配我到遠惡去處,你們還不上緊些兒?(衆緝捕白)我們非不上緊,怎奈這一案并没有一些頭緒,叫我們也無可如何。(何濤白)如今也説不淂這話了,快快四散分開,去用心嚴緝。或者天可憐見,有些影響也未可知。(衆緝捕白)是了。我們就此分頭而往便了。(何濤白)快些去。(衆緝捕應介)當時曾不相廻避,此日偏教成脱逃。(下)(何濤白)衆人已去,但願即日獲着了便好。心緒不寧,且到家中走走再處。(行介)咳!正是愁腸百結憑誰解,苦况一身只自知。(到介)來此已是家下了。娘子那裏?

(何濤妻應上。白)釵荆裹布安貧賤,晚汲晨炊忘苦辛。(何濤坐介,歎氣介)(何濤妻白)阿呀!官人面上如何刺了字,又是這等嗟歎之聲,却爲何來?(何濤白)阿呀!妻嗄,不好了嚧!(哭介)(何濤妻白)畢竟爲着什麽,可快説與做妻子的知道。(何濤白)妻嗄,(唱)

【金絡索】【金梧桐】(首至五)冤愆不自由,災禍非人搆。厄運遭逢,官法難寬宥。

(何濤妻白)今日限期,想是又受了責了。(何濤白)若是責打幾下倒還罷了,你看嘘,將我臉上刺着"迭配州"字樣,下限如緝不着,先要充配到遠處哩。(何濤妻白)阿呀!原來有這等事。這便怎麽好?(相抱哭介)(何濤唱)

無端要戍海陬。

【東甌令】(二至四)命應休,骸骨將來倩若個收。

(何濤妻白)那到淂就如此,再莫説此不利之言。(何濤白)我想起來,與其遠配受罪,倒不如先尋個自盡了罷。妻嗄,只是苦了你了!(何濤妻白)官人,你何出此言,切不可胡思亂想。(何濤白)我那妻。(何濤妻白)丈夫。(何濤唱)

指望百年好合長厮守,

【鍼線箱】(第六句)誰料半路抛離不到頭。

(白)今日裏,(唱)

【解三醒】(第七句)是分飛候,

【懶畫眉】(第三句)同林鳥散兩難留。

(各哭介)(合唱)

【寄生子】(合至末)最苦是生也躭愁,死也懷憂,總没個誰憐救。

(各坐哭介)

(何清上。唱)

【劉潑帽】生來好賭兼貪酒,只圖個貫百搜求。誰知命運不即溜,輸淂精光酒水也難沾口。

(進見介。白)哥嫂拜揖。(何濤妻白)叔叔。(何濤白)你是何清嗄,去賭你的錢罷了,到此做什麽?(作背坐不理介)(何清向何濤妻介)(何清白)哥哥忒煞無禮,我雖不成人,到底是你同胞手足,怎麽直呼其名,如此相待?(何濤妻白)叔叔休怪,你哥哥爲黄泥崗一案,官府嚴比,臉上已刺了字,緝獲不着就要發配到遠處,正在此愁苦,所以没好氣。(何清背作私語,點頭介)(轉向何濤妻介)(何清白)原來這樣。這是小事罷了,也值淂煩惱?(何濤妻白)叔叔倒説淂好,性命相闗,豈是小事?(何清白)這樣事若與做兄弟的商量商量,或者倒有些線路,亦未可知。(何濤妻白)嗄!叔叔知道麽?既如此,何不救救你哥哥?(何清白)此時尚早哩,直待至危至急了再處,我去了。(何濤妻白)叔叔千萬不要去。官人來,黄泥岡之事,叔叔倒有些知風,可快快去問他。(何濤白)嗄!不信有這等事。(何濤妻白)你去問他,叔叔是喜飲一杯的,我進内去收拾酒餚出來,你弟兄對酌細談。(隨口下)(何濤白)兄弟,此事你果然知道些影響麽?(何清白)曉淂是或者倒曉淂些兒,只是今日且没工夫告訴你。(作不理介)(何濤白)兄弟,不要這等作難嗻,我和你是親弟兄喲!(唱)

【東甌令】情關切,意綢繆,象若憂時舜亦憂。連枝同氣多親厚,令原誼當垂救。

(何清白)今日原用淂着你兄弟的麽?(何濤白)不要説了,向來總是你做哥哥的不是。(唱)

從今相好莫相猶,往事付東流。

(白)兄弟且坐了。(各坐介)(何濤白)凡是盗案,報信的俱有官賞銀若干兩,你將來的賭本就不愁空乏了。(何清白)這個自然要的。(何濤白)兄弟,你怎麽知道的風聲?(何清白)這件事你兄弟原與他們相連的。(何濤驚介。白)嗄!這是怎麽説?(何清白)你兄弟是爱賭的。常言説淂好,賭近盗,豈不是相連的?(何濤笑介。白)原來取笑。(何清唱)

【秋夜月】事有由,我暗地微參透,是他早把風聲漏。

(何濤白)嗄!想是同夥中露出的消息?(何清白)待我告訴哥哥嗄。(何濤白)你説。(何清白)前日有一人合我到安樂村客店内去賭錢。(何濤白)咻!又説賭錢了,只問你强盗的事。(何清白)不要性急,等我説來。那晚有棗子客人七個到店投宿。(何濤白)嗄!棗子客人,這就是了。(何清白)爲首那人隐隐像是晁蓋,我也不在心上。第二日走出村口,見有白勝挑一擔酒過去。(何濤)嗄!那賣酒的叫白勝?(何清白)正是。後來聽淂黄泥岡上棗子客人和賣酒的劫去生辰綱,我想事情符合,定是這一起人

無疑了。(何濤白)嗄！原來這樣。(何清白)哥哥,如今是説完了,可曉淂?(唱)

我這知風報信的功勞懋,要銀錢入手,要酒漿到口。

(何濤白)官賞銀兩是一定有的,不用説淂,酒食是現成的。兄弟,我再問你,那白勝家裏你可認淂?(何清白)是我的賭友,怎麽不認淂?(何濤白)如此甚好,我如今即去稟明官府,點齊捕役,連夜先去捉了白勝,其餘就有了着落了,你同了前去做個眼目。(何清白)且吃了酒再去。(何濤白)回來吃罷。(向内介)娘子,看好了門户。(内應介)(何濤白)兄弟,走嗄!(何清應介。同出門介)(何濤唱)

【尾聲】雖未能頓展眉間皺,暫減去胸中一半愁,

直待要完了這件事,

我纔大大的開笑口。

(何清白)阿呀!我倒忘了,還有一宗賭賬未清,去討了再來。(作欲轉勢介)(何濤白)兄弟,你不要是這等樣嘘,快同了我去。(扯何清下)

第五出　趁糾賭白勝差拏

(白勝上。唱)

【辣薑湯】不須赶趁,何勞營運,這生涯無資本,淂來財貨,照股均分。

(白)我白勝自從淂了那注横財,却也心上躭驚,幸喜做淂秘密,竟安然無事。銀錢到手,惟有痛飲狂賭而已。今日合淂村中幾個好主顧,説即刻到我家來,須要賭個盡興的。天色已晚,我且點起燈來,把賭具安排停當,待他們到來。(作擺桌椅、點燭燈、放賭具介)

(衆賭漢持錢上。唱)

【普賢歌】賭輸再不怨身貧,那怕妻兒典了裩,連聲叫色神,長求快滿盆。盡翻轉連年輸去的本。

(進見介。白)白老大。(白勝白)諸位來了。我在這裏等候多時

了。(衆賭漢白)我們這幾把手齊了,就上局罷。(白勝白)諸位且請坐了,待我閉上了門,恐怕有捉賭的人。(衆賭漢白)晦氣説破。(白勝閉門介)(一賭漢白)我們賭個徹夜了。(衆賭漢白)賭到天亮就去吃牛肉麵打散。(又一賭漢白)我們做什麽好?(一賭漢白)還是鬬牌,還是擲色?(衆賭漢白)鬬牌不爽快,還是擲色熱鬧。(白勝白)好嗄!竟是擲色,還是搶快呢,還是么翻六?(一賭漢白)兩樣都不好,我們拍金罷。(衆賭漢、白勝白)好嗄!倒是拍金爽快。(白勝白)我們多少滿注?(一賭漢白)二千文滿注罷。(白勝白)小氣,我要到五千文。(一賭漢白)老大,你這個意思,想在那裏發了財了?(白勝失色介。白)你那裏知道?(一賭漢白)口氣來浔大了。(又一賭漢白)不要閑説了,下注馬,我們快來。(衆作擲色介)(各喧嚷争鬧介。唱)

【憶多嬌】膽氣豪,賭運高,帶色從來不帶梢。擲處難分雉與梟,喝六呼么,喝六呼么,争勝負不禁叫囂。

(各作喧嚷争鬧介)

(何濤、何清、衆緝捕上。唱)

【鬬黑麻】魆地擒拿,聲兒莫高。怕脱兔驚罝,亡羊補牢。

(何清白)這裏就是他家了。(何濤等白)我們打進去。(打進介)呔!幹浔好事嗄!(衆賭漢白)阿呀!不好了,果然來捉賭了。(或跳墻、或躲桌下介)(衆緝捕一半搶錢,一半捉人介)(唱)

敢犯法,故違條,賭盜相連,總難恕饒。

(捉住白勝并賭漢三人,鎖介)(何濤白)那個是白勝?(白勝白)我就叫白勝。(何濤白)幹浔好事嗄!(白勝白)諸位,賭博小事,講講盤子,私下了結了罷?(何濤白)原是小事,但大爺法度利害,不敢賣放。(白勝、賭漢白)若到官,拚浔打幾板子,只是列位少發了一注財。(何濤白)不用閒説,快些帶了走。(向何清介)城門是留在那裏的,你先回去罷。(何清應介)(白勝白)好嗄!你也常賭的,賣起線兒來了?(何清白)爲你前日那張牌捉浔我忒狠了些了。(隨口下)(何濤白)夥計們,小心帶了走嗄!(衆緝捕應,帶白勝等行介)(唱)

林深路遥，還兼昏黑宵，緊緊牢拴，緊緊牢拴，須防脱逃。

(到介)

(一童兒提燈籠引一吏典上。白)不犯三章法，何來五等刑？(見介)拿住了人了麽？(何濤白)拿住了。(吏典白)太爺吩咐，若拿到了，連夜就審，即刻就坐後堂了。我先進去稟知，你們帶到班房内伺候。(何濤白)是了。(白勝白)賭博小事，爲何連夜就審？(何濤白)這個那裏曉淂，夥計們，帶好了。(衆緝捕應介)(吏典下)(何濤等仝白)饒你人心似鉄，難逃官法如爐。(帶白勝等下)(執燈人打濟州府正堂戳燈，執火把人執火把，衆衙役、吏典、門子引知府上。唱)

【粉蝶兒半】暮夜衙齋，秉燭不妨相待，聽断處愧乏長才。

(陞堂介)

(何濤上。白)何濤告進。(進介)何濤叩頭。(知府白)白勝拿到了麽？(何濤白)小人奉鈞諭擒獲白勝，那白勝正在家裏糾衆賭錢，拿淂白勝一名，並不知姓名同賭者三人，現解臺下。(知府白)同賭之人，恐是一夥，亦未可知，暫且嚴禁獄中。待審明白勝，若果非同夥，再當責放。(何濤應介)(知府白)把白勝帶進，即將宅門封閉，不許一人出入。(何濤應介)

(禁子抱各樣刑具上，放場上介)

(何濤帶白勝上)咻！詫異怎麽獨叫我一個？爲有虧心事，能無顫膽情？(何濤白)白勝當面。(知府白)你就叫白勝麽？(白勝白)小人正是。(知府白)你這奴才，幹淂好事嗄！(白勝白)小人不曾幹甚麽，無非在家請客擲色行令，誤當賭博拿來的。(知府白)不問你賭博，只問你黄泥崗的事。(白勝白)王二胖？小人不認淂。(知府白)唞！胡説，就是打劫生辰綱一案。(白勝白)孫成旺？益發不認淂了。(知府白)哇！這奴才，幹下了事尚敢支吾，不打如何肯招？左右，將這厮重砍四十。(衙役應介，打白勝介)(知府唱)

【尾犯序】要你那賊口快招來。

(衆合唱)

剽劫金資，首從何在，証據昭昭，尚裝憨作呆。

（知府白）還敢不招麼？（白勝白）小人其實不知，求太老爺開恩。（知府白）不招，將這奴才用短夾棍夾起來。（衙役應介。夾白勝介）（知府、衆合唱）

刁歪，强暴跡已成敗露，狡獪性猶思抵賴。須知是，照伊罪惡業鏡有高臺。

（知府白）問他可招？（衙役白）招不招？（白勝白）冤枉難招。（衙役禀介）不招。（知府白）與我敲。（衆衙役應，敲白勝介）（知府白）再問他招不招？（衙役問介）（白勝白）受刑不起，願招。（衙役白）願招了。（知府白）叫他招上來。（衙役白）太老爺叫你快招。（白勝唱）

【又一體】資財雖共劫將來，三宥洪仁，還望寬貸。

（知府白）這奴才還想寬宥，且問你爲首的是何人？（白勝白）那個小人不曉淂。（知府怒介）好刁奴才，已經招認，還不實吐其情。左右，活活敲死這奴才！（衙役應，作欲敲勢介）（白勝白）阿呀！太老爺，待小人招來，待小人招來。（知府白）叫他招。（衙役應介）（白勝白）爲首的是鄆城縣東溪村晁盖。（知府白）是鄆城晁盖？（顧吏典、何濤介）（知府白）記着。（吏典、何濤應介）（一面知府白，一面白勝唱）

他是倡始渠魁，却把同夥差排。

（知府白）還有那些爲從的呢？（白勝白）那些人都是晁盖糾合來的，小人其實皆是不認淂的。（唱）

疑猜，那識淂姓名甲乙，但記起形容醜怪。

（知府白）好奴才嗄！（知府、衆合唱）

從前事難逃，三尺湯綱豈能開。

（知府白）既招出盗首，且去拿了晁盖來，他自然供出餘盗姓名的。且將這厮上了刑具，帶去收監。（衙役應介）（將白勝上刑具介）（禁子暗上，帶白勝下）（知府白）吩咐該吏，連夜備文書，即着何濤行到鄆城縣，仰該縣差人協同，捉獲盗首晁盖。（吏典、何濤應介，先下）（知府出座介。唱）

【尾聲】深宵裏勘獄無容息，早外衙又報子時牌。

(白)咳！我想境内多盗，皆由下官不德所致。(唱)

幾時淂攘奪風清愚民的把過盡改。

(知府、衙役分下)

第六出　晁天王聞信明逃

(宋江上。唱)

【新荷葉半】碌碌公門志未伸，操刀筆混跡風塵。

(白)我宋江連日案件繁多，簿書鞅掌，甚爲勞頓。且喜今日縣官公出未回，衙門無事，不免到茶坊内少坐片時，有何不可？咳！想我宋公明胸藏經濟，命歎迍邅，未知何年始淂揚眉吐氣也！(行介。唱)

【芙蓉紅】【玉芙蓉】(首至合)當時社稷臣，曾向公門隱。嘆蕭曹已往，繼者誰人。我空懷磊落乖時運，惟抱文書侍夕昕。

(何濤持公文接唱。上)

【紅娘子】(合至末)衙門近，牌投縣尊，早覓個人傳進。

(見宋江介)(何濤白)呀！前面走的是宋押司，他正是當案之人，不免叫他轉來，將公文傳進便了。(叫介)(宋江相見介)(宋江白)尊兄何來？(何濤白)小可是濟州府緝捕何濤，有公文行到貴縣，要拿幾個大盗，恰好遇着押司，望乞速速傳進。(宋江白)這個當淂，但本官公出未回，待回衙時即當傳稟。(何濤白)如此多謝押司，但此案乃要緊的大盗，一俟縣尊回衙，務求速稟爲妙。(宋江白)這個自然，敢問什麽案件，要拿幾個盗犯？(何濤背介，想科。白)嗄！他也是當案之人，我就説也不妨。(向宋江白)此角公文就是黄泥崗劫去生辰綱一案。濟州府已將從盗白勝拿住，如今行牌貴縣，要拿東溪村盗首晁盖。(宋江白)原來如此。事關重大，切不可走漏風聲。(何濤)這個自然。(宋江指介。白)請尊兄到那邊茶坊内少坐，待我一等本官回衙，即當傳稟便了。(何濤白)如此，恭候押司之信。暫將香茗啜，專候本官回。(下)

(宋江白)請了。(看何濤下介,作驚駭介。白)阿呀!唬死我也!原來劫去生辰綱一案却是晁保正爲首。他與我情同手足,豈可坐視?不免急急報與他知道,使他好作商量。(急行介。唱)

【朱奴插芙蓉】【朱奴兒】(首至末)我疾忙去將機關密陳,望東溪行如風迅,不比尋常陌路人,同休戚要將情盡。

(白)住了,我如今雖往他家去報信,倘然縣官回衙,竟差捕役拿人,這便怎麽處?(想介。白)呀,呸!(唱)

是我關情緊,過於慮忖。

(白)我若不在衙中,(唱)

【玉芙蓉】(末一句)有誰人争先,越俎遞公文?

(急下)

(晁盖、吴用、公孫勝、劉唐上。同唱)

【普天紅】【普天樂】(首至五)恨剥削民膏盡,慶生辰申私悃,只要圖一己榮華,全不顧萬姓邅迍。

(晁盖白)我等偶然倡義,假裝棗客,取了生辰綱,料想無人識破,那阮氏三弟兄與白勝各自歸家去了。這幾日不見有緝捕之信,必然無事矣。(吴用、公孫勝白)便是。(劉唐白)這樣無義之財,正好供喒的吃喝。我們還要在此暢飲幾天,然後各人散去罷。(晁盖白)若是各位不嫌簡慢,可再盤桓幾時。(吴用、公孫勝白)我們在此奉陪劉兄便了。(劉唐白)如此甚好。列位嗄,喒想這宗財物呵,(唱)

他取之不仁,

【紅娘子】(末一句)便劫將來也非爲狠。

(宋江急上。白)爲友情深切,行來不憚遥。(到介)此間是他門首。保正在家麽?(晁盖白)外面有人來了,且請三位到裡邊暫避,待我出去看來。(劉唐白)喒先在裡邊吃酒。晁大哥,你須要快快進來。(晁盖白)這個自然。(吴用、公孫勝同進,下)(晁盖出接介。白)是那個?(宋江白)是小弟在此,我們快到裡面去。(慌忙進内介)(晁盖白)今日公明兄到此,不知有何貴幹,爲何如此慌張?(宋江白)有件機密之事,特來告訴吾兄。(看介)這裡可有閒雜人往來?(晁盖白)並無閒雜人在此,但不知爲着何事?(宋江白)阿呀! 兄嗄,不好了! 那黄泥崗之事發作了。(晁盖作色介)怎麽樣發作了,公明兄何以知之?(宋江白)小弟方纔在衙門口閒走,只見那濟州府緝捕何濤手持公文一角,要小弟傳稟。小弟問起情由,十分驚駭。(晁盖白)怎麽樣?(宋江唱)

【朱奴剔銀燈】【朱奴兒】(首至合)方知是牌行縣尹,爲生辰綱劫奪强人。

(白)濟州府已將白勝拿住。(唱)

招出尊名冠等倫,來緝捕刻不逡巡。

(白)故此小弟暫將何濤安頓茶坊,先來報知此事。一等本官回衙,就要投文差人捉獲,吾兄早爲斟酌。(晁盖白)多感盛情,只是計將安出?(宋江白)小弟想來,三十六着,走爲上着。不知吾兄意下如何?(晁盖白)如今緝捕甚緊,唯有逃避而已。(謝宋江介)(晁盖唱)

【剔銀燈】(合至末)慇懃謝君厚恩,

(曲中宋江白)豈敢。(接唱)

整鵬翮高飛入雲。

(曲中晁盖白)實不相瞞,只因小弟呵,(唱)

【朱奴帶錦纏】【朱奴兒】(首至合)恨姦黨逢迎要津,剥民財獻媚權臣。因此略展機謀取寶珍,圖義舉豈爲俵分?

(白)當日同事七人,現有三人在此,他們多有些俠氣,今日吾兄此舉,不唯小弟感恩,他們亦皆戴德,不知吾兄可要一見否?(宋江白)如此,快請出來。(晁盖向内白)吴先生等三位快來。

(吴用、公孫勝、劉唐同上。白)應是賓朋嫌寂寞,何妨盃酒共盤桓。(晁盖白)有客在此,請三位相見。(各見介)(宋江白)不知三位高姓大名?(晁盖指吴用介。白)此位乃是加亮先生吴用。(指公孫勝介)此位是一清道人公孫勝。(指劉唐介)這是劉唐兄弟。(宋江白)久仰,久仰! 本欲叙談片時,恐怕本官回衙,只淂告辭了。(晁盖白)如此不敢强留。(宋江對衆介)請了。(同唱)

【錦纏道】(七至末)相慕共殷殷,霎時分首,情衷各未伸。

(送出門介)(宋江白)保正。(唱)

你快脱樊籠去,若然遲滯便禍臨門。

(急下)(衆白)方纔是何人,怎麽這等急速?(晁盖白)列位,不好了!白勝已被濟州府拿住,黄泥岡的事情發作了,虧他特地到此報與我們知道。(衆白)他是何人?(晁盖白)他是本縣押司宋公明。(衆白)嗄!原來就是“及時雨”,我們聞名已久,可惜方纔不曾與他叙談。(晁盖白)他一等縣官回衙,就要傳稟此案,故爾匆匆别去。少刻緝捕就要來拿人了,事已急矣。此處必不可存留,但不知列位有何計策?(劉唐白)喈别無計策,憑着一把朴刀,殺他個落花流水。(吴用白)凡事不可造次,我們如今且到石碣村三阮處躲避便了。(晁盖、公孫勝白)萬一官兵追到石碣村却怎麽處?(吴用白)石碣村與梁山泊相近,若是官兵追來,我們就上梁山入夥,何足懼哉?(衆白)好計,好計!我們徑往石碣村去便了。(唱)

【普天帶芙蓉】【普天樂】(首至四)急潛行忙投奔,感豪傑來通信。預籌謀石碣村中,且圖個避禍安身。

(晁盖白)如今吴先生同了公孫師父先往三阮處通知,我同劉兄弟在此收拾金銀,押了莊客隨後就來。(劉唐白)倘官兵到來,喈就放火燒了莊院,與他們截殺便了。(晁盖白)説淂有理。(吴用、公孫勝白)既如此,我們二人先去也。(同唱)

【玉芙蓉】(合至末)同肥遯,快藏修羽鱗,看雙雙遠颺,先有兩鵬鯤。

(吴用、公孫勝出門先下)(劉唐白)晁大哥,快快進去收拾金銀,喈還要把那十來罈酒吃完了,省淂留在此被官兵受用。(晁盖白)這樣時候還要貪飲!(劉唐白)這叫做:有酒方能添勇力,(同白)無門且自走深村。(下)

(朱仝、雷横、何濤、衆土兵上。同唱)

【樂近秦娥】【普天樂】(首至四)奉公差,持兵刃,擒盗首,防逃遁,向東溪一路挨查。

【醜奴兒近】(四至合)過橋西已到莊門。

(朱仝、雷横、何濤白)這裡是他莊院了。衆土兵一齊向前圍住,不可放走一人!(衆應介)(吶喊遶場一轉)(内放火彩介)(朱仝、雷横白)莊内火起了,就此殺進去。(衆應介)(同唱)

難辭苦辛,爲官差火速忙前進。

(晁盖、劉唐各持兵器)(衆庄客一半背金銀包裹,一半持器械衝上)(同唱)

【泣秦娥】(合至末)憑仗我氣槩如虹,那怕他士卒如雲。

(混戰介)(晁盖、劉唐、衆庄客下)(衆土兵白)强盗走了。(何濤白)還不快些追赶。(朱仝、雷横白)黑夜之中,路徑叢雜,如何追趕?(何濤白)只是我們不能捕盗,怎生回覆官府?(朱仝、雷横白)如今不免隨便拏他幾個隣舍、幾個庄客回縣審問,倘淂些踪影,然後起大隊人馬來勦捕。(何濤白)也説淂是。我們就趁此時拿人,連夜赶回縣裡去罷。(仝唱)

【尾聲】這强梁大盗多兇狠,將情節禀明縣尹,須急備文書達府尊。

(同下)

第七出　暗偷香蜂狂露相

(張文遠上。唱)

【霜蕉葉半】蝶攘蜂鬧,牽惹閒花草。

(白)我張三郎爲了閻婆惜眠思夢想,廢寢忘飡。昨日纔有些好光景,不意又被宋公明回來鴛鴦驚散,雲雨倏收。臨别之時承他約我今日相會,可恨縣中公務偏多,只淂撇了去走一遭。(唱)

【小桃紅】日來縈繫苦無聊,不知是那一點紅鸞照,也喜孜孜的千金一刻在今宵。

(王婆上。白)愁窺高鳥過,老逐衆人行。張相公。(張文遠白)王阿媽那裡去?(王婆白)特來尋你。宋相公有偺要緊説話,會相公快些去。(張文遠白)方纔一同别的,没甚要緊説話。(王婆白)宋相公在我茶坊中候你,説看見子相公一把扯子來。(張文遠白)吓!你對宋相公説,我没工夫,要去拜一個客,料去子就來

個。(王婆白)介没就來。(下)(張文遠白)咳,老天!偏偏今日又遇見了王婆。(唱)

這都是那遇敲支。

(王婆上。白)相公。(張文遠白)你爲倽又轉來?(王婆白)相公,你是個白脚花狸猫,走子開來那裡來尋你,勿如去會子宋相公説話,再去拜客罷。(張文遠白)小死個事務,這個朋友約弖個,勿多幾句話,我去子就來的。(王婆白)相公那在乎個歇工夫,會子説話就來。(張文遠白)啐!我亦勿曾欠你個銅錢銀子,扯牢子那説,望子朋友就來個。(王婆白)介没張相公,等我先去,回頭千萬就來。兩地無千里,因風寄數聲。(下)(張文遠白)盖個老阿媽,着淂我勿説倽,就忒在我屁眼頭那去罷。吓,打小路快些走一走罷。(唱)

還怕他遠相追,復相邀,仍相值,幸喜淂這機會巧,也知取次,已到藍橋。

(白)爲何閉門在此,我只淂從容等一等。(唱)

權延竚,暫徘徊,敢月下做僧敲。

(閻婆上。唱)

【下山虎】閒來無事,甚覺消遥。

(見介。白)呀!張相公。(張文遠白)多謝子。(閻婆唱)

驀地裡把衡門開處,遇果車縹緲。

(白)小女説相公昨日下顧,老身不在家,簡慢了相公。(張文遠白)好説。(閻婆白)我小女説,(唱)

你惠顧頻頻,慰伊寂寥。

(張文遠白)老親娘倽説話?昨日是要會宋相公料。(閻婆白)不要瞞我,我都曉淂的了。(張文遠白)老親娘,既然曉淂哉,倒要問你了,令愛爲甚麼不見?(閻婆白)小女身子不快,還睡在那裡。(張文遠白)既是介,勿要驚動哉。(閻婆白)他听見相公在此,一定就起來了。(閻婆惜内嗽介)(閻婆白)如何?起來了。我兒,張相公在此,快出來。

(閻婆惜上。白)來了。(唱)

帳掩流蘇香夢杳,忽被鸚鵡覺。

(張文遠白)老親娘,難淂你這樣好人,願你壽年千歲。(閻婆惜唱)

睡臉朦朧枕印俏,猛可的臨邛客抱琴共調,斂袂相邀。

(見介)睋暖不語只含笑。(各坐不語,笑介)(閻婆白)啐!老身没竅了。我兒,你陪相公寬坐一坐,待我到市上去沽壺酒來,與相公消悶。(張文遠白)怎好相擾?(閻婆白)如今是一家了,説個"擾"字起來?(張文遠白)親娘,有心擾你哉,買酒走遠介步,買呷好個。(閻婆白)我曉淂在此,蓮花幕下風流客,試與温存譴逐情。(下)(張文遠白)令堂是極湊趣個哉。阿呀!出子神哉,門也勿曾關來淂,我去關子門介。(關門介)(閻婆惜白)住了,青天白日,關門做什麽?(張文遠白)尊嫂昨日開個門厾,没啞説道,關子噓,關子噓,爲倽今日倒要開介?(閻婆惜白)可知昨日今朝事不同,昨日要關,今日要開在那里。(張文遠白)阿呀!尊嫂不要把話兒説遠了,你可記淂昨日麽?(閻婆惜白)昨日便怎麽?(張文遠白)昨日呵,(唱)

【山蔴稭】被洞口花相笑,笑我路入天台棹阻藤梢。今朝特地來踐你的鶯期燕約。

(閻婆惜白)這也難些,什麽鶯期燕約?(張文遠白)尊嫂。(閻婆惜白)什麽尊嫂尊嫂,若説尊嫂,須知朋友妻不可戲了!(張文遠白)這等做作,你要我叫什麽?(閻婆惜白)我要叫娘。(張文遠白)何不早説,我個嫡嫡親親個娘,我吃别人駡着哉。(閻婆惜白)駡你什麽?(張文遠白)駡我肏娘賊哉。(閻婆惜白)啐!(張文遠唱)

喜乘機纓冠掏李,納履攘爪,傍朔偷桃。

(閻婆惜唱)

【五韻美】洧梁期,西厢約,無言息國娃恥效。

(白)三郎,你自去思量,你一向怎生樣調戲我,我怎生拒絶你。(唱)

見金夫幾度相推調。

(張文遠白)求速點兒罷。(閻婆惜白)怎當淂你這涎臉兒?(唱)

偏憐窈窕，適零露相逢蔓草。

(白)今日雖成就了你，日後呵，(唱)

休把我做墻花覷，路柳嘲。

(張文遠白)娘，我張三郎若負子你，竟活捉殺子便罷。(閻婆惜白)啐！(唱)

直任你翠被鴛衾鸞顛鳳倒。

(作摟下)

(閻婆上。白)流霞分片片，涓酒就徐傾。買淂一壺好酒在此。(進門介。唱)

【蠻牌令】看繡户静畫簾飄，聽房櫳閒語聲嬌。

(白)咳！三郎，三郎！(唱)

你崑崙誰赤緊，向郭府盜紅綃。

(嗽介)(閻婆惜暗上。白)三郎出來，母親來了。(張文遠)蓋樣没竅的，怎麽就來了？(閻婆惜)走來。(唱)

忙整着衣裳顛倒，

(張文遠白)走來。(唱)

忙整着釵鬢蕭騷。

(開門介)(閻婆惜白)母親來了幾時了？(閻婆白)來了好一會。(張文遠白)酒是勿好個哉，來淂快了。(閻婆惜白)來淂快，也彀了你了。(張文遠白)㑚説話？(閻婆白)請坐。(唱)

鴛鴦侶，鸞鳳交，這情踪一時不覺逍遥。

(張文遠白)我裡拽木頭。(各出指混數介)

(王婆上。白)密垂珠箔晝沉沉，兩兩鴛鴦護水紋。(進見介)好，捉指頭。(張文遠數介)該因老親娘吃，這隻手六個。(王婆白)是我吃。(閻婆、閻婆惜作乏趣介)(王婆白)蓋個張相公好没正經個，我説道宋相公等你會一句説話料，你説要去拜客没工夫，倒拜在這裡吃起酒來。(張文遠白)因爲你説宋相公要會我説話料，我來個，宋相公倒勿在屋裡，承個老親娘留我來裡坐坐。(王婆白)我説宋相公在我茶坊裡，幾曾説在屋裡介。好纏！(張文遠白)啐！介没我聽差哉。(閻婆白)姐姐，不要説了，請坐吃酒。

(閻婆惜低白)待這老厭物去罷了。(王婆白)我勿要吃個樣腌臢食。有數説個,寧可吃個拖來酒,再勿要吃個樣,你也來個叫子。滿堂僧不厭,一個俗人多。我也去了,勿要拖我渾水裡。(張文遠白)王阿媽,我來裡吃子,何況你。(王婆白)張相公,你是該吃個。(閻婆白)姐姐説那裡話。(唱)

【五般宜】偶相顧,潘安車儼然草茅,適相左,東方千騎,悵然寂寥。聊把這鷄黍范張邀。

(王婆白)即是勿妙,三個女客夾一個男人家,來哈勿雅相?(閻婆白)姐姐。(唱)

謾説是男女雜坐,共相傾倒。

(張文遠與閻婆惜説話介)(王婆白)咦!(唱)

這掩耳偷鈴堪笑,早露尾藏頭空巧。

(白)咳!耐勿淂哉。我有句説話要説哉。我本待勿説,當初是我做個媒人料,不淂不説哉。(閻婆白)有什麽説話對我説?(王婆白)你是老護瘻,不對你説,我對我囡兒説。大姐走來,我個肉吓,你没要吓,宋相公是一個人嘘。(唱)

你須念他是今日英豪,謾將他帷簿擾。

(閻婆惜打介。白)哇!老賤人,這是那裡説起,怎見我帷簿不修,説出這等話來!(王婆白)好打吓,小花娘。(閻婆惜唱)

【江頭送别】我聽伊語,聽伊語心煩意惱,將奴做,將奴做倚門獻笑。吾自愛吾連城寶,何必你舌鼓唇摇?

(王婆白)爲啥了就打?(閻婆惜白)老厭物,什麽帷簿不修?(王婆白)我説淂了説哉,那了就打?(閻婆白)姐姐不要氣,看我面上,他年紀小,衝撞了你,老身另日請罪。(王婆白)啥個小,幹大事務哉!(張文遠白)王阿媽,我曉淂你是無非怪我來裡,你説這些説話,等我去子,一節事体就完哉。(王婆白)張相公,你是去勿淂個,還是我去了好。你若去子,寃家結到底哉。(張文遠白)酒逢知己千杯少,話不投機半句多。你是那裡這一邊去?(王婆白)我是個蕩去。(張文遠白)我是個邊去哉。(王婆白)你看張三郎還要轉來個,等我轉去看。(張文遠白)老花娘去哉,待我再轉去。(王婆撞介)貌唬殺你個,拖盡子牢洞個,等渠進去子捉他的破綻。(下)(張文遠白)這個老花娘,亦縮轉來。(望介)如今去了。(走介)

(閻婆惜暗上,招張文遠介。白)三郎,三郎!(張文遠唱)

【江神子】轉身望綺寮,只見他笑臉相招。

(白)老花娘去哉。(閻婆白)老人家,不該去打他。(閻婆惜白)不打他,下次又要闖將進來。(張文遠白)吃子兩鍾酒,氣子一氣,不好過。等我到老親娘房裡去困困介。(張文遠白)你每進去。(閻婆惜唱)

香風拂拂鮫綃,從容携手欲魂銷。

(下)(閻婆白)三郎,三郎!(唱)

好受用珠圍翠繞。

(下)

(王婆上。白)有冤報冤,有仇報仇。閻婆惜個小花娘,明明裡看上子張三郎,倒在我門前假撇清,竟拿我夾嘴蓋一記,亦罵我一場,乞我假意丢空,放子張三郎進去哉。等我捉他的破綻。天亦黑哉,等我躲在這裡,一更天打子廿四記鼓,守渠出來,勿怕渠打屋頭頂上轉子去。(内狗叫介)啐!燒顧個人頭勿認淂,只管叫。(閻婆持燈上。白)往往鷄鳴巖下月,時時犬吠洞中春。爲何這等狗叫?待我炤炤看。(開門介)(王婆白)壞哉,火出來炤哉。(閻婆白)是那個,是那個?(王婆白) 是我。(閻婆白)啐!倒被你這一唬,這時候了,你躲在此怎麽?(王婆白)勿要説起,纔是你乱好囡兒,拿我夾嘴一記,氣昏哉。一個荷包忒來裡,我亦勿好驚動你乱,只淂來裡地上摸哉。娘,你拏個火來,我炤炤看,天地爺爺,那裡説起。(閻婆白)荷包裡可能什麽東西在内?(王婆白)那料没淂,四個金戒指,還有趙家裡兩對珠花,勿是我趙支花個嘘,還有四隻八仙桌,十二把椐木椅子。(閻婆白)一個荷包裡放淂下這些東西?(王婆白)是幾張當票。(閻婆白)什麽戒指、珠花,我曉淂方纔我的女兒衝撞了你,便躲在此要捉他的破綻,可是麽?(王婆白)阿呀!看你勿出介,心多個你乱,冰清玉潔介,人家有倸破綻到我捉?(閻婆白)其實没有,你道有什麽在裡頭,你倒進去搜一搜,放心回去。(王婆白)就等我進去那料。(走介)(閻婆推介)(王婆白)呵喲,好個做勢!説你進去搜一搜,拿了肩頭撞子我。(閻婆白)我和你老姊妹,這等待我?(王婆白)噲!我也有好處到你的,倒疑惑我。罷!我如今勿見子荷包,也勿就窮子一生一世,你就拾子我個,也勿見你發跡子一生一世。罷!我去哉,方便子你兎。不覺羣心妬,休牽衆眼驚。這小花娘,少勿淂殺個日子哆。(下)(閻婆白)我兒,快出來。

(張文遠、閻婆惜上。白)碧宵何路淂相從,紫鳳啣花出禁中。老親娘,那料還不困來?(閻婆白)你每幾乎做出來,那王婆這老賤人方纔呵,(唱)

【尾聲】他潛踪秘跡眠芳草,

(張文遠白)你那裡曉淂?(閻婆唱)

喜犬吠籬邊相擾。

(閻婆惜白)三郎,你下次來謹慎些。(唱)

須防他一縷柔腸恨未消。

(張文遠白)曉淂哉。(閻婆白)待我出去再看一看。好姊妹,又躲在那裡唬我麽?(看介)三郎,果然不在那裡了,去罷。(張文遠白)還在那裡,我今日住裡子罷。(閻婆惜白)正是,不要回去了。(閻婆白)又來了,方纔險些兒,還是回去的是。(張文遠與閻婆惜説鬼話介)我明朝來,明朝來也。(作出門介)好月亮,淂我唱隻曲子介。(唱)

月明雲淡露華濃。

(白)咊!前頭黑頭裡,隐隐裡一個人。(嚷介)阿,是王老媽?(看介)啐!是牌樓柱。(滑介)阿呀!壞哉。踏子一脚狗屎哉。(下)(閻婆惜白)好人好家,在此听籬聽壁,要便進來搜一搜。(閻婆白)還不走進去,幾乎做出來。(閻婆惜白)都是你不好,買了酒來就該把門閉上了便了。開了這牢門,被這老賤人闖進來看見,淘這場氣。(閻婆白)忘關了門,是我差了,你該去打他的?倒來埋怨。我不管,下次張三郎不許上門。(閻婆惜白)娘吓!

不是我埋怨你，下次要謹慎些。（閻婆白）倒教我謹慎些，看你頭髮亂淂一發没樣了。（閻婆惜羞奔下）

第八出　逸孤羣齊歸水泊

（朱貴上。白）英雄負固在梁山，設險周廻水一湾。豈此萑苻藏小盜，苟圖鼠伏暫偷安。自家朱貴，雖在李家道口開個酒店，實爲梁山泊中一個眼目，那些劫掠經商、招納亡命之事，都是我暗通消息。已將店面鋪設停當，且在此等候便了。正是欲圖白鏹盈私橐，且把青帘引路人。（暫下）

（晁盖、吴用、公孫勝、劉唐、阮小二、阮小五、阮小七上。同唱）

【錦纏道】犯王章，法難容，潛身避藏。挈伴共翺翔，似投林羣飛，鷹隼遑遑。

（晁盖白）我等取了生辰綱，又抗拒了捕役，有干王法，無地可容，只淂投往梁山泊入夥。（衆白）一路行來，前面已是梁山泊了。（晁盖、公孫勝白）我等與山上頭領從未識面，怎生進見？（吴用白）聞淂李家道口有個朱貴，以賣酒爲名，暗通聲息，我們且到朱貴店中，使他引進便了。（衆白）有理。大家前往。（同唱）

好比那避秦人望桃源渺茫，還須要向烟波訪汲引漁郎。不憚路紆長，行行見酒旗飄颺。

（到介）（吴用白）此間想是朱貴的酒店了。（劉唐白）有趣，有趣！喈先進去，總成他幾罈酒。（吴用白）不可造次。（劉唐引衆進店，叫介）賣酒的在那裡？

（朱貴上。白）本爲盗跖事，暫借杜康名。（見衆介。白）列位是吃酒的麽？請坐，請坐。（吴用白）請問酒家可是姓朱麽？（朱貴白）在下正是朱貴，是有名賣好酒的。各位客人要吃什麽酒？（晁盖白）原來就是朱貴兄弟。我們來此呵，（衆同唱）

非因春酒香，來沽你甕頭佳釀。

（朱貴曲中白）所爲何事？（衆揖介）（同唱）

且從容揖見道其詳。

(朱貴白)我看列位器宇軒昂,非往來客商之比,未知高姓大名,到此有何貴幹?(吴用指衆介。白)此位乃保正晁盖,此是一清道人公孫勝,這位是劉唐兄弟,那三位乃是石碣村阮家三弟兄,學生姓吴名用,人稱爲加亮先生。(朱貴白)住了,住了!七位尊名,如轟雷貫耳,時常仰慕,不期今日淂見,有失迎候,深爲淂罪。(揖介)(衆白)豈敢。(朱貴白)但不知爲着何事,光臨此地?(衆)我等取了生辰綱,又抗拒了捕役,無處藏身,欲到此間暫避,望祈引進。(朱貴白)今日諸位英雄到此,實乃山寨增光,且請小店暫坐,待我放號箭一枝,通知山寨便了。(衆白)多感盛情。(朱貴白)有失陪奉。(行介)今日羣雄來入夥,管教山寨更興隆。(暫下)(吴用白)你看他通知山寨去了,少間自然來迎接我們。今日淂此安身,那怕官兵追捕?(晁盖、公孫勝白)此皆吴先生之籌劃也。(同唱)

【普天樂】賴持籌離羅網。

(吴用)

附鳳翼把青霄上。

(衆同唱)

蛟龍在大海深藏,一任他捕卒强梁。

(朱貴上。接唱)

眉軒氣揚,喜英雄聚首豈憚奔忙。

(進見介)(朱貴白)已經通知山上頭領,今備小舟在此,請各位同到金沙灘去,還要准備鼓樂旗幟,潔誠迎接。(衆白)何以克當。(朱貴白)就請上船。(衆出門走介)(同唱)

【又一體】謝高情多勞攘,離村店來灘上。

(朱貴曲中白)棹船上來。

(衆僂儸持槳上)(衆作上船)(同走。唱)

凝眸望,一片汪洋,棹輕橈擊破波光,乘風半晌,早到了鬱葱突兀山傍。

(内吹打)(衆僂儸执旗幟引王倫、杜遷、宋萬、林冲等上)(晁盖等上岸介)(持槳僂儸下)(王倫等迎接晁盖等進寨)(揖見遜坐介)

（同唱）

【古輪臺】意舒揚，今朝豪傑喜同堂，休分賓主休推讓。把形骸踈放，簪盍趋蹌，各遂了平生欽仰。

（坐定介）（王倫白）請問諸位英雄，今日光臨山寨，有何見諭？（晁盖白）我等因梁世傑逢迎權貴，苛刻小民，以生辰綱解送蔡京，實爲不義之財，爲此我等設計取之。（晁盖等七人同唱）

事涉公庭，差兵捕黨，一時抗拒逞强梁。

（晁盖白）因此棲身不穩，來投此間，暫爲託足。（林冲喜介。白）諸位英雄皆天下有名好漢，今日到此，則梁山泊從此興隆矣。（唱）

正好推雄論長，一齊把山寨勗勷。將雄心奮發，智囊資藉，英風憑仗。

（王倫白）但恐山寨荒鄙，一窪之水難處蛟龍，若是暫爲託足，這個何妨？（林冲白）今日英雄聚首，只恨相見之晚，正當久處，以圖山寨興隆。（向王倫白）王頭領不必託辭峻拒。（王倫白）自古道"蛇無頭兒不行"，你也不可擅自主張。（林冲作怒意，起立介。白）你此言差矣。我們既同聚義，當言則言，説什麽擅自主張？（唱）

有事共參詳，逢豪壯，豈宜推阻便分張？

（晁盖、公孫勝、吴用白）我等久慕英名，故來投奔，今日乍到，二位頭領不必因久暫之語彼此參差。（杜遷、宋萬、朱貴向王倫白）大哥還該斟酌。（晁盖等七人、杜遷等三人向林冲白）林大哥也不必争論。（同唱）

【又一體】評量，論同袍顔面休傷。切莫要睚眦相看，語言相抗。既屬班行，怎禁渹怒容相向。

（王倫接唱）

我大度寬仁，何須勸講，有誰争較短和長。

（林冲背衆介。唱）

心懷悵快，遇不平掣劍相當。

（衆同接唱）

自今以後，各消芥蒂，共爲依仗。

(王倫白)且請各位好漢到後寨小飲,明日還要開筵款待。(晁盖等白)多謝頭領。(王倫白)衆兄弟陪了各位到後寨去。(杜遷、宋萬、朱貴、林冲同白)請。(衆同走。唱)

今夜共飛觴,多豪爽,談兵説劍引盃長。

(衆下)(僂儸仝下)(王倫白)事不三思,終有後悔。我首創梁山泊,唯我獨尊,不意來了一個林冲,已是十分執拗、難于駕御了。如今晁盖等七人都是有名人物,豈可容留養虎自害?我方纔將鼓樂接他,要使林冲顯我敬賢之心。我明日大排酒筵款待一日,然後將金銀贈與他們,也就不好糾纏在此了,豈非妙計?(唱)

【尾聲】驅鷹鷙,絶禍殃,非我無容人之量,只爲羊虎難同一穴藏。

(下)

第九出　明拒客蛙怒戕生

(林冲上。唱)

【賀新郎】憤懣難消,恨碩鼠負乘高位,這度量斗筲堪鄙。全不覺,嫉妒賢能識見非,怎按我不平之氣。

(白)我林冲自從入夥以來,可恨王倫那厮妄自尊大,妬賢嫉能。昨日晁保正英雄出衆,吴用、公孫勝機智過人,又見劉唐、三阮等皆赳赳豪傑,十分敬仰。今早聞渠大排筵席,打點金銀,又吩咐衆僂儸大吹大擂款待諸位豪傑,這分明是不肯容留之奸計。且看今日席間之事如何,再作道理。(唱)

我觀動静,乘機會,這龍泉隱隱鳴匣内。尊豪傑,去蒙昧。

(暫下)

(衆僂儸引王倫、杜遷、宋萬、朱貴同上。唱)

【節節高】東林旭日,輝燿山隈,款賓早把華筵備。

(王倫白)今日大排筵席,款待晁盖等七人,又打點金銀二盤送作盤費,以盡敬客之禮。三位兄弟,意下如何?(唱)

是我欽豪輩,按古儀,循芳軌,客行有贐須當餽,主人餞送施恩惠。

(杜遷、宋萬、朱貴白)昨日豪傑到山,理應款待,若將金銀相送,

不肯容留，恐被天下英雄耻笑。（同唱）

他七人智勇盡超羣，應留聚義歸吾隊。

（林冲上。白）宿雲始散踈林外，曉日纔臨綺席前。（見介）（杜遷、宋萬、朱貴白）林大哥來了。（林冲向杜遷等三人云）三位大哥，款客開筵何太早，今朝此舉豈徒然。（杜遷、宋萬、朱貴白）吓！這是王大哥要餞送昨日來的七位英雄，故此清晨設席。（林冲白）豈有此理！難道三位大哥不曾勸阻麽？（杜遷、宋萬、朱貴白）我等已經勸阻，奈王大哥堅執不允。（王倫白）山中自有頭領，誰敢多言？僂儸。（衆僂儸作應介）（王倫白）快請諸位英雄上席，一面擺齊酒筵，大吹大擂，不淂有違。（衆僂儸，一僂儸請介。白）請各位英雄上席。

（晁盖、吴用、公孫勝、劉唐、三阮上。同唱）

【玉山供】【玉胞肚】（首至合）冲霄力微，學鷦鷯一枝暫棲，空懷却搏擊雄心，做不淂鵬鶚高飛。

【五供養】（五至末）人心嫉忌，這對面如違千里。

（與王倫等相見）（衆同唱）（合）

今日成良會，喜追陪，主賓歡樂共銜盃。

（王倫白）今日設有芹樽，以盡主人敬客之意。（晁盖、吴用、公孫勝白）怎好叨擾？（王倫白）休嫌簡慢。看酒來。（僂儸遞酒介）（内吹打定席）（林冲含怒勉强坐介）（衆坐定各飲酒）（仝唱）

【山花子】山珍海錯排佳讌，兩階鼓樂吹喧闐。主人心潔誠敬賢，舉瓊巵滿引飛傳。

（合）

論豪雄裡丈盡捐，豈同三献忒煞牽。要傾千斛酒似泉，好比長鯨，吸盡百川。

（晁盖白）多蒙雅爱，今已酩酊，本欲多坐片時，恐妨各位寨中正務，只淂失陪了。（王倫白）且慢，飲未盡興，還要奉敬一巡。僂儸們，跪献巨觥。（僂儸應介）（晁盖等七人白）酒已彀了，我們告退。（王倫白）且慢，僂儸。（應介）（王倫白）看金銀過來。

（僂儸捧金銀上介）（王倫白）有金銀二盤，送與各位路途之費，幸勿推辭。(林冲作怒,立起介。白)住了!諸位英雄並未辭别,何故先送路費?(拍案介。白)咦!小量不能容人,俗眼不識好人。如何做淂山寨之主?(王倫白介。白)林冲,你休淂無禮,我憑英勇,首創此山,誰敢多言?况你漂流避罪,虧我容留,怎見淂我量小?你若再阻撓,看我腰中之劍!(掣劍介)(林冲白)阿喲,阿喲!氣死我也!(作出席介。唱)

【大和佛】你舉動乖張度量淺,難操山寨權。

(拔劍介)

今朝掣劍斬其元,及早讓英賢。

(衆出席向林冲勸介)(同唱)

勸君莫把交情變,

(王倫出席,曲中白)反了,反了!今日必定取他的顱頭!(衆又向王倫勸介)(同唱)

位尊須要讓爲先。

(林冲、王倫欲戰介)(衆又各勸介)(同唱)

休逞雄心,各息争端。善須看取,吾儕顔面。

(王倫、林冲各怒。同唱)

讎相見,頓使怒氣填胸禍不旋。

(二人略戰,林冲即斬王倫下)(林冲白)列位英雄,今日非是林冲鹵莽,只因王倫這厮鄙薄無能,斗筲小器,故此劍下誅之。(向杜遷等三人白)三位大哥,意下如何?(杜遷、宋萬、朱貴仝白)王倫忌刻自專,不能容物,我等也知他難成大事,因同他首創此山,故爾常爲隐忍。今日林大哥此舉,甚合衆心,正當另立英豪,以興山寨。(林冲白)晁大哥氣槩豪爽,度量寬大,可以推尊此位。(杜遷等三人同白)正合我們之意。(晁盖白)晁盖無德無能,棲身來此,焉敢妄自尊大,這個决難從命。(吴用白)自古"順天者昌,逆天者亡",今者衆心允服,即是天心眷顧,晁大哥也不必推辭了。(杜遷等三人同白)吴先生言之有理。(劉唐、三阮同白)不必多言,待我們按在椅子上,列位同拜就是了。(將晁盖推住坐定介)(衆同拜。唱)

【舞霓裳】衆志僉同願尊賢，俯首傾心叩堦前，叩堦前，從今全賴雄才展。把規模重整令重宣，宛似那梁山新建，今日個戴德推能共欽羨。

(曲中杜遷等換劉唐、三阮拜介畢)(晁盖白)多蒙衆兄弟推居此位，不敢固辭，但力薄才踈，全仗諸位贊襄。(衆白)大哥俯允輿情，我等不勝慶幸。(三阮白)如今晁大哥既爲寨主，必須那一位做個軍師纔好。(劉唐白)便是這也要緊的。(阮小七白)劉大哥漢仗甚好，可以做淂軍師。(劉唐白)喒這漢仗只好囊酒袋飯，那裡去淂？(公孫勝白)吴先生智謀出衆，可當此位。(吴用白)才踈學淺，豈堪大任？(衆白)不必推辭，大家同拜就是了。(晁盖白)住了，此事豈可草草，改日擇吉登壇，一同拜立便了。(衆白)寨主説淂有理。(劉唐白)且往後寨殺牛設酒，暢飲一回。(衆白)有理。(同唱)

【紅繡鞋】當時屈體求賢，求賢，草廬三顧當然，當然。須盡禮，敢輕言，宜擇吉，拜壇前，求碩畫，掌威權。

【意不盡】把庸夫除却推英彦，非是同堂意見偏。要圖久遠，固寨安身共尊顯。

(下)

第十出　閻氏放刁成怨鬼

(閻婆上。唱)

【引】張敞無端滯此身，畫眉契闊已經旬。

(白)那宋公明一向再不到我家來，多分是王婆這賤人搬了是非之故，我如今到縣前尋他回去。

(宋江上。唱)

【引】天外故人飛信，意氣死生親。

(白)可恨張文遠這厮不念朋情，在我面上做工夫。我如今告訴縣中朋友與他講話。(閻婆白)宋相公。(宋江白)閻媽媽。(閻婆白)相公，一向不見你回來，女兒放心不下，教老身尋你回去。(宋江白)那裡有這樣閑工夫，今日縣中呵，(唱)

【粉孩兒】匆匆的，案如山，旁午甚，怎偷閑頃刻，晏然安寢。

(閻婆白)相公説那里話？(唱)

齊眉舉案岑寂深。

我那女兒呵，

倚紗窗望眼含顰。

(宋江白)媽媽，你今日要我回去麽？(閻婆白)正是。(宋江白)這等，你先行。我到公廨裡去，完了事就來。(閻婆白)相公又來哄老身，你去了一定又不回來了，一定要同回的。(扯衣介)(宋江白)放手，路上人看見不像模樣。(閻婆白)一定要回去。(唱)

促芳塵早趁膏車，憐閃得鴛瓦霜冷。

(進介。白)請坐，待我唤女兒出來。(宋江白)不要唤他出來，坐一坐就要去的。(閻婆白)又來了！且住，我若説了他在此，自然不肯出來的，有個道理在此。我兒，你心上的三郎在此，快出來。(閻婆惜内白)母親，你問他爲何一向不來，與我先打他幾下，待我出來細細問他。(閻婆白)相公，可聽見麽？道你一向不來，教我先打你幾下，出來還要細細的問你哩。(宋江白)什麽説話？(閻婆惜上。唱)

【福馬郎】閃得霜闈倩誰顧問，負芙蓉香傍鴛鴦瞑，真薄倖。

(見介。白)啐！我道是張三郎，原來這個厭物！(唱)

你看他言無味，面堪憎，我藕已斷絲縈，他纏綿似葛牽藤。

(閻婆白)我兒，三郎在此。(閻婆惜白)啐！張三就是張三，宋三就是宋三，説個明白。什麽三郎在此？(閻婆白)宋相公不來你又時刻想他。(閻婆惜白)啐！那個想他，扯淡！(閻婆白)他今日來了，倒害起羞來。(閻婆惜白)惹厭。(閻婆白)我特地去尋他回來，你也留些情兒與他才是。(閻婆惜白)我倒不耐煩。(閻婆白)相公，只有男子下氣與女娘，他見一向不來，心上有些氣你，還是相公下情兒。(宋江白)哇！有這許多胡説。(閻婆惜作哭介)(閻婆白)我的兒，(唱)

【紅芍藥】你收拾了此際檀痕，還須念舊日鴛盟。

(白)我的兒，一家身衣口食都在他身上。(唱)

你把嘴弄虚脾、賣些甜净，眼乜斜遞些風影。

(白)你看一個向東，一個向西，豈像夫妻介？(唱)

悠悠渾一似陌路人。

(白)相公，你也不要怪我女兒，你看他，(唱)

没來由腰同瘦沈，也祇因梦断梨雲。

(白)我有個道理在此。(扯宋江、閻婆惜白)來、來、來！都隨我來。(走介)(推閻婆惜，坐宋江身上推)(閻婆惜白)啐！(閻婆唱)

好兩兩鴛鴦睡稳。

(白)我的兒，少間枕席上留些情兒與他，你不要做出來。我自去了，相公請睡了罷。女兒家，咳，不會做人真個没法！(下)(宋江白)這是那裡説起？縣中還有多少事情，不想被這婆子扯了回來，如今已夜静更深，就到縣中去也幹不淂甚事，且在此住了一晚，明日絶早去罷。(唱)

【耍孩兒】倦躰欠伸渾欲瞑，自覺無聊甚。听簾外秋漏頻頻，寒燈一任你背地空挑盡。我梦蝴蝶栩栩莊周寢，那顧淂閑愁悶。

(掛袋脱衣作困介)(閻婆惜白)啐！(唱)

【會河陽】對面無緣撫心自矜，陰蟲切切不堪聞。短檠，照我寒衾，與黯然淚痕，偏不照情郎影，似含桃顆顆我心頭滚，似吞刀寸寸我心頭刃。

(内鷄叫介)(宋江白)鷄鳴了，去罷。媽媽開了門。(閻婆内白)門是帶上的。(宋江白)早知如此，何不昨晚就去了。(看介)天已大明了，媽媽，我去了，大門開在此。氣衰甘少寐，心弱恨多愁。(下)(閻婆惜白)你看這厭物去了，不免到母親房裡去睡罷。呀！這厭物的叫化袋也放在此。(丢介)原來是一錠金子，好留下他與張三郎買菓兒吃。還有一封書是露封的，待我看來："向事所犯，自分誅夷，仰賴恩私，護全首領。今棲水泊，自荷高情，聊奉黄金五十兩，少伸寸敬，未酬萬一也。伏惟宋公明大恩人臺下。通家弟晁盖頓首拜。"阿呀！且住，那晁盖劫了生辰綱，上梁山去了，爲何有這封書與他？吓！原來他一向與賊人往來，倘日後做出謀反大逆的事來，豈不連累我母子吃虧？我一向要與他

開交，没個因頭。好了，好了！與他開交的機會到在這封書上了。（唱）

【縷縷金】甘唾井，恨無因，拾遺非祇幸，淂兼金，黨結梁山泊，反形是証。想天教籠鳥翩凌雲，把銀瓶落梧井，銀瓶落梧井。

（宋江急上。唱）

【越恁好】楚弓遺影，楚弓遺影，慮禍甚關心。

（白）我方才起身淂急了，把一個招文袋遺失在房中。袋内一錠金子這還小事，有這晁保正這封書在裡邊，况那妮子又識幾個字，可是洩漏淂的？只淂轉來，呀！且喜大門還開在此，不免進去取了就走。（尋看介）（對閻婆惜白）可見我的招文袋，可見我的招文袋？（閻婆惜白）啐！你那隻手交付與我的，到與我討？（宋江白）昨晚放在此的。（唱）

難道璧沉江漢無憑准，好返鎬池君？

（閻婆惜白）吓！可是招文袋麽？在我處。（宋江白）我説在娘子處，拿來。（閻婆惜白）你做人狠淂緊，我要留在此做個把柄，没淂還你了。（宋江白）不要取笑，快還我。（閻婆惜白）我且問你，袋内有什麽東西在内？這般着急。（宋江白）袋内麽，止有一錠金子，你若要，送與你。（宋江唱）

黄金烱爍堪献芹，贈遺何吝。

（閻婆惜白）難道只有一錠金子在内？（宋江白）只有一錠金子。（閻婆惜白）這張賊嘴，梁山泊晁盖……（宋江掩閻婆惜口介）（閻婆惜白）好吓！你與梁山泊强盗往來，倘日後做出謀反大逆事來，連累母子吃虧，今日好好還我個了當來。（宋江白）你要什麽了當？（閻婆惜白）什麽了當？止不過寫一紙休書與我就是了當。（宋江白）你要我寫休書？還了我就寫。（閻婆惜白）寫了還你。（宋江白）住了，寫了要還我的。（閻婆惜白）阿呀！寫了自然還你的。（宋江白）是、是、是！（宋江作寫介）（閻婆惜白）我一向不知，原來與梁山泊賊人往來。（宋江白）在此寫了，有許多胡説。（閻婆惜白）難道我説不淂的？住了，寫便寫，中間要依我一句。（宋江白）依你怎麽寫？（閻婆惜白）要寫任憑改嫁。（宋江白)就是任憑改嫁,改嫁那個?(閻婆惜白)阿呀!任憑了,管我怎麼?(宋江白)或者你心上要嫁那一個,一發寫在上邊,一發停當些。(閻婆惜白)我要改嫁……(住口介)(宋江白)快些説。(閻婆惜白)我怕他怎麼?"任憑改嫁張三郎",不怕你。(宋江白)阿呀!王婆之言信非謬矣。咳!打淂上,撇淂下,就由你任憑改嫁張三郎。拏去!(閻婆惜白)寫淂好,不差。(作走介)(宋江白)那里去?(閻婆惜白)進房去睡。(宋江白)袋呢?(閻婆惜白)你要袋麽?想是在那里做夢。(宋江白)你方才説寫了休書還我,如今休書又寫了,怎麽不還我?(閻婆惜白)其實没淂還你了,要還到鄆城縣當堂去交還你。(宋江白)我今日偏要。(閻婆惜白)偏没有。(宋江白)偏要。(閻婆惜白)偏没有,偏没有!不怕你怎麽!(宋江白)你不要淘氣。(閻婆惜白)淘氣?老娘也不怕!(宋江白)哇!淫婦!(閻婆惜白)强盗!(宋江白)賤婢!(閻婆惜白)賊頭!(宋江白)賊潑賤!(閻婆惜白)狗强盗,狗强盗!(宋江白)你不還,我,我就……(閻婆惜白)你就敢殺我?(宋江白)我就殺你,何妨?(閻婆惜白)四鄰地方,宋江……(宋江打倒,殺介。唱)

手兒内光閃閃鋒難近,心兒内氣憤憤情難忍。

【紅繡鞋】一朝血濺紅裙、紅裙,一時粉碎青萍、青萍。把骸骨覆羅裙,把魚鷹袋招文,把蠟屐出柴門。

(搜袋介)

(閻婆急上。白)自不整衣毛,何須夜夜號。爲何這等叫喊,宋相公爲何這樣光景?(宋江白)你那女兒不好。(閻婆白)看老身分上。(宋江白)看你分上?殺了。(閻婆白)殺了?如今在那里?(宋江白)你來看,這不是麽?(閻婆見介。白)阿呀!地方,宋……(宋江白)哇!你敢喊,也是一刀。(閻婆白)不……不……不喊!(宋江白)可殺淂好?(閻婆白)女兒不好,殺淂是。(宋江白)該殺?(閻婆白)該殺。阿呀!親兒嗄!相公,女兒死了,教我倚靠何人?(宋江白)這何難?我就養你的老。(閻婆白)多謝相公。(宋江白)好嗄!好個任憑改嫁張三郎!(恨介)

(閻婆白)不要説了,他也與相公做一場夫妻,買口棺木盛殮了,也見平日的情分。(宋江白)這個使淂,我去買來。(走介)(閻婆扯宋江介)(閻婆白)相公,且擡過一邊,和你同去。(宋江白)也罷。(閻婆唱)

【尾聲】今朝相吊憐形影,誰伴桑榆悲晚景。

(宋江唱)

管教你春草秋風老此身。

(閻婆白)待我鎖上了門兒。(下)

(王婆上。白)茶肆邀冠盖,往來無白丁。老身前日因閻婆惜搶白了一場,我在宋相公面前説了他些勾當,宋相公竟一向不到他家。昨日閻婆來拉他回去,不知怎麽樣了。待宋相公來時便知分曉。

(宋江、閻婆上)(閻婆唱)

【大齋郎】向長街,步難捱,一時紅粉痛塵埋。啣恩非是奴心改,伸冤共你赴天臺。

(到介。白)爺爺,救命嗄!(王婆白)這是妹子,爲何扯住了宋相公,爲什麽?(閻婆白)姐姐,不好了!宋江殺了我的女兒了!(王婆白)怎麽説?(閻婆白)宋江昨晚把我女孩兒殺了!(王婆白)罷了,不好了,我説道你們做出事來了,你如今拉住他怎麽?(閻婆白)扯他縣主老爺處叫喊。(王婆白)妹子,你也不要慌,當初是我做的媒人,如今的中証也少不淂我。(閻婆白)正是,少姐姐不淂的。(王婆白)來、來、來!待我替你扯住在此,你到儀門上去叫喊去。(閻婆白)有理。姐姐與我扯住了,我去叫喊人,交府①與你的了。(王婆白)是了。(閻婆哭叫下)(王婆白)去,啐!人是殺淂的,此時不走,更待何時?(放宋江下)(王婆白)快走,還要回頭?(内喊關門介)

(閻婆上。白)阿呀!退堂了,不凑巧。兒嗄!姐姐,宋江呢?(王婆白)妹子好麽,那裏來?(閻婆白)宋江呢?(王婆白)那個

① 應爲“付”。

嗄？(閻婆白)宋公明！(王婆白)可是宋公明？我也在此尋他，好幾日不見了。(閻婆白)屈來好奸計，還我宋江來！(王婆白)什麽還你宋江？我且問你，你方纔是那一隻手交付與我的？(閻婆哭嚷介)

(張文遠上。白)叫各役都齊了，老爺要往府裏去。(見介。白)呀！住了。閻媽媽，你兩個爲何在此嚷？(閻婆白)張相公，我正要來見你。(張文遠白)見我怎麽？(閻婆白)不好了，昨晚宋江把我女兒殺了！(張文遠驚介。白)怎……怎麽説？(王婆白)宋公明殺了他的女兒了。(張文遠流泪介)(王婆白)老面皮，此淚出於何典？(張文遠白)爲何倒扯住了王媽媽？(閻婆白)我結扭宋江在此叫喊，正遇王婆，他説"替你扯住，你去叫喊"。我去叫喊，要他做好做歹，竟放了去了。(王婆白)正是牛能這個人扯淂他住的。(張文遠白)王婆，宋江殺了閻婆惜，與你什麽相干，要你放了他去？(王婆白)張相公，你是明白的。(張文遠白)明白的，便怎麽？(王婆白)人家殺了人，可是大事？(張文遠白)怎麽不是大事？(王婆白)既是大事，我又不是里長，又不是老人，怎麽與我起來？你自詳情。(閻婆白)張相公，不要聽他。是我明明交付與他的。(張文遠白)閻媽媽不要哭，待老爺升堂稟了，着在王婆身上要宋江便了。(王婆白)張相公，走來。(張文遠白)那説？(王婆白)你住在此替我們處一處這樁事去。(張文遠白)我自廊下事情處不開，處你們這樣大事，到縣場上去嚷。(下)(王婆白)隨了他進去。(閻婆白)唷！我和你好姊妹。(王婆白)什麽好姊妹？在佛會上見了哩。姐姐妹子，什麽一個父母養的料？扯淡。(閻婆白)明明交付與你，竟自放了去。(王婆白)妹子過來，我問你，我又不是排年總甲，你爲何交付與我？(閻婆白)咦？你這等抱富欺貧。(王婆白)嗄！你也忒忘恩負義。(閻婆白)阿呀！他殺人償命，王法難逃。(王婆白)走來，你欠債不還，人心難昧。(閻婆白)那宋公明怎對淂堂堂縣令？(王婆白)張三郎瞞不過湛湛青天。阿彌陀佛！(閻婆白)你如今没了這尷尬兇人，也開不成茶肆。(王婆白)嗄！我没了宋江開不成茶坊倒有，可你如今死了這烟火潑賤，做不成鴇兒羞羞。（閻婆白）屈來我是鴇兒，我是鴇兒，我自有冤報冤，與你甚事？（王婆白）你這老媽，再没有這等不明的了。我也是以德報德，與你解交。（閻婆白）你是叫化不淂，開這茶坊趁食。（王婆白）你打劫不來，教這女兒騙人。（閻婆白）我到騙人，我到騙人！你一盃濁水，賺人幾貫青蚨？（王婆白）阿喲！這句説毒了，我一盃熱一盃冷與人吃，倒説我賺人財物？過來，我説出口重，教女兒引誘人家子弟，騙人幾多白鏹。（閻婆白）我説你不過了。老乞婆。（王婆白）老虔婆。（閻婆白）老妖精。（王婆白）老妖怪。（仝打介）

（張文遠上。白）住了，放手！（閻婆白）張相公，狀詞可准麽？（張文遠白）准了。人都差了。（閻婆白）張相公，可憐看小女面上，扶持老身。（張文遠白）不妨，都在我身上，先回去，我自有道理。（閻婆下）（張文遠白）人交付你的，竟放走了麽？待老爺升了堂，拿你上去，三十脚底一拶，不怕你不放宋江出來，教你不要慌。（王婆白）呔！張三郎，你不要説嘴。（張文遠打王婆介）（張文遠白）放肆。（王婆白）好打。（張文遠白）張三郎是你叫的麽？（王婆白）可記淂做小兄弟的時候了？（張文遠白）哇！胡説，打你這老乞婆。（王婆白）打架你不經我老太婆的手段。（諢介。下）

第十一出　美髯公縱友逃刑

（宋太公上。唱）

【二集傍粧臺】【傍粧臺】（首至四）務農桑，要奴耕婢織勞苦把家當，看耒耜春泥跡，更機杼夜燈光。

【八聲甘州】（五至六句）但淂闔家飽暖餘無望，便是終歲辛勤也不妨。

（白）老夫宋希賢，大孩兒宋江在縣中作吏，有兩三個月没有回家。次子宋清，令他往西村置買農器去了。此時早飯已過，身閒無事，且往莊門口走走。（向外行介。唱）

【皂羅袍】（五至六）喜淂早完公事，官租上倉。

【傍粧臺】(末一句)絶無人催賦到門墻。

(宋江急上。唱)

【不是路】膽顫心慌,恐有人追來步轉忙。

(見介。白)爹爹!(太公白)阿呀,兒嗄! 爲何這等慌慌張張而歸?(宋江白)阿呀! 爹爹,不好了嗄!(太公白)且到裏面去。(一面進内介。一面太公唱)

把情由講,緣何唬淂那面皮黄?

(宋江白)孩兒在縣娶有閻婆惜爲妾,可恨這賤婢淫悍非常,通姦敗露。(太公白)既是這等,你只索休棄了就是了。(宋江白)孩兒呵,(唱)

恨醜聲彰,使我不修帷簿的名應喪。把他欲抱衾裯的手刃將。

(太公白)嗄! 聽你這般説來,敢是行起兇來了?(宋江白)不合一時怒起,將那賤人殺死了。(太公白)阿呀呀! 這還了淂? 既在公門,難道不知法度的? 你即使躲過,豈不要連累我老人家了?(唱)

把我株連上,暮年人怎去遭官棒。這的是禍從天降,禍從天降。

(宋江白)爹爹,且請放心。孩兒身爲書吏,恐有是非,三年前曾與爹爹虚捏忤逆詞狀,批下執照,出户另居,倘有所犯,總無干涉。孩兒此時且去躲在地窖之中,少間捕役到來,只將執照與他看,推托便了。况且孩兒平日與合衙門人交好,他們自然週全的。(太公白)我到忘了執照了。如今無可如何,只淂是這樣做去嘘。(合唱)

【掉角兒序】恨無端自招禍殃,怎説淂灾成無妄。都則爲野蔓閒藤,糾纏出情魔愁障。

(太公夾白)媳婦,快來。

(孟氏應上。唱)

何事的呼聲驟,不由淂移步緊,忙來堂上。

(見介。白)原來官人回來了。(宋江白)阿呀! 娘子,卑人犯下人命官司了。(孟氏白)嗄! 有這等事? 那人命因何而起?(太公白)且不要問,待你丈夫快到地窖中躲過了,再與你細説。

（合唱）

莫教喧嚷，且須隱藏。怕的是有人知覺頻生風浪。

（急下）

（朱仝、雷横帶衆土兵上。唱）

【又一體】既然的干犯王章，怎生價脱逃法網。嚴緝獲安敢遲違，緊搜拿莫教踈放。

（作到介）（朱仝、雷横白）土兵們，小心圍住了前後莊門。（衆土兵應介，作圍遶下）（朱仝、雷横白）裏面有人麽？快些走出來。（太公上。白）什麽人，這等大驚小怪？（見介）原來是二位都頭，有何貴幹光降？（朱仝、雷横白）太公，你還要佯推不知麽？令郎宋押司呵，（唱）

惡狠狠持白刃，慘酷酷殺紅粧。告在公堂，情真罪當，應須抵償。并不是殺人曾子，無端遭謗。

（太公白）嗄！有這等事？這不肖子今番做出事來了，好叫他去受罪。（朱仝、雷横白）既是這般説，快快放出兇身來罷了。（太公白）阿呀！二位還不知道麽？這不肖子忤逆不孝，三年前曾鳴官告理，蒙前任大爺批有執照，出户另居，永無干涉的了。（朱仝、雷横白）太公，你雖是這等説，我們難於憑信。（太公白）縣中存有案卷，又有用印執照，取來一看便知了，怎麽不信？（朱仝白）不是這等説，我們奉差到此緝捕，須浔進内搜一搜，果然没有，這纔信以爲實。（太公白）請二位只管進内去搜。（朱仝白）雷都頭，我們一同進去。（雷横應介）（朱仝白）不好，不好！兇身現在脱逃，太公也就是要緊人犯了。雷兄弟，你將他緊緊看好了，待我一人進内去搜罷。（雷横白）就是這樣便了。（朱仝白）你同太公先到後面去把執照看一看，抄了一紙帶着。（雷横應介）（太公白）阿呀呀！這是那裏説起？人命關天重，（雷横白）太公，我這個官差不自由。（同下）（朱仝看下介。白）難將我語和他語，未卜他心是我心。那雷横雖與宋公明交好，未必便肯用情，因此把他賺開了。那宋公明一定躲在佛座下地窖之内，待我進去指點他逃向遠方。（進内介。唱）

【太師引】進中堂，悄地頻觀望，我把那其中好審詳。

（場上預設佛座介）（朱仝白）來此已是佛堂，待我進去。（移開佛座介。唱）

只知是莊嚴色相，那識淂秘密行藏。

（開地井板介。唱）

試將這銅鈴提響。

（提索鈴響介。唱）

管教他聞聲直上。

（宋江從地井内上，見驚介。白）阿呀！原來是都頭，你要救我纔好。（朱仝唱）

看慌張狀令人可傷。押司，我和你情關休戚好商量。

（宋江白）若蒙義釋，終身不忘大德。（朱仝白）押司，你我相交甚厚，怎好就將你擒拿？但藏躲在内，終非善策，還當遠舉高飛纔是。（宋江白）多承指教，小可刻下即當逃往他方便了。請上受我一拜。（朱仝白）不敢。（宋江唱）

【又一體】今日蒙君來釋放，

（滚白）仁兄，多感伊家雲天高誼，奉差而來，不加擒獲，反用好言安慰，命我難人向遠處潛踪，遠處潛踪。今日蒙將我來釋放，（唱）

這恩德如何敢忘？

（朱仝白）快些進内，去收拾行李走罷。（宋江應介。唱）

願此去脱離羅網，學冥鴻雲外翱翔。

（急下地井介）（朱仝向外行介。唱）

饒播弄瞞天大謊，還要去作勢裝腔。

（白）雷都頭，太公在那裏？

（雷横、太公上）（雷横白）怎麽樣了，可搜淂着？（朱仝白）各處俱已搜遍，果然没有。（太公白）何如？老漢久不許這忤逆子上門的了。（朱仝白）雷都頭，你可也要進去搜搜？（雷横白）你説没有，自然是没有的了，何必又要我進内？（朱仝白）抄的那執照底子呢？（雷横白）帶在這裏。（朱仝白）兇身既然不在，帶了太公去見官就是了。(太公白)老漢年紀高大,還求二位都頭方便。(朱仝白)這個如何使淂?(雷横背白)他與宋公明相好,怎麽都是這等,我有道理。(向朱仝介。白)朱都頭,不是嗄,他既有執照爲憑,我們拚淂躭些干係,去禀知官府。不追問就罷,若追問起來,只説其父卧病在床,不便拘拿就是了。(朱仝白)這等麽,既是你要做情,便宜你這老人家,不帶去罷。(太公白)多謝二位都頭。(朱仝、雷横白)太公,若是令郎回來拿住了,快快自首,省淂連累你。(太公白)這個自然。(下)(朱仝、雷横白)衆土兵呢?(衆土兵上。白)都在這里。(朱仝、雷横白)兇身不在莊上,我們快回縣中去禀明大爺,另向别處緝獲。(衆土兵應介)(合唱)

空勞攘,知他潛藏在那厢,竟做了捕風捉影兩茫茫。

(下)

(太公上。白)阿呀呀！那雷横還好些,那朱仝一些情面也没有,平日交好,竟是没用的。

(宋江、孟氏上)(宋江白)爹爹不要錯怪了人。(太公驚介。白)阿呀！他們去還未遠,你怎麽就出來了?(宋江白)方纔朱都頭知是孩兒藏在窖中,已經見面,承他釋放,囑咐孩兒快往遠處逃避,刻下就要拜辭膝下了嘘。(哭介)(太公白)藏你在家,恐露風聲,反爲不便,也只索由你,但不知避到那裏去?(宋江白)滄州柴大官人處,白虎山孔氏兄弟莊上,清風寨花榮署中,三處皆可投奔。如今且往柴大官人處住些時再定行止。(太公白)你去後我即着四郎前來看汝。(宋江白)家内無人,這倒不必,爹爹請上,待孩兒拜别。(太公白)罷了。(宋江拜介)(合唱)

【三學士】人世分離原苦,况今番更覺悲傷。老親白髮頻揮淚,少婦紅顔欲断腸。一去天涯勞夢想,知甚日返故鄉。

(孟氏將包裹遞與宋江介)(宋江下)(宋太公、孟氏合唱)

【哭相思】叠叠雲山去路長,一家骨肉歎参商。欲知别淚垂多少,拭盡千行更萬行。

(各哭介。下)

第十二出　宋江避難投良友

(武松上。唱)

【滿庭芳半】臂挽千鈞,胸羅八陣,功名猶滯吴鈎。依棲朱邸,踪跡歎淹留。無那鴈行影断,望鄉關天際雲浮。

(白)虎頭燕頷體昂藏,壯志應知在四方。天地一身非藐小,男兒當是重綱常。自家姓武名松,本貫清河人氏,不幸父母早亡,家室未授,止有親兄一人相依度日。自家既具俠腸,且多勇力,爲是路見不平,誤將本處土豪打倒,逃避江湖,投托此間柴皇親莊上。蒙他殷勤款待,住有年餘,閒中教授他莊客些拳法,喜淂漸已精熟。近日打聽淂哥哥還居在陽穀縣中,幾番要到彼尋覓,又因偶抱小恙,所以躭擱。且待身體强健,然後辭别了柴大官人,起身前往便了。

(柴進上。唱)

【菊花新半】揮金結客少年遊,名譽争看遍九州。

(見介)(武松白)大官人。(柴進白)武二哥。(武松白)小弟在此,蒙大官人高誼,感戴非淺。(柴進白)二哥,一向在舍,簡褻之甚。(武松白)不敢,本欲在此常聆清誨,但思念家兄不置,即日就要拜别尊顔,此後再當圖晤。(柴進白)二哥欲歸之念,蓄之已非一日,小弟也不好十分强留。但以二哥之人材,必非老於牖下者。不識會見令兄之後,還欲何往?(武松白)小弟平日企慕鄆城縣宋公明爲人仗義,將來意欲往彼拜識。(柴進白)那宋押司,弟亦最所仰慕,雖未謀面,常有音問往還,但不知何是①始淂識荆。(武松白)那公明呵,(唱)

【好事近】義氣重千秋,欽仰似泰山北斗。

(柴進合唱)

兩相思慕,千里神交已久,何年把臂,指青松白石交情厚。聽春雨兩

---

① 應爲"時"。

地含愁，望暮雲幾番翹首。

(莊客上。白)户後金釵人十二，堂前珠履客三千。(見介)啓上大官人，外面有一鄆城宋相公拜訪，他自己説名叫宋江。(柴進白)有這等事？正在此念及，不想忽然到來，這也喜出望外。(武松白)果是可喜。(柴進白)快請進來。(莊客應介)(柴進白)我們一同出去迎接。(武松應介)(莊客)宋相公，有請。

(宋江應上。白)迢遥途路家何在，潦倒風塵人自勞。(莊客接包裹介)(柴進、武松接見介)(柴進白)公明兄怎麽今日方始降臨，豈不想殺柴進也！(宋江白)踈頑小吏，何足當貴人如此垂念？(柴進白)好説。(宋江白)此位尚未請教尊姓大名？(武松白)小弟武松。(柴進白)是武二哥，實爲當世之英傑。(宋江白)久仰，久仰！(柴進白)請坐了。(各坐介)(柴進白)今日甚麽好風，吹送淂公明兄到此？(宋江白)不才因一時忿怒，犯下了一樁官司，逃避出來的。(柴進、武松白)嗄！原來如此。(宋江唱)

【千秋歲】遠相投，法網希圖漏。

(向柴進恭介)

要仗着二天庇佑。

(柴進、武松白)但不知所犯何事？(宋江唱)

手刃紅裙，手刃紅裙，也只爲醜事兒聲傳中冓。

(柴進白)這樣小事，何足慮及！不是小弟誇口説，就犯下十惡大罪，住在小莊，也無人敢來理論。頻年思慕，今幸惠臨，且須歡聚雄談，亦人生至樂之事。(柴進、武松唱)

歎幾載相思久，喜今日相逢驟。坐對知心友，果然是同聲相應，同氣相求。

(武松白)小弟病軀尚未痊可，今淂會見公明兄喜溢於中，賤恙不覺霍然矣。只是纔淂相逢又將遠别，這却奈何？(宋江白)武二哥將欲何往？(武松白)要到陽穀縣尋訪家兄。(宋江白)小可也還要到白虎山，且同在此盤桓幾日，然後分袂便了。(柴進白)纔到這裡，怎麽就提去的話？小酌設在後軒，請到那邊，且爲暢飲談心。請。(宋江、武松)請。(合唱)

【尾聲】訂交情，期白首，喜一時裹英豪邂逅，好同把義勇的胸襟向樽前謾謾的剖。

（各遜下）

第十三出　景陽崗斃虎遇兄

（衆獵户上。唱）

【水紅花】官司懸賞有明文，捕山君看看着緊。咱每獵户受灾迍，枉艱辛徘徊難進。退則恐違嚴限，進又恐亡身。筭來都是命難存也囉。

（白）我們是陽穀縣中獵户，只爲景陽崗上有一吊睛白額虎吃人無限，本縣太爺着落我們身上，務要捉獲。只是這個孽畜猛惡異常，我們如何拿淂？（一獵户）哥嗄，你我只好伏在山下，多擺些窩弓藥箭，等他自來納命。（衆獵户）説淂有理。正是路狹難廻避，官差不自由。（下）

（武松上）道傍車馬日繽紛，行路悠悠何足云。未知肝膽向誰是，令人却憶平原君。俺武松久住柴皇親莊上，喜遇宋公明，又復盤桓數日，因思念哥哥，只淂别了他二人，就往陽穀縣中尋俺哥哥走一遭也。（唱）

【新水令】老天何苦困英雄，二十年一塲春夢。不能彀奮雲程九萬里，只落淂沸塵海數千重。浪跡浮踪，任烏兔枉搬弄。

（白）迤逕行來，已是景陽崗下了。前面有個酒肆，待我看來，酒望子上寫着“三碗不過崗”。這怎麽説？我且進去少坐一會。酒保有麽？

（酒保上）來了。酒、酒、酒，有、有、有！賒、賒、賒，走、走、走！客人吃酒麽，裡面請坐。（武松）過來，你那酒望子上寫着“三碗不過崗”，這怎麽説？（酒保）嗄！客官，我這裡酒兇，吃了三碗，就過不淂這景陽崗了，故此叫做“三碗不過崗”。（武松）嗄！取來，待我吃他幾碗，看我過淂這崗過不淂這崗。（酒保）客人不要説嘴，待我拿來你吃哪。就是個隻碗。（武松）酒來。（酒保）客人勿要吃個樣寡酒，等我切點牛肉過過口。（武松、酒保唱）

【折桂令】又何須炙鳳烹龍。

(白)酒來。(酒保)没哉,酒壺裹只淂三碗。(武松)纔吃就完了?(酒保)客人,你個量好乱,等我掇一甏來,等你吃一個燥皮。(武松)不要管,只顧篩來就是了。(酒保)客人,你看顔色琥珀能個。(武松唱)

鸚鵡杯浮,琥珀光濃。爽快!却不道五斗消酲,三盃合道,自有神功。

(酒保白)客人,好上口,難脱手個嘘,勿吃罷。(武松)呸!我想别人吃酒,與你何干?(唱)

何用你虚擔怕恐?

(酒保白)酒完哉,阿要再掇一甏來?(武松)不吃了。(酒保)嗄!(武松)前日柴大官人送我的盤費,一路用來剩不多了。酒保,我這包裹裹頭還有四五錢銀子在内,你拿了去罷。(酒保)吃子一壺又是一甏,那説四五錢銀子?(武松)不是嗄,我連包裹多放在你處。(酒保)當來里麽個使淂介,没就來贖子去耶。(武松)改日就來取的。(唱)

好教人羞殺囊空。

(走介)(酒保白)客人囉哩去?(武松)過崗子去。(酒保)去不淂了。(武松)怎麽去不淂?(酒保)你不曉淂,景陽崗上新出一個吊睛白額大虫,吃人無限,本縣老爺大張告示,一應單身客人不許過往,恐傷性命。(武松)咦?酒保,你不説那大虫,我不去也罷;若説有虎在彼,惱淂俺精神抖擻,毛髮倒竪。(笑介)(酒保)老虎答你哈哈個了。(武松)我偏要去。(酒保)你去正好給他做點心。(武松唱)

按不住我惡氣忡忡。

(白)放手。(酒保跌下)(武松唱)

則是行色匆匆,趁着這落日熹微,醉眼朦朧。

(白)來此已是崗上了,不見什麽大虫,都是這厮胡説,連那官府榜文也是混帳。呀!酒湧上來了,待我就在這塊石上少睡片時。(内虎叫介)呀!果然有個大虫來了。

(虎上,跳躍介)(武松唱)

【雁兒落】覷着這潑毛團、體勢兇。

（打介。唱）

這狼牙棍、先摧迸。俺這裏趨前退後忙，那孽畜舞爪張牙横。

【浔勝令】呀！閃浔他回身處，撲着空，轉眼處，亂着踪，這的是虎有傷人意，虎嗄，你今日冤家對面逢。你待要顯神通，縱使力有千觔重。你今日途窮，抵多少花無百日紅，花無百日紅。

（打虎死介。白）虎已死了，且乘着這酒興過崗子去罷。

（衆獵户暗上）（武松白）呀！你看又有兩個大虫來了，俺今番是個死也。（唱）

【沽美酒】俺只索逞餘威，鬬晚風，逞餘威，鬬晚風。呀！只見那雙舉步，兩挪踪。

（衆獵户白）㖿！你是人是鬼，這個時候獨自行走麽？（武松唱）

俺是個盖世英雄唤武松。

（衆獵户白）可曾遇着大虫？（武松）虎麽？（唱）

試言他猛兇。

（衆獵户白）你且試説一遍。（武松唱）

負嵎處，恁威風。

【太平令】身一撲山來般重，尾一剪鋼刀般横。一聲響千人驚恐，數步遠衆生含痛。

（衆獵户白）你怎麽不被他傷了性命？（武松唱）

俺呵，憑着這膽雄氣雄，空拳兒結果了大虫。

（衆獵户白）被你打死，感謝壯士。（武松唱）

呀！教衆口將咱稱頌。

（衆獵户白）實不相瞞，我每是陽穀縣中獵户，官府勒了限期，着落我每身上，要拿這個大虫。我每又近他不浔，果然被你打死了，我們也不信。（武松）不信麽？隨我去看來。（唱）

【鴛鴦煞】早難道巖前虎瘦雄心横。

（衆獵户白）這樣一個大虫被你精拳打死，就是卞莊與李存孝也不如你了。（武松唱）

俺笑那卞莊、存孝皆無用。

(衆獵户白)壯士,你却來淂去不淂了。(武松)怎麽來淂去不淂了?(衆獵户)少不淂送你到縣裡去請賞。(武松唱)

俺本是逆旅經商,誰承望奏捷膚功。

(衆獵户白)一定要壯士去的。(武松)只是俺去呵,(唱)

只怕那六巷三街,前遮後擁,沸沸揚揚,

(衆獵户白)説些什麽來?(武松唱)

把那陽穀人譏諷。

(衆獵户白)這也説不淂,待縣中這些百姓認認你是個打虎的好漢。(武松)也罷,少不淂要到縣中去尋我哥哥的。(唱)

只淂相從。

(白)把這大虫擡了去。(衆獵户)壯士請。(武松)請。我不去也罷。(唱)

怎當他們恁趨奉。

(衆獵户遜武松下)

(衙役、皂隸引縣官上。唱)

【夜行船】時序推移如轉首,環四野麥已先秋。馴雉無功,飛鳧不就,願猛虎渡河北走。

(白)威鳳托鳩巢,徘徊惜羽毛。催料慚政拙,撫字識心劳。下官陽谷縣縣尹是也。景陽崗猛虎傷人,深爲憂慮,今早從人報説有一壯士獨自打死一個大虫,實爲可驚可喜。叫左右。(衆應介)(縣官)獵户到來,即使通報。(衆)理會淂。

(武松上。唱)

【又一體】一虎何勞傳衆口,還須破百萬貔貅。

(獵户擡虎皮上)昨朝多懼多凶,今日無災無咎,都是那人成就。(獵户白)牌頭哥,煩你禀知,獵户與打虎壯士要見。(禀介)(縣官白)着他進來。(武松)打虎的磕頭。(縣官)起來。(獵户)獵户磕頭。這虎是他打死的。(縣官)虎且擡在一邊。(獵户應介)(縣官)那壯士過來,你是何方人氏,叫甚姓名,多少年紀了?(武松跪介)老爺聽禀:(唱)

【鎖南枝】我年齡少,武略多,名松姓武能荷戈。一廛家世清河,争奈奔馳命坎坷。

(縣官白)你如今要往那裏去?(武松唱)

到此陽穀縣尋我哥,過景陽崗遇着虎爲禍。

(縣官白)這等一個猛虎,你怎麽就打淂他死?起來説。(武松起介。唱)

【又一體】把他先一按,就一撲,

(白)説時遲,那時快,(唱)

一掀一剪甚潑,讓他幾個掀簸。他性兒自摧挫,鋭已竭,俺力尚大。

(白)兵法有云,(縣官)怎麽説?(武松)"避其鋭氣,繫①其惰歸"。(唱)

打虎時是這擒縛。

(縣官唱)

【又一體】你心偏壯,計不訛,兼資勇謀恁似他,愧咱職忝民牧,常若心勞拙催科。看長兄特來此過,便留伊也安妥。

(白)我要補你做土兵都頭,在我縣裏答應,就與你哥哥完聚。意下如何?(武松跪介)多謝老爺擡舉。(縣官)既如此,叫該吏備花紅鼓樂,就着獵户擡了大虫迎這都頭與城中人看。(衆應介)(縣官)今日淂吾提掇起,免教人在污泥中。快迎出去。(下)(衆鼓樂,獵户擡虎皮同上)(隨武松行介)(衆唱)

【朝元令】山村早收,白額當人吼,山行早休,白骨妨人走。自此舒眉,更無疾首。

(武松唱)

這是明府仁深澤厚,民以無憂。

(衆唱)

你勞而不伐德更優,今日做都頭,看他年封列侯。

(武松唱)

想分飛日久,兄和弟幾時輻輳,

(衆唱)

---

① 應爲"擊"。

有時輻輳。

(同下)

(武大郎上。白)眼見希奇,壽增一紀。景陽崗出了一個吊睛白額虎,吃人無數,被一外方壯士精拳打死。本縣太爺賞了花紅,擡這老虎迎來迎去,與百姓們觀看。我連忙拿勾餅擔放哩屋裏了,也去看看。我想人生一世,草木一秋,冬瓜爛子對河裏一丢,竟去看老虎去。(衆百姓内白)走嗄,走嗄!(武大郎)阿唷,阿唷!你看人山人海,才去看老虎勾,我也擠上去。

(衆百姓上)潛藏山内多威猛,擡向城中人聚觀。(見武大郎介)你這矮子,身不滿三尺,如何挨擠淂上?(武大郎)區區身體雖然瑣小,我跳哩吇烎,肩架上比吇烎,還看淂仔細哩。(衆内白)我們迎上前去。(衆百姓)你看擡到那邊來了,我們快去看嗄。

(衆擡虎引武松上)(同唱)

【又一體】醉裏奇功成就,山靈也是愁,今古更誰儔,志欲凌雲,氣能冲斗。自是雄風神授,電走星流,從容斃虎如斃牛。

(衆百姓白)阿唷唷!好個大老虎!(武大郎)咦!個個打虎勾人好像我勾兄弟!(武松見介)嗄!這分明是我的哥哥!(向武大郎)你可是我哥哥武大麽?(武大郎)正是,吇!阿是我勾兄弟武二?(各見,哭介)(武松白)哥哥住在那裏?(武大郎)就哩前頭紫石街上,兄弟剛到,無淂下處,就哩我裏住子罷。(武松)使淂。(武大郎)叫渠烎拿勾老虎擡到我門前去光輝光輝。(武松)就煩列位擡去。(衆應介)(同走,唱)

旌賞豈能酬,還須達帝州。

(合前)

分飛日久,兄和弟一時輻輳。

(重到介)(武大郎白)到哉,到哉!噲,家主婆,拿刀出來害勾虎尾把,替吇裝裝。(衆)休淂取笑,看他不出倒有這樣一個好兄弟。我們再到縣前去。(衆擡虎隨口白,同下)

(潘金蓮上)(武大郎白)過來,見了叔叔。(作見介)(武大郎)①快進去收拾夜飯。(潘金蓮應下)(武松)哥哥請上,兄弟有一拜。(同拜。唱)

【玉胞肚】鴈群拆散,影蕭蕭飄泊未還。念哥哥在此地安居,小兄弟特來相看。

(武大郎白)打虎一事,其實難淂。(武松唱)

偶因打虎出深山,逅邂相逢城市間。

(白)哥哥在此營運如何?(武大郎)你是曉淂我的。(唱)

【又一體】我身無材幹守艱辛,賃房幾間,靠渾家炊餅爲生。

(武松白)且喜娶嫂嫂了。(武大郎哭介。唱)

到街坊被人欺慢,

(笑介)

你今到此我心安,

(咬牙出拳介)(武松合)

管取他人另眼看。

(武大郎白)幾處移家逐轉蓬,(武松)年來多難與兄同。(同白)今宵勝把銀缸照,猶恐相逢是夢中。(仝下)

第十四出　孔家庄歡聯舊雨

(庄客上。唱)

【風馬兒】踏破芒鞋,脚根無線,忙殺了洛中黄犬,山花看遍真葱蒨。林際外,朱門現。

(白)我乃白虎山孔太公庄上一個庄客便是。只爲我家太公仗義踈財,留心結客,凡有英雄豪傑無不納交,這也不在話下。他久慕鄆城縣宋公明爲人,時常想念,近聞淂他爲了官司犯罪在逃,特着小可往他家探聽。見了宋太公,方知他殺了一妾,數月前已出門,逃避在滄州横海郡柴大官人庄上,因此回家報信。我家太公連夜

① 據底本"武大郎"不加括號,按語義"武大郎"應爲説話人而非對話中語言。

修書，就叫小可來滄州接取。來此已是柴大官人庄上了。（唱）

看滿眼風光春近遠。

（白）門上是那一位？

（蒼頭上。白）籬邊聞犬吠，柳際聽蝉鳴。是那個？（庄客白）老丈請了。此間是柴大官人庄上麽？（蒼頭白）正是。（庄客白）此間有鄆城縣宋公明相公住在這里麽？（蒼頭白）我家大官人酷喜結客，來往的人也多，不知有没有，老漢實不記淂。（庄客背介。白）這老兒説話蹊蹺。老丈，我曉淂了，想是爲宋相公有塲官司，已經動了海捕文書拿他，故爾如此含糊。我實對你説了罷，我非别人，我乃白虎山孔太公處特差我來相請的。（蒼頭白）真個？（庄客白）怎好哄你老人家？（蒼頭白）小哥，就是什麽海捕文書我家也拿不淂人的，你且隨我來來。（同下）

（柴進、宋江上。唱）

【又一體】促膝終朝，光陰如箭，漫搔首看白雲舒卷。

（宋江白）大官人。（唱）

你金枝玉葉神仙眷，忘勢分交愚賤。

（柴進笑介。白）公明兄。（唱）

提起雄心空靦㥦。

（蒼頭引庄客上。白）且住，待我先禀。啓上大官人，外邊有孔太公處差人來接宋相公。（柴進白）什麽孔太公？（宋江白）可是白虎山的孔太公麽？（蒼頭白）正是。（宋江白）教來人進來。（蒼頭引庄客見介。白）小人叩頭了。（宋江白）罷了，起來，你家太公怎麽知道我在此？（庄客白）我家太公聞知宋相公有些訟事，故此差小人到宋相公家。（唱）

【柰子花】主人翁敬迓高軒，叩華居知寄跡仙源。

（白）小人因此即忙報與太公知道。（唱）

他聞芳踪此間，喜形於面，急修書星馳如電。

（白）有書在此。（作遞書，宋江接看介）（庄客唱）

賜展久掃榻，候南州冠冕。

（宋江白）我正在此懷思，恰好書到，令人喜出望外。大官人，小可今日就要告辭了。(柴進白)正好談心,又要辭去,教小弟何以爲懷?(宋江白)我輩交情豈同世俗,但不知此一别不知幾時又浔握手,小弟就此拜别。(柴進白)説那里話,何必如此性急?(宋江拜介)(合唱)

【瑣窗寒】困英雄三尺龍泉,握手如瞻尺五天。

(柴進白)蒼頭,與我備馬,我還要送上一程。(宋江白)送君千里,終須一别。何必如此?(柴進白)豈有此理?

(二庄客作牽馬携弓箭上,衆作各乘馬介)(蒼頭下)(合唱)

春明門外,灞水橋邊,一腔心事,似縈廻柳線。

(柴進白)前日武二哥要去尋兄,今日公明兄又要去訪友,我柴進枉生俠骨而不能久屈高人,十分慚愧。(宋江白)大官人,你名在雲霄,義同山岳,當此時事不可知之時,只好收羅幾個俊傑,自有好處。(柴進白)承公明兄臨别贈言,敢不中心藏之。(合唱)

更何日把西窗燭剪。

(宋江白)如此,大官人請回罷。(柴進白)吾兄到了白虎山,不時帶信與我。(宋江白)這個自然,大官人還須保重。(柴進白)大哥路上也要小心。(宋江白)請了。(柴進白)請了。(宋江同庄客下)(庄客白)大官人,宋相公去遠了,望不見了。(柴進白)你看他依依不捨,一團義氣逼人,真好英雄也!庄客們,我們回去罷。(庄客白)大官人,何不隨意在山前射獵一番?(柴進白)我有甚心情山前射獵也。(唱)

難言人生遇合似萍然,控絲鞭悶到家園。

(下)

(衆庄客上。唱)

【秋夜月】學耍拳,慣把東翁騙,互相贊歎威名顯。若逢勁敵,偏不服善,縱筋疲力軟,尚誇張大言。

(白)我們都是孔太公庄上庄客,每日跟隨大郎、二郎頑耍拳棒。話猶未了,大郎、二郎來也。

(孔明、孔亮上。唱)

【金蓮花】關西大漢關東健,吼如虎、猾似猿,耍他幾路少林拳。粉墻邊，踈籬畔，小院前，聲名千里傳。

(白)我乃"毛頭星"孔明是也。我乃"獨火星"孔亮是也。我們兄弟生成武藝，性爱交游。祖居住在這白虎山，每以射獵爲樂。凡遇好漢過此，務必請教，因此十八般武藝件件通曉。(孔亮白)哥哥，想這白虎山有了咱兄弟，那個敢小覷喒，看來這些好漢也只平常。

(庄客引宋江上。白)溪雲常帶雨，山木自含風。(庄客白)此間是了，待我通報。(見介。白)啓上大郎、二郎，宋相公到了。(孔明白)爹爹有請。

(孔太公上。白)作什麼？(孔明白)宋公明到了。(作出迎相見介)(太公白)公明兄，想殺老夫也！老夫有一拜。(宋江白)小可也有一拜。(太公白)你兄弟們過來拜了師父。(孔明、孔亮白)師父在上，孔明、孔亮叩見。(宋江白)請起。(太公白)前日聞淂仁兄有些訟事牽纏，故此着人來屈駕，但不知此事因何而起，如今怎麽様了？(宋江白)小弟只爲一時感憤，殺了一妾。(唱)

【又一體】半世光陰如飛霰，把紅顔輕血濺。向滄州避地倚高賢，見青鸞飛下雲箋。

(太公唱)

情牽，情牽故人多繾綣，方遂俺神交覿面。

(白)公明兄，且在敝庄多住幾年。(唱)

學陳遵投轄付清泉，

(宋江白)小可極承厚情，只是有一好友在清風寨做知寨，少不淂要去訪他。(太公白)此去清風寨雖不遠，那有就去之理？(唱)

訪戴事休言。

(白)今日你師父纔到，且吩咐整備筵席接風，明日再請教鎗法。(宋江白)只是打擾。(太公白)好説。(合唱)

【尾聲】歡呼擊劍忘勞倦，吐衷腸且屏恩怨。

(孔明、孔亮下)(太公白)公明兄。(宋江白)太公。(合唱)

和你直飲到月轉花梢一醉眠。

(下)

第十五出　潘金蓮癡情誘叔

（潘金蓮上。唱）

【縷縷金】癡男子假粧喬，我饞涎垂一縷怎生熬。今日來家後，用心引調，任從他鐵漢也魂消，須落我圈套，須落我圈套。

（白）奴家一見武二就看上了他，常將眼角傳情，話頭勾引，他只做不知，爲此今早浸浻一壺凉酒，等他回來飲酒，中間慢慢的打動他便了。

（武松上。唱）

【菊花新】揮汗歸來罷曉衙。

（潘金蓮白）不免到門首望他一望。（武松唱）

何日成名浻建牙。

（見介）（潘金蓮白）呀！叔叔今日回來浻恁早嗄！（武松唱）

無事早歸家，問兄長可曾歇下？

（潘金蓮白）你哥哥麽，縣前生理去了，還未回來。（武松白）如此，我也到縣前去走走。（潘金蓮攔住介。白）叔叔是自己家嗄，何不請到裡面坐坐，等他回來就是了。（武松白）既如此，嫂嫂請。（潘金蓮白）叔叔請。（武松白）請。青天白日，爲何把門關上了嗄？嫂嫂拜揖。（潘金蓮白）叔叔。（武松白）好熱嗄！（潘金蓮白）叔叔身上穿着幾層衣服？（武松白）三層。（潘金蓮白）這樣熱天穿這許多，莫若脱下來，我與你晒晾晒晾。（武松白）不勞，武二伺候官府穿慣的。（潘金蓮作羞介。白）穿慣的，阿呀，好性兒嗄！（武松白）桌兒上什麽東西？（潘金蓮白）我早上浸浻一壺凉酒在此，候叔叔回來共飲三盃。（武松白）既有酒，等哥哥回來一仝飲罷。（潘金蓮白）那裏等浻他及，我們先飲起來，待他回來再吃便了。（武松白）如此多謝嫂嫂。（潘金蓮白）叔叔是海量，大盃罷。（武松白）倒是大盃好。（潘金蓮斟酒遞介。白）叔叔。（武松白）嫂嫂。（潘金蓮白）叔叔請。（武松白）放在桌上，待武二自取。（潘金蓮白）嗄！要放在桌上。（武松白）蒙嫂嫂見賜,武二這裏立飲乾。(潘金蓮白)好量嗄! 叔叔,後生家不要吃單盃,吃個成雙到老。(武松白)咳! 有酒待武二吃罷了,什麽雙單?(潘金蓮白)阿呀! 我説的是酒嗄!(武松白)怕不是乾,武二這裏借花獻佛,回敬嫂嫂一盃。(武松斟酒介)(潘金蓮白)我是不吃的。(武松白)小盃罷。(潘金蓮白)嗄! 小盃。(武松白)嫂嫂。(潘金蓮白)又要反勞叔叔,待我來。(武松白)閃開,待我放在桌上。(潘金蓮白)又要放在桌上,這等固執,多謝叔叔。(武松白)嫂嫂。(潘金蓮白)叔叔請坐。(武松白)請。(潘金蓮白)叔叔,今日没人在此,做嫂嫂有一句話。(唱)

【古輪臺】要問伊家。

(武松白)嫂嫂有什麽話説,武二這裏自然領教。(潘金蓮唱)

聞你在東街背地戀烟花。

(武松白)戀烟花?(笑介)這是那裏説起?(潘金蓮唱)

緣何不説知心話。何不携來家下?

(武松白)嫂嫂。(唱)

我是風虎雲龍,怎肯向平康入馬?

(潘金蓮白)叔叔。(唱)

你在客邸孤單,少年狂放,只怕你心頭不似嘴喳喳。

(武松)

我原非虚話。

(潘金蓮白)我只是不信。(武松白)不信時,待兄長還家,把咱行事試將他問,可知實假。(潘金蓮白)咳!(唱)

休説那冤家。

(武松白)夫妻什麽冤家?(潘金蓮白)叔叔,(唱)

這風流話,若還知道怎嫌他?

(武松白)咳!(唱)

【又一體】嗟呀! 好教我懸望巴巴,這時節不見兄歸。

(潘金蓮白)叔叔,再請一盃。(武松白)嫂嫂。(唱)

你且消停盃斝,況天氣炎蒸。

(潘金蓮白)那里去?(武松白)閃開。(唱)

向門外臨風瀟灑。

(潘金蓮白)且住。(唱)

事到如今,把機關用盡,怎肯輕輕便撇下?且同消夏,却怎生忒不撑達。

(武松唱)

只爲奔馳勞頻,心慵意懶,好難禁架。

(潘金蓮白)嗄!我曉淂了。(遞酒介。唱)

此意你知麽,伊休詐。

(白)叔叔。(唱)

這半盃殘酒飲乾咱?

(武松白)住了,這要那個吃?(潘金蓮白)叔叔吃。(武松白)是我吃,拿來。呀,呸!(唱)

【撲燈蛾】怪伊忒喪心,怪伊忒喪心,羞恥全不怕。有眼且睁開,把武松特地詳察也。我是含牙戴髮頂天立地丈夫家,怎教他敗倫傷化?

(白)嫂嫂,你休要想差了念頭,倘有些風吹草動,我武二眼睛認淂嫂嫂,拳頭不認淂嫂嫂。(潘金蓮白)武二,你不要誇口嗄!(武松唱)

我非誇,自從打虎手兒滑。

(潘金蓮白)喲,啐!(唱)

【又一體】笑伊直恁村,笑伊直恁村,不辯真和假。

(白)阿呀!(唱)

我是酒後聊相戲,怎便將人叱咤也!

(白)武二,把我什麽人看待?(武松白)嗄,不過是嫂嫂。(潘金蓮唱)

常言道嫂如娘大,那些個知輕識重丈夫家,只會把至親欺壓。

(白)咳,罷!叔叔,(唱)

總塗抹,從今兩意莫争差。

(武松白)咳!(唱)

【尾聲】這場家醜堪羞殺。

(潘金蓮唱)

自恨當初錯認了他。

(下)(武松白)我那哥哥,(唱)

只恐終須作話靶。

(白)有這樣事,且到縣前去候我哥哥回來。(開門介)

(武大郎上。白)清晨出去猶嫌晚,下午歸來汗未消。兄弟歸來哉儕,裏面請坐,還要問你説話。兄弟,(唱)

【五更轉】你甚時來家裏?

(白)可曾吃點心?(唱)

敢是點心兒尚未吃?

(白)若勿曾吃點心,我擔内還有幾個餅把你吃了。(唱)

爲何頻問多不應?

(白)我曉淂哉!(唱)

敢是嫂……

(潘金蓮内嗽介)(武大郎白)我個騷娘,幸喜我不曾説什麽嘎,是了。(唱)

敢是嫂嫂跟前慢憎着你?

(白)可是我如今猜着了?(唱)

莫不是受了些官司氣?

(武松白)咳!本縣大爺何等待我,受什麽官司氣?你進去把我行李拿出來,我不住在你家裏了。(武大郎白)秃、秃、秃!砍頭的,砍頭的!你道打死了虎,縣中大爺擡舉了你,你欺我做哥哥的?可記淂小時節我一個栗爆打淂你脱脱哭。你如今身高六尺,難道我做哥哥的打你不淂了?偏偏打你的腦袋。打你的腦袋費力,待我踢你腿。你下遭阿敢哉,你下遭阿敢哉?且住,我的兄弟,平昔間見了我,哥哥長哥哥短,無話有説,今日爲什麽打他不動手,駡他不開口,什麽意思?常言説淂好,若要好,大做小。我個兄弟平昔最怕哭的,我如今哭將起來,只是没有眼淚,怎麽處?將涎唾做了眼淚罷。阿呀,我個兄弟嘎!仝胞兄弟看娘面,千朵桃花一樹生。我做阿哥的有些不到之處,不要看别的,只看爹娘面上。(唱)

你若還怪我，我就先賠禮。

(武松白)哥哥，(唱)

你若問取根由，與你猜些啞謎。

(武大郎白)你一年勿説，我一年勿起來哉。(武松白)兄弟告訴你，我方纔縣前回來，蒙嫂嫂浸淂一壺凉酒。(武大郎白)我也到縣前回來，做一百餅出去，人頭上交錢，亂搶勿動手，回來數一數，原剩淂五十雙。(武松白)我告訴你嗄。(武大郎白)你告訴我，我也在此告訴你。(武松白)兄弟回來，嫂嫂浸淂一壺凉酒，又是什麽單雙。(武大郎白)我原是不肯出去的，你家嫂嫂説："武大，一日不趁，一日不活。"(武松打武大郎介)對他講什麽！(下)(武大郎白)兄弟轉來，兄弟轉來，你看這狗養的，話也不曾説完竟去了。二哥忿忿而去，大嫂必知其故也。待我叫家主婆出來問他噲。山妻，拙荆，内人，房下，我個娘。

(潘金蓮上。白)他回來了。啐！敢是叫命。阿喲，天那！這是那裏説起？(武大郎白)好的，一個氣出，一個氣進，我兄弟的氣倒過子你肚裏來哉？告訴我嘘。(潘金蓮唱)

【又一體】爲你那蠢殺才不争氣，

(武大郎白)你個女客，好勿知嫌足，嫁了我堂堂一軀的武大官人。(跳介)看我何等伶俐，還説不争氣？(潘金蓮唱)

累奴家吃負虧。

(武大郎白)那個欺負了你麽？想是鄰舍人家哉！待我去駡他，那個欺負我每家主婆，我武大賣子餅擔打一場與官司，我怕那個？(潘金蓮白)走進來，你駡那個？(武大郎白)我駡鄉鄰。(潘金蓮白)外人怎敢欺負我？(武大郎白)我家内也没有人欺負你嗄！(潘金蓮唱)

情知只有武二來家裏。

(武大郎白)他回來便怎麽？(潘金蓮唱)

見他冒暑歸來，備些酒漿茶水，

(武大郎白)個是娘個好意思。(潘金蓮白)可是我的好意麽？(武大郎白)好意思，他便怎麽？(潘金蓮唱)

誰想他太不仁將奴戲。

(武大郎白)禿、禿、禿！將奴戲，將奴戲？放你娘個辣騷猪婆黄胖速督狗臭屁！我裏兄弟吃酒打虎作樂的人，嗄，你這樣説話？塞緊子耳朵管，勿聽勿聽；婦人之言，不理不理。(潘金蓮白)武大，你不聽麽？(唱)

他無顔在此必要遷居矣。

(武大郎白)便是個兄弟，死死活活要住來一塊個。(潘金蓮唱)

你若要與兄弟同居，還我休書離異。

(武大郎白)放屁，好端端怎麽要起休書來？(潘金蓮白)快快還我休書來。(武大郎白)偏没有。(潘金蓮白)偏要。(武大郎白)偏没有。(潘金蓮白)阿呀！天那！(武大郎白)你個女客，撒潑打家伙，你會打難道我不會打？不做了家了，阿呀！我個娘！你勿要氣，昨夜氣子撒子一夜速督屁，今日的臉兒還不好，看在那裏，看你花憔粉悴恨難禁。(潘金蓮白)無奈强徒苦逼凌。(武大郎白)須信路遥知馬力，(潘金蓮白)果然日久見人心。快叫他搬。(武大郎白)我個娘嗄，我答你是夫妻，兄弟是外人嗄，赶他出去便了。(潘金蓮白)這便有志氣。(武大郎白)我極要搬個哉，臭花娘！(潘金蓮白)你敢罵，你敢罵？(武大郎白)好打，好打！住子，你是我個家婆，我是你個家公，自古夫乃婦之天，動勿動拿我就打，難道我勿會打個？(潘金蓮白)你敢動手？(武大郎白)動手，我還要動脚來，打，打，打，踢殺你個臭花娘！(下)

第十六出　武二郎出路别兄

(土兵隨武松上。唱)

【秋蕊香半】半月不瞻兄面，何時不意惹情牽。

(白)土兵，你將酒餚放下，到縣前去，有事到這裏來尋我。(土兵下)(武松白)哥哥。

(武大郎上。白)昨夜秋光入小庭，至今醉眼未曾醒。兄弟歸來哉儕？(武松白)是。(武大郎白)娘，叔叔來裡，出來。

(潘金蓮上。白)天街夜色凉如水,羞看牽牛織女星。(武大郎白)叔叔來裡。(潘金蓮白)叔叔。這厮前番去了,今日又來,想是回心轉意了。(武大郎白)昨日是七月七,做哥哥的只道回來快活吃三鍾,那曉湧再等也不回來,今日到買這些東西來做什麽?(武松白)哥哥,兄弟今日蒙本縣大爺差往東京公幹,須要五六十日回來,兄弟有句話兒,哥哥若是依湧,滿飲此盃。(武大郎白)兄弟倷説話介?(武松白)哥哥,(唱)

【風入松】你從來心性軟如綿。

(白)我不在家呵,(唱)

你是個隻手單拳。若被人欺壓遭人騙,回來後將他消遣。

(白)哥哥,你從明日爲始,(唱)

遲出去早歸息肩,把門兒閉湧安然。

(武大郎白)兄弟個是你個好説話,那湧做阿哥勾勿聽乾無滴。(武松白)好嫂嫂,他也吃一盃,我武二也有一句話。(潘金蓮白)請説。(武松白)嫂嫂,(唱)

【又一體】吾兄質朴命迍邅,仗伊家看取週全。

(白)嫂嫂,常言道,"表壯不如裡壯"。(武大郎白)是嗄,説湧勿差。(武松唱)

須知裡壯人堪羨,怕什麽男兒家柔軟。

(武大郎白)等我吃一鍾。(武松唱)

却不道夫禍少皆因婦賢,籬牢處犬難穿。

(潘金蓮白)住了,阿呀!武二嗄,你不要認差了人嗄!我是不戴網巾的男子漢,叮叮噹噹的婦人家,拳頭上立湧人起,臂膊上走湧馬過哪,要在人面前做人的噓。(武大郎白)兄弟,做阿哥個便是個點説湧嘴響。(潘金蓮唱)

【急三鎗】自從我、嫁武大、爲姻眷,便是一螻蟻也不敢進門前,却有甚,籬不固、招外犬?説這胡言語,休湧把人冤。

(武大郎白)聽勿湧,我掩子耳朵。(武松白)嫂嫂,你説便是這等説。(唱)

【風入松】只怕你心頭不似口頭言,若湧伊如此心堅,何須武二將言勸,與兄長争些門面。

(白)嫂嫂,你今日説的話嗄,(唱)

我一句句不忘你言,將此酒酬蒼天。

(武大郎白)罷,罷!兄弟、阿嫂噓,讓子句罷!(潘金蓮白)走來!(唱)

【急三鎗】既是你、多伶俐、將人勸,不道長兄嫂有父娘權,我當初、嫁武大,原説無親眷。

(白)不知那里來這個賊兄弟。(唱)

真和假,强來纏。

(武大郎白)娘,叔叔遞你個鍾酒吃子。(潘金蓮白)啐!那個要吃他的酒。(下)(武大郎白)臭花娘,介樣性兒!兄弟,我遞你一鍾酒,凡事丢開手。(唱)

【風入松】二哥休聽婦人言,我和你且自留連。

(白)兄弟,我想上床脱了鞋和襪,知道來朝穿不穿。兄弟嗄!(唱)

人生難保常康健,

(白)兄弟,你去後做哥哥的倘有些三長兩短,(唱)

你把一盃酒將咱澆奠。

(武松白)嗳!哥哥,你爲何講那不利之言。哥哥,自今已後你不要做買賣也罷。(唱)

你只在家中自便。

(武大郎白)勿做生意,勿要餓死子的。(武松白)兄弟呵,(唱)

我常與你寄盤纏。

(武大郎白)多謝。(武松白)恐官府催促,就此拜别。(唱)

【哭相思】一瓢長醉任家貧,明日千山與萬津。

(武松白)哥哥,方纔説的,門兒断断開不淂的。兄弟去了。(武松下)(武大郎白)兄弟,你路上要小心仔細,你不要踏擴了特來河裏沉殺了嗄!(唱)

流淚眼觀流淚眼,断腸人送断腸人。

(下)

第十七出　爲挑簾無意傳情

（潘金蓮上。唱）

【一江風】恨冤家，聽兄弟臨行話，把我禁持怕。奈何他，索性做個乖張早把簾收下，教他且信咱，教他且信咱，争知奚落他，有一日犬兒放入籬兒下。

（白）奴家要挑下簾兒，却不曾帶淂竹竿在此，不免進去取了出來。（下）

（西門慶上。唱）

【又一體】没台孩午睡醒來，快步出門兒外，上心來。

（白）且住，我記淂那個對我説，紫石街有個好頭腦在此嗄。（唱）記淂王婆許我姻親在，行來紫石街，行來紫石街。

（潘金蓮上。白）竹竿取在此，不免把簾兒挑下來。（西門慶唱）誰家簾半開？

（潘金蓮將竹竿打西門慶頭介）（西門慶白）是那個�季人？（潘金蓮白）不知打了那個？（潘金蓮看介）（西門慶笑介。白）妙！（唱）

這回打動我相思債。

（潘金蓮唱）

【又一體】告官人休把奴嗔恨，

（西門慶白）豈敢。（潘金蓮唱）

失手把竿兒褪。

（西門慶白）何妨？

（王婆暗上。白）大官人，（唱）

你忒殷勤，不在他簾下低頭。

（西門慶白）方纔來裏走過個，個大娘子打了學生個頭。（王婆白）打淂好。（唱）

打你個不淹潤。

（潘金蓮白）乾娘走來。（王婆白）怎麽説？（潘金蓮白）我方纔挑下簾兒失手打了這位官人的頭,叫他不要見怪。(王婆白)我曉淂。大官人。(西門慶白)乾娘那説?(王婆白)方纔大娘子説失手打了你的頭,不要見怪。(西門慶白)怎敢見怪?乾娘你去上覆大娘子,説學生粗頭,不中打的。(唱)

應該打小人,

(王婆白)大官人,(唱)

還該打你們。

(潘金蓮)

教奴家難置身,

(西門慶)

娘行何必多謙遜。

(王婆白)大官人唱淂好肥喏。(西門慶白)有這揖作在前邊去。(王婆白)大官人,你也不要見怪。大娘子,你也不要放在心上。大家撒開。(西門慶白)僐説話?(潘金蓮白)乾娘,我進去了,你就過來與我閒話片時。(王婆白)曉淂了,你自進去。(潘金蓮白)東邊日出西邊雨。(西門慶白)還有一根竹竿拿了進去。(潘金蓮白)我倒忘了,待我拾了進去。(西門慶踏介)(王婆白)啞,促搭勞使尖酸,大娘子拿了進去。(潘金蓮走介)(王婆白)討便宜。(潘金蓮白)乾娘就過來。(王婆白)是了。(潘金蓮打西門慶,住介)(潘金蓮白)道是無情却有情。(下)(西門慶看介)(王婆白)貌好出神嗄!(西門慶白)啐、啐、啐!乾娘,我的身子竟酥在這裏了。(王婆白)這個娘子有火力,一根竹頭就燒淂你滿身酥了。(西門慶白)不要取笑了,到你店中坐坐去。(王婆白)説淂有理。這裏是了,請進去,請坐。(西門慶白)乾娘,這是誰家宅眷?(王婆白)他是閻羅王的妹子,五道將軍的女兒。(西門慶)我問你,倒説起鬼話來。(王婆白)我不説,你且猜一猜。(西門慶唱)

【紅衲襖】莫不是賣棗糕徐三的女艷嬌?

(王婆白)不是。(西門慶唱)

莫不是銀擔子李二的親底老?

（王婆白）也不是。（西門慶唱）

莫不是花肐膊陸小四家生俏？

（王婆白）一發不是了。（西門慶唱）

莫不是賣粉團許大郎的留客標？

（王婆白）差遠了。（西門慶白）差遠了，猜勿着個哉，你倒説子罷。（王婆唱）

説着時，教伊也性焦。

（西門慶白）嗄，姓焦？（王婆白）不是，説了只怕你性焦。（西門慶白）你説，你説！（王婆唱）

説出時叫咱也好笑。

（西門慶白）做偖了，你好笑起來？（王婆唱）

這就是賣炊餅武大的渾家也。

（西門慶白）那説就是縣前賣炊餅的，人人叫他"三寸丁穀樹皮"矮子的老婆？（王婆白）正是。（西門慶笑介）阿呀呀！笑殺笑殺咳！（唱）

好塊羊肉倒落在狗口嚼。

（白）咳！乾娘，正是俊馬每馱痴漢走。（王婆白）大官人，巧妻常伴拙夫眠。（西門慶背説介）看他不出，到有盖一個好家婆噲。乾娘，你時常許我的合頭就是他？做成子我罷。（王婆白）就是這娘子？阿呀，使不浔。（西門慶白）那説使不浔？（王婆白）看這位娘子不出，極是貞節的。（西門慶白）貞節麽？（王婆、西門慶對笑介）（西門慶白）我個娘，你勿要做難哉，要替我做一做個哉。（王婆白）你若依浔我言，成浔你事。（西門慶白）自然，只憑你那亨吩咐。（王婆白）你如今去買一疋白綾，一疋藍紬，還要一疋白絹、十兩好湖綿送與我，纔浔上手。（西門慶白）阿喲，好利害嗄！手也不曾上就要我許多東西。（王婆白）不是我要你的，有個緣故。（西門慶白）偖還要一疋棉布嗄？（王婆白）緣故嗄！這娘子做浔一手好針指。只説你布施我的送終衣料，待我明日請他過來與我做送終衣服，你便到我家來做個不期而會，老身丢空出去。拿耳朵來。（説鬼話介）（王婆白）可是？（西門慶白）妙

嗄！好計。（唱）

【皂羅袍】我謝你不推别故，一時間便有六出奇謨。九里山十面大埋伏，十二峯雲雨來朝暮。千金莫吝，百年事促，三生有約，兩情不辜，十分光做一個姻緣簿。

（西門慶白）有錢使淂鬼推磨，（王婆白）一分錢鈔一分貨。（西門慶白）若還説謊負心時，（王婆白）難免天灾與神禍。（西門慶白）我去了。（王婆白）大官人轉來。（西門慶白）叫我做偖？（王婆）方纔説的東西就拿了來。（西門慶白）我曉淂，綿紬物事，少停小囡兒送來便了。（下）

第十八出　裁衣料金蓮野合

（潘金蓮上。唱）

【懶畫眉】昨日簾前事差迭，兩目相挑心共悦。重門一入暗傷嗟，水流何處花偏謝，路隔桃源雲萬叠。

（白）且喜武大不在跟前，説出昨日心事呀……（内嗽介）聽小門聲響，想是乾娘來了。

（王婆上。唱）

【又一體】庭院凉生暑消歇，

（潘金蓮白）果是乾娘。（王婆白）大娘子。（潘金蓮白）請坐。

（王婆唱）

想你玉手初親針線帖。

（潘金蓮唱）

我粧成未展繡文纈，你清晨何事臨寒舍？

（王婆白）我無事不登三寶，（唱）

欲倩神針特造謁。

（潘金蓮白）昨日多謝。（王婆白）好説。（潘金蓮白）要做甚麽？（王婆白）老身向年蒙一個大財主布施我的送終衣料，一向不曾做淂，正遇今閏年閏月，急要做完。没有好裁縫，故此斗胆央大娘子裁一裁，從容尋人做完罷。（潘金蓮白）乾娘若不嫌奴家做淂不好,就是我與乾娘做完何妨?(王婆白)如此,極妙的了。(潘金蓮白)只不知今日日子可好的麽?(王婆白)大娘子是一點福星,何用選日?若肯做,今日就是好日。(潘金蓮白)如此,拿過來做罷。(王婆白)爲何?(潘金蓮白)恐怕大郎回來。(王婆白)在我家裡不妨,還是到老身家裡做。(潘金蓮白)如此,先請。(王婆白)我們關了前面,打後門去罷。(潘金蓮白)有理。(合唱)

【又一體】曲徑通幽省周折,纔過門兒賓主別。

(王婆白)大娘子請坐,你看就是這個生活。(潘金蓮白)就是這個生活?好花樣嗄,顔色又好,要做多少長?(王婆白)你來替我量一量看。(潘金蓮白)替你量一量看。乾娘,三尺罷?(王婆白)三尺?太短了。(潘金蓮白)短的好嘘。(王婆白)長些好。(潘金蓮白)短的好嗄。自古衣短身材俏。(王婆白)好個"衣短身材俏"。(潘金蓮白)袖是要做多大的?(王婆白)也替我量一量看。(潘金蓮白)比他再大些。(王婆白)老人家小些的好。(潘金蓮白)大的好。(王婆白)小的好。(潘金蓮白)袖大惹春風。(王婆白)只管作耍老身。(潘金蓮唱)

我試將雲錦慢裁截。

(王婆唱)

天孫妙手被人問①借。

(潘金蓮唱)

願壽比萬縷千絲不断絶。

【又一體】針線初拈剪刀撇。

(西門慶暗上。白)心忙不擇路,事急出家門。不知此人可在裡頭?(嗽介)(潘金蓮白)乾娘。(唱)

聽門外誰人聲響徹?

(王婆白)待我去看來。是那個?(西門慶白)乾娘,此人可曾來?(王婆白)在裏頭了。我先進去,你後進來,做個不期而會便了。(西門慶白)有理。你先進去。(潘金蓮白)乾娘,是那個?(王婆

① 疑應爲"間"。

白)没有人,是隻狗在那裡走來走去。(西門慶白)乾娘可在家裡?(王婆白)呀!(唱)

原來是壽衣施主偶相接。

(西門慶白)在這裡做什麼?(王婆白)就是那年蒙你布施我的送終衣料,一向不曾做淂,今日煩這位大娘子在此做。(西門慶白)若是裁縫做的,不消看淂;娘子做的,倒要看看的了。(王婆白)你來看,做淂如何?(西門慶白)好嗄!針綫又密,勿是跨三針個。(唱)

這般妙手難酬謝,

(白)乾娘,不敢動問,(唱)

此位誰家宅内客?

(王婆白)就住在間壁。(潘金蓮白)乾娘走來。(王婆白)怎麽?(潘金蓮白)你去説,那日是失手嘘,不是故意,不要見怪。(王婆白)好眼力嗄!喻,大官人,大娘子説那日是失手,不是故意,不要見怪。(西門慶白)就是故意何妨?極妙個哉!乾娘,説我要奉個揖。(王婆白)大娘子,大官人要見個禮來嘘。(西門慶白)大娘子,乾娘你也忒慳吝,煩這位娘子在此做衣服,也該買些東西請請大娘子纔是。(王婆白)大官人,你是曉淂的,這幾日又無生意,教我那裡來嗄。常言一客不煩二主,就是大官人布施的衣料,還是大官人拿些銀子出來,買些東西與大娘子澆澆手,如何?(西門慶白)使淂的。但不知今日可曾帶淂些銀子出來?(王婆白)富貴不離其身嘘。(西門慶白)有,在這裡拿一錠去。(王婆白)不消這許多。(西門慶白)買剩就是了。乾娘,個銀包放在你處,我身邊重淂緊。(王婆白)放在我處,大官人一時來不及,有現成的在此。先吃一杯起來如何?(西門慶白)極妙個哉!(潘金蓮走介)(王婆白)那裡去?(潘金蓮白)我要回去,恐大郎回來。(王婆白)不妨,大郎回來敲門聽見的。(潘金蓮白)不要管我,拿了回去再來。(王婆白)送死的,這樣要緊,你不認淂這位大官人,他是陽穀縣裡第一個大財主,本縣大爺來往家内,又開個生藥鋪,極肯撒漫的嗄。大官人,送大娘子一杯酒。(西門慶

白)自然。(唱)

【香柳娘】幸相逢舉觴,幸相逢舉觴,爲娘稱謝,愧無珍品堪陳設。

(潘金蓮白)怎麽吃起酒來?(王婆白)大娘子,你也該回敬大官人一盃。(潘金蓮唱)

感伊家用情,感伊家用情,淺量爲君竭,羞顔爲君撇。

(合)

料三生契結,料三生契結,歡情正奢,可能卜夜。

(王婆白)大娘子,來坐了。(潘金蓮白)你來嘘。(王婆白)倒是老身坐在這裏。(西門慶白)乾娘敬大娘子一盃。(王婆白)大娘子請一盃。(潘金蓮白)我不要吃。(王婆白)來嘘,吃個成雙。(潘金蓮白)我不要吃。(吐介)(西門慶白)乾娘,這酒不好,淡淂緊,淡而且酸,不好。(王婆白)我原説是昨日剩下的,待我去買來。(西門慶白)快去。(王婆白)只是一説,若要好酒,要到縣前去買纔有。(西門慶白)竟到縣前去買,極妙的了。(潘金蓮白)我要回去了嘘。(王婆白)不妨,他是我的乾兒子,你若不信,我叫與你聽。乾兒子。(西門慶白)乾娘。(王婆白)我的好兒子。(西門慶白)我的好阿媽嗄。(王婆白)如何?况且你又是我的乾女兒,你兄妹兩個坐坐何妨?(潘金蓮白)放我去。(王婆白)你且坐了。(西門慶白)走遠一步,買好些的來。(王婆白)我在行。在此正是“天上人間,方便第一”。(下)(潘金蓮白)走開。乾娘開了我去。(西門慶白)他去遠了,娘子奉揖。(潘金蓮白)方纔見過了。(西門慶白)方纔不志誠,如今志志誠誠,誠誠志志。娘子請坐。可曉淂這乾娘還是我先父相與的,所以我叫他是乾娘。請一盃。(潘金蓮白)淺的。(西門慶白)倒是淺的好。(潘金蓮白)什麽好笑?(西門慶白)想起一樁好笑事情,就是前日娘子打了我的頭嗄。(潘金蓮白)那日不知怎麽樣就打着了。(西門慶白)那日我回去同我們房下在那裡吃夜飯,學生坐在這裡,我們房下就是娘子一般坐在那裡,偶然説起今日在紫石街走過,有一位娘子在那裡挑簾,掉下竹竿,打了我的頭。一個頭字不曾説完,一個臉變在那裡了。我説好端端爲什麽變了臉,他説街上人來千去萬,偏偏打着你的頭,你畢竟與那娘子有什麽緣故嗄!我在此想,我與娘子有什麽緣故?(潘金蓮白)什麽話?(西門慶白)説了半日,不曾動問娘子上姓?(潘金蓮白)姓武。(西門慶白)姓土?(潘金蓮白)姓武。(西門慶白)姓魯?(潘金蓮白)姓武。(西門慶白)姓武,可是文武之武?(潘金蓮白)咳。(西門慶白)好姓嗄,這個倒是少的。我記淂縣前有一個矮子時常挑了餅擔在縣前,説他也姓武,不知宅上尊使還是盛族?(潘金蓮白)家主公。(西門慶白)就是娘子的家主公?咳,人都要笑殺了。這樣一位齊整娘子,嫁着這個男人,不要説别的,這賊形就難看了,牙黄就有寸把厚,人的髫鬚往下生的,他的是往上生的。日裡呢倒也過了,晚上畢竟要擠在一處,好是東瓜一般滚在床上來,還是把他做枕頭好呢,還是閣脚好?(潘金蓮白)這也是前世事。(西門慶白)是,這都是媒人不好,只要賺媒人錢,那顧别人死活嗄!(潘金蓮白)什麽説話?(西門慶白)不要説了,隨意用些。(潘金蓮白)筯兒掉了。(西門慶白)在那裡去了?(潘金蓮白)這個不是?(西門慶白)在那裡了?(潘金蓮白)什麽意思?(西門慶白)我爲了你,日夜想念淂了不淂。(潘金蓮白)你既有心,我豈無意,如今的人口嘴不好。(西門慶白)若説口嘴不好,我對天立誓,老天在上,我西門慶呵,(唱)

【又一體】若忘伊此情,若忘伊此情,暫時抛捨,願天罰我遭磨折。

(白)你也來。(潘金蓮白)待我來嘘,(唱)

聽金蓮誓言,聽金蓮誓言。

(白)若忘了西門大官人,(唱)

願聖手不相遮,天誅竟不赦。

(合前)

料三生契結,料三生契結,歡情正奢,可能卜夜。

(潘金蓮白)我要回去了。(西門慶白)勿要作難,要完個心願哉!(下)

(王婆上。白)三盃和萬事,一醉解千愁。閉門在此,想事已成了。咦?(唱)

【又一體】聽人聲杳然，聽人聲杳然，想在枕邊低説。

(白)待我叫門，驚他一驚。開門，開門！

(西門慶、潘金蓮上。白)乾娘回來了？(王婆白)在這裡了，你們做淂好事嗄！(西門慶、潘金蓮白)不要嚷。(唱)

望高擡貴手將人赦。

(王婆白)好嗄，你們要官休要私休？(西門慶、潘金蓮唱)

要官休便怎麽，要私休便怎麽，任你怎的説，誰人敢逆也？

(王婆)

要官休報武郎，要私休瞞武郎。

(西門慶、潘金蓮同唱)

願把私休計設，叩頭稱謝。

(王婆白)既如此，你們兩個都要依我。(西門慶、潘金蓮白)但憑你便罷。(王婆白)自今日爲始，大娘子每日要到我店中來，不可失約，若失約了，要對大郎説的。(潘金蓮白)但憑你。(王婆白)大官人，你是不消説淂，那所許之物不可失信。(西門慶白)自然送過來。(王婆白)趁街上無人，快些回去罷。(西門慶對潘金蓮説鬼話，下)(潘金蓮走介)(王婆白)那裡去？(潘金蓮白)我要回去。(王婆白)喲！頭髮都亂了，前門去？原到後門去罷。(潘金蓮走介)(王婆白)大娘子可淂意麽？(潘金蓮白)都是你。(王婆白)都是我？看你怎麽樣謝我嗄！(下)

第十九出　拋梨籃武大拿奸

(鄆哥手提籃，武大郎托炊餅上，繞場)(武大唱)

【字字雙】迎門餅兒賽窩窩，

(鄆哥唱)

動火。倚門人兒笑呵呵，

(武大唱)

欠妥。看門自有管家婆，

(鄆哥唱)

會鎖。關門誰號縮頭哥，

(武大唱)

是我。

(撞介)(武大郎白)鄆哥，你走淂這樣兇，想是發了財了？(鄆哥白)你走的這樣笨，想是吃淂肥了？(武大作放盤介。白)阿弟，我這等模樣，有什麼吃淂肥處？(鄆哥作放籃介。白)怪道我前日要買些麥稃，一地里没糴處，人都道你屋裏有。(武大白)我屋裏又不養鵝鴨，那里來的麥稃？(鄆哥白)你説没麥稃，怎地棧淂肥胖胖的，便顛倒提你起來也不妨，煮你在鍋裏也没氣。(武大白)小猴子，倒駡淂我好，我老婆又没偷漢子，我如何是鴨？(鄆哥白)你老婆不偷漢子，只偷子漢。(武大作揪鄆哥介)還我主兒來。(鄆哥白)好笑，好笑，你只會扯我，我便告訴你，却咬下他下截來？(武大白)好兄弟，你對我説，我把十個炊餅送你。(鄆哥白)真個？(武大白)怎好哄你？(鄆哥白)説便説，你却不要氣苦。(武大白)你只管説。(鄆哥白)你來，你來，你把手摸我頭上肐膪。(武大作摸介)怎麽有這肐膪？(鄆哥白)我對你説了罷。(唱)

【太師引】惹風波把花月閑窺破，這是賣瓜人藤邊蔓多。

(白)我前日販了一担瓜，要去尋西門大官人掛個小鈎子兒，一地裏没尋處，聽見街上人説他在王婆茶坊裏，和武大娘子勾搭上了，每日在那裏行走。(唱)

縮連環茶煙關鎖，試槍旗茗碗調和。

(武大白)有這等事？你可到那里找他？(鄆哥白)我一直走到茶房里，被王婆那老猪狗，(唱)

踞星橋身爲烏鵲，把守定蜂房一座。

(白)他不放我進房去，反打我幾個大栗暴，把我一担瓜也打翻了。(唱)

哥呵，我笑你背團團身兒又矬，只好吃硃砂身穿甲胄伴鼋鼉。

(武大白)氣死我也！(唱)

【又一體】聞言頓起心頭惡，這風聲豈是傳訛？

(白)兄弟,實不瞞你説,怪道那婆娘每日去王婆家做衣服,回來臉兒紅紅的,我也有些疑心。(唱)

怪桃腮紅生兩朵,不隄防燕剪鶯梭。

(白)兄弟如今便怎麽樣?(鄆哥白)大郎,你若肯忍氣吞聲,你把這頂緑頭巾好好兒戴着,賣你的炊餅,塞着耳朵,不要管他閑事,讓他兩個快活些時如何?(武大白)嗄!好兄弟,我武大豈是那等人?(唱)

雖是矮身子頭顱肯縮,却不道血性兒比長人還大。

(白)我如今就要去捉奸了。(鄆哥白)大郎,我看你老大一個人,一些兒見識也没有。(武大白)怎見淂我没見識?(鄆哥白)那王婆老狗好生利害,他若見了去拿,他把你老婆藏過了,還要吃那西門慶一頓拳頭。他有錢有勢,反告你一張狀子,倒叫你吃官司,又没人替你做主,豈不白吃了苦?(武大白)好兄弟,據你説難道罷了不成?(鄆哥白)非也,自古道:"拿賊拿贜,捉奸見雙。"你如今照舊去賣炊餅,在紫石街巷口相等,我先探聽,只等西門慶進去時,我就先去惹那老狗,他必來打我,我把籃兒撩出街來,我一面頂住那婆子,你一面逩入房裏去叫起屈來,豈非好計?(武大白)多虧了好兄弟,就依計而行便了。(各捧盤提籃。唱)

訂奇謀將奸共捉,小官頭今番頂殺老虔婆。

(下)

(潘金蓮上。唱)

【三學士】雲鬢逢①鬆裙帶拖,教人難捹衾窩。

(白)奴家潘金蓮,自從私通西門大官人,每日在茶房裡相會,意戀情迷,神魂俱喪的了。(唱)

謝瓊漿味好頻消渴,怕茗戰心移漸倒戈。

(白)只是這早晚爲何還不見來?(唱)

恨浪蝶遊蜂丢下我,春如是,人奈何。

(西門慶慌上。唱)

---

① 應爲"蓬"。

【又一體】一刻千金輕放過，知他蹉損雙蛾。

(白)娘子，我來了。(潘金蓮白)走開。(西門慶白)娘子，爲何變起臉來?(潘金蓮白)你這負心賊，昨日爲何不來?(西門慶白)我的娘，元要來的，因有個廣東客人要兑幾兩藥材銀子，被他死釘着，所以没有工夫。(唱)

只爲鈎滕掛住羚羊角，做不淂蟬脱分身入鳳巢。

(潘金蓮白)呣，好賊嘴，還要賴，有人看見你在張惜惜家吃酒，還來哄我?(西門慶白)我若哄了你，嘴上生碗大疔瘡。(潘金蓮白)也不消賭咒，今日這個事只怕不成，我要家去了。(西門慶白)我的娘，可不急死了我!(唱)

這茶竈炎炎添活火，知蝌眼也湧清波。

(作摟潘金蓮下)

(鄆哥上。白)明鎗容易躲，暗箭實難防。你看西門大官人又進茶房裡去了，待我惹那老猪狗。呔!我把你個做馬泊六的，你那老猪狗，你爲什麽打我?我今番不與你干休了。(奔下)

(武大袒胸上。唱)

【秋夜月】步忙挪，性急渾如火。他們此刻方快活，便教插翅難逃脱。

(内作撩出籃介)(内白)武大來了。

(西門慶、潘金蓮披衣慌上)(武大作打門介。白)你們幹淂好事呀!(西門慶作爬桌下，潘金蓮作拖出作手勢介)(西門慶白)嚇殺來哩哉!(潘金蓮白)啐!見了紙老虎也害怕。(武大唱)

怪不淂厭我，快出來見我!

(西門慶作開門踢武大倒地介，下)(武大白)哎呀!勿好哉，勿好哉!

(王婆上。白)怎麽大郎跌倒在此?(武大白)捉、捉、捉一個人。(潘金蓮白)什麽人?不要見了鬼了，快些起來罷。(王婆、潘金蓮作扶起武大，作吐血介。白)臭花娘，你叫野漢子踢我一脚，好、好、好!(唱)

【又一體】踢心窩，方寸如刀割，分明是你來指撥，今番性命應難活。

(王婆白)不要説了，我送你回去。(武大白)勿好哉，踢子多訶肚

　　膌出來哉。(王婆白)什麽肐膌?(武大白)"矮子肚裏肐膌多",如今都踢出來哉。(潘金蓮白)你慢慢走罷。(武大唱)

望誰來救我,靠天來祐我。

　　(下)(潘金蓮白)乾娘,這事便怎麽好?(王婆白)不要慌,你們還要做長夫妻,短夫妻?(潘金蓮白)老厭物,把一個弄浔這般樣了,還是什麽長夫妻,短夫妻?(王婆白)動不動説我老厭物,我如今有個計較在此,若是短夫妻,你回去將養武大,把西門大官人這節腸子竟割断了。(潘金蓮白)長夫妻便怎麽樣?(王婆白)若要做長夫妻,待老身就到西門大官人藥鋪内討一貼毒藥,藥死了他,已後但憑你們受用。(唱)

【東甌令】名醫手,秘訣多,一劑靈丹断送他。那時銀塘儘着鴛鴦卧,渾不怕,五更鑼。

　　(潘金蓮白)倘若武二回來,便怎麽樣?(王婆白)娘子又來了,把他結果之後,一把火燒浔乾乾净净,便是武二回來也没踪跡。自古道:"嫂叔不通問,初嫁從親,再嫁由身。"阿叔如何管浔?暗地里與大官人往來一年半載,叫他娶了你回去,豈不是個萬全之策?(唱)

火中滅去青蓮朵,别開個并頭荷。

　　(潘金蓮白)乾娘,我心裏也糊塗浔緊,但憑乾娘就是了。(唱)

【尾聲】貪歡不上慈悲座,

　　(王婆唱)大娘子,

恐怕你長短恩情難割。

　　(潘金蓮唱)乾娘,

我原不是六禮三茶即世婆。

　　(白)如此,乾娘你就去。(王婆白)我去,我去。(潘金蓮白)乾娘轉來。(王婆白)還有什麽説話?(潘金蓮白)全仗乾娘呀。(王婆白)總在老身。(下)

　　(西門慶上。白)金風未動蝉先覺,断送無常死不知。我與潘金蓮偷情之事,不想武大知道,昨日竟到茶坊裏來捉姦,被我一脚踢倒,奪門而走。今早王婆來説,趁這矮子心疼病倒,索性取一服砒霜藥死了他，做個長久夫妻。恰好這毒藥我鋪中現成有的，我今拿去，送與王婆便了。説話之間，這裏已是。乾娘，王乾娘。（王婆應上。白）不施萬丈深潭計，怎淂驪龍頷下珠？（見介）（西門慶低語介。白）此物已送在這里了。（王婆接介）拿來。（西門慶白）要做淂乾净才好。（王婆白）這個不消吩咐，但是替你幹了這樣好事，怎麽謝我？（西門慶白）還你個終身受用便了。我如今且去，完事之後與我個喜信。（王婆應介。合白）閻王註定三更死，並不留人到四更。（分下）

（潘金蓮扶武大上。白）看仔細。（武大白）你個花娘，幹淂好事嗄！（潘金蓮白）與我什麽相干？（武大唱）

【玉胞肚】你這賊婆無狀使姦夫，把我肚腹踢傷，且等我兄弟回來，把此情訴與他行。

（潘金蓮白）乾娘。

（王婆上。白）怎麽説？（潘金蓮白）可曾去討藥？（王婆白）藥麽，煎好在那里，待我去取來。（潘金蓮白）快些拿來。（王婆唱）

我今藥内用砒霜，

（潘金蓮白）可藥淂死的？（王婆唱）

頃刻教他一命亡。

（潘金蓮白）取來，乾娘，大家來帮帮我。（王婆白）是了，我來帮你。（潘金蓮白）大郎，可要吃藥？（武大白）什麽藥？（潘金蓮）心疼病的藥。（武大白）可好的？（潘金蓮白）先生説吃了這藥就好的。（武大白）如此，拿來嘘。（潘金蓮白）藥在此。（武大白）這藥氣味難聞，不要有毒藥在内嗄？（潘金蓮白）什麽毒藥，吃下去就好了。（武大吃介。白）不好了。（武大跌介）（王婆取被按介）（王婆、潘金蓮白）好了。（王婆、潘金蓮看介）（武大復醒介）（王婆白）啊喲！（潘金蓮、王婆又按介）（王婆、潘金蓮白）如今是好了。（王婆白）我和你擡過一邊。（唱）

【尾聲】拔去眼中釘，消却心頭賬，管教他①久與天長，

---

① 應爲“地”。

(潘金蓮白)如今怎麽處?(王婆白)我如今到大官人鋪中,叫他買一口棺木盛殮了,三日後拿去燒化了。(唱)

那時節就是武二回來也不妨。

(潘金蓮白)快些去對他説,棺木要緊。(王婆白)是了。你看好了屍首嘎。(潘金蓮白)你就回來,我害怕淂緊。(王婆白)怕什麽,你哭嘘。(潘金蓮白)阿呀,天那! 這是那裏説起。(下)

第二十出　泉臺冤夢驚同氣

(土兵隨武松上。唱)

【山坡羊】遠迢迢他鄉傳信,慢悠悠英雄自哂。望巴巴盼不到吾兄宅前,我急煎煎欲把平安問。

(白)迤邐行來,已到哥哥門首了。爲何門兒開在此,不免竟入。(作見牌位介)"亡夫武大郎之位",嗄!(唱)

敢是我眼乍昏,夢兒中認不親?

(又看介。白)"亡夫武大郎之位。"土兵,請大娘。(土兵白)大娘。

(潘金蓮内應介)怎麽?(上。見武松急下)(武松白)把行李放下。(土兵白)嗄!(武松白)嫂嫂,我武二回來了。(潘金蓮白)請叔叔少坐,我就出來了。(武松白)呀!(唱)

原何應了還不進,早難道叔嫂之間不當通問?

(潘金蓮哭上。白)阿呀,天那! 只見送兄弟,不見接兄弟,好苦嗄!(武松白)嫂嫂,你且住了哭,我哥哥犯的什麽病,吃誰人的藥來?(潘金蓮白)叔叔嗄! 伊家自去二旬餘,偶患心疼不淂除。問卜求醫都無效,一朝身死痛如何。我好苦嗄!(武松白)土兵,你去買些香燭、紙錢之類,待我靈前祭奠一回。(土兵下)

(王婆上。白)聞淂武二官人回來了,待我去看看。呀! 二官人回來了? 路上辛苦嗄。(武松白)王媽媽,你來淂却好,我哥哥從來没有心疼的病嗄。(王婆白)二官人,天有不測風雲,人有旦夕禍福,那個保淂常無事的。(武松白)如今棺木在那裡?(潘金蓮白)家中窄狹,三日後抬出去燒化了。(王婆白)大娘子,二官人回來,也該收拾些點心,只管哭,還不進去?(潘金蓮、王婆下)(武松白)阿呀,哥哥嗄!我和你自幼,(唱)

喪了雙親,骨肉相看只兩人,你做了亡魂形影相依只一身。

(土兵上。白)香燭、紙錠有了。(武松白)擺下。你自廻避。(土兵下)(武松白)我那哥哥嗄。(唱)

【又一體】想那日去匆匆程途忙奔,見你哭哀哀别離未忍。生擦擦連枝鋸開,哀嚦嚦雙鴈驚分陣。

(白)哥哥,我兄弟起身時節可不道來,(唱)

你是個軟弱人,必竟啣冤死未伸。

(白)我那哥哥,(唱)

你若還果有終天恨,便在夢裡鳴冤,與你報仇雪忿。

(白)且住,方纔那王婆説誰人保淂常無事。(唱)

他雖云旦夕之間福禍分。

(白)我哥哥雖然死了,怎麼不等我回來埋葬,我那嫂嫂,(唱)

他聽着誰人三日之間便火葬焚?

(白)哥哥嗄!正是"一滴堦前酒,何曾到九泉"。我做兄弟的就在靈前伴你,兀的不痛殺我也!(困介)

(武大郎魂上。白)兄弟回來了麽?我做哥哥的死淂好苦惱子嗄!(唱)

【憶多嬌】苦殺人,痛殺人,叵耐無知潑賤人,把我一來害殞。痛苦難禁,痛苦難禁,與我報仇雪恨。

(白)我哥哥死淂好不明,千萬與我報仇。我去了。(下)(武松驚介)哥哥在那裡呀?啐!原來是一場大夢。且住,我方纔朦朧睡去,分明哥哥向我訴冤,怎麽霎時就不見了?想你這一死,好不明白也!(唱)

【賞宫花】我且待來朝廣詢。

(内打更介)

聽譙樓更漏頻,秋夜偏長永,怨氣共氤氲。

(白)天明了,且到縣前去。嫂嫂,我縣前去了。我且問你,我哥哥的棺木誰人買的?(内潘金蓮白)是間壁王婆買的。(武松白)誰人擡出去的?(潘金蓮白)是團頭何九叔擡出去的。(武松白)我想王婆是個隻身,那淂錢來買棺木,事有蹺蹊,我如今只問那何九便了。(唱)

只説夜眠清早起,誰知我是不眠人。

(白)何九在家麽?

(何九上。白)是那個來了?(唱)

【又一體】有誰來款門?

(武松白)是我。(何九唱)

感都頭不棄貧。

(武松白)我哥哥屍首是你盛殮的麽?(何九白)是我盛殮的。請少待,待我進去取一件東西與你看。(武松白)不怕你走去了。(何九白)是中毒的証見。(唱)

幾塊酥黑骨,

(武松白)這是哥哥骨殖?(哭介)(何九唱)

還有十兩雪花銀。

(武松白)我不來問你的銀子,只説姦夫是誰?(何九白)這個不曉淂。(武松白)你若不説,我就一拳。(何九白)不消動怒,我聞淂大郎與鄆哥去捉姦,只問鄆哥就是了。(武松白)如此,同去走遭。(何九白)曉淂。(唱)

勸你淂放手時須放手,淂饒人處且饒人。

(武松白)鄆哥在家麽?

(鄆哥上。白)來了。眼跳耳朵熱,想有事干涉。那個呀?(唱)

【又一體】原來是都頭屈尊,

(武松白)可曉淂我的來意麽?(鄆哥唱)

我先知八九分。

(武松白)可曉淂姦夫是誰?(鄆哥唱)

就是西門慶。

(武松白)快同去見官。(鄆哥白)還有一件。(唱)

只是親老誰供膳,怎好離家門?

(武松白)倒是個好人。不妨,我有五兩銀子與你安家,對你母親說一聲。(鄆哥白)娘,拿了銀子進去,我同都頭做証見了。(同唱)

世上本無難做事,常言只怕有心人。

(武松唱)

【又一體】相煩你們,到官司訴此因。

(內打退堂鼓介)(武松白)本縣大爺退了堂了,怎麽處?(何九、鄆哥白)我們且回去,明日早來罷。(武松白)有理。(同唱)

只淂同回去,明日再評論。願把劍誅無義漢,還將金贈有恩人。

(同下)

第廿一出　靈桌霜鋒獻並頭

(王婆上。白)下人淂志逞虛囂,走到衙門不直毫。撑駕小舟歸大海,這回不怕浪頭高。今早武二到衙門告狀,且喜不准,不免回覆大娘子則個。(內作鴉鳴介。唱)

【解三醒】這烏鴉喳喳聲噪,好教人心內憂焦。吉凶禍福應難料,且回覆那多嬌。

(潘金蓮上。唱)

我煩乾娘打聽想必他來報,

(見介。白)乾娘。(王婆白)大娘子。(潘金蓮唱)

事體如何怎樣了?

(王婆唱)

休煩惱,這冰山之勢化成半盃雪消。

(潘金蓮唱)

【又一體】謝天天周全奴好,感伊家成就鸞交。恩山義海身難報,待侍奉你暮年老。

(王婆唱)

聞他去請鄰里到,因甚緣由設席招。

(同唱)

難猜料，待武二回來便知分曉。

(土兵隨武松上。唱)

【粉蝶兒前】一片熱心，且把冷氣虚心酬禮。

(白)嫂嫂，王媽媽先在此了？(王婆白)正是先在此了。(武松白)嫂嫂陪王媽媽在此，待我請了衆鄰舍來。土兵，看守前後門要緊，列位高鄰有請。

(衆鄰上。唱)

【粉蝶兒後】荷相招設席啣盃，撥窮忙，辞别冗，反承高會。

(武松唱)

遠親戚不如近邊鄰里。

(衆鄰白)都頭、大娘子，王媽媽早先在此了。(潘金蓮白)列位高鄰萬福。(衆鄰白)都頭回來，我每還不曾接風，反來討擾。(武松白)不敢。家兄在日，多蒙列位高鄰看顧，今日薄設一席，不請别客，只淂四位鄰舍。就請坐了罷。何押司首席，姚二哥那邊坐，趙老四就在這邊。王媽媽，(王婆白)在這裡。(武松白)你在那邊坐坐罷。土兵，把前後門鎖了。(衆鄰白)都頭不用關門，我們是不逃席的。(武松白)土兵，斟酒。(土兵白)是。斟上了一盃。(武松白)再斟。(土兵)二盃。(武松白)再斟。(土兵白)三盃。(武松白)住了，酒且慢斟。列位高鄰在上，今日三盃酒，休將作等閒。雖云相答謝，不爲解愁煩。土兵，取紙筆過來，何押司，煩你從頭寫。(衆鄰白)當淂。(武松白)趙四老、姚二哥，憑伊作証看。冤家非路窄，天理有循環。我武松今日，(唱)

【尾犯序】冤債到頭日，

(踼潘金蓮介)

衆鄰且從容與伊説個詳細。

(武松白)賊淫婦，(唱)

你把吾兄却便如何謀計？

(潘金蓮白)叔叔嗄，(唱)

你冤誰？

(武松白)怎么，我冤你？(衆鄰白)好好的，待他説。(潘金蓮唱)

伊兄死爲心疼病急，

(衆鄰白)爲心疼病起的。(武松白)住了，我哥哥從來没有心疼病。(潘金蓮唱)

與奴家没些首尾。

(合)

夫和婦本是同林宿鳥，限到兩分飛。

(武松唱)

【又一體】憑伊假痛與佯悲，也難饒徹地滔天之罪。

(武松踢王婆介)(王婆白)二官人嗄，(武松白)老猪狗，(唱)

你快把真情一一向前説起，

(王婆唱)

咨啓怎消淂都頭怒威，容老妾將情訴你。

(衆鄰唱)

真和僞，

(武松白)何押司，(唱)

煩伊盡寫，休淂有差池。

(衆鄰唱)

【又一體】你何必直恁推，試從頭實説，倘淂饒伊。

(武松白)列位高鄰，(唱)

他若不招時，看我把淫婦凌遲。

(衆鄰白)待他説。(潘金蓮唱)

停威，非是我生心故爲，

(王婆白)阿呀！説不淂的嗄！(武松踢王婆介)(武松白)快説！(潘金蓮白)待我説。(唱)

多是你挑唆到底。

(合)

成和敗總是蕭何做出，今日怎支持。

(武松唱)

【又一體】從實訴端的，莫藏頭換尾，展轉那移。

(白)且跪在靈前講。(潘金蓮白)那王婆呵，(唱)

他哄我成衣，入馬偷期。

（武松白）是誰設的計？（潘金蓮唱）

是他撥置，

（王婆白）與我什麼相干？（武松白）不説我就一刀。（潘金蓮唱）

踢傷後只説藥醫，

（武松白）以後便怎麽？（潘金蓮唱）

把毒藥將他灌吃。

（武松白）把毒藥灌死，好狠心淫婦也！哥哥，我武二與你報仇雪恨也！（唱）

兄和弟，人間地底恩義兩無虧。

（殺潘金蓮下）（武松白）土兵，看守了這老淫婦。列位高鄰少坐，待我殺了姦夫西門慶就來。土兵，開了門。（土兵白）是。（武松白）閉上門。（下）（衆鄰白、王婆唱）

【駐雲飛】你討了多少便宜，着甚來由惹禍危。

（王婆唱）

都是牽頭罪，今日搥胸悔。

（衆鄰唱）

呸！是你老奸賊，害了三人作鬼，把一命償他還是便宜你。

（王婆唱）

伏望高鄰暫解圍，還望神天與護持。

（武松追西門慶上）（西門慶白）武松殺人嗄！（武松白）那裡走！（殺西門慶下）（武松唱）

【又一體】白刃輕揮，心事還應白日知。

（白）土兵開門！（土兵白）是。（衆鄰白）阿喲！這是何人的首級？（武松白）這是姦夫西門慶首級。（唱）

纔正姦淫罪，方顯男兒氣。

（衆鄰唱）

咻！冤報不差池，好似簷前滴水。

（王婆唱）

看他結髮相連，不與我牽頭罪。

(武松唱)

快口强言任你爲,且到公堂悔後遲。

(白)土兵,把這老猪狗先押到縣前去,待我把這兩個首級在靈前祭奠一番。(土兵帶王婆下)(武松唱)

【哭相思】一劍分明慰旅魂,休將修短問乾坤。堪憐獨自成千古,但見依然舊四鄰。

(白)列位高鄰,不要散了,煩你們同到縣去。(衆鄰白)都頭,不要連累我每嗄!(武松白)嗄!有我武松在,决不連累你每,放大了膽隨我來,隨我來。(下)

第廿二出　武都頭孟州遣戍

(衆衙役引知府上。唱)

【賀聖朝】十年淡飯黄虀,半生錦綬緋衣。男兒五馬貴應,稀把清慎堅持。

(白)秩視古諸侯,君恩深未酬。雖云齊地薄,猶喜歲多收。下官東平郡守陳文昭是也。今早陞堂理事,左右把投文牌擡出。(衆衙役應介)

(投文人上。白)投文人告進。(衙役白)進來。(投文人遞文介。白)小的是陽穀縣遞公文的,解一起犯人在外。(知府看介。白)我已知道了,都帶進來。(投文人)嗄!

(武松、何九、王婆、鄆哥上。唱)

【又一體】已蒙賢宰提携,未知本府從違。

(何九、鄆哥)

干連何事苦奔馳,

(王婆唱)

怕明鏡難欺。

(投文人白)犯人當面。(知府白)武松。(武松白)有。(知府白)何九。(何九白)有。(知府白)鄆哥。(鄆哥白)有。(知府白)王婆。(王婆白)不在這里。(衙役白)怎麽説?(王婆白)身子在這裏,魂靈不在這里。(知府白)都帶過一邊。(衆應介)(知府白)帶武松上來。(武松跪上介)(知府白)你從實供招,不要隐諱。(武松)老爺聽禀:(唱)

【玉嬌枝】我情願殺身成義,既殺人如何諱淂。這事情呵,都是王婆撥置姦淫輩,將親兄藥死焚棄。

(知府白)屍既焚了,有何憑據?(武松遞物介)老爺,(唱)

請看賍物與骨殖,團頭何九堪質對,况生前捉姦是實,鄆哥兒悉知就裏。

(知府白)那鄆哥怎麽説?(鄆哥白)小人呵,(唱)

【又一體】曾與王婆嘔氣,恨他們包藏禍機。我報知武大飊貽累,被姦夫踢倒昏迷。

(白)小人此時就跑了去,以後都不知。(知府)那何九怎麽説?(何九唱)

小人那時去殮伊,西門慶買囑求遮庇。驗亡屍遭毒是實,這骨頭如何昧淂?

(知府白)帶那王婆上來,先打二十板,慢慢問他。(衆衙役打介)(知府白)你招也不招?(王婆唱)

【又一體】自家淂罪,到頭來還欲賴誰?想從前原是不吉利。

(知府白)怎麽説?(王婆唱)

把送終衣服爲媒,

(白)老爺,(唱)

西門慶驀地與金蓮會,武大郎毒藥遭冤斃。

(知府白)把這老賤人先下在死囚牢裏,聽候處决。(衆衙役應介)(押王婆下)(何九、鄆哥唱)

謝青天把王婆断訖,論爲從乞求寬恕。

(知府白)何九、鄆哥都發回本縣寧家。(何九、鄆哥叩頭介)謝老爺。(下)(知府白)武松過來,(唱)

【又一體】看你英風高義,本待欲全然恕伊,况伊自首當除罪,但事關人命難悔,今依縣家原問的,

(白)做你是祭獻亡兄,有嫂前來赶逐,以致死于鬭歐。(唱)

又有姦夫護嫂因傷體，據明條當杖脊四十。

(白)這個且饒你罷。(唱)

還要刺雙頰遐方配你。

(白)我這等問了，你意下如何？(武松白)老爺饒了小人死罪，這活罪怎敢討饒？但憑聽断便了。(知府白)今日就差解子。張千、李萬！

(張千、李萬暗上，應介)(知府白)解你到孟州牢城去。我這里一面申文省院，待有明條下來，就把王婆處决，决不輕恕了他。你放心去便了。(武松白)多謝老爺作主，生死不忘。(知府白)任你人心似鐵，須知官法如爐。(武松白)惟有感恩積恨，(衆白)萬年千載難磨。(知府白)吩咐掩門。(衆應下)(張千、李萬押武松下)

第廿三出　團練四營商妙計

(衆小軍、將官、四偏將引黄安上。唱)

【點絳唇】委勦萑苻，驅兵星赴施英武。要翦盡强徒，好把民安堵。

(白)幼習孫吴諳六韜，揮戈躍馬逞雄豪。封侯未遂男兒願，先展謀猷殄賊曹。俺乃濟州府團練使黄安是也，只爲黄泥岡大盗拒捕，脱逃後往梁山入夥。俺奉本府之命，統兵進勦。俺想梁山雖是一抔之土，路徑叢雜，此番舉動，務必犁庭掃穴，方淂地方寧謐。因此傳集四營將官，協同前往。且待他們到來，商議起兵便了。

(衆小軍引四將官上。白)韜鈐熟服氣如虹，陷陣摧鋒誓立功。欲奮長矛清虎穴，還揮短劍入鮫宫。(各見介)(四將官白)團練請了。(黄安白)諸位將軍請了。只爲本府有命勦捕梁山大盗，小弟特地保舉四位將軍同往，但不知有何妙策，可以直搗巢穴？(四將白)那梁山泊雖則地居形勝，不通大道，但不過一隅之地，凴着我們兵勢，那些鼠輩何難蕩平？(黄安白)各位將軍，不是這等講，聞淂梁山賊寇恃險負隅，已非一日，今又添了黄泥岡一夥大盜,如虎而翼,豈可小覷着他?(四將白)團練所慮亦是,若依小將等愚見,將人馬埋伏在山前,不用鳴鑼擊鼓,遣一將當先誘敵,詐敗佯輸,引到埋伏之處,伏兵四起,那時一鼓而擒可也。你道此計如何?(黄安白)妙呀!諸位所見正合吾意。衆將官!(衆應介)(黄安白)就此起兵前去。(衆應介)(呐喊行介)(同唱)

【番竹馬】統領雄師飛渡,合意展奇謀,殄滅强徒。看旌旗耀日明,似朝霞,燦爛瑶空舒布。兵和將,敢把那身家顧。都要張弓矢,利錕鋙,一齊奮勇衝突。

(衆立住介)(黄安白)前軍爲何不行?(衆白)已到山前了。(黄安白)天色已晚,吩咐就此安營,明日五鼓一同進勦。(衆應介)(同唱)

早列寨安營,肅清隊伍。到明朝秣馬直前驅,掃么麽滅却穹廬。呀!軍行紀律,誰敢把號令模糊。

(下)

第廿四出　軍師全勝奏奇功

(場上預設高臺)(衆僂儸、衆頭目引晁盖、吴用、公孫勝、劉唐、阮小二、阮小五、阮小七、林冲、杜遷、宋萬、朱貴等上)(同唱)

【醉太平】梁山聿興,會萃羣英,人人賈勇顯才能,把誠輸意傾。井蛙一旦傷生命,雲鵬千里方棲定,尊賢去佞遂輿情,今日裡雄威初整。

(晁盖白)屹峙岡巒氣勢雄,規模新易逞威風。(吴用、公孫勝白)人强寨固餱粮足,(衆同白)那怕官兵勇力攻。(晁盖白)我晁盖難却衆情,叨居首位,今日擇吉登壇,拜立軍師。打聽浔濟州府委團練使黄安統領官兵前來勦捕。(向吴用白)正好仰賴軍師運籌帷幄。(吴用白)既同聚義,敢不盡心。若説軍師之稱,恐難當此任。(衆白)今日寨主擇吉登壇,十分盡禮,况且衆心欽仰,萬望軍師俯允輿情。(晁盖白)請居客位,就此同拜。(推讓吴用立於上首介)(在曲中衆人同拜)(晁盖唱)

【傾杯賞芙蓉】【傾杯序】(首至五)幸莫堅辭却衆情。

(衆仝唱)

專候登壇令。看蹌蹌蹌蹌,共仰謀謨,赳赳桓桓,各秉虔誠。

【玉芙蓉】(四至末)軍師位次同推定,合寨安危有恃憑。

(内吹打)(衆拜畢介)(晁盖白)請軍師登壇。(吹打介)(晁盖、吴用、公孫勝上壇,衆立兩旁)(衆頭目、僂儸依次叩頭介)(同唱)

心欽敬,向壇前拱聽。請從令,指揮差遣任施行。

(拜畢介)(衆向壇前立介。白)敬請軍師發令。(吴用白)吾等聚義梁山,地居形勝,若圖負固久安,須要精嚴紀律。自今以後,凡有禁約之條,務宜遵守,若有差遣之處,毋淂遲違。寨中盡昆弟之情,壇上以軍法從事,倘違吾令,决不容情。(衆白)謹遵軍令。(各立兩旁介)(晁盖白)如今黄安統兵到此,請問軍師如何應敵?(吴用白)寨主放心,自古水來土掩,兵至將迎。我這梁山泊在水中央,路逕叢雜。爲今之計,先於要隘設伏,然後令人迎敵,佯輸詐敗,引入虎穴,將他擒護便了。(晁盖、公孫勝)全仗軍師神機妙筭。(吴用取令旂。白)林冲、杜遷、宋萬、朱貴聽令。(四人應介)(吴用白)汝等各領僂儸前去誘敵,只許佯輸,不許戰勝,引敵人過了設伏去處,只聽本寨鳴金爲號,然後回頭奮勇截殺,不淂有違。(四人仝白)淂令。(領取令旂下)(吴用白)阮氏三人聽令。(三人應介)(吴用白)汝兄弟三人各領僂儸,就在金沙灘左近埋伏,只等敵人到時,本寨鳴金爲號,即帶領弓弩手截住去路,不淂有違。(三人仝白)淂令。(領取令旂下)(吴用白)劉唐聽令。(劉唐應介)(吴用白)他前軍既敗,黄安必來策應,他見我在高阜處必搶上山來,你可突出擒他,不淂有違。(劉唐白)淂令。(領取令旂下)(吴用向公孫勝、晁盖白)我們三人站立高阜去處,一則觀敵人動静,二則誘他中計。(晁盖、公孫勝白)軍師言之有理。(晁盖白)衆僂儸。(應介)(晁盖白)就此前去。(僂儸白)淂令。(吶喊介)(晁盖等下臺介)(衆同唱)

【普天樂】展謀謨威名騁,竪旌旂軍容整。看梁山氣焰騰騰,果然是雷厲風行。呀!浮光電影,聲聲鼓角鳴,列隊而前,虎鬭龍争。

（同下）

（四小軍引左營將官，一小軍執纛隨上。唱）

【朝天子】占前驅勝籌，把幺麽早收。着先鞭駿馬争馳驟，軍中法紀敢差遲逗遛，須努力除强寇。

（白）吾乃濟州左營將官是也，奉團練軍令，帶領一枝人馬先探虚實。來此已離梁山泊不遠，不免殺上前去。（同唱）

好據他上游，抹過了林岫急搜，休教他强徒逃走，强徒逃走。要把那膚功奏，要把那膚功奏。

（下）

（四僂儸引林冲、一僂儸執纛隨上）（同唱）

【普天樂】抱雄心爲頭領，作先鋒遵嚴令。一望裡旗幟飛騰，忙向前誘敵官兵。

（左營將官上）（同唱）（合）

呀！浮光電影，聲聲鼓角鳴，列隊而前，虎鬭龍争。

（戰介）（林冲佯敗，左營將官追下）

（衆小軍引右营、前营、後营將官各隨小軍執纛上）（同唱）

【朝天子】望前軍建功，促後軍往從。統精兵乘勝擒敵衆，戈矛相向，更旌旗蔽空，人和馬風雷動。

（全白）吾等乃右營、前营、后营將官是也。（右营白）奉團練軍令，一等左营戰勝，即便併力擒賊。（同白）如今衆賊披靡，我們速速飛騎向前者。（同唱）

喜先聲寇窮，緊連鑣飛鞚路通。耳邊厢殺聲喧閧，殺聲喧閧，同勦滅，休輕縱。

（下）

（衆僂儸引杜遷、宋萬、朱貴各隨小軍執纛上。唱）

【普天樂】擊鳴鉦，雷霆應，吹畫角，虎狼競，纔過了碧嶂沙汀，又早見路徑縱横。

（右營、前營、後營將官各隨小軍上）（同唱）（合）

呀！浮光電影，聲聲鼓角鳴，列隊而前，虎鬭龍争。

（戰介）

（杜遷、宋萬、朱貴佯敗，三營將官追下）

（衆僂儸帶弓箭，引阮小二、阮小五、阮小七上）（同唱）

【朝天子】鼓聲兒緊敲，殺聲兒正囂，看紛紜裊裊旌旗耀。沿岡埋伏，聽鳴金是號，望敵將須臾到。

（阮小二白）我等奉軍師將令，帶弓弩手埋伏金沙灘岡阜之側，須要不露形迹。（阮小五、阮小七同白）你看敵軍將到，我們掩旂息鼓，潛踪避影，只待官兵一過，准備弓弩断他歸路。（阮小二白）有理。（同走唱）

要芟夷若曹，向深林隱着漫勞。頃刻把官軍喪了，仗弓弩相厮鬧，仗弓弩相厮鬧。

（僂儸作倒曳旗幟，做埋伏狀，虚下）

（林冲、杜遷、宋萬、朱貴敗上）

（四將官追上，共戰介，擺势）（同唱）

【普天樂】舉刀鎗，露華暎，展旗旛，霞光炳。只今番較個輸贏，建奇功各展生平。

（又戰介。林冲等四人同敗下）（二將官白）你看賊人紛紛逃敗，我們乘勝追赶，直搗巢穴便了。（又二將官白）有理。（同走）（内鳴金介）

（林冲等四人復上戰介）（四將官敗介）（遶場走，至場口，内放乱箭介）

（三阮仝戰介）（林冲、杜遷、宋萬、朱貴作殺四將官，衆小軍逃下）

（衆白）官兵盡勦，黄安未擒，衆僂儸就此殺上前去。（仝唱）（合）

呀！浮光電影，聲聲鼓角鳴，列隊而前，虎鬪龍争。

（下）

（四小軍、四偏將引黄安上，小軍執纛随上。唱）

【朝天子】統全軍建牙，捕虚囂井蛙。怎知道計出羣奴下，孤軍深入，望山涯水涯，敻不見前軍甲。

（黄安白）方才探子報來，四营將官湑勝輕追，不知去向。恐中敵人奸計，爲此統領全軍前來策應。衆將官。（衆應介）（黄安白）速速奮勇向前者。（衆應介）（同走唱）

教三軍莫譁，把鼓兒緊擿快拏。須防他藏兵施詐，藏兵施詐，預籌謀來招架，預籌謀來招架。

（下）

（僂儸引劉唐上）（仝唱）

【普天樂】氣舒揚威名逞，引大隊乘全勝。斬渠魁手到功成，方顯滘水泊羣英。

（白）我劉唐奉軍師將令，着我在山下捉拏黄安，遠遠望見官兵來也，我且躲過一邊。（虚下）

（衆引黄安急上）（仝唱）

呀！浮光電影，聲聲鼓角鳴，列隊而前，虎鬬龍争。

（黄安白）一路追來，總不見一個人影兒。衆將官，就此殺上前去。（劉唐白）黄安，你留下頭再去。（黄安白）中了賊子之計了。放馬過來。

（劉唐上戰介）

（林冲、杜遷、宋萬、朱貴、三阮上，同戰介）（劉唐擒住黄安，林冲等殺四裨將、小軍下）（劉唐白）黄安已擒，官軍全敗，一同上山繳令便了。（林冲等仝白）有理。（仝下）

（衆僂儸、頭目引晁盖、吴用、公孫勝上）（仝唱）

【朝天子】運神機碩畫，展雄風將才。料官兵此際遭擒敗，桓桓貔虎，向岡巒擺開，齊把那捷音待。

（晁盖白）且喜官兵紛紛敗亡，皆賴軍師之妙筭也。（吴用白）全仗寨主福庇，於我何功？（公孫勝白）且待衆兄弟到來，同回山寨便了。（晁盖、吴用白）有理。

（僂儸綁押黄安上）

（劉唐、林冲、杜遷、宋萬、朱貴、三阮同上。唱）

到鬱葱翠崖，望三關壯哉。事諧報成功同聲奏凱，同聲奏凱，須早把俘囚解，須早把俘囚解。

（各見介）（三阮白）埋伏弓弩成功，繳令。（林冲、杜遷、宋萬、朱貴）官兵盡勦成功，繳令。（劉唐白）黄安生擒，聽候發落。（晁盖白）且把黄安押付後寨監禁。（僂儸應介。押黄安下）（晁盖白）

衆兄弟大獲全勝，甚爲劳苦，明日准備筵席，慶賀大功。（衆）多謝寨主。（晁盖白）衆僂儸。（應介）（晁盖白）吩咐擺齊隊伍，打淂勝鼓回寨。（應介）（内打鼓一通介）（晁盖等十一人各建大纛，衆僂儸、頭目擺隊前行）（同唱）

【朝元令】眉軒氣揚，衆志同歡暢。威行勢張，誰敢争雄長。看霞彩旌旗，霜華兵仗，導引着干城勇將，器宇昂藏，扶持山寨皆俊良。帷幄賴勗勦，持籌有志囊。把官兵掃蕩，真個是易如翻掌，易如翻掌。

（同下）

第四本

第一出　水泊慶功伸燕賀

（衆僂儸、頭目引晁盖、吴用、公孫勝上）（唱）

【刷子序】山寨合興隆，喜同心戮力，丕建奇功，戰勝威行，今來大振雄風。

（林冲、劉唐、杜遷、宋萬、朱貴、阮小二、阮小五、阮小七上）（接唱）

峥嶸藹藹的山增光采，赳赳的人添驍勇。

（同見介）（合唱）

看以後畏縮官軍，怎攖咱鋭利兵鋒。

（晁盖白）破敵成功賴衆賢，（吴用、公孫勝白）還憑福蔭始安全。（林冲、杜遷、宋萬、朱貴白）蛟龍奮起魚蝦斃，（同白）此日梁山勝昔年。（晁盖白）前者黄安統兵勦捕，賴軍師妙計，衆弟兄英勇，淂以大獲全勝，爲此特排筵宴，慶賞大功。（衆白）多蒙寨主褒獎，又蒙寨主盛心，我等不勝感荷。（頭目跪禀白）啓上寨主，筵宴已曾齊備，請寨主上席。（晁盖白）今日之酒，我當親自按席，稍盡誠敬之心。（衆）還是我等跪献一樽，以申愛戴之意。（吴用白）不須如此，我等依次而坐便了。（衆白）有理。（頭目白）起

樂。（内吹打介）（衆坐定介）（頭目跪白）請上酒。（同唱）

【山漁燈】瑇瑁筵開把金罍捧，喜座列英豪，情比昆仲。

（吴用等曲中白）寨主，想我等呵，（唱）

當日個萍水相逢，欣然景從，一時意氣交相重。

（晁盖曲中白）多承衆兄弟。（唱）

關休戚各展威風，而今同堂慶功。

（衆接唱）

吐氣揚眉皆淂志，瀝膽誓心當效忠。傾百斗，越教人氣雄，正酒酣耳熱，談論心胸。

（晁盖白）衆位兄弟。（衆應介）（晁盖白）我還有一事與軍師商酌。（吴用白）不知寨主還有何事？（晁盖白）前者事敗之後，我們皆脱網羅，只有白勝現居縲絏，理應救他纔是。但計將安出？（吴用白）若依小弟愚見，只須差一精細頭目，多將金帛前往濟州府，上下使費，將白勝寬鬆，他必能脱逃來也。（晁盖白）軍師之計甚好，待我連夜打點金帛，遣發頭目便了。（衆白）足見寨主不忘故交，使我等十分感服。（晁盖白）吩咐撤過筵席。（應介。各出位介）（同唱）

【尾聲】綺筵開，正旭日朝霞捧，又早見鴉背斜陽颺晚風，可正是淂意談心不知清晝永。

（同下）

第二出　乍下車有心尋釁

（花榮上。唱）

【鳳凰閣】雄心一片，養就扶摇翮健，劍光夜射斗牛邊，散作流虹掣電。暫紆銅篆，幸喜淂龍沙晏然。

（白）貫札穿楊藝最工，還如李廣不能封。丈夫空具鳶肩相，何日勳名上鼎鍾。下官姓花名榮，祖貫山後人也。熟習韜鈐，尤嫻弓馬，爲是矢無虚發，人皆以“小李廣”稱之。父母早喪，妻室云亡，惟有一妹，小字貞娘，年已及笄，尚未許聘。下官叨中武舉，蒙聖恩除授此間青州屬下清風寨副知寨之職，向來正知寨乏員，下官權署印務，所喜紀律嚴明，軍民安堵。不想近日清風山草寇哨聚，不時劫掠，甚屬可憂。因此一面嚴戒將士固守汛地，一面申呈青州府檄行防禦，使發兵協勦。咳！四方多故，羣盗縱横，未知何日始淂掃清宇内也。正是雁塞烽烟方震地，漁陽鼙鼓又驚天。言之未已，妹子出堂來也。

（梅香隨貞娘上。唱）

【逍遥樂半】日午停針線，課理餘工女訓篇，湘簾不捲炷爐烟。

（見介。白）哥哥萬福。（花榮白）妹妹少禮。請坐。（貞娘白）有坐。（各坐介）（貞娘白）哥哥，我看你眉頭不展，面帶憂容，莫非有甚心事麽？（花榮白）妹妹有所不知，只因童貫、高俅等專權誤國，以致民窮多盗，梁山泊全夥未除，清風山草寇又起，盗賊逼近肘腋之間。我職守地方，兵微將寡，難保無虞，以此愁悶。（貞娘白）哥哥，你神箭非常，智勇足備，諒此烏合之衆，勦滅誠易，何須過慮若此？（花榮白）妹妹，正有一事問及。（貞娘白）何事垂問？（花榮白）前日叫妹妹製的綿衣一套，曾做完否？（貞娘白）已經准備停當，不識哥哥要將此衣送與何人？（花榮白）有一結義哥哥宋公明，他爲殺了閻婆惜，一向避在滄州柴大官人處，近日又在白虎山孔氏莊上。我要着人請他到此，目下序近新秋，恐路上風霜，故要將此綿衣送去。（貞娘白）原來爲此。（内擊雲板介）（花榮白）外面擊雲板，想有人禀事，妹妹且請進去。（貞娘應介。白）堂上趨承多政事，閨中消遣足閒情。（下）

（軍健上。白）啣命初辭闕，分符將下車。（進見介。白）報事軍健叩頭。（花榮白）報甚事情？（軍健白）新任正知寨劉爺已到，在十里長亭，即時就要上任了，特來報知。（花榮白）怎麽不先爲通知，這等迅速？（軍健白）擇定今日吉期上任，所以兼程赶到的。（花榮白）原來這等。可曉淂他一路來行爲若何，帶有多少人從？（軍健白）帶來人從頗多，聞説一路來到處騷擾，甚不安静。（花榮白）嗄！這樣麽，我曉淂了。你去傳諭各营將領、軍校，先往迎接。一面差官賫印前去，一面整治酒席在館驛中接風。（軍健應介。白）欲識人賢否，但看事簡煩。（下）（花榮白）這般説起來，又非善良之輩了，怎麽處嗄？且待少時相見之際，看是如何，再作道理。見面自多大鑒識，聞言不用細推評。（下）（衆執事、吏典、傘夫引劉高乘馬上。唱）

【雙令江兒水】高官顯位，喜做到高官顯位，這榮華有誰個比。看烏紗頭戴，紫綬腰垂，羡威儀果濟濟。

（白）下官劉高，蒙聖恩除授清風寨正知寨之職，今日上任，好不榮耀也。左右。（衆應介）（劉高白）可分付地方，務要肅静街道，如有閑雜人等闖我頭踏者，一綑四十，軍法重處。（衆應介。唱）

令出比風雷，威行甚虎羆。

（内嚷介）（劉高白）什麽人喧嚷，帶地方過來。（衆應。唤介）（地方上，見介。白）地方叩頭。（劉高白）我再三曉諭過要肅静街道，怎麽縱容閑人喧嚷，扯下去打。（衆扯介）（地方白）阿呀！是老爺的大叔搶了過往客人的包裹，兩下争鬧，不干小人之事。（劉高白）呸！一個包裹，值淂甚麽，也要這般争嚷？甚是大膽可惡，且饒你這次，今後如再不遵，活活敲死你這狗才。（地方應下）（衆行介。唱）

條約休違，政令當依，断難容干法紀。

（差官賫印上。白）分出麟符鐫白玉，賫來鵲印鑄黄金。（見介。白）副知寨花老爺差官賫印送上。（劉高白）怎麽花知寨不親自送來？（差官白）舊規是差官送的。（劉高白）什麽叫做舊規？（吏典接印介）（劉高白）爲什麽花知寨不來遠接？（差官白）衙門雖設正副，文武不相統轄，不過是賓主之禮，如今花老爺在館驛中設席拱候。（劉高白）這官兒多講，還不快去。（衆赶介）還不快走！（差官下）（劉高白）就此行到館驛中去。（衆應介。行唱）

前驅擺齊，好分付前驅擺齊。

（内白）本寨將領帶領軍健迎接老爺。（衆白）起去。（内應介）（衆行。唱）

紛紛甲騎，又則見紛紛甲騎，一行行間旌干列綵旗。

（到介）

(花榮上。白)待奮鷹揚績,羞居牛後名。(見介。白)恭喜老寅翁,報政銓曹,朝野欣慶。請上,花榮有一拜。(劉高白)下官恊同治理,未免分權擅政,於貴職大有干礙,何用稱賀,不勞拜罷。下官今日入境之始,先有一事請問。(花榮白)有何見諭?(劉高白)聞淂此間清風山草寇大肆猖獗,貴職久任本汛,賊形豈無見聞,乃竟袖手旁觀,恐貽尸位之譏,難免弾章之議。(花榮白)羣盗情形,已經備呈上司,下官雖欲提兵捕勦,又難擅離汛守,是以未經奏捷耳。(劉高白)朝廷設官分職,原爲靖盗安民,今日盗賊縱横於肘腋之間,仍然視爲膜外,則平日虚兵冒餉,不問可知矣,甚覺可歎。(軍健白)酒筵齊備,請老爺上席。(花榮白)看酒來。(軍健應介)(花榮定席介)(各坐介)(合唱)

【又一體】華筵方啓,整齊齊華筵方啓,捧瓊巵浮緑蟻,早管絃聲沸,蘭麝香霏,這風光果是美。

(花榮持杯勸介)(劉高作倨傲狀介)(花榮唱)

我曲曲效謙卑,他昂昂敢作爲,話不投機,心自沉疑,那裏是酒筵前稱知己?

(吏典稟介。白)稟老爺,吉時已至,就請走馬上任。(各出席介)(花榮白)下官先此告辭。(劉高白)請。(花榮白)嫌隙頓生嗔異己,恊恭何有愧同寅。(下)(劉高白)分付擺齊執事,往衙門到任。(衆應介)(行唱)

羊質虎皮,權冒着羊質虎皮,虚張聲勢,訶叱處虚張聲勢,可知是官不威牙爪威。

(介下)

第三出　投虎寨僂儸剖心

(宋江上。唱)

【菊花新半】英雄失路滯天涯,遥望鄉關何日歸。

(白)我宋江一向避在柴大官人莊上,前月來到此間白虎山,承孔明、孔亮賢昆玉十分相爱,爲是指點他二人鎗棒,稱我師父。

此間離清風寨不遠，那知寨花榮原係拜盟弟兄，聞我在此，連次遣人致書招請，因值秋凉，又寄綿衣一套，故交情重，不淂不去走遭。那孔氏弟兄聞知，那裏肯放？我許以去去就來，方始應允。昨日承他設席餞别，今日一准要起身，恰好他弟兄二人出來也。

(孔明、孔亮上。白)陽關唱徹第三聲，不盡依依惜别情。無那秋來分手處，西風衰柳正凄清。(見介。白)師父。(宋江白)二位賢弟。(孔明、孔亮白)老父因身子不快，不能出來相送，只説師父到花知寨處盤桓幾時就要來的。(宋江白)這個自然。就此告辭了。(孔明、孔亮白)莊客背了包裹，我弟兄二人走送一程。

(庄客暗上，應介。背包裹介)(宋江白)又要賢昆仲勞步。(孔明、孔亮白)我等依依不捨，自當送至前面。(行介)(合唱)

【漁家傲】最無奈執手河梁欲别離，只有這送送前途，再淂片刻追陪。謾道是丈夫不灑臨岐淚，相看處更多縈繫。便做道途路非遥，况又是會合可期，由不淂兩下離懷成慘悽。

(宋江白)來路已遠，請二位賢弟回轉去罷。(孔明、孔亮白)如此，從命了。(各揖介)(宋江白)鴈叫雲天不忍聞，秋風蕭索感離羣。(孔明、孔亮白)莫愁前路無知己，天下誰人不識君？(宋江接包裹介。白)二位賢弟請轉。(孔明、孔亮白)師父前途保重。(分下)

(衆僂儸上。白)心胸與世不和同，亡命深潛山澤中。要識英雄大作用，一鞭快馬一張弓。咱們是清風山衆僂儸便是。(一僂儸白)我們這山上有三位大王聚義，一個唤做“錦毛虎”燕順，一個唤做“矮脚虎”王英，一個唤做“白面郎君”鄭天壽，俱各英雄出衆。(又一僂儸白)聚着一二千僂儸，殺人放火，打家劫舍。(一僂儸白)方纔傳下號令，着我們下山伏路，倘有大隊輜重過往，飛報上山，統衆劫取；如遇單身客人，攔路抛下絆馬索絆到，拿倒山上，情願入夥的編入隊伍，若不肯，一刀兩段，剖出心肝，做醒酒湯吃。(又一僂儸白)閒話少説，你看日色平西，快到山下去看有

甚好買賣。(衆僂儸白)説淂有理,就此同去。漫言人不仁,可知盜有道。識看貪墨者,比我還强暴。(下)

(宋江上。唱)

【剔銀燈】孤身客茫茫路岐,短促景深秋天氣。踈林外又見紅輪墜,淡朦朦野烟陰翳。

(白)早間别了孔氏兄弟,一路行來,因貪趲程途,錯過宿頭,如今天色已晚,來到這裏。你看對面一座高山,形勢險惡,樹木叢雜,好不怕人也!(唱)

應知世途嶮巇,怕履着無端的禍危。

(僂儸預暗上,將索絆倒宋江介)(僂儸白)在這裡了。(綁宋江,奪包裹介)(宋江白)好漢,可憐我單身客人,所有包裹任憑取去,只求饒命。(僂儸白)由不淂你,且解到山上,但憑大王發落。走,走!功勞只計資裝重,號令如違性命輕。(下)

(衆頭目引燕順上。唱)

【破陣子】山寨飛虫虎帳,緑林俠客鷹揚。

(王英上。唱)

鎮門廣漢石敢當,與我形容却相倣,

(鄭天壽上。唱)

英勇誰能擋。

(燕順白)血染緑袍綉紫鵉,(王英白)朱纓斜繞縷金冠。(鄭天壽白)平生作事惟肝胆,(仝白)義氣存心湖海寬。(燕順白)自家"錦毛虎"燕順是也。(王英白)自家"矮脚虎"王英是也。(鄭天壽白)自家"白面郎君"鄭天壽是也。(燕順白)二位兄弟,俺們占住清風山聚義,且喜人强馬壯,官兵不敢衝鋒;地險山高,捕獲無人敢至。近日粮草不敷,意欲到附近地方劫掠一番,二位兄弟意下如何?(王英、鄭天壽白)大哥,且再商量。早上差僂儸下山去伏路,不知可有什麽行貨拿來?(燕順白)少刻便有分曉。

(衆僂儸押宋江上。白)擒來好似甕中鱉,捉到猶如釜内魚。啓上三位大王,伏路僂儸拿淂一個漢子,并隨身包裹,綁縛到山,聽候發落。(燕順白)押過來。(衆僂儸應介。帶見介)(王英白)看這厮生淂肥胖。(燕順白)問他可肯入夥麽?(僂儸白)大王問你,可肯入夥?(宋江白)念小人是清白良民,只求好漢開恩,釋放下山。(燕順、王英、鄭天壽白)哇! 這厮該割舌頭,你是清白良民,難道我們江湖上好漢倒不清白麽?(唱)

【玉芙蓉】狂言不忖量,蟻命難饒放。怎暗相譏刺,故把人傷?可知咱心高不屑作邊方,將氣憤聊稱爲化外王。

(仝白)僂儸們,快把這厮跣剥了。(僂儸應介)(宋江白)阿呀! 大王爺爺饒命嘎!(燕順等唱)

徒悲愴,恨無知魍魎,怎容伊摇唇鼓舌浪誇張。

(宋江唱)

【又一體】冲霄氣一腔,化作愁雲障。把虚空隔絶,叫不應穹蒼。

(王英白)孩子們,快取他的心肝,燙熱酒來吃。(僂儸應介)(宋江白)阿呀,天嘎!(唱)

當日個未央無罪誅韓信,今日裡山寨啣冤斬宋江。

(僂儸白)開刀。(燕順白)住了。(僂儸應介)(燕順白)二位賢弟,可聽見他説什麽宋江麽?(王英、鄭天壽白)聽淂的,想是這厮倒認淂宋公明的。(燕順白)僂儸們,且帶這厮過來,待我問他。(僂儸應,帶宋江介)(燕順白)你這厮是何等樣人,方纔説什麽宋江?(宋江白)即我就是宋江。(燕順等白)你就是宋江? 你是那裏的宋江?(宋江白)小人是鄆城縣宋江。(燕順白)可就是"及時雨"宋公明?(宋江白)小人正是。(燕順白)了不淂,了不淂!(急解縛扶起介)(王英、鄭天壽白)僂儸們,快取衣服來穿好了。(僂儸應,取衣披宋江身上介)(燕順等白)弟輩有眼不識泰山,多有冒犯,望仁兄恕罪!(拜介。宋江答拜介)(燕順等唱)

慚無狀,笑吾儕忒莽,幾做了交成刎頸不尋常。

(各起介)(燕順白)請坐了。(各坐介)(宋江白)三位壯士如何曉淂宋江? 乃蒙不殺,如此錯愛,敢問大名?(燕順白)小弟叫"錦毛虎"燕順。(王英白)小弟叫"矮脚虎"王英。(鄭天壽白)小弟叫"白面郎君"鄭天壽。(合白)同在此清風山聚義。(宋江白)久聞三位大名,如雷貫耳,今日淂遇,實爲萬幸。(燕順等白)公明兄乃天下義士，我等仰慕大名，神交已久，只恨無緣拜識。適纔若非天佑義士，使仁兄自吐尊諱，我等何由曉淂？倘有差池，豈不被江湖好漢將弟輩唾駡死了！（宋江白）太言重了。（燕順白）請問仁兄一向在那裏，今日爲何到此經過？（宋江白）一言難盡。（燕順等白）願聞其詳。（宋江唱）

【普天覓好事】【普天樂】（首至合）娶紅裙遭魔障，揮白刃逃羅網。

（燕順、鄭天壽白）弟輩也聞淂仁兄殺了閻婆惜一事，不知後來怎麽樣了？（王英白）宋大哥，那個閻婆惜爲什麽殺了他，可惜嗄！（宋江白）其時呵，（唱）

畏途人將名姓稱揚，托豪門把蹤跡潛藏。

（燕順等白）一向躲避在那裏？（宋江白）只淂逃至滄州横海郡柴大官人處，住了許久。（燕順等白）我們也聞淂有個"小旋風"柴進，甚有義氣。（宋江白）一月前又到白虎山孔氏莊上，承彼款留。（燕順等白）白虎山離此甚近。（宋江唱）

【好事近】（五至末）平陽北海好知交，一樣多情況。

（燕順等白）如今又將奚適？（宋江白）有個結義兄弟花榮在清風寨，正欲到彼，路過山下，不想淂遇三位豪傑。（唱）

喜忽來虎寨趨承，且緩向龍門過訪。

（燕順等白）原來花知寨是公明兄的義弟。今日喜淂到此，且多住幾時，再往那裏未遲。（宋江白）多承盛意，暫住兩三日，就要告辭的。（燕順等白）那有就去的理？僂儸們，快備酒筵在後寨，一者與大哥壓驚，兼好暢飲談心。（僂儸應介）（燕順等各讓介）（宋江唱）

【尾聲】似這等訂交情真奇創，

（燕順等唱）

金蘭簿翻成了新樣，

（合唱）

可曉淂咱豪傑的相知原異常。

（各讓下）

第四出　王矮虎漁色無緣

（熊氏上，丫鬟隨上）（熊氏唱）

【女臨江前】朔風漸把寒威釀，聽落葉打紗窗。

（白）[長相思]羡登庸，總軍戎，果是夫榮妻也榮，五花冠誥封。粉香堆，綺羅叢，鸞鳳和鳴歡愛濃，兩情魚水同。妾身熊氏，乃劉知寨正室恭人。自隨任到此，又經三月。夜來夢一金甲神口稱天罡列宿，手提寶劍將欲刺我，正在危急，却浔一黑漢了把我一推，瞥然驚醒。想將起來，當初曾許下嶽廟香願，至今未酬，所以神明見責，今早對相公説知，原來離此不遠有嶽廟行宫，我要親自前去燒香完願。已經虔備香燭供儀，且待相公退衙，然後起身便了。

（劉高上。唱）

【女臨江後】政苛誰道玷官方，嚴刑曾不礙，厚斂又何妨？

（見介。白）夫人，因你要到嶽廟進香，已吩咐准備暖轎一乘，撥軍健二十名護衛，都在外厢俟候。你可曾梳粧完備麽？（熊氏白）相公，你看我如此打扮可好？（劉高白）如此打扮，已是十分標致了，何不再將些珠翠插戴，穿上大紅花襖，越顯出天姿國色，豈不更妙？（熊氏白）既如此，丫鬟與我取翠雲翹、金鳳釵、大紅銷金花襖來，待我穿戴，再將鏡臺過來一照。（丫鬟應，取各項介）（劉高白）待下官與夫人再把眉兒重畫一畫何如？（熊氏白）這却甚好。（劉高畫眉介。白）夫人，（唱）

【紅衲襖】你是個齊眉的賢孟光，我做個畫眉的俊張敞。

（丫鬟白）牙梳在此。（劉高與熊氏掠鬢介。唱）

堆鴉鬢梳出了新興樣，墮馬髻盤成了時世粧。再塗些微微的額上黄，還點顆小小的唇邊絳。

（丫鬟白）夫人，戴了鳳釵。（劉高與熊氏戴釵介。唱）

插上了助媚添嬌金鳳釵兒也，

（穿襖介）

這花襖兒稱體裁來不短長。

(粧完介)(熊氏白)一炷心香素願酬,闔門安吉荷神庥。(劉高白)座前瞻禮須頻禱,好把無窮福禄求。(熊氏白)相公,妾身去了。(劉高白)夫人,早些回來。(丫鬟白)夫人出堂來了,打轎上來。(分下)

(王英上。唱)

【東甌令】身雄健,氣軒昂,誰道區區貌不揚。丈夫三十猶孤曠,空冷落芙蓉帳。幾時淂壓寨俏紅粧,低語喚檀郎。

(白)我王英膂力過人,英雄出衆,只是見了婦人就要癱做一堆,也曾幾次搶有婦女上山,都被燕家哥哥、鄭家兄弟不許容留,我只爲義氣分上,不好争執,白白都放了去。如今不是這樣了,若再搶來,藏在後山,暗暗受用便了。前者留宋公明哥哥在山,我等三人和他盟作弟兄,住有月餘,他再三要去,今早只淂設席餞别,少刻就要相送下山了。

(一僂儸上。白)劫舍打家多慘酷,偷香窃玉却風流。(見介。白)二大王,有樁喜事,特來報知。(王英白)有甚喜事?(僂儸白)小的在南山伏路,遠遠望見一簇從人擁護一乘暖轎而來,後面有丫鬟坐在車上,那轎内定是婦女,故此飛風來報知。(王英白)嗄!有這等巧事?不要報與那二位大王知道,待我前去搶來。(僂儸應介)(王英白)快些帶馬。(僂儸應,帶馬遞兵器介)

(王英上馬介。唱)

【劉潑帽】乍聞言撓不着心兒癢,好教人意興飛揚。多應好事從天降,何處嬌娘,自送到門兒上。

(下)

(衆僂儸引宋江、燕順、鄭天壽上。唱)

【浣溪沙】祖席張,驪歌唱,分袂處直恁匆忙。

(宋江唱)

别離情緒休悽愴,遠大襟懷要激昂。

(白)愚兄在此多承盛意,只是躭擱日久,刻下就要告辭了。(燕順、鄭天壽白)哥哥執意要去,弟輩也不敢强留,自當送至山下。

(燕順看介。白)嗄!王兄弟那裏去了,不來相送哥哥?(問僂儸介。白)二大王那裏去了?(僂儸白)二大王下山擄掠婦人去了。(燕順白)有這等事?好個妄人!有了婦人,連哥哥也不來相送了。(鄭天壽白)又不知何等人家婦女,一定被他玷污了。(宋江白)此豈大丈夫之所爲?我同二位到彼寨内將言善導,然後告别。(燕順、鄭天壽白)如此甚好。(合唱)

不度量,笑殺那蠢登徒空妄想,且打散污泥濁水鴛鴦。

(下)

(王英摟熊氏上)(王英唱)

【東甌蓮】【東甌令】(首至六)巫娥女,楚襄王,驀地相逢喜欲狂。千金一刻非虛謊,好勾却相思帳。

(作醜態介)(熊氏白)妾身既然到此,情願依從。(唱)

薦君衾枕也應當。

【金蓮子】(末一句)只要淂緊相偎,漫相憐,款款赴高唐。

(宋江、燕順、鄭天壽上,僂儸隨上。白)火燒祆廟雨雲散,水溢藍橋風月休。(燕順白)此間就是了。(宋江白)待我叩門。(燕順、鄭天壽白)若是叩門,必不肯開,快些打進去。(僂儸應,打進介)(王英、熊氏驚介)(王英白)你們到此做甚麽?(燕順、鄭天壽白)你又在此做甚麽勾當?(王英白)與你們甚麽相干?却來殺風景,好扯淡!(熊氏跪介。白)望三位大王開恩。(王英作氣,背立介)(宋江白)你是誰家宅眷,可一一説來。(熊氏白)賤妾是清風寨正知寨劉高之妻,因往嶽廟進香,路過山下擒來的。望大王方便,釋放回去,感恩不淺。(宋江向燕順介。白)賢弟,此女是我結義兄弟花知寨的同僚正室,我如今正要到彼,可看我薄面,怎生放他去罷。(燕順、鄭天壽白)這個都在弟輩身上,不要管他肯不肯,只顧放他去就是了。僂儸,那婦人想是乘轎來的,如今可還在麽?(僂儸白)連轎夫都還在前面。(宋江白)婦人,你快快回去罷。(熊氏白)多謝大王。(宋江白)我不是大王,休要謝我。(熊氏看宋江介。白)從空伸出拿雲手,提起天羅地網人。(王英白)去不淂的,我要留他做壓寨夫人的。(燕順白)由不淂你。僂儸，快領了這婦人出去。（僂儸應，領熊氏下）（王英白）咳！罷了，罷了！大家散夥，不做强盗了。（宋江白）賢弟，豈不聞江湖上好漢若貪了女色，就惹人恥笑了？况此女係命官之妻，益發胡行不淂。（王英白）胡行胡行，一場掃興！（宋江白）不要動氣，日後在宋江身上，還你個如花壓寨便了。（燕順、鄭天壽白）大哥是誠實君子，日後必然踐言，這可没淂説了。（王英白）你們這班人，真正活作孽。（宋江白）小可就此告辭了。（燕順、鄭天壽白）我等送至山下。（僂儸取包裹介）（行介）（合唱）

【秋夜月】分鴈行，不盡縈牽况。執手臨岐添惆悵，從今雲樹勞懷想。喜道途未長，把音書寄將。

（分下）

（劉高上。唱）

【金蓮子】意驚慌，閨人此際如何狀。嬌模樣，多分郎當。怎做淂鏡重圓，玉無瑕，豆蔻尚含香。

（白）不好了，不好了！方纔軍健來報，説夫人却被清風山强盗搶去了，這便怎麽樣好？（向内介。白）你們快點齊了兵馬，去奪了夫人回來，重重有賞。

（一院子上。白）老爺在那裏？好了，夫人回來了！（劉高白）果然麽？（院子白）果然。（劉高白）在那裏？（院子白）已進後堂來了。

（熊氏上。白）漫説娉婷從盗賊，好誇貞烈誑兒夫。（見介）（劉高白）夫人受驚了，下官一聞此信，幾乎没有急死，但不知怎麽樣回來的？（熊氏白）那些强盗把我搶至山上，正要非禮相干……（劉高白）那就不好了嗄！其時便怎麽樣呢？（熊氏白）被我正言厲色，大聲喝道："我是清風寨劉老爺正室恭人，誰敢辱我？"那些賊党聽了相公的名聲，一個個摇頭吐舌，齊齊叩首伏罪。（劉高白）嗄！原來這些强盗都是怕我的。（熊氏白）口口聲聲説道："不知貴人，多有冒犯。"連忙唤過轎子送我回來的。（劉高白）夫人，你真正是個女中大丈夫。若是别人，不論怎麽樣就從順了他們了。（熊氏白）咳！怎麽把我比起别人來？（劉高白）我想這些强盗原是怕我們的，花榮那厮爲何不去勦捕？（熊氏白）或者與他們通同的，亦未可知。（劉高白）這也有之。夫人，你辛苦了一日，請到房中去小飲數杯壓驚，早早安歇罷。（唱）

【尾聲】變憂愁成歡暢，

（熊氏唱）

也虧我堅持節操凛冰霜。

（劉高白）夫人説便這等説，（唱）

要知他柳盜跖的心腸，與柳下惠不相彷。

（熊氏啐介）（劉高勾下）

第五出　公廨故交欣促膝

（花榮上，家丁隨上）（花榮唱）

【小蓬萊前】自歎英雄不偶，何日裏淂展才猷。

（白）空有安邊略，難成敵愾功。一官沉下位，如驥困閑中。下官花榮是也，心雄志大，命舛職微，方嗟抱負未伸，又遇寮寀不合。前者劉高到任之時，即肆狂爲，十分倨傲，覩其自滿之態，全無恊衷之心，因此怏怏而歸，深爲憤懣。這且不在話下，只是我盟兄宋大哥，聞淂近日在孔家莊上盤桓，下官已曾差人遺送棉衣，馳書招致，已約來此相聚，不知何故久而未至，好生想念人也！

（宋江上。唱）

【小蓬萊後】踪跡天涯，交遊海内，到處相投。

（作到介。白）來此已是。有人麽？（家丁白）什麽人？（宋江白）相煩通報，説鄆城宋江在此。（家丁白）原來是宋相公到了，我家老爺時刻想念哩。少待，容小人通報。（進介。白）禀上老爺，鄆城宋相公到了。（花榮喜介。白）嗄！宋相公到了！快開正門，説我出來。（出迎介。白）哥哥在那裏？（宋江白）賢弟。（携手進内介）（花榮白）哥哥請上，小弟有一拜。（宋江白）愚兄也有一拜。（花榮白）憶自論交後，相違直至今。（宋江白）雉壇盟在耳，何敢負初心。(花榮白)哥哥請坐。(各坐介)(花榮白)哥哥嗄,想殺小弟也!(宋江白)愚兄也時刻在念。(花榮白)聞淂哥哥殺死閻婆惜之後,避罪在外,一向無恙否?(宋江白)賢弟聽啓:(唱)

【啄木兒】我誅紅粉惹事由,因此上潛身離虎口。

(白)多蒙柴大官人呵,(唱)

他慕豪俠蹟類平原,我感慇懃身住滄州。

(白)後因盤桓日久,只淂作别而行。(花榮白)爲何不到小弟這裏,又在孔家莊上去?(宋江白)本欲即來拜會,只因白虎山孔太公庄上差人來接,故此躭擱了幾時。(花榮白)原來如此。小弟有書奉達,還有綿衣相送,未知可稱身否?(宋江唱)

你錦箋款款將情剖,綈袍戀戀施恩厚,我挾纊難將大德酬。

(花榮白)弟兄情誼,何勞致謝?(宋江白)賢弟在此,居官可遂意否?(花榮白)不要説起。小弟呵,(唱)

【三段子】雖才如拙鳩,論弓矢英名罕儔,奈官如贅疣,欠威權雄心未酬。

(白)况且正知寨劉高,傲慢不恭,作威作福。(唱)

他本是乞憐摇尾權門狗,今做了持衡秉軸巖疆守。

(白)那日到任之時,小弟前去迎接,他便言語欺凌,辭色倨傲。(唱)

教我辱在人前,羞居牛後。

(宋江白)原來劉知寨這等無禮。我正要告訴賢弟,他的夫人險遭出醜。(花榮白)爲着何事?(宋江白)我因賢弟手札相招,辭了孔家弟兄,行至清風山,不想山上好漢呵,(唱)

【歸朝歡】將咱做、將咱做經商劫留,欲跳剥把吾心剖。

(花榮驚介。白)那時哥哥如何脱免?(宋江白)我自歎宋江死于非命,他們一聞賤名,(唱)

忙陪罪、忙陪罪齊來叩首,幸微軀剛免淂一番僝僽。

(花榮白)哥哥受驚了。(宋江白)他們十分敬愛,款留月餘。(花榮白)原來草寇也識英雄,勝于劉高萬萬矣。(宋江白)那日餞行已畢,正要辭别下山,(唱)

只見肩輿被擄閨門秀，

（白）他們正在恃强凌侮之際，愚兄問起情由，方知是劉知寨正室夫人。（唱）

緣伊誼屬同僚友，因此上白璧無瑕歸趙侯。

（花榮白）論起來劉高那厮無禮，正該羞辱他，不放回來也罷。（宋江白）賢弟差矣。既屬同寅，當以恊恭爲念，莫挾私忿而敗公事。（花榮白）多蒙教誨。（揖謝介。白）哥哥道途勞頓，可在此消遣盤桓，稍盡敬意。（宋江白）聞淂貴寨居民稠密，頗稱富庶，意欲遊玩一番，只是賢弟職守在身，恐難同步耳。（花榮白）小弟雖難陪奉，有一門客，唤名陳帮襯，倒也知趣，着他陪了哥哥出去遊玩便了。（宋江白）如此甚好。（花榮白）家丁過來。（家丁應介）（花榮白）去請陳官人陪話，一面整治酒餚伺候。（家丁應介。請介。下）

（陳帮襯上。白）骨董不知充識貨，詩書未讀慣通文。人人唤我“陳帮襯”，學淂慇懃帮襯人。（進見介。白）晚生奉揖。（花榮指宋江介。白）這是我盟兄宋相公。（陳帮襯又揖介。白）宋相公，久違久違，一向一向，常想常想。（宋江白）我與陳兄素未識荆，何故如此？（陳帮襯白）這是晚生學就的假相識。（各笑介）（花榮白）此間宋相公要出去遊玩，煩你相陪，不知何處可遊？（陳帮襯白）這裏山水平常，寺院中也無甚景致，只有茶坊酒肆甚是清潔，我陪宋相公日日去頑耍便了。（宋江、花榮白）茶坊酒肆何足遊覽？説他怎麽。（陳帮襯白）無非晚生圖些餔啜而已。（笑介）（花榮白）休淂取笑。（陳帮襯白）目下元宵已近，往年燈事可觀，如今劉知寨到任，大張告示，務要家家結彩，户户賽燈，如不遵依，一綑四十，自然比往年越發好看，我同宋相公去看燈如何？（宋江白）這個使淂。（花榮白）劉高到任以來，毫無善政，所行者無非崇向奢侈，耗費民財之事。小弟與他同寅，如何容忍淂過？（宋江白）賢弟且不必介懷，慢慢勸阻他便了。

（家丁上。白）啓爺，酒席完備了。（花榮白）後堂設有小酌，請哥哥洗塵。（宋江白）多謝賢弟。（花榮向陳帮襯介。白）就屈陳官

人奉陪。（陳帮襯喜介。白）這個當淂，這個當淂。（宋江、花榮同唱）

【尾聲】歎同盟兩地裏睽違久，

（陳帮襯唱）

今日個論交情把醇醪須傾百斗。

（宋江、花榮同唱）

我和你亹亹的交情還濃似酒。

（各遜下）

第六出　燈棚平地又生波

（衆軍健上。同唱）

【一枝花】可正是豐年樂事饒，又逢着佳節元宵到，看巍巍官衙中明火樹，見紛紛燈市裏燦星橋。

（白）我等乃正知寨劉老爺衙門軍健是也。（一半軍健白）今當上元佳節，俺老爺已曾出示張掛，曉諭軍民人等，大放花燈，十分熱鬧。（又一半軍健白）早間老爺吩咐，大開重門，張燈結彩，與夫人垂簾觀玩。恐有閑人嘈雜，命我等攔阻。列位嗄，須要小心。（一半軍健白）便是嗄，新到的官府不是當耍的。（内略吹打介。白）隱隱鼓吹之聲，想是老爺、夫人酒筵已散，將次出來看燈了，我們好生伺候。（又一半軍健白）有理。（同唱）

這的是寵命新叨，恰正好尋歡樂，怎怪他尚奢華逞富豪。

（對上場望介）

早望見皎團團月影徘徊，又聽淂鬧烘烘人語啁嘈。

（同下）

（内打鑼鼓介）（衆鄉民、村婦、老少内白）我們看燈去。（同上。唱）

【貨郎兒一轉】挨擠擠摩肩接踵，喜孜孜携朋拉衆，一望裏連街達巷架燈棚，引動了滿村坊的人喧鬨。

（一半鄉民白）列位嗄，今年的花燈比往年大不相同，只因劉老爺高興,出示曉諭,故此家家結彩,户户懸燈,十分熱鬧。(又一半鄉民白)便是了嗄,聞淂還有獅蠻、鮑老、高撬、秧歌、大頭和尚許多雜耍,要在劉老爺衙門首取齊跳舞,我們大家去看嗄。(衆村婦白)張伯伯、李叔叔,須要挈帶我們去看看,不可到了熱鬧之處拋撇了我們。(一二鄉民白)如此,快走!(同走。唱)

觀燈火,興方濃,顧不淂幼女嬌兒枵腹從。

(同下)

(内略吹打,又敲鑼鼓介)(陳帮襯白)宋相公,快些走,到這裏來看。

(引宋江上)(宋江白)妙嗄!明月中天起,紅燈匝地開。歡聲盈巷陌,歌韻繞樓臺。果然好燈事也!(陳帮襯白)如何,可是小子不説謊?(宋江唱)

【二轉】沿街上賽花燈争奇鬬巧,比户裏慶良辰追歡買笑。俺只見遊人帶醉樂滔滔,雕鞍上半脱紫茸袍,又只見雜遝遝的村和俏,把蜀錦吴綾穿着。

(白)不想這裏的風俗如此奢侈。咀,太覺糜費了些!(陳帮襯白)喲!熱鬧場中説這等冷語。(宋江唱)

怎不去誦讀唐風崇儉約。

(同下)(内吹打介)(衆丫鬟内白)請老爺、夫人出去看燈。

(劉高、熊氏、衆丫鬟上)(劉高唱)

【三轉】今日個已當權可施威作福,但逢時須窮奢極欲。

(熊氏接唱)

况又是良宵三五合歡娱,好把這豪華講,莫被那禮法拘。

(劉高白)下官已曾差人派令各鋪户,承值彩紬、花爆、時樣好燈在衙中張掛,你看花燈密密,絳彩飄飄,十分齊整。(熊氏白)果然好看。

(在曲白中軍健外場暗上)(劉高白)軍健過來。(應介)我與夫人在此觀燈,少頃有諸般雜要在衙門前跳舞,汝等須要攔阻閒人,不可懈怠。(衆應介)(内打鑼鼓介)(衆丫鬟白)請老爺、夫人觀燈。(内吹打)(劉高、熊氏上臺介。同白)妙嗄。(同唱)

看明星般花燈列户，聽春雷似鼉鼓盈衢，這時光莫辜。覺襟懷頓舒，况驕奢未除，俺和伊恣賞酣歌樂有餘。

（衆鄉民、婦女老少、宋江、陳帮襯上）（同唱）

【四轉】一路裏鬧垓垓鑼鳴鼓響，燦溶溶燈明月朗，恁看那巍然官署更輝煌，但只見影摇紅燈萬盞，花吐艷、燭千行。

（衆鄉民白）這裏是衙門首了，列位嗄，你看那邊許多雜耍來了，好熱鬧嗄！（衆軍健白）呔！看便由你們看，不許挨擠嘈雜。（衆分立兩旁介）（内打鑼鼓介）（衆鄉民白）龍燈來了。

（龍燈上，舞介。下）（内打秧歌介）（衆鄉民白）秧歌來了，阿唷唷，又好看又好聽。

（扮高撬、唱秧歌上，衆稱讚介。秧歌完，下）（衆鄉民白）熱鬧的來了，這是月明和尚度柳翠的故事。

（扮月明和尚、柳翠上）（跳舞中故事，作驚諕小孩介）（小孩哭介）（村婦抱持與果品餑餑介）（月明和尚跳舞畢，同柳翠下）（内又打鑼鼓介）（衆鄉民白）那邊跳獅蠻的來了，阿喲喲，這個獅子燈比我們耕田的水牛還大哩，好看好看。

（獅蠻上，跳舞畢）

（龍燈、秧歌、月明和尚、柳翠復上，合舞擺勢介）（同唱）

這空花色相，盡都是歌舞昇平，三家村、五劇鄉假扮的喬模樣。體巨形龐，角峙鱗張，嬝婷婷細把那秧歌唱，蛟龍舞鸞鶴翔强。

（衆讚介）

聽遊人齊聲誇奬，暢好在不夜城中耀耿光。

（内打鑼鼓繞場下）（衆鄉民等隨口白介）（劉高、熊氏白）妙嗄。（同唱）

【五轉】你看那舞盤旋的龍燈兒揚鬐奮鬣，又聽淂踏歌聲將昇平演説，這獅蠻狀貌太奇絶，鼻卷曲面凹凸，度柳翠的長老婆心直恁切，却笑他號作月明未窺明月，悶騰騰喬面目把本來遮，這都是村民點綴元宵夜，這都是豐歲的人民歡悦。

（劉高唱）

這都是吾治内的百姓和協，這都是下官福分帶些些，因此上多穀帛少咨嗟，遇這等樂土良辰民，俺宦運亨通誰似也。

（衆鄉民白）你看衙門内燈兒熱鬧，我們擠進去看看。（軍健吆喝欲打介）（宋江走至場中勸介）（宋江白）元宵佳節與民同樂，放他們看看何妨？（熊氏在場内細看宋江介）（軍健白）你這個人好不達道理，官府衙門豈是當耍的？（宋江白）在外面看看罷了。（同衆鄉民向内望介）（軍健喝住介）（宋江與軍健隨口白介）（熊氏白）呀！這衙門口與軍健講話的黑漢子，就是清風山的强盗。（劉高驚問介。白）嗄！夫人，可認淂明白麽？（熊氏白）一些也不差，快叫軍健拿來，以雪我恨。（劉高白）軍健過來。（軍健應介）（劉高白）方纔與你們説話的黑漢子，乃是大盗，快拿過來，不可放走了。（軍健應介）（一面劉高、熊氏下臺分坐介。一面軍健出拿宋江介）（衆鄉民驚介。白）不好了，捉閒人了，快些走罷。（急下）（陳帮襯白）拿不淂的，這是花老爺的内親。（軍健白）呸！這是大盗，什麽隊兵？（打陳帮襯介）（陳帮襯白）待我在此打聽下落，再去報與花老爺知道。（下）（軍健捉宋江進介。白）强盗當面。（宋江白）哇！我是清白良民，誰敢拿我？（劉高白）你是清風山的大盗，還要嘴强？（熊氏白）你前者在山上何等大模大樣，誰想也有今日麽？（宋江略認介。白）嗄！原來就是劉夫人，前者虧我相救，爲何今日恩將讎報？（劉高白）這厮口吐實言，還不下跪？（宋江白）我又不曾犯法，如何要跪？（劉高白）衆軍健，砍腿。（衆軍健亂打跪介）（宋江白）罷了，罷了！（唱）

【六轉】俺可也軒軒昂昂是人中騏驥，今日個戰戰兢兢在堂前屈膝。

（指劉高介）

你不辨明明白白、涇涇渭渭是和非。

（指軍健介）

剗地裏喑喑嗾嗾將人吠。

（劉高白）你在山上劫我夫人，今日夫人當面認出，還敢抵賴到那裏去？（熊氏白）可記淂那日在山上叫你大王的時節？（唱）

只見恁驕驕傲傲、尊尊倨倨、炎炎烈烈、威威赫赫把人來驚悸。

（劉高同唱）

今日裏清清楚楚認伊詳細。

(劉高白)你招也不招?(宋江白)我不是强盗,招出什麽來?(劉高白)這厮不打不招,扯下去重砍四十。(軍健打介)(宋江氣忿介)(打完)(宋江白)這是那裏説起?(唱)

受盡了慘慘酷酷的刑,辱辱抹抹的耻,他兇兇狠狠、惡惡毒毒把俺凌逼,却教咱憹憹惴惴、惶惶惚惚從何招起?

(劉高白)你不招麽,軍健!(應介)(白)取短夾棍過來,夾死這狗强盗。(軍健應介)(欲捉宋江介)(宋江白)住了,我事已如此,權且招認了罷。(劉高白)你叫什麽名字?(宋江背介。白)且住,我若説出本名,有關閻婆惜的命案。(向劉高介。白)我叫張三。(劉高白)那裏人氏?(宋江白)鄆城人氏。(劉高白)原來就是鄆城縣大盗"虎張三",現在有海捕文書拿你,軍健過來。(應介)(白)將虎張三暫且鎖禁,明日早堂細審。(軍健將鍊套住宋江介)(宋江起立介。白)噢!天下有這等忘恩的婦人!(唱)

好教咱恨煞這訕訕嘵嘵、讒口傷人的妖艷妻。

(二軍健帶下)(熊氏白)今夜拿了大盜,雪我讎恨,深爲喜悦,自當再設酒餚與相公暢飲。(劉高白)夫人説淂極是。

(二教習上,稟介。白)啓上老爺,所屬武弁,各衙門送到舞燈童子,在此伺候。(劉高白)這也甚好,着他們筵前戲舞。(二教習應下)(劉高白)我與夫人觀玩舞燈,慶賞令節。(内吹打,坐席)(舞燈童子上,舞燈介)(擺勢同唱)

【七轉】可正是律廻節换,暢好的風柔夜暖,齊把那華燈寶炬舞嫛嫛,看銅枝金藕光零亂,鬧蛾般乍散還攢,流霞似初收忽断,又合聽鵝笙象管聲和緩,好趣承此夜瓊筵畔,只看這艷花様的春燈,真個是縟彩繁光結作團。

(又舞介)(擺勢同唱)

【八轉】齊擺出鰲山一座,却勝他蓮花萬朵。看光華耀耀勢嵯峨,這燈毬恁多、恁多。影飄飄疑是彩雲過,光爍爍恍若明星墮,疾如梭也麽哥,溜如波也麽哥。節奏兒應合,丱角垂髫舞態婴,這霓裳不數、争舒絳綃兒拖,恰便是天半朱霞抹,唱囉囉也麽哥,舞傞傞也麽哥,把午夜風光着意摩。

(舞畢)(劉高、熊氏白)妙嗄。(同唱)

【九轉】花簇簇燈光粉碾,珠滚滚歌聲宛轉。只見他九華百耀舞蹁躚,繞庭堦照徹瓊筵,走氍毹撒滿金蓮。看團團日華昭顯,早離離景星華絢。

(劉高白)吩咐舞燈童子將花燈排列,引入内衙,明日領賞。(舞燈童子白)多謝老爺。(内略吹打)(劉高、熊氏出席,同走介。唱)

可喜的燦輝輝蘭膏正燃,明皎皎桂魄高懸,似這般燈光月色足留連,好良辰興復不淺,雖則是笙歌隊裏娱春苑,還索向綺羅叢裏開芳宴,只看那彩燈兒閃爍導人前,可也慢慢的在萬燭光中廻宅院。

(同下)

第七出　花榮義奪傷弓鳥

(花榮内白)衆軍卒,快到劉知寨衙門去。

(軍卒應介)(引花榮上。唱)

【解袍歌】排繡闥何愁嫯吠,闖鴻門自挾龍飛。

(到介)(軍卒白)已到劉老爺衙門首了。(花榮白)打進去。(軍卒應介)(打進介)

(四把門軍上。白)什麽人大胆闖進衙門?(軍卒白)花老爺來問你老爺説話。(把門軍白)便是花老爺,也須有個道理,怎麽半夜三更喝令人打進來?(花榮白)打這狗才。(軍卒作打把門軍,走下)(花榮白)軍卒們,可在兩旁搜取。(軍卒應介)(花榮唱)

料罝罦不在深嚴地,等閒將鶯鳳囚羈。

(軍卒白)大堂兩邊耳房並無一人。(花榮白)打進二堂。(軍卒應介)

(劉高上,虚白介)(花榮白)劉知寨。(唱)

問你元宵條例漫何勘推,問你金吾威勢因何杖笞。

(劉高白)他是清風山大盗,難道我拿錯了不成?(花榮白)軍卒們,打進去再搜。(軍卒應介。作打進介,下)(劉高白)唗、唗、

唣！誰敢誰敢，反了反了，他每更不聽我吩咐，來日動本申詳便了。（花榮唱）

樊籠怎把仙禽閉，

（軍卒作扶宋江上）（花榮見介。白）哥哥受了苦了，軍卒們，先扶宋相公回去。（唱）

乘輕騎緩緩歸，滿街殘月送君回。

（軍卒扶宋江下）（花榮白）劉知寨，你也太欺負人！誰家没有親戚，生生拿來，不分皂白扭做賊論，是何道理？明日和你講罷。（唱）

容伊睡，暫掩扉，今宵可怕斗河魁。

（下）（劉高作慌張狀。白）反了反了，清平世界，公然搶奪盜犯，這還了淂？我家裡這些奴才那里去了？

（四把門軍士上。白）小人原在這里。（劉高白）好、好、好！你這些奴才，前日教你跟夫人，夫人被人搶去了；如今教你鎖强盜，强盜又被人搶去了。要你們何用，氣死我也！（把門軍士白）老爺，自古道："寧可輸財，不可輸氣。"花榮不過一匹之夫，我們衙内現有新參兩個都頭，十分驍勇，此時老爺速速點齊人馬，也到花知寨那裡去，照舊搶了回來，豈不是好？（劉高白）這也説淂是，叫新參都頭過來。（把門軍士白）二位都頭，老爺傳，上堂聽令。

（二都頭上。白）一生好搗鬼，武藝靠張嘴。雖是新都頭，原是老泥腿。（把門軍士白）老爺唤你兩個。（作見介）（二都頭白）新參都頭"鑽天老鼠"胡來，新參都頭"爬床蠍子"莫怪，叩見老爺。不知有何吩咐？（劉高白）叫你二個非爲别事，只因今晚拿了大盜虎張三，被花榮這厮帶領軍卒搶去，如今你們兩個帶了家將、軍健們，也到他衙門搶回，重重有賞。（二都頭白）老爺放心，那花榮值什麽，仗着我哥兒們本事，直教他雙手送還我的虎張三便罷。他敢説個"不"字，我就輕輕兒收拾了他回來，也不敢勞别的，賞一個人給我一碗元宵罷。（劉高白）那花榮武藝高强，你們不要小覷了他。你就速速帶了人去罷，我在後堂立等回話。（虚

下)(都頭白)淂令。軍健們,你們隨我來。(軍健應介)(二都頭仝唱)

【光光乍】平時誇武藝,今夜逞雄威。

(白)軍士們,你們須要同心恊力,若先跑了,就是亡八蛋。(唱)

大家硬着膽子撞太歲,淂勝回來纔把唾沫啐。

(下)

(軍卒上。白)准備窩弓擒猛虎,安排香餌釣鰲魚。列位嗄,适纔老爺吩咐,昨日已將宋相公搶回,劉知寨必然差人前來厮鬧,奉老爺之命,先將大門開了,且把將軍炭擡出來。

(擡將軍炭上)

(花榮暗上,坐介)

(衆軍健、二都頭上)(軍健白)二位都頭,天已大明了,那花老爺大門開着,竟坐在廳上,左手拏弓,右手搭箭在那里。(二都頭白)他想是知道我二人來,故此開門迎接我的意思。(花榮白)你們衆軍士聽者,寃各有頭,債各有主,劉高差你來,休要替他出色。你那兩個新參都頭,還不曾見花知寨武藝,先看看花知寨的弓箭,看我先射大門上左邊門神的骨朵頭。(衆白)要射門神骨朵頭。(内作射箭响介)(衆白)正中了門神骨朵頭,好箭!(花榮白)你們衆人再看我第二枝箭,要射右邊門神頭盔上朱纓。(衆白)又要射門神頭盔上朱纓了。(内作箭响介)(衆白)果然中了朱纓,好箭!(花榮白)你衆人看我第三枝箭,要射你那穿白都頭心窩。(衆驚介)(响喊走介)(穿白的都頭作跌倒爬地介。諢下)(花榮白)誰敢來,誰敢來?(軍卒白)那些人都嚇跑了。(花榮笑介。白)好,到也爽快。請宋相公過來。(軍卒白)宋相公,有請。(宋江上。白)賢弟,怎麽樣了?(花榮白)適纔劉高那厮叫新參都頭領了一二百個人,來奪你回去,不想被我三箭都嚇跑了。如今可以高枕無憂了。(宋江白)賢弟,不是這等講,凡事要三思,自古道:“吃飯防噎,行路防跌。”我被你奪了回來,急使人來搶,又被你嚇他回去,他如何肯干休?必定要動文書,將來再被他拿出去時,你便和他分説不清,豈不又累賢弟?(花榮白)小弟拚着棄了這官誥，再和那厮理會。（宋江白）這非萬全之策。小可到有一計，不如今晚悄悄兒先走上清風山去，你明日竟和他白賴，終久只是文武不和相毆，官司不怕。（花榮白）小弟只是一勇之夫，没有哥哥這等高見，只是被他打淂這樣狼狽，如何走淂動？（宋江白）我自慢慢的捱到山下便了。（花榮白）且待黄昏時候，着人送你到那邊便了。（宋江白）有人同行，恐招耳目，不如獨行的好。（花榮白）哥哥請進去將息，晚間再講。（唱）

【尾聲】昨宵甘苦餘真味，今夕離筵何夕，只恐怕明夜尋君夢轉遲。

（下）

第八出　熊氏潛勾脱餌魚

（劉高上。唱）

【柳梢青】一軍皆譟，驀地添煩惱，絶好燈宵，把火樹銀花放倒。

（白）可惱，可惱！下官只爲着人前去奪取犯人，整夜不曾合眼，難道花榮竟敵淂過我這一二百人不成？好焦躁也！

（二都頭跑上。唱）

【剔銀燈】花翎箭颼颼亂摽，芝蔴胆生生驚掉。

（見介）（劉高白）拿了犯人回來了？（二都頭白）老爺叫我們拿一個，我們到拿了兩個。（劉高白）在那里？（二都頭白）拿了兩個將軍炭，老爺再不要提起。（唱）

他銅扉不用高聲叫，打點下開門揖盜。

（劉高白）那花榮既開了門，坐在廳上，就該進去搜人。（二都頭白）那個不要進去？正要一擁而入，只聽淂花榮在廳上高聲喝道："你們且看看花知寨的弓箭，我這一箭要射中左邊門神的骨朵頭。"只聽淂颼的一聲响，正中那骨朵頭。（劉高白）這樣好箭？（都頭白）真真通戀么勒根，又聽淂那花榮高叫道："再看我第二枝箭，要射中右邊門神頭上的朱纓。"話猶未了，晰零一聲，正插在門神朱纓上。（劉高白）那里這樣事？（一都頭白）他元是十五善射挑來的。（二都頭白）老爺，那花榮又高叫道："我這第三枝箭要射那穿白的新都頭的心窩。”我這一驚不小,掇轉身來。(衆作走介)竟是這樣一烘而散,特地回來報與老爺知道。須要另尋計較纔好,不然一箭一個血窟窿,不是當頑的。(唱)

勸你開交,休將氣淘,

(劉高白)花榮真個這等利害?(二都頭白)若不是果然利害,像咱們弟兄這樣硬浪漢子,(唱)

怎甘心輕輕溜了。

(劉高大笑介。白)這樣看起來,我夫人被人搶去也罷了,犯人又被人搶去也罷了,我姓劉的竟是個懶收拾?你們這些不中用的,且廻避了,待我老爺尋思一計策。(衆應介。白)三枝神箭人難及,一碗元宵吃不成。這一遭兒真個的做了草鷄了。(下)(劉高白)夫人快來。

(熊氏上。白)皺眉誇我機謀廣,切齒由他怨恨多。相公,拿的人怎麽樣了?(劉高白)夫人,再不要提起。我即刻派了兩個都頭,帶領一二百軍健,那知被花榮三箭都唬了回來。(熊氏白)這等看來,花榮通同大盜,形跡顯然了。(劉高白)我如今連夜備文書申報上司,説花榮結連大盜,意圖叛逆。(熊氏白)相公且慢,他既搶了人去,豈不慮及?(劉高白)慮及什麽來?(熊氏白)那花榮呵,

【又一體】擁千騎曾誇將驍,營三窟須防兔狡。

(劉高白)嗄,他難道竟敢大胆放了去?(熊氏白)他既敢搶,他豈怕放?萬一放去了,你無確証,上司反道你妄報。(劉高白)是呀,這便怎麽處?(熊氏白)這清風鎮上,花榮那幾間衙署畢竟不能久留。料他必連夜逃往清風山,明日就好替你白賴。如今只差幾個心腹家將,前往三岔路口埋伏,若然依舊獲着,悄悄申報上司,連花榮一起收拾,豈不是報仇、除害兩件美事?(唱)

那時牽來業鏡臺前照,活地嶽①看他啼笑。

(劉高白)夫人神算。二都頭、家丁們那里?

---

① 應爲“獄”。

(二都頭、家丁上。白)老爺有何吩咐?(劉高白)夫人料道那賊犯,今夜一定逃往清風山,你們悄悄埋伏在三岔路口,擒獲强盗,回來重重有賞。(二都頭白)這個直什麽,那虎張三這幾日也教我們代終打糟了,容易拿來,要像花榮老爺,另煩别人拿罷。(劉高白)不要胡説。(二都頭白)小的們就去。饒伊走上焰摩天,脚下騰雲須赶上。(仝下)(劉高白)真正有智婦人,賽過讀書男子。夫人你這樣神機妙筭,教下官如何不服?(唱)

雙鵰,女將軍中了,鈍根兒輸他靈竅。

(同下)

第九出　詭謀復護①虎張三

(二軍漢作扶宋江上。唱)

【粉孩兒】匆匆的解籠禽輕放了,怕春泥夜雪尚留鴻爪。

(白)我宋江只爲貪看鰲山,被劉高妻子識破,拿我拷打。自分萬無生路,幸虧花榮兄弟闖進劉高署内,搶我回家。然雖如此,我想在彼終爲不美,因此連夜逃往清風山,明日就好替他白賴。適纔趁着黄昏時候,他使兩個伴當送我出來,且喜已至栅外了。二位請回罷。(二軍漢白)我們再送一程。(宋江白)不消,我一個走更覺稳便,况且你老爺只教你送出栅外,並不教你送我上清風山。(二軍漢白)如此,小的們去了,宋相公路上小心。(宋江白)這個自然。(二軍漢下)(宋江白)他二人去了,只是兩腿疼痛,行走艱難,這却怎麽好?也罷,只淂挣往前去。(唱)

似深林月黑烏墜巢,怯虚弦魂趁風摇。

(白)你看夜静更深,月明如晝,正好行路,只是没個伴兒,好怕人也!(唱)

過荒邱顧影頻驚,疑倀鬼虎背相笑。

(下)

---

① 應爲"獲"。

(衆家丁仝二都頭上。白)那邊縱放這邊擒,一樣威權兩樣心。勢力看來相等埒,機謀畢竟是誰深。(一都頭白)哥嗄,我們老爺、夫人料定虎張三必然連夜逃回清風山去,着我們在三岔路口擒捉。已經等了半夜了,還不見影兒。(一白)想是要過完了上元纔去。(一白)只是担擱了我們看燈熱鬧。(一白)你們不用閑談,那邊隱隱的有個人來了,我們且躲在一邊候他到來。(衆)説淂有理。(下)

(宋江上。唱)

【紅芍藥】吹碧火老鸛移巢,踏寒葉山鬼過橋。細路蒼苔滑人倒,盻田家一星燈小。

(家丁、二都頭上)(作拿宋江介。白)在這里了。(宋江白)我是行路人,拿我做什麽?(一都頭白)不用細説,快快拿去見老爺、夫人就是了。(仝唱)

專人半路把君邀,

(白)説你走路辛苦,(唱)

請回去安眠一覺。

(宋江白)罷了,罷了!今番性命休矣!只是與你家有甚冤仇,筭計至此!(唱)

敢是打鴛鴦夙孽難銷,因此偕燕侶收羅窮鳥。

(衆推下)

(劉高、熊氏、二丫鬟隨上。唱)

【會河陽】鐵網千絲,虹綸一條,寒潭管取淂潛蛟。

(劉高白)夫人,此時想那虎張三已經拿獲了。(熊氏白)只怕還早。(劉高白)我心如火燒,好生難過。(熊氏白)今夜還是元宵,丫鬟進酒,我與老爺且飲三杯。(劉高白)甚好。(唱)(丫鬟作送酒介)

休焦,月地雲階紅牙綠么,好夫婦堪調笑。

(劉高白)我原是一個好元宵,被花榮這厮鬧了一夜。(仝唱)

紅燈都被那蛾兒鬧,青樽恰映這花枝俏。

(家丁、都頭押宋江上。白)禀老爺,虎張三拿到了。(劉高白)真個果然。（笑介）快活殺哉，我的兒，你在那里拿的？（家丁白）他孤身正往清風山那條路去，被小的們拿着的。（劉高白）帶過來。虎張三，你也會跑，可知我老爺也會捉？（熊氏白）好强盗，今番被我捉了，可還有個什麽花榮來搶你？（宋江白）咳！你夫婦恩將仇報，苦苦與我作對，料想天也不容。（劉高白）掌嘴，掌嘴！（唱）

【縷縷金】舒鷹爪，縱盤鵰，區區狐與兔，怎生逃。

（白）家丁們過來，將這厮嚴行監禁在後面，走漏風聲一定處死。（家丁應介）（推宋江下）（熊氏白）相公，還須連夜備文書申報上司，差人一并捉拿，以絶後患。（劉高白）夫人，若淂如此，眼見淂我們就獨霸了清風鎮了。（唱）

從此中軍帳加個夫人旗號，陰陽兩片繡旙飄，關門細求教，關門細求教。

（熊氏唱）

【尾聲】這陰謀何以將功報，相公，可消受淂你夫人封誥？

（劉高白）豈但，豈但！拙夫自今以後呵，（唱）

便戰死羅幃也不憚勞。

（同下）

第十出　狡計併擒小李廣

（衆軍校引黄信上。唱）

【一江風】統三軍，行處如風迅，所事多嚴緊。爲他人官貴，勾連盜賊縱横，奉委來拿問。

（白）下官黄信，官授青州兵馬都監。昨有清風寨劉知寨申文到慕容知府處，報稱拿獲大盗虎張三，供出副知寨花榮結連清風山草寇，意在叛逆。爲此慕容府尊密委下官，提解虎張三并拿花榮到府審理。早間已差軍校先去通知劉知寨，期在公廨中相待，會同勘問。衆軍校，就此趲到清風寨去。（衆軍校應，行介。唱）

還當揮策頻,還當揮策頻,馬蹄蹴路塵,行行早望見官衙近。

(到介)

(四軍健暗上介)(軍校白)黄老爺到了。(軍健白)老爺有請。(劉高上。白)鬼蜮心腸人莫測,奸回伎倆我偏多。(軍健白)黄老爺到了。(劉高白)快快相請。(出迎介)(進内介)(劉高白)都監請上,下官有一拜。(黄信白)下官亦有一拜。(各拜介)(劉高白)專閫雄才,建多懋績,行看銅柱名標。(黄信白)分司重望,布有仁風,竚見金章腰綰。(劉高白)請坐。(各坐介)(劉高白)點茶。(軍健應介)(劉高白)都監遠涉,鞍馬風塵,劳苦不易。(黄信白)不敢。昨者慕容相公細閲貴寨申文,不勝驚駭,故此特委下官前來。那花榮如何遽萌反叛之心?其間顛末尚要請教。(劉高白)此地與清風山逼近,那山上大盗猖獗已非一日,花榮職任所專,不思勦滅,及至下官到任之後,即欲提兵恊勦,他又每每攔阻,下官竟不解其故。(黄信白)他通同盗寇,有何確証呢?(劉高白)怎麽没有?下官拿淂清風山盗首虎張三,供称花榮内親,正在審問,那花榮統衆到我法堂,竟搶奪而去。(黄信白)花榮既把大盗搶去,如何文書上又説個"現獲"?(劉高白)搶去之後,他即時縱放上山,是下官猜破奸謀,密地又差人擒捉來的。(黄信白)原來如此。這等説起來,背叛之情,形跡顯然了。待下官去,即時擒了花榮,連虎張三一併解去。(作欲走勢介)(劉高白)都監且請少住,還當商酌而行。(黄信白)事已無疑,何用再爲商酌?(劉高白)不是吓,那花榮雖是神箭非常,勇力過人,以都監之神威加處,彼必懾服。但是他既萌異志,倘或一激成變,反費週折。依下官的愚見,不如用計的好。(黄信白)也説淂是,但是用何計策纔好?(劉高作略想介。白)吓,有了!都監此時差人,去向花榮説有公事到此,請他來一同會議。待他到來,只説上臺知道我等文武不睦,差都監來設席調停,預先把兵將埋伏在幕後,少停飲酒中間,擲盃爲號,伏兵突出,擒他易如反掌耳。(黄信白)此計甚妙,竟是這樣好。吩咐軍校,快快邀請花知寨來,説我有緊急公事到此,等他會議,促彼快來。(軍校應介。

白)陷阱安排擒虎兕,機謀掇賺困英雄。(下)(劉高白)吩咐快排筵席。(軍健應介)(黄信白)衆軍校,聽我吩咐。(軍校應介)(黄信白)少刻花榮到來,(唱)

【駐馬聽】做一個宴設鴻門,壁後須教多置人,好把那旌旗暫捲,弓矢虚弢,金鼓無聞。畫堂中先設伏虎頭軍,綺筵前忽排布魚鱗陣。

(黄信、劉高合唱)

果然是妙計如神,要擒他叛將不劳兵刃。

(軍健應介)(劉高白)少待花榮來此,倒要謙恭些,使他不疑。(黄信白)正該如此。(一面黄信、劉高白)

(一面四牢子引花榮上。白)壯志未申權忍耐,雄心欲展且從容。(牢子白)花老爺到。(花榮進見介。白)不知都監降臨,未曾遠接,伏祈恕罪。(黄信白)不敢。(劉高足恭介)(花榮略爲禮介)(花榮白)不識都監有何公幹至此?(黄信白)吓,下官此來,也别無甚事,只因慕容相公聞淂二位知寨文武不睦,恐妨政事,所以特委下官來此,與二位設席調停。(花榮白)吓,原來如此,慕容相公何由知我等不睦?(劉高作扯花榮背。白)千萬不要對他説實話。(轉向黄信介。白)都監,那不睦的話有個解説。(黄信白)因何而起呢?(劉高白)弟輩恊辦之事,偶然有意見不合之處,未免有幾句閒言争論,這是有的,然豈敢以私忿而敗公事?(花榮白)今蒙上臺垂注,又承都監遠臨嚴飭之下,此後自當和衷恊恭便了。(黄信白)妙嗄,既已説明,前言盡當消釋。看酒過來,就此一揖而坐罷。(劉高、花榮白)如此從命了。(各揖介)(黄信坐正席介)(劉高、花榮左右席坐介)(合唱)

【降黄龍】綺席金樽,羅列雕盤,海錯山珍。座中冠蓋,高談雄辯。頻傾美醞,休分誰賓誰主,酬酢處漫多推遜。喜從今坦然胸次,嫌疑釋盡。

(劉高、花榮白)取巨觥過來,待我等奉敬都監一盃。(黄信白)怎敢重煩?(劉高、花榮作敬酒介)(合唱)

【又一體】殷勤,款曲聊申,玉斝恭持,瓊漿滿進。蒙君清誨,使有隙孫龐頓成廉藺。

(黄信白)將酒過來,待我回敬二位知寨一盃。(劉高、花榮白)不敢。(劉高一面背向軍健低白)只看酒盃擲地爲號,即便下手。

(軍健低應介)(一面黄信持盃。唱)

同寅能文善武,深喜淂一朝親近。

(以目視内介。唱)

看筵前横飛拇陣,要爲酒困。

(擲杯介)

(衆軍校持各種兵器擁上)(黄信白)快把花榮拿下。(衆應介。拿住花榮介)(花榮白)咳,你們設淂好計吓!(劉高白)你通淂好盗吓!(花榮白)通什麽盗,有甚麽見証?(黄信白)還他個見証。(劉高白)帶虎張三出來。(軍健應介)

(押宋江上,見介)(花榮白)阿呀,哥哥吓!(宋江白)賢弟!(各作哭介)(黄信白)一見就認,通同之事無疑了。(劉高白)可見下官原不説謊。(黄信白)軍校們,將花榮押至後面,也上了囚車。(軍校應介)(花榮白)咳,罷了,罷了! 誣陷平人,到上臺處,少不淂要辯白的。(軍校押宋江、花榮下)(黄信白)明日請知寨一同解到府裡去,也好質對。(劉高白)這個自然,今晚請都監就在公署中安歇,下官暫且告别,明日早來同往。(黄信白)請便。(劉高白)嗄,花榮,花榮!(唱)

【尾聲】陰私攻發非是咱多殘忍,

(黄信唱)

論緝盗是伊家職分。

(白)請了。(劉高白)請了。(黄信下)(劉高作笑介。唱)

從此後官爵巍巍惟我尊。

(下)

第十一出　議救援暗離虎寨

(衆僂儸引燕順、鄭天壽上。唱)

【破齊陣前】偵探豈能的實,傳聞猶恐虚囂,因甚遭擒,緣何獲罪,所事費人猜料。

（燕順白）自送公明哥哥下山之後，忽又元宵節届，聞淂清風鎮上大放花燈，爲此特差小僂儸潛往探聽。倘是有隙可乘，便可肆其劫掠。（鄭天壽白）不想倒探淂宋公明被劉高拿去，誣陷爲盜，招認什麽"鄆城虎張三"。（燕順白）聞听之下，不勝驚駭，誠恐僂儸傳言未確。又令王英兄弟前往打听，怎麽這時候尚不見有回音？（鄭天壽白）這早晚想必也就來也。

（王英上。唱）

【破齊陣後】是非自古多顛倒，恩怨於今更混淆，教人怒怎消。

（見介）（燕順、鄭天壽白）王頭領回來了，公明哥哥之事確否，如何？（王英白）不要説起，他果被劉高那厮誣陷爲盗，今日就要起解到府裡去了。（燕順、鄭天壽白）爲甚事起，竟誣爲大盗？（王英白）就是前番擄來的婆娘，你們抵死要放他下山去，豈知公明哥哥於元宵夜在他衙門首觀燈，被那婆娘看見，指称是我們一黨，竟自拿進衙内，拷掠成招了。（燕順、鄭天壽白）既有這樣事，難道花知寨忍於坐視，不去救護麽？（王英白）他也曾拚命搶去。（燕順、鄭天壽白）這就好了。（王英白）誰想又被劉高拿去，將花知寨搶奪情由申報青州府，即差都監黄信到彼，設下一計，連花榮也拿下。如今黄信、劉高押着，雙雙要解往青州府去了。（燕順、鄭天壽白）吓，不想有這樣事。（王英白）我們須要想個計策救他纔好。（燕順白）事已急矣，别無良策，惟有統領合寨人馬，去奪了上山。（王英白）計他程途，傍晚必從此地經過。我們到山下各路埋伏，候他前來，救取公明哥哥，拿住劉高，替他報仇。（燕順、鄭天壽白）此時天氣漸晚，事不宜遲，衆僂儸，就此一齊下山去。（衆僂儸應介）（燕順、鄭天壽、王英唱）

【四邊静】金蘭誤落他圈套，冤苦無門告，急難仗良朋，救援須當早。

（衆僂儸合唱）

無須献寶，不勞納鈔，只要捉奸徒，便把冤仇報。

（下）

第十二出　明打劫計釋檻車

（衆軍校擡囚車，内坐宋江、花榮）

（黄信、劉高上。唱）

【錦纏道】望林皋，淡濛濛烟迷遠郊，斜日下山凹，見昏鴉争飛，幾陣歸巢。正行着蛇盤似迢迢路遥，猛見這虎踞的叠叠山高。

（宋江、花榮作哭介。唱）

怨氣貫層霄，枉自把蒼蒼頻叫。

（内呐喊介）（劉高驚抖介。白）阿呀，不好！强盗殺來了！（黄信唱）

何須心胆摇，那怕他强徒齊到，看鎮三山今日顯雄豪。

（王英冲上。白）來的謾走，留下買路錢，放你過去。（黄信白）看你這賊，人不像人、鬼不像鬼，要什麽買路錢，留下姓名，待我砍你的驢頭號令。（王英白）你要問我姓名麽？我就是清風山第二條好漢王英。（黄信白）原來就是“矮脚虎”王英。（王英白）你既知我王爺爺的大名，快快下馬受縛。（黄信白）我正要拿你們這起强盗，竟敢自來送死。（王英白）哇！休潯胡説，放馬過來。（黄信白）軍士們，把囚車推過一邊，待我擒了這賊，一同解去。（軍卒作應介）（劉高抖介，念佛介）（黄信、王英作戰介）

（鄭天壽冲上作戰介）

（燕順冲上戰介）（黄信作敗下，軍卒隨逃下）（燕順白）這厮敗回去了。（劉高意欲逃介）（燕順白）衆僂儸，快快擒住劉高，把囚車打開。（僂儸應介。綁劉高介。打開囚車介）（劉高作告饒醜態介）（宋江白）三位賢弟，救命之恩生死難忘。（王英白）那日留下那婦人，那有這塲禍事？（燕順、鄭天壽白）這位想就是花知寨？（宋江白）正是。（燕順、鄭天壽、王英白）取衣服過來，都穿好了，同上山去。但不知花知寨肯在此聚義否？（花榮白）念花榮家破人離，無路投奔，倘蒙不棄，願執鞭鐙。（燕順白）如此甚好，吩咐先把劉高押至山上監禁後寨，待擒了惡婦一同處斬。（四僂儸押

劉高下)(衆行)(合唱)

【普天樂】幸無虞添歡笑，誇淂勝成功早，凱歌唱金鐙鞭敲，鴈行列並轡聯鑣，聽軍聲似潮，鬧轟轟一時海沸山摇。

(下)

(黄信作敗上。唱)

【朱奴兒】緊加鞭忙忙奔逃，論失機惹人譏誚。這場敗北多羞惱，把往日的英名抹倒。

(白)阿唷唷，好强盗吓！攔截去路，彼衆我寡，敵他不過，只淂仍敗回清風寨來。如今人犯都被劫去，連劉高也不知去向，這便怎處吓？也罷，我且權住在此，收集敗殘軍卒，連夜申文青州府去，再作定奪。阿唷唷！那賊寇好不利害也！(唱)

施强暴盡長鎗大刀，攔截住山前道。

(白)我想慕容相公處，(唱)

【尾聲】應有那蹺紅塵飛騎先馳報，責着我踈虞罪可知非小，咳！今做了羊觸藩籬怎地好？

(下)

第十三出　霹靂火興師搦戰

(軍牢、各役、門子、書吏引慕容知府上。唱)

【菊花新】朱幡千騎令東方，噲，等何堪較短長。禁苑弄鶯簧，出谷遷喬全仗。

(白)下官覆姓慕容，雙名彦達，乃慕容貴妃之胞兄，道君皇帝之阿舅。恃椒房之戚，居然白屋公卿；沾蘭殿之恩，竟作黄堂父母。争奈存心刻剥，賦性貪殘。弁髦國法，管什麽天理難容；魚肉小民，只恨他地皮太薄。(笑介)我這等一箇青州太守，竟成鐵面閻羅，這也不在話下。前日清風鎮正知寨劉高，飛報賊情之事，説副知寨花榮結連清風山强盗，現拏有叛黨虎張三作証，申請定奪。我想花榮乃功臣之子，如何結連賊寇，圖謀叛逆起來？這個罪犯非小，因此委了本州兵馬都監黄信，帶領五十名壯健軍漢，前去提解虎張三，并花榮一齊拿來審問，此時已將解到。書吏過來，那清風鎮一案，事關職官叛逆，一到即行審解，不能片刻停留。（書吏應介）

（二教軍頭目飛馬上。白）馳處但飛塵一縷，回時未過日三竿。報太老爺在上，小人清風鎮教軍頭目飛報軍情。（唱）

【舞霓裳】只爲花榮連叛黨，忒狓猖。

（慕容知府白）我差黄信去捉拿，難道花榮不服不成？（教軍頭目唱）

那黄都監呵，鴻門巧計將他誑，把伏兵藏。

（白）到淂飲酒中間，擲盃爲號。（唱）

玉繩飛處縛天狼。

（慕容知府白）既已就擒，行至道中便怎麽？（教軍頭目唱）

只見黄巾匝地繡旗張，把驪珠輕輕奪搶。

（白）那時黄都監也無計可施了。（唱）

將花驄緊策倒拖鎗，逃生果停當。

（慕容知府白）嗄！竟被清風山强盗搶去了，黄信匹馬逃回，這還了淂？（教軍頭目白）太老爺，如今反了花榮，結連清風山强盗，時刻清風寨不保，事在危急，望太老爺早遣良將，保守地方。（慕容知府白）你兩人且在耳房聽候。（教軍頭目應介，下）（慕容知府白）有這等事？左右過來，快請秦統制到來，商議軍情重事。吩咐掩門。（左右應介）（軍卒、衙役下）（慕容知府白）我想秦統制，他的祖上原是軍官出身，到是個將門之子，使條狼牙棒，有萬夫不當之勇。那清風山幾個毛賊值淂甚的，眼見淂一舉蕩平，况這夥强盗打家劫舍，亦有年矣，山上蓄積金銀不少，擒拏之後，那時下官論功陞賞，不但陞賞，而且發財，這花榮竟筭我慕容彦達一個大恩人了。（唱）

【和佛兒】明淂功勞暗淂賍，都沾叛將光，能員使巧，那管子孫昌，老臉坐黄堂，受上賞。

（白）有了保障地方功劳，他日這個神主牌兒，不怕不入名宦祠了。（唱）

好打點魂靈吃猪羊。

（下）

（衆軍校、旗幟引秦明上。唱）

【生查子】【引】勇略冠三軍，雙眸識陣雲。誰知“霹靂火”，一舉净妖氛。

（白）俺乃青州指揮使總管本州兵馬統制秦明，山後開州人也。適纔慕容太守差人相請，説有軍情事相商，俺即忙前去，方知反了花榮，結連清風山草寇，意圖叛逆。太守委兵馬都監黄信前去捉拏，至中途被清風山强盗搶奪而去，黄信單騎逃回，申文告急。阿唷唷！我聽了這話，惱的俺心頭火起，怒髮冲冠，那里還忍耐淂住？因此奔到指揮司裡，點起馬步軍兵五百名，星夜殺到清風山去，直要蕩平了這夥草寇，方顯淂俺秦明的武藝。衆軍士，就此到城外擺齊隊伍，即便起行；如違，軍法從事！（衆應介。唱）

【好事近】太乙寶刀揚，試看神兵天降，移山壓卵，車前螳臂難當。齊烟九點帶征雲，獵獵旌旗壯。

（左右捧酒托盤、酒盃引慕容知府上）（作下馬相見介）（慕容知府白）軍容整肅，士氣飽騰，足見統制平日訓練有方，下官特備三盃，以壯行色。（秦明白）俺秦明一介武夫，蒙老公祖錯愛，彼此恊和，乃統轄之下，忽有草寇陸梁，這都是秦某不能綏靖地方之過，只願滅此朝食，少減罪責，何敢又勞盛餞？（慕容知府白）説那里話來，趁著將軍虎威，何况么麽鼠輩，下官惟静聽奏凱捷音耳。左右，取酒過來，敬統制三盃。（左右遞酒介）（秦明白）如此，謹領盛意。（秦明作連飲三盃介）老公祖，秦明暫告别了。（慕容知府白）如此，請上馬。（俱各上馬介）（衆吶喊介）（合唱）

挽銀河净洗干戈，發天弧掃蕩欃槍。

（下）（慕容知府笑介。白）你看他勢若排山，性如烈火，轟雷電掣而往，眼見淂清風山玉石俱焚的了。左右。（左右應介）（慕容知府白）打道回衙。（衆唱）

【尾聲】登壇已拜廉頗將，命裡催官星旺。

秦統制呀，

你須把雷火燒他一個精打光。

（下）

第十四出　清風山騙甲行權

（衆小軍引秦明上。唱）

【點絳唇】氣吐紅霓，性同霹靂天生急，一著戎衣，滅此纔朝食。

（白）下官秦明，只爲清風山草寇刦奪叛將花榮、盗犯虎張三，殺敗我徒弟黄信，慕容知府大怒，特命俺統領大隊人馬，前往征勦。大小三軍。（衆小軍應介）（秦明白）賊兵在前，交戰在邇，各要奮勇争先，毋淂臨陣畏縮，倘違軍令，斬首示衆。（衆小軍應介）（秦明白）就此起兵前去。（衆小軍應介）（摇旗吶喊介）（秦明仝唱）

【新水令】霜華似劍戟，壯軍威，砲三聲拔營齊起。休説他山中藏虎豹，那怕他海底隱鯨鯢。憑着俺八陣圖奇，笑談間管把他窩巢洗。

（下）

（衆僂儸引鄭天壽上）（仝唱）

【步步嬌】躍馬揮戈多聲勢，似惡曜臨凡世，聽軍中戰鼓催，不用連營只須分隊。

（白）自家鄭天壽是也，今早小僂儸探聽淂青州府調統制秦明前來征勦，花知寨説他十分勇猛，只可智取，不可力敵。公明哥哥因愛將材，欲他降順，共扶山寨，遂設一計。爲是他性急，着我等輪流誘戰，激淂他怒發，必然追上山來，將大路盡行塞断，於小路上掘下陷坑，把他擒住，謾謾的説他入夥。衆僂儸，你看前面塵頭起處，想是官軍來了，可迎上前去。（衆僂儸應介）（合唱）

臨陣略相持，要將他引入深深地。

（下）

（衆小軍引秦明上）（仝唱）

【折桂令】統三軍猛似熊熊①，一個個執銳披堅、耀武揚威。俺則待像畫淩烟，名標銅柱，功奏淮淝。怎容他嘯羣兇伏潜草莽，叛天朝盜弄潢池。要綏撫黔黎，安奠邦畿。

(内吶喊介)(秦明唱)

猛聽得沸海驚天，激得俺怒吼如雷。

(鄭天壽領衆冲上。白)清風山好漢在此，來的莫非是秦統制麽？(秦明白)你這毛賊，既知天兵到來，何不下馬受縛？(鄭天壽白)秦統制，清風山好漢利害，你不如早早回去罷，休把性命送在這裡。(秦明白)哇！毛賊，誰與你鬭口，放馬過來！(鄭天壽白)那個懼汝！(戰介。鄭天壽敗下。秦明追下)

(衆僂儸引王英上)(仝唱)

【江兒水】掣劍龍垂尾，加鞭馬縱蹄。疑兵誘敵虚張勢，帷幄韜鈐籌謀秘，管教他冲天有翅難飛起。

(白)我王英奉宋大哥將令，誘敵秦明。衆僂儸。(衆僂儸應介)(王英白)前面塵土衝天，想必兩軍交戰，快快殺上前去。(僂儸應介)(合唱)

設就了拖刀奇計，要詐敗佯輸，幾隊兒互相交替。

(秦明追鄭天壽上)(王英截戰介。白)秦明休得無禮，我王爺爺在此！(鄭天壽下)(秦明白)任爾賊衆，我何懼哉？(戰介。王英敗下)

(小軍、僂儸上，戰介)

(衆小軍引秦明上)(仝唱)

【鴈兒落帶得勝令】【鴈兒落】(仝)殺得來顫巍巍星斗移，殺得來昏慘慘烟塵蔽，殺得來撼天關神鬼號，殺得來摇地軸妖魔避。

【得勝令】(仝)呀！則見他鼠竄望風靡，馬驟似雲飛。

(内吶喊介)(秦明白)又有一隊賊兵來了。(仝唱)

遥望着天際飄旗幟，山限震鼓鼙。

(白)軍士們，奮勇殺向前去。(小軍應介)(秦明仝唱)

---

① 應爲“羆”。

窮追，縱有那萬人敵、何足畏；重圍，任教是九里山、不索提。

(王英下)(秦明、燕順戰介。燕順敗下)(秦明追下)

(宋江執旗上。花榮隨上)(合唱)

【僥僥令】孔明多妙算，孫武有神機。向絶頂峯頭頻疑睇，俺把那令旗摇暗指揮，令旗摇暗指揮。

(立山上介)

(衆小軍引秦明上)(仝唱)

【收江南】呀！今日裡似鏖兵赤壁呵，不住的挽斜暉，俺可也樓蘭不斬誓難歸。

(秦明白)原來這些毛賊都是不經殺的。(内奏樂介)(宋江白)賢弟請用一杯。(花榮白)哥哥請。(秦明白)何處鼓樂喧天？(小軍白)遠遠望見兩個賊首在山頂飲酒，故此奏樂。(秦明白)待俺看來。(作看介。白)可惱，可惱！軍士們，快些奪路上山去，先擒賊首。(合唱)

逗淂俺心頭惡氣肯成灰，望山巔峻危，望山巔峻危，恨不淂靴尖踢倒那崔巍。

(小軍白)啓爺，山前大路盡皆塞断，只有山南小路，止容一人一騎，大軍難以前進。(秦明白)既如此，傳令大小三軍就在山前屯扎，待俺獨自上山，搗其巢穴。(衆小軍應介)(宋江白)秦統制，你戰了一日，也該少歇。(花榮白)俺花榮在此。(秦明怒介。白)你這反賊，幹淂好事！(花榮白)秦統制，你今中了俺們之計也。(唱)

【園林好】入緣籠鵾鵬怎飛，觸藩籬羝羊可羈。笑你似涸轍枯魚垂鬣，我這謀六出世應稀，兵十面事還奇。

(花榮白)你要拿我，可敢上山麽？(秦明白)俺就上山。(唱)

【沽美酒帶太平令】【沽美酒】(仝)向山林覓路岐，向山林覓路岐，穿峻嶺越崔巍，試看俺縛虎擒龍事可期。

(花榮白)秦統制，你且看俺花榮的神箭，要射下你的盔頂朱纓。

(秦明白)反賊射來。(花榮搭箭介。唱)

穿楊技怎休提，

（射介）

射雀符駚頂管誅彝。

（衆僂儸遶場下）

（燕順、鄭天壽、王英上，戰介）（燕順白）秦統制，你領來的兵馬已被我們殺盡了。你今深入重地，墮在我們計中，插翅也飛不去了，不如早早降順了罷。（秦明白）强賊，休潯胡說，今日務要擒汝！（燕順白）你好不知死活嗄！（秦明白）放馬過來！（戰介）（燕順、王英、鄭天壽白）殺你不過，休要來赶。（引秦明墮陷坑介）（宋江白）僂儸們，拏上山來。（僂儸應介）（作縛秦明到介）（宋江解縛介。白）統制，宋江等冒犯虎威，望乞恕罪。（燕順、鄭天壽、王英白）公明哥哥如此義氣，敢屈統制就在此歇馬罷。（秦明白）咳！中了你們的奸計，這顆頭顱要砍就砍，何必多言？（宋江白）統制既不肯屈留，也難相强，戰鬬了一日，未免勞苦，備有薄酌，敢請上坐，少爲解煩。（秦明白）誰要吃你們的酒食？（宋江、花榮白）統制既不肯坐席嗄，也罷，待我等立奉三盃，以申尊敬之心。今日已晚，明早即當相送下山，如何？（秦明白）爾等果然肯放俺回去麽？（宋江等白）我等惟以信義爲重，安敢相欺？（秦明白）既如此，取酒來。（宋江敬酒介）（秦明飲介。唱）

【太平令】（仝）本和恁交鋒對壘，怎爲咱肆筵設席。

（花榮敬酒介）（宋江背令燕順下藥酒内介）（燕順白）燕順也敬一杯。（秦明飲介。唱）

也不辭百川怒吸，只看取一飲無滴。俺呵，拚潯個深盃淺盃，那裡管伊誰我誰。呀！早不覺軟兀剌昏昏沉醉。

（倒介）（宋江白）妙嗄！你看他麻倒了。僂儸們，扶了後面去，卸了盔甲來，我有用處。（僂儸應，扶秦明下）（宋江白）我今聊用小計，以絶他歸路。（衆白）計將安出？（宋江白）昨見小僂儸陳潯功與他面龐相似，可唤陳潯功過來。（僂儸應。唤）

（陳潯功上。白）拳打南山猛虎，脚踢北海蛟龍。（見介）陳潯功叩頭。（宋江白）諸位賢弟，你看他形容可與秦明相像麽？（衆白）形容倒差不多，只是臉上不紅。（宋江白）這有何難，只用塗些紅硃就是了。(陳浔功白)大王叫僂儸搽了臉,敢是要唱戲麽?(宋江白)哇!胡説,我叫你穿戴了秦統制的盔甲,拿了狼牙棒,乘了他的馬匹,假扮秦明,帶領衆僂儸連夜奔至青州城下殺人放火,虚張聲勢,成事回來,重重有賞。(陳浔功應介)(燕順、王英白)妙嗄!大哥妙計,小弟二人帮他去走遭。(宋江白)如此甚妙,你二人要高聲叫道,秦明已降順清風山了,特來攻打城池,劫取倉庫,不浔有違。(燕順、王英白)浔令,帶馬。(陳浔功隨下)(宋江白)我以此計絶其歸路,彼必傾心降順我們了。(衆白)妙嗄!大哥此計,真神鬼莫測也!(宋江唱)

【尾聲】我移真换假聊相戲,

(衆唱)

管断送了大宋朝長城萬里。

(合唱)

看我這草莽中的英雄倒有些大作爲。

(下)

第十五出　假秦明耀威縱火

(衆夜巡軍敲梆鑼上。唱)

【清江引】鐵衣卧月三更冷,起望蕭蕭景。風傳刁斗聲,雲暗旌旗影。

(白)我們乃青州城内衆夜巡軍便是。今有清風山盜寇,肆强劫去盗犯,反了花榮,殺敗黄都監。慕容老爺赫然震怒,立差秦統制前去勦捕,尚無捷音。(一巡軍白)因城中戒嚴,着我們在城上週流巡查,晝夜不息。(一巡軍白)衆位哥嗄,此時已將半夜了,正是要緊時候,須要一路小心巡去。(衆巡軍白)説浔有理,前面是南門了,我們巡到那邊去,然後再轉到西門便了。(敲梆鑼介。唱)(合前)

一處處要巡邏當夜警。

(下)

(衆僂儸執火把、器械,引假秦明、燕順、王英上)(仝唱)

【風入松】世情宜假不宜真，把他人，面目厮混。深宵裏昏黑有誰能認，那知咱是蘭亭贋本。

（燕順、王英白）僂儸們，一路逢人便殺，遇産便燒，一齊殺到青州城下去。（衆應介。遶場下）

（衆男女老幼百姓奔上，叫苦介）

（僂儸引假秦明、燕順、王英冲上，殺介）（衆百姓奔下）（王英、燕順白）前面已近青州城下，我們趲到那邊去，聲言秦明投順清風山的話，要使慕容知府曉淂。（假秦明白）就是這樣。（衆合唱）

這反戈信城中若驟聞，管唬殺了衆軍民。

（下）

（衆小軍執火把、燈籠引城守將官、慕容知府上。唱）

【六么令】剥膚憂近，寇逼城陰，退敵使何人？怪如風飛報恁頻頻。

（白）下官青州知府慕容彦達是也。方纔望見南門外一帶火光燭天，又聞淂號哭之聲不絶。正在驚疑，忽有夜巡軍來報，清風山强盜統衆殺到城下，意在要劫倉庫。事起倉卒，這便怎麽樣處？（作抖介）（城守將官白）府尊不要抖，算計禦敵之計。（慕容知府白）那裏是抖？我因氣極了嗄！（守城將官白）且同到城上去看，以作防備。（慕容知府白）如此大家去噓。

（場上預設城介）（衆作上城介）（合唱）

難壯膽，但驚魂。

（衆合唱）

正火光中喊殺連天震，火光中喊殺連天震。

（衆僂儸引假秦明、燕順、王英赶殺衆百姓上。唱）

【風入松】不用他山中號令再三申，論焚殺是緑林本分，漫道是無辜百姓當憐憫，可知我歹性格天生兇狠。

（作到介）（燕順、王英白）嘚！城上的聽者，秦明投順清風山入夥，今統領合山大隊人馬攻打城池，你們都來細認一認。（唱）

你看這逼真的將軍姓秦，“霹靂火”久傳聞。

（白）快快攻城！（一面僂儸作攻城諢介）（一面慕容知府白）嗄，了不淂了！原來反了秦明！這厮利害，難與他抵敵，軍士們，快將擂木、砲石打下去。(軍卒應,放砲石介)(慕容知府白)放箭要緊,快些放砲。(燕順、王英白)城上火砲打來了,他們已都知覺,僂儸們,就此回山繳令。(衆僂儸應介,下)(慕容知府白)好了,好了,這些强賊見我這裏放砲射箭,皆退去了,且下城去再作商量。(下城介)(城守將官白)方纔火光中明明見秦明指揮賊衆殺人放火。(慕容知府白)可恨這廝背叛朝廷,投順强賊。軍士們,將他一門良賤盡行處斬,把他妻子首級號令在城頭示衆。(軍卒應介)(城守將官白)城外火光未熄,不知燒了多少房屋,殺了幾多人民,且待大天明了再出去查看。(慕容知府白)如今一面申奏朝廷,一面傳檄鄰郡,請兵協勦。(城守將官白)正當如此。(慕容知府白)可傳諭各門上,各汛地的兵將,都要嚴加小心,惟恐賊人復來。(軍卒應介)(慕容知府白)秦明,好反賊嗄,可惱,可惱!(同下)

第十六出　真統制負屈歸巢

(僂儸引宋江、花榮、燕順、王英、鄭天壽上。唱①)方今屈殺幾英雄,莫向人前誇武功。海闊天空六翮健,鸞凰曾不受樊籠。請秦統制出來。(僂儸請介)

(秦明上。白)千古乾坤存壯氣,萬年豪傑照丹心。(衆白)統制在山,多多簡慢,回到青州,萬望週全一二。(秦明白)夜來不覺大醉,今日起淂遲了,可即還了俺器械馬匹,就此去也。(宋江白)僂儸們,快取秦統制的狼牙棒、馬匹過來。(僂儸應介)

(持狼牙棒、牽馬上)器械、鞍馬都在此了。(秦明白)拿來。(接狼牙棒、乘馬介。白)浩氣彌漫天地覺,壯懷激烈鬼神驚。(下)(宋江白)你看他頭也不回,驟馬揚鞭,竟是下山去了。(花榮、燕順白)他此去,慕容彦達必詢夜來燒劫之事,决不容他入城。(王英、鄭天壽白)這不中了我們之計了!(宋江白)如今燕賢弟、鄭

① 據本出中其他唱詞來看,此處應爲"白"或"念白"。

賢弟看守山寨。(向花榮、王英介)你們二位隨我下山去,到前途等候,待他到進退兩難之際,那時勸他入夥。(衆應介)(合白)爲惜漢陽窮鳥客,好憐梁父卧龍才。(分下)

(秦明策馬上。唱)

【一枝花】纔離了虎頭山多巀嵲,又行來羊腸路恁迂折。諒渞箇歸途從電掣,又早則去徑亂雲遮。猛可的心上咨嗟,這一肩干係尤難卸,關頭怎放些。

(白)俺想今日之事,與黄都監差不遠也。(唱)

俺可也蹈了前轍,禁不渞一霎裏眉攢面熱。

(白)你看前面又早是青州了。(望介)呀!(唱)

【梁州第七】遠遠見迷望眼烟塵連接,轉瞬間人影稀絶,風號萬木含悲咽。則見那愁雲慘淡,則見那殺氣重叠,則見那人民非故,則見那景物差別。

(白)纔隔渞一日之間,爲何這等光景?(唱)

好教人心兒裏費盡週折,口兒内不住價猜喋,爲甚的焰連天屋舍遭焚,爲甚的血流渠屍横遍野,爲甚的列干戈匝遶城堞。

(内哭叫介)(秦明白)你聽那些百姓們,(唱)

耳邊厢不住的哭子尋爹,呼哥唤姐。

(白)嗬!衆百姓,你們却爲何來?(内白)不好了,秦明又殺來了,快些逃走嗄!(秦明白)這又奇了。(唱)

一個個忙奔急走心驚裂,好教俺堪驚訝真難決,怎能彀打破疑城將海底徹,早難道杯影弓蛇。

(内打更介)(秦明白)此際已是初更時分,俺且高叫一聲。城上的,快放下弔橋,開了城門,俺秦統制回來了。

(衆軍卒持火把引慕容知府上城介。白)呀,不好了!果然秦明又殺來了,快去請守城將官來。(軍校白)不妨事,他如今單身一騎到此,老爺正好與他打話。(慕容知府白)有理的,待我來。嗬!秦明,你幹渞好事!(秦明白)城上可是慕容公相,俺不曾幹什麽事,快放下弔橋,待俺進城。(慕容知府白)你這反賊,降了清風山,昨夜帶領强盗,到此殺人放火,你如今又來,敢是要討死

麽？（秦明驚介）呀！（唱）

【牧羊關】乍聞言魂飛喪，唬淂來意似呆。

（慕容知府白）你看城外的瓦礫場，都是你這賊放的火，又殺害了多少百姓，你還敢抵賴麽？（秦明白）咳！慕容公相，你須要辨個明白。（唱）

休淂要下流頭硬打椿橛，俺本是赤膽豪傑，生扭做黄巾枝葉，從來薰蕕當辨別，自古涇渭本差迭。

（慕容知府白）我昨夜親見你指揮强盗放火殺人，還要口硬？（秦明怒介）咳！（唱）

你怎比陷害平人啣冤結？

（慕容知府白）你還想賺這座城池麽？（秦明唱）

那裏是斗膽輕馳熟路車？

（慕容知府白）你今夜又到此怎麽？（秦明白）俺的家眷尚在城中，且放俺進去。（慕容知府白）你這賊，還想家眷？你一門良賤盡行誅戮，你妻子的首級掛在此示衆，若拿住你這逆賊，便是碎剮還輕哩。（秦明白）俺妻子的首級在那裏？（慕容知府白）軍士們，把首級挑與他看。（軍卒應，挑首級介。白）嗬！秦明，這不是你妻子的首級麽！（秦明作認介。白）阿呀，我那妻嗄！兀的不痛殺俺也！（唱）

【四塊玉】撲簌簌雨淚流，見高懸首級淋漓血。

（白）慕容彦達，你殺淂俺一家好慘也！（唱）

俺今日牙關緊咬恨奸邪，從今後與你成吴越。

（慕容知府白）軍士們，放箭射死這反賊。（軍卒應，射介）（秦明唱）

則看俺猇虎軀，那怕恁飛蝗射。

（慕容知府白）軍士們，架起紅衣砲來。（軍卒應介）（秦明白）咳，罷了，罷了！（唱）

則索謾謾的與他費唇舌。

（鞭馬下）（慕容知府白）這逆賊見我放砲，縱馬而去了。黑夜裏不便追赶，且待調齊了兵馬勦捕便了。吩咐各門上小心把守。

（軍卒應介）（慕容知府白）正是孤臣日望援兵至，叛將夜乘飛騎逃。（下）

（秦明上。白）好惱，好惱！（唱）

【元鶴鳴】閃淂俺匹馬身孤孑，空踏破足底雙靴。

（白）黑夜之間，撥轉馬頭跑了一程，正不知到了那裏了。（唱）

真個是有家難奔無依藉，有國難投没計設。

（哭介）

痛殺俺結髮妻房，把百年恩愛兩下生折，滿門誅戮、千古冤結。

（白）俺今日進退無門，不如尋個自盡倒也爽快。（拔劍介。唱）

好吩咐三尺青萍，断送俺一世豪俠。

（欲刎介）

（宋江、花榮、王英急上。白）烏江豈是無船渡，項羽何須輕喪身。（奪劍介）何人在此要尋短見？嗄！原來是秦統制，今早相送下山，爲何不到青州去，却在這裏自盡起來？（秦明白）阿呀，列位嗄！（唱）

【烏夜啼】説不盡平空誤陷枝節，

（宋江、花榮白）爲甚事來？（秦明唱）

好教俺恨極愁奢，這回鎔盡了肝腸鐵。

（宋江等白）有甚不白之事？（秦明白）咳！（唱）

生擦擦濫名兒却把咱行借，

（宋江、花榮白）有人冒了尊名，他却怎麽樣？（秦明唱）

這些賊暗地自去焚劫。

（宋江等白）想是慕容知府錯認了統制了。（秦明唱）

他可也全不辨個清潔，

（宋江白）統制怎麽不將回去的話講明？（秦明唱）

一任俺唇尖舌底費分説，

（宋江等白）咳，只可惜統制一片丹心。（秦明唱）

反做了桀家犬向堯家嚙。

（宋江白）寶眷尚在城中？（秦明唱）

他把俺糟糠妻餐刀血，

（宋江等白）嗄！令正被他殺了，這也可恨。（秦明唱）

歎今日一家滅絶，送淂人上天無路、入地無穴。

（宋江白）事已如此，無可奈何，莫若同小可暫且上山，權時聚義，待等日後招安，不知統制意下如何？（花榮、王英白）宋大哥仁義待人，實當世之英雄也，統制還該聽其相勸。（秦明白）罷！俺且隨你們上山，再作道理。（宋江等白）這等甚好。（秦明白）且住，尚有一説。（宋江等白）更有何説？（秦明白）那都監黄信，乃俺徒弟，俺今被陷，必然株連着他。他這些時委在清風寨鎮守。待俺修書去，一并招他上山，以免貽累。（宋江白）如此更好，我等正欲去攻打清風寨，接取花知寨令妹，并擒拿惡婦熊氏。今淂統制書去招黄都監上山，可以不勞兵革矣。（王英白）迎請黄都監這個差使，小弟討了罷。（宋江白）也使淂。（花榮、王英白）就請統制一同上山。（秦明唱）

【煞尾】從今後俺一生名行多虧缺，道不淂箇樹正何愁月影斜。

（白）只可恨昨夜假扮俺的是何等樣人？（唱）

他敢換斗移星做成拙，

（宋江等白）且到山上謾謾查究便了。（秦明白）方纔慕容彦達在城上呵，（唱）

却將俺多慢褻，待和咱分優劣，

（宋江等白）放着這賊，謾謾的再處他。（秦明白）慕容彦達你這賊！（唱）

俺把你剖腸屠腸，纔淂箇大冤雪。

（同下）

第十七出　黄信來投除舊恨

（衆小軍引黄信上。唱）

【賽觀音】丈夫心，英雄淚，論成敗，而今怨誰。空幾度仰天歎息，頭裹紅巾是末路的好收拾。

（白）我黄信前被燕順等戰敗，反逃奔清風寨上，慕容相公因地方乏員，即委我在此鎮守。不想師父秦統制竟投向清風山入夥，慕容知府將他妻孥盡行處斬，因我與他有師弟之分，漸欲加害於我。正在憂疑不定，今早忽有清風山頭目持得秦統制書來，招我上山。説王英到此迎請，并接花榮妹子，擒拿劉高之妻熊氏，又説前者所獲虎張三，乃是“及時雨”宋公明。想我如今進退莫適，不如且投向那邊再處。你看遠遠一枝人馬飛奔到此，想是王英來也。

(衆僂羅引王英上。唱)

【人月圓】山寨内招納無猜忌，特地來迎新相識。相逢不用想廻避，看世上半多咱共你。

(作見介)(王英白)黄都監，小弟奉令，敬來迎請上山。(黄信白)小將聞召，正在趨赴，并送花知寨令妹到山，就在後面。(王英白)如此，請先行一程，待我擒了劉高妻子，隨後赶來，一同上山。(黄信白)請。(王英白)衆僂羅，快到劉高衙内擒拿熊氏要緊。(僂羅應介)(王英唱)

蒙差委，且暫去囚鸞檻鳳休違。

(下)(黄信白)衆軍士，吩咐將花小姐的車輛趲上。(小軍應介)(向内白)把車輛趲上來。

(内應介)(一車夫推車，花小姐坐車上)(合唱)

【賽觀音】污家聲，虧名義，就衷事，他人怎知？也非敢公然違背，奈無地自容身，向虎寨暫依棲。

(下)

(衆僂羅引王英抱熊氏上)(仝唱)

【人月圓】人怕見魆地兵戈起，獨有區區心私喜。今番隐定成婚配，這撮合還應天做美。閒摹擬，分明是新郎親迎嬌妻。

(下)

(衆僂羅引宋江、花榮、秦明、燕順、鄭天壽上。唱)

【玉芙蓉】冥鴻雲外飛，矰繳終當避。肯甘心就死，死於無罪。想殺人慣是誣曾子，那爲盗從來冤不疑。

(一僂羅於曲内上。白)啓上大王，王大王請到黄將軍，都進寨來

了。(宋江等白)快請相見。(一面僂羅禀事)

(一面黄信、王英上)(接唱)

山中地,與萑苻並比,古今來,英雄占踞適相宜。

(見介)(宋江、燕順、鄭天壽白)喜淂都監不我遐棄,惠然俯臨,何幸如之。(黄信白)小將淂罪在前,望乞恕罪。(宋江、花榮白)始爲敵國,終作一家,古人往往有之。既同聚義,請勿介懷。(黄信白)多謝海涵。(宋江白)接淂花小姐在於何處?(王英白)已經送到後寨去了。(宋江白)還有那惡婦熊氏呢?(王英白)這個小弟也安置好了,不消大哥費心。(宋江白)你去唤他出來,我有話要當面問他。(王英白)已過之事罷了,又問他做什麽?(宋江白)不是嘎!你去唤他出來,我自然有個道理。(燕順、鄭天壽白)快唤他出來,宋大哥自然有個主見。(王英白)唤便唤他來,切莫難爲他,這是我要做壓寨夫人的了。(衆白)這個自然。(王英白)扺多少惡賓方鬧喜,還恐怕新婦正嬌羞。(下)(宋江白)諸位在此,小可有一言告陳,未識可否?(衆白)有何台諭,望即賜教。(宋江白)秦統制尊嫂遇害,豈可久虚中饋,今有花知寨令妹,德容兼備,小可竊欲執其斧柯,以成兩姓之好,諸位以爲何如?(燕順、鄭天壽白)相女配夫,大哥所見甚是。(宋江白)秦將軍與花賢弟,從今日就當郎舅之稱了。(秦明、花榮白)我等極蒙玉成其事,深感盛情。

(王英扶熊氏上)(王英白)密室欲諧鸞鳳侶,(熊氏白)深山漫逞虎狼威。(王英白)熊氏來了,大哥有甚言語,好好的問他就是了。(宋江向僂羅介。白)帶那劉高賊子過來。

(僂羅應介,帶劉高上。白)己欲害人仍害己,他曾求我反求他。(劉高、熊氏跪介)(王英向熊氏介。白)你爲什麽也跪下嘎?也罷,陪個不是就筭了。(宋江、花榮白)你這賊子、惡婦,恩將讎報,誣陷善良,如此横行無憚,也有今日麽?(劉高白)總是我的不是了,只求爺爺饒我狗命。(宋江、花榮白)你這賊子,還想告饒?(熊氏白)大王爺,這都是我丈夫做的事,與小婦人一些無干嗟。(王英旁白)果然都是那劉高賊子所爲,與他毫無干涉。(劉高白)是你起的釁端,怎多推在我身上?(宋江、花榮白)哇!還敢强辨,吩咐僂羅,將兩個狗男女緊緊綁了。(僂羅應,綁劉高、熊氏介)(王英白)阿呀,這樣子不好!(欲解勸介)(燕順、鄭天壽攔介)(宋江、花榮、秦明、黄信唱)

【朱奴兒】好男兒向緑林嘯聚,歹夫妻去黄泉唱隨。與昧心人做一個旁州例,牢戒取辜恩負義。

(宋江白)快快推出去,斬訖報來。(衆僂羅應介)(推劉高、熊氏下)(王英嚷介。欲解救介)(燕順、鄭天壽攔介)(宋江、花榮唱)

剛刀利,好報讎雪耻,聊出俺心頭氣。

(僂羅持首級上。白)獻首級。(宋江、花榮白)拿去懸掛山前示衆。(僂羅應下)(王英氣嚷介。白)阿喲喲!宋公明,你也忒欺負人,我這般説了要做壓寨夫人的,你畢竟要殺他,却是爲何?(衆勸介。白)不用粗鲁,有話好好的講。(宋江白)賢弟,這個惡婦心地不良,你若留他,日後必遭其暗算。(燕順、鄭天壽白)况又是宋大哥的讎人,如何留淂?(秦明、黄信白)這話説淂甚是。(宋江白)宋江向曾有言,到日後務必覓一美人相配賢弟,不要煩惱。(王英白)若要等你尋起來,我王英這不老了?(燕順、鄭天壽、花榮、黄信、秦明白)宋大哥决非失信之人,自然踐言,况且我輩以義氣爲重,豈可因一婦人而致自相争論,豈不被江湖上好漢笑話麽?(王英白)我王英若不爲"義氣"二字,早早的散了夥了。(衆白)足見高懷雅誼。(燕順、鄭天壽白)小寨有幸新添了幾員虎將,吩咐快備筵席,在後寨慶賀。(僂羅應介)(宋江白)諸位兄弟,就擇吉與秦統制成親。(衆白)如此甚好。(合唱)

【尾聲】幹一番掀天事業從兹起,

(宋江唱)

要做個出人頭地,

(衆合唱)

看一羣待雷雨的蛟龍,權投向水泊裏。

(下)

第十八出　宋江作伐締新姻

（二僂儸上。唱）

【趙皮鞋】送到一朵花，派與雷公做室家。一條鉄棒挺狼牙，嚇壞了新人不當耍。

（白）我們乃清風山僂儸便是。近來我清風山十分興旺，只爲搶了花知寨、宋押司上山，又逼降了秦統制，招降了黄將軍，如今我三位大王推尊宋押司爲寨主，凡事听他調遣。昨日宋寨主有令，説可怜了秦統制一家老小都死于慕容知府之手，十分慘毒，竟作主婚，把花知寨妹子與他爲婚。今日是黄道吉日，叫我們去請儐相。大哥，這件東西我們山寨上實在没有。（一白）兄弟，我和你竟到清風鎮去尋王老兒，我認淂他倒是老儐相。（一白）大哥，只怕前日這一來，清風鎮上的人民多應跑了一半了。（一白）不相干，且尋他去。（唱）

【又一體】屋宇存幾家，路畔墻垣一半塌。垂楊砍去剩了叉，滿地花鞋夾碎瓦。

（作到介）王老兒在家麽？

（王老兒上。唱）

【禿厮兒】月將流年欠亨佳，没生涯，新娘子多守望門寡。任你把儐相亂嘈嗒，只怕將來穩婆也要餓殺。

（白）外邊有人叫門，若是往時，一定是買賣上門，請我去贊禮的。如今這等强盗横行時候，敲門打户料不是好消息。（僂儸作叫門介。白）快開門，快開門！（王老兒作開門，作見介。白）哎喲！我認淂你，你是清風山强盗，可憐我小老兒一點貲財没有，求大哥饒恕。（作跪介）（二僂儸白）我不是打劫貲財的。（王老兒白）那嗎來做舍？（二僂儸白）奉大王之命，來請你做儐相。（王老兒白）黑天黑地，你們那些强盗……（二僂儸白）胡説，割舌頭。（王老兒白）不妨，如今我大宋朝賍官污吏比强盗更狠，到是真强盗還有些良心。只是你們那裡終日擄人婦女，只當兒戲，那討許多儐相?(僂儸白)實在我們山上大王成親。(王老兒白)想是那矮脚大王淂了壓寨夫人了?(僂儸白)不是,就是前日青州秦統制被我家大王用計擒了,那慕容知府説他叛逆,將他妻子梟首,我家大王近來與他作伐,把花知寨妹子招他,特來請你贊禮。(王老兒白)好,如何,我説强盗是有良心的!如此,我穿了我那件布海青去。(僂儸白)甚好。(王老兒作挾衣介。白)兩位大哥,這等看來,花知寨也入夥了?(僂儸白)這個何消説?(王老兒白)不錯。二位,花老爺是個好人,做了許多愛百姓的事。我看他相貌堂堂,一定有出息,果然做了强盗了。我且問你,那劉高夫婦難道也入了夥?(僂儸白)再休提起,我家大王説他夫婦負義忘恩,已經一刀一個,早殺好在那裡。(王老兒白)可是我説强盗有仁有義!(僂儸白)快走,快走!(唱)

【又一體】民賊良臣做親家,插金花。

(王老兒唱)

喜錢喜酒求饒罷,但願不要拿去殺。

(僂儸白)你這條老命值什麽,這等要緊?你到我山下瞧一瞧。(唱)

人頭滿地好像滚西瓜。

(下)

(場上擺一字椅六把)(衆僂儸引宋江、花榮、燕順、鄭天壽、王英上。白)清風山上會羣魔,置酒張筵奏凱歌。更值紅鸞天喜過,洞房權借虎狼窩。(坐介)(宋江白)今乃黄道吉日,秦統制與花小姐成親。燕家兄弟,筵席可齊備了?(燕順白)早已預備,只等儐相一到,就請新人了。

(二僂儸仝王老兒上。分白)鵲橋今已駕,賊洞久聞名。(僂儸白)啓上衆位大王,儐相到了。(宋江白)唤他進來。(王老兒跪介。白)衆位大王在上,儐相叩頭。(王英白)你這儐相過來,今日乃秦統制與花小姐成親,你那詩句有新鮮的?(王老兒白)有、有、有!小人七十歲,當了五十年儐相,只怕大王不曾陞到我清風山做强盗時,我已做儐相了。(王英白)胡講,唱淂不好,僂儸們拿去砍了。(僂儸作應介)(王老兒白)阿彌陀佛,今日到了出脱性命的地方來了。(宋江白)吉時已到,就請新人。(王老兒向内白)伏以《香羅帶》繡《菊花新》,坐《傍粧臺》《點絳唇》。喜《称人心》《好事近》,《鵲橋先①》降《畫堂春》。(王英白)僂儸過來,叫你到清風鎮請儐相,爲何到戲房請來滿口都是曲牌名?(僂儸白)清風鎮就在戲房裡。(王英白)胡説,叫他還要新鮮的。(僂儸白)王老兒,大王惱了,叫你還要新鮮的。(王老兒白)真真還要逼出人命來。伏以《一枝花》插《滿庭芳》,《燭影摇紅》《晝錦堂》,《滴滴金》盃《雙勸酒》,《聲聲慢》唱《賀新郎》。(王英白)叫儐相過來。(僂儸叫儐相)(王英白)我把你個該死的狗頭,叫你要新鮮的,你怎麽把前八十年的舊話來搪塞我?僂儸們,再唱不好,就把新郎的狼牙棒打他爲肉醬。(王老兒背白介)人家做親,要他吃這等寡醋。伏以月裡飛瓊渡漢津,今朝新會錦將軍。且休賣弄狼牙棒,請看油鍋炸麵筋。(王英作大笑介)

(秦明、花小姐上,作拜堂)(宋江安席,儐相下)(秦明、花小姐正坐,衆旁坐介)(合唱)

【番山虎】玉盌泛明霞,紅燭光摇合蒂花。春生虎帳人歡洽,繡屏肩並亞,英雄配偶佳。鸞膠無價,韶光正華,何勞操井臼,但須宜室家。

(宋江白)侍女們,就移花燭,送新人入洞房。(唱)

金屋開巫峽,鴛幃垂絳紗。雨雲熟滑,雨雲熟滑,火性兒權時按捺。

(侍女持花燭引秦明、花小姐下)

(場上撤席,仍擺椅)(衆上,坐介)(宋江白)且喜這段姻緣,遂了我兄弟們心愿。(衆白)正是。(王英白)只有小弟名下這筆帳,不知何日勾清?(宋江白)總在小可,决不食言。

(僂儸扮探子上。白)報!(燕順白)喘息定了,慢慢的説來。(僂儸白)小人打听青州府已經申奏朝廷,不日就有大兵來征勦了。(唱)

【倖孩兒】鬧轟轟知府衙,急攘攘百姓家。軍書羽檄亂如麻,一面將粮草押,一面將丁壯查。綸音指日出京華。

---

① 應爲“仙”。

那慕容知府呵，

坐黄堂把大口頻誇，説道擒獲了一齊剮。

(宋江白)賞他銀牌二面，再去打听。(僂儸應介，下)(宋江白)衆兄弟，我想殺了劉高夫婦，反了三將，那慕容知府怎肯干休？一定要申奏朝廷，發兵征勦，此乃意中事也。(燕順、鄭天壽、王英白)列位哥哥，且請放心，我山上兵精粮足，况且新添了許多虎將。官兵到來，教他一個個都是死。(宋江白)兄弟，不是這等講，這清風山雖則險峻，不過一隅之地，據守孤峰終非善策，小弟到有個計較在此。(衆白)哥哥，有何妙計？(宋江白)此去東南有個去處，地名叫做梁山泊，方圓八百餘里，中間宛子城、蓼兒洼，晁天王聚集三五千軍馬把住着水泊，官兵捕盗不敢正眼兒覰他。我們竟收拾人馬，去那里入夥。(衆白)好便好，只怕没人引進，不肯容納。(宋江白)他與小可有旧，断無不容之禮，諸位但請放心。(衆白)如此，我們明日收拾就走。(合唱)

【尾聲】這軍容真瀟洒，金鞭同指蓼兒洼，

慕容知府呵，

只好去射空山幕上鴉。

(下)

第十九出　母夜叉當壚鴆客

(孫二娘上。唱)

【數板】奴奴青春正二八，鬢邊斜插石榴花。不向金閨抛繡線，當壚賣酒度年華。挽硬弓，騎劣馬，流星拐棍難招架。殺人好似天魔女，綽號有名“母夜叉”。

(白)家住十字坡，鉄漢也難過。胖的包饅首，瘦的去填河。奴家孫二娘，丈夫“菜園子”張青，在這十字坡前開張黑店，物色天下英雄。天色將晚，怕有客商投宿的，不免把招牌掛出便了。(唱)

把招牌十字坡前掛，看柳梢斜日促歸鴉，溪邊犬吠人聲襍，多應叫香柳娘處分花木瓜。

（貨郎上。唱）

貨郎兒摇鼓走天涯，爱蝉響深林噪落霞。酒帘兒竟是招商帕，迎門賣俏坐着女姣娃。思量命帶桃花煞，又過鈎魂攝魄家。

（白）你看店門前坐着一個婦人，生淂齊齊整整、風風月月。本待上前和他説句話，又恐旁人觀之不雅。有了，待我放下背箱前去問信。（唱）

向前來施禮問賢達，你這里可是餘杭阿母家。若容俺沽酒消長夜，一榻如乘天漢槎。

（孫二娘白）我這里是客店。（貨郎白）如此，在這里借住了。（孫二娘白）客官可有行李？（貨郎白）只有背箱一個。（孫二娘白）待我拏。（唱）

小蜻蜓引入荷花下，還須活火細烹茶。

（貨郎白）你看這個娘子與我拿背箱，又説烹茶我吃，着寔有情淂緊，爲什麽取茶不出來？想是裡面喝茶，待我進去。

（孫二娘上。白）客官那里去？（貨郎白）大娘子取茶不出來，故此往裏一看。（孫二娘白）在外邊吃，客官請坐。（貨郎諢介）（孫二娘唱）

進香茗來兜搭，君的仙鄉是那答？

（貨郎唱）

家住秦中朝邑縣，流落江湖把襍貨拿。

（孫二娘唱）

你萍梗飄流風月裏，蘭房應自歎嗟呀。

（貨郎唱）

不幸荆妻傷玉碎，

哎呀！大娘子吓，（唱）

提起來心癢苦難爬。我看你一人獨支①拄，藁砧何處是根芽。

（孫二娘唱）

只爲繁霜凋夏緑，哎呀，客官那半床明月透窗紗。

---

① 應爲“支”。

(貨郎白)怎麽説,大娘子也是守寡?(孫二娘白)正是。(貨郎白)虧你。(孫二娘白)虧我什麽?(貨郎白)虧你熬淂住。(孫二娘作害羞介,下)(貨郎唱)

看他眉來眼去非無故,多應是别想抱琵琶。

(孫二娘暗上)(貨郎唱)

若不是愛我潘安貌,爲甚繾綣多情似績麻,我本待上前説句知心話,

(孫二娘白)客官什麽知心話?(貨郎白)大娘子,話到有一句,講出來又恐大娘子動氣着惱。(孫二娘白)奴家不惱,請講。(貨郎白)再告一個罪。(孫二娘白)禮太多了。(貨郎白)又道禮多不怪人。(唱)

只淂先將禮數加。可惜你鸞孤玉鏡空憐影,辜負三春陌上花。你若肯與我再綰同心結,我檢點青蚨即下茶。珠無價,玉無瑕,歡無那,我是乘龍佳婿信非誇。

(孫二娘唱)

你若不嫌奴質陋,滿將玉樹倚蒹葭。

(貨郎唱)

你一言既把絲蘿定,説什麽鸞鳳配烏鴉。

(孫二娘唱)

待取一壺春甕葡萄碧,管教你合巹盃翻似醉蝦。

(下)(貨郎白)我貨郎兒今日過東,明日過西,那想我的姻緣到落在這個飯店裡。大娘子取酒不出來,想是在裡面吃酒,我不免到裡邊去。

(孫二娘上。白)客官那里去?(貨郎白)大娘子取酒不出來,想是在裡面吃酒?(孫二娘白)外面吃酒,裡面睡覺。(貨郎諢介。唱)

如今是你有家,我有家,千里姻緣線不差。

(孫二娘作打貨郎介)(貨郎白)爲何打我一下?(孫二娘白)没有呀。(貨郎白)罷!(唱)

這春宵一刻千金價,便做鬼風流話也佳。

(孫二娘又打貨郎介)(貨郎白)爲何又打我一下?(孫二娘白)我

見客官行路辛苦，與你搥打搥打。（貨郎白）大娘子，你不要看輕了我。我們走江湖的人，三脚猫兒，請教大娘子幾下。（孫二娘白）照打。（貨郎作跌介。白）還是吃酒。（唱）

他打情駡趣要我新郎醉，怎霎時昏暈體酥麻。

（孫二娘唱）

笑呆包撞入迷魂陣，天鵝肉想殺癩蝦蟇。叫夥家，快用開腸法。

（小夥計上）（孫二娘唱）

怕天氣炎蒸，經時變鹵蝦。

（做殺貨郎下）（孫二娘白）小夥計，你們躲在地窨子裡，叫你方可出來。（應介，下）（孫二娘白）你看那邊又有人來了，待我在門前坐地等他。

（張千、李萬、武松上。唱）

投宿店似歸家，那緑林深處酒望如飄瓦。你把行囊且放下，問逆旅主人可容下榻。

（李萬白）我去打店。大娘子。（孫二娘白）做什麽？（李萬白）你們這里是飯店？（孫二娘白）正是。（李萬白）我們三個前來睡覺的。（孫二娘白）哇！（武松白）店家，你這里是宿店麽？（孫二娘白）客官看招牌，想是照顧咱。上房多潔净，小房最幽雅。薄餅捲臘肉，烹的好細茶。客官宿一晚？（武松白）要多少銀子？（孫二娘白）紋銀只要二錢八。（李萬白）三錢也不多。（孫二娘白）臨行時送你三盃酒，陽關道上把名查。（武松白）領路。（唱）

進門來暗伺察，呀！怎弓箭刀鎗滿架插？

（白）二位呀，此乃是個黑店。（張千、李萬白）怎見湨？（武松白）兩旁有弓箭、器械。唤店家。

（孫二娘上。白）做什麽？（武松白）哇！你這里是黑店麽？（孫二娘白）怎見湨？（武松白）爲何有弓箭、器械？（孫二娘白）哦。客官休湨狐疑，我這里離梁山不遠，是防家的器械。（武松白）廻避了吓。（唱）

俺名姓在天涯，休要睁着烏珠小覷咱。

（孫二娘上。白）客官犯的何罪？（武松唱）

你要問俺這行枷,俺是江湖上夜叉羅刹。

(白)你店中賣的什麽東西?(孫二娘白)客官,都是有名色的。(武松白)報上來。(孫二娘白)客官容稟:(唱)

十字坡箄名家,肉香肥美酒流霞。往來的爱我饅頭大,案頭還有炙蝦蟇。我拭青樽一塊香羅帕,小座常開四季花。客官們今朝有酒今朝醉,夢裡鄉關隔海槎。

(李萬跌介)(孫二娘下)(武松唱)

他說夢裡鄉關隔海槎,可怜我英雄滿眼淚如麻。回首劍鋒除夙孽,孟州道上望巴巴。

(孫二娘上。唱)

你孟州道上望巴巴,何不把饅頭用過尋咢。

(武松白)二位可喜吃饅首?(張千、李萬白)使淂,取來。(孫二娘作取介,下)(李萬唱)

我垂涎,恕我先嘗罷。

(張千白)二哥没有吃,怎麽你先吃了?(李萬白)我肚子裡餓了。(張千白)還讓二哥纔是,二哥請。(武松白)二位請,淂罪了。(唱)

我撲開細看還驚訝。

(白)二位,真乃是個黑店!(張千、李萬白)怎見淂?(武松白)内有人指尖在内。唤店家。(張千、李萬唤介)

(孫二娘上。白)做什麽?(武松白)你這里是個黑店!(孫二娘白)怎見淂?(武松白)内有人指尖。(孫二娘白)不信。(武松白)拿去看。(孫二娘白)客官,羊肉饅首賣完了,這是鴨子肉的。(武松白)爲何有人指尖?(孫二娘白)這是鴨子嘴。(武松白)小了。(孫二娘白)小鴨子嘴。(武松白)還有什麽?(孫二娘白)還有酒。(武松白)取酒來。(孫二娘下)(武松白)二位休听他花言巧語,此店慣用蒙汗藥酒,你我三人必須兩房安息,上房有事下房答應,下房有事上房答應。(張千、李萬白)曉淂了。(武松白)唤店家。(孫二娘白)客官可用酒來?(武松白)我三人兩房安息。(孫二娘白)客官在上房。(武松白)他們呢?(孫二娘白)他們在下房。(武松白)掌燈領路。(孫二娘白)這里來。(武松作進門介)(孫二娘白)你們隨我來。(李萬諢介,下)(武松白)吓!看這婦人眉來眼去,定是個刁頭婦女,俺武二今夜必須隄防一二。

(孫二娘上。白)小房兩個解差到還罷了,上房這個囚徒到有些難講。哎!憑你鉄金剛,難逃我母夜叉之手。(做撬門介。打拳介)(孫二娘下,武松追下)

(孫二娘又上。白)小夥計那里?

(小夥計上。白)二娘,有何吩咐?(孫二娘白)來了一個囚徒,甚是利害,與我擒來。(孫二娘下)(小夥計白)哦。(下)

(張千上。白)吓!二哥房中喧嚷,想是黑店,取了梢棍,帮他一肩之力。

(李萬上,諢科)(拿拐子下)(衆對棍棒介。完)

(孫二娘上。白)當家的那里?

(張青上。白)緑林爲好漢,馬上作生涯。爲何大驚小怪?(孫二娘白)不好了,來了一個囚徒,甚是利害,打壞了。(張青白)看梢棍過來。(孫二娘下)(張青舞棍下)

(武松上)(張青、孫二娘對棍,完介)(張青、孫二娘合白)好漢留名。(武松白)俺武松,你是何人?(張青白)俺"菜園子"張青。(孫二娘白)奴家孫二娘。(武松白)原來是哥哥、嫂嫂,久聞大名,如雷灌耳。黑夜之間多有淂罪。(張青白)小弟不知是兄長,乞恕不恭,請後面聊備小酌,暢飲叙談。(武松白)請。(仝唱)

【尾聲】半世江湖稱義俠,險些兒同室操戈手滑。且和你滿酌三杯,嘗我新作鮓。

(下)

第二十出　小李廣飛箭解圍

(衆僂儸引吕方持畫戟上。白)平生仗義重山邱,力敵千夫本事優。十載有名傳四海,人人唤我"小温侯"。我乃吕方是也,祖貫潭州人氏，膂①力過人，機謀出衆，爱使一枝方天畫戟，並無對手，因此江湖上都呼我爲“小温侯”吕方。只爲販賣生藥到山東地面，消折了本錢，難以還鄉，權且佔住這對影山，聚焦數百僂儸，打家劫舍。雖然不是男兒漢下場頭，也不肯教小丈夫輕看取。近日有個壯士，公然要奪我的山寨，只淂和他厮殺。看他本事不在我之下，今日再來，一定要與他决個勝負纔好。（僂儸白）啓上寨主，那漢子本事高强，依小人之見，不如和他講和了，同住此山，更覺利害。（吕方白）哇！這厮胡言，自古道“一山不容二虎”，我决不肯讓他。（唱）

【四邊静】狰獰素具虎狼性，二虎難厮並。那漢忒無知，憑空逞强横。

（一僂儸上。白）啓上寨主，那漢子又在山前大駡，叫我們速速搬去，如再遲延，寸草不留。（吕方怒介。白）好可惡！僂儸們，就此殺下山去。帶馬。（衆應介。唱）

山禽乍驚，松風乍鳴，促鬭到山前，看取誰家勝。

（下）

（扮郭盛持畫戟上。唱）

【又一體】平生胆惡如梟獍，誰敢相持稱。立意借他山，不比閒争競。

（白）我乃是嘉陵郭盛是也，只因生小爱使方天畫戟，又淂本處兵馬張提轄的傳授，日漸精熟，人人都稱我爲“賽仁貴”。昨日黄河裡遭風打翻了水銀舡，本錢罄盡，聞淂此處對影山也有個使畫戟的佔住山頭，因此來奪佔此山，以爲棲身之所。叵耐這厮本領與我不相上下，連戰數日并無輸赢，今日務必要將他殺敗纔好，故此特到山前搦戰。呔！早些獻山，饒你一死。（唱）（合前）

山禽乍驚，松風乍鳴，促鬭到山前，看取誰家勝。

（吕方領僂儸冲上，戰介）（郭盛白）呔！早些獻山，饒你一死。（吕方白）哇！胡説，你有何能，輒敢奪吾山寨？（郭盛白）俺的雄威誰個不曉，快快讓這對影山與我，方淂干休。（吕方白）誰與你多講，看我手中器械。（戰介，下）

① 底本此字作“膀”。

（衆僂儸頭目引宋江、花榮、秦明、燕順、王英、鄭天壽上）

（一僂儸打“收捕梁山”旗號上）

（花小姐車輛、金銀輜重隨上。唱）

【馱環着】挈同儕就道，挈同儕就道，出谷遷喬，把蕞爾抛捐，向巢然依靠。萬仞梁山天表，犖犖英雄，又是氣相投，聲相呼召。好比那擇林良鳥，在稳處棲身安保。

（宋江白）我等在清風山殺了正知寨劉高夫婦，誠恐官兵征勦難以支撑，爲此衆兄弟商議一同投奔梁山，以圖負固久安之計。前日秦明兄弟已與花小姐完婚，隨即焚燒山寨，裝載金銀輜重，扮作軍官，打起“收捕梁山”旗號，以防所經州縣盤詰。起程以來，且喜並無阻滯。（衆白）我等久慕晁天王爲人豪俠，又喜梁山地居形勝，可以容納我輩，今日此舉甚合衆意。（宋江白）迤逞行來，不知是何地界了？（燕順、王英白）已近對影山了。（宋江白）頭目過來，此處山道崎嶇，路徑龐雜，我等先往前途探听，你們隨了花小姐車輛，押了金銀輜重在後緩緩而行。（頭目應介）（宋江白）你看峯巒高聳，樹木蒙茸，好個所在也！（衆望介。白）便是。（宋江白）須索趲行前去。（同行介。唱）

風光好，意氣豪，听冉冉征途，語多歡笑。

（同下）

（吕方、郭盛冲上，戰介。唱）

【駐馬聽】兩戰頻交，和你决個雄雌在這遭。驀地裏蛟龍格鬬，貔虎相持，鳩鵲争巢。

（吕方白）衆僂儸，一齊厮殺者。（僂儸吶喊介）（吕方唱）

饒伊插翅會騰霄，此番難把殘生保。

（郭盛白）憑你有千軍萬馬，俺郭盛何足懼哉？（唱）

幼習龍韜，寡能敵衆方淂顯雄豪。

（戰下）

（僂儸引宋江等七人上。同唱）

【駐雲飛】翠滴松梢，一片山光日影摇，瞥見峯巒好，

（内吶喊介）（唱）

又聽兵戈繞。

(宋江白)列位兄弟。(衆應介)(宋江白)你听何處喊殺之聲,我們到高阜處看來。(同唱)

嗏,引領陟嶕嶢,穿林過杪,秀壑奇巖,宛似山陰道,眺望無窮景致饒。

(衆僂儸引吕方、郭盛殺上,擺勢又戰介)(架住各將畫戟上下按捺,衆僂儸吶喊圍繞介)(兩戟按於地井上,地井中暗將戟帶結介)(吕方、郭盛紐結,繞場介)

(宋江白)二位且不必動手,我等都是江湖上好漢,見你二人争鬬,自古道"兩虎相争,必有一傷",不如解和了罷。(吕方、郭盛白)誰要你管閑事?(宋江白)那位賢弟與他們分解了纔好。(花榮白)待小弟射開戟帶,勸他兩下解和。(宋江白)如此甚好。(花榮持弓箭。唱)

【攤破地錦花】向雲坳,發一點寒星小,射断戟絲,管教他兩下開交。

(向中場射介)(吕方、郭盛白)果然好神箭也!(同唱)

神箭從空把彼此和調,是天教,使羿射勸吾曹。

(同白)願聞神箭將軍大名。(花榮白)吾乃"小李廣"花榮是也。(指宋江介。白)鄆城縣宋公明在此,理應各消忿怒,上前相見。(吕方、郭盛白)原來"及時雨"宋大哥到了。我等生平仰慕,今喜相逢,請下山崗,待我等拜見。(宋江等下山崗介)(宋江白)二位英雄,且不必施禮,請問高姓大名,爲何兩下争鬬?(吕方白)俺吕方,潭州人也,占據對影山久矣。(指郭盛介。白)他來强奪,故此相持。(郭盛白)俺郭盛,嘉陵人也,偶來此處,欲奪此山。連日交鋒,未分勝負。今遇宋大哥到此,願從指教。(宋江白)二位乃少年英俊,定非池中之物,何苦共戀此山?若依宋江愚見,郭兄弟也不必争奪,吕兄弟亦不必占據,听我一言奉勸:(唱)

【皂羅袍】圖大還應棄小,論鯤鵬遠志豈若鷦鷯,何須争取一枝巢,不如同往梁山好。

(吕方、郭盛白)既蒙大哥指教,又喜各位英雄偕往梁山,我等情願追隨鞭鐙。(吕方白)且請大哥與衆豪傑上山,稍盡地主之情,明日燒寨起行便了。(衆白)妙吓,果是英雄,十分爽快!(宋江

白)還有花小姐車輛並金銀輜重在後。(吕方白)僂儸,快去迎接上山。(衆僂儸應介,下)(吕方白)請。(衆同行)(唱)

相逢傾盖,宛同故交。晤言邂逅,一如久要。心孚志合稱同道。

(石勇持書上。白)欲識英雄面,須憑尺幅書。自家石勇,與公明兄投送家書。來到清風寨,聞淂與諸家豪傑拔寨起行,故此赶來尋問。呀,那邊一簇人馬,想必就是,不免問一聲。請問那一位是公明宋大哥?(吕方、郭盛白)此位就是。(石勇叩頭介。白)久慕大名,今方叩見,想殺小弟也!(宋江白)尊兄請起,請問尊兄高姓大名,爲何到此?(石勇白)在下姓石名勇,平生所慕唯有大哥一人,特到尊府拜訪。不想大哥負罪在外,令弟四郎寄有家書,託我到柴大官人處尋覓,且又不遇,來到清風山,聞淂與諸家豪傑拔寨起行,故此赶來尋問。(吕方白)既是宋大哥家書到了,請石兄同到山上,明日相贈金銀,以資盤費如何?(石勇白)咳!俺石勇渴想多年,今始相遇,常與宋大哥永遠相處,方遂吾願。(宋江白)既承賢弟盛意,可同我等前往梁山否?(石勇白)小弟願往。(花榮等白)妙吓!片刻之間又淂三籌豪傑,且同到山上,各通姓名,談論心胸便了。(吕方白)就請上山。(同行。唱)

【又一體】各遂平生懷抱,看欣欣接武,喜動眉梢。何期此地遇賢豪,峯巒林樹添榮耀。

(作到寨介)(吕方白)各位英雄請上,受吕方一拜。(衆白)不必如此,大家同揖便了。(同揖。唱)

吾儕相遇,一言訂交,豈同庸衆,繁文絮叨。須把形骸脱略總淂心相照。

(石勇白)四郎家書在此。(宋江看,驚介。白)阿呀,兀的不痛殺我也!(昏倒)(衆白)大哥甦醒。(扶起介)(宋江哭介。白)我的爹爹吓!列位吓,我宋江本欲同往梁山,不幸先君棄世,五内如焚,即欲告辞奔喪去也。(燕順、王英、鄭天壽攔住介。白)前蒙大哥計議,焚燒山寨投往梁山,如今大哥回去奔喪,我等與晁天王從未識面,焉肯容留?(宋江白)我宋江荒迷哀戚之中,豈能同往?但衆兄弟無所依歸,吾心亦甚不安。也罷,只淂權住一宵,

待我燈下修封薦書,付與衆兄弟,徑投梁山,我明早辭衆歸家便了。(衆白)多謝大哥。(同唱)

【尾聲】看同堂相對無歡笑,

(宋江唱)

揾不住盈盈血淚抛,

(衆唱)

且到後寨擎盃勸伊把煩悶消。

(同下)

第廿一出　老管營惜士免刑

(施恩絡手上。唱)

【生查子】意氣自雄豪,豈料遭兇暴。天地有窮時,此恨何時了。

(白)鵬翮雖云鎩,扶摇志未忘。當思復仇計,誓滅此强梁。俺施恩是也,自幼習淂鎗棒,膂力過人,俠氣如虹,目光如電,因此孟州人稱俺爲"金眼彪"。此處東門城外有箇快活林,山東河北客人都來做買賣,俺領着百十個囚徒開一個大酒店,却也生意茂盛,財利亨通。不想被張團練的門下唤做蔣門神强占了去,又被他打傷吾臂,此恨怎消?昨日聞淂解到一箇囚徒,乃是景陽岡打虎的武松,爲人仗義,十分英勇。俺爹爹現爲管營,少不淂解到此間收管,且與爹爹商量,結交了他,以圖報此仇恨。(老管營内嗽介)(施恩白)爹爹出來也。

(老管營上。唱)

【又一體】一命老青袍,也是蒙恩造。華髮已盈顛,壯志全消耗。

(施恩作見介。白)爹爹拜揖。(老管營白)罷了。(施恩白)孩兒掙下快活林,平白地被蔣門神那廝占了去,心中不服,務要報仇。(老管營白)罷!他是張團練的門下,難與他争論,只索忍耐些兒罷。(施恩白)孩兒在孟州城中也筭一個好漢,却被那廝耻辱,就死也要出這口氣。(老管營白)他的勢力甚大,教我也無計可施。(施恩白)孩兒聞淂解到囚徒武松,爲人仗義,甚有勇力。若是爹爹饒了他一百殺威棍，待孩兒慢慢與他交好，拜爲弟兄報仇。(老管營白)這也有理，只索依你便了。

(牢子上。白)啓爺，東平府解到配軍武松，請爺出堂發落。(老管營白)吩咐衆衙役，大堂伺候。(牢子作應介，下)(施恩白)少頃見了武松，萬望爹爹留意。(老管營白)這個理會。(施恩白)請爹爹裡面更衣。(老管營白)欲求國士報，(施恩白)須把厚恩施。(同下)

(張千上。白)果是官差不自由，辛勤跋涉路悠悠。

(李萬上。白)公堂嚴限須遵奉，水宿風飡敢逗留。(張千白)哥吓，我們做公差的，身在公門，那驅馳勞頓呢，不必説了。最怕的是解了犯人到遠惡州郡，遇着魑魅宿頭，即有性命之虞。(李萬白)便是呢，即前日在十字坡酒店中，若非武二哥英勇過人，將孫二娘打翻，則你我性命險些難保。(張千白)如今到了牢城营，已將公文投進，不免請武二哥上了刑具，當堂交割，領批回去便了。(李萬白)有理。(向内唤介。白)武二哥，快來。

(武松上。白)從來心磊落，不憚路崎嶇。(見介。白)二位，文書可曾投進？(張千、李萬白)已投進去了，此處是管营衙門首。(包内出練扭介。白)要請二哥把刑具上了，好進去見管营。(上刑具介)(張千、李萬白)淂罪，淂罪。(武松白)一路多蒙二位寬鬆，如今是衙門規矩，理該如此。(内喝開門介)(張千、李萬白)管营出堂了，須索伺候。

(衆牢子引老管营穿公服上。唱)

【遶池遊前】管营雖小，也戴烏紗帽，一般有役人牙爪。

(坐公案介。白)帶配軍武松過來。(軍牢傳介)(張千、李萬報門帶進。白)配軍武松當面。(老管营白)開了刑具。(衆應介)(老管营白)武松，你可曉淂本营規矩，凡有配軍到此，先行打一百殺威棍，你若叩頭求免，可以暫饒。(武松白)咳，俺武松呵，(唱)

【宜春令】身雖辱，氣自高，從不曾求人恕饒。

(老管营白)這是舊例，十分利害，你怕也不怕？(武松唱)

既稱舊例，任憑要打咱多少。

(老管营夾白)你不要口内稱强,還是求我的好。(武松立起介)咳。(接唱)

况且是國法難寬。

(向衆軍牢介。白)牢子們,(唱)

你休淂把人情賣了。

(自伏地上介)(老管营佯怒介。唱)

快將他拖翻堦下,與咱嚴拷。

(衆軍牢舉棍欲打介)(武松不懼介)(老管營背白)果然是個好漢。(向軍牢介)且不要動手。(唱)

【又一體】他言顛倒,容悴憔,料應他途中病着。

(白)武松,(唱)

憐你奔波潦倒,把殺威制棒權停了。

(武松接唱)

記下時割肚牽腸,倒不如當時消繳。

(老管营向軍牢介。白)衆軍牢!(唱)

試聽他胡言亂語,果是病軀狂躁。

(白)且把武松帶到單身房去,解子明日領回批。(衆應介)(老管营白)吩咐掩門。(張千、李萬白)武二哥,一路來伏侍不週,我們明日就要告别了。(武松白)多蒙二位照看。(各隨口白,同下)(老管营出座介)

(施恩上。白)孩兒方纔在堂後,看見武松果然是個大英雄。(老管营白)我將言語唬他,他全不哀求,又欲行杖,他竟毫無懼色,實是難淂。(施恩白)孩兒即遣家丁打掃潔凈卧室,請他安歇。再遣人送酒飯供待他,改日與他相見,將恩義去結交他便了。(老管营白)有理。(施恩白)何幸今朝淂英俊,(管营白)果然實可副其名。(施恩白)相逢猶恨相知晚,(合)款曲慇懃須尽誠。(同下)

第廿二出　新都頭獲兇刺配

（趙能、趙德上。仝唱）

【六么令】身充壯健，但入公門便爾迍邅。把昔年舊案作新掀，逋逃客有誰憐。

（同白）我們乃鄆城縣都頭趙能、趙德是也。（趙能白）好笑新任太爺，把宋江殺死閻婆惜的命案，着在你我身上，緝捕兇身到受了幾限棒。（趙德白）那宋公明平昔雖然仗義，可恨他把你我不看在眼内。今日奉公差遣，正好拿他出氣，只是没處捉獲，怎麽處？（趙能白）如今有些踪跡了。（趙德白）怎見淂？（趙能白）有人傳説宋江將次還家，我等須要用心捉獲。（趙德白）若果然是他，你我兩人恐非敵手，須要禀明縣主，帶些土兵拿他，方爲停當。（趙能白）這個自然。（宋江内哭介）（趙德白）你看那邊來的黑漢子正是宋江。（趙能白）且不可動手，快去禀知本官便了。

（同唱）（合）

聲音壯貌無差遠，聲音壯貌無差遠。

（同下）

（宋江哭上。唱）

【十二紅】【山坡羊】（首至四）哭哀哀痛心如剪，急煎煎歸心難遣。路迢迢不顧昏朝，意慌慌一似離弦箭。

（白）我宋江忽聞父親身故，辞衆奔喪，一路行來，風飡水宿，且喜離家不遠了，不免緊行幾步。（哭介）我的爹爹嗄！（唱）

【五更轉】（六至末）想臨别時步履强，精神健，誰知去難重見，好教我黯黯神傷，悽悽悲怨。

（到介。白）來此已是自家門首，不免徑入。

（宋清上。白）安閒娱歲月，温飽務農桑。（見介。白）哥哥回來了！（宋江哭介。白）阿呀，兄弟吓！不料爹爹棄世，如今靈柩停在那裡？（宋清白）哥哥，請免愁煩，爹爹在家無恙。（宋江白）如此説來，這個訃音是那裡來的？（宋清白）待我請爹爹出來，便知分曉。（向下場請介。白）爹爹有請。

（宋太公上。白）精神多矍鑠，懷抱少營謀。（宋清白）哥哥回來了！（宋太公白）我兒在那裡？（宋江膝行哭抱介。白）阿呀，爹爹吓！（唱）

【園林好】（首二句）乍相逢猶如夢懸，

（拭眼看介）

分明在嚴親膝前。

（白）石勇寄到家書，内具爹爹不利之言，孩兒讀之，肝腸寸斷。（唱）

【江兒水】（六至末）因此跋涉長途回轉。

（白）如今爹爹呵，尊體安康，這信息教兒難辨。（宋太公白）你且起來。（扶起介）（宋江白）爹爹快説與孩兒知道。（宋太公白）自你出門之後，我終朝思想，因你平日相識過多，恐懼罪而入匪類，故命汝兄弟假報訃音，激汝歸家。况且你的罪名已經逢赦減等，料無大罪。（唱）

【玉嬌枝】（首至四）故將書寄遠，望你早歸家，吾心快然。

（宋清夾白）哥哥！（接唱）

非吾敢把虚言騙，遵嚴命，只淂從權。

（宋江白）原來如此。（作笑）我好快活也！（唱）

【五供養】（五至末）啼痕未捐，忽地舒眉歡忭。

（同唱）

天倫饒樂事，從此免縈牽。

（宋江拜介。唱）

門内欣欣，今已後晨昏厮見。

（宋太公、宋清隨口白介）

（趙能、趙德引衆土兵上。唱）

【好姐姐】（首至二）啣冤脱逃邦憲，累我輩公堂責譴。

（白）打進去。（見宋江介。白）在這裡了。（套鏈子介。唱）

【五供養】（五至末）疾忙捉獲，趁早報完前件。

（宋太公、宋清白）是誰擅敢拿人？（趙能、趙德白）我們是縣裏都

頭。(指宋江白)他殺了閻婆惜,逃走在外,累我們逄限責比。(唱)

今日惡貫須當滿,返家園,急須鎖扭受拘攣。

(捉宋江下)(宋太公作驚慌介。白)這是那里説起?(宋清白)待我扶了爹爹,就到縣前去。(宋太公作懊悔介。白)咳,早知今日事,何苦唤兒歸?(同下)

(宋江鎖扭,二解差上)(宋江唱)

【鮑老催】(首至六)楚囚淚漣,傷心哽咽泣断猿。

(二解差接唱)

無由搭救空見憐。

(一解差白)咳,這是押司的命運淹蹇,遇着新任太爺,十分執法,那趙能、趙德又是無知之輩,故此胡亂拿人。(又一解差白)方纔在堂責打之時,凡係舊交無不嗟歎。(二解差同白)奈我輩無力可施,甚覺不安。(宋江白)此乃吾罪應該,不必説了,但是方纔呵,(唱)

有何顏面,受笞鞭,愧怎言。

(宋太公、宋清急上)(接唱)

【桃紅菊】(三至四)步踉蹌不顧危顛,步踉蹌不顧危顛。

(見宋江介)(宋清白)這縣前站的是哥哥。(宋太公白)呀!(唱)

【川撥棹】(二至六)見他身作羈囚使吾雙淚泫。

(各見,哭介)(宋太公白)阿呀,兒吓!太爺如何問了,就是這般光景?(宋江白)爹爹不須悲泣,幸喜本縣大爺遵赦減等,不致抵命。(宋清白)到底問何罪名?(宋江白)方纔脊杖四十,刺配江州,立限起身了嘘。(宋太公、宋清作哭介。白)纔淂相逢,又要遠别。(宋太公白)這都是我年老昏憒,唤你回家,以致如此。咦!(唱)

自恨我把假訃虚傳,自恨我把假訃虚傳,致兒曹身罹罪愆,

(二解差、宋江、宋清同劝介)(接唱)

不須淂增懊惋。

【僥僥令】(二至末)總是命迍邅,聚散人生原無定,且自寬心慰老年。

(宋太公向二解差白)只求二位方便,同到舍間,使我一家骨肉安慰一番,准備盤纏,相送起程。(二解差白)我們乃是押司舊交,不比趙能、趙德無知之輩,憑他官府嚴限,我們只管用情便了。(宋太公白)多謝,就請同行。(二解差扶宋江同行。唱)

【尾聲】在他鄉刻刻把親闈戀,誰想又向天涯拋故園,從此離情有萬千。

(同下)

第廿三出　兩處人雄歸虎寨

(衆僂儸、頭目引劉唐、林冲上)(同唱)

【玉嬌枝】赳赳驍勇,踞梁山揚威逞雄。潢池要把兵戈弄,管甚麽國法難容。

(林冲白)劉大哥。(劉唐應介)(林冲白)近日探聽淂大隊官兵,打了"收捕梁山"旗號前來征勦,我等奉軍師之命在要路埋伏,俟彼來時,即便奮勇截殺。(劉唐白)前者黄安領兵到此,殺淂他片甲不回,如今來的官兵,少不淂也是納命的了。(林冲白)雖然如此,也要用心迎敵。(劉唐白)林大哥言之有理,衆僂儸,(應介)吩咐偃旗息鼓,就此埋伏者。(衆應介)(同行。唱)

向深林密箐去藏跡,這神機妙算須遵奉,破官軍易如發蒙,看奇兵立時建功。

(同下)

(衆僂儸、頭目引花榮、秦明、黄信、燕順、王英、鄭天壽、吕方、郭盛、石勇上)(同唱)

【普天樂】散晨光,林巒迴,事長征,程途永。經幾度宿水飡風,喜梁山早露高峯。

(衆分白)我等指望與宋大哥同上梁山,誰想他中途聞訃,辭衆歸家,只淂帶了薦書,一同前往。來此已近梁山泊,故將收捕旗號撤去,大家趲行。(同行。唱)

看高山峭聳,行行指顧中。樹色嵐光,果是鬱鬱葱葱。

(劉唐、林冲引頭目、僂儸從下場門衝上。白)嘚!何處官兵,敢來勦捕？認認梁山好漢。（欲戰介）（花榮架住介。白）住了，好漢不可動手，我等並非官兵，因恐途中盤詰，故爾託言收捕梁山。今有宋公明薦書在此。（秦明等同唱）

【剔銀燈】藉鱗鴻傳投寨中，因我輩素欽威重。故兼程涉遠來尊奉，歸水泊與英豪厮共。

（劉唐、林冲同白）原來如此。（唱）

羣雄幸今朝過從，

（劉唐白）林大哥，（唱）

須辨取音書一封。

（花菅①遞書介）（劉唐接看。白）果是宋大哥的薦書。（林冲白）何以淂知？（劉唐白）前者寨主差我送金子與他，他寫回書答謝，雖然我不認淂字，這花押却與前番是一般的。（林冲白）還是劉大哥粗中有細。（劉唐白）喒就將此書傳達寨主。（向林冲介。白）林大哥領了衆位上山便了。（林冲白）有理。（劉唐持書下）（花榮白）還有舍妹車輛併金銀輜重在後。（林冲白）頭目過來。（頭目應介）（林冲白）速到酒店中，上覆朱大王前去迎接，一面准備舡隻在金沙灘伺候。（頭目應下）（林冲白）請各位英雄同上梁山。（衆白）請。（同行。唱）

【普天樂】繞花溪，經麥隴，過烟磴，穿雲洞。雖則是草野潛踪，樂天然幽境重重。

【合前】看高山峭聳，行行指顧中。樹色嵐光，果是鬱鬱葱葱。

（同下）

（阮小二、阮小五、阮小七、杜遷、宋萬、公孫勝、吴用、劉唐、晁盖作上山崗介）（仝唱）

【剔銀燈】薦羣賢作爲股肱，越顯淂故人情重。似茂林修竹招鸞鳳，樹風聲把人心歆動。

（晁盖白）多蒙公明兄薦引清風寨諸名將，併清風山、對影山諸豪傑前來匡濟。方纔看了薦書，不勝欣喜，爲此即向山前高岡之上

① 應爲“榮”。

遥接羣賢，以顯誠敬之心。（吴用、公孫勝白）足見寨主敬禮賢豪，故爾人心嚮慕。（晁盖白）劉兄弟。（劉唐應介）（晁盖白）你速將此意傳與新來豪傑，你同林兄弟好生引領上山。待等諸位過了金沙灘，即遣僂儸前來報知，以便率衆迎接進寨，不淂有違。（劉唐應介，下）（晁盖等同唱）

喜英雄來入彀中，須盡禮使四方景從。

（衆僂儸、林冲引花榮等上）（同行。唱）

【普天樂】宛子城，朝霞拱，蓼兒洼，清泉湧。早望見一片空濛，金沙灘日照曈曨。

（劉唐急上。白）各位英雄慢行。（衆停住介）（劉唐白）寨主有令。（林冲白）有何號令？（劉唐白）方纔寨主看了薦書，十分歡喜。諸位皆天下豪傑，故同軍師與一清先生向山前高岡之上，遥接衆賢，以顯誠敬之心。命我與林大哥好生引領上山，待過了金沙灘即遣僂儸報知，寨主還要率衆迎接進寨哩。（花榮等白）多蒙寨主盛情，何以克當？（劉唐、林冲白）就此同行。（衆同行。唱）（合前）

看高山峭聳，行行指顧中。樹色嵐光，果是鬱鬱葱葱。

（同下）

（僂儸報上。白）啓上寨主，新來好漢已過金沙灘了。（晁盖白）傳令寨中，隨我到灘前迎接，一面准備酒筵，與衆好漢洗塵。（僂儸應介）（晁盖等下山岡。同唱）

【尾聲】向筵前親自把金罍奉，盡都是著海内的超羣義勇，佇看取説劍談兵滿座中。

（同下）

第廿四出　全彪驍傑展龍韜

（白勝持令旗上。白）縲絏羈身喜脱逃，此生濟拔藉賢豪。今來許列羣英末，好比鷹鸇託鳳巢。俺白勝只因劫了生辰綱，被濟州府拿去監在獄中，受了無限苦楚。多蒙寨主差人上下打點，淂以寬鬆，故能越獄而逃。來到此間，又蒙寨主收録，此恩此德，感之不盡。昨者有宋公明薦到花榮等九位豪傑，同來聚義，俺寨主十分歡喜，隨即迎至寨中，擺酒洗塵。今早又大排筵宴，款待已畢，恰遇今日乃本寨操演之期，俺寨主在席間傳令，派下新舊弟兄率領新舊僂儸，同往山前操演比勢。一來要顯本寨的威風，二來要觀新到的弟兄本領，故此先着俺在山前伺候。如今寨主將到，須索小心迎接者。（暫下）

（衆僂儸、頭目引晁盖、吴用、公孫勝、宋萬、朱貴、阮小二、阮小五、燕順、鄭天壽、黄信、郭盛、石勇上）（同唱）

【北夜行船】今日個心歡和意愜，把觥籌暫爾停設。向翠擁山前砥平原上，齊看取衆熊貔一行行排列。

（燕順等白）我等多蒙寨主容留，又蒙開筵款待，何以克當？（晁盖白）諸位皆有名豪傑，又是公明兄舉薦而來，理宜祗敬。

（白勝上，禀介。白）啓上寨主，花榮、林冲等，共新舊弟兄八人，謹遵寨主之令，各帶新舊僂儸，伺候開操比勢。（晁盖白）既如此，同上山岡觀看者。（衆白）寨主請。（同行，上山岡介。唱）

【銀漢浮槎】這峰巒嶭嶪，看巍巍真與層霄接。

（同向前）

雲樹烟林把危磴躡，俺可也身居翠靄中。

（向下望介。唱）

只見他佈刀鎗勇氣嗺嗻。

（晁盖白）吩咐開操。（白勝向下展令旗介。白）吩咐開操。（内鑼鼓介）

（花榮引僂儸各持大刀上）

（林冲引僂儸各持片刀上）（同比勢介，下）（晁盖等同唱）

【慶宣和】這的是萬點寒霜一片雪，冷颼颼向巖下飛越，待與那瓊海銀河鬬光潔，這兵威耀也耀也。

（内鑼鼓介）（秦明引僂儸各持雙斧上）

（劉唐引僂儸各持雙刀上）（同比勢介，下）（晁盖等同唱）

【落梅風】揮巨斧，抽身掣，舉鸞刀，全體遮。兩邊厢逞雄争傑，更誰能降心甘示怯，真個是虎虓彪劣。

（内鑼鼓介）（吕方引僂儸各持戟上）

（杜遷引僂儸各持鎗上）（同比勢介，下）（晁盖等同唱）

【風入松】只見那椿喉駐景莽龍蛇，萬千條練影向空斜。一霎裡林巒四處點霜雪，把青青草色全遮。怒蛟般横行奡傑，攪淂那滄海騰决。

（内鑼鼓介）（王英引僂儸各持藤牌上）

（阮小七引僂儸各持短棍上）（同比勢介，下）（晁盖等同唱）

【撥不断】齊把那棍來揭，牌去遮，似鄧林般攢住千江月，奮勇争先逞便捷。鬧轟轟爆雷聲震山林也，黑漫漫暗塵飛野。

（内鑼鼓介）（花榮、林冲、秦明、劉唐、吕方、杜遷、王英、阮小七各持兵器，引僂儸上，大戰介）（戰畢同擺勢）（唱）

【離亭宴帶歇拍煞】非是俺弟兄行驀地裏尋戈鉞，端只爲奉雷霆軍令要争雄傑，一霎兒兵交刃接。鬧洶洶怎隄防，氣昂昂誰伏帖，急攘攘施威烈。長戈挽落暉，利劍飄寒雪，猛可的愁雲滿野。

（衆站立兩傍介）（晁盖白）妙嗄！果然新舊弟兄武藝高强，兩下僂儸隊伍整肅，俺梁山可爲僥倖也。（衆白）全仗寨主之福。（燕順等白）我等看了半日，十分技癢。（晁盖白）且等下次操演，再當比勢便了。（向衆介。白）我們同回寨中，重整筵席，以盡今日之歡。（衆白）多謝寨主。（晁盖白）衆僂儸，擺齊隊伍回寨者。（衆應介）（内吹打）（晁盖等下山岡介）（衆擺隊伍）（行唱）

今日個有意辨雌雄，平心分勇怯，着眼觀優劣。似燕齊稱等倫，如魯衛無差别，逗的貔虎把雄威奮掣，凜凜的騰殺氣尚横空，慢慢的舉飛觴共醉月。

（同下）

第五本

第一出　梁山泊要劫宋江

(扮儝儸、扮八頭目引晁盖、吴用、公孫勝、林冲、劉唐、花榮、秦明、燕順、黄信、吕方、郭盛上)(合唱)

【園林好】莽男兒不爲世容，且做箇蟠泥困龍。漫嫌咱猙獰面孔，别具有好心胸，别具有好心胸。

(分白)坐擁强兵據一方，天空海闊任翱翔。英雄不受人拘束，且作逍遥化外王。(晁盖白)我晁盖聚義山中，揚威宇内。此日縱然剽劫，不同鼠窃之流；他時若淂飛騰，終遂鷹揚之志。欲幹掀天事業，須招盖世英雄。前者宋公明糾合清風山衆好漢，本欲一同到此相聚，不意中途聞訃，回去奔喪。後聞淂宋太公未死，因假託訃音，速其歸家。(吴用、公孫勝白)不想公明到家之日，因殺死閻婆惜命案未結，被縣官差人拿去，脊杖四十，刺配江州。(晁盖白)我想公明兄遭此横事，理宜搭救，以報昔日之恩。(吴用、公孫勝白)已打聽淂公明兄起身解往配所，今日必從山下經過，惟有劫其上山，一同聚義。(衆白)妙嗄！若淂公明兄到此，大慰我等之願。(晁盖白)花知寨、劉兄弟，汝二人可往要路守候，俟宋大哥到來，即便劫上山寨，不淂有違。(花榮、劉唐白)淂令。(下)(晁盖白)頭目們，帶領儝儸在金沙灘艤舟相待，合寨頭領俱要在山前迎候，到時即爲通報。(衆應介)(晁盖、吴用、公孫勝白)大海蛟龍頭角變，(衆白)深山虎豹爪牙張。(仝下)

(二解差持棍負包押宋江帶鎖杻上)(宋江唱)

【又一體】惡愁煩不舒的面容，苦奔馳難停的脚蹤。

(白)我宋江遠配江州，前日在家起身，一路來棒瘡疼痛，兼之道途勞頓，好難禁受。(解差白)押司，天氣漸晚，赶到前途好尋宿店。(扶宋江行介。唱)

望落日行人驚恐，天慘淡路蒙叢，天慘淡路蒙叢。

(花榮、劉唐各持兵器上。唱)

【江兒水】不奪三軍帥，單迎一世雄，爲他義聲四海當欽重。

(白)呔！不要走！(解差驚介。白)阿呀，不好了！(花榮白)哥哥受了苦了！(劉唐踢倒解差，開鎖扭介。白)要你這兩個狗頭做什麽？(欲殺介)(宋江攔介)(宋江白)他們是奉公差遣，與彼何涉？(劉唐白)既是宋大哥相勸，權且饒你。(花榮、劉唐白)晁寨主聞淂哥哥刺配江州，故着我等在此守候，邀請上山。山寨内衆頭領呵，(唱)

雲天高誼常稱頌。

(宋江白)塵埃小吏，何足掛齒，慚愧，慚愧。(花榮、劉唐唱)

説什麽塵埃小吏多惶恐，

(白)哥哥請。(行介)(宋江唱)

暫趨向寨門陪奉，怕相見匆匆，訴不盡我牢騷千種。

(仝下)

(林冲、秦明、燕順、黄信、吕方、郭盛仝衆扮阮小二、阮小五、阮小七、王英、鄭天壽、杜遷、宋萬、朱貴、石勇、白勝上)(合唱)

【五供養】歡聲喧閧，迎迓英雄，揖遜雍容。多時勞寤寐，此日快相逢。

(分白)我等奉寨主之令，齊集山前，迎接公明兄，以顯恭敬之心，適纔僂儸來報，宋大哥將次到山，須索迎上前去。(行介)(合唱)

還當足恭，景仰他人中麟鳳。孝義聞天下，俠烈播寰中。

(花榮、劉唐引宋江上，解差隨上)(宋江唱)

深感逢迎，故人情重。

(見介)(林冲、秦明等白)喜淂公明兄來了。(向内介)寨主有請，公明兄到來了。

(晁盖、吴用、公孫勝上。白)公明兄在那裹？(見介。白)阿呀，公明兄！(衆合唱)

【玉嬌枝】把斯人磨礱，大乾坤曾無地容。

(白勝白)你兩個且到那邊去，呼唤再來。(解差諾諾介，下)(晁盖與宋江揖見介)(衆合唱)

升階握手渾疑夢，再不想恁地遭逢。

(宋江白)淂晤羣英，大慰平生之願。(晁盖白)公明兄，(唱)

你千金結客名望隆，一朝淂衆威嚴重。請居尊惟祈俯從，請居尊惟祈俯從。

(宋江白)寨主，如此説來，使宋江驚惶無措，不要説是首位，即厠於末席，亦断断不敢從命。(晁盖等白)這却是爲何？(宋江白)念宋江身在公門，偶然犯法，他日天恩赦免，或者遇有上進之日。(唱)

【川撥棹】論將相原無種，在男兒當奮勇，但一時命舛途窮，但一時命舛途窮，想他年名鐫鼎鐘，戰沙場好建功，定天山早掛弓。

(衆喜介。白)宋大哥這些議論甚正，使我等中心悦服，今日断不敢屈留，但求在此盤桓幾日，少盡我輩敬心。(吴用白)公明兄此去江州，客途想無熟識，我有一好友，名唤戴宗，現充兩院押牢節級，爲人仗義。我當修書帶往，囑其照看。(宋江白)多謝軍師。(晁盖、吴用、公孫勝白)請至後寨，寬坐暢飲，少申斯些之敬。(宋江白)多謝寨主。(衆白)請。(仝唱)

【尾聲】致殷勤盡争説交情重，鬧攘攘遮擁淂箇嘉賓没縫，

(宋江白)寨主、衆頭領。(晁盖等白)公明兄。(宋江唱)

和你一醉交情歡更濃。

(衆讓下)

第二出　醉打蔣忠還舊業

(賽花上。唱)

【數板】風流慣作倚門粧，新學當壚坐櫃房。誰家惡少太輕狂，笑指銀瓶索酒嘗。我十指纖纖能寫賬，嗏，情眼兒睃他賣俏郎。

(白)奴家賽花，本是平安寨中妓女，被蔣門神奪來做妾，教俺日間掌櫃，夜間專房，十分受用。今日他往前村債户人家吃酒去了，教俺用心照管門面。六懷那里？

(丑扮六懷上。白)來了。(唱)

【數板】煙薰火燎一身油，兩脚如飛慣跑樓。聲音响喨記性兒有，紙花兒塞滿圍裙口。混帳行子給氣受，嗏，我就悄没聲飛與他兩壺酒。

(白)大奶奶，叫六懷做什麼？(賽花白)爺出去了，你們把鋪子擺設，掛上幌子，好接待客人，不要憨兒不呑的。(唱)

【吹腔】雪花飄蕩空中下，來來往往是客商。兒夫英名傳天下，打盡了天下才郎。

(六懷白)大奶奶，你只知其一，不知其二。今日早起，起來看見是個假陰天，喒們這個鋪子裡的本兒輕麽，一通條下去，四五十兩呢。(賽花白)我且問你，今日還賣淂東西賣不淂東西？(六懷白)大奶奶成心要開鋪子，教給我，龍江把肉下在鍋裡，四海把大通開，打雜兒的把幌子掛上。

(雜扮夥計上，虛白介)(賽花白)到底是我們六懷，活吵多着呢！(六懷虛白介)(賽花白)我對你説，我們做買賣的人，要忍耐些，若有吃酒醉了的，我們讓他些，遶來遶去不過要賺他們幾個錢。(六懷白)這個自然。(賽花白)六懷嗄，買賣興隆通四海，(六懷白)財源茂盛達三江。(各下)

(南京人、山東人、陝西人、聾老兒上。白)勸君更進一盃酒，與你同消萬古愁。(相見介)請了。(陝西人)這位南相公，爲什麽眼上帶着罩子？(南京人白)甚子説話，我學生是金陵名士，天生的兩隻文人短視眼，所以借此鏡光而觀焉。(陝西人向聾老介)(陝西人白)不知説的是什麽，你可懂淂？(聾老白)他並没有説話。(向山東人白)這位爺，好衣服。(山東人白)昝是新捐的通判，生性好穿件邊式衣服兒。(南京人揖山東人介)失敬，老先生將來奉拜，有拙刻的試卷、詩文呈教。(山東人白)那様打抽豐的東西，昝不要他。(陝西人白)不要勞叨了，前面一個好酒店，大家跟老子進去呷燒刀子去。(入店介)(南京人白)豈有此禮，人將禮樂爲先，學生在此鞠躬如也，他竟坐而受之，其或亦近視眼乎？然而未必矣。(陝西人白)好厭氣！(各坐介)(聾老白)四海快來。

(六懷上。白)來了。(南京人白)我相公是文人，要吃個清趣東西。(六懷白)喒們只有青螺,没有什麽青蛆。(南京人白)咳!此乃不可與言之人也。罷,你煮碗黄芽菜來罷。(山東人白)就是燒羊肉、蒜泥、白煮肚兒罷。

(醉漢上,諢介)(六懷作吆喝下)(衆人吃酒、猜拳諢介)

(武松醉行上。唱)

【侉腔】剛腸熱,壯氣豪,提葫蘆,半醺了,去尋紅杏枝頭鬧。

(白)俺武松適才同施恩兄弟一路行來,逢一酒店便飲三大碗,走過了十數處,却吃淂十分爽快。來此已是快活林,着他領了衆人走開去,獨自前來行事。(入介)呔!取酒來。(六懷送酒介)(武松飲介。白)呸!這酒不好。(擲盃介)(南京人白)共爲氣也,至大至剛。(欲走,各虚白介)

(賽花上。虚白介)(六懷送酒介)(武松白)櫃上這個粉頭倒也看淂,過來陪俺的酒。(南京人白)是何言歟,是何言歟?(賽花白)啜?老娘家裏不是好惹的,你敢來撒酒風!(六懷白)真個的離胡了。(武松白)呔!俺就撒野何妨?(擲壜打賽花,衆驚諢介)(賽花接壜打武松,武松接壜打六懷介)(跌倒作忍痛下)(衆各處藏躲,抖怕介)(賽花逃下,武松渾打衆介)(南京人藏桌下,衆驚殺下)(武松取桌凳抛打介。唱)

【耍孩兒】琉璃鍾,琥珀濃,珍珠槽,清若空,似醴泉出地波齊湧,掀開皮閣倒屏風。碎却烏几翻瓷瓮,似維摩方丈天花迸。

(賽花引衆小伙各持棍上。接唱)

笑醉漢胡來搬弄,母門神怎肯放鬆。

(衆打武松)(武松舉凳打衆人下)(武松白)呀!且喜蔣門神不在家中,我且打到後店去便了。(下)(南京人桌下爬出介)打到後店去了,這個匹夫好勇鬭狠,其横逆猶是也。一朝之忿亡其身,以及其親,則足以殺其軀而已矣。這個匹婦,男女授受尚且不親,而况殺人以梃乎?酒錢只好明日送來,不可在此受無妄之災,毁傷身體髮膚,使社友們絶交,快走,快走!(急走欲下。復轉上介)豈有此理!寧可濕衣,不可亂步。(摇擺下)

(蔣忠領衆徒弟上。唱)

【耍孩兒】村舍裏，飲香醪，印子錢，一一討，土娼家睡了個風流覺。

(白)咱蔣門神自從倚着張團練的威勢，打了施恩，奪了快活林，搶來妓女做渾家，制伏鄉愚爲僕隸，好不淂意。徒弟們，將拳棒操演一回。(各耍拳棒介)(合唱)

老師徒弟武藝高，筭計精明運氣好，開門日進錢與鈔。

(六懷跑上。唱)

打的俺抱頭鼠竄，叫救命把主翁來找。

(作見介)(蔣忠白)爲何這等模樣？(六懷白)不好了，不好了！不知那裡來了個醉漢，把粗細傢伙都打了個粉碎，把奶奶搥了個扁飽，爺快去救奶奶罷。(蔣忠白)有這等事？徒弟們，就此前去。(蔣忠遶場下)

(武松追賽花下，即持假女身上倒插酒缸内)

(蔣忠領衆上，混打介)(衆小伙追武松，混打，衆走下)(踢蔣忠倒地，踹住介。唱)

【耍孩兒】狻猊猛，不怕虎豹兇，肉在几，鱉入瓮，飛蛾性命燈前送。

(蔣忠白)你是什麽人？(武松唱)

景陽崗上打大虫，舊日都頭名武松，則問你門神可比淂三軍勇？

(蔣忠白)有眼不識好漢，只求饒了狗命。(武松提出女身擲下，衆小伙搶接抬下)

(施恩引衆上。唱)

聽哀告聲出林中，多應去惡除兇。

(蔣忠白)只求施大爺開天地之恩，勸武爺饒了我性命。(武松白)饒你狗命不難，須要依我三件。(蔣忠白)依、依、依！(武松白)第一件要你把酒店讓還原主，一應財物不許擅動。(蔣忠白)依淂。(武松白)第二件，你連夜急走他鄉，不許在此擔擱。(蔣忠白)依淂。(武松白)第三件，須要向施大爺叩頭陪禮，不許面有怒色。(蔣忠白)依淂。(武松放介)暫且饒你。(蔣忠唱)

【耍孩兒】羞慚臉，没處揣，忍怨氣，倒身拜。

(拜施恩介)(施恩扶介)(施恩白)思量前日你真歪纏。(蔣忠唱)

現在銀錢單上載，賒去欠帳簿上開，器物打碎了你休怪。

(施恩白)饒你去罷。

(六懷上,虚白介)(蔣忠下)(施恩向武松揖介)今日復恢舊業,顔面生光,皆賴哥哥之力也。(武松白)些須小事,何必致謝,你先去撿點銀錢,盤筭帳目,明日從新開張便了。(施恩白)哥哥一點酒意都没了,何不洗盞更酌?(武松白)待回去與老伯一同吃盃喜酒罷。(施恩白)使淂。家丁過來,你每在此看守店面便了。(衆應介)(合唱)

看一時打奪回來,喜門户頓生光彩。

(同下)

第三出　贈金薛永惹閒非

(宋江同解差上。唱)

【小桃紅】曉風殘月竄游魂,盻不到潯陽郡也,則我這九廻腸似寒江雪練九條分。

(白)我宋江自從别過了梁山衆位兄弟,一路上早行夜宿,又走了半個多月路程,不知到江州還有多少路。(解差白)押司放心,過了這揭陽嶺便是潯陽江了,到江州只有一水之便。(宋江白)難淂你們兩個一路多承照看,我宋江委實不安,只要早些到了,你兩個也好及早回去。(解差白)押司且寬懷,慢慢的走。(宋江唱)

我扎挣着劣精神,消磨這戴鋃鐺夢中身,犯計孛危時運也,不信那黥布沉淪。

(白)你看過了揭陽嶺,却是人烟輳集,市井諠譁。(解差白)這是有名的揭陽鎮。(内吆喝"閑人站遠"介)(宋江白)那邊許多人圍着個使鎗棒賣膏藥的,我們也擠上去看看熱鬧。(解差白)閒着走路,落淂看看。(合唱)

我囊中有買間①錢,何妨做賣獃人。

(下)

---

① 應爲"閒"。

(薛永上。白)冀北神駒汗血經,鹽車困厄命途窮。何時淂有孫陽顧,萬里乾坤一騁中。自家“病大虫”薛永是也,雙親早喪,流落江湖,雖有奇才,未能大用。昨者來到此地,盤費缺少,耍些拳棒刀鎗,淂些盤費,也好趲路。

(衆百姓上,諢嚷介。白)先請教幾路拳罷。(薛永作耍拳介)(衆讚好介)(薛永作耍棍介)(衆嚷好介)

(宋江、解差上,擠看介。白)好鎗棒,好拳脚!(薛永作拿盤子掠錢介)(薛永白)小人遠方來的,煩賜些盤纏罷。(衆各背臉努嘴介)(薛永又拿盤子叫介。白)看官,高擡貴手罷,怎麽一位也不給?(宋江出,相見介。白)教頭,這五兩白銀權表薄意。(作遞銀介)(衆人嚷介。白)我們不給錢,你就給錢,好大胆!(一白)那邊小郎來了,他自會替你筭帳,咱們散了罷。(衆逩下)(薛永白)好笑,這樣一個有名的揭陽鎮,没一個曉事的。(宋江白)他們散了也罷。(薛永白)請問恩官高姓大名?(宋江白)量這些值淂甚的!(唱)

【下山虎】不過偶然相念,俱是勞筋。泣路憐同病,何須細詢。

(穆春上)呔!你這厮,那裏學淂這些鎗棒,來俺這揭陽鎮上逞强?我已吩咐衆人,不許保他,你這囚徒,如何賣弄有錢,滅俺揭陽鎮威風,你還不知俺穆家兄弟!(唱)

做淂陸海揚波,晴天起雲,誰敢向龍頷輕來批逆鱗,你擺出這青蚨陣,難道我烟火千家直恁貧?

(薛永白)這又奇了。(宋江白)我自賞他,干你甚事?(唱)

慷慨非同吝,何勞見嗔,怎肯向錢孔低頭富不仁?

(穆春白)我且打你這賊配軍。(作扭宋江,宋江躲開)(薛永作與穆春鬭介)(穆春被薛永顛倒,穆春作爬起。白)教你兩個不要慌。(作跑下)(宋江白)這賊敗了,也罷,請教教頭高姓大名?(薛永白)小人河南人氏,姓薛名永,江湖上呼小人爲“病大蟲”。請問恩官高姓大名?(宋江)小可姓宋名江。(薛永白)莫非山東“及時雨”宋公明麽?(宋江白)小可便是。(薛永作拜介)久慕大名,如雷貫耳,且和恩官到店中吃三杯。(向内介)店家,取酒來。

(内白)我這里有人吩咐過的,不賣你們吃了。(薛永白)有這等奇事?不免到那邊去,這里略僻静些。(向内白)酒家,取酒來。(内白)這里有人囑咐了,若賣東西與你喫,家伙都要打破的。(宋江白)教頭,這等看來,那厮必來尋鬧,不如去罷。(薛永白)既然如此,兄長先行,小弟一二日就到江州相會。相逢纔滚滚,話别又匆匆。(下)(宋江白)二位看這等光景,今晚揭陽鎮是不許我們投宿的了,這便怎麽處?(解差白)不如趁早兒前去罷。(作急走介。唱)

【五韻美】料無人憐飢困,林疏野闊鴉難認,斜陽全下又黄昏,荒郊行盡,柴門應近。

(解差白)押司,好了,那前面林子裡露出燈光來了。(宋江白)必定有人家,且去投宿。(唱)

但淂個繩床軟,麥飯温,縱輸他紙閣酣呼,也勝似泥涡坐盹。

(解差白)押司,且喜是個大庄院,待我敲門看。裡面有人麽?是來投宿的。

(庄客持燈籠引穆太公,家僮隨上。唱)

【山麻稭】做家翁多勞頓,百事經心,難靠兒孫。

(穆太公白)你們是什麽人?(宋江見介。白)小可是配送江州的,這兩個是防送公人,錯過宿頭,要求庄主太公收留。(唱)

行人黑地裡,全仗居停憐憫。

(穆太公白)我這裡不留,前面就是潯陽江了。也罷,庄客過來,就領去門房裡安頓,再與他些晚飯吃。(宋江白)多謝太公。(作揖介。唱)

破費你黄梁①半斗,紅燈一盞,緑酒盈罇。

(穆太公白)好説。(庄客白)這里來,這外面就是打麥場,一條村僻小路出去,明早就往這裏去較近。(宋江白)多謝大哥。(下)(穆太公白)小厮都照過了,收拾進去罷。(家僮白)太公,我家爺們比賊更兇,怕什麽?(穆太公白)狗才!自古道:"日日防飢,夜

---

① 應爲"粱"。

夜防盜。"(唱)

【尾聲】眠時毋淂貪安稳,休恃着圍墻高峻。

(白)大郎、二郎回來了麼?(家僮白)大郎早醉了,小郎還不曾回來。(穆太公白)養這等不肖子,不知又到那里闖禍去了,且自由他。(唱)

少不淂犬吠聲中來叩門。

(下)

第四出　張横大鬧潯陽渡

(更夫上。作敲梆、坐睡介)

(宋江上。唱)

【粉孩兒】紛紛的惡風波隨處有,想困龍難與地頭蛇鬬。徬徨岐路何處投,叩山庄幸荷容留。

(白)我宋江昨從揭陽鎮上經過,不合贈了那耍拳棒薛永的銀兩,惹淂地虎穆春瞋怒,吩咐各店房不許留宿我們。天色又晚,只淂奔尋到此間莊上借宿一宵,只是匆忙之項①,竟不曾問淂莊主姓名,我不知爲什麽再睡也睡不着,爲此起來到庭中閒步閒步。(唱)

歷危途不定驚魂,挨長夜空自搔首。

(下)

(穆春上。唱)

【紅芍藥】雄視我如虎如彪,輕覷人呼馬呼牛。諒没有英雄出吾右,一任咱横行宇宙。

(白)我穆春同哥哥穆宏②雄霸揭陽鎮上,誰不尊敬?可惱那薛永帮助了囚徒,在衆人面前,俺倒吃了個大虧,那裏氣忿淂過?如今赶到家中,同了哥哥追捉那囚徒,再拿了薛永,一并處死,方

① 應爲"頃"。

② 《水滸傳》作"弘",此處或爲避乾隆皇帝諱。

雪我恨。(唱)

男兒難洗滿面羞,恨今番當場出醜。

(到介)(叩門介)開門,開門!

(老庄客忙上。白)來了,來了!(開門介)(穆春進内介)(老庄客仍閉門介)(穆春白)阿唷!好惱,好惱!

(宋江潜上,作窃听介)(穆春白)大郎在那裏?(老庄客白)大郎醉卧在後面亭子上。(穆春白)我如今同了哥哥追捉那黑矮囚徒,回來再拿了薛永,一并處死。(宋江暗驚介)(穆春唱)

令原誼急難當求,禦外侮手足情厚。

(下)(老庄客作指點,做啞手勢下)(宋江忽失聲嚷介)阿呀,不好了!(四顧,復低聲介)不想此地偏偏就是他家裏,真正是冤家路窄了。(唱)

【耍孩兒】只道餘生脱虎口,遶樹無依鳥,誤把這羅網輕投。

(白)如今叫起解差來,作速逃走。(向内低叫介)二位解差,快些起來。

(解差作欠伸態上)半夜三更,押司爲何不睡,唤我們起來做什麼?(宋江白)不好了!(解差白)爲什麼不好了?(宋江白)這裏就是穆春莊上,方纔聽見他回來,要同了他哥哥謀害我們性命。(解差白)阿呀,這便怎麼樣處?(宋江白)我們快快逃走了罷。(解差白)我們的哨棍、包裹呢?(摸着哨棍、包裹介)在這裏了。(宋江提鎖扭介)此時莊門料是鎖閉,方纔我看見那邊院墻塌了一角,我們踰墻而走罷。(解差虛白介)(合唱)

難言不由徑,誰説不由竇,且做箇干木踰垣走。

(踰墻介)(内白)莊客們追上去。(解差作跌,諢介)

只望取天天佑。

(急奔下)(更夫諢介,虛白下)

(衆莊客持火把、棍棒引穆宏、穆春持兵器上)(合唱)

【會河陽】柙虎歸林,金魚脱鈎,决籠飛鳥莫遮留。回頭,怎涄饒人,且須放手。忙追逐,難寬宥。

(穆宏白)我們正要拿那囚徒處死,不知被何人走了消息,竟踰墻

逃遁。(穆宏、穆春白)此去料還不遠,况前面有大江阻隔。衆莊客,快快追赶上去。(衆莊客應介)(合唱)

是誰暗地把機關透,是誰悄地把風聲漏。

(白)莊客們,赶上去。(下)

(宋江、解差急上。唱)

【縷縷金】平空地禍臨頭,幾乎落陷阱命兒休。月黑函關客,雞鳴疾走。

(宋江白)來到潯陽江邊了,後面有人追捉,前邊又是大江阻住,今番我的性命决不保矣。(解差白)真正要死的了。

(張横摇船上)(解差望介。白)押司,你看星光之下,那江邊不是個船麽?煩他渡過江去,就不怕了。(宋江白)果然有隻小船。(解差白)家長,快快撑過船來,渡我們一渡。(張横白)你們有甚緊事,昏夜過江?(宋江、解差白)後面有强人追殺來了,快些摇攏來。(張横摇近岸介。白)請下船來。(宋江、解差急上船介)(解差將包裹丢入艙介)(張横聽介。暗喜介)(解差將哨棍點開船介)快些摇過江去。(張横應接介)(宋江、解差合唱)

有烏江亭長艤扁舟,重瞳幸逢救,重瞳幸逢救。

(張横停船介)

(李俊、李立、童威、童猛各暗上)(宋江、解差白)怎麽停住了?摇過江去嗄。(張横白)呔!先獻出寶來,然後沉你在江裏,落箇全屍,不然我張爺爺就要動手了。(出刀介)(解差驚抖,諢介)(宋江白)阿呀!好漢,我情願把囊中金帛盡數奉送,只求饒了性命。(張横白)金帛也要,性命也要。(宋江白)二位,是我宋江連累你了。(李俊、張横白)那漢子,你説什麽宋江?(宋江白)我就是鄆城宋江。(李俊白)阿呀!險些傷了義士哥哥。(張横白)你何不早通大名?(李俊等白)連日在此迎候,喜得今日接着了。(宋江白)多承見爱,敢問諸位高姓大名?(李俊白)小弟叫“混江龍”李俊。(張横白)我是張横,綽號“船火兒”。(李立白)小可叫做“催命判官”李立。(童威、童猛白)愚弟兄唤名“翻江蜃”童威,“出洞蛟”童猛。(宋江白)皆是英豪,久仰,久仰!(李俊白)一月前有個相識,從山東來,説公明兄犯事,遠配江州,所以同了衆兄弟連日駕舟在此迎候,不識公明兄昏夜渡江,甚有倉惶之狀。(宋江白)因穆家弟兄要加害於我,所以逃竄而來。(衆分白)那穆宏、穆春不知是宋大哥,故爾如此。我們如今把船摇轉去,叫穆家弟兄來陪了罪,然後讒讒再送過江去。(宋江白)只恐他們懷恨未消,那便怎處?(衆白)断没有此事的。(李立、童威、童猛仍過船介。白)你看東方漸漸發白了。(摇船介)(衆合唱)

【紅繡鞋】一天星彩將收,將收。滿江烟靄方浮,方浮。認遠岸,棹回舟。

(泊船上岸介)

(衆莊客引穆宏、穆春上。唱)

追逃竄,報仇讎,難饒恕,怎干休。

(李俊、張横白)穆氏昆仲來了。(穆宏、穆春白)這死囚在這裏了。(欲捉介)(李俊、張横攔介。白)不要如此,他就是山東"及時雨"宋大哥。(穆宏、穆春白)他是鄆城縣公明兄麽?我等不知義士,適纔誤犯,即當陪禮。(李俊等白)且讒,我們都未曾展拜,且到你莊上去,一同見禮陪罪。(穆宏、穆春白)説淂甚是。(張横白)公明兄,小可有個胞弟,唤名張順,在江州做魚牙主人,待我修書與宋大哥帶去,做個相識。(宋江白)如此甚好,穆兄,那薛永望推屋烏之爱,也不必計較他罷。(穆宏、穆春白)這個不消説淂,即當邀來一同相聚。(宋江白)多謝海涵。(穆春白)過來,將船送回去。(莊客應介)(送船下)(衆白)公明兄,(唱)

【尾聲】久仰你英風名望如山斗,

(宋江唱)

喜淂把衆英俊一朝相覯,

(衆唱)

把幾載思慕衷腸細細剖。

(圍擁宋江下)

第五出　施恩重整快活林

（家丁引張都監上。唱）

【東甌令】千夫長，萬人尊，都監的雄風遠近聞。笑何曾陷敵親臨陣，播弄淂威名震。

（白）下官兵馬都監張蒙方是也，出身武弁，守禦孟州，外作威權，內藏機械。昨有宗弟張團練賄託，要害武松，以雪蔣門神讎恨，我不免哄騙武松到此，自有謀害他的計策。家丁過來。（家丁應介）（張都監白）你到安平寨去對武松説，我聞他是個好漢，要他做個親隨，將來還要重用他，你去喚淂他來，重重有賞，倘喚不至，把你一綑四十，還要枷號兩月，快些去。（家丁應介）神機應莫測，軍令自難違。（下）（張都監白）嗄！武松，武松！（唱）

不是咱爲他人事枉勞神，難卻餽金人。

（下）

（武松、施恩上。分白）快活林添新氣象，安平寨震舊聲名。口碑傳説多威武，道路聞之人盡驚。（施恩）小弟仗兄虎威，報復前讎，重整舊業，較前更覺興旺，愚父子面上添了多少光彩，此皆二哥之所賜也。（武松白）但不知蔣忠那廝，到底往那裏去了。（施恩白）曾着人四下打聽，並無踪跡，想是遠遁去矣。（武松白）這也未可知。（施恩白）今有衆上户、衆街鄰，各斂分金，備有酒席，送來爲你我慶賀。擺酒過來。

（小伙預暗上，應介）（武松、施恩坐席介）（小伙斟酒介）（武松、施恩仝唱）

【賀新郎】注玉傾銀，甕頭春新篘良醞。喜一朝雄名重振，好做個快活林中快活人。笑顔開歡情無盡，瓶未罄，杯重進。暢胸襟酒到無多遜，還醉聽繞梁韻。

（小伙引家丁上。白）爲奉森嚴命，來招英勇人。（小伙白）請在此少待，等我去請出來。（進內介）有張都監老爺差人在外要見武二爺。（施恩白）他差人來做什麽？（武松白）且去見他，自有分曉。(出見介)(家丁白)這位就是打虎的武都頭麽?(武松白)我就是武松,有何見諭?(家丁白)家老爺説久聞都頭是個好漢,十分仰慕,今日欲屈都頭在帳下做個親隨,將來還要重用哩。(武松、施恩白)嗄!原來是這樣。(施恩附武松耳白)張都監亦非好人,二哥切不可應充①前去。(武松點頭介)(向家丁白)我是個犯罪配軍,何用你家老爺如此錯爱,煩你回去拜覆,説我不敢從命。(家丁白)我家老爺性子不好,若請不將去,小可就要受責了。(施恩白)人心叵測,還是不去的是。(武松白)我若不去,恐有貽累家丁,我且去走一遭看。(向施恩别介)愚兄暫爲告别。(施恩白)小弟當送至彼處。(武松白)這竟不必。(施恩送武松出店介)(武松、施恩合唱)

【瑣窗寒】話匆匆離思紛紜,恨無端首又分。信人生聚散,飛絮浮雲。

(施恩白)二哥去後,過日小弟即來探望。(武松白)不消,請回去罷。(施恩應下)(家丁白)都頭從那邊走。(武松、家丁合唱)

過諠譁鬧市,到威嚴雄鎮,進私衙拜參惟謹。

(家丁白)這是堂前了,老爺有請。

(張都監上。唱)

我把虚文裝飾假殷勤,豈同西第留賓。

(家丁白)武松唤到了。(武松白)老爺在上,武松叩見。(張都監白)起來,久聞你英雄無敵,敢與人同生同死,我要你在府中做個親隨,你可情願麽?(武松白)蒙恩相擡舉,自當執鞭墜鐙,但恐小人駑駘之質,不堪鞭策。(張都監笑介)倒也會説話,你且住在我府中,慢慢自然提拔你。(武松白)多謝老爺。(張都監白)嗄!武松,(唱)

【尾聲】聞你那威名到耳如雷震,今喜淂把英雄識認。

(白)隨我到後面來。(武松應介)(張都監下)(武松唱)

這難剖的疑團在心内忖。

(下)

---

① 應爲"允"。

第六出　琵琶亭席上論交

（場上設潯陽江，設琵琶亭酒舍介）

（李逵上。白）避禍藏身離故坵，公門充役在江州。一聲怒叱驚人倒，威似熊羆勝一籌。咱鉄牛李逵綽號“黑旋風”，山東沂水人，家住董店東百丈村中，父亡母在，哥哥名唤李達，與人傭工，膳養老娘。俺老李一生酗酒，素爱拳棒，因抱不平，一拳將人打死，俱①罪逃脱，流落在江州，投奔戴院長，招我做個巡監的禁子。連日獄中無事，手内有没錢，好不焦燥的緊。有了，俺如今竟往賭博場中搔擾一番，有何不可？囊空到處無人敬，覓賭輸錢也筭赢。（下）

（戴宗上。唱）

【柳梢青】飛晨往矣，捷足誇神技，任海角天涯，又何用長房縮地。

（白）我戴宗前者接淂吴學究手書，因宋公明刺配到此，囑我照看。我想那公明兄乃天下義士，即使不爲囑託，亦當加意週全。今日閒暇，欲請他至城外琵琶亭叙飲，聊盡地主之誼，方纔着人去請，你看公明兄又早來也。

（宋江上。白）海内存知己，天涯若比鄰。（見介）（戴宗白）公明兄，今日少暇，欲屈公明兄至城外琵琶亭少叙，聊當洗塵。（宋江白）既荷寵招，自當趨侍。（戴宗白）如此，就請偕往。（宋江白）請。（行介）（合唱）

【石榴燈】【石榴花】（首至四）襟懷高曠直與衆山齊，把雙眸豁覺天低。

（宋江唱）

向秋空仰望歎棲遲，羡摩霄鷹隼健翮正高飛。

（戴宗唱）

【剔銀燈】（三至末）英雄偶爾遭數奇，終有日蟄龍奮起。

（下）

---

① 應爲“懼”。

(李逵兜錢奔上。白)你們這些狗頭,敢來麽?

(衆賭漢追上。白)李大哥,你平常賭淂最直,今日怎麽這等起來?(李逵白)權且不直這遭。(打衆賭漢介)

(戴宗上。白)鉄牛,你怎麽又在此生事?(李逵白)節級哥哥,且謾謾的告訴你。(又欲打)

(宋江上)(仝戴宗攔介)還不住手!(衆賭漢虛白,諢介)(戴宗白)你既輸了,怎麽奪人錢鈔,還要恃强打人?快快還了他們。(李逵將錢與戴宗介)(戴宗還衆賭漢介)(衆賭漢謝介,諢下)(宋江白)院長,此位是誰?(戴宗白)此是我手下一個小牢子,唤做李逵。(宋江白)久聞江州有個"黑旋風"李逵,十分義勇,可就是這位麽?(戴宗白)就是他。(李逵白)哥哥,這黑漢是那一個?(戴宗白)這就是你日常思慕的鄆城縣宋公明!(李逵白)你不要哄我罷。(宋江白)不才果是宋江。(李逵白)你就是宋江?(宋江應介)(李逵笑介)哥哥想殺鐵牛也!(拜介)(宋江扶介)壯士請起。(唱)

何期流人宋祁,因訪戴還欣御李。

(李逵白)不知宋大哥因何淂到此間?(戴宗白)且同到亭子上來,飲酒中間謾謾的向你説。(李逵白)今日纔淂見宋江哥哥,我好快活嗄!(作到介)(戴宗白)酒家有麽?

(酒保上。白)來了,來了!琥珀新篘酒,琵琶舊日亭。(見介)原來是院長請客麽?(戴宗白)我今日請一佳客,把那美酒嘉肴儘數擺下。(酒保應介)(捧酒肴上設介)(戴宗白)公明兄莫嫌簡褻,就請上坐。(宋江白)不敢,請。(各坐介)(酒保斟酒介)(合唱)

【千秋舞霓裳】【千秋歲】(首至九)酌金罍,歡聚拚沉醉,比蘭陵酒味尤美。

(李逵白)小盃喫不慣,换個大碗來。(酒保笑諢介。换碗介)(宋江、戴宗唱)

且豪飲雄談,豪飲雄談,又何必問他茫茫身世。想紅裙恨,青衫淚,悲遲暮,傷憔悴,偶作天涯會。

【舞霓裳】(末二句)今日人不見把往事凄凉付烟水。

(宋江白)此係江鄉,應當烹鮮下酒。(戴宗白)正是,酒保,可做些鮮魚湯來。(酒保白)昨日的魚都賣没了,此時鮮魚船雖到,因魚主人未來,不曾開秤哩。(李逵白)這有何難?待我去向漁船上要幾尾來就是了。(戴宗白)你去又要生事了。(李逵白)俺不生事。酒保,我去要了魚來,你可好好的整治。(酒保應下)(李逵隨口下)(宋江白)我們且暫停盃斝,往江岸一走,看看景致,等了鮮魚來,再爲暢飲。(戴宗白)這也使淂。(分白)坐覺林風吹醉面,行看江水渺愁懷。(仝下)

(衆漁人作撑船,二支纜拴柳樹,人或沿岸走上,虚白)

(李逵上。白)呔!你們這些魚船上,快拿幾尾鮮魚與俺。(衆漁人白)我們魚主人不曾開秤,還不賣哩。(李逵白)胡説,俺黑爺爺要魚,你敢不給,俺就上船來自取便了。(作跳上船介)(衆漁人白)不好了,被黑大漢拔了通水板,把各船的魚都放走了!(李逵作打漁人下)

(張順持秤上。唱)

【花六么】【攤破地綿花】(首至五)好男兒,混魚鹽,身名晦有若箇知。

(李逵赶打衆漁人嚷鬧介。上)(張順白)你們爲什麽?(衆漁人争訴介)這黑大漢把各船上魚都放走了,還在這裏打我們!(張順白)這黑囚怎敢恃强,來攪擾老爺的買賣?(李逵白)你敢來管我們閒事麽?(張順白)這厮好大胆!(李逵打,張順輸介)(衆漁人虚白)(張順作上船,李逵赶打)(張順將李逵侵水介。唱)

怒轟轟揎袖撩衣,毒手頻遭,老拳飽揮。

(張順打李逵介)(衆漁人諢介)

(宋江、戴宗急上。唱)

【六么令】(四至末)忙勸解,謾争持,鄉間有鬬門難閉,鄉間有鬬門難閉。

(白)大家不要動手了!(戴宗白)這張順兄弟是我極相好的朋友。(宋江白)張順可就是叫“浪裏白條”的麽?(戴宗白)正是。(宋江白)不要動手,令兄張横着小可寄有家書。(張順將李逵提上岸)(李逵作吐水,虛白介)(張順白)此位尊姓大名?不像我們這裏人。(宋江白)小可姓宋名江。(張順喜介)原來就是"及時雨"公明兄,久慕大名,一朝拜識,何幸如之!(宋江白)不敢。(李逵白)只爲宋大哥要鮮魚下酒,不想惹出這場廝打來。(張順白)公明兄,要鮮魚乃至易之物。(向衆漁人介)你們去揀金色鯉魚,多拿幾尾來,餘下的魚叫小夥計開秤賣罷。(衆漁人應介,虛白。各撑船下)(場上撤江亭介)(宋江、戴宗白)彼此皆是好相識,前事不必記懷,大家一揖笑開了罷。(張順白)小可安敢記懷,只恐李大哥未肯釋然。(李逵白)打過了,就不在我心上了。(各笑介。揖介)(戴宗白)小東備在琵琶亭上,請張二哥陪了公明兄到那邊把酒細談。(張順白)難淂宋大哥到此,今日小弟作東。(戴宗白)你我相交,何分彼此,且到那邊再説。請。(衆白)請。(戴宗讓宋江下)(李逵白)你打淂好嘎!(張順白)你也打彀了我了。(各笑介)(携手下)

第七出　張都監綺席賺人

(武松上。白)黥布爲奴首自髡,豈期寵任住豪門。丈夫空感非常遇,何日方酬國士恩。我武松自到此間,蒙都監老爺解衣推食,十分恩待,早暮趨承,片刻也不淂相離。今值中秋令節,老爺同夫人要在鴛鴦樓下賞月,傳話着我進内,想是又要賜我酒食了。此時已是黄昏,且向裏邊伺候去者。三五夜中新月色,二千里外故人心。(下)

(衆家童隨張都監上。唱)

【傳言玉女】如水清光冷,浸畫樓滉瀁。

(衆梅香隨夫人上。唱)

問金鏡何年飛上,珠簾高捲,坐冰壺襟懷蕭爽。

(衆合唱)

年年此夕,一樽歡賞。

(武松暗上,見介。白)老爺、夫人在上,武松叩頭。(張都監白)

起來。(武松應,起介)(張都監白)夫人,喜值中秋佳節,特設華筵,和你同爲賞月。(夫人白)良宵難遇,美景欣逢,正宜爲樂追歡。(張都監白)武松,你也一同坐下,飲酒翫月。(武松)小人是何等之人,安敢妄坐?況有夫人在此,一發不敢越禮。(張都監笑介)我只敬你是個義士,何論尊卑,況此間又無外人,但坐不妨。(武松白)小人實是不敢。(張都監白)我命你坐,不用固辭。(武松)如此,武松大膽告坐了。(告坐介)(張都監白)撤宴過來。(家童應介)(張都監、夫人正席上坐)(武松傍席側坐介)(家童、梅香斟酒介)(合唱)

【絳都春序】酒泛瓊漿,看月輪端正,光生席上。登樓庋①亮,豪興今宵應不讓。莫辭達曙殷勤望,到明歲陰晴難量。人生要是及時行樂,杯休輕放。

(張都監白)義士,大丈夫飲酒何用小杯?玉蘭,可將金斗斟酒,送與義士。(玉蘭應介)(武松白)小人酒多了。(玉蘭敬酒,武松立飲介)(張都監白)玉蘭,候乾了再斟上。(玉蘭應,又敬酒介)(武松白)小人實是酒多了。(武松又飲介。醉介)(張都監指玉蘭白)此女頗有姿色,不惟善知音律,亦且極能針指,你若不棄嫌,將他配與你做個妻室。(武松白)小人是何等之人,敢望府中侍妾爲妻?断不敢從命。(張都監白)我既出此言,必定要配與你,將來擇吉與你成婚便了。(武松白)小人不勝酒力,要告退了。(張都監白)既如此,你回到前面去罷。(武松應介)心同怒驥思千里,量若長鯨吸百川。(下)(張都監、夫人各出席介)(張都監白)夫人先請進内,下官隨後就來。(夫人應下)(衆梅香隨下)(張都監白)家童,喚家丁過來。(家童應,作喚介)

(家丁上。白)老爺有何吩咐?(張都監白)日間吩咐爾等的話,少刻須要依計而行。(衆家丁應介)(各向下場取繩索、短棍虛白,作伏藏暗處,仝下)

(武松帶醉上)適纔多飲了幾杯,恐怕酒湧上來,且在庭前少立片

① 應爲"庚"。

時，再去安睡。（内喊“有賊”，喧嚷介）（武松聽介。白）後堂既然有賊，我當進内擒獲，以報知遇之恩。（取棍進内介）

（玉蘭作急態上。白）有兩個賊奔到花園裏去了，快快去拿！（隨口下）（武松白）憑他有幾個賊，待我去一齊擒捉。（奔下）

（家丁持索上，暗中悄伏介）

（武松奔上。白）賊在那裏？我來捉他。（絆倒介）（家丁白）賊在這裏了！（綁武松介）（武松喊介）是我，我不是賊！

（衆家丁隨張都監上。白）拿住賊了麽？（衆家丁白）拿住了。（張都監白）帶過來。（武松白）恩相，是小人武松，並不是賊。（張都監怒介）嗄！原來是你麽？這賊配軍，我何等恩待，你反來偷盗我物！（武松白）何曾偷盗什麽東西？（張都監唱）

【滴溜子】果然是，果然是人心難量。方信道，方信道家賊怎防。滿腔怒，衝千丈。

（武松白）小人因聽見裏面有賊，進内擒獲，不想被家丁誤捉。（唱）

想堂堂大丈夫，怎做穿窬伎倆。告禀天臺，惟望細詳。

（張都監白）這厮强辯，家丁，綑打一百。（衆打介）（張都監白）家丁，可到他卧房内去起贜。（家丁應下）

（抬箱上）禀老爺，贜物都在箱中。（張都監白）取出來看。（家丁應，取金銀、紬緞看介）（武松白）這是那裏説起？冤枉，冤枉！（張都監白）阿唷唷！這狠心的賊，竟盗了這些東西在那裏。（唱）

【三段子】金銀千兩，是連年剥來宦囊。繒綺滿箱，忽一宵攫爲賊贜。

（白）家丁，把這賊配軍吊在馬坊内，看好了他。待天明了，連贜物一并送到府裏，重重擬罪。（家丁應介）（張都監白）我如此加恩與他，倒偷盗我的東西，可恨，可惱！（隨口下）（衆家丁隨下）

（家丁抬箱、押武松介）怎麽好好做起賊來？快到外面去。（武松）咳！（唱）

指不疑爲盗人知枉，陷冶長非罪諒能諒。

（白）呸，我好恨嗄！（唱）

這横禍飛來真個是妄。

（家丁仝下）

第八出　飛雲浦橋邊喋血

（施恩包頭絡手上。家丁捧衣隨上）（施恩唱）

【駐馬聽】一世英豪，誣陷贓私做賊招。今日裏將他發配，誰把施恩，怨忿重消。

（白）那蔣門神爲武二哥打奪快活林讎恨，央了張團練買囑張都監設就毒計，將武二哥誣爲賊盗。前者進監探望，已將底細與二哥説知，彼甚痛恨，誓必報讎。不想是武二哥被陷之後，蔣忠那賊帶了多人到快活林，將我痛打一頓，又把買賣奪去了。打聽淂武二哥刺配恩州烟瘴地方，今日就要起身，爲此赶來拜别，并送件綿衣與他路上禦寒。（解差内白）武松，快些走動。（施恩白）二哥來了，待我迎上去。

（解差持棍押武松鎖扭上，見介）（施恩白）阿呀！哥哥！（武松、施恩合唱）

恨綿綿千載永相抛，看悠悠四海將誰告。

（武松白）賢弟，你怎麽又是這等模樣？（施恩白）小弟又被蔣門神打了一頓，快活林仍舊奪了去了。（武松白）嗄！有這等事？我把這些狗男女剁作肉泥，方雪此恨！（解差背介。白）這囚賊好利害嗄！（施恩白）今日聞淂哥哥遠配恩州，小弟特來拜送。（唱）

特贈綈袍。

（以衣與武松穿介）（家丁暗下）（施恩唱）

悵天涯分袂，把微忱聊表。

（白）今日倒是小弟累了哥哥了。（武松白）唉！（唱）

【又一體】你小覷吾曹，説甚今番相累了。士爲相知者死，何怕奸謀，屈打成招。

（施恩唱）

如今復見古人交，他時願效捐軀報。一旦分抛，又未知何日淂故人音耗。

(解差催逼趲路介)(武松白)賢弟,你回去罷。(施恩白)小弟不淂遠送了,只是一件。(附耳低白)這兩個男女不懷好意,一路須要小心。(武松白)再來兩個我也不怕他。(施恩白)哥哥前途保重。(哭下)(解差白)天已下午了,還要赶到宿頭,只管絮叨叨説個不了。快走罷!(武松白)既是晚了,何不明日起身?(解差白)你倒説淂好自在話兒。官府嚴限,誰敢違誤?快些走罷。(武松徑下)(解差回望介)他們兩個怎麽還不見來?(隨口下)

(徒弟持兵器上。唱)

【駐雲飛】腰下懸刀,師父差來走一遭。首級登時要,完事須回報。

(白)我等蔣師父的徒弟便是。張都監、張團練和我師父差遣我們來,帮着解子在荒僻之處害了武松,今夜還要等回話。我們早在此等了這一回了,怎麽還不見他們到來?(唱)

嗏!久待轉心焦。

(望介)

後邊來了,擦掌磨拳,只等冤家到。怎説是但淂饒人且自饒。

(武松上,解差隨上)(武松唱)

【又一體】野逕迢迢,行處人踪看漸少。只有衰草秋蛩鬧,古木寒鴉噪。

(見介)(解差白)二位是那裏去的?(徒弟白)我們是往恩州去做買賣的。(解差白)既如此,我們一路而行罷。(徒弟白)這等甚好。(行介)(武松會意介。唱)

嗏!看形跡恁蹊蹺,中心猜料。

(解差、徒弟附耳低語介)(武松唱)

他接耳交頭,暗設多圈套。這的是你不饒人誰肯饒。

(白)來此是什麽所在了?(解差白)你眼又不瞎,橋上牌坊明寫着"飛雲浦"三字。(徒弟向解差白)此處僻静,正好下手。(解差點頭介)(武松白)待我假粧吃水。(唱)

【剔銀燈】我爲奔馳脚踪顛倒,多渴吻唇乾口焦。

(白)你們扶我到水邊去,(唱)

喫些河水消煩躁,

(解差扶武松介。白)倒要我們伏侍你。(武松唱)

也算你公門行好。

(解差白)已倒河邊了,你自去喫水。(武松踢解差下水介)(徒弟驚,奔武松介)(武松先殺一徒弟,後殺一解差,又拿住一徒弟介)(武松白)你這厮,誰人差來的?(徒弟白)我們是蔣忠差來的。(武松白)如今蔣忠在那裡?(徒弟白)同了張團練在張都監家鴛鴦樓上飲酒,專等我們殺了好漢,回去報覆。(武松白)這話果真麽?(徒弟白)一些也不敢説謊。(武松唱)

却難饒也與你一刀。

(殺徒弟下)(武松唱)

都塟在飛雲浦了。

(白)雖然殺了這四個狗男女,不殺張都監、張團練、蔣門神,如何出澙這口怨氣?待我連夜赶進孟州城去。(提刀介)正是殺人可恕,情理難容,寃家路窄,今夜相逢。(奔下)

第九出　鴛鴦樓夜試霜鋒

(張都監上。唱)

【滿江紅】銀燭筵前,先擺着清歌妙舞。

(張團練上。唱)

深感荷阿兄招飲,早來趨赴。

(蔣門神上。唱)

雪忿還成傾蓋好,殺身難把恩人補。

(仝唱)

看牢籠設就網羅張,殲豺虎。

(家丁暗上)(張都監白)今夜特屈宗弟同蔣兄來,在此鴛鴦樓上,從容飲酒,專候那解差的消息。(張團練、蔣門神白)多蒙妙計,澙雪深讎,感謝不盡。(張都監白)我這神算是百發百中的。(張團練、蔣門神白)正是。(張都監白)看酒來。(家丁應介)(三家丁下)

（張都監等上樓介。坐介。唱）

（武松曲内暗上）（扮馬夫擡馬上）（武松揪住，馬夫虛白，求介）

（武松殺馬夫仝①介。唱）

【梁州新郎】【梁州序】（首至合）畫樓良夜，高燒蠟炬，把臂同傾綠醑。

（蔣門神唱）

誅鋤强暴，蒙君患難相扶。

（家丁捧酒上）（張都監唱）

雖是你費些金帛，

（武松殺家丁介）（衆唱）

用盡心機，他却也無生路。

（家丁捧酒食上，虛白，飲介）（衆合唱）

命該今夜死，怎支吾一似砧上飛禽釜内魚。

【賀新郎】（合至末）胸中忿，心頭怒。

（武松殺家丁介）（衆唱）

無窮惡氣今方吐，讎誓報，怎饒恕。

（武松又殺家丁介）（武松唱）

【節節高】填胸氣怎舒，謾躊躇，潛踪暗地先偷覷。

（聽介）（張都監白）家丁，下樓去换熱酒來。（家丁應，下樓介）（武松殺介，望樓上聽介）（張都監白）這時候想是正在那裡下手了。（張團練白）四個人断送他一個，有何難哉？（蔣門神白）小人已吩咐徒弟，只在飛雲浦結果了他就來回報。（武松唱）

聽樓頭語，被業火驅，難禁住。

（上樓介）（衆見驚介。欲避介）（武松殺蔣門神介）

鋸鋙一斫便除奸蠹，

（殺張都監介）

剉屍萬段猶難恕。

（張團練拿椅打武松介）（武松接住介。唱）

結下天般大冤讎，

---

① 應爲“下”。

（殺張團練介）

今朝狹路相逢處。

（家丁上。白）樓上爲何這等聲響？想是都醉了！（家丁作虛白，諢介）（武松殺家丁介）這兩個狗男女，正是那夜捉我的。殺淂好，殺淂好！（唱）

【又一體】冤家盡已除，忿都舒，樽中有酒須傾注。

（懷酒器介）

黄金窪，碧玉觚，都懷取。

（虛白，飲酒介。白）好漢作事不可累人，待我割他衣襟，蘸着血水寫在壁上。（寫介）“殺人者打虎武松也”。（壁用切末。轉出血書介）（下樓介）（唱）

想深宵明月樓前路，那時喫盡多冤苦。

（玉蘭、衆婦女急奔上。白）不好了，府中有了殺人大盜了！（武松白）呔！（殺衆婦女介。白）你可是玉蘭？（玉蘭虛白，求介）（武松殺介）

（夫人、梅香上，又殺介）（武松白）這些惡黨都被我殺了。且住，我如今殺了這些人，官司必然要捉捕，不免踰城逃脱，投托張青、孫二娘處，再作商量。（行介）（唱）（合）

結下天般大冤讎，今朝狹路相逢處。

（下）

（更夫敲梆鑼上，諢介。白）我們在這孟州城外巡邏，此時已有四更多天了，再往前邊巡去。

（場上預設布城）（武松從城上跳下介）（更夫白）什麽人擅自越城，拿住他送官究治。（武松殺更夫介。白）誰敢來拏我？（唱）

【尾聲】任秦庭大索吾何懼，管教他無從覓處，好做箇鷹隼高飛不可呼。

（到介，扣門介）

（張青、孫二娘上。白）日間因作虧心事，半夜敲門忽喫驚。（張青開門介。白）什麽人暮夜叩門？（見武松驚介。白）原來是二哥，什麽事情，此時到此？（武松白）别後之事，一言難盡。但説我今夜殺了張都監等十數餘口，逃奔來此，要同賢夫婦商量一躲避之地。(張青白)嗄！原來如此。(孫二娘白)殺了幾個人罷了,什麽大事,這等驚慌?(張青白)不是這等説,殺死多人,事關重大,官司必然捉捕,須要尋一搜獲不到之處纔好。(武松白)茫茫四海,何地堪逃?(張青白)嗄！有了。二龍山魯智深與我交好,前曾寄書來招我夫婦入夥,今日二哥竟投到那裡,何如?(武松白)既有避罪之地,竟投奔那裡便了。但事不宜遲,即當連夜起身。(孫二娘白)且謾,此去路經城郭,倘被做公的識認出來,那時怎處?(武松、張青白)這便怎麽樣?(孫二娘白)我有一計在此,不知叔叔依淂否?(武松白)嫂嫂只管説來,武二無有不依。(孫二娘白)數月前,我謀死了一個胖頭陀,留下僧衣、度牒等件,叔叔若肯剪齊頭髮,扮做行者,此去可保無虞。(武松白)事已急矣,只淂就是這樣便了。(張青白)快去取僧衣等物來,裝扮起來看。(孫二娘應下)

(即取金箍、僧衣、念珠、戒刀上。白)來、來、來！僧衣、僧帽在此,就與叔叔扮起來。(張青白)甚好。(孫二娘、張青與武松扮介)(武松、張青合唱)

【掉角兒序】看一朝英姿縱改,論千秋雄心猶在。振羽翼鴻没青霄,藏鱗甲龍歸滄海。

(武松白)哥哥、嫂嫂在上,受武松一拜。(張青、孫二娘白)好説！二哥到彼,只説我夫婦不久就來。(作同拜介。唱)

雖則是束金箍,假裝飾,掛緇衣,喬打扮,掩不了英雄氣槩。遠投山寨,權居草萊,看此去横行宇内,稱尊化外。

(武松持戒刀先下)(張青白)二娘,看他頭也不回竟去了,我們也收拾收拾,早晚上山去罷。(孫二娘仝白)甚好！正是:蛟龍淂雲雨,鷹隼出風塵。(仝下)

第十出　宋公明沉醉題詩

（宋江上。唱）

【七娘子】朝來徧訪同心友，欲續取前時舊遊。人遠難逢，事多不偶，盈盈一水空翹首。

（白）前者同戴院長聚飲江亭，又浔接交張、李二位，甚相歡愜。間别來忽又經旬矣。今日欲尋訪他們，再叙款曲，不想一箇也遇不着，信步行來，又到江邊。你看好一座大酒樓。（看介）"潯陽樓　東坡蘇軾題"。我久聞江州好座潯陽樓，今日既來此，豈可錯過？且上樓去沽飲三杯，觀翫江景。（作進店上樓介。白）烟水人千里，雲山天一涯。張華方望氣，王粲正思家。

（酒保上。白）滌器傭皆穿犢鼻，飛觴客自解金貂。（見介。白）客官還是待客，還是自己消遣？（宋江白）要請幾位客人，尚未曾到，可取酒來先獨酌幾盃。（酒保應，取酒肴上，擺介）（宋江望介。白）那隔江隱隱的是那裏的城郭？（酒保白）這是無爲軍，乃是黄通判分守之處。（宋江白）好個高峻城垣。你且下樓去，唤你再來。（酒保應下）（宋江持杯眺望介。唱）

【錦纏道】漫凝眸，合長天滔滔水流，流不盡古今愁。

（坐飲介）

歎無端飄零，楚尾吴頭。看今日戴南冠身爲楚囚，問何年著戎衣，腰佩吴鈎。

（微醉介。起身看對聯。白）"世間無比酒，天下有名樓。"（笑介。白）是嗄！果然不差。（想介）阿呀！我雖爲椽吏，頗有聲名，結識了多少好漢？目今三旬之上，未曾成個事業，又文了雙頰，配來此地，深有英雄扼腕之歎。（飲酒介。唱）

感慨豈無由，恨男兒一無成就。

（醉介。白）你看四壁上多有題咏，且有現成筆硯在此，不免題詩一首。倘他日身榮，再過此地，重覩一番，以識今日之顛沛。（寫介）"心在山東身在吴，飄蓬江海謾嗟吁。他時若遂淩雲志，敢笑

黄巢不丈夫。鄆城宋江作。”(擲筆大笑介。飲酒介。唱)

長虹貫斗牛,豪氣吐彌漫宇宙,看灌嬰、韓信盡封侯。

(内白)酒保,叫樓上的閒人迴避迴避,黄老爺即刻要到樓上來了。(酒保應,上。白)客官,不喫酒了,請到下邊去會鈔罷。(宋江白)把這錠銀子留下,明日還要來請客,再筭罷。(酒保白)押賬是要記寫姓名的。請問尊姓貴表?(宋江指壁間介。白)那壁上寫着,不是我姓名麽?(酒保看介。白)曉淂了。客官醉了,我扶你下樓去罷。(宋江白)狂視星辰堪上摘,渴思江海欲平吞。

(酒保扶宋江下)

(衆家丁引黄文炳上。唱)

【普天樂】除奸念,天生就;整飭方,誰參透。汎滄波一葉扁舟,倚青霄百尺危樓。

(酒保上樓介)(黄文炳上樓介。白)家丁們,打聽蔡太爺衙内宴終,即來報知。(衆家丁應下)(黄文炳白)下官黄文炳,現任江州通判,分守無爲軍。我這堂尊蔡九知府是一紈袴出身,只知游戲宴飲。我身爲府佐,雖官卑職小,然食君之禄,忠君之事,若不把地方利弊時刻留心,何以除暴安良?况江州地方遼闊,一派舟梁,恐藏奸匪,關係不小。今日要過江面禀堂翁一切事宜,聞淂府中正在家宴,不便驚動,爲此到這樓上來少坐片時,俟其席散,然後趨赴。(酒保禀介。白)請問老爺,可用盃酒麽?(黄文炳白)唉!那裏使淂,少頃要去拜謁蔡太老爺,你把好茶烹一盃來罷。

(酒保應,捧茶上)(黄文炳接啜,望江景介。唱)

好豁開兩眸,把江山佳景一望全收。

(又看壁間,笑介。白)你看壁上這些歪詩,也復横塗竪抹。(又看介。白)“心在山東身在吴,飄蓬江海謾嗟吁。他時若遂凌雲志,敢笑黄巢不丈夫。”(驚介)這厮要賽過黄巢?(又看介)“鄆城宋江作。”何物宋江,輒敢狂恣若此?目今蔡太師嘗飭各郡嚴拿奸宄,我如今抄了此詩,呈上蔡九知府,指着“敢笑黄巢不丈夫”句,顯有反心。如此逆犯,若不申明上司,用心捕獲,寔爲辜負職

守了。取紙筆來！（家丁應，取紙筆介）（黄文炳抄介。白）想這首詩，（唱）

【朱奴兒】並不是寫懷賦愁，也非關題花詠柳。顯露出胸中蓄異謀，便黄巢尚難與爲儔。

（袖詩介。白）叫酒保來。（家丁應，叫介。白）酒保，老爺唤你。（酒保應上。白）老爺有何吩咐？（黄文炳白）壁間的這首詩是什麽人、幾時題的？（酒保看介。白）嗄！是個黑矮漢子適纔寫下的，有落的款在後邊。（黄文炳白）我早看見，但不知是何等之人？（酒保白）但見他雙頰刺文，想是個配軍。（黄文炳白）嗄！是個配軍。

（衆家丁上。白）啓老爺，打聽淂蔡太老爺衙内家宴要到夜闌方散，特來稟知。（黄文炳白）這等我今晚宿在船中，待明日清早進見。（家丁應介）（黄文炳白）吩咐酒保，此詩不許刮去。（家丁應，吩咐酒保介）（應，暗下）（黄文炳下樓介。唱）

權迤逗泊蘆汀葦洲，坐蓬窗聽江濤吼。

（唱）

【尾聲】我除奸奉職勤奔走，大憝當前豈須外求，堪笑他太守風流還要秉燭遊。

（家丁向内白）老爺下船來了。打扶手。（内吆喝介）（同下）

第十一出　曲猜詩謎開嚴鞫

（蔡德章上。唱）

【賀聖朝】魚頭父，掌朝綱；熊幡子，坐黄堂。好官何必在循良，千載笑龔黄。

（白）五馬貴專城，朝來露冕行。笑看湓浦水，却比使君清。下官江州知府蔡德章是也。以老父之門資，憑依勢焰；爲朝廷之郡守，布弄威權。相彼大人，既然曰“簠簋不飾”；眇予小子，何妨亦賄賂公行？（笑介）這且不必提他，今早陞堂過後，退食内衙，且在此後軒閒坐片時。

(院子持帖上。白)曳裾甘作客,倒屣好延賓。(稟介)黄老爺親自到來餽送禮物。(蔡德章看帖,喜介。白)又承他送此厚禮,全收下。快請到後軒來相見。(院子應,向内介。白)請黄老爺後軒相見。

(黄文炳上。白)官廨憐遥隔,衙齋喜屢過。知音在霄漢,郡佐豈蹉跎。(見介)老堂翁。(蔡德章白)寅兄。(黄文炳白)不覲光儀又將旬日矣。(蔡德章白)可稱闊别了。(黄文炳白)正是。(蔡德章白)請坐。(黄文炳白)請。(各坐介)(蔡德章白)屢承厚惠,愧未答敬,今又賜多珍,何以克當?(黄文炳白)不腆微物,聊爲表敬而已。(蔡德章白)不敢。吩咐點茶。

(門子捧茶上。各接啜介)(黄文炳白)近日曾接有府報否,老太師諒獲安吉?(蔡德章白)前日曾有書來。家尊深蒙聖眷,闔第皆喜平安。(黄文炳白)不知京中近日可有甚新聞?(蔡德章白)來書分付道,近日欽天監占奏,夜觀天象,罡星照臨吴楚,恐有作耗之人。更有童謡云:"耗國因家木,刀兵點水工。縱横三十六,播亂在山東。"因此切囑下官隨事查察勦除。(黄文炳想介。白)奇嗄!足見堂尊之福,作耗之人已獲在此了。(呈詩介。白)請看此詩,便見明白。(蔡德章看介。白)"心在山東身在吴,飄蓬江海謾嗟吁。他時若遂凌雲志,敢笑黄巢不丈夫。鄆城宋江作。"這是一首七言四句,怎麽就是作耗之人?(黄文炳白)看他第四句,還要賽過黄巢,非反詩而何?况那童謡正應在此人身上。(唱)

【鎖南枝】先幾兆,叛跡彰,把新題反詩當細詳。况童謡恰好相符,正應着星垂象。

(蔡德章白)那童謡怎見淂應在題詩人身上?(黄文炳白)"耗國因家木",那作耗國家之人乃是"家"字頭着個"木"字,明明是個"宋"字;第二句"刀兵點水工",言興起刀兵者"三點水"加"工"字,豈非是個"江"字?這個人姓宋名江,現題反詩,那童謡正應在此人無疑矣。(蔡德章白)嗄!這等麽?後面兩句"縱横三十六,播亂在山東",這又怎麽解?(黄文炳白)或是六六之年,或是

六六之數，在山東地界，定有縱横播亂之虞。（蔡德章白）是嗄！解淂不錯。（黄文炳唱）

那揭竿人，好是當預防，要淂弭禍亂，及早捕兇黨。

（蔡德章白）但不知此詩從何而淂？（黄文炳白）小弟偶到潯陽酒樓，見壁上題此反詩，故特抄來的。（蔡德章白）又不知宋江係何等之人？（黄文炳白）曾問酒家，説他雙頰刺文，定是個配軍。（蔡德章白）配軍？（想介）嗄！前者解來軍犯有個宋江，發在文書房内抄寫册籍，係是鄆城人，莫非就是他？（黄文炳白）他題的筆蹟小弟認淂最真，只消把他抄寫的文書當堂呈閲，小弟在後堂，送進來一看，若果筆蹟相同，那時老堂翁用嚴刑拷訊，必無遁詞矣。（蔡德章白）寅兄高見甚是。請至書房少坐，待弟出堂，自有區處。（黄文炳應介，下）（蔡德章向門子介。白）吩咐傳齊各役陞堂。（門子應介）

（内打陞堂鼓）（衆衙役、書吏上，吆喝介）（蔡德章陞堂介。白）唤文書房配軍宋江速將抄有的册籍當堂呈閲。（衙役應，唤介）

（宋江捧册籍上。白）身名泯没衣冠淚，事業消沉簡册塵。（書吏接册籍呈介）（宋江白）老爺在上，宋江叩見。（蔡德章向書吏介。白）你將這册籍送到後堂，請黄老爺看。（書吏應，捧册籍下）（蔡德章白）宋江，難爲你初配到此，這般勤謹，就抄有了這些文書，你也辛苦了。（宋江白）多蒙老爺垂念，小人原係書吏出身，自幼寫慣的，也不覺其辛苦。（書吏復捧册籍上。白）黄老爺説壁間字蹟與册籍上絲毫無差。（蔡德章白）宋江，你怎敢在潯陽樓上故題反詩？現有你的姓名可證。（向衙役介）取與他看。（取付宋江介）（宋江看，驚介）阿呀！老爺嗄，此詩雖係小人所作，乃是醉後亂道，並非反詩嘘！（唱）

【孝順歌】冤千古，詩一章，誤題粉墻因醉鄉。

（蔡德章白）你這奴才，詩内還要賽過黄巢，况你那賊名又正應京師童謡，非反而何？把他椤起來。（衙役應，椤介）（宋江白）阿呀！老爺嗄，（唱）

詩句已荒唐，謡言更渺茫。龍圖忖量，雹雪無辜，莫教冤枉。

(蔡德章白)這反賊自已蓄了謀叛之心,倒説本府冤枉了他,不招,着實的敲。(衙役應,敲介)(蔡德章白)問他招不招?(衙役問介)(宋江白)受刑不起,招了罷。(衙役禀介)願招了。(蔡德章白)吩咐畫供。(衙役應,付紙筆)(宋江畫供介。白)唉!(唱)

只這樓上詩云,就是殺身供狀。

(衙役白)畫供畢。(蔡德章白)把這叛賊下在死囚牢内。(禁子上宋江刑具介。帶下)(蔡德章白)吩咐掩門。(衆吆喝介)(衙役等下)(蔡德章進内介)

(黄文炳迎上。白)老堂翁審勘重犯,着實勞苦了。(蔡德章白)不敢。(黄文炳白)老堂翁神明之下,那宋江諒必招認矣。(蔡德章白)他有什麽不招認的!(黄文炳白)堂尊爲國家弭此未形之禍亂,將來必定高陞。恭喜,恭喜!(蔡德章白)此亦寅兄之力,待弟修書報知家尊,申奏朝廷,寅兄自有不次之擢。(黄文炳白)極承老堂翁提拔,感謝不盡。(蔡德章白)好説。(黄文炳白)事關叛案,且有京師童謡爲驗,處斬反賊,不可遲緩,其中恐生他變。(蔡德章白)待我立刻寫書,前去請示於家尊,或是解往東京,或是本地處决,速求定奪便了。(黄文炳白)正當如此,但是這封書要來淂迅速纔好。(蔡德章白)我這裡有個"神行太保"戴宗,一日能行八百里,旬日之間,管有回音。(黄文炳白)堂尊這裏竟有這等能人,妙極了。(蔡德章白)請同到内書房商酌寫書。(黄文炳白)請。(蔡德章白)佇看封書達帝京,薦賢喜淂濟時英。(黄文炳白)羡君謀略過人處,談笑能將禍亂平。(讓下)

第十二出　吴學究謀成五夜

(衆頭目、衆僂儸各持兵器上。唱)

【水底魚兒】潛伏山凹,隨身弓與刀。一聲叱咤,行人早竄逃。

(白)我等梁山泊頭目、僂儸便是。(衆頭目白)奉寨主之令,到山下劫掠經商,在這裡候了半日,並没有一個人來往,這便怎麽處?(衆僂儸白)我們再轉到那邊路上去,少不淂有晦氣的過來的。

（衆頭目白）也説淂是。就依你們，轉到那邊去。（行介）（合唱）
緑林强暴，聞名魂也銷。殺人白晝，金資攔路要，金資攔路要。

（下）

（戴宗負包裹上。唱）

【醉羅歌】【醉扶歸】（首至合）禍事、禍事誰相召，罪狀、罪狀自供招。怪煞樓頭醉揮毫，逞甚閒才調。

（白）我前者細細打聽，宋公明之禍盡是黄文炳那廝在蔡九知府處媒孽所成。如今蔡知府差我到東京蔡京那裡請示處决地方，限定半個月要回音。我匆迫之際，無計可施，想起吴學究前曾寄書託我照看宋大哥，爲此徑奔梁山，問計與吴用，求他解救。公明兄在獄需人照管，已曾再三囑付李逵，總不許他出監，寸步莫離，小心伏侍。我自星夜趲來，喜淂離梁山泊不遠了。（行介。唱）

【皂羅袍】（五至八）行行不憚撲紅塵的路遥，看看相近接青霄的嶺高。

【排歌】（七至末句）看我這脚蹤兒趕過高飛鳥。

（頭目、僂儸上。白）呔！留下買路錢。（戴宗白）何處毛賊，敢在此劫掠？（頭目白）説與你唬也唬壞了。我們是梁山泊上好漢，快將行李留下，不然就要動手了。（戴宗白）你們果是梁山上的麼？（頭目、僂儸白）不敢欺，一些兒不假。（戴宗白）我正有事見你寨中的吴學究，快去通報。（頭目白）你是何人，有什麽事要見俺軍師？（戴宗白）你們去説江州“神行太保”戴宗有要緊事求見軍師。（頭目白）既如此，我先上山去報與寨主、軍師知道，你們同他到朱大王店中去。若果是軍師的好友，自然遣人來迎接上山的。（隨口下）（僂儸白）你真個是俺軍師的好友麽？若是假冒，你就要吃虧了嗄。（戴宗白）多説。（僂儸白）你不知道，我這裡利害多着哩。（戴宗唱）

休裝勢、莫弄喬，輕慢了軍師平素的好知交。

（頭目、僂儸引戴宗下）

（衆僂儸引晁盖、吴用上。合唱）

【羅袍帶封書】【皂羅袍】（首至合）虎寨登龍客到，是故人命駕，千里迢迢。看升堂握手慰勤勞，開樽把臂生歡笑。

(晁盖白)適纔頭目來報,戴院長有緊要之事來見軍師,不知爲甚情由,遠涉到此?(吴用白)我想起來,多分是宋公明那邊有甚急事,所以他不遠千里而來。(晁盖白)已遣人駕舟相迎。待他來時,便知分曉。(吴用白)正是。

(頭目持包裹隨戴宗上。唱)

【一封書】(合至末)爲相交,念同袍,便虎窟龍潭也走一遭。

(吴用迎介。白)院長,喜淂别來無恙。(戴宗白)軍師近日定多福祉。(吴用白)請見了寨主。(戴宗揖介。白)寨主在上,戴宗參拜。(晁盖白)院長少禮。(吴用、戴宗揖介,各坐介)(晁盖白)今日甚麽好風,吹淂院長到此?(吴用合白)公明兄在那邊好麽?(戴宗白)不要説起,公明兄有大禍臨身,所以小可今日到此求救于寨主、軍師。(晁盖、吴用驚介。白)有了什麽禍事?請道其詳。(戴宗唱)

【短拍帶長音】【長拍】(首至六句)他酌酒沉酣,酌酒沉酣,吟詩跋扈露雄心,恥笑黄巢。

(晁盖、吴用白)他醉後題了什麽詩,怎麽又笑起黄巢來?(戴宗白)在潯陽樓上醉題一詩,有"他時若遂凌雲志,敢笑黄巢不丈夫"之句,被通判黄文炳抄去,在蔡知府面前讒謟,説是反詩。(唱)

釀出禍根苗,受嚴刑公堂訊拷。

【長拍】(末句)只淂屈招承叛案,痛要餐刀。

(晁盖、吴用驚介。白)阿呀!不想有這等事,這便怎麽樣處?(戴宗出書介。白)這封書是蔡知府着我寄與他父親,請示處决之地,一有回音,就要典刑了。(吴用看書介)(晁盖白)事已急矣,務求軍師設一妙計,解救纔好。(吴用笑介)計有了。就在這封書上可以相救。(晁盖、戴宗白)怎麽就在這封書上可救?(吴用白)我這裡假寫蔡京回書,令其解往東京,那時差人守住要路,劫上山寨,豈非事出萬全?(晁盖、戴宗白)此計固好,但是蔡京的筆蹟誰能假淂他來?(吴用白)我有一友,現住濟州城内,專精蘇、黄、米、蔡四大家書法,唤名"聖手書生"蕭讓,此人若假蔡京之書，形神酷似。又有一人金大堅，善做古今篆章，人皆稱爲“玉臂匠”，亦在濟州居住，若鐫刻蔡京圖書，那蔡知府必不能識破。但戴院長限期緊迫，若差人前去濟城，往返尚需時日，恐怕遲悮耳。（晁盖白）這便怎麽樣好呢？（戴宗白）這有何難？憑着小弟神行之術，願望濟州走遭。（晁盖、吴用白）院長從江州千里到此，曾未少息，怎好又經跋涉。（戴宗白）士爲知己者死且不懼，豈憚辛苦？但恐蕭、金二人不肯來此，那時却怎麽樣？（吴用白）若説明是梁山，他二人断不肯來，我自有賺他之計。（唱）

【尾聲】這籌兒多奇巧，

（晁盖、戴宗唱）

請試説就中元奥，

（吴用白）請院長到後寨與衆頭領相見，薄酌洗塵，飲酒中間，自當説知就裡。（唱）

盃酒交歡和恁謾絮叨。

（同讓下）

第十三出　蜈蚣嶺窗前露醜

（張桂香上。唱）

【引】孤身誰靠，無端惹禍苗。

（白）奴家張桂香是也。自恨薄命，不幸母親早逝，父親在堂，一生專信陰陽，不料被惡道王飛天一氣而絶。今日備淂一陌紙錢，且到墳塋痛哭一番，以盡人子之道。奶娘那裡？

（奶娘上。白）來了。羊奶牛之犢，長大各分離。小姐説什麽？（張桂香白）祭禮可曾完備？（奶娘白）停當多時。（張桂香白）叫奶公一同前去。（奶娘白）老兒那裡？

（奶翁上。白）門前冷落無車馬，家道貧窮少人行。（見介）（奶娘白）挑了食盒，前往墳塋便了。（奶翁白）曉淂。（仝唱）

移步出芳郊，待踏遍春光寸草。看鶯梭如織，把奴家心機愁緒都穿好。

（奶翁、奶娘唱）

勸小姐遮莫傷懷抱，從來只有天公道。禍淫福善終須報，且盼向墳頭三尺高。

（張桂香白）爹娘呵，（唱）

可憐伊幽恨難消，可憐奴血淚如潮。

（下）

（武松上。白）披緇削髮入禅林，知己相逢欲断魂。手執禅杖隨身舞，匣中戒刀亮如銀。俺武……（看介）洒家武松，爲報兄仇作出許多勾當，天年不濟，受了多少魔障。殺死張都監，血濺鴛鴦樓，剖腹蔣門神，怒打飛雲浦，又殺了多少人，人命官司一發大了。爲此張青兄與二娘將俺改扮陀頭模樣，去向二龍山投奔楊志、“花和尚”。俺日間不敢潛踪移跡，只淂夜晚信步而行。呀！你看今晚月明燦爛，春風透體，正好奔走一程也。（唱）

【吹腔】回首平生興晨豪，一腔熱血向誰澆。白雲迢遞家山道，好似失羣孤鴈乍離巢。夜深月黑風聲悄，莫不是景陽崗上走山猫。陡起了殺人心事英雄胆，劍氣長虹萬丈高。俺逃生賴佛非真性，撥草尋蛇是命招。隱隱林端燈火現，迤運緩步覓村醪。

（下）

（蜈蚣道人上。唱）

【點絳唇】泥腿根苗，雄心桀驁逞强暴，好酒貪花，到處人驚擾。

（白）不煉金丹不坐禅，不爲商賈不耕田。殺人放火鋼刀快，慣使人間作孽錢。自家姓王名飛天，自稱“蜈蚣道人”，在這嶺上聚集多少好漢，都是師弟相稱。且住，嶺下有個員外名唤張坦，他錯認我是風水先生，請我與他查看墳墓，我意欲圖他資財，害了他性命，這也不在話下。他有個女兒生淂十分美貌，我意欲搶他上山，只是不能到手，這便怎麽處？哦，有了，不免唤徒弟每出來商議便了。徒弟每那裡？

（衆徒弟上。唱）

【水底魚】擎拳飛脚，吾師武藝高。佔踞窩巢，有誰捋虎毛。

（白）師父，有何吩咐？（蜈蚣道人白）徒弟每，唤你每出來不爲别事，只因張員外的女兒生渹十分美貌，只是不能到手。唤你每出來，大家商議。（衆徒弟白）師父，這有何難？那張小姐時常拜掃墳塋，待徒弟每搶上山來，與師父成親，有何不可？（蜈蚣道人笑介。白）妙嗄，聽我吩咐！（唱）

【金錢花】你每與我引誘多嬌、多嬌，包管搶到山凹、山凹。排花燭，

（衆徒弟唱）

醉春宵，

（蜈蚣道人唱）

雙携手，

（衆徒弟唱）

入絞綃，

（蜈蚣道人唱）

相思債，

（衆徒弟唱）

總勾消。

（重下）

（奶翁、奶娘、張桂香上。仝唱）

緑陰紅雨漾亭皋，白骨青山極望遥。鞋弓襪小路迢迢，一寸柔腸百寸焦。

（奶翁白）小姐，已到墳上了。（張桂香白）將祭禮擺下。阿呀！爹娘嗄，（唱）

九原誰把親爺叫，半了空將冷飯澆。只要你幽魂不昧擒妖道，

哎呀！爹娘嗄，

纔把心頭惡氣消。

（衆徒弟上，打進門介）（奶翁白）住了，你們這些人是那裡來的？（衆徒弟白）聽者，我等呵，（唱）

我本是蜈蚣嶺上衆山魈，特來作合鳳鸞交。俺魔王有意求羅刹，要你月明林下去吹簫。

（奶翁白）嗄！清平世界，朗朗乾坤，你們擅搶民間女子，該當何罪？（唱）

我是良民來祭掃，伊休胡亂肆𣢑烋。

(徒弟作打介)(奶翁唱)

罵一聲狐羣狗黨精强盗，難道三尺王章等弁髦。

(蜈蚣道人上。作踢奶翁下。白)徒弟們，怎麽樣了?(衆徒弟白)好話兒説了千千万，只是不從。(蜈蚣道人白)小姐，快快同我到嶺上去。(奶娘白)强盗，你將我員外殺死，你今又來霸占我家小姐，天理何存，是天理何存嗄?强盗!(唱)

又不是前世冤仇今世報，到教他披着麻衣綃翠翹。任伊賣弄言詞巧，只怕你一輪明月水中撈。

(蜈蚣道人唱)

衝冠怒髮心焦躁，待揮霜刃兩開交。

(欲殺介。白)從不從?(衆徒弟白)從不從?(奶娘白)螻蟻尚且貪生，爲人豈不惜命?(衆徒弟白)從下了。(蜈蚣道人白)搶上山去。(搶介，下)

(奶翁上。唱)

【水底魚】心驚肉跳，殘生何處逃。昂首長號，有誰作解交，有誰作解交。

(白)這是那裡説起?我同小姐上墳拜掃，來了這許多賊人，竟將小姐搶去了。嗄!皇天嗄!且住，我還在此啼哭甚麽來，我如今稟報官府，差了人來殺了野道，救出我家小姐，這就是天從吾愿了。(下)

(武松上。唱)

上危坡人踪絶少，鬧查查聽驚鳥在樹稍。

(内叫苦介)呀!(唱)

耳邊漸覺哀哀叫，莫不是羈人失路走山腰。

(奶翁上。唱)

蹣跚難步羊腸道，氣結咽喉心内焦。

(武松踢介。白)敢是奸細麽?(奶翁白)爺爺，我是去伸冤告狀的。(武松白)有話起來講。(奶翁白)爺爺嗄!小人就是章柳村人氏，只因同我家小姐上墳拜掃，來了許多賊人，把我小姐搶去

了。(唱)

平白地遇强徒行要劫,生擦擦擁佳人進賊巢。

(武松唱)

聽説罷心頭火冒,只問伊可識舊根苗。

(白)老頭兒,你可知道他姓甚名誰,他的巢穴在那裡?(奶翁白)哎呀!爺爺,我怎的不知,是我怎的不曉?他姓王名飛天,自稱"蜈蚣道人",喏,喏!就住在蜈蚣嶺上。(唱)

這蜈蚣嶺自有飛天號,雄踞山頭似虎彪。

(武松白)原來如此。老頭兒,俺與你殺了這野道,救你家小姐還你。(奶翁白)嗄!爺爺,你若救出我家小姐,慢説是老奴了,就是我那辭世的東人,他死在九泉之下感恩非淺,感恩非淺。(唱)

你若救淂閨中秀,東人九土戴恩膏。

(武松白)老頭兒嗄,你且起來,快快領俺前去者。(唱)

來、來、來,隨着俺,隨俺前去救嬌嬈,還教踏破虎狼穴,擒出蜈蚣試戒刀。

(奶翁白)爺爺,不用行了。(武松白)怎麽不用行了?(奶翁白)這裡是了。(武松白)如此,待俺殺了這野道。(奶翁白)爺爺,只恐怕你一人不是他的對手。(武松白)哎!老頭兒,你看山中火起,即來救你家小姐性命;山中火不能起,各自逃命去罷。(下)(奶翁白)好一個莽撞師父,竟自越墻過去了,倘然殺了野道,救出我家小姐,就是天從吾願了。(下)

(内吹打)(徒弟扶奶娘、張桂香上)

(蜈蚣道人上。白)徒弟每,請你新娘拜天地。(扯張桂香拜介)看酒來。(合唱)

【新腔】請新娘將天地同拜告,玳筵開花燭亮燒。一杯合巹陳科套,休羞澀且進香醪。

(白)徒弟每,把四面亮窗吊起,與你新娘對月飲酒,爾等廻避了。(衆徒弟下)(蜈蚣道人白)嗄!張小姐,你看我這蜈蚣嶺上有享不盡的富貴。(張桂香白)强盜,你將奴家搶上山來,是何道理?(唱)

你害我骨肉分離了，還思量逼勒小苗條。任你舌底蓮花巧，我玉貌寧甘血染刀。

(蜈蚣道人白)哇！你在我蜈蚣嶺上，還想飛上天去麽？(唱)

恁孤身已作籠中鳥，我慾火還將袄廟燒。

(武松上。唱)

狂且且慢相調笑，管教你一天好事似冰消。

(打門介)(奶娘、張桂香下)(蜈蚣道人白)徒弟那裡？

(徒弟上)(蜈蚣道人白)外面門响，開門看來。(徒弟應，出門，武松殺徒弟下)(進門與蜈蚣道人對戰介)(武松追蜈蚣道人下，武松隨下)

(蜈蚣道人上。白)徒弟每那裡？

(衆徒弟上。白)師父，怎麽樣了？(蜈蚣道人白)不知那裡來了一個野和尚，被他好打嗄。(衆徒弟白)他既如此，我們打上前去。(各下)

(武松上，亂殺介)

(蜈蚣道人上，對戰介。武松殺蜈蚣道人下)

(衆徒弟上，對武松戰介。武松殺衆徒弟下，武松隨下)

(又追奶娘、張桂香上。唱)

【滴溜子】奴家的、奴家的殘生莫保，猛可里、猛可里妖人天討。

(武松白)你們是什麽人，快些講來？(張桂香白)爺爺嗄，奴是嶺下張太翁之女，小字桂香。(唱)

可憐正難計較，淂遇大慈悲剪除兇暴，雪恨報仇，都在這遭。

(武松白)原來如此。你每進内打點金銀，待俺放火燒了這寺院便了。(奶娘、張桂香下)(武松放火介，下)

(奶翁上。白)你看山中火起，一定是那莽撞師父殺了野道，救出我家小姐，我如今不免急赶上前去便了。(唱)

驀見山頭如野燒。

(奶娘、張桂香、武松仝上。唱)

一謎裡付烟消，還覺驚魂在九霄。殺淂他鬼哭與神嚎。

(作見介)(武松白)快領你小姐回去。(衆仝白)恩人請上，受我

等一拜。(唱)

【吹腔】謝師父答救奴軀命,朝夕焚香來拜禱。

(奶娘、張桂香下)(奶翁白)師父請轉。(武松白)做什麽?(奶翁白)請問師父高姓大名,日後好教小姐答報。(武松白)問我麽?俺乃景陽崗上打虎的武松也。(奶翁白)怎麽,你就是打虎的武……(笑下)(武松白)妙嗄!俺武松今夜又行此一節,實乃快樂人也!事不宜遲,就奔二龍山去也。(唱)

我雄心雖則歸三寶,留取芳名萬古標。

(下)

第十四出　套私書太保回轅

(蕭讓、金大堅上。分白)銀鈎揮出龍蛇體,玉筯鐫成蝌蚪文。小技雕蟲何足道,緑林豪客盡知聞。自家蕭讓是也。自家金大堅是也。我等各憑薄藝,名振濟城。不想梁山泊上軍師吴學究,欲救宋公明,設計遣戴院長,假扮泰安州東嶽廟太保,賫銀請我二人書刻嶽廟碑文。詎意行至中途,被衆好漢劫上山來,要我二人假寫蔡京手書,鐫刻假圖章,令其子蔡九知府將宋公明解往東京,梁山泊好漢以便劫救。不想又暗暗將我兩家家小賺上山來,勸我等入夥,我二人因見晁天王十分義氣,且無内顧之憂,故爾安心在此聚義。如今已將假書寫就,假圖章亦已印好,只待寨主與軍師陞帳呈覽。

(晁盖上。白)濟困扶危原我志,

(吴用上。白)神機妙筭有誰知。

(戴宗上。白)但看一紙書傳遞,(合白)果是賢於十萬師。(各見介)(蕭讓呈書介。白)小可細倣蔡京行世法帖,并各種墨蹟寫就此書,神形酷似。(金大堅白)小可悉照蔡京行世圖書,鐫刻此章,分毫不錯的。(晁盖白)這文墨之事却不在行,請軍師觀看。(吴用接看介)(戴宗白)但願一字無訛纔好,若不然另寫起來恐誤限期,致彼疑心。(吴用白)果然筆跡相同,篆法無二,那蔡德章豈能識破?(付書與戴宗介。白)院長可作速持回,暗將此計向公明兄説知,我這裡差衆兄弟在半路裡迎接上山。(晁盖白)與我多多拜上公明兄,專候寨中相見也。(戴宗接書,收入包裹内介。白)小弟就此辭别寨主、軍師,星夜赶回也。(晁盖、吴用白)請快快登程罷。(戴宗白)一緘書札真還假,千里程途往復來。(急下)(晁盖白)此封書去定將公明兄起解,那時邀請上山,一同聚義,正愜我願。(吴用想介。白)不好了,這封書大有破綻。(蕭讓、金大堅白)并無有什麽破綻處。(吴用白)那用的圖書是"翰林蔡京"四字。(金大堅白)正是。(吴用白)那是蔡京在翰苑的圖書,如今已登台鼎,如何還用翰林圖章?况父寄子書,豈有用諱之理,此書非但不能救公明兄,連戴院長性命亦不保矣。(晁盖、蕭讓、金大堅白)既是這樣,快着人去追回戴院長,重新再寫便了。(吴用白)他作起神行法來,那個追赶浔上?(晁盖白)這便怎麽樣好?(吴用白)爲今之計,惟有速遣衆頭領授以密計,劫取法場,方能救浔二人性命。(晁盖白)既然如此,吩咐擂鼓,傳衆頭領上堂,聽軍師發令。(晁盖、吴用白)旌旗五色雲霞繞,(蕭讓、金大堅白)金鼓三通霹靂鳴。(下)

第十五出　悟假篆軍師遣將

(内擂鼓吹打介)(衆僂儸、衆頭目、林冲、劉唐、阮小二、阮小五、阮小七、花榮、秦明、黄信、燕順、王英、鄭天壽、吕方、郭盛、杜遷、宋萬、朱貴、石勇、白勝上)(晁盖、吴用、公孫勝仝唱)

【點絳唇】才足圖王,智堪將將。

(晁盖、公孫勝仝唱)

無多讓那高卧南陽,不枉了道號稱"加亮"。

(吴用白)不敢。(吹打介)(吴用陞高臺)(衆參見介。白)寨主、軍師在上,衆頭領參見。(吴用白)諸位少禮。(衆)不敢。(分兩旁介)(吴用白)你看衆頭領好不勇猛也!想俺山寨中呵,(公孫勝、吴用、晁盖仝唱)

【混江龍】雖則是潛居草莽，一般的旗開正正陣堂堂。漫猜做衆皆烏合，可知道人盡鷹揚。一箇箇能征兼善戰，一人人有勇且知方。軍如細柳恁森羅，將同大樹多謙讓。盡擐着耀日華的鮮明鎧甲，齊擎着攢雪片的鋭利刀鎗。

(白)林冲、杜遷、宋萬、朱貴聽令。(林冲等應介)(吴用白)汝等四人前往江州，扮作推車客商，車中暗藏兵器，擠至法場東首，以備臨期應用。(付令旗、柬帖介。白)照帖行事。(林冲等)淂令。(吴用白)劉唐、白勝聽令。(劉唐等應介)(吴用白)你兩個前往江州，假扮秧歌，闖入法場西首。(付令旗、柬帖介。白)照此帖而行。(劉唐等)淂令。(吴用白)爾等且聽我吩咐：(林冲、劉唐等應介)(吴用唱)

【油葫蘆】這不比對壘衝鋒赴戰場，喊殺聲雷震般響，要做個暗中掩襲悄行藏。按雄心莫露出真形狀，弄虚脾好裝作喬模樣。這一隊挽柴車要攩住人，那一隊敲花鼓任脱着腔。殺人塲釘子拚把頭顱撞，那管他兵卒緊隄防。

(林冲、劉唐等應介)(内鳴金、掌號介)(林冲、劉唐等下)(吴用白)花榮、秦明、黄信聽令。(花榮等應介)(吴用白)汝等三人前往江州，假扮使鎗賣藥之人，赶至法場南首。(付令旗、柬帖介。白)照帖行事。(花榮等白)淂令。(吴用白)吕方、郭盛、石勇、燕順聽令。(吕方等應介)(吴用白)爾等扮作挑柴脚夫，潛入江州，混在法場北首。(付令旗、柬帖介。白)照帖遵行，不淂有違。(吕方等白)淂令。(吴用白)想俺這神謀妙用呵，(唱)

【天下樂】絶勝他黿錯當年稱智囊，包也波藏莫測量。恁但遵着嚴明號令無違抗，便是那決勝的胯下信，運籌的橋下良，也全憑着紀律肅秋霜。

(花榮、吕方等應介)(内鳴金、掌號介)(花榮、吕方等下)(吴用白)王英、鄭天壽、三阮聽令。(王英等應介)(吴用白)你五人前去江州，假扮弄蛇乞丐，一等法場上動手行劫，先至東門殺死門軍，并截殺追赶的官兵。(付令旗、柬帖介。白)照帖行事，不淂有違。(王英等白)淂令。(吴用白)南北寨頭目、僂儸聽令。(衆頭目、衆僂儸應)(吴用白)汝等前往江州，假扮各色乞兒在法場

左近伺候,待衆頭領殺退監斬官,汝等背負宋、戴二公,自有衆頭領一同殺出東門,不淂有違。(頭目、僂儸白)淂令。(吴用唱)

【寄生草】恁可也暫斂英雄相,權爲乞丐裝。還只怕莽心胸不慣那卑情况,偉儀容不似那愁模樣,勇身軀不比那窮形像。不用向丹陽市上竹簫吹,只須去潯陽城裹把蓮花唱。

(王英、頭目等應介)(内鳴金、掌號介)(王英、頭目等下)(吴用下臺介)(晁盖、公孫勝白)軍師分派衆頭領,各授妙計,着實勞頓了。(吴用白)不敢。(晁盖白)明早我當率領頭目、僂儸親自下山,策應救取公明兄,以見交情。那山寨中一應事宜,全仗軍師與一清先生管理。(吴用、公孫勝應介)(仝唱)

【煞尾】不須明處逮旌旄,只索暗地排兵仗。早潛伏下幾多虎將,笑他那斗大城垣怎抵攩。列弓矢旗槍,握干戈戚揚,佇看取孽龍般攪海與翻江。

(仝下)

第十六出　江州郡雙雄遘難

(戴宗上。唱)

【一江風】鴈南飛,賽過傳書鯉,定下了瞞天計。

(白)我戴宗躭着血海般干係,走到了梁山,又騙了蕭讓、金大堅到來,寫成蔡京真跡,鐫刻蔡京圖書,教他囚解上京,以便於中取事。我想這樁事穩穩的落在我圈套裡了,這是只①一來我也休想在江州過活。呸!我想如今貪官污吏濁亂朝廷,到不如與些忠義之士過日子倒好,將來受了招安,也好替國家出力,倒强如牛前馬後哩。(唱)

豎降旗,一笑封侯,强似官場,白日團魑魅。

(白)且住。我如今先到府堂上銷了差,就到獄中報與宋大哥,教他今夜歡喜歡喜,也是好的。(唱)

---

① 應爲"只是這"。

天鷄暗裡啼，天鷄暗裡啼，龍媒可脱羈。報平安盡在這家書内。

（白）來此已是府前了。不免傳鼓。（作傳鼓）

（門官上介。白）什麽人傳鼓？（戴宗白）戴宗在東京回來了。（門官白）戴院長真個你回來了，你好神也。好、好、好！此刻老爺同黄老爺在那邊吃酒，你且隨我來。（戴宗白）是。（下）

（蔡德章、黄文炳仝上。唱）

【又一體】勸觥罍，少飲尋佳會，畫閣簾拖地。

（黄文炳白）老堂翁，小弟實不勝酒量了。（唱）

玉山頽，漸覺如泥，暫徹壺觴，領受尊前意。

（蔡德章白）老寅兄既不勝酒，小弟也不敢相强，我們散散罷。（唱）

倆看雙峰瀑練垂，雙峰瀑練垂，似銀河捲雪飛，舊青衫鬭不過匡廬翠。

（門官司①戴宗上。白）你且住着，待我先禀一聲。（戴宗白）曉滑。（門官作禀介。白）啓上老爺，戴宗回來了。（蔡德章白）怎麽説？（門官白）戴宗回來了。（蔡德章白）他去不多幾天就回來了，真“神行太保”也。叫他過來。（門官叫戴宗見介）（戴宗白）恩主在上，戴宗叩頭。（蔡德章白）你真個來滑恁快。可有回書？（戴宗白）回書現有。（作呈書介）（蔡德章白）你曾見我太師麽？（戴宗白）小人只住滑一夜，不曾滑見恩相。（蔡德章白）我好歡喜也。家丁們，賞與他三碗酒。（家丁作斟酒，戴宗飲介）（蔡德章作拆封介。唱）

【宜春令】開函處，手敬披，字分明，從頭細窺。慮關軍國，精詳領略高堂意。

（白）左右過來，賞他大銀一錠，教他將息去罷。吩咐連夜造成囚車，差人起解便了。（左右遞銀介）（戴宗叩頭介。白）多謝恩主。暫將嚇鬼瞞神事，竟作偷天换日人。（下）（蔡德章白）老寅兄，恭喜，恭喜。指日就有高擢之信了。（黄文炳白）怎麽説？果然送書的人回來，真好神速。（蔡德章白）適纔家父的家信説，（作開

① 應爲“同”。

書讀介。白)“妖人宋江,聖上自要他看。可令牢固囚車盛就,密切差的當人員連夜解上京師,沿送休教走失。”這書尾説:“黄文炳早晚奏過天子,必然自有除授。”字字都是家父親手寫的,老寅兄不信請看。(黄文炳白)家書如何可以看淂?(蔡德章白)老寅兄乃心腹之交,看看何妨?(作遞書介)(黄文炳作看書介)(蔡德章向家丁白)這様人真真中用,我們府中那討淂這宗健腿?(家丁白)他是有名“神行太保”。(蔡德章白)且喜信籠内許多東西都收了,並没有説不好。(家丁白)便是。(黄文炳作看書驚介。白)老堂尊,這封書只怕未必是真的。(蔡德章笑白)老寅兄休疑心,這是家父親手寫的,誰假淂來?(黄文炳白)往常曾有這個圖書麽?(蔡德章看介。白)這個圖書倒不是,或者隨手用的也未可知。(黄文炳白)可又來!(唱)

若是鈐花押瑣屑家言,只該印小篆平安私記。

(白)老堂尊,休怪小弟多言,方今天下盛行蘇、黄、米、蔡四家字體,誰不會寫?這個圖書是令尊恩相作翰林時用的,如今太師丞相,如何肯把翰林圖書使出來?况且父寄與子呵,(唱)

何必點畫端嚴,恁般工緻。

(蔡德章白)總是老寅兄見他去來淂快,是以疑心,那知他是有法力的。既然老寅兄不信,這事不難,此人自來不曾到過東京,一盤問便知虚實。家丁過來,即傳戴宗問話。(家丁應介,下)(黄文炳白)老堂尊明鏡少間,若有一字不對,便是假的。

(家丁仝戴宗上)(家丁稟介。白)戴宗傳到了。(蔡德章白)如此,暫請老寅兄小書房寬坐,待我問他。(黄文炳白)領命。(虚下)(蔡德章白)叫他過來。

(皂役暗上,站班介)(戴宗白)小人戴宗叩頭。(蔡德章白)適纔事忙,我也不曾問你明白。你前日到京師,從那座門進?(戴宗白)小人到東京時天色晚了,不知叫什麽門。(蔡德章白)也罷了,我家府裡門前誰接待你?(戴宗白)小人到府門尋見一個門子,接了書入去,少刻門子出來,交收了信籠,着小人自去尋客店住。次日五更,只見那門子回書出來,小人怕悮日期,慌忙來了,也不及閒談。(蔡德章白)那門子多大年紀?(戴宗白)小人去是晚間,來是五鼓,實在不曾看淂仔細,大約中等身材,有些髭鬚。(蔡德章白)嗄!我把你這該死的狗才!左右,與我掌嘴。(左右作掌戴宗嘴介)(蔡德章白)我府裡老門子王公已死,如今只是小王看門,如何道他有髭鬚?况兼門子小王不能彀進去,必要由府堂裡張幹辦方纔去見李都管,然後傳進。我這兩籠東西是自己家信,豈無心腹人出來問你?好大胆的賊子,與我扯下去,重砍四十。(左右打介)(蔡德章白)還不快招?(戴宗白)總是小人該死,此時百口難辨,只求恩主太老爺看看,可是太師爺的筆蹟,小人的冤就伸了。(蔡德章白)這是套寫的,有什麼不像?左右,與我拶起來。(左右作拶戴宗介)(蔡德章白)問他招不招?(戴宗白)實在招不成,太老爺。(蔡德章白)再取短夾棍過來。(戴宗白)太老爺,小人情願招了,這書原是假的。(蔡德章白)講!(戴宗白)小人路經梁山泊,被强人劫取上山,要剜腹剖心,在小人身上搜去書信,奪去信籠,却饒了小人。情知回來不淂,只要山中乞死,他那里寫這封書與小人脱身的。(蔡德章白)不必問了,這廝與梁山泊賊人通同造意無疑的了。左右,取大枷枷了,放在死囚牢裡,我自有道理。(戴宗作帶枷,左右押下介)(蔡德章白)快請黄老爺。

(黄文炳出,見介)(蔡德章白)老寅兄猜疑不錯。(黄文炳白)小弟在屏風後窃聽明白,眼見淂此人結連梁山泊,通同造意,謀叛爲黨,若不翦除,必爲後患。(蔡德章白)就把這兩個問成招狀,立了文案,押去市曹斬首,然後寫表申朝。(黄文炳白)高見極明。(蔡德章白)今日若不是老寅兄,幾乎被他瞞過。小弟自當動文書保舉老寅兄纔是。(黄文炳白)小弟告别了。只是事不宜遲,求老堂尊速决。(蔡德章白)領命了。請。(黄文炳)請。(下)(蔡德章白)左右,吩咐傳唤當案黄孔目過來。(左右傳介。白)太老爺唤當案黄孔目。

(孔目上。白)有心師項伯,無計學朱家。太老爺有何吩咐?(蔡德章白)你把宋江、戴宗供狀招款,一面粘連叠成文案,一面寫下犯由牌,明日午時三刻,押赴市曹,斬首施行。(黄孔目)是。只是這幾日决囚不淂。(蔡德章白)自古謀逆之人,决不待時,有什麽决不淂?(黄孔目白)啓上太老爺,明日是國家忌日,後日又是七月十五中元之節,不可行刑,大後日是國家景命,直待五日後方可行刑。(蔡德章白)既然如此,就遲幾日也不妨,只是又教這厮多活幾天。(起身介。唱)

【尾聲】皋陶留着刀頭鬼,趕不上盂蘭嘉會,可惜我一紙家言被賊窺。

(下)

第十七出　劫法場羣雄會廟

(李逵上。白)天性由來胆量粗,怒提雙斧血糢糊。他年大展屠龍手,始見英雄大丈夫。俺李逵一生慣抱不平,誰想撞出一樁事來。那公明大哥一見了我,就似親弟相待。豈料他醉後題了什麽反詩,被黄文炳這厮幾番讒譖,遂成大獄。戴大哥到梁山修了一紙假書救他,又被那狗男女識破,併逮于罪,立成文案,今日就要殺他二人。咳!天下有這樣不平的事兒,真正氣死我也!俺如今無計可施,只淂身藏短斧,到那法場左側,待他臨刑之時,混入法場,掄開板斧,殺他娘一個希爛,救他二人便了。正是"殺人可恕,情理難容"。(下)

(林冲、杜遷、宋萬、朱貴扮客商推車上。唱)

【四邊静】行商學做喬行業,推車怎循轍。市價敢誰平,行情任咱説。

(白)我等奉軍師將令,來此江州劫救宋押司、戴院長,打聽淂今日就要處斬,須當快趕到法場上去。(行介。唱)

神謀特設,軍機莫洩,山泊衆英雄,管把法場劫。

(下)(花榮、秦明、黄信扮使鎗賣藥人上。白)在地的衆鄉親聽者,這是跌打損傷膏藥,這是千金萬應靈膏,其效如神,只要半分一張的藥本,你們多多的買些去,或是自用,或是濟人。快些來買,不要當面錯過了。(花榮白)喑!夥計,待我先耍幾路鎗法與衆鄉親看看,他們自然都來照顧的。(秦明、黄信白)夥計,説淂

有理。(花榮使鎗介)(秦明、黄信從旁諢介)(仝唱)

【又一體】把花鎗哄動是江湖訣,還憑弄唇舌。假藥受咱欺,真方向人説。

(秦明白)不要在此閒諢了,快趕到那邊去幹正事罷。(仝唱)

神謀特設,軍機莫洩,山泊衆英雄,管把法場劫。

(下)

(劉唐扮打秧歌人打鑼,白勝扮女人敲鼓仝上)(唱秧歌諢介,下)

(吕方、郭盛、石勇、燕順扮脚夫挑柴上。分白)深山落草稱頭領,鬧市擔柴扮脚夫。你看那邊一起弄蛇化子來了,我們且歇下擔兒看他。

(王英、鄭天壽、阮小二、阮小五、阮小七扮乞兒上)(阮小七弄蛇介。衆諢介)

(二頭目、四僂儸扮各色乞兒上,唱蓮花落介。諢介)

(地方上。白)呔!你們這些叫化胚,那裏來的,在此混什麽?此地即刻就要處斬重犯了,還不快快躲開去。(趕打衆下)

(衆衙役排執事、衆官兵執器械引蔡德章上)(仝唱)

【一江風】揭竿人,罪狀曾嚴訊,叛跡難容隱。淂情真,何用哀憐,不必矜疑,一死原伊分。

(到法場介)(蔡德章白)快把斬犯二名押過來。(衙役應,向内傳介)(内應介)(内擊鼓、敲鑼、吹哨介)

(四劊子押綁宋江、戴宗上,見介)(劊子白)斬犯二名當面。(宋江、戴宗白)你這糊塗的狗官,聽信了黄文炳的讒言,誣陷我二人死罪,我死必當作厲鬼殺汝!(唱)

你奸回上負君,奸回上負君,貪婪下虐民,况那豺狼性多殘忍。

(蔡德章作氣介。白)這兩個死囚,到此地位,尚敢這等强暴,不要等什麽午時三刻了,快快斬訖報來。(劊子應介)(推宋江、戴宗欲下)

(梁山泊衆人從兩旁喊殺上。白)呔!不淂動手,梁山泊好漢全夥在此!

(李逵持雙斧跳上,殺劊子介)(二頭目去宋江、戴宗綁,背負介)

(官兵抵敵介)(衙役、蔡德章逃下,官兵戰敗下)(李逵白)你們是梁山上的好漢,快快隨俺李逵來,殺條血衚衕,方洩我恨。(李逵先下,梁山泊衆人擁護宋江、戴宗後下)

(穆春、李立、張横、張順、童威、童猛、穆宏、薛永、甌①鵬、蔣敬、馬麟、陶宗旺棹船上)(仝唱)

【月上海棠】心轉憂,怎機緣不我就時候。把垂危兩命,務要奪轉刀頭。

(分白)我等正在商量要去劫獄,打聽淂蔡知府那廝今日要將他二人在本地處斬,事已急矣,爲此連忙渡江,竟到法場上去劫救。

(仝唱)

只知是友誼無虧,那管淂王章不宥。

(望介。白)你看塵頭起處,不知何故,且莫管他,只管衝殺上去。

(李逵引梁山泊衆人背負宋江、戴宗上)

(僂儸、頭目引晁盖擁護上)(仝唱)

紛馳驟,上將争先,中軍殿後。

(穆宏等見介)原來先有人劫了法場了。(梁山泊衆人白)我們是梁山泊好漢,誰敢攔攩?(穆宏等白)我們皆是宋押司、戴院長的好友,也是來劫法場的。(晁盖白)原來如此。多謝衆位。(内吶喊介)(僂儸白)官兵追殺出城來了。(晁盖白)既有官兵追來,我們迎殺上去。(穆宏等白)劫法場義舉衆好漢已占頭功,抵敵官兵讓我等出些微力罷。那邊江口現有船隻,張氏弟兄可先送衆好漢過江,在白龍廟暫住,待我等殺退追兵,渡江相會。(晁盖等白)既是這等説,從命便了。(晁盖、宋江等作上船介)(仝唱)

【園林好】本蓄有瞞天異謀,况結下如山大讎。看血染潯陽江口,從此後起戈矛,從此後起戈矛。

(晁盖、宋江等下)

(衆官兵引一把總、一千總上。唱)

【江兒水】忽爾來强寇,公然劫斬囚,這踈防的責任皆城守。

(穆宏等接戰介,千總、把總等敗下,穆宏等追下)

---

① 應爲"歐",此劇底本中多作"甌"。

(上水雲)(晁盖、宋江等上大船。唱)

送征帆五兩天風驟,壯軍聲千叠江濤吼。

(穆宏等上。唱)

不用苦争惡鬭,笑他孱弱官軍盡棄甲曳兵而走。

(穆宏、穆春白)那些無用的官兵,殺的殺,逃的逃了,直追至城邊,因城門緊閉,只淂渡江來了。(李逵白)你們都隨俺鐵牛去,攻破城池,將蔡德章闔門殺盡,方出俺這口惡氣。(戴宗白)住了,江州城垣堅固,况有守禦兵將,如何就可打破?(宋江白)我想這場禍事,雖是蔡德章那厮糊塗,却因黄文炳奸惡釀成,誓必殺却此賊,方洩我二人之恨。(晁盖、穆宏等白)這樣奸賊,亟當屠戮,趁衆英雄都集在此,即時渡江,到無爲軍去殺他一門,髫齔不留。(薛永白)且謾,且謾!不可造次!我在江湖日久,悉知此地形勢,那無爲軍城垣堅固,守禦甚嚴,况現在江州失事,彼處必然加意防備。且待我去潛探虛實,然後舉動。(穆宏、穆春白)薛教師所言甚善。且請衆好漢至小莊歇息,俟薛教頭探聽回來,再爲定奪。(薛永下)(李逵白)只是便宜這賊子又多活幾日。(衆白)正是。(唱)

【尾聲】向刀鎗林裏把餘生救,想義士自有皇天默佑。

(宋江、戴宗白)蔡德章,蔡德章!(衆仝唱)

今日裏縱虎歸山恁可躭着憂。

(仝下)

第十八出　無爲軍一炬報仇

(侯健上。唱)

【駐雲飛】業在成衣,祖貫洪都爲故里。浪迹閒生計,作事多精細。嗏!走線煞神奇,兼諳武藝。結識江湖,綽號"猿通臂"。

(白)小可侯健,做淂第一手裁縫,性爱使鎗弄棍,心存結納英雄,來此無爲軍生理,薦在分守黄通判衙中做衣服。前日江州劫了法場,黄通判往府衙中去了,趁此閒暇,不免往街坊頑耍一回,倘

闖出些機會來，幹湋一樁事業也未可知。（唱）

怎把頭來簷下低。

（白）咦？前面好似我的薛師父來了。

（薛永上，見介。白）徒弟，我正要來尋你，曉湋你在黄通判衙中，怎生相遇湋湊巧。（侯健白）師父有何差委，儘説不妨。（薛永白）僻静去處好講。（略行介）（薛永唱）

【又一體】特地尋伊，只爲劫殺江州前案裡，都是那黄通判猜詩謎，惹湋那衆好漢成仇地。

（白）如今急切報仇，要用你做一個内應。（唱）

嗏！内應盡心機，英雄聚義。

（白）那人呵，（唱）

貫耳如雷，及時雨聲名沸，

（侯健白）原來就是山東“及時雨”宋公明！欽仰已久，方恨無緣識面，叨蒙薦引，願竭寸長。（薛永白）既如此，我們唤一小舟，逕到穆家莊上去。（合唱）

就裡機關慢慢提。

（同下）

（宋江上。唱）

【太平令】乍脱危機，孽報冤冤不可遲。

（晁盖上。唱）

待他偵探真消息，便眼望捷旌旗。

（宋江白）昨日薛永到無爲軍察聽，如何未見回來？（晁盖白）看他爲人能幹，哥哥請免愁煩，必有好音奉覆。

（薛永引侯健上，進見介）（薛永白）這是我教使鎗棒的徒弟，叫做侯健，上等成衣，現在黄通判衙中做活，悉知彼處情形，他願投麾下効力，故此帶來相見。（侯健白）我在江湖上久慕二位兄長英名，既須報復，甘効微勞。（宋江、晁盖白）這等極妙。黄文炳那厮衙門何處，怎生進城纔好？（侯健白）二位大哥聽啓：（唱）

【粉孩兒】叢叢的聚金街别駕第，靠北門近側，槐高雲際。

（白）門前高槐二株，最易識認，至于衙中門徑，都是熟路，不必提

他。(宋江白)難淂侯兄洞悉底裡,今夜即過無爲軍,手刃此賊,纔洩吾恨。(侯健唱)

明知戎首恐噬臍,他赴黄堂商略機宜。

(白)黄文炳①劫了法場,連夜到江州探望蔡九知府,并與他計較,申奏朝廷去了。(宋江白)我欲報仇,但要殺死他一門良賤,與百姓無干。他今不在衙中,竊恐事久生變,怎生是好?(侯健白)大哥請寬心,容小弟呵,(唱)

學鴟夷助報深仇,效曲逆略施奇計。

(宋江喜介。白)若淂如此,這正天使我報仇,特指侯兄來恊助耳。(侯健白)待我先渡江到江州,衆好漢在三更時分竟往無爲軍,向北門踰城而進,須用火攻之計,將黄文炳衙署焚燒。我在隔江城上望見火光,即報知黄文炳,只説抵暮時節,衙中失火,各處延燒,故特來通報。他必定星忙渡江,那時我在船頭上打着黄府燈籠爲號,衆好漢便可于江心下手。(衆白)妙計,妙計!(侯健白)小可生平最恨那種奸惡的人,况宋大哥如此義氣,當盡死力。兼我一向行業走線飛針,善能造甲,將來山寨的大主顧,要作成小可的了。(衆笑介)(宋江白)作速齊備硝黄、柴束、軟梯、火具,全賴衆兄弟恊力維持。(合唱)

【紅芍藥】他設下誣陷誅夷,我排定燒劫泥犂。這不是失火城門魚殃及,端的是報昭彰燃臍比例。匆匆柴束整備齊,到三更拍天焰起,那其間婦哭兒啼,要捉個生來死替。

(同下)

(四官兵、四更夫上。分白)[醉春風]市上將人剮,撞着夥響馬。法場劫了要支更,打、打、打!木鐸敲開,金鑼篩破,巡夜總把。(官兵白)呸!夜巡是把總老爺,那里有顛倒稱呼的?(更夫白)你們行伍中該應他把總,吾們是更夫,向來不過應名而已。近日這等嚴查,豈不是被他拿住總把了?(官兵白)休淂取笑。正爲江州城中失事,我們無爲軍理合小心查夜哩。(更夫白)精扯淡!

① 此處或漏“聞聽”二字。

只有那蔡太爺怕死囚做下對頭，我們這個地方雖有城垣，却是荒野去處，有什麽關係？（官兵白）不要管他，我們只上緊巡邏便了。（敲梆鑼下）

（場上預設布城，後用桌凳搭高介）（衆僂儸持柴束、軟梯、火具引梁山衆人上）（轉至場門作搭梯勢）（衆作上城，在布城後桌凳行介，下）（内放火彩介）

（官兵、更夫擡救火具上。白）不好了。火勢這等的利害，好像北門黄老爺衙中延燒，我們快些救火去。

（梁山衆人衝上殺官兵、更夫下）

（侯健持黄府燈籠引黄文炳駕舟上。行介）（黄文炳唱）

【耍孩兒】水火無情難躲避，急泛江心棹。

（曲中張横、張順、三阮棹槳上，指介。白）那不是黄府燈籠！（黄文炳唱）

恨不淂插翅而飛。

（張横接白）要飛到那里去？只怕你要飛也生不及翅扇。（侯健高聲白）誰的船敢來掉嘴？通判黄老爺現在艙中，你們豈可冒犯？（張横等搭船上黄舟介。白）梁山泊全夥好漢在此，要殺你這詳反詩的奸賊！（黄文炳唱）

凄其怎冤家相對，今休矣，筭只有向潯陽身投畀，陽身投畀。

（跳介）（張順隨跳捉住黄文炳介）（同侯健過船介）（張横白）你回去説與蔡九府知道，我們梁山泊好漢權寄下他那顆驢頭，早晚便要來取。（黄文炳船梢公白）曉淂，曉淂。（急下）（衆白）將奸賊綁在船中，飛棹往無爲軍接應衆兄弟去。（合唱）

帆稳稱，風兒利。

（下）

（内又放火彩介）（扮黄文炳男婦家属慌上。唱）

【撲燈蛾】惡報怎相饒，惡報怎相饒，性命難存濟。爛額與焦頭，倉猝逃門無地也。

（白）俺家老爺衙中火起，四面都是黑烟，逃往那里去好？

（梁山衆人林冲、花榮等持火把、舉刀劍上。唱）何消問，你做當家他充奴婢，在劫數不留半米。

（遶場將男婦等盡殺下介。合唱）

恁好是黄巢嫡裔，這遭兒酒樓方驗反詩題。

（又梁山衆人、劉唐、白勝等持人頭或擡箱籠上。衆白）他衙中剩下人丁悉行殺盡，并淂了許多金銀細軟，且喜衆位大哥全夥會集了。（左場梁山衆人、穆宏、穆春等白）那些逃散的家口也俱斬訖，一個不留，嚇淂那些防汎的毛兵曉淂是劫法場的好漢，没一個敢來厮殺，都是廻避了。那城中百姓，遵着宋大哥之命，絲毫無犯。我們一齊渡江到穆家莊上去。（衆白）説淂有理。（張横白）黄文炳被我兄弟張順拿住，綁在船中，衆兄弟擡上箱籠，一同下船便了。（衆作出城介）（合唱）

【會河陽】起手三更，一霎朝曦，恢恢天網断難欺。如伊，恁等瞞心，端應寢皮，惡貫滿，命似蟻。

（下）

（宋江、晁盖、戴宗上。唱）

昨宵，忙撥派邀天庇。今時，可捕獲隨人意。

（梁山全衆上，將黄文炳捉跪介）（宋江白）黄文炳，黄文炳，到今日你可知自作之孽麽？（黄文炳白）呔！我把你們這些賊强盗，我黄文炳既被你們拿來，我還想生裡麽？恁憑千刀萬割，只是朝廷怎饒淂你們！（宋江白）我與你往日無冤，近日無仇，你如何三回五次教唆蔡九知府？你但想結交權勢，超用贓官，把我兩人性命當做草菅般看覷，豈不可恨！我知道無爲軍人民都叫你做“黄蜂刺”，我今日且與你拔了這個刺可好？（黄文炳白）咳！不必多言，與我速死便了。（晁盖白）唗！這賊驢，怕你不死？你早知今日，悔莫當初。（李逵白）二位哥哥，何必與他勞勞叨叨？他要早死，我偏要叫他慢死，將他綁在後園樹上，看他肥胖淂緊，倒可燒吃。（劉唐白）拿火盆放在面前，把刀細細的剁碎，炭上烤熟了，取來下酒。（衆白）二位好爽快，這等處治纔償淂他平日的舌劍唇鎗。（合唱）

【越恁好】深仇應報，深仇應報，蜂刺拔來宜，莫把他剥皮楦草，須剁作肉如泥。從前掉舌弄虛脾，到頭來桃僵代李。

(僂儸押黄文炳下)(宋江白)今日蒙衆位豪傑報了冤仇，恩同天地，還有一言，不知肯見允否？(衆白)宋大哥見諭，無不仰遵。(宋江)前蒙晁寨主與衆豪傑勸我聚義，只因難違父命，不敢應許。今犯下彌天大罪，鬧了兩處州城，不由宋江不上梁山，未知江州諸位兄長意下如何？(李逵白)都去，都去，或有不去的，吃我一斧，砍做兩截。(宋江白)好個粗鹵的"黑旋風"！(衆白)都情愿跟隨宋大哥前去。(合唱)

情願把江州郡都抛棄，歡喜煞梁山泊常依倚。

(宋江白)難爲衆兄弟如此同心，銘謝不盡。

(僂儸上。白)已將黄賊綁在後園樹上，火盆鹽醬并酒殺俱已齊備。(劉唐、李逵白)且將那厮碎割，吃一大醉，然後分隊上山。(衆白)有理。(合唱)

【尾聲】殺人豈可如兒戲，伊戚多緣汝自貽。驚動了兩處州城鬧鼓鼙。

(同下)

第十九出　梁山泊雙彪接母

(公孫勝上。唱)

【天下樂】整日思親望白雲，知交何用惜離羣。家山渺渺心千里，席帽棕鞋返薊門。

(白)貧道公孫勝，自從晁兄長相挈上山，迢遞親闈，載離寒暑。時想老母倚閭之望，益添遊子陟屺之懷，兼恐我本師真人懸掛，須索參謁一遭。只是向蒙晁兄誼篤同胞，言難啓齒，近日宋公明、戴院長鬧了江州以後，亦來大寨歇馬，并要去接家眷到山歡聚，不覺觸動我歸省之念。已曾告假，暫回薊州三五個月，遂蒙晁、宋二公許諾。又承衆位頭領設席祖餞，准于今日起程，且待晁寨主、宋大哥出來辭别便了。

(衆僂儸引晁盖、宋江、吴用、秦明、林冲、花榮、戴宗、劉唐、李逵、阮小二、穆宏、阮小五、李俊、阮小七、張横、蔣敬、張順、郭盛、黄信、馬麟、蕭讓、童猛、甌鵬、侯健、燕順、陶宗旺、吕方、杜遷、王英、石勇、金大堅、薛永、童威、朱貴、鄭天壽、李立、穆春、白勝、宋萬上)(公孫勝見介)(晁盖、宋江、吴用白)倌人門外唱驪歌,(公孫勝白)感佩雲情返薜蘿。(衆白)今日臨岐相握手,(合白)暫時分袂待重過。(公孫勝白)貧道拜别各位兄長,即此就道了。(晁盖、宋江白)一清先生到家省視老伯母之後,萬望鶴駕早臨,不可爽約。(公孫勝白)貧道焉敢失信?回家參謁本師真人,安頓了老母便回山寨。(辭别介)(晁盖、宋江白)一路風霜,前途保重。(衆白)我等一同相送下山。(公孫勝白)怎敢勞駕,就此拜别。(拜介)(衆同唱)

【長拍】客路千盤,客路千盤,鄉心萬叠,催起灞橋離恨。山東岱影,薊北樹色,悵迢迢兩地含顰。

(公孫勝唱)

睽越數餘旬,且穿雲孤往,披星前進。

(合唱)

隐隐金沙灘上,路慣送别黯消魂,約定歸期須准。

(公孫勝作别下)(合唱)

看此去師門,訪道子舍寧親。

(李逵作哭嚷介)(晁盖、宋江驚問介。白)爲着什麽來,恁般的放聲大哭?(李逵一面作哭,一面白)還要問做什麽?大家須心上去忖,這個也去接爺,那個也去接娘,難道我鐵牛是土窟坑裡鑽出來的不成?(晁盖、宋江白)如今你欲何爲?(李逵白)我這有一個老娘在家裡,我的哥哥又在别人家做長工,如何養淂我娘快樂?我要去接他來這里受用幾時也好。(晁盖白)這也是應當的。(宋江白)這事却使不淂。(李逵跳嚷介。白)你也是個不平心的人。(宋江白)怎見淂不平心呢?(李逵白)你的爺便要接上山來快活,我的娘由他在村裡受苦,兀的不是,不要氣破了鐵牛肚子!(宋江白)不是這等説,只因你性子不好,况兼酒後最肯生事,你若要去,從今日便當戒酒,板斧亦不可帶去,未知你依淂麽?(李逵白)件件依淂,只帶一條朴刀,路上防身便了。(晁盖、

宋江唱)

【短拍】怕你形模,怕你形模,防人盤問,一路兒切莫生嗔,性子要恂恂,先除酒最是一樁吃緊。

(李逵白)二位哥哥好婆子氣,説了一遍鐵牛就知道了,只管叮嚀囑咐,有些不耐煩聽他。(從僂儸手取朴刀,作一歪揖下)(晁盖、宋江白)你看黑旋風竟自去了。(唱)

途中到底難安穩,須淂個保護到花村。

(朱貴白)小弟與李大哥是同鄉,願去保護,還有我一個兄弟,喚做朱富,在那裡開座酒店,趁此也要回家探望探望。(晁盖、宋江白)能淂賢弟一行,可保無虞。(朱貴白)今晚即當收拾起身,但是山下酒店交與何人管理?(宋江白)這個不妨,另煩侯健、石勇二位暫管幾日便了。(合唱)

【尾聲】孝心萌,忙投逩,薊州沂水省慈親,好教我兩處懸懸悵望頻。

(同下)

第二十出　冒名剪徑誑金歸

(旦上。唱)

【耍孩兒】山崖畔,過光陰,夫和婦,做强人。經商客旅不見進,單身撞在奴手下,心腸狼虎使毒針,蒙汗藥酒坑財命,我做的無本買賣,我似個五殿閻君。

(白)奴家生淂美貌,夫妻住在山坳。赤手空拳把人殺,淂了財物干罷。奴家牛氏,自幼兒在我娘家,也有幾樁好處。奴家這一雙眼,引人秋波入套,瞪起來追命奪魂。奴家這一張嘴,從來不好説長道短,似樱桃爱吃腥暈①。奴家這一雙手,雖然不會描龍刺綉,使鋼刀慣會殺人。奴家也有這幾宗好處,並無一人覷我。幸遇李鬼,俺二人不因三媒六証,一相便成。奴家又好喫懶做,李鬼又好酒貪眠,夫妻住在山坳,支着什麽爲生?支着做賊度日。

---

① 應爲“葷”。

你瞧瞧，這是多喒晚兒了，忘八還在那裡睡呢，待我叫他起來。忘八，忘八，醒醒兒罷，這是多喒晚兒了，還窩着惱①袋睡？醒醒兒罷。（丑内白）嗳呀，嗳呀！

（上。唱）

【耍孩兒】喀合眼，睡夢朧，聽妻兒，低鶯聲。他驚醒我的南柯夢，我夢見出門撞着一圓井，妻兒身邊穿大紅，叫醒唬淂我痴鑷症。此夢兒凶多吉少，不出門躲過灾星。

（白）答、答、答！（旦白）扎的來？（丑）一個人睡覺，儘是叫，叫起來做什麽呢？（旦）你瞧麽，這忘八還來問我？這是多喒晚兒來，你也該起來收拾收拾。（丑）收拾收拾，大不吉利，做夢不好，只是我不去。（旦白）睡多夢多，偏有話説。叫你前去，就有這些嚕蘇。你不出去，餓死我，叫爲娘的喝風。（丑笑介。白）喝風，喝風，你且説，容聽我告訴夢中吉凶。（唱）

【耍孩兒】叫妻兒你聽言，你聽我説一番，夢中好像我親眼見。我夢見出門撞着一圓井，你穿大紅站在目前，覺醒唬了我一身汗。此夢兒凶多吉少，因此上我懶起貪眠。

（旦唱）

既聞言，喜在心，這一去，捷徑行，夢中恍惚你不可性，逢井呀你走巧路。

（丑白）我忍了把掌去打你小婦的謅嘴，眼頭裏一圓井，走着走着撲痴掉在裡頭了，這多是巧路？（旦白）啐！難道説你就是你娘的瞎子，眼頭里一圓井，這往前走就掉在里頭了，這怎麽樣呢？少不淂往這邊兒上一繞，你瞧這是個巧路不是？（丑）站着，站着，我筭筭這個賬着。眼頭里一圓井，這邁步不在里頭邁麽？（旦白）獃了你了。（丑）少不淂打這邊兒上一繞。（旦）這是個巧路兒不是？（丑）這個也罷了，你身穿大紅呢？（旦）也有解説。（丑）説罷咱。（旦唱）

身穿大紅喜來臨，説凶道吉錢財進。這一去管淂了寶載，莫胡疑抖抖

---

① 應爲“腦”。

精神。

(丑白)你會圓夢麽?(旦)又説我會圓夢?我自幼兒在娘家就會半壁子陰陽。(丑)喝,我不知道狗攮的,這麽些嚕蘇,你倒底把我什到出來做什麽?(旦)你瞧麽,他倒忘了呢。我合你商量那句話怎麽樣了?(丑)昨兒有句話?(旦)嗄!(丑)昨兒個没有話呀!(旦)你瞧麽。(丑)嗄!想起來了。你叫我大道上截人去的話呀?(旦)是了。(丑)收什了罷,没音兒。(旦)咱的兒。(丑)我這個漢仗兒你不知道,我這個胆量兒你還不曉淂?我這個不過在鄉屯里住着揪撲揪撿的,掐把高粮穗子,偷把谷穗子,拔兩顆白菜,偷兩個窩瓜,再着了急挖墻拱窟籠,牽個牛偷個驢。這個毛賊兒你叫我去罷了,你如今叫我上大道去,未曾没見人家,自己先打起戰來了。細想着中什麽用?(旦)你寡這們着也不勾喒兩個人費用。(丑)我去不淂,叫我也没法兒。(旦)這個,這個……他去不淂,叫我有什麽法兒呢?也罷,喒們如今想一個利害害的人,頂着他的名頭兒去就截了來了。(丑)喒們知道誰利害呢?(旦)想嗄。(丑)想罷。咱有了!(旦)誰嗄?(丑)樊梨花。(旦)使不淂,那是個女的。(丑)再想。有了。(旦)誰嗄?(丑)劉金定。(旦)使不淂,也是個女的。(丑)我是什麽人?(旦)你是個男人。(丑)我成日也打量着我是個女人,我不中用,你想罷,你想。(旦想介)有了。(丑)有了幾個月了?(旦)什麽?(丑)你説你有了麽?(旦)有了人了。(丑)你有了誰了?(旦)有了利害人了。(丑)誰罷?(旦)喒們山后有個白文村?(丑)有個白文村。(旦)有個“黑旋風”李逵?(丑)有個李逵。(旦)此人生淂名頭就利害。(丑)利害。(旦)豹頭環眼,查奢鬍鬚,經商過客不用動手,只用通一聲名兒,金銀財寶多截了來了。(丑)那個李逵是個黑媽烏嘴的行子,我是個白臉兒,也不像。(旦)黑古引子里,那里瞧去呢?着一把鍋烟子摸胡摸胡就是了。(丑)我摸胡了臉,你呢?(旦)你摸胡臉,我把這做賊的法兒告訴你。(丑)來罷咱。(旦唱)

【梆子腔】尊兒夫听原因,聽奴家説假真。凡事要你看人盡,大叱一聲留名姓。前行到了松林下,單等孤客行路人。

(丑白)老婆,你看我這摸胡的如何?(旦)我瞧瞧。黑古影子里我也瞧不出來,你跟我到月亮地里來。(丑)外頭還瞧,真金也不怕火煉,瞧証了再添價。(旦瞧,笑介)(丑)這一笑倒笑了我冰凉,到底是好不好?(旦)你呀,漢仗兒也長淂敦敦實實的,臉兒也畫淂好,狠像也。像個李逵?不像個李逵,倒像個忘八蛋。(丑)還未曾出門,説這不吉利的話,像王八蛋,我還淂滚回來呢。(旦)這是我誇你呢。(丑)李逵使的是斧子不是?(旦)斧子。(丑)喒們家裏没有斧子。(旦)你砍柴斧子使不淂麽?(丑)使淂麽?(旦)使淂。(丑)取來。(旦提斧介)(丑戳介)(旦唬介)阿呀!(丑)我説一去未必截的住人家,我先拿你使使斧子罷。(旦)不要説不吉利的話。(丑)這是去了。(旦)去罷。怎麽又回來了?(丑)没有説頭了?(旦)没有了。怎麽又回了?(丑)我到那裡到底怎麽着?(旦)你没見李逵麽?(丑)我没見李逵。你見李逵?(旦)我也没見李逵。(丑)你也没見李逵,我也没見李逵,到那里我知道怎麽着?擦臉,我不去了。(旦)不要擦。(丑)怪戒巴淂慌。(旦)人家外頭三個一攢,兩個一夥兒,説那李逵怎麽樣的驍勇,怎麽樣的利害,我就着這個話兒教你幾句,你就去了。(丑)你還教給我。(旦)我教給你。(丑)半路兒我這個師父倒投着了。(旦)捉比道傍裏高高一塊石頭,粗粗兒一顆樹,可深深兒一個坑。(丑)要那們些東西仔麽?(旦)你不懂的。這些東西影藏着你的身子。你看見人家,人家看不見你。(丑)嗄!就是我那二年打揁子那們着。(旦)是了。(丑)你説這個我不明白?只是遶湾兒。(旦)你在這里頭猛古楞着。(丑)什麽猛古楞着?(旦)猛古楞者是蹲着。(丑)你説蹲着我不明白?又説猛古楞着。(旦)猛古楞着是吊坎兒。(丑)我從小兒是頑票出身,多喒懂坎兒着。(旦)你這們瞧着,這們望着,有個十來人過來。(丑)我就出來。(旦)你出來做什麽?(丑)十來個人金銀財寶多,我還不截他麽?(旦)人家的人多,你亂不住。(丑)這怎么着呢?(旦)放他過去,有個四五個人過來——(丑)我就出來。(旦)你看閃着罷。(丑)四五個人來,我還不截他的麼?(旦)你那個武藝砣根兒,亂不住人家,恐怕你吃了虧。(丑)這怎麼着呢?(旦)也放他過去。(丑)放他過去罷咱。(旦)單等着孤身一個。(丑)一個人兒來了,也放他過去。(旦)呸!一個人兒來了,放他過去,你截你的爹的蛋!(丑)這是什么話呢?人家的人多不截,人家一個人來了就截人家,𥌓着人家戎攮的。(旦)這一個人,你堪可的亂得住。(丑)你說罷。(旦)你這么瞧着,望着,看看來近,你冒冒失失打着里頭跳出來,急得你摩拳擦掌,把胡鬚這麼初初,眼睛瞪起來,這隻手乂着腰里,這隻手舉起來,你說:"阿,呔!我是梁山上'黑旋風'李逵,有什麼金銀財寶,與爺留下,饒你不死!"(丑)底下呢?(旦)這麼兩句話叫人家心眼里害怕。(丑)待我來來。(兩笑介)阿唷,濁比是道傍里高高一塊石頭,粗粗的一棵樹。(旦)不是那們說。(丑)我知道,可是深深一個坑在里頭,我猛古楞着。(旦)不是那没着。(丑)死忘八蛋,說就是了,只是渾我。這麼瞧着望着,人多了我不肯出去,我的武藝砣根兒,恐怕不是人家意思。單等着孤身一人,堪堪來近,冒冒失失跳出來,急淂我摩拳擦掌,把胡鬚初初,眼睛瞪起來,這隻手插在腰里,這隻手舉起來:"阿,呔!我乃梁山上'黑旋風'李逵,有什麼金銀財寶,與爺留下,免爺動手。"(旦)這是什麼樣子?(丑)你才教我這没着。(旦)我是個女人,嫩聲害氣,你那勁呢?(丑)要我的本勁,粗喉嚨,大嗓子?(旦)是了。(丑)再來來,人家人多,不肯出去,單等着孤身一個,冒冒失失跳出來,急淂我摩拳擦掌,胡鬚初初,眼睛瞪起來。(旦)瞪。(丑)老婆,我這里兩個眼勁使不匀,只瞪出一個。(旦)使勁瞪。(丑)瞪出血來呢?這隻手插在腰里,這隻手舉起來:"阿,呔!我是梁山上'黑旋風'李逵,有什麼金銀財寶,與爺留下,免淂動手。"(旦)說嗄!(丑)没了。(旦)只這麼兩句兒麼?(丑)你才教我這兩句。(旦)這麼兩句兒,我覺着唬不怕人着。(丑)我覺着他也不怎麼怕。(旦)也罷,私場演官場用罷。(丑)怎麼着?(旦)你粧做李逵,我就粧做行路客人,唬怕我了,喒們就喫個大餑餑。(丑)唬不怕你呢?(旦)咱還

喝舊鍋里的粥。(丑)我等着截你罷。(旦唱)

辭别家鄉一断,爲金銀來在外邊。

(丑白)阿,呔！我是梁山上“黑旋風”李逵,有什麽金銀財寶,與爺留下,免淂動手。(旦)爺爺,這是金子,這是銀子,爺爺拿去,只求饒命罷。(丑笑,觔斗介)我今日出門,撞見你這戎攮的走道才好呢。(旦)爺爺不必罵了,天氣明亮,開發開發罷。(丑)天氣堪堪明亮,不辭脚,爺爺你去罷。(旦下)(丑唱)

俺今打扮似天神,扮做了梁山“黑旋風”,都只爲他的英名重。大吒一聲留姓名,前行來到松林裡,單等孤客行路人。

(下)

(李逵上。白)西風黄葉滿樹林,久聞此處有强人。撞見雙斧魯男漢,須索留下買路金。俺李逵辭别了諸家兄弟,下山探母,洒開大步,俺便要走也。咳！一出門來明星月朗,霎時間黑霧迷漫,怎生樣行走？喒家老李下山探母,一片孝心,那管他昏天黑地,俺要走也。(唱)

【吹腔】又只見月濛朧,浮雲罩住滿天星。雲暗不辨南北路,心急如梭探娘親,耳邊只聽淂猿猴聆,四下山風賽虎聲。

(磞介。白)嗄,什麽東西？咳,正走淂興頭,又磞在樹上,也罷,待我摸着走來。(唱)

穿林遶樹尋路走,

(内風介)

雲開霧散放光明。前行來到松林下,來到山林看分明。

(白)呔！强盗、狼虫、虎豹、賊人,咳！都是瞎賬,如今嚷到天亮,也未必見了動静。呔！你不出來,就是有造化的,俺便下山走也。

(丑上)呔！(李逵)嗄！冒冒失失鑽將出來是個什麽東西？呔！先報狗名,後贈盤費,免的動手。(丑)什麽什麽罷！咱二尾子攮的,問俺的名姓？站住,要你聽了。(李逵)講。(丑)嗄！(唱)

休動手來莫逞雄,須索留下買路金。

(李逵白)你是個什麽東西？(丑唱)

你今問我的名和姓，説起你老爺有大名，也是你今活倒運，撞見我李逵黑旋風。

(李白)嗄！又撲出他娘一個李逵來了。呔，你是誰？(丑)我是李逵。(李逵)唔，這樣相見倒也來淂利害咧！(丑)阿唷，阿唷！(唱)

既知道咱利害，聞我的名，留下了金共寶，饒你殘生。

(李逵唱)

聽説罷怒冲冠，何方狂徒逞英雄。你在此剪徑我不惱，不該胡冲壞我的名，世上也有真共假，人兒也有假與真，不由人冲冲怒，銼碎牙根，我與你、我與你決强勝。

(拿住介。白)你是個什麽東西？(丑)老爺，我不是李逵，是李鬼。是個没能耐戎攮的，我又没本事鋤地抱壠，傭工做活。我家中有七八十歲的母親，名知爺的名頭兒利害，我粧爺的名頭兒截幾個錢兒孝養我的母親，爺要殺了我，我那母親活活的餓死。一刀不傷二命，老爺！(李逵)唔，咳！喒家老李下山探母，一片孝心，來不來把個養娘的殺了不成？(丑)那還有個娘人味兒麽？(李逵)我自有道理，呔！李鬼兒，我説與你，這是銀子一錠，拿回家去孝養你的母親，從今已後，不要壞俺的名頭，俺便下山走也。(下)(丑)爺又給我銀子一錠，又不傷我的性命，我還壞你的名頭，成什麽混帳？咦，他那里去了？好個拉獃行子，好小婦養的，又給我銀子一錠，又不傷我的性命，也是大喜，回家且過日子。阿呀！罷了我了，把我一條腿兒砍了，還不知道呢，一輩子人完了，站不起去了，屬忘八蛋的，往家里古嚕。完了，完了！(笑介)正是逢凶化吉，遇難成祥，銀子到手，且養我的刀傷，養淂全可再作商量，商量。(下)

(朱貴上。唱)

【畫眉序】忽地奉宣差，只怕旋風去惹災。怎茫無踪影，牽掛心懷。

(白)俺朱貴奉寨主之令，只爲李大哥回家探母，特命我前來保護他，恐他路上生事，怎的將到沂水縣，從不曾撞見，如何是好？(唱)

抹過了烟樹千重，斜隔着雲山一帶。

(白)一路上來，還聽淂説江州的發了行文，原籍勾拿罪犯，如今也没奈何，且回到兄弟朱富酒店中住下，暗暗的打聽李大哥下落便了。(唱)

流言耳聽心頭急，倘被捉如何回寨。

(下)

(旦上。唱)

【梆子腔】五更醒，大天明，太陽真火照窗櫺。李鬼昨晚出門去，直到如今不回程。眼皮兒簌簌跳，心内驚，不知凶和吉，不見信和音。

(丑上。唱)

在家下聽了妻兒語，哭哭啼啼轉家園。俺的好心將他騙，險的殘生一命艱。

(旦白)阿呀，你來了麽？(丑)混帳攮的，我説我不去罷，强派着你會圓夢，到那里截住了。(旦)截住不好麽？(丑)截住他娘真李逵了。(旦)阿呀！怎麽樣了？(丑)他只要過去，我那性兒你是知道，我的那里肯放他過去，我們兩個就武查起來了，起痴各炙①鬧了個不清結，把我窩在底下了。(旦)阿呀！這個怎麽着？(丑)他就要殺我，我説："爺爺，我不是李逵，我是李鬼，是没能耐的松攮的，又没本事鋤田抱隴，傭工作活，我家裏有七八十歲的母親，聞知爺的名頭兒利害，粧爺的名頭出來截幾個錢，孝養母親，爺要殺了我，我母親活活的餓死，一刀不傷二命，老爺！"(旦)阿唷，當家的，你這套話到回答淂到好。(丑)我是怎媽的，我是做什麽的？(旦)他怎麽樣？(丑)他在半拉古攮了兩句，"呔，李鬼兒，我説與你，這是銀子一錠，拿回家去做個生意買賣，孝養你的母親，從今往後不要壞俺的名頭"，他就没了影兒了。(旦)阿唷，當家的，給你銀子一錠，又不傷你性命，可也是大喜。(丑)喜什麽，喜你媽的屎。(旦)哎呀！當家的，聞淂李逵鬧了江州一事，外邊畫影圖形拿他，有人拿淂住他，賞錢三千貫，你怎麽當面

---

① 此處爲擬聲。

錯過了?(丑)哎呀,是嗄!我當面錯過了。老婆,諒他去也不遠,你進去弄點飯我喫喫,我定要拿他。(旦)當家的,正是計就月中擒玉兔,(丑)老婆,可是謀成日裡捉金烏。(下)

第廿一出　殺大蟲熱心報母

(李母上。白)不死偏留老不賢,隻身雙瞽可憐天。大兒傭作小兒躲,(嘆介)咳!忍凍吞饑命苟延。老身年邁龍鍾,相依兩個兒子度日。大的叫做李達,長與人家做工。小的叫做李逵,素常酗酒闢狠,曾經犯了悮傷人命,逃往江湖,一去杳無音耗。他爲人却是有些孝心,使我天性難割,時刻想念,以致雙目失明。虧淂大兒子從口嘴上節縮下一碗半碗飯兒,把來養贍老娘,好生苦楚。因思這等風燭之年,養兒不能防老,活也徒然。(嘆介)這時候還不見送飯回家,餓也難受了。阿彌陀佛。嗄!

(李逵上。白)小鬼假裝强剪徑,破村無恙急敲門。(進見介。白)娘兒好麽,緣何雙眼都瞎了?(叫介)娘,鐵牛來家了!(李母喜介)聽這聲音果然的是他!(摸介)好兒子,叫我一向想殺了!鐵牛,你今日也喜淂一面,但是這幾年在那裏安身?我的兩眼都爲你哭瞎了。(作悲介)(李逵背想介。白)我若説出真情,必不肯隨我前去,胡亂我哄娘一哄。(轉向李母介。白)娘,鐵牛做了官,今日來接你去同享富貴。(李母白)天大的造化,你竟做上了官了,我好快活嗄!(唱)

【風入松】孩兒晋爵與加官,暗地眼花撩亂。幾年怪把音書断,娘身畔誰知寒暖。

(李逵合唱)

忙接取千欣萬歡,享富貴慶團圓。

(李達提飯罐上,進見介)(李逵白)哥哥拜揖。(李達白)你這廝,歸來做甚麽?又來拖累人。你不聽淂,現在縣前張掛告示追捕正身。(李母白)兒嗄,你兄弟做了官了,他特來接我去同享富貴。(李達白)娘不要聽他,那裏有做的强盗官?現今犯下的罪比舊日更不小哩。(李逵白)哥哥,不要管這些閒事,一發同了我去,挈帶你受用可好?(李達作欲扭勢介)(背白)這廝力大於我,我不是他的對手,待我去報知莊主便了。(急下)(李逵白)哥哥此去必定不懷好意,不如背了老娘快快走了罷。我且把一錠五十兩的大銀子留下,他就要來追,那黑眼睛見上白銀子,他兩條腿先已十分酥麻了。(唱)

【急三鎗】見白錠,起黑眼,能羈絆,忙竊負,莫盤桓。

(白)娘,我背了你去,前面就有車輛來迎接了。(背介)(李母唱)

從今後娘與你長依伴,縱瞽目儘心寬。

(李逵背母急下)

(李達領衆持棍棒上)(李達白)來此已是。列位,天色已晚,不要被他乘黑昏之中逃走了。你們只在外面守着,待我進去哄他出來。(衆)有理,有理。(李達作進介。白)鐵牛,鐵牛的兄弟。呀!怎麽没一些影響,連娘也不見動静了?好生詫異。(向各處尋介,做摸着銀介。白)咦?摸去重沉沉好像一錠大銀子,且把來藏了。(衆白)怎麽連李達也不見出來,不要上他的詭當。(一白)我們且赶進屋裏看來。(進内介)(李達作向各處摸介)(衆白)那邊黑影裏有個人兒,想是這廝躲在那裏,快些上前拿住。(作拿介,打介)(李達喊介。白)不要打,我是李達。(衆白)你不是李逵麽?(李達白)李逵不知那裏去了,連娘也不見了。(衆白)我們帶有亮子,點起來照一照,真的不見,大家好回去。(點火把照介)(李達作銀落地介)(衆白)你説李逵不見,這錠大銀又是那裏來的,可不是夥同做賊?(一白)莫不是淂錢賣放?(李達)列位一向曉淂,我做人豈是肯做賊的,若要賣放,也不來告訴你們了。(衆白)這也解説淂是,但是這銀子從那裏來的?(李達白)想是我兄弟留在這裏與我過活。(衆白)若是李逵的,便是真贜了。(唱)

【風入松】真贜理合要呈官,隐匿罪名難逭。

(白)我們拿住了正身,便想三千貫賞錢,你如今倒要討這五十兩上腰麽?(唱)

孟哥兒怎許伊收管，須則是平分一半。

(李逵唱)

甘情願托出和盤，牛皮鼓大家鞔。

(白)他必定背了娘逃走，我們追上去拿他。(衆白)天色已晚，路徑又雜，那裏去追？不如回去告知莊主，憑他報官不報官也罷了。只是好笑，不見了令弟，偏撞見家兄。正是世間怎比家兄厚，(李逵白)堂上難忘阿母慈。(下)

(李逵背母上。唱)

【急三鎗】星月下，不擇路，迷町畽，一徑裏，到山巒。

(白)這裏已到沂嶺了，我恐怕哥哥追赶，打從小路而來。娘嗄，趁着星月之下，翻過嶺去。(李母白)我的兒，你的娘渴來受不淂，那裡討口水來纔好。(唱)

肚又餒，口又渴，身兒煩，行路苦，恁多般。

(李逵白)嶺那邊纔有人家，方好做些飯喫，水也有了。(行介)(李母白)我早上喫了乾飯，渴殺我也！(李逵白)我也煩躁淂緊。娘且坐在此石上，待我去尋水來。(李母應，坐介)(李逵將刀插地記認介，下)(李母白)嗄！鐵牛的兒，要接娘去快活，實是一片孝心，只是大兒子撇在這裏，使老娘又要多一處牽掛，更可惜瞎了雙眼，我鐵牛戴的紗帽不知是長的匾的。(内作風聲介)(虎嘯介)(李母作驚介。白)耳跟邊一陣風過去，不要跳出猛虎來，叫我瞎子躲在那裏去？鐵牛的兒，鐵牛的兒嗄！

(一大虎領二小虎跳舞介，啣李母下)

(李逵捧石香爐盛水上。白)娘喫水，怎麽不在這裏了？(叫介。白)他是雙瞽之人，不往那裏去的，難道記錯了，不坐在這裏麽？(看介。白)我的朴刀尚插在此，一些不差。(又看介。白)星月之下，滿地血跡。呀！不好了！我娘一定被虎啣去。

(二小虎啣人腿一條上，争食介)(李逵作見介。白)呀！這兩個小孽畜舐的人腿可不是我娘的麽？也罷，且殺了這畜生，好與我娘報仇！(作殺一小虎介)(一小虎作鑽進洞介)(李逵亦進洞殺小虎介)

(大虎上,倒退進洞介)(李逵用腰刀戳死大虎攛下)(李逵作出洞介。一面白一面尋介。白)可恨,可惱!我去尋水與娘喫,就偷這個空兒便把我娘喫了。

(又一虎上,撲介)(李逵與虎鬬介)(殺虎下)(李逵白)已被我連殺了四虎,却是枉與別人除了害,我特爲千辛萬苦要娘去快活接上梁山,誰知竟死于虎口!(大哭介。唱)

【風入松】思量奉養把娘搬,倒做了大蟲延款。祈天長壽偏生短,殘骨殖如何打算。

(白)我且尋取骨殖,就埋壅在此,到山神廟中權歇一宵,明日赶回梁山泊去。(唱)

刨淺土當做桐棺,放聲哭劇心酸。

(白)我的娘嗄!(哭下)

第廿二出　李鬼暗算黑旋風

(四獵户上。分白)長弓勁箭各横腰,獵户充當膽氣豪。没法計擒山上虎,縣家責比不相饒。(合)我等沂水縣獵户是也,只因沂嶺上出了一羣猛虎,傷了多少來往客商,官司立限我們擒捉。無奈這起孽畜十分利害,近他不淂,只淂在嶺下遠遠的安排窩弓、藥箭候他。昨晚守了一夜,又不見動静。此時天色已明,且各回去,到晚上再來。

(李逵上。唱)

【端正好】肉如剜仇難解,娘何罪一個當灾。早已是曉雲撥去青峰外,拽步回山寨。

(獵户見介,驚問介。白)你這個客人好大胆,清早從嶺上過來,可曾遇見大蟲?(李逵白)你問老虎麽?倒有四個死的在嶺上。(獵户笑介。白)我們擒捕了許多時,一個虎也不曾拏淂,怎生便有四個死虎起來?(李逵白)你不信有死虎,你且看我的滿身血跡便知道了。(獵户白)你一個人有多大本領,如何便能彀殺死了四個大蟲,莫不是哄我?(李逵白)我又不是這里人,哄你們做

甚麽？（唱）

【倘秀才】我却是他鄉遠客，瞥逢着弔睛白額。昨夜裡背負娘親過嶺來。

（獵户白）這等説時，倒要請問備細。（李逵白）不合老娘一時忍渴不住，要吃起水來，我去嶺下尋水，被大蟲就把我娘吃了。我直待尋到虎窩裹，先殺了兩個小虎，後殺了兩個大虎。（獵户白）你話有些難信，這條沂嶺上整整三五個月没有人敢行，你難道是山神土地轉世，有這等的大膽量、大力氣？（李逵白）我早知嶺上有虎也不打從這里走了，可憐我外路人，枉把老娘喂了餓虎。（唱）

猛教人心顫顫哭哀哀，如不信那大蟲兒現在。

（白）我和你們上嶺去，便知分曉。（二獵户白）既是真的，你們一面報知曹太公并衆上户，預備迎接壯士，一面唤齊了人，把那四個大蟲擡到曹太公庄上去。（二獵户應介，下）（二獵户白）難淂壯士英雄，與我們這里除了虎患，請到莊上插花飲酒，還有酬勞之敬。（李逵白）插花飲酒麽？（獵户白）正是。（李逵白）這虎雖與我老娘結下宿讎，却喜與你莊上除了大害，酒是應該擾的。（獵户白）就請同往。（李逵白）離此有多少路？（獵户白）不遠，前面就是。請。（虛下）

（曹太公同衆上户鼓樂彩旗迎上介）（合唱）

【叨叨令】准備着旗兒鼓兒，鬧叢叢齊齊剪剪的擺；擎捧那花兒紅兒，簇新新歡歡喜喜的戴；擺列下酒兒果兒，香噴噴恭恭敬敬的待；糾斂些課兒鈔兒，硬邦邦包包裹裹的帶。

（曹太公、衆上户白）壯士連殺四虎，真是個活李存孝了。請問尊敬大名？（李逵白）我麽？（曹太公白）請教。（李逵白）嗄！叫張大膽。（曹太公并上户白）好嗄！若非大膽，焉能連殺四虎，可稱名不虛傳，就請壯士插花披紅。（吹打介）（李逵白）我娘昨夜被虎吃了，没有脱孝，只怕插不淂花，披不淂紅。（曹太公、衆上户白）這是慶賀壯士的彩頭。（李逵喜介，插花披紅介）（合唱）

兀的不樂殺人也麽哥，兀的不快殺人也麽哥。廓清了路兒道兒，猛䠶䠶掀掀撲撲的害。

(到介)(進介)(曹太公、衆上户白)先敬三盃,然後上席。(李逵白)既然紅也披淂,花也插淂,酒也定然吃淂,何必拘定三杯五杯,你推我讓,裝這些秀才家門。(衆應介,敬酒介,諢介)(曹太公、衆上户白)請壯士後面坐席,尚要請教那殺虎的始末。(李逵白)待飲酒中間細細説與列位聽便了。(衆白)如此甚好。請。(吹打介)(李逵笑介)(同下)

(衆鄉民同李鬼上。白)殺虎真稀罕,看人委實多。聞淂有一過往客商殺了我們這沂嶺上四虎,如今迎在曹太公莊上款待。這樣好漢,是難淂見的,大家同去看看,不要錯過了。(一半鄉民白)説淂有理。快些前去。(行介)(合唱)

【脱布衫】那籌兒好漢早安排,定天生豈是凡胎。莊前後齊聲喝采,看人多門闌兒擠壞。

(曹太公上。向内白)那壯士海量,衆位多敬他幾杯,待我去看看,迎到縣中去。諸事可曾停當?(見介)(衆鄉民白)太公。(曹太公白)諸位,想是來看迎虎麽?(衆鄉民白)這樣殺虎好漢,是難淂見的,我們都要來認識認識。(曹太公白)果然是難淂見的,待我請他出來,你們見見。(向内介。白)列位,陪那壯士出來,衆鄉親在此,都要拜識拜識。(内應介)

(衆上户陪李逵醉態上)(李逵唱)

【小梁州】喜淂個熱酒當筵滿滿篩,口也慵開。衆人没竅要識吾儕,糾纏煞擔擱暢襟懷。

(曲中衆鄉民作争看誇奬介)(李鬼背白)那明明是"黑旋風"李逵。(又認介。白)聲音也不錯,當真是他。我有道理在此。(衆上户白)請壯士終了席,好一同到縣中去。(李逵白)什麽終席不終席?有酒只管吃就是了。(笑介)(衆上户陪下)(衆鄉民白)看他這副漆黑面,倒有這等手段,好笑我這沂嶺的猛虎,反虧外路人來除滅了,那些獵户好不中用嗄,好不中用嗄!(下)(曹太公欲下,李鬼扯介。白)太公,可曉淂這殺虎的是那一個?(曹太公白)他是外路人,叫做張大膽。(李鬼白)你老人家被他哄了,他就是鬧了江州、反上梁山的"黑旋風"李逵,你只聽他聲音就曉淂是同鄉人，怎的容淂他當面掉謊？（曹太公白）不信就是他。（李鬼白）你看他那副面龐，可是與榜上畫的圖形是一般的？（曹太公白）方纔我一見了也有些疑心，如今却怎麽樣好呢？（李鬼白）還不快快擒住了送官，倘被人先首了，就要連累你老人家了。（曹太公白）不要高聲，倘被知覺，便難下手。（唱）

【快活三】初時早測猜，設計莫延捱。只恐怕隔墻有耳漫分腮，透漏防尷尬。

（白）他如今已醉到八九分，待我去再灌他幾大杯，等他醉倒了就有筭計。（李鬼白）怪不淂你是個縣吏出身，這纔眼明手快。（唱）

【朝天子】莽村才瞎賣獃，小鬼頭識認早明白。

（曹太公白）只是一説，你是原首的人，要當官去質証的，切不可走開了。（李鬼白）我出首了，還要領賞錢，怎麽倒走開？（唱）

呈官是想卦求財，肯把言來拐。

（曹太公白）是嗄！你在此少待便了。（隨口下）（李鬼白）咳！李逵嗄李逵，你前日饒了我性命，又給我銀子。今日不是恩將仇報，只爲有了你真的在此，我這假的就出不淂頭了。（唱）

那顧情長，且把心歪，冤家路本窄。

（白）况且又有那三千貫賞錢，也就拚你這條性命不着了。李逵，李逵，（唱）

也是你數乖命該，吃官司切莫旁人怪。

（内白）請再用一杯。（李逵内白）醉了，吃不淂了。（内白）在這里了，緊緊的綁着。

（衆莊客持器械綁李逵上）

（曹太公、衆上户隨上）（李逵白）你們這些賊囚，爲什麽綁起我來？（衆上户白）我們這里鄉風，恐你逃席，斬且綁一綁。（李鬼白）果然的着了。（李逵白）我是再不逃席的，再不逃席的。（曹太公白）不要與他閑講，快快就解到縣裡去。（合唱）

【煞尾】醉鄉寬推落了東洋海，孽報近照見了明鏡臺。笑一個莽旋風呆打孩，剩一個真李鬼攬劈柴。落淂個衆獵户大發財，那顧他壯士權充賊徒解。

（同下）

第廿三出　朱富麻翻青眼虎

(朱貴上。白)頻將心事蹙眉端,怎忍從旁袖手觀。若使旋風終有失,如何面目返梁山? 我朱貴只爲李鉄牛下山探母,宋大哥恐有疏虞,因我是同鄉,特差我前來保護。誰知先後起程,他一路竟無踪跡,不想鉄牛果然做出事來,在沂嶺殺了四箇猛虎,迎到曹太公莊上,被人識破擒拏到官,如何是好? 今早又打發兄弟進城探聽了,怎生這個時候還不見回來。

(朱富急上。白)縣中打聽真情急,家裏懸知望眼穿。(見介。白)哥哥,不好了! 那鉄牛已經審訊成招,刻下就要詳府,當案孔目立了文卷,竟問成死罪了嘘。(朱貴作驚介。白)這便怎麽處? 兄弟,倘然有失,叫我怎回山寨繳令,你須想一計纔好。(朱富白)我却有一計在此,但不知可能濟事否? (朱貴白)什麽妙計? 快快説來。(朱富白)打聽淂那解差乃是都頭李雲,曾教過我鎗棒,却有師弟之誼。(朱貴白)與那解差就有師弟之誼也不相干,難道求他便敢放了麽? (作摇頭介。白)不濟事,不濟事。(朱富白)哥哥,不要性急,待我慢慢的説來,少刻解府必從店門口經過。(朱貴白)經過便怎麽樣? (朱富白)我這里准備酒肉等物,暗藏蒙汗藥在内,等他到時,只説長途辛苦,聊備酒食接力,把他們麻翻了,那時劫了李逵上山,豈不是一條好計? (朱貴白)妙吓,果然好計,事不宜遲。(朱富白)只是此計一行,必然敗露,叫兄弟不能仍在此開店了。(朱貴白)兄弟在此終難發跡,即無此事,我也要勸你同上山去。(朱富白)如此甚好。(朱貴白)我包裹内帶有一包蒙汗藥在此,同你到後邊去,快快整備起來。(同下)

(衆土兵引李雲押綁李逵上)(李鬼亦隨上)(李雲唱)

【八聲甘州】匆匆上府,爲江州巨盜,起解征途。

(白)自家都頭李雲,奉本縣差遣,押解重犯到府。已出城外了,衆土兵一齊須要小心押着。(土兵應介)(行介)(合唱)

用心防護,休同别案强徒,料他黨羽定非孤。明寫着"敢笑黄巢不丈夫",招呼,更擔憂社鼠城狐。

(朱富迎上。白)郊坰充地主,酒肉荅師恩。(見介。白)師父押解重囚,長途勞頓,權請小店歇息片時則個。(李雲白)公事嚴緊,不敢停留。(朱富白)出城二十餘里,正是打尖時分,酒肉早已齊備,聊表徒弟一點孝敬之心。萬乞師父小飲三盃,略解喝吻。(李雲白)既蒙盛意,暫歇一回再走,酒肉到不必見賜。(李鬼虛白)淂了三千貫賞錢,也要陪他到上司質証,倒把我的本行買賣反擔悮了。(朱富向内介。白)你們把酒肉搬出來。(内應介)

(衆走堂人捧酒肉上,朱貴亦混在内)(朱富向李雲介。白)備有酒飯一餐,(指土兵介。白)與他們衆位接力,師父可分付他們一聲。(李雲白)既承厚情,可將犯人綁在此處,你們挐到那邊去,快快吃了,好一同趲路,只是不可多飲。(衆土兵作應介)(將李逵綁在樹上介)(衆土兵接酒壺、酒罎等件,一土兵作偷酒吃介,各諢下)(朱富斟酒介。白)請師父滿飲此盃。(唱)

【又一體】清酟,盤餐味縱贏,幸開懷暢飲,金盞香浮。

(李雲唱)

争忍高情辜負,無奈量窄溝渠。

(白)素不善飲,領高情便了。(朱富唱)

一芹思展足歡娛,莫使門墻孝敬虚。

(白)這也筭喜酒,師父隨意用幾盃兒,也賞徒弟一個臉面。(李雲略飲介)(合唱)

交孚,更何愁酒醉人扶。

(朱貴向李逵遞眼色介)(李逵作會意介)(李逵白)酒肉難道只許他們吃的,也挐來與我吃些。(朱貴白)你是該死的囚犯,那個肯與你吃?(李雲一面飲酒,朱貴一面向内望介)(李雲麻倒)(朱富白)好了,麻倒了!(朱貴白)那些土兵也都醉倒在那里了,快些動手!(解李逵綁介)(李逵奪李雲刀,欲殺李雲介)(朱富作攔介。白)這是我師父,不可造次。(李逵白)衆人曉淂,那李鬼如此的恩將仇報,天地也不容,待我先結果了他再來。(隨下,作提人頭上)(朱貴白)你這鉄牛,還要如此逞兇。(李逵白)不是李鬼這厮,我早已改作張大胆,如何又受那鉄牛的虧?(朱富白)哥哥同了李大哥快快先行,我當隨在後面,想師父醒了,必然追來,那時我也勸他入夥,也表我的恩義。(朱貴白)説淂有理。(合唱)

【撼動山】中深蒙汗急難甦,料着他醒時惟叫苦。生門出,死門擔,血海救剥膚。大家兒重换起,好規模抛棄着酒罏。引一步也麽停一步。

(同下)(李雲作醒介。起,喊介。白)阿呀,不好了,中了計了!想還去此不遠,及早追上前去。(唱)

【急急令】雖然中毒只須臾,去去去,莫踟蹰。

(追介。望介。白)那是朱富吓。呔!你劫了犯人往那裡去?

(朱富上。唱)

相邀同往可何如,住住住,且進趄。

(李雲白)朱富,你設的好計吓,快把犯人送回,纔肯干休,不然拚一個你死我活。(朱富作笑介。白)師父的刀彼①李逵奪了,方纔即欲加害,是我攔住保全,如今師父赤手空拳,怎生與我們三個人厮併,還是從長商議的好。(李雲作呆介。白)有何商議?(朱富白)俺哥哥奉宋公明將令救護李逵,爲此設計掇賺,料定師父必要赶來,故特在此相候,竊恐連累師父,于心不安。(李雲白)如今重犯脱逃,叫我怎生回覆本官?(朱富白)我想師父在此終居人下,現放着梁山泊這等好去處,論秤分金銀,换套穿衣服,一同前去,却不是好麽?(李雲白)只恐怕他那裡不肯收留,這便怎麽處?(朱富白)他那裡專一招賢納士,那一個不知"及時雨"宋公明,師父只管安心同往。(李雲白)如今進退無門,罷了,罷了,幸我無家室之累,只淂依你的主見而行。解賊翻從做賊人,(朱富白)梁山泊上且安身。(李雲白)回頭幸少妻子累,(合白)合志終啣師弟恩。(同下)

---

① 應爲"被"。

第廿四出　蕭奉先興師拒敵

（四宣令官上。唱）

【點絳唇】號令風雷，傳宣重寄雲霞隊。太乙河魁，壯我三軍氣。

（白）俺乃大遼國中軍都統大元帥麾下衆宣令官便是。只因大金騷擾京東，殘破州縣，俺遼主聞知大驚，詔諭親征，命俺元帥分派各路都統出師攔擋。今日興師，只淂在此伺候。

（内吹打）（衆遼兵、遼將引遼帥蕭奉先上。唱）

【混江龍】將軍族貴，雄師百萬出邦畿。看柳營月淡，榆色風微，到底是王氣浮天隨寶纛，那些個紅光拂地繞龍旗。

（上高臺椅坐介。白）震天金鼓紫駝驕，皂纛連珠畫斗杓。甲馬魚鱗開曉日，錦袍花萼上春潮。俺乃大遼國中軍大元帥蕭奉先是也。叵耐金人原爲我遼服属，數年以來，十分猖獗，屢挫王師。俺遼主遣書講和，反肆誕謾，而且建號改元，其志不小。俺遼主因此詔諭親征，命俺爲都統大元帥，統領番漢兵百萬，前往金人。金人，你那裡螳臂當轅，我這裡太山壓卵。你可也曉淂俺大遼今番誓不與你兩立也！（唱）

則看俺掃白山、清黑水，直教他兵戈星散，將士烟飛。

（白）宣令官過來。（四宣令官白）有。（蕭奉先白）傳令出去，吩咐各營都統、將官，帥領本部人馬聽候本帥分派。（四宣令官白）淂令。（下）（内掌號、吶喊介）（蕭奉先白）你聽三軍鼓噪之聲，好不威嚴也！（唱）

【油葫蘆】則聽淂聲震轅門動鼓鼙，軍令齊，戎行十乘半熊羆。想養癰幾載逞狂吠，鴟張滋蔓窺神器。兀自建大號，稱帝制，今日個誓將滅此而朝食，洗蕩見皇威。

（一宣令官引左軍都統蕭特末領衆上。白）左軍都統蕭特末率領衆將弁參見元帥。（蕭奉先白）駙馬少禮，你可引騎兵五萬、步卒五萬北出駱駝口爲前鋒，擋住金兵，聽我吩咐。（唱）

【天下樂】恁是個玉葉金枝護紫微，指也么揮穿鐵圍。執殳伯也前驅力啣金勒，展霓旌，持龍劍，摇星旛，則待要今番生擦擦無勿吉。

(蕭特末白)淂令。(旁站介)

(一宣令官引右軍都統阿不領衆上。白)右軍都統阿不率領將弁參見元帥。(蕭奉先白)罷了。你可領番漢兵五萬，隨着前鋒直抵斡鄰濼就爲上功。(唱)

【那吒令】氣騰騰後隨，闖過了寥晦；明晃晃劍戟，緊逼了蒺藜；急煎煎鐵騎，飛渡了白水。大遼威，小邦力，則看取誰疾誰遲。

(阿不白)淂令。(旁站介)

(一宣令官引前軍都統蕭察剌領衆上。白)前軍都統蕭察剌率領將弁參見元帥。(蕭奉先白)林牙免勞，你可另領漢步騎五萬，南出寧江州，破他壁壘，功當無二。(唱)

【鵲踏枝】恁須是任星馳壓雲低，只要直抵寧江，敵自離披。則看高聳麒麟閣起，恁便須問司勳姓字標題。

(一宣令官引後軍都統蕭酬斡領衆上。白)後軍都統領蕭酬斡率領將弁參見元帥。(蕭奉先白)請了。你可領番漢兵五萬，從長春路分道而進。(唱)

【寄生草】恁統着貔貅隊，日月旗，恁是個河山鐵券勳階貴，則要你智憑孫武成殊績，謀先諸葛摧强敵。休學取詩裁謝朓禦邊陲，棋敲羊子誇經濟。

(蕭酬斡白)淂令。(旁站介)(蕭奉先白)衆都統，上前聽俺吩咐：(衆應介)(蕭奉先白)他那里恃其驍勇，勢甚威雄，侵軼我彊土，擄掠我民人，蹂躪我田廬，招納我亡命，今主上御駕親征，統著百萬雄師，裹數月粮草，務期犁庭掃穴，殄滅無遺。衆位都統爵分茅土，券誓河山，誼同休戚之臣，功著旂常之上，須要鼓勵軍聲，作興士氣。若萌退葸之心，自有軍法從事。(衆白)謹遵號令。(蕭奉先白)今乃黄道之日，就此分兵前去。(衆白)淂令。(分下)(蕭奉先下高臺。唱)

【煞尾】行仗節，且分麾，黄沙白草恁低迷。直待洗戈甘雨，前歌後舞笑着班師。

(仝下)